REFÚGIO EM BLACK HILLS

NORA ROBERTS

Romances

A pousada do fim do rio
O testamento
Traições legítimas
Três destinos
Lua de sangue
Doce vingança
Segredos
O amuleto
Santuário
A villa
Tesouro secreto
Pecados sagrados
Virtude indecente
Bellissima
Mentiras genuínas
Riquezas ocultas
Escândalos privados
Ilusões honestas
A testemunha
A casa da praia
A mentira
O colecionador
A obsessão
Ao pôr do sol
O abrigo
Uma sombra do passado
O lado oculto
Refúgio
Legado
Um sinal dos céus
Aurora boreal
Na calada da noite
Identidade roubada
Refúgio em Black Hills

Saga da Gratidão

Arrebatado pelo mar
Movido pela maré
Protegido pelo porto
Resgatado pelo amor

Trilogia do Sonho

Um sonho de amor
Um sonho de vida
Um sonho de esperança

Trilogia do Coração

Diamantes do sol
Lágrimas da lua
Coração do mar

Trilogia da Magia

Dançando no ar
Entre o céu e a terra
Enfrentando o fogo

Trilogia da Fraternidade

Laços de fogo
Laços de gelo
Laços de pecado

Trilogia do Círculo

A cruz de Morrigan
O baile dos deuses
O vale do silêncio

Trilogia das Flores

Dália azul
Rosa negra
Lírio vermelho

NORA ROBERTS

REFÚGIO EM BLACK HILLS

Tradução
Marta Fagundes

1ª edição

BERTRAND BRASIL

Rio de Janeiro | 2024

CIP-BRASIL. CATALOGAÇÃO NA PUBLICAÇÃO
SINDICATO NACIONAL DOS EDITORES DE LIVROS, RJ

R549r

Roberts, Nora, 1950-
    Refúgio em Black Hills / Nora Roberts ; tradução Marta Fagundes. - 1. ed. - Rio de Janeiro : Bertrand Brasil, 2024.

Tradução de: Black Hills
ISBN 978-65-5838-303-1

1. Ficção americana. I. Fagundes, Marta. II. Título.

24-91526
    CDD: 813
    CDU: 82-3(73)

Gabriela Faray Ferreira Lopes - Bibliotecária - CRB-7/6643

Copyright © Nora Roberts, 2009.

Copidesque: Carolina Câmara

Texto revisado segundo o Acordo Ortográfico da Língua Portuguesa de 1990.

Todos os direitos reservados.
Não é permitida a reprodução total ou parcial desta obra, por quaisquer meios, sem a prévia autorização por escrito da Editora.

Direitos exclusivos de publicação em língua portuguesa somente para o Brasil adquiridos pela:
EDITORA BERTRAND BRASIL LTDA.
Rua Argentina, 171 — 3º andar — São Cristóvão
20921-380 — Rio de Janeiro — RJ
Tel.: (21) 2585-2000,
que se reserva a propriedade literária desta tradução.

Seja um leitor preferencial.
Cadastre-se no site www.record.com.br
e receba informações sobre nossos
lançamentos e nossas promoções.

Atendimento e venda direta ao leitor:
sac@record.com.br

Para aqueles que protegem e defendem a vida selvagem

PARTE UM

CORAÇÃO

Pois onde estiver o seu tesouro, aí também estará o seu coração.

— MATEUS 6:21

Capítulo um

⌘ ⌘ ⌘

DAKOTA DO SUL

Junho de 1989

A VIDA QUE Cooper Sullivan conhecia estava acabada. Juiz e júri — representados pelos seus pais — não foram persuadidos por súplicas, argumentos racionais, chiliques ou ameaças, mas, em vez disso, o sentenciaram e despacharam para longe de tudo o que ele conhecia e mais amava, rumo a um mundo onde não havia locadoras de vídeos ou Big Macs.

A única coisa que o impedia de morrer de tédio *totalmente*, ou pirar, era o seu precioso Game Boy.

Ao que parecia, seria ele e o Tetris até o fim da sua sentença de prisão — dois meses horríveis e idiotas — no bizarro Oeste Selvagem. Ele sabia muito bem que o joguinho, que seu pai descolou direto da fábrica em Tóquio, foi uma espécie de suborno.

Coop tinha onze anos, e não era nem um pouco bobo.

Quase ninguém nos Estados Unidos tinha o jogo, e isso com certeza era bem legal. Mas qual era a graça em ter uma coisa que todo mundo queria, se não pudesse exibir para os amigos?

Era o mesmo que ser apenas o Clark Kent ou o Bruce Wayne, as identidades secretas e sem graça dos caras bacanas.

Todos os amigos dele estavam longe, a zilhões de quilômetros de distância, em Nova York. Eles curtiriam o verão nas praias de Long Island ou descendo pelo litoral de Nova Jersey. Seus pais haviam prometido que ele poderia passar duas semanas em um acampamento de beisebol em julho.

Mas isso foi antes.

Agora os pais de Cooper estavam viajando pela Itália e pela França, além de outros lugares idiotas, em uma segunda lua de mel — o que era um código para tentativa-final-de-salvar-o-casamento.

Não, Coop não era nem um pouco ingênuo.

Ter o filho de onze anos a tiracolo não era nada romântico, então eles o despacharam para a casa dos avós, lá onde Judas perdeu as botas, na porcaria da Dakota do Sul.

Dakota do Sul, a terra abandonada por Deus. Coop ouvira a mãe se referir ao lugar dessa maneira uma porção de vezes — só não quando, toda sorridente, ela disse que ele viveria uma *aventura*, conheceria suas *raízes*. Aí o que era abandonado por Deus se transformou em algo imaculado, puro e empolgante. Como se ele não soubesse que ela havia fugido dos pais e da fazendinha horrorosa deles assim que fez dezoito anos...

Então, ele estava preso no lugar de onde ela fugira, mesmo sem ter feito nada para merecer isso. Não era culpa dele que o pai não conseguia manter o pau dentro da calça, ou que a mãe compensava esse fato gastando rios de dinheiro na Madison Avenue. Coop descobriu a informação por meio da prática sagaz de ouvir atrás das portas. Eles ferraram com tudo, e era ele o sentenciado a passar o verão em uma fazenda de merda com os avós a quem mal conhecia.

E eles eram, tipo, bem *velhos*.

Cooper deveria ajudar com os cavalos, que fediam e pareciam prontos para morder você. Também com as galinhas, que fediam e realmente bicavam.

Eles não tinham uma governanta que preparava omeletes e recolhia seus bonecos do chão. E dirigiam caminhonetes em vez de carros. Até mesmo a avó superidosa.

Coop não via um táxi há dias.

Ele tinha tarefas, além de ter que comer comida caseira preparada com alimentos que nunca vira na *vida*. E talvez a comida até fosse gostosa, mas a questão não era essa.

A *única* televisão da casa inteira mal sintonizava, e não existia nem um McDonald's na cidade. Nenhum restaurante chinês nem pizzaria com serviço de entrega. Nenhum amigo. Nenhum parque, nenhum cinema e nenhum fliperama.

Ele poderia estar facilmente na Rússia ou em algum lugar do tipo.

Coop ergueu o olhar do Game Boy para o lado de fora da janela, para o que, na sua opinião, era um grande nada. Montanhas idiotas, pradarias idiotas, árvores idiotas. A mesma vista, até onde seus olhos podiam alcançar, desde que saíram da fazenda. Pelo menos seus avós tinham parado de interrompê-lo em seu jogo para comentar sobre tudo o que passava por eles do lado de fora.

Como se ele desse a mínima para os colonos idiotas, indígenas e soldados que viveram ali antes mesmo que ele tivesse nascido... Caramba, antes que até mesmo seus avós pré-históricos tivessem nascido.

Quem ligava para idiotas como um tal de Cavalo Louco e Touro Sentado? Coop gostava mesmo era dos X-Men e das pontuações dos jogos.

Na sua opinião, só o fato de a cidade mais próxima se chamar Deadwood — algo como "lugar da madeira morta" — já dizia tudo.

Coop não estava nem aí para caubóis, cavalos e búfalos. Ele gostava de beisebol e videogames. E não conseguiria assistir a nem um *único* jogo no estádio dos Yankees durante todo o verão.

Era como se estivesse praticamente morto.

Coop avistou um bando que pareciam ser veados mutantes trotando pela vegetação alta, e diversas árvores e colinas idiotas que eram realmente verdes. Por que o nome daquele lugar — Black Hills — tinha a ver com preto se tudo ali era verde? Porque ele estava na bosta da Dakota do Sul, onde ninguém sabia nada de nada.

O que ele não via eram prédios, pessoas, ruas, ambulantes nas calçadas. O que ele não via era o seu lar.

A avó se virou no assento para olhar para o neto no banco traseiro.

— Você está vendo os alces, Cooper?

— Acho que sim.

— Vamos chegar na propriedade dos Chance daqui a pouco — disse ela. — Foi legal da parte deles nos convidarem para o jantar. Você vai gostar da Lil. Ela tem quase a sua idade.

Ele conhecia as regras.

— Sim, senhora.

Como se ele fosse ficar amiguinho de uma *garota* qualquer... Uma garota boba de fazenda que devia feder a cavalo. E que devia se parecer com um.

Ele baixou a cabeça e se concentrou outra vez no Tetris para que sua avó o deixasse em paz. Ela meio que se parecia com a mãe dele, só que uma versão velha e que não ia direto ao cabeleireiro para manter o cabelo loiro e ondulado, e que não usava maquiagem. Mas ele era capaz de enxergar a mãe naquela mulher velha e estranha com os olhos azuis cercados de rugas.

Chegava a ser um pouco assustador.

O nome dela era Lucy, e ele deveria chamá-la de vó.

Ela cozinhava e assava bolos. O tempo todo. E pendurava lençóis e outras coisas num varal nos fundos da casa da fazenda. Também costurava e faxinava, sempre cantarolando. Sua voz era até bonita, se você gostasse desse tipo de coisa.

Ela ajudava com os cavalos, e Coop tinha que admitir que havia ficado surpreso e impressionado quando a viu pular e montar em um deles sem nem ao menos precisar de sela.

Lucy *era* velha — provavelmente devia ter, no mínimo, uns cinquenta anos, pelo amor de Deus! Mas não era enferrujada.

A maior parte do tempo, a avó usava botas, calças jeans e camisas xadrez. Mas hoje ela decidira colocar um vestido e deixar solto o cabelo castanho que costumava usar trançado.

Ele não tinha notado quando saíram da estrada interminável, até que o percurso se tornou mais acidentado. Quando levantou a cabeça e espiou, avistou mais árvores, menos terrenos planos e as montanhas irregulares atrás deles. No geral, pareciam mais uma porção de colinas verdejantes e acidentadas cobertas por rochas lisas.

Ele sabia que os avós criavam cavalos e alugavam as montarias para turistas que queriam fazer trilhas cavalgando. Mesmo assim, não entendia. Não conseguia entender por que alguém iria querer montar em um cavalo e cavalgar entre rochas e árvores.

Seu avô dirigiu por um trecho com mais poeira do que cascalho, e Coop viu o gado pastando em ambos os lados. Esperava que aquilo significasse que estavam chegando. Não estava nem aí para o jantar na fazenda dos Chance ou em conhecer a bobona da Lil.

Mas precisava fazer xixi.

O avô teve que parar a caminhonete para que a avó descesse e abrisse uma porteira, e então a fechasse logo depois de passarem por ela. À medida que continuaram quicando pela estrada, a bexiga do menino começou a protestar.

Ele avistou galpões, celeiros, estábulos, ou fosse lá o que fossem, não importava. O que importava era que, pelo menos, era um sinal de civilização.

Algo estava sendo cultivado em alguns dos campos, e cavalos corriam de um lado para o outro como se não tivessem nada melhor para fazer.

Quando a casa surgiu à vista, Cooper não a achou nem um pouco diferente daquela em que seus avós moravam. Dois andares, janelas, um alpendre gigante. A única diferença era que a casa deles era azul, e a dos avós, branca.

Havia muitas flores ao redor da casa, que alguém até poderia achar bonito de olhar, se esse mesmo alguém não tivesse sido obrigado a aprender a arrancar as ervas daninhas que cercavam a casa dos avós.

Uma mulher saiu no alpendre e acenou. Ela também usava um vestido bem comprido que o fez se lembrar das fotos de hippies que havia visto. O cabelo era muito escuro e estava preso em um rabo de cavalo. Do lado de fora da casa, havia duas caminhonetes e um carro velho estacionados.

Seu avô, que quase nunca dizia nada, saiu do veículo.

— Olá, Jenna.

— É bom ver você, Sam. — A mulher deu um beijo na bochecha do avô de Cooper, e se virou para abraçar a avó. — Lucy! Eu não disse que não precisava trazer nada? — acrescentou quando Lucy pegou uma cesta na caminhonete.

— Não consegui evitar. É torta de cereja.

— Com toda a certeza não vamos recusar uma sobremesa. E este é o Cooper. — Jenna estendeu a mão para um cumprimento típico de adultos. — Seja bem-vindo.

— Obrigado.

Ela apoiou a mão no ombro do garoto.

— Vamos entrar. Lil está doida pra te conhecer, Cooper. Ela está terminando umas tarefas com o pai, mas eles devem chegar daqui a pouquinho. Que tal uma limonada? Aposto que você está com sede depois de percorrer esse chão todo.

— Humm. Acho que sim. Posso usar o banheiro?

— Claro. Temos um dentro de casa. — Ela riu ao dizer aquilo, e havia um brilho zombeteiro em seus olhos escuros que fez Coop sentir a nuca esquentar.

Era como se ela soubesse que ele esteve pensando no estado envelhecido e detonado de tudo ao redor.

Ela o guiou para o interior da casa, passando por uma grande sala de estar, depois por uma menor, e então pela cozinha que tinha um cheiro igualzinho à da avó.

Comida caseira.

— Tem um lavatório bem ali. — Jenna deu um tapinha carinhoso no ombro dele, o que aumentou ainda mais a sensação de calor em sua nuca. — Por que não levamos aquela limonada para o alpendre dos fundos para conversarmos um pouco? — sugeriu ela aos avós de Cooper.

A mãe dele teria chamado aquele cômodo de lavabo. Ele se aliviou com imensa satisfação, então lavou as mãos na pia minúscula grudada no canto. Ao lado havia uma toalha azul com uma pequena rosa cor-de-rosa bordada.

Na casa dele, refletiu, o lavabo era duas vezes maior e sabonetes chiques enfeitavam a saboneteira de cristal da Tiffany. As toalhas eram mais macias, também, e gravadas com monogramas.

Demorando-se ali dentro, Coop cutucou as pétalas brancas das margaridas que enfeitavam um pequeno jarro de madeira sobre a pia. Em sua casa, provavelmente seriam rosas. Ele não tinha notado aquele tipo de coisa até então.

Coop estava morrendo de sede. Desejou poder pegar um galão de limonada, talvez um pacote inteiro de Cheetos, e se deitar no banco traseiro da caminhonete, na companhia de seu Game Boy. Qualquer coisa seria melhor do que ser forçado a se sentar com uma porção de estranhos na varanda de uma casa velha de fazenda, provavelmente por *horas* a fio.

Ele ainda conseguia ouvir os adultos conversando e rindo na cozinha, e imaginou quanto tempo mais poderia enrolar ali no banheiro antes de sair.

Coop decidiu, então, dar uma espiada pela pequena janela, chegando à conclusão de que era tudo a mesma merda. Padoques e currais, celeiros e silos, animais estúpidos de fazenda, equipamentos com aparência esquisita.

Não era como se ele estivesse a fim de ir para a Itália caminhar por todo o lugar enquanto olhava para coisas velhas, mas, pelo menos, se os pais o tivessem levado, ele comeria pizza.

A garota saiu do celeiro. Tinha o cabelo escuro como o da mulher hippie, então Coop deduziu que era a tal de Lil. Usava uma calça jeans enrolada nos tornozelos, tênis de cano alto e um boné vermelho de beisebol, além de duas longas tranças.

Ela parecia desleixada e boba, e na mesma hora ele decidiu que não gostava dela.

Um instante depois, um homem saiu atrás dela. O cabelo dele era loiro e estava preso em um longo rabo de cavalo que reforçava toda a impressão hippie. Ele também usava um boné. O homem disse alguma coisa que fez a menina rir e fazer que não com a cabeça. Fosse lá o que ele tivesse falado, a garota saiu correndo, mas o homem a alcançou e a levantou no colo.

Cooper ouviu os gritinhos e as risadas da garota, à medida que o pai a girava no ar.

Será que o pai dele alguma vez na vida já havia corrido atrás dele assim?, Cooper refletiu. Será que já o havia jogado no ar e o girado em círculos com tanta alegria?

Não que ele pudesse se lembrar. Ele e o pai *conversavam* — quando tinham tempo. E o tempo, Coop sabia, sempre era bem escasso.

Os caipiras não têm nada além de tempo, Coop pensou. Eles não viviam sob as exigências dos negócios que um advogado corporativo com a reputação do seu pai possuía. Eles não eram a terceira geração Sullivan, como o pai dele, que era obrigado a enfrentar as responsabilidades que vinham associadas ao nome.

Então eles podiam jogar seus filhos para o ar o dia inteiro.

Assistir àquela cena o fez sentir uma dor súbita no estômago, então ele se virou e se afastou da janela. Sem outra escolha, saiu do cômodo para ser torturado pelo restante do dia.

Lil DEU mais uma risadinha enquanto o pai a girava e a deixava tonta. Quando foi capaz de respirar de novo, ela fez uma tentativa de lançar um olhar severo.

— Ele *não* vai ser meu namorado.

— Isso é o que você diz agora. — Josiah Chance fez cócegas nas costelas da filha. — Mas vou ficar de olho naquele almofadinha da cidade.

— Eu não quero nenhum namorado. — Lil gesticulou de leve com sua experiência de garota de quase dez anos. — Eles dão muito trabalho.

Joe a puxou para perto e apertou suas bochechas.

— Vou fazer questão de te lembrar disso daqui a alguns anos. Parece que eles já chegaram. É melhor a gente ir lá dar um oi e depois nos limparmos.

Não tenho nada contra *meninos*, Lil pensou. E sabia como se comportar direitinho na presença de convidados. Mas, ainda assim...

— Se eu não gostar dele, ainda tenho que brincar com ele?

— Ele é nosso convidado. E é um estranho em uma terra desconhecida. Você não iria querer que alguém da sua idade fosse legal e te levasse para passear se você desse um pulo em Nova York?

Lil enrugou o nariz fino.

— Eu não quero ir pra Nova York.

— Aposto que ele não queria vir pra cá.

Ela não conseguia entender o porquê. Tinha tudo ali. Cavalos, cachorros, gatos, as montanhas, as árvores. Mas os pais dela a ensinaram que as pessoas eram tão diferentes quanto eram iguais.

— Vou ser legal com ele. — Pelo menos no início.

— Mas não vai inventar de fugir e se casar com ele.

— Pai!

Ela revirou os olhos no exato instante em que o garoto saiu no alpendre. Lil o observou assim como o faria com qualquer nova espécie.

Ele era mais alto do que ela esperava e seu cabelo era da cor da casca de um pinheiro. Ele parecia... zangado ou triste, ela não conseguia decidir qual dos dois. Mas nenhum dos sentimentos era promissor. Suas roupas eram bem urbanas — jeans escuro, que não devia ter sido usado ou lavado o suficiente, e uma camisa branca engomada. Ele pegou o copo de limonada que a mãe dela ofereceu e observou Lil com a mesma cautela.

O menino deu um pulo ao ouvir o grito de um falcão, e Lil conseguiu se controlar a tempo antes de zombar da reação. A mãe dela não iria gostar nem um pouco se ela zombasse de um convidado.

— Sam. — Com um sorriso largo, Joe estendeu a mão. — Como estão as coisas?

— Não posso reclamar.

— E, Lucy, como você está bonita, hein?

— Fazemos o que podemos com o que temos. Este é o nosso neto, Cooper.

— É um prazer conhecer você, Cooper. Seja bem-vindo a Black Hills. Essa é a minha Lil.

— Oi. — Ela inclinou a cabeça de lado. Ele tinha olhos azuis, como o gelo das montanhas. Ele não sorriu, nem os seus olhos.

— Joe, você e Lil vão lá se limpar. Nós vamos comer aqui fora — disse Jenna. — Aproveitar esse dia lindo. Cooper, sente-se aqui do meu lado e me conte o que você gosta de fazer em Nova York. Eu nunca estive lá.

Por experiência própria, Lil sabia que a mãe podia fazer qualquer pessoa falar, qualquer um sorrir. Mas o tal Cooper Sullivan, de Nova York, parecia ser uma exceção. Ele respondia quando falavam com ele, mantinha bons modos, mas era comedido. Eles se sentaram à mesa de piquenique do lado de fora, umas das coisas favoritas de Lil, e se deliciaram com frango frito e pães amanteigados, salada de batata e feijão verde que a mãe havia conservado da última safra.

A conversa abrangeu desde cavalos, gado e colheitas até o clima, livros e a situação de outros vizinhos. Todas as coisas que no mundo de Lil eram importantes.

Embora, para Lil, Cooper estivesse todo tenso, ele ainda deu um jeito de comer duas porções de tudo, mesmo que mal tivesse aberto a boca para qualquer outra coisa.

Até que o pai dela mencionou o beisebol.

— Boston vai quebrar a maldição este ano.

Cooper deixou escapar uma risada e na mesma hora curvou os ombros. Com seu jeito descontraído, Joe pegou a cesta de pãezinhos e ofereceu ao garoto.

— Ah, sim, senhor Nova York. Yankees ou Mets?

— Yankees.

— Nem com reza braba. — Como se estivesse sentindo pena, Joe balançou a cabeça. — Não este ano, garoto.

— Temos um campo interno consistente, bons rebatedores. Senhor — acrescentou, como se somente naquele momento tivesse se lembrado disso.

— Baltimore já está acabando com vocês.

— É uma exceção. Eles foram detonados ano passado, e vão arregar este ano.

— Quando isso acontecer, os Red Sox vão atacar.

— Talvez rastejando.

— Ah, que espertinho.

Cooper empalideceu um pouco, mas Joe continuou como se não tivesse notado a reação:

— Vou apenas dizer, Wade Boggs, e inclua aí o Nick Esasky. E também...

— Don Mattingly, Steve Sax.

— George Steinbrenner.

Pela primeira vez, Coop riu.

— Bem, não se pode ter tudo.

— Deixa só eu consultar minha especialista. Sox ou Yankees, Lil?

— Nenhum dos dois. Vai dar Baltimore. Eles têm um grupo jovem, com muita garra. Eles têm Frank Robinson. Boston tem a jogada, mas não sabe como executar. E os Yankees? Sem chance, não este ano.

— Minha única filha sempre me magoando desse jeito. — Joe colocou a mão sobre o coração. — Você joga, Cooper?

— Sim, senhor. Na segunda base.

— Lil, leve o Cooper lá para a parte de trás do celeiro. Vocês podem fazer a digestão praticando algumas rebatidas.

— Tá bom.

Coop deslizou para fora do banco.

— Obrigado pelo jantar, senhora Chance. Estava muito bom.

— De nada.

Conforme as crianças se afastavam, Jenna olhou para Lucy.

— Pobrezinho — murmurou.

Os cachorros correram à frente deles, atravessando o campo.

— Eu jogo na terceira base — disse Lil a Coop.

— Onde? Não tem nada por aqui.

— Fora de Deadwood. Nós temos um campo e até uma liga. Eu vou ser a primeira mulher a jogar na liga principal.

Coop riu com deboche outra vez.

— Mulheres não podem jogar nas ligas principais. É assim que as coisas são.

— As coisas nem sempre são como têm que ser. É isso que a minha mãe diz. E quando eu parar de jogar como profissional, vou ser técnica.

Ele zombou, e, embora isso a tivesse deixado irritada, foi exatamente o que a fez gostar mais dele. Pelo menos ele já não parecia tão engomadinho quanto a camisa que usava.

— Você não sabe de nada.

— Quem disse?

Ele riu, e, mesmo que Lil soubesse que o garoto estava rindo dela, decidiu dar a ele mais uma chance antes de acabar com ele.

Ele era um convidado. Um estranho em uma terra desconhecida.

— Como você joga em Nova York? Pensei que lá só tivesse prédios.

— Nós jogamos no Central Park, e às vezes no Queens.

— O que é o Queens?

— É um dos *munis*.

— É uma mula?

— Não. Jesus. É um bairro, um município, um lugar. Não uma mula.

Ela parou na mesma hora, colocou as mãos nos quadris e o fuzilou com os olhos escuros.

— Quando você tenta fazer alguém se sentir burro por ter feito uma pergunta, é você que se torna o imbecil.

Ele deu de ombros e rodeou a lateral do imenso celeiro vermelho ao lado dela.

Ali fedia a animais, poeira e bosta, tudo ao mesmo tempo. Coop não conseguia imaginar por que alguém iria querer viver em meio àquele cheiro, ou ao som de cacarejos, resfolegadas e mugidos o dia inteiro. Estava prestes a fazer um comentário maldoso sobre tudo — ela era só uma criança, afinal, e, ainda por cima, uma menina —, quando avistou o campo de treinamento para rebatidas.

Não era do tipo ao qual ele estava acostumado, mas parecia bem legal. Alguém, Coop achava que tivesse sido o pai de Lil, tinha construído uma gaiola de treinos com três lados usando cercas. Ela ficava aos fundos de uma área cheia de arbustos e espinheiros desordenados que se abriam para um pasto onde o gado só ficava lá parado, sem fazer nada. Ao lado do celeiro, abrigada sob uma das beiradas do telhado, havia uma caixa desgastada. Lil a abriu e pegou luvas, bastões e bolas.

— Meu pai e eu treinamos quase todas as noites depois do jantar. Mamãe de vez em quando arremessa pra mim, mas ela não tem tanta força. Você pode rebater primeiro se quiser, "porque você é um convidado e tal", mas tem que usar o capacete. Essa é a regra.

Coop colocou o capacete que ela entregou, então conferiu o peso de alguns bastões. Segurar um deles era quase tão bom quanto brincar com seu Game Boy.

— Seu pai treina com você?

— Claro. Ele jogou na liga secundária por algumas temporadas, na costa leste, então ele joga super bem.

— Sério? — Toda zombaria desapareceu. — Ele jogou profissionalmente?

— Por algumas temporadas. Ele teve alguma coisa no manguito rotador, e foi assim que tudo acabou. Foi então que ele decidiu viajar pelo país e acabou aqui. Meu pai trabalhou para os meus avós, esta fazenda era deles antes. Daí ele conheceu a minha mãe. E foi assim que tudo começou também. Você quer rebater?

— Sim. — Cooper se encaminhou para os fundos da gaiola e agitou o bastão algumas vezes. Quando ficou pronto, ela arremessou uma bola lenta e reta, e ele acertou em cheio, mandando-a para fora do campo.

— Essa foi boa. Nós temos seis bolas. Então vamos catar todas depois que você acabar. — Lil pegou a segunda bola, tomou posição e fez mais um lançamento fácil.

Coop sentiu uma breve emoção quando a bola voou pelo campo. Então acertou mais uma terceira, e balançou os quadris para esperar pelo próximo arremesso.

Ela fez outro arremesso, e a bola passou direto por ele.

— Bela rebatida. — Foi tudo o que ela disse quando o viu semicerrar os olhos.

Ele segurou um pouco mais para cima do taco e arrastou os calcanhares no chão. Ela o enganou com uma bola curva, baixa e com efeito. Ele conseguiu rebater por pouco a bola seguinte, que voou e ressoou alto quando atingiu a grade.

— Você pode devolver essas três bolas, se quiser — disse ela. — Posso lançar mais algumas.

— Está tudo bem. Você pode rebater agora. — Ele mostraria uma coisinha a ela.

Os dois trocaram de posição. Em vez de aliviar, ele arremessou uma bola rápida logo de primeira. O taco resvalou o suficiente para que Lil rebatesse. Ela acertou a bola seguinte, mandando-a para cima. E, na terceira vez, ela acertou em cheio, com o centro do bastão, e se eles estivessem em um campo de beisebol, Coop tinha que admitir, ela teria rebatido um *home run*.

— Você é muito boa.

— Eu gosto delas mais altas e por dentro. — Depois de apoiar o bastão contra a cerca, Lil se dirigiu para o pasto. — Vamos ter um jogo no próximo sábado. Você pode ir, se quiser.

Algum jogo idiota de caipiras. No entanto, seria melhor que nada.

— Quem sabe...

— Você vai a jogos de verdade? Tipo, no estádio dos Yankees?

— Claro. Meu pai sempre compra ingressos para a temporada toda, nos camarotes bem atrás da terceira base.

— Mentira!

Foi até legal — um pouco — impressionar a garota. E nem foi tão ruim ter alguém, mesmo que fosse uma garota de fazenda, com quem conversar sobre beisebol. Mais ainda porque ela sabia como manejar um bastão e rebater direitinho, e essa era uma vantagem imensa.

Ainda assim, Coop só deu de ombros, e então observou Lil passar por baixo do arame farpado sem contratempos. Ele nem mesmo reclamou quando ela se virou e ergueu o arame para que ele passasse.

— A gente assiste pela TV, ou ouvimos pelo rádio. E uma vez a gente foi até Omaha para assistir a um jogo. Mas nunca fui a um estádio desses grandes da liga principal.

E aquilo o fez se lembrar de onde estava no momento.

— Você está a um milhão de quilômetros de distância de um deles. De qualquer coisa.

— Meu pai diz que um dia vamos sair de férias e viajar até o Leste. Talvez a gente vá ao estádio Fenway Park, já que ele é o maior fã dos Red Sox. — Ela encontrou uma bola e enfiou no bolso traseiro. — Ele gosta de torcer pelo azarão.

— Meu pai diz que é mais inteligente torcer pelos vencedores.

— É o que todo mundo já faz, pelo menos a maioria das pessoas, então alguém tem que torcer pelos azarões. — Ela lançou um sorriso radiante para ele, piscando os cílios compridos acima dos olhos castanho-escuros. — Esse ano vai dar Nova York.

Cooper deu uma risada antes que pudesse se dar conta.

— Se você tá dizendo.

Ele recolheu uma bola e começou a passá-la de uma mão a outra conforme seguiam até as árvores.

— O que vocês fazem com esse tanto de vacas?

— Gado de corte. A gente cria e depois vende. Daí as pessoas podem comer. Aposto que até o pessoal de Nova York gosta de carne.

Ele achou aquilo bem desagradável. Só de pensar que a vaca que o estava encarando naquele momento estaria no prato de alguém — talvez até mesmo no dele — algum dia...

— Você tem algum animal de estimação? — perguntou ela.

— Não.

Ela nem mesmo conseguia imaginar uma vida sem animais por perto, por todo lado e o tempo todo. E só de pensar nisso um nó se formou na garganta da garota, por pena.

— Acho que deve ser mais difícil na cidade. Nossos cachorros... — Ela parou e olhou ao redor, até que os avistou. — Eles estavam correndo por aí, olha lá, e agora querem voltar para a mesa para catar as sobras do jantar. São cachorros bem legais. Se você quiser, pode passar por aqui e brincar com eles de vez em quando, e também usar a gaiola de rebatidas.

— Talvez. — Ele lançou mais uma olhadela para a menina. — Valeu.

— Não conheço muitas meninas que gostem de beisebol. Ou de fazer trilhas, ou de pescar. Eu gosto. Meu pai está me ensinando a rastrear. Ele aprendeu com o meu avô, pai da minha mãe. Ele é muito bom.

— Rastrear?

— É, animais e pessoas. Por diversão. Tem uma porção de trilhas, e uma porção de coisas pra fazer.

— Se você diz...

Ela inclinou a cabeça de lado diante do tom de indiferença.

— Você já acampou?

— E por que eu iria querer fazer isso?

Lil simplesmente sorriu.

— Vai escurecer em breve. É melhor pegarmos a última bola pra voltarmos logo. Se você vier aqui de novo, talvez meu pai jogue com a gente, ou podemos ir cavalgar. Você gosta de montar?

— Você quer dizer em cavalos? Não sei. Parece um negócio besta.

Ela lançou um olhar furioso para o garoto, do mesmo jeito que rebateu a bola longa.

— Não é besta. E é ridículo dizer isso só porque você não sabe cavalgar. Além do mais, é divertido. Quando nós...

Ela parou de repente. Em seguida, inspirou fundo e segurou o braço de Cooper.

— Não se mexa.

— O quê? — Ao sentir a mão em seu braço tremer, o coração de Coop quase saltou na garganta. — É uma cobra?

Apavorado, ele varreu a grama com o olhar.

— Puma — sussurrou, quase inaudível. Ela estava parada feito uma estátua, a mão tremendo contra o braço dele, conforme encarava a vegetação densa.

— O quê? Onde? — Suspeitando que ela estava zombando dele, só para assustá-lo, Coop tentou afastar o toque da mão dela em seu braço. A princípio, não viu nada, a não ser a vegetação, as árvores, o aclive das rochas e das colinas.

Então, ele viu a sombra.

— Puta merda. Pu-ta mer-da!

— Não corra. — Ela encarava o animal, como se estivesse hipnotizada. — Se correr, ele vai te perseguir, e é muito mais rápido que você. Não! — Ela agarrou o braço dele quando Cooper pressionou a bola com firmeza. — Não jogue nada, ainda não. Mamãe diz… — Ela tentou se lembrar de tudo o que a mãe já dissera. Ela nunca viu um felino selvagem antes, não de verdade, nem tão próximo à fazenda. — Você tem que fazer barulho e… e… se fazer parecer gigante.

Tremendo, Lil ficou na ponta dos pés, ergueu os braços acima da cabeça e começou a gritar:

— Vá embora! Dê o fora daqui! — Então se virou e berrou para Cooper. — Grite! Faça parecer que você é grande e malvado!

Os olhos dela, vívidos e escuros, mediam o puma da cabeça à cauda. Mesmo que seu coração estivesse martelando de pavor, algo mais se alastrou em seu interior.

Admiração.

Ela podia ver os olhos do puma brilhando na escuridão iminente, cintilando à medida que a encarava. Embora sua garganta estivesse seca, ainda assim pensou: *ele é lindo. Ele é lindo demais.*

O animal se movia com graciosidade poderosa, observando-os como se estivesse decidindo se devia atacar ou recuar.

Ao lado dela, Coop gritava, sua voz rouca pelo medo. Ela observou o enorme felino se esgueirar furtivamente de volta às sombras mais densas.

E, então, ele saltou para longe, uma mancha em tom dourado-opaco que a deixou deslumbrada.

— Ele fugiu. Meteu o pé.

— Não fugiu — murmurou Lil. — Ele voou.

Além do rugido em seus ouvidos, ela escutou o pai gritando seu nome e se virou. Ele vinha correndo pelo campo, enxotando e assustando o gado. Bem mais atrás, o avô de Cooper também corria, carregando um rifle que ela sabia se tratar do que ficava dentro de sua casa. Os cachorros os acompanhavam, assim como a mãe, com uma espingarda, e a avó de Coop.

— Puma — conseguiu dizer, antes que o pai a tirasse do chão em um abraço apertado. — Lá. Bem ali. Já foi agora.

— Entrem em casa. Coop. — Com o braço livre, Joe puxou o menino contra o seu corpo. — Os dois, já pra dentro. Agora.

— Ele já foi, pai. Nós assustamos ele.

— Vão! Puma — disse ele, assim que Jenna passou por Sam e os alcançou.

— Ah, meu Deus. Vocês estão bem. — Ela abraçou Lil, entregando a espingarda a Joe. — Vocês estão bem. — Beijou o rosto da filha, o topo da cabeça, então se abaixou e fez o mesmo com Coop.

— Leve-os para dentro, Jenna. Leve as crianças e Lucy, e fiquem lá dentro.

— Vamos, meninos. Vamos. — Jenna enlaçou as duas crianças com o braço e olhou para o semblante sério de Sam quando ele se aproximou. — Tome cuidado.

— Não mate ele, pai! — gritou Lil enquanto a mãe a puxava para longe. — Ele era muito lindo. — A menina vasculhou com o olhar a vegetação, as árvores, esperando conseguir ter apenas mais um vislumbre. — Não mate ele.

Capítulo dois

⌘ ⌘ ⌘

COOP TEVE dois pesadelos. Em um deles, o puma com brilhantes olhos amarelos pulou pela janela de seu quarto e o devorou em mordidas gananciosas antes que ele tivesse a chance de gritar. Em outro, ele havia se perdido nas colinas, em meio a quilômetros de vegetação e rochas. Ninguém apareceu para procurá-lo. *Ninguém*, pensou ele, *sequer notou minha ausência*.

O pai de Lil não matou aquele puma. Pelo menos não que Coop tenha ouvido o som de tiros. Quando seu avô e o sr. Chance voltaram, eles comeram torta de cereja com sorvete caseiro de creme, e conversaram sobre outras coisas.

Propositalmente. Coop sabia tudo sobre essas artimanhas dos adultos. Ninguém falaria sobre o que havia acontecido até que ele e Lil fossem dormir e não estivessem lá para ouvir.

Resignado e ressentido de sua prisão, ele cumpriu com as tarefas, fez suas refeições e brincou com o Game Boy. Tinha esperanças de que, se fizesse tudo o que mandavam, poderia ter um dia de liberdade condicional e talvez voltar à fazenda dos Chance, para praticar beisebol.

Talvez até mesmo o sr. Chance jogasse um pouco com ele, daí ele poderia perguntar como era a sensação de jogar na liga profissional. Coop sabia que seu pai queria que ele estudasse Direito, para trabalhar no escritório da família. Para se tornar um advogado figurão algum dia. Mas, talvez, *talvez*, ele pudesse se tornar um jogador de beisebol em vez disso.

Se ele fosse bom o bastante.

Com os pensamentos voltados ao beisebol e a escapar da triste sentença do seu verão, o grande puma de olhos amarelos talvez não tivesse passado de outro sonho qualquer.

Como café da manhã, ele comeu suas *flapjacks*, pequenas barrinhas com base de aveia e açúcar, em silêncio, sentado à mesa velha da cozinha, enquanto ela mexia algo no fogão. O avô já estava lá fora com alguma tarefa em andamento. Cooper comeu bem devagar, mesmo que o videogame fosse proibido à mesa, porque, assim que terminasse, teria que começar suas tarefas lá fora.

Lucy serviu café em uma caneca branca e se sentou com ela diante dele.

— Bem, Cooper, já faz duas semanas que você está com a gente.

— Acho que sim.

— Esse é todo o tempo que você teve pra ficar tristinho. Você é um menino bom e muito inteligente. Faz o que mandam e não responde com atrevimento. Pelo menos, não em voz alta.

Havia um brilho nos olhos dela — um brilho sagaz, não maldoso — que indicava que ela sabia que ele respondia mentalmente com malcriação. Diversas vezes.

— Essas são qualidades muito boas. Mas você também tem mania de ficar emburrado e caladão, perambulando por aqui como se estivesse em uma prisão. Essas não são qualidades tão boas.

Ele não disse nada, mas desejou que tivesse comido o café da manhã o mais rápido possível para ter escapado dali. Coop encolheu os ombros, imaginando que eles estavam prestes a ter uma *conversa* — o que significava, em sua experiência, que ela diria todas as coisas que ele fez de errado, como ela esperava mais e como ele era uma decepção.

— Sei que está chateado, e você tem todo o direito de estar. Por isso você teve essas duas semanas.

Ele piscou, encarando o prato, as sobrancelhas franzidas em confusão.

— A questão, Cooper, é que estou chateada *por* você. Seus pais foram muito egoístas e não levaram você em consideração na hora de tomarem decisões.

Ele ergueu a cabeça apenas um pouquinho, mas o olhar encontrou o da avó. *Talvez seja uma pegadinha*, pensou, *e ela esteja dizendo tudo isso para que eu responda com malcriação. Daí, eu poderia ser colocado de castigo.*

— Eles podem fazer o que quiserem.

— Sim, podem. — Ela assentiu com brusquidão, bebendo seu café em seguida. — Mas não significa que deveriam. Eu quero você aqui, assim como o seu avô. Sei que ele não é de falar muito, mas estou dizendo a verdade. Só que isso também é egoísmo da nossa parte. Queremos que você fique aqui porque queremos conhecer melhor o nosso único neto, passar tempo com ele, como nunca tivemos a chance. Mas você não quer estar aqui, e sinto muito por isso.

Ela olhava diretamente para ele, olho no olho. E não *parecia* uma pegadinha.

— Sei que você quer ir pra casa — continuou ela —, ficar com seus amigos. Eu sei que você queria ir para o acampamento de treinamento de beisebol, como eles prometeram. Sim, eu sei disso tudo.

Ela assentiu novamente e bebericou o café enquanto olhava para além da janela. Ela *parecia* chateada, como dissera antes. Mas não com ele. Sua avó estava chateada *por* ele.

E isso era uma coisa que ele não entendia. E que fazia com que ele sentisse o peito apertado e dolorido.

— Eu sei de tudo — repetiu ela. — Um garoto da sua idade não tem muita abertura para falar nem para fazer muitas escolhas. Elas começarão a chegar em algum momento, mas, nessa sua fase da vida, não. Você pode tirar o melhor proveito da situação ou ficar infeliz.

— Eu só quero ir pra casa. — Ele não tinha intenção de dizer aquilo em voz alta, só de pensar. Mas as palavras saltaram da sua boca, pulando para fora de seu peito apertado e dolorido.

Ela voltou o olhar para o neto.

— Ah, meu querido... eu sei, eu sei que você quer ir. Quisera eu poder te ajudar. Você pode não acreditar em mim, já que não me conhece assim tão bem, mas eu realmente queria poder satisfazer a sua vontade.

Não era questão de acreditar, e sim o fato de que ela estava conversando com ele. Na verdade, conversava como se ele fosse importante. Então, as palavras, e a tristeza que vinha com elas, simplesmente borbulharam para fora.

— Eles simplesmente me mandaram embora, e eu não fiz nada errado. — Lágrimas o deixaram com a voz embargada. — Eles não quiseram que eu fosse junto na viagem. Eles não me quiseram.

— Mas nós o queremos. Eu sei que isso não serve de muito consolo pra você agora. Mas saiba e acredite nisso. Talvez, em algum momento na sua vida, você precisará de um lugar. Fique sabendo que você sempre terá um aqui.

Ele deixou escapar o pior. O pior que estava bem escondido dentro dele.

— Eles vão se divorciar.

— Sim, suponho que você esteja certo.

Coop piscou diversas vezes e a encarou, porque esperava que ela dissesse que aquilo não era verdade, esperava que ela fingisse que tudo ficaria bem.

— Então, aí… o que vai acontecer comigo?

— Você vai superar.

— Eles não me amam.

— Mas nós, sim, nós o amamos — disse ela com firmeza quando ele baixou a cabeça outra vez e assentiu. — Primeiro, porque você é sangue do nosso sangue. Você é família. E segundo, porque… sim.

Quando duas lágrimas pingaram no prato do menino, Lucy continuou falando:

— Não posso falar por eles sobre o que sentem ou o que pensam. Mas posso dizer algo sobre o que eles fazem. Estou furiosa com eles. Estou com muita raiva deles, por estarem te magoando desse jeito. A maioria das pessoas diria que é só um verão, que não é o fim do mundo. Mas quem diz esse tipo de coisa não se lembra de como é ter onze anos. Não posso te obrigar a ser feliz aqui, Cooper, mas vou pedir uma coisa. É só uma coisinha, e talvez seja uma bem difícil pra você. Vou pedir que você tente.

— Tudo aqui é diferente.

— Com certeza, é. Mas pode ser que você encontre no diferente alguma coisa da qual goste. E o fim do mês de agosto não vai parecer assim tão distante. Se você fizer isso, Cooper, se realmente tentar, vou pedir para o seu avô comprar outra TV para nós. Uma que não precise daquelas antenas esquisitas que parecem de inseto.

Ele fungou.

— E se eu tentar e ainda assim não gostar de nada?

— Tentar já é o suficiente, se você estiver tentando de verdade.

— Quanto tempo tenho que tentar antes de conseguir a TV nova?

Ela gargalhou com vontade, e, por alguma razão, o som de sua risada o fez curvar para cima os lábios e sentir um certo alívio no peito.

— Isso aí, garoto. Muito bem. Duas semanas, que tal? Duas semanas amuado, agora duas semanas tentando se divertir. Faça um esforço de verdade, e pode apostar que vou colocar uma TV novinha em folha na sala. Combinado?

— Sim, senhora.

— Tudo bem. Por que você não vai lá fora agora, atrás do seu avô? Ele estava tocando um projeto por lá e pode ser que precise de uma mãozinha.

— Okay. — Ele se levantou. E então, sem saber explicar por que, desabafou: — Eles gritam pra caramba, e nem se dão conta de que estou por perto quando começam a discutir. Ele está fazendo sexo com outra pessoa. Acho que ele faz isso o tempo todo.

Lucy soltou um longo suspiro.

— Você anda ouvindo atrás das portas, menino?

— Às vezes... Mas tem hora que eles gritam sobre esse assunto, e aí eu nem preciso me esforçar para ouvir a conversa. Eles nunca me escutam quando falo. Às vezes, eles fingem que sim, e, às vezes, eles nem se dão ao trabalho de fingir. Eles não estão nem aí se gosto de alguma coisa, contanto que eu fique quieto e não atrapalhe.

— Isso é diferente aqui também.

— É. Acho que sim.

Coop não sabia o que pensar quando foi para ao lado de fora. Nenhum adulto nunca tinha conversado com ele daquele jeito, ou o escutado daquela maneira. Ele nunca ouvira ninguém criticar seus pais — bem, exceto quando os próprios criticavam um ao outro.

Ela disse que eles o queriam. Ninguém nunca dissera aquilo para ele. E ela falou isso mesmo quando achava que ele não os queria, e ainda assim não pareceu que ela havia dito aquilo só para fazê-lo se sentir mal, e sim porque era verdade.

Coop parou e olhou ao redor. Ele poderia tentar, claro, mas do que ele poderia gostar por ali? Um monte de cavalos, porcos e galinhas. Uma porção de campos e colinas, e mais nada.

Ele gostava das *flapjacks* da avó, mas não achava que era disso que ela estava falando.

Coop enfiou as mãos nos bolsos e saiu caminhando para o lado mais distante da casa, onde ouviu o som de marteladas. Agora ele teria que passar um tempo com o avô estranho e quase sempre caladão. Como ele gostaria *disso*?

Ele deu a volta e avistou Sam perto do grande celeiro com o silo branco. E o que Sam estava martelando e pregando ao chão, com uma espécie de estaca de metal, deixou Coop sem palavras.

Uma gaiola de rebatidas.

Ele queria correr, voar pelo quintal de terra batida. No entanto, se obrigou a andar devagar. Talvez aquilo apenas se parecesse com uma gaiola de rebatidas. Poderia ser algo para os animais.

Sam olhou para cima, e então deu mais uma martelada na estaca.

— Está atrasado para as tarefas.

— Sim, senhor.

— Já alimentei o gado, mas você vai precisar recolher os ovos rapidinho.

— A vovó disse que o senhor precisava de ajuda com um projeto.

— Não. Já acabei. — Com um pequeno martelo na mão, Sam se endireitou e recuou um passo. Ele observou a gaiola de arame em silêncio. — Os ovos não vão pular por conta própria no balde — disse ele, por fim.

— Não, senhor.

— Talvez — disse o avô, de maneira arrastada, assim que Cooper se virou para sair — eu possa arremessar umas bolas depois que as tarefas forem concluídas. — Sam deu um passo para o lado e pegou um taco recostado contra a parede do celeiro. — Você pode usar isso. Terminei ontem à noite.

Surpreso, Cooper pegou o bastão e arrastou a mão pela madeira lisa e polida.

— O senhor fez isso?

— Não vi motivo para comprar um em uma loja.

— Tem… Tem o meu nome escrito. — Com reverência, Coop traçou com a ponta dos dedos o nome entalhado na madeira.

— É assim que você sabe que é seu. Você planeja pegar aqueles ovos hoje ainda?

— Sim, senhor. — Coop entregou o bastão de volta a Sam. — Obrigado.

— Você nunca se cansa de ser assim todo educado, garoto?

— Sim, senhor.

Os lábios de Sam se contraíram.

— Vá logo.

Coop começou a correr para o galinheiro, porém parou e se virou.

— Vovô… o senhor me ensinaria a montar em um cavalo?

— Cumpra suas tarefas, e a gente vê depois.

⌘ ⌘ ⌘

$\mathcal{H}$AVIA ALGUMAS coisas das quais ele gostava, pelo menos um pouco: rebater as bolas depois do jantar e o jeito como o avô o surpreendia a cada poucos arremessos, com lançamentos malucos e exagerados; ele gostava de cavalgar Dottie, a pequena égua, ao redor do curral — pelo menos depois que ele superou o medo de levar um coice ou ser mordido.

Os cavalos não fediam tanto depois que você passava a gostar um pouco deles, ou montar em um sem estar apavorado pra caramba.

Ele gostou de assistir à tempestade de raios que surgiu certa noite, emboscando e iluminando o céu com relâmpagos cortantes. Ele até gostava, de vez em quando, um pouco, de se sentar à janela do seu quarto e observar a paisagem do lado de fora. Ainda sentia saudades de Nova York, e dos amigos, de sua vida, mas era interessante ver aquele tanto de estrelas e ouvir a casa ranger no silêncio.

Coop não gostava das galinhas, nem do fedor ou dos barulhos que elas faziam, ou do brilho maligno nos olhos delas quando ele tinha que recolher os ovos. Só que ele gostava muito dos ovos, fossem eles preparados para o café da manhã, fossem misturados na massa dos bolos e biscoitos.

Sempre havia biscoitos na enorme jarra da avó.

Ele não gostava quando as pessoas passavam por lá de visita, ou quando ele ia até a cidade com os avós, e o olhavam daquela maneira, de cima a baixo, e diziam coisas do tipo: "Então, esse é o filho da Missy!" (Quando a mãe dele se mudou para Nova York, passou a usar o nome Chelle, em vez de Michelle, como foi batizada.) E eles tinham mania de dizer que ele era a cara do avô. Que era *velho*.

Coop gostava de ver a caminhonete dos Chance chegando na fazenda, mesmo que Lil fosse uma menina.

Ela jogava beisebol, e não passava o tempo todo rindo como muitas das meninas que ele conhecia. Ela não ouvia New Kids on the Block toda hora nem caía de amores por eles. Isso era um ponto positivo.

Ela cavalgava melhor que ele, mas não ficava se gabando por causa disso. Não muito. Depois de um tempo, não era como se ele estivesse se divertindo com uma garota. Era como se estivesse se divertindo com Lil.

E uma semana — não duas — depois daquela conversa com a avó na cozinha, uma televisão novinha em folha apareceu na sala.

— Não tem por que esperar — disse a avó. — Você está fazendo a sua parte muito bem. Estou muito orgulhosa de você.

Em toda a sua vida, ele não se lembrava de alguém já ter se orgulhado dele, ou de alguém dizer isso, só porque ele tinha tentado alguma coisa.

Após serem considerados bons o suficiente, ele e Lil tiveram permissão de cavalgar pela fazenda, desde que permanecessem no campo e ainda à vista da casa.

— E aí? — perguntou Lil conforme conduziam as montarias pelo gramado.

— O quê?

— É um negócio besta?

— Talvez não. Ela é bem legal. — Ele deu tapinhas suaves no pescoço de Dottie. — Ela gosta de maçãs.

— Bem que eu queria que eles deixassem a gente cavalgar pelas colinas, para ver as coisas de verdade. Eu só posso fazer isso com um dos meus pais junto. Só que... — Ela olhou ao redor, conferindo se havia alguém por perto que pudesse ouvir. — Eu saí escondido um dia desses, de manhã bem cedinho, antes do sol nascer. Tentei rastrear o puma.

Ele sentiu seus olhos esbugalhando.

— Você tá doida?

— Eu li tudo sobre eles. Peguei uns livros na biblioteca. — Ela usava um chapéu de caubói hoje, um marrom, e jogou a longa trança por cima do ombro. — Eles quase nunca incomodam as pessoas. E não costumam aparecer em fazendas como a nossa, a menos que estejam migrando ou algo do tipo.

Ela transbordava de empolgação, e se virou para encarar Coop, que ainda estava sem palavras.

— Foi muito legal! Sério! Muito legal! Encontrei fezes, pegadas e tudo mais. Mas aí perdi o rastro. Eu não pretendia ficar fora por tanto tempo, e eles já tinham acordado quando voltei. Tive que fingir que só tinha saído de casa.

Com os lábios contraídos, ela lançou para ele um olhar feroz.

— Você não pode contar.

— Não sou dedo-duro. — Aquilo era até um insulto. — Mas você não pode sair e fazer esse tipo de coisa sozinha. Puta merda, Lil.

— Eu sei como rastrear. Não tão bem quanto meu pai, mas sou boa nisso. E conheço todas as trilhas. A gente faz muitas caminhadas, acampamos e tal. Eu estava com a minha bússola e o meu kit.

— E se o puma estivesse lá?

— Eu teria visto ele de novo. Ele pareceu olhar direto pra mim naquele dia, bem na minha cara. Como se ele me conhecesse, e pareceu que... sei lá, pareceu que ele me conhecia.

— Ah, qual é...

— Sério. O avô da minha mãe era Sioux.

— Tipo um índio?

— Sim. Um nativo-americano — corrigiu ela. — Lakota Sioux. O nome dele era John Águas Velozes, e o povo dele viveu aqui por gerações. Eles tinham espíritos animais. Talvez o puma seja o meu.

— Aquela coisa não era o espírito de ninguém.

O olhar dela continuava fixo nas colinas.

— Eu ouvi o puma naquela noite. Foi bem mais tarde, depois que o vimos. Eu o ouvi gritar.

— Gritar?

— É o som que eles fazem, porque não podem rugir. Só os felinos grandes, como os leões, conseguem rugir. Por causa de alguma coisa na garganta. Esqueci o que era. Vou ter que pesquisar de novo. Enfim, eu só queria tentar encontrar ele.

Era impossível não admirar o que ela havia feito, ainda que tenha sido uma insanidade. Ele não conhecia nenhuma garota que se arriscaria a sair escondido para tentar rastrear um puma na floresta. Com exceção de Lil.

— Se aquela coisa tivesse te encontrado, você poderia ter virado o café da manhã dela.

— Você não pode contar.

— Eu falei que não vou, mas você não pode sair assim escondido para procurar aquele bicho de novo.

— Acho que ele já teria voltado a essa altura, se fosse a intenção dele. Fico me perguntando para onde ele foi. — Ela olhou para as colinas ao longe novamente. — Nós podíamos acampar. Meu pai adora de verdade. A gente podia fazer uma caminhada, uma trilha, e acampar à noite. Seus avós deixariam você ir.

— Tipo... em barracas? Na montanha? — A ideia era ao mesmo tempo atrativa e aterrorizante.

— Sim. A gente pode pescar para o jantar e ver a cachoeira, os búfalos e todo tipo de animais silvestres. Talvez até mesmo o puma. Dá até pra ver Montana, quando se chega no pico. — Ela lançou um olhar para trás quando ouviu o sino soando, um anúncio de que a comida estava na mesa. — Hora de comer. Vamos acampar. Vou falar com o meu pai. Vai ser divertido!

*E*LE FOI acampar e aprendeu até a colocar a isca no anzol. Sentiu o frio na espinha ao se sentar ao redor de uma fogueira e ouvir o uivo de um lobo ecoando pela noite, e ficou chocado ao ver o brilho prateado do peixe que ele havia pescado — mais por sorte do que por habilidade — na ponta de sua vara.

Coop ficou mais forte e ganhou calos na mão. Ele aprendeu a diferenciar um alce de um veado, e também cuidar de arreios.

Coop podia cavalgar em um galope, e isso era a maior emoção que já sentira na vida.

Ele ganhou uma posição como convidado no time de beisebol de Lil, e marcou um ponto com uma rebatida dupla.

Anos depois, ele olharia para trás e perceberia que sua vida mudara naquele verão, e que nunca mais voltaria a ser a mesma. Mas tudo o que Coop sabia aos onze anos era que estava feliz.

O avô o ensinou a entalhar e esculpir em madeira, e, para total felicidade de Coop, deu a ele de presente um canivete. Sua avó mostrou como escovar o pelo de um cavalo, de cima a baixo, além de conferir se o animal estava ferido ou doente.

No entanto, foi o avô quem o ensinou a falar com eles.

— O segredo está nos olhos — disse Sam a ele. — No corpo, nas orelhas, na cauda, mas, antes de tudo, nos olhos. O que ele vê nos seus, e o que você vê nos dele.

Ele segurava a guia de um potro colérico que empinava e escoiceava no ar.

— O que você diz não importa muito, porque eles verão o que você está pensando através dos seus olhos. Esse carinha aqui quer mostrar que é durão, mas está mesmo é um pouco assustado. O que queremos com ele, o que vamos fazer? Ele vai gostar? Será que vai doer?

Mesmo enquanto conversava com Coop, Sam olhava no fundo dos olhos do potro, mantendo o tom de voz baixo e calmo.

— O que vamos fazer é encurtar essa guia aqui. Uma mão firme não tem que ser dura.

Sam se aproximou com cautela, segurando o cabresto com firmeza. O potro se agitou e tremeu.

— Ele precisa de um nome. — Sam acariciou o pescoço do animal. — Dê um nome a ele.

Surpreso, Coop desviou o olhar do potro para o avô.

— Eu?

— "Eu"? Que tipo de nome é esse para se dar a um cavalo?

— Quero dizer... Humm. Jones? Pode ser Jones, igual ao Indiana Jones?

— Pergunte a ele.

— Acho que você tem cara de Jones; esperto e corajoso. — Com uma ajudinha da mão de Sam no cabresto, o potro deu um aceno decidido. — Ele disse que sim! Você viu?

— Pode apostar que vi. Segure a cabeça dele agora, com firmeza, e não com força. Vou colocar a manta da sela no lombo dele, do jeito que ele é acostumado. Só preciso que você o lembre disso.

— É... só a manta. Você não se importa de usar isso, Jones. Porque sabe que não vai doer nada. Ninguém vai te machucar. Lembra que você já usou a manta antes? Vovô disse que vamos só te acostumar com a sela, que nem dói também.

Jones encarou o fundo dos olhos de Coop, com as orelhas para a frente, e mal tomou conhecimento da manta acolchoada que protegia o animal da sela.

— Talvez eu possa até montar em você um pouco, depois de se acostumar com a sela. Porque eu não peso muito, daí não vou te machucar. Né, vovô?

— Vamos ver. Segure firme agora, Cooper.

Sam ergueu a sela de treinamento, colocando-a sobre o cavalo com toda a calma.

Jones sacudiu a cabeça, empinando de leve.

— Está tudo bem. Tudo bem. — *Ele não está bravo nem é mal*, Coop pensou. Ele estava um pouco assustado. O garoto podia *sentir* isso, podia ver nos olhos de Jones. — É só uma sela. Acho que deve parecer meio engraçado de início.

Sob o sol da tarde, mal se dando conta do suor ensopando sua camiseta, Coop falava e falava enquanto o avô apertava a sela.

— Leve ele para o cercado, do jeito que te mostrei. Igual você fez com ele, antes de colocarmos a sela. Ele vai dar umas empinadas.

Sam deu um passo para trás e deixou o menino e o potro interagirem. Recostou-se na cerca, pronto para intervir caso fosse necessário. Às suas costas, Lucy colocou a mão em seu ombro.

— É uma visão e tanto, não é?

— Ele tem o dom — reconheceu Sam. — Tem a paixão e a inteligência também. O garoto tem uma habilidade natural com cavalos.

— Não quero deixá-lo ir embora. Eu sei — disse ela, antes que Sam pudesse responder —, ele não é nosso para o segurarmos aqui. Mas meu coração vai se partir um pouco. De uma coisa eu sei, e é que eles não amam esse menino como nós o amamos. Então, parte meu coração só de saber que teremos que mandá-lo de volta.

— Quem sabe no próximo verão ele queira voltar…

— Pode ser. Mas, nossa, vai ficar sossegado demais aqui nesse intervalo de tempo. — Ela suspirou fundo, então se virou ao ouvir o som do motor de uma caminhonete. — O ferrador está chegando. Vou preparar uma jarra de limonada.

Foi o filho do ferrador, Gull, um garoto desengonçado e loiro de catorze anos, quem deu a Coop, às sombras do fim da tarde no celeiro, seu primeiro — e último — pedaço de fumo.

Mesmo depois de ter acabado de vomitar o café da manhã, o almoço e tudo o mais que havia no estômago, Coop continuou com a pele verde como um gafanhoto — de acordo com Gull. Alarmada pelo som de ânsia de vômito, Lucy largou o serviço na horta ao lado da cozinha e correu até os fundos do celeiro. Lá, Coop, de quatro no chão, continuava a colocar as tripas para fora, enquanto Gull, de pé, coçava a cabeça sob o chapéu.

— Credo, Coop, ainda não acabou?

— O que aconteceu? — Lucy exigiu saber. — O que você fez?

— Ele só queria experimentar o fumo. Não vi mal nenhum nisso, senhori... senhora Lucy.

— Ah, pelo amor de Deus... Você não sabe que não deve dar tabaco a um menino da idade dele?

— Eles podem vomitar mesmo.

Como ele parecia ter acabado, Lucy se abaixou.

— Vamos, garoto, entre para se limpar.

Prática e pragmática, Lucy o guiou para o interior da casa. Fraco demais para protestar, Coop somente gemia enquanto ela o despia até deixá-lo só de cueca. A avó lavou seu rosto e lhe deu um pouco de água gelada para beber. Em seguida, baixou as persianas do quarto e se sentou na beirada da cama, colocando a mão fria sobre a testa do menino. Ele abriu os olhos enevoados.

— Foi horrível.

— Aí está uma lição aprendida. — Ele se inclinou para a frente e roçou os lábios na testa do neto. — Você vai ficar bem e vai superar. — *Não somente o ocorrido de hoje*, pensou ela.

Então ficou sentada ao lado dele por um tempinho, enquanto ele adormecia para assimilar a lição aprendida.

NA GRANDE rocha plana perto do riacho, Coop se esticou ao lado de Lil.

— Ela nem gritou nem nada.

— Como era o gosto? Igual ao cheiro? Porque aquele negócio é nojento demais.

— Tem gosto... de merda — declarou ele.

Ela deu uma risadinha.

— E você já comeu merda?

— Já senti o fedor por tempo suficiente durante o verão. Cocô de cavalo, de porco, de vaca, titica de galinha.

Lil se dobrou de tanto rir.

— Em Nova York tem merda também.

— Mas na maior parte das vezes é bosta de gente. E que eu não tenho que recolher.

Ela se virou e se deitou de lado, repousando a cabeça sobre as mãos dobradas conforme o observava com os grandes olhos castanhos.

— Eu queria que você não tivesse que voltar. Esse foi o melhor verão de toda a minha vida.

— Da minha também.

Ele se sentiu estranho em dizer aquilo, pois sabia que era verdade, e que o melhor amigo que arranjou, no melhor verão de sua vida, era uma menina.

— Talvez você possa ficar. Se você pedir, talvez seus pais te deixem morar aqui.

— Eles não vão deixar. — Coop se acomodou, deitado no chão, observando um falcão circular no ar. — Eles ligaram ontem à noite, e disseram que estariam em casa na semana que vem, e que me encontrariam no aeroporto... Bem, eles não vão deixar.

— Se deixassem, você iria querer ficar?

— Não sei.

— Você *quer* voltar?

— Eu não sei. — Era um saco não saber. — Bem que eu queria poder morar aqui e ir lá só para visitar. Eu poderia treinar Jones, cavalgar Dottie, jogar beisebol e pescar mais peixes. Mas quero ver o meu quarto, ir ao fliperama e assistir a um jogo do Yankees.

Ele se deitou de frente para Lil outra vez.

— Talvez você pudesse ir me visitar. Poderíamos ir ao estádio.

— Acho que eles não me deixariam viajar assim. — Os olhos dela adotaram um ar de tristeza e o lábio inferior começou a tremer. — Provavelmente você nunca mais vai querer voltar aqui.

— Vou, sim.

— Promete?

— Prometo. — Ele estendeu a mão para um juramento solene de dedinho.

— Se eu te escrever, você vai me escrever de volta?

— Uhum.

— Todas as vezes?

Coop sorriu antes de responder:

— Todas as vezes.

— Então você vai voltar. Igual ao puma. Nós o vimos naquele primeiro dia, então ele é como o nosso guia espiritual. Ele é como o nosso... não consigo me lembrar da palavra, mas é como um negócio de boa sorte.

$\mathcal{E}$LE PENSOU a respeito do assunto, em como ela só falava do puma durante o verão inteiro, como mostrou fotos do animal nos livros da biblioteca e nos livros que havia comprado com sua mesada. Ela também o desenhou e pendurou o cartaz em seu quarto, ao lado de suas flâmulas de beisebol.

Em sua última semana na fazenda, Coop trabalhou com seu canivete e com a ferramenta de entalhar madeira que o avô o deixou usar. Ele se despediu de Dottie e de Jones, e dos outros cavalos, e também deu adeus às galinhas, mas sem tanto carinho. Guardou suas roupas na mala, junto das botas e das luvas que os avós compraram para ele. Além de seu amado bastão de beisebol.

Assim como na viagem de vinda, tanto tempo atrás, ele ficou sentado no banco traseiro encarando o lado de fora além da janela. Ele via as coisas de um jeito diferente agora, o imenso céu azul, as colinas escuras que se erguiam em rochas pontiagudas e torres irregulares, escondendo as florestas, os riachos e os desfiladeiros.

Talvez o puma de Lil rondasse por entre elas.

Eles tomaram o acesso distante para a fazenda dos Chance, para uma segunda despedida.

Lil estava sentada nos degraus do alpendre, então ele sabia que ela estava esperando por eles. Ela usava um short vermelho e uma camisa azul, o cabelo enfiado no buraco traseiro de seu boné preferido. A mãe dela saiu da casa assim que eles pararam a caminhonete, e os cachorros vieram correndo da parte dos fundos, latindo e tropeçando um no outro.

Lil se levantou, e a mãe colocou a mão no ombro da garota. Joe deu a volta pela casa, enfiando as luvas de trabalho nos bolsos traseiros da calça, parando do outro lado da filha.

Aquela cena ficou gravada na mente de Cooper — mãe, pai e filha —, como uma ilha diante da casa antiga, em primeiro plano se comparada às colinas, aos vales e ao céu, com uma dupla de cães de pelagem dourada e cobertos de poeira, correndo desatinadamente felizes ao redor.

Coop pigarreou de leve quando desceu do carro.

— Vim dar tchau.

Joe foi o primeiro a se mover, dando um passo adiante com a mão estendida. Ele balançou a mão de Coop em um cumprimento e continuou segurando quando se abaixou para nivelar seus olhares.

— Volte para nos visitar, sr. Nova York.

— Pode deixar. E vou te mandar uma foto do estádio dos Yankees quando ganharmos a flâmula.

Joe gargalhou.

— Vai sonhando, filho.

— Se cuide. — Jenna virou a aba do boné de Coop para trás, se inclinou e deu um beijo na testa dele. — E seja feliz. Não se esqueça de nós.

— Não vou esquecer. — Ele se virou, sentindo-se, de repente, um pouco tímido, para Lil. — Fiz uma coisa pra você.

— Fez? O que é?

Ele estendeu a caixa, movendo os pés, inquieto, quando ela, por fim, abriu a tampa.

— É meio bobo. E nem é assim tão bom — disse ele, enquanto ela encarava o pequeno puma que ele esculpira em madeira de nogueira. — Não consegui fazer o rosto direito e...

Ele parou de falar, chocado e envergonhado, quando ela o abraçou com força.

— É lindo! Vou guardar pra sempre. Espera um pouco! — Lil se virou e saiu correndo para dentro de casa.

— Esse presente foi muito legal, Cooper. — Jenna o observou. — O puma é dela agora, e ela não vai aceitar outra opção. Então você pôs uma parte de si mesmo no símbolo dela.

Lil voltou correndo e parou de supetão na frente de Coop.

— Essa é a melhor coisa que tenho... depois do puma. Fique com isso. É uma moeda antiga — disse ela ao oferecer ao amigo. — Nós a encontramos na última primavera quando estávamos cavando o solo para o novo jardim. É bem velha, e alguém deve ter perdido há muito tempo. Está bem gasta e quase não dá para ver nada.

Cooper pegou a moeda prateada, tão desgastada que nem dava para ver a mulher cunhada no material.

— É maneiro.

— É para te dar sorte. É um... Como é o nome mesmo, mãe?

— Um talismã — respondeu Jenna.

— Um talismã — repetiu Lil. — Para dar sorte.

— Nós temos que ir. — Sam deu um tapinha no ombro de Cooper. — É um longo caminho até Rapid City.

— Boa viagem, sr. Nova York.

— Vou escrever! — gritou Lil. — Mas você tem que escrever de volta!

— Pode deixar.

Agarrando a moeda com força, Coop entrou na caminhonete. Ele ficou olhando para trás o tanto quanto foi possível, observando a ilha diante da casa velha diminuir e desaparecer.

Ele não chorou. Afinal, tinha quase doze anos. No entanto, segurou a velha moeda prateada por todo o caminho até Rapid City.

Capítulo três

⌘ ⌘ ⌘

AS COLINAS DE BLACK HILLS

Junho de 1997

LIL CONDUZIA seu cavalo pela névoa da manhã ao longo da trilha. Ambos se moviam através da relva alta, atravessando as águas cristalinas de um córrego onde um emaranhado de heras venenosas se escondia, antes de começarem a subir o aclive. O ar exalava o cheiro de pinheiros, água e grama, enquanto a luz cintilava sob a delicadeza do amanhecer.

Pássaros cantavam e chilreavam. Ela ouviu a melodia rouca do azulão--da-montanha, o chiado rouco de um pintarroxo em pleno voo, o alerta irritado de um gaio-dos-pinhões.

Era como se a floresta tivesse ganhado vida ao redor dela, sendo despertada pelos riachos e raios de luz nebulosa que incidiam por entre as copas das árvores.

Não havia nenhum outro lugar no mundo onde Lil preferisse estar.

Ela avistou pegadas, que costumavam ser de cervos ou de alces, e registrou o fato em seu pequeno gravador que levava no bolso do casaco. Um pouco mais cedo, avistara pegadas de búfalos, e, claro, numerosos sinais da passagem do rebanho de seu pai.

Mas até aquele momento, três dias após ter se dado ao luxo de participar de uma excursão, ela ainda não havia rastreado qualquer sinal do felino.

Lil chegara a ouvir seus gritos na última noite. Eles ecoaram pela escuridão, através do céu noturno e estrelado.

Estou aqui.

Ela examinou a vegetação enquanto a robusta égua subia, ouvindo o canto dos pássaros que dançavam por entre os pinheiros que os abrigavam. Um **esquilo-vermelho** disparou de um arbusto de cerejeira-silvestre, escalou o tronco de um pinheiro, e, ao olhar para cima, Lil avistou um falcão voando em círculos nos céus em sua ronda diurna.

Era esse, tanto quanto as majestosas vistas do alto dos penhascos, assim como as cachoeiras que desciam pelos desfiladeiros, o motivo pelo qual, ela acreditava, as colinas de Black Hills eram consideradas solo sagrado.

Na opinião de Lil, se você não sentisse a magia dali, não seria capaz de sentir em nenhum outro lugar.

Estar ali era suficiente, dedicando seu tempo a explorar, estudar. Em breve, ela estaria em uma sala de aula, como caloura na faculdade (meu Deus do céu!), longe de tudo o que conhecia. E, embora estivesse sedenta por aprender, nada poderia substituir as vistas, os sons e os cheiros de seu lar.

Lil chegou a ver o puma ao longo dos anos. Não o mesmo, claro. Dificilmente seria o mesmo animal que ela e Cooper haviam avistado naquele verão, oito anos atrás. Ela o viu se camuflar por trás da vegetação de uma árvore, saltando de uma rocha, e, certa vez, quando estava cavalgando com o pai, avistou, através de seus binóculos, um puma abatendo um jovem alce.

Em toda a sua vida, ela nunca viu nada mais poderoso ou verdadeiro.

Ela também fez registros da vegetação. As flores de miosótis em formato de estrela, a cor delicada das íris das Montanhas Rochosas, os trevos-doces amarelos como a luz do sol. Aquilo tudo era, afinal, parte do ambiente, um elo da cadeia alimentar. O coelho, o cervo, o alce comiam as gramíneas e folhas, os frutos e brotos — e o lobo cinzento e os pumas que Lil considerava como dela comiam os coelhos, cervos e alces.

O esquilo-vermelho poderia acabar se tornando o almoço do falcão que circundava a área.

A trilha se tornou mais nivelada e se abriu em uma pradaria, exuberante e verdejante com suas flores silvestres. Um pequeno rebanho de búfalos pastava por ali, então ela adicionou o touro, as quatros vacas e os dois bezerros à sua contagem.

Um dos bezerros abaixou a cabeça e a sacudiu, e, quando a ergueu, ela estava toda decorada com flores e grama. Sorrindo, ela parou para pegar a câmera e tirou algumas fotos para adicionar aos seus arquivos.

Ela poderia intitular a imagem como "animal festeiro".

Talvez ela enviasse aquilo, além de outras fotos que tirou ao longo da trilha, a Coop. Ele disse que talvez passaria o verão por ali, mas não havia respondido à carta que ela mandou três semanas antes.

Bem, ele não era tão certinho e regular no envio das cartas e dos e-mails como ela. Ainda mais depois que começou a namorar aquela garota que conheceu na faculdade.

Lil revirou os olhos ao se lembrar do nome — CeeCee. Que nome ridículo. Ela *sabia* que Coop estava dormindo com a garota. Ele não chegara a dizer; para falar a verdade, tinha sido até bem cuidadoso em não revelar nada. Mas Lil não era burra. Assim como tinha certeza — ou quase — de que ele havia dormido com a outra garota da qual sempre falava na época do ensino médio.

Zoe.

Pelo amor de Deus, o que aconteceu com os nomes normais?

Para ela, era como se os meninos pensassem o tempo todo em sexo. E precisava admitir, enquanto se ajeitava na sela, que andava pensando muito no assunto ultimamente.

Provavelmente porque nunca tinha passado pela experiência.

Ela não tinha o menor interesse nos garotos — pelo menos não naqueles que conhecia. Talvez quando entrasse na faculdade no próximo outono...

Não que ela *quisesse* morrer virgem, mas não tinha interesse em se entregar a um cara de quem não gostasse de verdade — e, se ele não a fizesse sentir desejo, então o ato acabava se tornando simplesmente uma espécie de exercício físico para manter a forma, certo?

Apenas mais uma coisa para ser riscada da lista de experiências de vida. Ela queria, ou achava que queria, algo muito maior do que isso.

Lil deu de ombros, guardou a câmera e pegou o cantil para tomar um gole de água. Provavelmente estaria ocupada demais estudando e trabalhando na faculdade para pensar em sexo. Além disso, a prioridade dela agora era o verão, documentando as trilhas que fizesse, os habitats, trabalhando em suas teorias, seus relatórios. E convencendo o pai a separar alguns hectares do terreno para o refúgio de animais selvagens que ela sonhava construir algum dia.

O Refúgio de Vida Selvagem Chance. Ela gostava do nome, não somente porque era dela como também porque os animais teriam uma chance ali. E as pessoas teriam a chance de vê-los, estudá-los e valorizar cada um deles.

Um dia, pensou Lil. Mas antes tinha muito o que aprender — e, para que pudesse aprender, precisava deixar para trás o que mais amava.

Ela esperava que Coop viesse, mesmo que por algumas semanas, antes de ela ter que sair da cidade para ir à faculdade. Ele voltava, como seu puma. Não todo verão, mas com frequência suficiente. Duas semanas no ano posterior à sua primeira visita, e depois todo o maravilhoso verão seguinte, quando os pais dele se divorciaram.

Algumas semanas ali, um mês ou um pouco mais lá, e eles sempre poderiam retomar de onde haviam parado. Até mesmo se ele passasse o tempo todo falando sobre as garotas que conhecia na cidade. Mas, agora, já haviam se passado dois anos inteiros.

Ele só tinha que voltar para aquele último verão.

Com um leve suspiro, ela tampou o cantil.

E aconteceu muito rápido.

Lil sentiu a égua estremecer, inquieta e assustada. Mesmo segurando as rédeas com força, o puma saltou por sobre a alta vegetação. Como um borrão — velocidade, músculos, morte silenciosa —, ele derrubou o bezerro com a coroa de flores. O pequeno rebanho se dispersou enquanto a mãe berrava. Lil lutou para controlar a égua enquanto o touro avançava contra o puma.

Ele urrou em desafio, erguendo-se para defender sua presa. Lil travou as pernas ao redor do lombo da montaria, agarrando as rédeas com uma das mãos e tentando erguer a câmera de novo com a outra.

As garras brilharam. Do outro lado da pradaria, Lil sentiu o cheiro de sangue. A égua também sentiu, e, em pânico, deu a volta.

— Pare, acalme-se! Ele não está interessado em nós. Ele já conseguiu o que queria.

Sangue gotejava dos talhos no lombo do touro provenientes dos golpes. Os cascos trovejavam, e os mugidos soavam como um cântico enlutado. Então todo o eco desapareceu, e só restaram o puma e sua caça no alto do prado.

O som que ele fazia era como um ronronar, um rugido alto, em um tom de triunfante. Através da vegetação, o olhar dele encontrou o de Lil e permaneceu. A mão dela tremia, mas ela não poderia arriscar soltar as rédeas para firmar a câmera. Ela tirou duas fotos tremidas do puma, da grama toda pisoteada e ensanguentada, e da caça.

Com um sibilar de advertência, o puma arrastou a carcaça por entre os arbustos, para as sombras dos pinheiros e das bétulas.

— Ela tem filhotes para alimentar — murmurou Lil, e sua voz soou esmaecida e áspera no ar matinal. — Puta merda.

Ela pegou seu gravador, quase o deixando cair.

— Fique calma, pelo amor de Deus. Pronto, documentando. Certo. Avistei um puma fêmea, com aproximadamente dois metros de comprimento, do focinho ao rabo. Caramba, devia pesar cerca de quarenta quilos. A pelagem era de um tom de castanho típico. O puma emboscou e caçou a presa. Ela derrubou um bezerro de bisão de um rebanho de sete que pastava no prado. Defendeu a caça do ataque do touro. Arrastou-a para a floresta, potencialmente por conta da minha presença, embora, se a fêmea tiver uma ninhada, os filhotes devam ser muito novinhos para caçar por possíveis locais com a mãe. Ela está levando o café da manhã dos filhotes, que talvez nem estejam completamente desmamados. O incidente foi registrado às... 7h25 da manhã, do dia 12 de junho. Minha nossa.

Por mais que quisesse, ela sabia que era melhor não seguir o rastro do puma. Se ela tivesse filhotes, possivelmente atacaria Lil e a égua para defender a ninhada, bem como seu território.

— Não podemos ir além daqui — decidiu ela. — Acho que é hora de voltar para casa.

Ela pegou o caminho mais direto, ansiosa para chegar em casa e fazer suas anotações. A tarde ainda estava na metade quando ela viu o pai e seu ajudante, Jay, remendando uma cerca no pasto.

O gado se dispersava à medida que ela passava, e Lil parou sua montaria perto do velho jipe preto com a lataria amassada.

— Aí está minha garota. — Joe foi até ela e deu um tapinha na perna da filha, para logo em seguida acariciar o pescoço da égua. — Voltou do território selvagem?

— Sã e salva, como prometido. Oi, Jay.

Jay, que não fazia questão de usar duas palavras se uma já fosse suficiente, deu uma batidinha na aba de seu chapéu em resposta.

— Você precisa de uma ajudinha? — perguntou Lil ao pai.

— Não, nós damos conta. Uns alces passaram por aqui.

— Eu vi algumas manadas também, e até uns bisões. Observei um puma abater um bezerro no prado mais alto.

— Puma?

Ela lançou uma olhadela para Jay. Conhecia aquela expressão no rosto dele. Puma era sinônimo de praga e predador.

— A cerca de meio-dia daqui. Com uma refeição suficiente para mantê-la, além da ninhada que imagino que ela tenha alimentado. Então não vai precisar descer para vir atrás do nosso gado.

— Você está bem?

— Ela não estava interessada em mim — garantiu ao pai. — Lembre-se, o reconhecimento de presas é um traço dos pumas. Humanos não são considerados presas.

— Um puma vai comer qualquer coisa se estiver com fome o bastante — murmurou Jay. — Canalhas sorrateiros.

— Eu diria que o touro que lidera aquele rebanho concorda com você. Mas não vi nenhum sinal dela no percurso de volta pra cá. Nenhum sinal de que ela tenha estendido seu território para essas bandas.

Quando Jay simplesmente deu de ombros e voltou à cerca, Lil sorriu para o pai.

— Bem, já que você não precisa de mim, vou pra casa. Estou doida por um banho e uma bebida gelada.

— Diga à sua mãe que levaremos mais umas duas horas por aqui.

Depois de cuidar e alimentar sua égua, e mandar para dentro dois copos de chá gelado, Lil foi até a horta encontrar com a mãe. Ela pegou a enxada das mãos de Jenna e começou a trabalhar.

— Sei que estou sendo repetitiva, mas foi a coisa mais incrível do mundo. A maneira como o puma se movia. E eu sei que eles são reservados, furtivos, mas sabe-se lá Deus por quanto tempo ela ficou lá escondida, observando o rebanho, escolhendo sua presa, o momento certo de atacar... E eu nem notei nenhum indício. Eu estava de olho em tudo, mas não tive um sinal sequer. Preciso melhorar nisso.

— Não te incomodou ver o puma matar?

— Foi tão feroz e rápido. Limpo, até. Ela só estava fazendo o trabalho dela, sabe? Acho que se eu estivesse esperando, se tivesse tido tempo para pensar no assunto, teria reagido de maneira diferente.

Ela deu um suspiro, inclinando a aba do chapéu.

— O bezerro era tão fofinho, com aquelas flores ao redor da cabeça. Mas foi um lance de vida e morte, uma questão de segundos. Foi... Isso vai parecer meio esquisito, mas foi um negócio meio espiritual.

Ela fez uma pausa para limpar o suor da testa.

— Estar lá, testemunhando aquele momento, só me fez ter mais certeza do que quero fazer, e o que preciso aprender para colocar isso em prática. Tirei fotos. Antes, durante e depois.

— Querida, pode até parecer frescura, ainda mais vindo de uma criadora de gado, mas acho que não gostaria de ver um puma mastigando um bezerro de búfalo.

Com um sorriso, Lil voltou a capinar.

— Você sabia o que queria? O que queria fazer, o que queria ser quando tinha a minha idade?

— Eu não fazia a menor ideia. — Agachada, Jenna arrancava ervas daninhas ao redor dos ramos verdes das cenouras. As mãos dela eram ágeis e habilidosas, e o corpo, longilíneo e esbelto como o da filha. — Mas um ano ou pouco mais do que isso depois, seu pai apareceu. Ele me lançou um olhar todo pretensioso, e na mesma hora eu soube que o queria e que ele não teria muita escolha quanto a isso.

— E se ele tivesse sentido vontade de voltar para o Leste?

— Eu teria ido com ele. Não era a terra que eu amava, não naquela época. Era ele. E acho que nós nos apaixonamos por este lugar juntos. — Jenna empurrou o chapéu para trás e vislumbrou as fileiras de cenouras e feijões, os tomates ainda pequenos, os campos de grãos e soja e os pastos. — Acho que você se apaixonou por tudo isso aqui assim que nasceu.

— Não sei para onde devo ir. Tem tanta coisa que quero aprender, e ver. Mas sempre vou voltar.

— Estou contando com isso. — Jenna se levantou. — Agora, me dê essa enxada, entre e vá se limpar. Irei daqui a pouco, e você pode me ajudar a preparar o jantar.

Seguindo para casa, Lil tirou o chapéu e começou a batê-lo contra a calça, para limpar um pouco da poeira acumulada na trilha, antes de entrar. Um banho quente e demorado era uma ideia sensacional. Depois de ajudar a mãe na cozinha, ela poderia tirar um tempinho para transcrever suas gravações e observações. E no dia seguinte teria que levar o filme para revelar na cidade.

Em sua lista de coisas para comprar depois de economizar um dinheirinho, estava uma dessas novas câmeras digitais. *E um notebook*, pensou ela. Lil havia ganhado uma bolsa de estudos, e isso ajudaria com os gastos da faculdade, mas ela sabia que não cobriria tudo.

Mensalidade, moradia, taxas de laboratório, livros, transporte. Tudo isso somado dava uma grande despesa.

Ela estava quase chegando em casa quando ouviu o barulho do motor. Estava bem perto, percebeu, quase na propriedade. Lil rodeou a casa em vez de entrar, para conferir quem estava chegando com tanto alarde.

Ela colocou as mãos nos quadris quando avistou a moto rugindo pela estrada da fazenda. Motociclistas passavam por aquela região com certa frequência, ainda mais no verão. De vez em quando, um ou outro parava por ali em busca de informações de para onde seguir, ou atrás de dinheiro em troca de alguns dias de trabalho. *A maioria se aproxima com um pouco mais de cuidado*, pensou, *mas esse indivíduo já entrou direto como se...*

O capacete e a viseira ocultavam o cabelo e a maior parte do rosto. Mas, ao ver o sorriso despontando, Lil se deu conta de quem se tratava. Com uma sonora gargalhada, ela correu adiante. Ele parou a moto atrás da caminhonete do pai dela, passando a perna por cima da motocicleta à medida que soltava o capacete abaixo do queixo. Ele o colocou sobre o assento e se virou a tempo de pegá-la no meio do pulo.

— Coop! — Ela o abraçou com força, conforme ele a girava. — Você veio!

— Eu disse que viria.

— Você disse *talvez*.

Enquanto o abraçava ainda mais apertado, algo dentro dela se agitou, uma espécie de calor. Coop parecia diferente. Mais intenso, mais rígido, de um jeito que a fez pensar nele mais como um homem do que como um menino.

— O *talvez* se tornou uma realidade. — Ele a colocou no chão, e ainda sorrindo, olhou-a de cima a baixo. — Você está mais alta.

— Só um pouco. Acho que já parei de crescer. Você também está mais alto.

Mais alto e mais firme — *e a barba por fazer, de um ou dois dias*, ela pensou, *o deixa mais sexy*. Seu cabelo, mais comprido do que da última vez em que o viu, enrolava e esvoaçava ao redor do rosto, deixando os olhos azuis-claros ainda mais límpidos.

O calor dentro de Lil aumentou.

Ele segurou a mão dela ao se virar para observar a casa.

— Está tudo do mesmo jeito. As janelas parecem ter sido pintadas há pouco tempo, mas está tudo igual.

Ele não, pensou Lil. Não do mesmo jeito.

— Há quanto tempo você chegou? Ninguém avisou que você estava por aqui.

— Estou de volta há uns dez segundos. Liguei para os meus avós quando cheguei em Sioux Falls, mas pedi que eles não dissessem nada. — Coop soltou a mão dela, somente para colocar o braço sobre os ombros de Lil. — Eu queria te fazer uma surpresa.

— E conseguiu. De verdade.

— Passei aqui antes de seguir para a fazenda.

E, agora, Lil percebeu, tudo o que ela mais queria e amava estava ali por todo o verão.

— Vamos entrar. Tem chá gelado. Quando você comprou aquela coisa? Ele olhou para a moto às suas costas.

— Há quase um ano. Imaginei que, se conseguisse voltar aqui para o verão, seria divertido cruzar o país de moto.

Ele parou no sopé da escada, inclinando a cabeça enquanto avaliava o rosto dela.

— O que foi?

— Você está... bonita.

— Estou nada. — Ela afastou o cabelo para trás, notando os nós emaranhados sob a aba do chapéu. — Acabei de voltar de uma trilha. E estou fedendo. Se você tivesse chegado meia hora depois, eu estaria de banho tomado.

Ele simplesmente continuou admirando o rosto dela.

— Você está bonita. Senti sua falta, Lil.

— Eu sabia que você voltaria. — Cedendo à vontade, ela se enfiou por entre os braços dele de novo, fechando os olhos. — Eu devia ter adivinhado que seria hoje quando vi o puma.

— O quê?

— Vou te contar tudo. Entre, Coop. Seja bem-vindo ao lar.

Assim que seus pais entraram, cumprimentaram Coop e fizeram companhia a ele, enquanto Lil corria para o andar de cima. O banho quente e demorado com o qual ela havia sonhado se transformou no mais rápido da história. Movendo-se na velocidade da luz, ela pegou seu pequeno arsenal de maquiagens. *Nada muito escancarado*, ordenou a si mesma, e então aplicou uma leve camada de blush, rímel e um pouco de brilho labial. Como levaria uma eternidade para secar o cabelo, decidiu prendê-lo em um rabo de cavalo ainda úmido.

Lil pensou em colocar um par de brincos, mas disse a si mesma que era óbvio demais. Calça jeans limpa, decidiu, uma camisa recém-lavada. Natural e casual.

O coração dela batia acelerado feito a banda de um desfile.

Era estranho, esquisito, inesperado. Mas Lil tinha uma quedinha pelo melhor amigo.

Ele parecia diferente — o mesmo, mas diferente. As concavidades em suas bochechas eram novas e fascinantes. Seu cabelo desgrenhado e sexy, com o tom castanho-escuro com algumas mechas clareando por conta do sol. Ele estava começando a ficar um pouco mais bronzeado — ela se lembrava de como a pele dele ficava marrom sob o sol. E os olhos, com aquele tom azul glacial, tinham acabado de *perfurar* um território inexplorado dentro dela.

Lil desejou ter dado um beijo amigável nele, do tipo "oi, Coop". Então, saberia qual era a sensação de ter sobre sua boca a dele.

Calma, ordenou a si mesma. Ele provavelmente racharia o bico de tanto rir se soubesse o que ela estava pensando. Lil respirou várias vezes antes de descer a escada bem devagar.

Ela podia ouvir a conversa na cozinha: a risada da mãe, as piadinhas do pai — e a voz de Coop. Muito grossa... *Bem mais grossa do que sempre foi, não é mesmo?*

Lil teve que parar e respirar fundo mais uma vez. Então esboçou um sorriso calmo no rosto e voltou para a cozinha.

Cooper parou, no meio de uma frase, e a encarou. Piscou. Naquele instante, a surpresa que cintilou em seus olhos fez com que a pele dela formigasse.

— Então você vai ficar para o jantar? — perguntou Lil a ele.

— Estávamos neste momento tentando convencê-lo a isso. Mas Lucy e Sam estão esperando por ele. Domingo — disse Jenna, acenando com o dedo. — Todo mundo aqui para um piquenique no domingo.

— Com certeza. Eu me lembro daquele primeiro. Podemos até combinar de praticar umas rebatidas.

— Aposto que ainda consigo te superar. — Ela se recostou no balcão e sorriu de um jeito que o fez piscar de novo.

— Vamos ver...

— Estava esperando por uma carona naquele brinquedinho lá fora.

— Uma Harley — disse ele, em tom sério — não é um brinquedinho.

— Por que você não me mostra do que ela é capaz?

— Claro. No domingo, podemos...

— Eu estava pensando em fazer isso agora. Não tem problema, né? — Ela se virou para a mãe. — Só por uma meia hora.

— Ah... Você tem capacetes, Cooper?

— Sim, ah, eu comprei um segundo, pensando que... Sim.

— Quantas multas você tomou pilotando aquela coisa? — perguntou Joe.

— Nenhuma nos últimos quatro meses — respondeu Cooper, com um sorriso.

— Traga minha garota de volta do mesmo jeito que a está levando.

— Pode deixar. Obrigado pelo chá — agradeceu, se levantando. — Vejo vocês no domingo.

Jenna os observou saindo da cozinha, então olhou para o marido.

— Ai, ai — disse ela.

Ele retribuiu com um sorriso bobo.

— Eu estava mais para dizer "ai, merda".

Do lado de fora, Lil examinou o capacete que Coop entregou.

— Então você vai me ensinar a pilotar essa coisa?

— Talvez.

Ela colocou o capacete, observando Coop enquanto ele prendia a fivela.

— Eu dou conta disso.

— Sim, aposto que dá mesmo. — Ele continuou: — Pensei em arranjar um assento tipo banquinho, mas...

— Não preciso de um banquinho — disse ela, e se sentou atrás dele.

Ela se achegou ao corpo de Coop, enlaçando sua cintura. *Será que ele consegue sentir o meu coração trovejando?*, pensou.

— Acelera, Coop!

Quando ele o fez, descendo a estrada da fazenda, ela soltou um grito de prazer.

— É quase tão bom quanto andar a cavalo! — gritou.

— É melhor na estrada. Incline o corpo nas curvas — orientou — e me segure com força.

Atrás dele, ela sorriu. Lil tinha toda a intenção de fazer isso.

COOP PESAVA a ração à medida que o sol se infiltrava pelas janelas do celeiro. Ele podia ouvir a avó cantando enquanto alimentava as galinhas, junto do cacarejar constante. Nas baias, os cavalos resfolegavam e mastigavam o feno.

Era engraçado como tudo havia voltado — os cheiros, os sons, a qualidade da luz e das sombras. Já fazia dois anos desde a última vez que escovara o pelo de um cavalo e o alimentara, desde que se sentou à mesa da imensa cozinha, ao amanhecer, diante de um prato de *flapjacks*.

Era como se tivesse sido ontem.

Coop supunha que aquele tipo de rotina era reconfortante, quando sua vida se encontrava em constante mudança. Ele se lembrava de quando se deitou sobre uma rocha plana à beira do riacho, ao lado de Lil, anos atrás, e como ela já sabia o que queria da vida. Ela ainda sabia.

Ele ainda não sabia.

A casa, os campos, as colinas, tudo estava do mesmo jeito de quando ele saiu. *Meus avós também*, pensou. Ele realmente pensou que eles fossem tão velhos tantos anos atrás? Pareciam tão resistentes e estáveis agora, como se os oito anos desde o primeiro verão nunca tivessem passado para eles.

Mas eles com certeza haviam passado para Lil, a haviam mudado.

Quando foi que ela havia ficado assim tão… atraente?

Dois anos atrás, ela era apenas Lil. Bonita, claro — ela sempre foi bonita. Mas ele nunca havia pensado nela como uma garota, muito menos como uma *gata*.

Uma gata com curvas e lábios, e olhos que faziam o sangue dele ferver quando o encaravam.

Não era certo pensar nela desse jeito. Provavelmente. Eles eram amigos, melhores amigos. Ele não deveria reparar que Lil *tinha* seios, muito menos ter ficado obcecado quando os sentiu contra suas costas enquanto eles rugiam pelas estradas em sua moto.

Seios firmes, macios e fascinantes.

De jeito nenhum ele deveria ter sonhos eróticos sobre colocar as mãos naqueles seios — ou no restante do corpo dela.

Mas ele teve. Duas vezes.

Ele colocou o arreio em uma potrinha, como o avô havia pedido, e a deixou trotar para o curral para que pudesse trabalhar a guia.

Depois de ter dado ração e água ao gado e recolhido os ovos, Lucy se sentou sobre a cerca para observar.

— Ela é atrevida — disse ela, quando a potra deu um coice.

— Ela tem energia de sobra. — Coop ajustou a rédea, trabalhando a montaria em um círculo.

— Já escolheu o nome dela?

Coop sorriu. Desde Jones, aquela coisa toda de ele escolher o nome dos potros a cada temporada havia se tornado uma tradição, mesmo se ele não fosse à fazenda.

— Ela tem essa pelagem bonita e pintada. Estou pensando em Freckles, sabe, porque ela parece ter sardas.

— Combina com ela. Você tem um jeito todo especial, Cooper, tanto para dar os nomes quanto com o trato com os cavalos. Sempre teve.

— Sinto saudades deles quando volto para casa.

— E quando você está aqui, sente saudades de casa. É mais do que natural. — Quando o neto não disse nada, ela continuou: — Você é jovem, ainda não sossegou.

— Tenho quase vinte anos, vovó. A sensação é de que eu já deveria saber o que quero fazer da vida. Poxa, na minha idade você já tinha se casado com o vovô.

— Era uma época diferente, um lugar diferente. Os vinte anos de hoje parecem uma idade mais jovem do que pareciam anos atrás, e, em outros aspectos, parecem mais madura. Você ainda tem muito tempo para acertar sua vida.

Ele olhou para a avó novamente — tão firme, com seu cabelo mais curto, levemente encaracolado, as rugas mais pronunciadas ao redor dos olhos, mas, ainda assim, igualzinha. E ele sabia que a mesma coisa que continuava igual era o fato de que poderia dizer tudo o que se passava em sua cabeça, ou em seu coração, e ela o ouviria.

— Você já sentiu vontade de ter esperado um pouco mais? Sem pressa?

— Eu? Não, porque acabei bem aqui, sentada em cima desta cerca, observando meu neto treinar essa bela potrinha. Mas o caminho que escolhi não é o seu. Eu me casei aos dezoito, tive meu primeiro bebê antes dos vinte e poucas vezes fui além do Mississipi em toda a minha vida. Isso não combina com você, Cooper.

— Não sei o que combina comigo. Primeiro? — Ele olhou para a avó. — Você disse primeiro bebê.

— Nós perdemos dois depois da sua mãe. Foi bem difícil. Ainda é. Acho que é por isso que eu e Jenna nos tornamos amigas tão rápido. Ela teve um bebê natimorto, seguido de um aborto depois de Lil.

— Eu não sabia.

— Esse tipo de coisa acontece, e você segue em frente. É tudo o que dá para fazer. Se tiver sorte, vai ganhar algo com isso. Eu ganhei você, não foi? E Jenna e Josiah ganharam Lil.

— Lil, com certeza, parece saber bem o que quer.

— A menina tem os olhos no futuro.

— Então... — Ele bancou o casual. — Ela está saindo com alguém? Com um cara, quero dizer.

— Entendi o que você quis dizer — respondeu Lucy, seca. — Ninguém em particular que eu tenha ficado sabendo. O menino dos Nodock andou rondando, mas Lil não estava nem um pouco interessada.

— Nodock? Está falando do Gull? Mas, meu Deus, ele tem vinte e dois ou vinte e três anos. É velho demais para ficar de olho na Lil.

— Não é o Gull, e, sim, o Jesse, o irmão mais novo dele. O garoto deve ter mais ou menos a sua idade. Você por acaso está querendo ciscar por esses lados, Cooper?

— Eu? Com a Lil? Não. — *Bosta*, ele pensou. *Que porcaria.* — Nós somos amigos, só isso. Ela é praticamente uma irmã.

Com a expressão neutra, Lucy bateu o calcanhar da bota na cerca.

— Seu avô e eu éramos amigos quando tudo começou. Embora eu não me lembre de ele alguma vez ter pensado em mim como uma "irmã". Ainda assim, aquela Lil pensa à frente, como eu disse. A menina tem planos.

— Ela sempre teve.

Quando as tarefas do dia foram concluídas, Coop pensou em selar um dos cavalos e sair para uma longa cavalgada. Ele queria que fosse possível sair com Jones, mas o potro que ele ajudou a treinar anos atrás se tornou uma das estrelas do negócio turístico dos avós.

Coop considerou suas opções, e tinha quase selado o grande cavalo malhado e castrado, cujo nome era Tick, quando viu Lil caminhando para o curral.

Era meio baixo admitir, mas ele ficou com a boca seca.

Ela estava de calça jeans e camisa vermelho-clara, botas surradas e um chapéu cinza velho com aba larga, o cabelo escuro solto por baixo.

Quando ela chegou à cerca, deu um tapinha no alforje em seu ombro.

— Tenho um piquenique aqui dentro e estou buscando alguém com quem compartilhar. Sabe se tem alguém interessado?

— Pode ser que sim.

— A questão é que preciso pegar um cavalo emprestado. Vou trocar esse frango frito gelado por uma cavalgada.

— Pode escolher.

Inclinando a cabeça, ela apontou com o queixo.

— Gosto do visual daquela égua manchada ali.

— Vou pegar uma sela pra você e avisar os meus avós.

— Passei na sua casa primeiro. Eles estão de boa com isso. Ainda temos um dia longo pela frente, e bem poderíamos aproveitar. — Ela pendurou o alforje na cerca. — Eu sei onde está o equipamento. Vá em frente e termine de selar seu cavalo.

Amigos ou não, ele não via mal algum em observá-la caminhar, ou reparar em como a calça jeans modelava o corpo dela com perfeição.

Eles começaram um trabalho conjunto em um ritmo familiar aos dois. Quando Coop pegou o alforje dela, notou o peso e piscou diversas vezes.

— Tem muito frango aqui.

— Estou levando meu gravador, minha câmera e... umas outras coisas. Você sabe que gosto de registrar tudo quando saio para fazer trilha. Estava pensando que poderíamos ir para o riacho e, em seguida, pegar umas trilhas mais abertas que margeiam a floresta. É um caminho bacana para galopar e a paisagem é linda.

Ele lançou um olhar perspicaz para ela.

— Território de puma?

— Os dois que tenho rastreado este ano circulam por aquela área, mas não é por isso. — Ela sorriu enquanto erguia a sela. — É só um passeio bonito, e tem um córrego onde a floresta se abre em uma clareira. É um local bem legal para um piquenique. Mas fica a uma hora daqui, caso você prefira algo mais perto.

— Meu apetite vai ser monstruoso daqui a uma hora. — Coop saltou para cima do cavalo e ajeitou e encaixou o chapéu melhor na cabeça. — Pra que lado?

— Sudoeste.

— Vamos apostar uma corrida.

Ele apertou o calcanhar de leve contra o lombo do cavalo. Ambos galoparam pelo pátio dos fundos da fazenda e pelos campos.

Houve um tempo, Lil refletiu, em que era ela quem cavalgava melhor, e por uma ampla margem. Agora ela precisava admitir que os dois estavam no mesmo nível. A égua dava a Lil mais vantagem, já que era leve e veloz, então, com o vento agitando seu cabelo, Lil alcançou a estreita linha de árvores com menos de um braço de distância na liderança.

Rindo, com os olhos brilhando, ela se curvou para a frente para dar um tapinha no pescoço da égua.

— Onde você cavalga em Nova York?

— Em lugar nenhum.

Ela se endireitou na sela.

— Você está me dizendo que faz dois anos que não anda a cavalo?

Ele deu de ombros.

— É como andar de bicicleta.

— Não, é como andar a cavalo. Como você... — Lil parou de falar, balançando a cabeça, e começou a conduzir a montaria para os pinheiros.

— Como eu o quê?

— Bem, como você aguenta não fazer o que ama?

— Eu faço outras coisas.

— Tipo o quê?

— Andar de moto, passear com a galera, ouvir música.

— Correr atrás das meninas...

Coop deu um sorrisinho.

— Elas não correm assim tão rápido.

Ela soltou uma vaia.

— Aposto que não. E como a CeeCee se sente em relação a você ficar aqui o verão inteiro?

Ele deu de ombros outra vez enquanto atravessavam uma clareira cercada de árvores e pedregulhos.

— A gente não tem nada sério. Ela tem as coisas dela, eu tenho as minhas.

— Achei que vocês fossem próximos.

— Não, nada do tipo. Fiquei sabendo que você está de rolo com o Jesse Nodock.

— Meu Deus, não! — Com a cabeça inclinada para trás, ela gargalhou. — Ele é bem bacana, mas é meio tapado. Além disso, tudo o que ele quer fazer mesmo é lutar.

— Lutar? Por que... — Algo sombrio cintilou nos olhos dele. — Você quer dizer com você? Você tem feito esse tipo de coisa com ele?

— Não. Eu saí com ele umas duas vezes. Não gosto muito do jeito que ele beija. Ele é muito desajeitado e babento pro meu gosto. Jesse está precisando melhorar a técnica.

— E você sabe muito sobre esse lance de técnica?

Ela lançou um olhar enviesado, um sorriso brincalhão.

— Estou fazendo uma espécie de pesquisa informal. Olha só!

Cavalgando lado a lado, ela estendeu o braço e tocou o dele, apontando. No limiar distante das árvores, uma manada de cervos havia parado para observá-los. Lil pegou o gravador.

— Seis cervos-do-rabo-branco, quatro fêmeas, dois filhotes. Eles não são fofos? Um macho passou por aqui ainda há pouco.

— Como você sabe disso, Tonto?

— Olha só para a casca. Tem umas marcas características de chifres de um macho. Algumas são recentes, sr. Nova York.

Esta situação, pensou ele, *também é muito familiar.* Cavalgar com ela, ouvi-la apontar as trilhas, falar sobre a vida selvagem, os sinais. Ele sentiu falta disso.

— O que mais você está vendo?

— Rastros de marmota e de veado. Tem um esquilo-vermelho lá naquela árvore. Você também tem olhos bons, né?

— Não como os seus.

— Um puma também passou por aqui, mas não recentemente.

Ele só conseguia olhar para Lil. *Apenas para ela.* Parecia não ser capaz de fazer outra coisa, ainda mais quando o sol incidia sobre o rosto dela, e aqueles olhos escuros se tornavam tão vívidos, tão intensos.

— Tudo bem, como você sabe disso?

— Está vendo aqueles arranhões? Foram feitos por um puma, mas ele é velho, provavelmente um macho demarcando território na última temporada de acasalamento. Ele seguiu seu caminho, pelo menos por agora. Eles não ficam com as fêmeas nem com a família. Só acasalam e pegam a estrada. Comportamento típico de um homem.

— Sobre essa pesquisa informal…

Ela começou a rir e estalou a língua para sinalizar que a égua seguisse em frente.

Capítulo quatro

❋ ❋ ❋

*E*RA FÁCIL cair na rotina e na zona de conforto advinda dela. Eram dias quentes, de trabalho pesado e tempestades repentinas. Lil passava quase todo o seu tempo livre na companhia de Coop — no lombo de um cavalo, ou em caminhadas, ou rebatendo bolas, ou em passeios na moto dele a toda velocidade. Os dois se deitavam sobre a relva, contando estrelas, ou se sentavam à beira dos riachos, fazendo piqueniques.

E ele nunca tentou avançar o sinal.

Ela não conseguia entender. Lil mal trocara um olhar com Jesse, e o cara já havia partido para cima. Dirk Pleasant também fez o mesmo, quando tudo o que ela havia feito fora dar umas duas voltas com ele na roda-gigante, no parque de diversões instalado no último verão.

Lil já sabia identificar o brilho no olhar de um garoto, de quando ele pensava em uma menina daquela maneira. Ela podia jurar que tinha identificado a exata expressão nos olhares que Coop lançava para ela.

Então, por que ele não avançava?

Sem dúvida, era hora de tomar a frente do assunto.

Ela pilotou a moto com todo o cuidado quase até o fim da estrada da fazenda. Concentrada, murmurava as instruções para si mesma ao fazer a curva, e então conduziu a moto de volta para onde Coop a observava.

Lil manteve a velocidade baixa, porque, das últimas vezes que tinha acelerado, ele havia ficado bravo.

— Beleza, já andei de lá pra cá seis vezes hoje. — Embora a mão formigasse, ela conteve a vontade de acelerar. — Você tem que me deixar pegar a estrada, Coop. Senta aqui e vamos dar um rolê.

— Você quase tombou naquela curva.

— Quase não conta.

— Quando se trata da minha moto, conta, sim. Ainda estou pagando por ela. Se você quiser dar uma volta, eu piloto.

— Ah, qual é. — Lil desceu da moto e tirou o capacete. Ela sacudiu o cabelo intencionalmente antes de tomar a garrafa de Coca-Cola da mão dele para tomar um gole. Em seguida tentou lançar o olhar sedutor que havia treinado diante do espelho. — Um quilômetro e meio pra ir e outro pra voltar. — Sorrindo, ela arrastou um dedo pelo pescoço de Coop, se aproximando um pouco mais. — É uma reta só, e... vou fazer valer a pena.

Os olhos dele semicerraram.

— O que você está fazendo?

Ela inclinou a cabeça.

— Se você está perguntando, eu não devo estar fazendo direito.

Coop não recuou; ela não afastou a mão que ainda repousava suavemente sobre o peito dele. O batimento de Cooper estava um pouco acelerado. Com toda a certeza, aquilo era um bom sinal.

— Você precisa ser cuidadosa com o jeito como se aproxima dos caras, Lil. Nem todos são como eu.

— Você é o único de quem estou me aproximando.

Irritação — a reação que ela de jeito nenhum queria ver — incendiou os olhos de Coop.

— Não sou seu boneco de treino.

— Eu não estava treinando. Mas pelo visto você não está interessado. — Dando de ombros, ela colocou a Coca-Cola no banco da moto. — Obrigada pela lição.

Sentindo-se insultada e envergonhada, ela seguiu rumo à primeira porteira do gado.

Lil presumiu que Coop só se interessava por garotas da cidade, com seu jeito urbano de ser. Sr. Nova York. Enfim, tudo bem, estava tudo bem, ela não precisava dele para...

A mão de Coop agarrou seu braço e a girou tão rápido que seu corpo colidiu com o dele. A irritação faiscava dele da mesma maneira que dela.

— Que merda há de errado com você? — Ele exigiu saber.

— Que merda há de errado com *você*? Você não confia em mim para pilotar sua moto besta nem por alguns quilômetros, você não quer me beijar. Age como se eu ainda tivesse nove anos. Se não está interessado em mim desse jeito, então você deveria simplesmente dizer, em vez de...

Coop a levantou até que Lil ficasse na ponta dos pés, e sua boca cobriu a dela. Tão rígido, tão rápido. *Nem um pouco parecido com os outros,* pensou ela, zonza. *Nem um pouco parecido com os outros garotos.*

Os lábios de Coop eram quentes, e a língua, ágil. Alguma coisa dentro dela se soltou, como um nó se desfazendo, e cada centímetro de seu corpo — por dentro e por fora — brilhou com luz, com calor.

Era como se o coração de Lil fosse saltar do peito.

Ela o empurrou para trás, tentando recuperar o fôlego.

— Espera um pouquinho, só um minuto.

Tudo se tornou mais brilhante e nítido. Deslumbrante. *Quem precisa respirar,* ela pensou, saltando direto nos braços dele com tanta força que os derrubou no chão.

Lil parou o coração de Coop. Ele podia jurar que o coração havia parado de bater quando ele perdeu a cabeça e a beijou. Por um instante, foi como a morte… até que tudo explodiu de volta à vida.

Agora, de algum modo, ele estava rolando com ela na estrada de terra batida, sobre a grama áspera do acostamento. Ele estava duro, brutalmente duro, então, quando ela ergueu os quadris, acabou pressionando o corpo contra a virilha de Coop, que gemeu em prazer e tormento.

— Isso dói? Qual é a sensação? — As palavras dela saíam em ofegos ásperos. — Me deixe sentir…

— Jesus… não. — Ele agarrou a mão dela e impediu sua exploração súbita e feroz. Mais um minuto daquilo e ele gozaria nas calças mesmo, matando os dois de vergonha.

Coop se afastou e se sentou na velha estrada, o coração martelando entre os ouvidos.

— O que estamos fazendo?

— Você queria me beijar. — Lil também se sentou. Os olhos dela estavam arregalados, profundos e escuros. — Você queria mais.

— Olha, Lil…

— E eu também. Você vai ser o meu primeiro. — Ela sorriu quando Coop a encarou. — Vai ser certo com você. Eu estava esperando até que soubesse que seria certo.

Alguma coisa muito parecida com pânico cruzou o semblante de Coop.

— Isso não é algo que se pode desfazer depois de feito.

— Você me quer. E eu quero você. Nós vamos dar um jeito. — Ela se inclinou e tocou os lábios gentilmente nos dele, experimentando a sensação. — Eu gostei do jeito que você me beijou, então a gente vai descobrir como fazer dar certo.

Ele balançou a cabeça, e o pânico se transformou em uma espécie de divertimento perplexo.

— Era eu quem deveria estar tentando te convencer a transar.

— Você não seria capaz de me convencer a fazer nada que eu não quisesse.

— Com certeza.

Ela sorriu outra vez e começou a recostar a cabeça no ombro de Coop. E se levantou de um pulo.

— Ai, meu Deus! Olha só para o céu. Mais ao norte.

O céu parecia estar fervilhando. Coop se levantou às pressas e segurou a mão dela.

— Vamos entrar.

— Está a quilômetros de distância. Quilômetros. Mas ainda vai encorpar. Está... lá!

O funil girou de dentro da massa em ebulição, rodopiando rumo ao chão como um dedo sombrio e letal.

— Meus avós.

— Não, está a quilômetros de distância e seguindo para o oeste, para Wyoming. Mal está ventando aqui.

— Eles podem mudar de direção — disse ele, avistando o funil *devorar* uma fileira de árvores.

— Sim, mas este não. Não vai mudar. Olha, olha, Coop, você consegue ver a cortina de chuva? Tem um arco-íris lá.

Ela viu o arco-íris, pensou Cooper, e ele só via o funil sombrio avançando furiosamente pelas planícies.

Para ele, aquilo mostrava o quanto os dois eram diferentes.

$\mathcal{D}$O LADO de fora do quarto de Lil, Jenna inspirou fundo várias vezes para criar coragem. A luz que escapava pelas frestas da porta indicava que a filha ainda estava acordada. Ela meio que esperava que àquela altura, depois de ela ter enrolado tanto, a luz já estivesse apagada.

Jenna bateu e abriu a porta quando Lil gritou para que entrasse.

A filha estava sentada na cama, o cabelo se espalhando pelos ombros, o rosto lavado e sem maquiagem, com um livro grosso em mãos.

— Já está estudando?

— É sobre ecologia e gestão de vida selvagem. Quero estar preparada quando as aulas começarem. Não, quero estar adiantada — admitiu Lil. — Um calouro tem que ser muito bom para ter uma oportunidade em alguma área de trabalho importante. Então, quero ser realmente boa. Eu já estou me sentindo competitiva.

— Seu avô era igualzinho. Ferraduras ou criação de cavalos, políticas ou jogo de cartas, ele queria ser o melhor.

Jenna se sentou na beirada da cama de Lil. *Tão novinha*, pensou ela, olhando para a filha. Ainda era um bebê de muitas maneiras. E ainda assim...

— Você se divertiu esta noite?

— Claro. Eu sei que muita gente da minha idade acha que esses bailes nos celeiros são antiquados, mas eles são tão divertidos. É legal ver todo mundo. E eu adoro assistir a você e o papai dançando.

— A música era boa. Do tipo que faz os pés se mexerem sozinhos. — Ela olhou de relance para o livro aberto e viu o que parecia ser uma porção de fórmulas matemáticas. — Mas o que é isso?

— Ah, são equações matemáticas que explicam como medir a densidade populacional das espécies. Olha só, essa fórmula aqui serve para descobrir uma estimativa combinada, que representa uma média das estimativas individuais. E essa variável é a média... — Ela parou, sorrindo ao ver a expressão no rosto da mãe. — Você realmente quer saber sobre isso?

— Você tem alguma lembrança de eu te ajudando com matemática depois que aprendeu divisão longa?

— Não.

— Isso responde tudo. De qualquer maneira, você não dançou muito hoje à noite.

— Estávamos gostando de ouvir a música, e lá fora estava bem agradável.

E toda vez que você entrava, Jenna pensou, *ostentava aquele ar atordoado e soberbo de uma garota que tinha beijado à beça.*

Por favor, meu Deus, que tenha sido só isso.

— Você e Cooper não são mais só amigos.

Lil se sentou mais ereta.

— Não só amigos. Mãe...

— Você sabe que nós amamos o Coop. Ele é um jovem bom, e sei que vocês se gostam. Também sei que vocês não são mais crianças, e que quando sentem que não é mais só amizade, as coisas começam a rolar... tipo sexo... — Jenna se corrigiu, ordenando a si mesma que não fosse covarde.

— Não aconteceu nada. Ainda...

— Bom. Isso é bom, porque, se acontecer, quero que os dois estejam preparados, seguros. — Ela tirou uma caixa de camisinhas do bolso. — Quero que se protejam.

— Ah... — Lil apenas encarou a caixa, tão chocada quanto a mãe havia ficado com as equações. — É... hummm.

— Algumas garotas consideram isso uma responsabilidade dos meninos. Minha garota é esperta e sensata, e sempre vai cuidar e confiar em si mesma. Por mim, você esperaria um pouco mais, é impossível para mim não desejar isso. Mas se não quiser esperar, quero que me prometa que usará proteção.

— Pode deixar. Eu prometo. Eu quero que seja com ele, mãe. Quando estou com ele, tipo, só com ele, eu sinto tudo isso... *isso* — disse ela, meio atrapalhada. — No meu coração, na minha barriga, na cabeça. Tudo começa a se agitar e mal consigo respirar. E quando ele me beija, é como... Ah, é como deveria ser. Eu quero que seja com ele — repetiu. — Ele está dando pra trás porque não tem certeza se estou pronta. Mas eu estou.

— Você acabou de fazer com que ele subisse no meu conceito. É ótimo saber que ele não está te pressionando.

— Acho que, de um jeito surreal, é mais o contrário.

Jenna soltou uma risadinha.

— Lil, nós já conversamos antes, sobre sexo, proteção, responsabilidade, sentimentos. E você cresceu em uma fazenda. Mas se tiver alguma coisa da qual não tem certeza, ou que queira falar a respeito, você sabe que pode conversar comigo.

— Tá bem. Mãe, o papai sabe que você está me dando camisinhas?

— Sim. Nós conversamos sobre isso. Você sabe que pode falar com ele também, mas...

— Ah, certo, esse é um grande "mas"... seria bem estranho.

— Para os dois. — Jenna deu um tapinha carinhoso na coxa de Lil antes de se levantar. — Não fique acordada até muito tarde.

— Pode deixar. Mãe? Obrigada por me amar.

— Sempre.

CONFIAR EM *mim mesma*, Lil pensou. A mãe estava certa, como sempre, ela concluiu conforme arrumava os mantimentos. Uma mulher tinha que ter um plano, e essa era a chave. O que fazer, quando e como. Ela cuidou de todos os arranjos. Talvez Coop não soubesse de todos eles, mas o elemento surpresa também era importante.

Lil colocou as duas mochilas na caminhonete e deu graças a Deus por seus pais terem ido à cidade, daí não haveria recomendações constrangedoras para que "tomasse cuidado", mesmo que elas fossem transmitidas de outras formas não verbais.

Ela se perguntou se os avós de Coop sabiam o que estava acontecendo. O que *realmente* estava acontecendo. Optou por não perguntar à mãe. Seria um papo embaraçoso demais.

Não importa nem quero saber, pensou ao volante enquanto o vento entrava pelas janelas abertas. Lil tinha três dias livres. Provavelmente os últimos dias consecutivos naquele verão. Em algumas semanas, ela estaria a caminho da universidade no norte do país. E outra fase de sua vida teria início.

Ela não iria embora até concluir *aquela* fase.

Lil pensou que ficaria nervosa, mas não estava. Ela se sentia animada, feliz, mas não nervosa. Sabia o que estava fazendo — em teoria —, e estava pronta para entrar em ação.

Lil aumentou o volume do rádio e começou a cantar enquanto dirigia pelas colinas, passando por fazendas bem-cuidadas e pastagens. Ela passou por homens remendando cercas e por roupas secando nos varais. Quando avistou um grande rebanho de búfalos, não conseguiu se conter e parou para tirar fotos e fazer algumas anotações rápidas.

Ela chegou na fazenda a tempo de ver Coop encilhando a sela. Lil pegou uma das mochilas, a sua, e a afivelou, e em seguida pegou a outra e deu um assovio.

— Pra que tudo isso?

— Umas surpresinhas — gritou Lil quando ele foi ao encontro dela para ajudá-la.

— Caraca, Lil, aqui parece ter coisa o bastante para uma semana. Nós só vamos ficar fora por algumas horas.

— Você vai me agradecer depois. Onde está todo mundo?

— Meus avós tiveram que ir à cidade. Eles já devem estar voltando, mas disseram que a gente não precisa esperar se já estivermos prontos pra sair.

— Pode crer, estou pronta. — Lil acalentou aquela agitação secreta por dentro. — Ah, falei com a minha colega de quarto hoje. — Ela conferiu as correias da sela da égua. — Nós recebemos as divisões dos quartos no dormitório, daí ela me ligou para fazer um primeiro contato. Ela é de Chicago, e vai estudar zootecnia e zoologia. Acho que vamos nos dar bem. Espero. Nunca dividi quarto com ninguém.

— Não falta muito tempo agora.

— Não. — Ela montou na égua. — Falta bem pouco. Você gosta do seu colega de quarto?

— Ele ficou chapado pela maior parte do tempo nesses dois anos. Ele não me incomodou em nada.

— Espero fazer amigos. Tem gente que faz amizade na faculdade e ela dura pra vida toda. — Os dois seguiram um ritmo tranquilo, com todo o tempo do mundo, sob um amplo céu azul. — Você chegou a ficar chapado?

— Algumas vezes, e foi suficiente. Parecia ser a coisa certa a se fazer e a erva estava ali à disposição. Ele falava "mano, acende um aí" — disse Coop, imitando a voz chapada do colega de maneira exagerada, e Lil começou a rir. — Daí pensei "por que não?". Tudo parecia tão engraçado... e na paz... por um tempo. Depois batia uma fome violenta e vinha a dor de cabeça. Não parecia valer a pena.

— Ele vai ser seu colega de quarto de novo esse semestre?

— Ele reprovou, olha que surpresa.

— Você vai ter que arranjar outro, então.

— Não vou voltar.

— O quê? — Ela parou abruptamente para encarar Coop, mas ele continuou seguindo. Lil cutucou a égua para trotar e alcançá-lo. — O que você quer dizer com isso? Você não vai voltar para Nova York?

— Vou, mas não pra faculdade. Cansei.

— Mas você só... Você mal... O que aconteceu?

— Nada. E esse é o lance. Não estou chegando a lugar nenhum, e, de qualquer modo, nem é o que eu quero. Esse negócio todo dessa porcaria de faculdade de Direito é coisa do meu pai. Ele vai bancar desde que eu faça tudo do jeito dele. Mas eu não vou mais fazer as coisas do jeito dele.

Ela sabia identificar os sinais — a contração do maxilar, o lampejo nos olhos. Ela sabia que ele era temperamental e sabia identificar quando ele se preparava para uma boa briga.

— Não quero ser advogado, ainda mais do tipo idiota corporativo usando um terno italiano, do jeito que ele está me pressionando a ser. Puta merda, Lil, passei metade da minha vida tentando agradar o meu pai, tentando fazer com que ele me notasse, que se importasse. O que eu consegui com isso? O único motivo para ele bancar a faculdade é porque tem que fazer isso, mas tem que ser do jeito dele. E ele ficou puto porque não entrei em Harvard. Jesus, até parece.

— Você teria conseguido entrar em Harvard se quisesse.

— Não, Lil. — Irritado, ele franziu o cenho. — Você teria conseguido. Você é um gênio, a aluna nota 10.

— Você é inteligente.

— Não nesse nível. Não com a escola ou com coisas do tipo. Eu me saio bem, de boa. E odeio essa merda, Lil.

Triste e bravo, ela percebeu. A tristeza e a irritação estavam de volta aos olhos dele.

— Você nunca disse...

— Pra que eu iria falar? Eu me sentia preso. Ele consegue fazer você se sentir como se não tivesse uma chance, como se ele estivesse certo, e você, errado. E, meu Deus, ele sabe como fazer você andar na linha. É por isso que ele é tão bom no que faz. Mas não quero seguir o mesmo caminho que ele. Nem ser como ele. Eu comecei a pensar em todos os anos que teria pela frente só para me tornar algo que nem queria ser. Estou cansado disso.

— Eu gostaria que você tivesse me contado antes. Queria que tivesse me contado que estava tão infeliz com tudo isso. Nós poderíamos ter conversado sobre o assunto.

— Talvez. Sei lá. Mas tudo o que sei é que essa coisa toda é sobre ele, não sobre mim. Ele e minha mãe, as brigas eternas e a busca interminável dos dois por manterem as aparências. Tô fora disso também.

O coração de Lil estava um pouco partido por ele.

— Você brigou com os seus pais antes de vir pra cá?

— Não chamaria de briga. Eu disse um monte de coisas que queria dizer, e recebi um ultimato. Eu poderia ficar e trabalhar na empresa da família este verão, ou ele me cortaria. Financeiramente falando, do mesmo jeito como ele me cortou de todas as outras maneiras desde que eu era criança.

Em silêncio, eles atravessaram um riacho, e apenas o som dos cascos na água era audível. Ela não conseguia imaginar seus pais se afastando dela, não dessa maneira.

— Daí, você veio pra cá.

— Era o que eu tinha planejado fazer, o que eu queria. Tenho dinheiro suficiente para bancar um lugar só pra mim. Não preciso de muita coisa. Eu nunca mais vou voltar a morar com a minha mãe. Simplesmente não vou mais voltar lá.

Uma pequena bolha de esperança se agitou dentro dela.

— Você podia ficar aqui, com seus avós. E poderia ajudar com a fazenda. E também estudar por aqui...

Ele virou a cabeça para ela, e Lil sentiu aquela pequena bolha estourar e se dissolver.

— Não vou voltar pra faculdade, Lil. Isso não é pra mim. Para você é diferente. Você sempre planejou o que queria estudar, o que iria querer fazer, desde que viu aquele puma. E então decidiu perseguir pumas em vez de rebatidas no beisebol.

— Eu não sabia que você estava tão infeliz. Entendi que a coisa toda da faculdade de Direito não é escolha sua, e foi injusto da parte do seu pai te obrigar a isso, mas...

— Ser justo não é o ponto. — Coop deu de ombros, um gesto típico de um jovem homem acostumado às injustiças, a ponto de nem dar mais a mínima para isso. — Não se trata disso, e, a partir de agora, não tem a ver com ele. Tem a ver comigo. Sabe esse lance todo de ambiente universitário? Não é a minha praia.

— Nem ficar aqui, né?

— Não parece ser, pelo menos não ainda, ou agora, de qualquer maneira. Eu não sei o que quero, para dizer a verdade. Ficar aqui seria mais fácil. Tenho um teto, três refeições, um trabalho no qual sou muito bom. Tenho família, e tenho você.

— Mas...

— Parece que estou sossegando, antes de saber. Antes de *fazer* alguma coisa. Aqui, sou o neto do Sam e da Lucy. Eu quero ser eu mesmo. Eu me alistei na Academia de Polícia.

— Polícia? — Se ele tivesse se inclinado e a empurrado de cima do cavalo, Lil teria ficado menos chocada. — De onde veio essa ideia? Você nunca disse nada sobre querer ser policial.

— Tive algumas disciplinas sobre aplicação da lei e criminologia. Essas foram as únicas coisas que gostei em toda essa bagunça dos últimos dois anos. As únicas matérias em que fui realmente bom. Já até me inscrevi. Tenho créditos suficientes para entrar, e terei vinte anos quando começar. São seis meses de treinamento, e acho que vou me sair bem. Então, vou tentar. Preciso de alguma coisa que seja só minha. Mas não sei explicar isso direito.

Eu sou sua, pensou ela, mas manteve as palavras para si mesma.

— Você já contou aos seus avós?

— Ainda não.

— Você vai trabalhar em Nova York.

— Tenho estudado por lá. — Ele a lembrou. — E se todo mundo, menos eu, tivesse o que queria, eu estaria trabalhando na área jurídica no escritório do meu pai. Usando a porcaria de um terno todo santo dia. Agora farei algo por mim, ou pelo menos vou tentar. Pensei que você fosse entender isso.

— Eu entendo. — Lil queria não entender. Ela o queria ali, com ela. — É só que... é muito longe.

— Voltarei quando puder. Assim que puder. Talvez no Natal.

— Eu poderia ir para Nova York, talvez nas férias de fim de semestre, ou... no próximo verão.

Um pouco da tristeza se dissipou no semblante dele.

— Posso te mostrar tudo na cidade. Tem uma porção de coisas pra fazer, pra ver. Vou ter o meu apartamento. Não vai ser nada muito chique, mas...

— Não importa. — *Vamos dar um jeito de fazer dar certo*, ela disse a si mesma. Lil não poderia se sentir dessa maneira sobre ele, sobre eles, e não fazer dar certo. — Aqui em Dakota do Sul também tem policiais. — Ela tentou dar um sorriso brilhante. — Você poderia se tornar o delegado de Deadwood algum dia.

Ele riu diante da ideia.

71

— Primeiro eu tenho que terminar o curso na Academia. Muitas pessoas desistem no meio do caminho.

— Você não vai desistir. Você vai se dar muito bem. Vai ajudar as pessoas e desvendar crimes, e eu vou estudar e conseguir meu diploma, e salvar a vida selvagem.

Vamos dar um jeito, ela pensou.

$\mathcal{L}$IL os guiou até o local que ela escolheu. Ela queria que tudo fosse perfeito — o dia, o lugar, o momento. Não poderia deixar a incerteza do futuro interferir.

Eles tinham o sol, que se infiltrava por entre as árvores para brilhar sobre a superfície do riacho de água corrente fluida, onde flores roxas dançavam com a brisa suave. Mais flores silvestres floresciam sob a luz, e às sombras, e o canto dos pássaros era música suficiente.

Ambos desmontaram e amarraram os cavalos. Lil soltou a mochila da sela.

— A gente devia armar a barraca primeiro.

— Barraca?

— Eu queria que fosse surpresa. Temos dois dias livres. Já está tudo acertado com seus avós e com meus pais. — Ela colocou a mochila no chão e as mãos no peito de Coop. — Está tudo bem por você?

— Já tem um tempo desde que a gente acampou. Da última vez, seu pai e eu dividimos a barraca. — Observando o rosto de Lil, ele esfregou os braços dela. — As coisas mudaram, Lil.

— Eu sei. É por isso que estamos aqui, com apenas uma barraca e um saco de dormir. — Ela se inclinou para a frente, mantendo os olhos abertos enquanto roçava os lábios nos dele. — Você me deseja, Cooper?

— Você sabe que sim. — Ele puxou Lil para mais perto, devorando sua boca com uma possessividade feroz que enviou uma onda de calor diretamente para a barriga dela. — Meu Deus, Lil, você sabe que te desejo. Não tem o menor sentido perguntar se você tem certeza, se está pronta. Você sempre está. Mas… não estamos preparados. Uma barraca não é o suficiente para o assunto do qual estamos falando. Pelo menos, não o tipo de barraca que você tem naquela mochila.

Aquilo fez com que ela risse e o abraçasse mais apertado.

— Eu tenho uma caixa de barracas.

— Como é que é?

— Camisinhas. Tenho uma caixa. Eu nunca saio para acampar despreparada.

— Uma caixa. Isso faz com que a única que carrego na minha carteira seja meio que desnecessária... E, tá bom, obrigado, meu Deus... Mas, onde foi que você arranjou essas camisinhas?

— Minha mãe me deu.

— Sua m... — Ele fechou os olhos, então desistiu e se sentou em uma pedra. — Sua mãe te deu uma caixa de camisinhas e então deixou você vir neste passeio comigo?

— Na verdade, ela me deu uma semana atrás, e pediu que eu prometesse estar certa disso e protegida. Eu prometi, eu estou, e estarei.

Um pouco pálido, Coop esfregou a palma das mãos contra a calça jeans.

— Seu pai sabe?

— Claro. Ele não está em casa carregando a espingarda, Coop.

— É esquisito. Sei lá, é estranho. E agora estou nervoso, caramba.

— Eu não. Me ajuda aqui a armar a barraca.

Cooper se levantou. Ambos trabalharam com rapidez e eficiência, firmando a barraca pequena.

— Você já fez isso antes, né?

Ele virou a cabeça para trás e lançou um olhar para ela.

— Você não está se referindo a acampar. Sim. Mas nunca fiz com alguém que não tivesse... feito isso antes. Provavelmente vai doer pra você, e nem sei se a primeira vez é boa para uma garota.

— Pode deixar que vou te dizer. — Ela estendeu o braço e colocou a mão sobre o coração de Coop. Tudo o que conseguia pensar naquele momento era no batimento acelerado por ela. Só podia ser por ela. — Podemos começar agora mesmo.

— Agora?

— Bem, estou esperando que você me esquente primeiro. Trouxe um cobertor extra para forrar o chão. — Lil tirou o cobertor da mochila. — E já que você tem uma camisinha na sua carteira, podemos começar com ela.

Senão, é a única coisa em que vamos pensar. — Firme e segura, ela segurou a mão de Coop. — Talvez você queira se deitar aqui comigo e me beijar um pouco.

— Não há ninguém como você no mundo inteiro.

— Então me mostre isso, pode ser? Você é o único que quero que me mostre.

Ele a beijou primeiro, ali de pé sob o sol da manhã e ao lado do cobertor, e se empenhou ao máximo para ser suave e gentil.

Coop sabia que ela estava certa. Deveria ser ali, no mundo que pertencia aos dois, que os uniu e os conectou para sempre.

Ambos se ajoelharam no chão, de frente um para o outro, e ela suspirou contra os lábios dele.

Coop acariciou o cabelo, as costas, o rosto e, por fim, os seios de Lil. Ele sentiu o peso primeiro, sentiu o coração dela batendo contra a palma de sua mãe quando a tocou. Mas agora era diferente. Era um prelúdio.

Coop tirou a camiseta dela e viu o sorriso em seus olhos escuros à medida que ele tirava a dele. Lil ficou sem fôlego quando ele abriu o fecho do sutiã. Então seus olhos se fecharam quando ela sentiu a pele de Coop tocar a sua.

— Ah, bem... Definitivamente, isso é uma espécie de aquecimento.

— Você é como... — Coop procurou pelas palavras certas enquanto espalmava os seios de Lil, usando os polegares para estimular os mamilos. — Pó de ouro, você inteirinha.

— Você não viu tudo ainda. — Ela abriu os olhos e o encarou. — Estou sentindo uma porção de coisas ganhando vida dentro de mim que eu nem sabia que existia. Tudo está meio agitado e quente. — Lil passou as mãos pelo peitoral de Coop. — É assim pra você também?

— A única diferença é que eu já sabia que existiam. Lil. — Ele inclinou a cabeça e abocanhou um seio. O sabor dela o inundou, o som de seu choque e seu prazer aceleraram o sangue de suas veias.

Ela o abraçou, apressando-o, e não o soltou mesmo quando desabaram sobre o cobertor.

Lil não sabia que seria tão intenso. Tempestades, ondas e arrepios por todo lado. Nada que já tivesse lido — nem em textos ou livros de romances — a havia preparado para o que estava acontecendo em seu corpo.

A mente dela parecia flutuar, para fora do corpo, e não havia nada além de *sensações*.

Lil arrastou os lábios pelo ombro forte de Coop, pelo pescoço, pelo rosto, cedendo ao desejo intenso de devorá-lo. Quando a mão dele deslizou pela barriga dela, lutando para abrir os botões do jeans, ela estremeceu. E pensou: *sim, por favor, sim.*

Quando tentou fazer o mesmo com ele, Coop se afastou.

— Eu preciso de... — A respiração veio ofegante enquanto ele tirava a carteira do bolso. — Posso acabar me esquecendo por completo, sei lá, parar de pensar direito.

— Tudo bem. — Lil se deitou, tocando os próprios seios. — Tudo já parece diferente. Acho que... Aaah. — Os olhos dela se arregalaram quando ele tirou o jeans. — Uau.

O orgulho primitivo diante da reação dela ao ver sua masculinidade o fez lançar um olhar de soslaio enquanto rasgava a embalagem do preservativo.

— Vai caber.

— Eu sei como funciona, mas... me deixe fazer isso. — Antes que ele pudesse cobrir seu membro, ela se sentou para tocá-lo.

— Puta merda, Lil.

— É tão macio — murmurou, e outra onda de calor se alastrou por dentro dela. — Duro e macio. Será que vou sentir desse jeito quando estiver dentro de mim?

— Continue fazendo isso e você não vai ter como saber por um tempinho. — Ele arquejava, e então segurou o pulso de Lil para afastar sua mão.

Coop se esforçou para manter o foco e se concentrar no preservativo.

— Só me deixe... — disse ele, abaixando-se sobre Lil. — Apenas me deixe fazer isso pela primeira vez.

Ele a beijou, longa, devagar e profundamente, e esperava que seus instintos não estivessem errados. Ela pareceu amolecer abaixo dele, e, quando ele deslizou a mão para baixo, o corpo de Lil estremeceu.

Ela já estava molhada, e isso quase o desfez ali mesmo. Rezando por calma, ele deslizou um dedo em seu calor. Os lábios de Lil se entreabriram, as unhas cravaram nas costas de Coop.

— Ai, meu Deus, meu Deus...

— É bom. — Quente, macia, molhada. Lil. — É bom, Lil?

— Sim, sim. É...

Ela sentiu algo se elevar, voando e levando seu fôlego junto. Ele a estava beijando, beijando com vontade e a ancorando no lugar, deixando-a apenas sentir. Lil arqueou o corpo, querendo muito mais. E outra, e mais uma vez.

Isso, pensou ela, *isso*.

Inundada pelo calor do momento, sentiu Coop se mover e pressionar o centro de seu corpo. Ela abriu os olhos, lutando para focar o olhar, e observou o rosto dele, a intensidade naqueles olhos azuis-claros que pareciam cristais.

Aquilo doía. Por um momento, a dor foi tão chocante por meio do prazer que ela ficou tensa, em negação.

— Eu sinto muito. Sinto muito.

Ela não sabia se ele tinha intenção de parar ou de seguir adiante, mas sabia que estava prestes a sentir algo inimaginável. Lil agarrou os quadris de Coop e se ergueu para ir de encontro à sensação, para descobrir.

A dor se alastrou novamente, outro choque e outra ardência — e logo ele estava dentro dela. *Com* ela.

— Coube. — Lil conseguiu dizer.

Ele recostou a cabeça no ombro dela, ofegante, e soltou uma risada.

— Ah, meu Deus, Lil. *Meu Deus*. Acho que não consigo parar agora.

— Quem pediu pra você parar? — Ela afundou os dedos nas costas dele, erguendo os quadris novamente, e o sentiu se mover em seu interior.

Ele tremia acima dela, e parecia que o chão abaixo dos dois tremia também. Dentro dela, tudo se abriu, tudo se encheu, e ela descobriu o que queria.

Lil gritou de prazer de um jeito que não havia feito com a dor, e se entregou ao clímax junto dele.

Capítulo cinco

⌘ ⌘ ⌘

Eles brincaram no riacho, banhando-se na água fria, provocando e atormentando o corpo um do outro até ficarem sem fôlego.

Molhados e seminus, eles caíram matando na comida que Lil levou como se fossem um par de lobos esfomeados. Deixando os cavalos amarrados e cochilando, eles saíram para uma curta trilha, cada um com uma mochila leve nos ombros.

Tudo parecia mais brilhante para Lil, mais nítido e intenso.

Ela parou sob o abrigo da copa dos pinheiros, apontando para as pegadas.

— Matilha de lobos. Os pumas disputam a presa com eles. Na maioria das vezes, eles se ignoram. Tem muita caça por aí, então…

Coop cutucou a barriga de Lil com a ponta do dedo.

— Eu deveria ter adivinhado que havia uma razão para você ter escolhido esse caminho.

— Fiquei imaginando se a fêmea que avistei circula por esse território. Provavelmente ela deve estar mais a oeste a essa altura, mas é um território bacana, já que os lobos andam por aqui. Nós vamos construir um refúgio.

— Para o quê?

— Para todos eles. Para os animais em perigo, feridos e maltratados. Para aqueles que são comprados ou capturados pelas pessoas e feitos de animais de estimação exóticos, para só depois elas perceberem que não são capazes de mantê-los. Ainda estou tentando convencer meu pai, mas vou conseguir em algum momento.

— Aqui? Nas colinas?

Ela deu um aceno de concordância.

— *Paha Sapa*, que significa "Colinas pretas" para os Lakota. É um lugar sagrado, e parece certo fazer isso. Mais certo ainda para o que quero fazer.

— É o seu lugar — concordou ele. — Então, é isso aí, parece certo. Mas também parece trabalhoso.

— Eu sei. Venho estudando como outros refúgios são construídos, estruturados, como são administrados e o que é necessário. Ainda tenho muito o que aprender. Parte do território pertence ao Parque Nacional, e isso pode ser um ponto a nosso favor. Vamos precisar de recursos financeiros, um plano e ajuda. Provavelmente muita ajuda — admitiu ela.

Eles ficaram ali parados na trilha de um mundo que ambos conheciam, mas, para Coop, era como se estivessem em uma encruzilhada.

— Você andou pensando bastante nisso também.

— Tenho mesmo. Vou trabalhar em cima disso na faculdade. Elaborar um projeto, espero. Aprender o suficiente para botar o plano em ação. É o que quero fazer. Quero contribuir com a proteção de tudo isso, quero aprender e ensinar. Papai sabe que nunca serei uma criadora de gado. Acho que ele sempre soube.

— E você é muito sortuda por isso.

— Eu sei. — Ela deslizou a mão pelo braço de Coop até entrelaçar os dedos aos dele. — Se chegar à conclusão que esse negócio de ser policial em Nova York não é pra você... pode voltar e nos dar uma mãozinha aqui.

Ele balançou a cabeça.

— Ou ser o delegado de Deadwood.

— Eu não quero te perder, Cooper. — Lil se virou nos braços dele.

Então ela também sentia o mesmo, ele percebeu, e a abraçou ainda mais apertado.

— Isso seria impossível.

— Não quero ficar com ninguém além de você. Não quero ninguém além de você.

Coop virou o rosto e recostou a bochecha no topo da cabeça dela. Em seguida olhou para as pegadas que ambos deixaram para trás.

— Eu vou voltar. Sempre vou voltar.

Ela o tinha ao seu lado agora, e tentou se apegar a isso com a mesma força com que o abraçava. Lil o faria voltar se fosse preciso. De volta para ela, de volta para o lugar onde ele era feliz.

Um dia, dali a alguns anos, eles andariam por aquela floresta outra vez. Juntos.

Conforme caminhavam de volta ao acampamento, ela tirou tudo de sua mente que separava o agora e o depois.

Naquela noite, enquanto as estrelas rasgavam o céu acima, ela se deitou entre os braços de Coop e ouviu o grito agudo do puma.

Meu talismã, pensou. Seu amuleto da sorte.

Como não conseguia entender o porquê de estar tão emotiva, virou o rosto contra o ombro dele e ficou quieta até adormecer.

JENNA OBSERVAVA pela janela. O dia quente prenunciava tempestades que manchavam o céu de roxo ao oeste. *Haverá outras tempestades, e muitas mais contusões*, pensou ela enquanto observava a filha e o garoto por quem ela estava apaixonada cavalgando de volta depois de terem ido averiguar as cercas com Joe e Sam.

Até mesmo daquela distância, ela conseguia ver o que os dois eram. Amantes agora, tão jovens, tão novinhos. Tudo o que os dois viam era o céu azul do verão, em vez das tempestades se aproximando.

— Ele vai partir o coração dela.

— Bem que eu queria poder dizer o contrário. — Atrás dela, Lucy colocou uma mão no ombro de Jenna, observando o mesmo que a amiga.

— Ela acha que tudo vai se encaixar do jeito que ela quer, do jeito que planeja. Que as coisas serão assim pra sempre. Não posso dizer a ela ao contrário, porque ela não acreditaria em mim.

— Ele a ama.

— Ah, eu sei. Eu sei disso. Mas ele vai embora, assim como Lil também irá. Os dois precisam fazer isso. E ela nunca mais será a mesma. Não é o tipo de coisa que possa ser evitada.

— Tivemos esperança de que ele ficasse. Quando Coop nos contou que não iria voltar para a faculdade, cheguei a pensar, *certo, está tudo bem. Você pode ficar aqui, e tomar conta da fazenda algum dia.* Tive muito tempo para pensar nisso, e em como ele se esforçaria mais nos estudos se o pai não o tivesse pressionado tanto. Daí, depois, ele nos contou o que está planejando fazer.

— Entrar para a Polícia. — Ela se virou e desviou o olhar da janela para encarar a amiga. — E o que você acha disso, Lucy?

— Estou um pouco apavorada, é um fato. Só espero que ele encontre o caminho dele e também um pouco de orgulho próprio. Não posso dizer a ele o que fazer, assim como você não pode com Lil.

— Meu maior medo é que ele peça a ela que vá com ele, porque sem dúvida ela iria. Ela é jovem e está apaixonada, e, bem, sabe como é, ela é destemida. Do jeito que a gente é nessa idade. — Jenna foi buscar o jarro de limonada para ocupar as mãos. — Ela apenas deixaria o coração guiá-la. É tão longe... e não estou falando só da distância em quilômetros.

— Eu sei como é. Sei como foi quando minha Missy partiu como se estivesse com os pés em chamas. — À vontade na cozinha de Jenna, como se fosse sua casa, Lucy abriu o armário em busca dos copos. — Ele não é nem um pouco parecido com a mãe. Nem a sua menina. Missy nunca pensou em ninguém além dela mesma. Parece que nasceu desse jeito. Não é que fosse má ou bruta, sabe? Era mais uma questão de ser negligente. Ela queria qualquer coisa, contanto que não fosse aqui.

Lucy pegou sua bebida e voltou à janela, bebericando enquanto contemplava o lado de fora.

— Aqueles dois podem até querer coisas diferentes, mas tem uma diferença aqui. Sua menina tem planos, Jenna. Meu garoto? Ele está tentando fazer algum.

— O primeiro amor não é algo que possamos superar. Joe foi o meu, então nunca tive que esquecê-lo. Eu só odeio saber que ela vai sair magoada. Os dois vão.

— Eles nunca conseguirão se largar, não em definitivo. Tem muita história ali. Mas, bem, não podemos fazer nada por enquanto, a não ser estar aqui para apoiá-los. A tempestade está se aproximando.

— Eu sei.

O vento soprava com força, em rajadas violentas à frente da chuva. Relâmpagos rasgavam as colinas como arrepiantes chicotadas azuis que impediam a visão. Um deles atingiu um álamo no pasto e o rachou ao meio como um machado. Ozônio permeava o ar como se tivesse saído da poção de um feiticeiro.

— Esta é uma das bravas. — Lil estava de pé no alpendre dos fundos, sentindo o cheiro do ar. Na cozinha, os cachorros choravam, aninhados debaixo da mesa, ela imaginava.

Passaria tão rápido quanto viera. Ou poderia chegar causando destruição por todo lado — granizo espancando as plantações e o gado, os ventos uivando e retorcendo tudo. Nas colinas, nos desfiladeiros, os animais se abrigariam em tocas e cavernas, moitas e em meio à relva, assim como as pessoas se refugiariam em casa ou no carro.

A cadeia alimentar não significava nada para a natureza.

Um trovão retumbou como uma explosão de canhão ao longe, sacudindo o vale.

— Você não vai ter uma dessas em Nova York.

— Nós também temos tempestades de trovões por lá.

Lil apenas balançou a cabeça em negação enquanto contemplava o espetáculo no céu.

— Mas não é a mesma coisa. As tempestades nas cidades são inconvenientes. Isso aqui é drama puro e aventura.

— Tente arranjar um táxi no centro da cidade no meio de uma tempestade. Gata, *isso sim* é uma aventura. — Ainda assim, ele riu e segurou a mão de Lil. — Mas você está certa. Isso aqui é eletrizante.

— Aí vem a chuva.

As cortinas de água aceleradas vieram varrendo ao longe. Ela observou a parede de água se apressar, o mundo enfurecer. Martelando, grunhindo e dilacerando em um rugido avassalador.

Lil se virou para Coop e o abraçou, devorando a boca dele com a mesma intensidade e a mesma fúria que a tempestade. A chuva os atingia, salpicando gotas que o vento arremessava abaixo do telhado do alpendre. Um trovão ecoou em uma explosão ensurdecedora. Os mensageiros dos ventos sacudiam e ressoavam sem cessar.

Ela se afastou, mas não antes de dar uma mordida sedutora na boca de Coop.

— Toda vez que você ouvir um trovão, vai se lembrar disso.

— Preciso ficar a sós com você. Em algum lugar. Qualquer lugar.

Lil olhou para a janela da cozinha. Os pais dela e os Wilks estavam de vigia no alpendre, enquanto ela e Coop optaram pelos fundos.

— Rápido. Corre! — Rindo, ela o puxou pelo alpendre, saindo no meio da chuva torrencial. Ensopados na mesma hora, ambos correram para o celeiro.

Os raios cortavam o céu com um zumbido de eletricidade. Juntos, os dois abriram as portas e entraram aos tropeços, sem fôlego e encharcados. Nas baias, os cavalos se agitavam, nervosos com a chuva constante e o rugido dos trovões.

No palheiro acima, os dois tiraram as roupas molhadas e devoraram um ao outro com voracidade.

*A*QUELE SERIA o último dia deles juntos. Quando acabasse, ele se despediria de Joe e Jenna, e, depois, de algum modo, de Lil.

Coop já havia se despedido muitas vezes antes, mas ele sabia que seria mais difícil daquela vez. Agora, muito mais do que antes, os dois seguiriam em direções diferentes.

Eles conduziram as montarias, como já haviam feito muitas vezes antes, até o local que havia se tornado deles. O riacho de água corrente à margem dos pinheiros onde flores silvestres dançavam ao vento.

— Vamos continuar o caminho. A gente volta aqui depois — disse ela —, mas quando pararmos, será a última vez. Então, vamos seguir um pouco mais.

— Pode ser que eu consiga vir para o Dia de Ação de Graças. Não está tão longe assim.

— Não, não está mesmo.

— Para o Natal, é certeza.

— Com certeza. Vou embora daqui a oito dias.

Ela ainda não havia começado a fazer as malas, não ainda. Estava esperando até que Coop fosse embora. Era um lance meio simbólico. Contanto que ele estivesse ali, tudo permaneceria igual. Tudo era estável e familiar.

— Você já está nervosa? Com a faculdade?

— Não. Nervosa, não. Acho que estou curiosa. Uma parte minha quer ir, começar logo e descobrir as coisas. A outra quer que tudo pare. Não quero pensar nisso hoje. Vamos deixar como está.

Ela se esticou e segurou a mão dele por um momento. Eles caminharam em um silêncio repleto de perguntas que nenhum dos dois sabia responder.

Passaram por uma pequena cascata mais volumosa por causa das chuvas de verão, e então atravessaram um campo verdejante. Determinada a não ceder à melancolia, ela pegou sua máquina fotográfica.

— Ei! — Coop sorriu quando ela apontou para ele. Então, com a cabeça dos cavalos bem próximas, ela se inclinou e estendeu a máquina à frente.

— Você provavelmente cortou nossa cabeça.

— Aposto que não cortei. Vou te mandar uma cópia. Coop e Lil no interior. Vamos ver o que seus novos amigos policiais vão achar disso.

— Eles vão dar uma olhadinha em você e pensar que sou um cara sortudo.

Eles seguiram por uma trilha secundária por entre as árvores altas e as enormes rochas que se estendiam pelo infinito.

Lil parou.

— Um puma passou por aqui. A chuva apagou a maior parte das pegadas, mas há marcas nos troncos.

— É a sua fêmea?

— Talvez. Não estamos tão longe de onde eu a avistei naquele dia. — *Dois meses atrás,* Lil pensou. *Os filhotes já devem estar desmamados e grandes o bastante para saírem juntos para caçar com a mãe.*

— Você quer tentar seguir o rastro dela.

— Só um pouquinho. De todo jeito, nem sei se consigo. Choveu muito nos últimos dias. Mas se ela for territorial, é bem capaz que esteja na região onde a vi pela primeira vez. Isso seria tirar a sorte grande — disse ela, na lata. — Tipo, nós dois, juntos, vendo o puma em seu último dia aqui, do mesmo jeito que eu a vi no dia que você chegou pela primeira vez.

Ele estava com o rifle para o caso de precisar usá-lo, mas não mencionou o assunto. Lil não aprovaria de modo algum.

— Vamos.

Ela liderou o caminho, procurando sinais enquanto os cavalos escolhiam o caminho.

— Bem que eu queria ser melhor nesse negócio de rastrear.

— Você é tão boa quanto o seu pai agora. Talvez até melhor.

— Não sei, não. Eu ia praticar um pouco mais nesse verão. — Lil sorriu para ele. — Mas acabei me distraindo. A vegetação, as rochas. É disso que ela se valeria se estivesse caçando. E não tenho certeza se... — Ela parou e virou seu cavalo para a direita. — Fezes. De puma.

— Eu acho que um rastreador é bom quando sabe diferenciar um monte de cocô de outro.

— Isso é rastreamento básico. Não são muito recentes. Talvez de ontem ou antes de ontem. Mas é parte do território dela. Ou, se não for dela, de outra fêmea. Os caminhos delas podem se cruzar.

— Por que não um macho?

— Na maioria das vezes, eles evitam as fêmeas até a temporada de acasalamento. Daí é só aquele lance de "E, aí, gata, você sabe que está a fim disso. É claro que eu te amo. Claro que vou te tratar com o maior respeito de manhã". Assim que conseguem o que querem, eles dão o fora.

Coop semicerrou os olhos diante do sorriso de Lil.

— Você não tem o menor respeito pela nossa espécie.

— Ah, não sei, não. Alguns de vocês são até de boa. Além do mais, você me ama. — No segundo em que as palavras escaparam, ela se sentou mais ereta na sela. Não dava para retirar o que dissera, ela chegou à conclusão, então se virou e o encarou. — Não é?

— Nunca senti por ninguém o que sinto por você. — Ele deu um sorriso tranquilizador. — E sempre te respeito de manhã.

Havia um pensamento perturbador no fundo da mente de Lil, afirmando que aquilo não era o suficiente. Ela queria as palavras, o simples poder que aquelas palavras possuíam. Mas só por cima de seu cadáver ela pediria que ele as dissesse.

Lil seguiu em frente, concentrada na vegetação alta onde havia avistado o puma abater o bezerro. Ela encontrou outros sinais, mais arranhões. Puma e cervo. Uma vegetação pisoteada por um rebanho de veados.

No entanto, quando procurou na pradaria, nada perambulava ou pastava por ali.

— Lugar legal — comentou Coop. — Aqui ainda está no limite das terras de vocês?

— Sim, só até um pouco mais além — respondeu, o olhar pairando pela paisagem.

Lil começou a atravessar a grama rumo às árvores para onde viu o puma arrastar sua presa.

— Minha mãe me disse que aqui costumava haver ursos, mas eles foram caçados, expulsos daqui. Os pumas e os lobos ficaram, só que você tem que procurar por eles. As colinas são uma salada mista, do ponto de vista biológico. Temos espécies por aqui que são comuns em várias áreas em todas as direções.

— Tipo o que acontece num bar para solteiros.

Ela deu uma risada.

— Vou acreditar em você em relação a isso. Ainda assim, nós perdemos os ursos. Se pelo menos pudes... Tem sangue aqui.

— Onde?

— Naquela árvore. No chão também. Parece seco. — Lil passou a perna por cima da sela.

— Espera. Se ali for um lugar de abate, ela pode estar por perto. E se ela estiver com a ninhada, não vai ficar feliz em te ver.

— Mas por que está tão alto na árvore? — Com a máquina fotográfica em mãos, Lil se aproximou. — Ela poderia ter arrastado um alce ou um veado, acho, e pode ter lutado um pouco, ou acertado a árvore. Só que não parece que foi o que aconteceu.

— E você sabe dizer como pareceria?

— Na minha cabeça, sim. — Lil olhou para trás e notou o rifle na mão de Coop. — Não quero que você atire nela.

— Eu também não quero. — Ele nunca atirou em nada além de alvos imóveis, e não queria ter que acertar um ser vivo, ainda mais o puma de Lil.

Franzindo o cenho, Lil se virou para a árvore e examinou o solo.

— Parece que ela arrastou a presa por ali. Está vendo como os arbustos estão? E tem mais sangue. — Ela se agachou, cutucando a terra. — Tem sangue aqui no chão, na vegetação. Pensei que ela tivesse levado o filhote de búfalo para aquele lado, mais ao leste. Talvez ela tenha mudado de toca, ou então tem outro puma na área. Continue conversando e fique atento. Contanto que a gente não a surpreenda ou ameace os filhotes, ela não vai se interessar por nós.

Lil avançou devagar, tentando seguir os sinais. Como havia dito antes, a trilha por ali era mais difícil, íngreme e acidentada. Ela não ficou surpresa em ver sinais da passagem de aventureiros, e ficou imaginando se o puma mudou de território para evitá-los.

— Mais fezes. Essas estão mais recentes. — Ela olhou para cima, parecendo radiante de felicidade. — Estamos rastreando *ela*.

— Uhuuul.

— Se eu pudesse tirar uma foto dela e dos filhotes... — Ela parou e farejou o ar. — Está sentindo esse cheiro?

— Agora sim. Tem algo morto aqui. — Quando Lil fez menção de avançar, Coop segurou o braço dela. — Me deixa assumir daqui. Você fica atrás de mim.

— Mas...

— Atrás de mim e do rifle, ou nada feito. Sou mais forte que você, Lil, então acredite em mim quando digo que te levo de volta.

— Nossa, se você vai dar uma de machão.

— É isso aí. — Ele seguiu adiante, seguindo o fedor.

— Oeste — indicou ela. — Um pouco mais a oeste. Está fora da trilha.

Ela examinava os arbustos, as árvores e as rochas conforme eles se moviam.

— Meu Deus, fico pensando como ela tem estômago para aguentar qualquer coisa que fede desse jeito. Talvez ela tenha abandonado a caça. Deu umas mastigadas e partiu para outra. Não tem como uma coisa limpa cheirar desse jeito. Parece que tem muito sangue aqui, e mais para dentro daquela vegetação também.

Ela deu um passo à frente. Não passou por Coop, e sim se postou ao lado dele. Não era sua culpa que os sinais estivessem todos ao seu alcance.

— Estou vendo alguma coisa ali. Com certeza, tem algo ali. — Lil semicerrou os olhos e se esforçou para enxergar. — Se ela ainda considerar a presa como dela, então estará por perto e vamos ficar sabendo disso rapidinho. Não consigo ver o que é, você consegue?

— É um negócio morto.

— Tá, mas o que foi que ela caçou? Eu queria saber se... Ai, meu Deus. Cooper... Ai, meu Deus.

Ele viu o mesmo que Lil. A presa era humana.

*L*IL NÃO se orgulhava da maneira como havia lidado com a situação, do jeito que as pernas cederam e como a cabeça ficou enevoada. Ela quase chegara a desmaiar, e com certeza teria ido parar no chão se Coop não a tivesse pegado a tempo.

Ela deu um jeito de ajudá-lo a marcar o local, mas só porque ele a mandou ficar afastada. Lil se obrigou a olhar, a ver e se lembrar do que havia sido feito, antes de voltar para junto da égua para beber um longo gole de água de seu cantil.

Estava se sentindo um pouco mais estável, e já conseguia pensar com mais clareza a ponto de sinalizar a trilha para aqueles que viriam buscar os restos mortais. Coop manteve o rifle em punho durante toda a volta.

Não haveria um último encontro à beira do riacho.

— Você pode baixar o rifle. Não foi um puma que matou aquele homem.

— Acho que era uma mulher — disse Coop. — Pelo tamanho e estilo das botas, e pelo que sobrou do cabelo, acho que era mulher. Será que pode ter sido devorada pelos lobos?

— Não. Não avistei nenhum sinal de lobos nas redondezas. É o habitat dos pumas, e eles não a atacariam. Não foi um animal que matou aquela mulher.

— Lil, você viu o que eu vi.

— Sim. — Estava gravado em sua mente. — Aquilo foi depois. Eles comeram a carcaça dela. Mas o sangue na árvore estava muito acima, e não havia marcas de pumas por lá. Nenhuma pegada até alguns bons dez metros adiante. Acho que alguém a matou, Coop. Alguém a matou e a deixou lá. Daí, os animais a pegaram.

— De todo jeito, ela está morta. Nós temos que voltar.

Quando a trilha se abriu o bastante, eles incitaram os cavalos a um galope.

O PAI DE Lil deu uísque aos dois, um golinho para cada um. A bebida desceu queimando pela garganta dela até o estômago embrulhado. Quando a polícia chegou, o mal-estar já havia passado.

— Eu sinalizei a trilha. — Ela estava sentada com Coop, os pais e o auxiliar do xerife do condado, Bates. Lil destacou a rota no mapa que o policial levara.

— Foi por esse caminho que vocês seguiram?

— Não, nós pegamos o caminho com vista panorâmica. — Ela mostrou ao homem. — Não estávamos com pressa. Nós voltamos por aqui. Eu vi o sangue na árvore aqui. — Lil fez uma marca no mapa. — Havia marcas no chão que indicavam que o corpo foi arrastado, mais sangue. Um bocado deve ter sido levado embora com a chuva, mas a área tinha cobertura suficiente para que desse para ver o sangue. Seja lá quem a matou, fez naquele lugar, perto daquela árvore, porque o sangue está um bom metro e meio de altura, até mais. Aí ele a arrastou para fora da trilha até mais ou menos aqui. Foi onde o puma encontrou o corpo, e deve tê-lo arrastado a partir dali, para um lugar mais encoberto.

O homem fez anotações, assentindo. Ele tinha uma aparência experiente e tranquila, quase reconfortante.

— Alguma razão para você pensar que ela foi assassinada, srta. Chance? O que você descreveu parece muito mais com um ataque de puma.

— Quando foi a última vez que tivemos um puma atacando uma pessoa por aqui? — Lil exigiu saber.

— Pode acontecer.

— Os pumas vão direto na garganta da presa. — Bates desviou o olhar para Coop. — Não é, Lil?

— Sim. O método típico de ataque deles é com uma mordida no pescoço. Eles derrubam a presa, geralmente quebrando o pescoço no processo. Rápido e limpo.

— Se você rasga a garganta de uma pessoa, vai rolar sangue pra todo lado. O negócio iria jorrar, não é? Aquilo lá foi mais como um borrão. Não teve um... respingo.

Bates arqueou as sobrancelhas.

— Então, nós temos aqui uma especialista em pumas e um especialista forense. — disse ele, com um sorriso, mantendo o tom amigável. — Muito obrigado pela contribuição. Nós subiremos a colina e investigaremos tudo isso.

— Vocês precisam fazer a autópsia e determinar a causa da morte.

— Isso mesmo — disse Bates a Coop. — Se foi um ataque de puma, lidaremos com o assunto. Se não tiver sido, cuidaremos disso. Não se preocupe.

— Lil disse que não foi um puma que matou aquela mulher. Então não foi.

— Tem alguma mulher desaparecida? Alguma que tenha desaparecido nos últimos dias? — perguntou Lil.

— Pode haver. — Bates se levantou. — Nós vamos subir lá agora. Vou querer falar com vocês outra vez.

Lil ficou em silêncio até Bates sair e reunir seus dois homens.

— Ele acha que estamos errados. Que o que nós vimos foram os restos mortais de um veado ou algo do tipo e que ficamos assustados.

— Ele vai descobrir a verdade em breve.

— Você não contou para eles que vai embora amanhã cedo.

— Posso ficar mais um dia. Eles devem descobrir quem ela é e o que aconteceu até lá. Um dia ou dois.

— Você consegue comer alguma coisa? — perguntou Jenna.

Quando Lil negou com um balançar de cabeça, Jenna abraçou a filha e massageou suas costas quando a jovem aninhou o rosto no colo dos seios da mãe.

— Que coisa horrível. Tão cruel. Ter sido deixada lá daquele jeito. Para servir como comida aos animais.

— Vamos subir um pouquinho. Vou preparar um banho quente pra você. Venha comigo.

Joe esperou, então se levantou e serviu duas canecas de café. Ele se sentou e olhou para Coop, olho no olho.

— Você tomou conta da minha garota hoje. Ela consegue cuidar de si mesma, eu sei, pelo menos na maioria das vezes. Mas sei que você cuidou dela hoje. Que a apoiou lá. Nunca vou me esquecer disso.

— Eu não queria que ela tivesse visto aquilo. Nunca vi nada do tipo antes, e espero nunca ver de novo. Mas não tive como impedi-la de ver.

Joe assentiu.

— Você fez o que pôde, e isso já é suficiente. Vou te pedir uma coisa, Cooper. Vou te pedir que não faça nenhuma promessa para ela da qual não seja capaz de cumprir. Minha menina sabe se cuidar, mas não quero que ela se apegue a alguma promessa que será quebrada.

Coop encarou sua caneca de café.

— Não sei o que eu poderia prometer para ela. Tenho o suficiente para alugar um apartamento, contanto que seja barato, por alguns meses. Tenho que tentar me destacar na Academia de Polícia. E mesmo que eu consiga isso, um policial não ganha muito. Vou receber uma grana quando fizer vinte e um anos. Uma herança ou algo assim. Vou receber mais um pouco aos vinte e cinco, depois aos trinta e assim por diante. Meu pai pode complicar um pouco as coisas, e ele até ameaçou fazer isso, até que eu tenha quarenta.

Joe deu um sorriso singelo.

— E isso está a anos-luz de distância.

— Bem, vou viver meio que apertado por um tempo, mas estou de boa com isso. — Ele ergueu a cabeça, encontrando o olhar de Joe. — Não posso pedir que ela vá para Nova York comigo. Até pensei um bocado nisso. Não tenho como dar qualquer coisa para ela lá, e acabaria tirando dela as oportunidades que ela tanto quer. Não tenho nenhuma promessa a fazer. E não é porque não me importo com ela.

— Não. Eu diria que é o contrário. Isso já é o bastante para mim. Você teve um dia infernal, não é?

— Sinto como se estivesse me despedaçando. Não sei como esses pedaços vão se juntar de novo. Ela queria ver o puma... queria que nós dois o víssemos juntos. Algo a ver com sorte. Não parece que tivemos sorte alguma agora. E seja quem for a moça lá em cima, ela teve algo muito pior.

O NOME DELA era Melinda Barrett. Tinha vinte anos quando saiu para fazer uma trilha em Black Hills, uma espécie de agrado a si mesma no verão. Ela era do Oregon. Uma estudante, uma filha, uma irmã. Ela queria ser guarda-florestal.

Os pais dela comunicaram o desaparecimento da filha no mesmo dia em que ela foi encontrada, porque já haviam se passado dois dias do prazo combinado para que ela entrasse em contato novamente.

Antes do puma chegar até ela, alguém havia fraturado seu crânio, e, em seguida, a esfaqueado com tanta violência que as costelas se partiram com a lâmina. A mochila, o relógio e a bússola que o pai havia dado de presente — e que ele ganhara do próprio pai —, não foram encontrados.

A pedido de Lil, Coop pilotou a moto até a estrada da fazenda dos Chance, ao amanhecer. O assassinato de Melinda Barrett atrasou a partida dele em mais dois dias, e não havia mais como adiar.

Ele a viu ali parada sob a luz da manhã, os cachorros correndo ao redor, as colinas aos fundos. *Vou me lembrar dessa cena*, pensou. Ele se lembraria de Lil daquele jeitinho até que a visse novamente.

Quando parou e desceu da moto, os cachorros correram e pularam em cima dele. Lil simplesmente se jogou em seus braços.

— Você vai ligar quando chegar em Nova York?

— Sim. Você está bem?

— É só muita coisa, sabe? Achei que teríamos mais tempo sozinhos. Só nós dois. Aí nós a encontramos. Eles não fazem a menor ideia de quem fez aquilo com ela, ou, se sabem o que aconteceu, não estão dizendo. Ela só saiu para fazer uma trilha... e alguém a matou. Por causa da mochila? Do relógio? Por motivo nenhum? Não consigo tirar isso da cabeça, e nós não tivemos nosso tempo. — Ela ergueu o rosto e encontrou os lábios de Coop. — É só por um tempo.

— Só por um tempo.

— Eu sei que você tem que ir, mas... você comeu? Você precisa de alguma coisa? — Ela tentou sorrir mesmo com as lágrimas embargando a garganta. — Olha só... eu tentando ganhar tempo.

— Comi *flapjacks*. A vovó sabe que tenho um fraco por elas. Eles também me deram cinco mil dólares, Lil. Não me deixaram recusar de jeito nenhum.

— Que bom. — Ela o beijou novamente. — Bom mesmo. Daí não vou ficar preocupada com você passando fome em alguma sarjeta. Vou sentir saudade. Meu Deus, já estou sentindo. Vai logo. Você tem que ir.

— Vou te ligar. Vou sentir sua falta também.

— Arrase lá naquela Academia, Coop.

Ele subiu na moto e lançou um último olhar demorado.

— Eu vou voltar.

— Para mim — murmurou ela, quando ele deu partida. — Volte para mim.

Lil o observou até que ele sumisse de vista, até se assegurar de que ele havia ido embora. Sob a luz suave daquela manhã, ela se sentou no chão, e, reunindo os cães ao seu redor, chorou tudo o que tinha vontade.

Capítulo seis

⌘ ⌘ ⌘

DAKOTA DO SUL

Fevereiro de 2009

O PEQUENO CESSNA estremeceu, então deu alguns sacolejos e solavancos irritados conforme zumbia pelas colinas e planícies e pelos vales. Lil se remexeu no assento. Não por nervosismo — ela já havia enfrentado condições de voo piores do que aquela e se saído muito bem. Ela se ajeitou na poltrona para ter uma visão melhor. Suas colinas pretas de Black Hills eram brancas em fevereiro, um globo nevado de picos, cristas e platôs entrelaçados por riachos congelados e enlaçados por pinheiros tremeluzentes.

Lil ficou imaginando se o vento no nível do chão poderia ser tão cruel e aterrador quanto nas alturas, a ponto de fazer um bom e intenso suspiro parecer como se estivesse engolindo vidro estilhaçado.

Ela não poderia estar mais feliz: estava quase em casa.

Os últimos seis meses haviam sido incríveis, uma experiência da qual ela nunca se esqueceria. Tinha ficado encharcada, quase morrido de calor, de frio, fora mordida e picada — tudo enquanto estudava os pumas nas Cordilheiras dos Andes.

Lil mereceu cada centavo da bolsa de estudo para pesquisas, e esperava ganhar muito mais com relatórios e artigos científicos que havia escrito e que ainda escreveria.

Tirando a parte do dinheiro — embora em sua posição esse fosse um luxo que ela não podia se dar —, todos os quilômetros percorridos, cada hematoma, cada músculo dolorido tinham valido a pena só por ter visto um puma concolor perseguindo uma presa na floresta tropical, ou empoleirado como uma espécie de ídolo no alto de um penhasco.

Mas agora ela estava pronta para voltar para casa. Para seu habitat natural.

O trabalho a esperava, e devia haver muito a ser feito. Aquela viagem de campo de seis meses havia sido a mais longa até o momento, e, mesmo mantendo contato quando podia, Lil sabia que estava prestes a enfrentar uma avalanche de trabalho.

O Refúgio de Vida Selvagem Chance era como seu filho, afinal de contas.

No entanto, antes de mergulhar de cabeça, ela queria um dia, mesmo que apenas um, para tirar um descanso em sua casa.

Lil esticou as pernas o máximo possível na cabine confinante e cruzou os tornozelos calçados com suas botas de escalada. A viagem de volta já durava, de uma forma ou de outra, um dia e meio, mas aquele último trecho dissipou quase toda a fadiga da viagem.

— Vamos pegar um pouco de turbulência.

Ela olhou para Dave, o piloto.

— Ah, é, porque até aqui foi um passeio no parque, né?

Ele sorriu e deu uma piscadela.

— Vai parecer como se tivesse sido.

Ela deu um puxão extra no cinto de segurança, mas não estava preocupada. Não era a primeira vez que Dave a levava para casa.

— Eu ficaria muito grata se você pudesse fazer um desvio.

— Sem problemas.

— Eu te pago uma refeição antes de você seguir para Twin Forks.

— A gente combina isso para outro dia. — Ele virou a aba do boné dos Minnesota Twins para trás, como sempre fazia para ter sorte antes de pousar. — Acho que vou decolar assim que reabastecer. Você ficou muito tempo fora dessa vez. Deve estar ansiosa para chegar em casa.

— Pior que estou mesmo.

O vento chicoteou e repuxou o pequeno avião na descida. A coisa sacudiu e esperneou como uma criança fazendo birra. Lil sorriu quando avistou a pequena pista de pouso do aeroporto municipal.

— Me ligue quando estiver de volta por essas bandas, Dave. Minha mãe vai preparar uma comida caseira digna dos príncipes pra você.

— Gosto disso.

Lil jogou a trança grossa por cima do ombro, dando uma espiada abaixo, os olhos escuros vasculhando ao redor. Ela avistou o borrão vermelho.

O carro da minha mãe, pensou. Tinha que ser. Preparando-se para a turbulência, ela manteve o pontinho vermelho como seu ponto focal.

O trem de pouso fez ruído ao baixar, o ponto vermelho se tornou uma Yukon, e o avião mergulhou rumo à pista. Quando os pneus tocaram o solo, o coração de Lil se elevou.

No segundo em que Dave assentiu, ela desafivelou o cinto e pegou sua bolsa de viagem, a mochila e a pasta do notebook. Mesmo cheia de coisas nas mãos, Lil deu um jeito de segurar o rosto coberto pela barba grisalha de Dave e tascou um beijo em sua boca.

— Isso é quase tão bom quanto comida caseira — disse ele.

Enquanto descia os degraus curtos e rangentes até o asfalto, Jenna correu em disparada pelo pequeno terminal. Lil largou suas tralhas no chão e correu também ao encontro da mãe.

— Você chegou. Você chegou! — murmurou Jenna, as duas agarradas em um abraço de urso. — Ah, seja bem-vinda de volta, seja bem-vinda de volta ao lar. Senti *tanta* saudade. Me deixa dar uma boa olhada em você!

— Em um minutinho. — Lil continuou abraçada à mãe, inalando o cheiro de limão e baunilha que só ela tinha. — Tá bem.

Ela recuou um pouquinho, e as duas mulheres se observaram.

— Você está tão linda. — Lil estendeu a mão e roçou os dedos de leve no cabelo da mãe. — Ainda não me acostumei com esse tamanho curto. Bem ousado.

— Você está... maravilhosa. Como consegue parecer tão fantástica depois de seis meses vagando pelos Andes? Depois de passar dois dias em aviões, trens e sabe Deus lá mais o quê para chegar em casa? Mas você está maravilhosa, e pronta para qualquer coisa. Vamos pegar as suas coisas e dar o fora desse frio. Dave!

Jenna correu até o piloto, segurou o rosto dele e, assim como Lil, tascou um beijo na boca do homem.

— Obrigada por ter trazido minha menina de volta pra casa.

— Melhor desvio que já fiz na vida.

Lil pendurou a mochila no ombro, em seguida a bolsa de viagem, e deixou a mãe levar o notebook.

— Faça um bom voo de volta, Dave.

— Estou tão feliz em te ver. — Jenna enlaçou a cintura de Lil conforme as duas caminhavam contra o vento. — Seu pai queria ter vindo, mas um dos cavalos adoeceu.

— Algo grave?

— Acho que não. Pelo menos, espero que não. Mas ele queria ficar por perto, para ficar de olho nela. Então, tenho você só pra mim por um tempinho.

Assim que guardaram tudo no porta-malas, elas se acomodaram no carro. O veículo híbrido que os pais de consciência ecológica usavam estava impecável, e era mais espaçoso que a cabine apertada do Cessna. Lil esticou as pernas e soltou um longo suspiro.

— Estou sonhando com um banho de espuma interminável, acompanhado de uma taça inesgotável de vinho. E depois, com o maior bife desse lado do Missouri.

— Por acaso temos um belo estoque disso tudo.

Para amenizar a intensidade do brilho da camada de neve, Lil sacou seus óculos escuros.

— Quero ficar em casa hoje à noite com vocês, antes de ir para o meu chalé e voltar ao trabalho.

— Eu ia te dar uma surra se você estivesse planejando algo diferente disso.

— Oba. Agora me conte tudo — insistiu Lil enquanto saíam do estacionamento. — Como está todo mundo, o que andou acontecendo, quem está na frente no torneio de xadrez eterno entre Joe e Farley? Quem andou brigando, quem está transando com quem? Repare que estou tentando não perguntar especificamente sobre o refúgio, porque, senão, começo a falar e não paro nunca mais.

— Então vou simplesmente dizer que está tudo bem a respeito da área sobre a qual você não perguntou nada. Quero saber sobre as suas aventuras. As anotações do tipo diário que você enviou pelo e-mail foram tão completas, tão interessantes. Você precisa escrever aquele livro, querida.

— Algum dia desses eu irei. Já tenho um bocado de material para alguns artigos mais sólidos. Tirei fotos maravilhosas, muitas mais do que as que mandei para vocês. Um dia, olhei fora da minha barraca, ainda meio sonolenta, e, de relance, vi um puma em cima de uma árvore, talvez a uns dezoito metros de distância. Ela só estava lá, sentada, avaliando o acampamento, como se estivesse pensando: "Mas o que é que eles pensam que estão fazendo aqui?"

"A névoa estava subindo, e os pássaros tinham acabado de começar a cantoria. Todo mundo estava dormindo. Éramos só nós duas. Ela me deixou sem fôlego, mãe. Não consegui tirar uma foto. Tive que recuar um pouquinho para pegar a máquina. Foi questão de segundos, mas, quando olhei de novo, ela havia sumido. Como fumaça. Mas nunca vou me esquecer da aparência dela lá."

Lil começou a rir e balançou a cabeça.

— Viu? Você me atiçou. Quero ouvir sobre as coisas daqui. Sobre as coisas lá em casa. — Ela abriu a jaqueta forrada com pele de carneiro quando o calor agradável começou a preencher o carro. — Ah, olha só para a neve. Vocês foram castigados, hein? Dois dias atrás, eu estava derretendo no Peru. Me conte alguma novidade.

— Eu não quis te contar enquanto você estava fora. Não queria te preocupar. Sam levou uma queda e quebrou a perna.

— Ai, meu Deus. — Na mesma hora, o prazer em seu semblante, em seu coração, se dissolveu. — Quando? Foi muito ruim?

— Cerca de uns quatro meses atrás. O cavalo se assustou, empinou... a gente não tem muita certeza, daí ele caiu e teve a perna pisoteada. Quebrou em dois lugares. Ele estava sozinho, Lil. O cavalo voltou para casa sem ele, e foi isso que alertou a Lucy.

— E ele está bem? Mãe...

— Ele está melhorando. Ficamos todos muito assustados por um tempo. O Sam está em boa forma, mas tem setenta e seis anos, e as fraturas foram um pouco graves. Eles colocaram pinos e ele ficou no hospital por mais de uma semana, depois colocou o gesso e começou a fisioterapia em seguida. Ele está começando a andar por aí de novo, com uma bengala. Se ele não fosse tão durão... Os médicos disseram que ele é notável e que vai ficar bem. Mas, sem dúvida, isso o desacelerou.

— E a Lucy? Ela está bem? A fazenda, os negócios? Se o Sam ficou de molho esse tempo todo, eles tiveram ajuda o suficiente?

— Sim. Foi bem difícil no início, mas, sim, eles estão levando bem. — Jenna inspirou fundo rapidamente, o que indicava a Lil que havia mais novidades pesadas chegando. — Lil, Cooper está de volta.

Aquilo foi como um soco no coração. *Puro reflexo*, ela disse a si mesma. Só as velhas lembranças desferindo um golpe baixo.

— Ah, que bom. Ele seria de grande ajuda. Por quanto tempo ele vai ficar?

— Ele voltou, Lil. — Jenna esfregou a coxa da filha. Tanto o toque quanto as palavras foram gentis. — Ele está morando na fazenda agora.

— Bem, claro. — Algo dentro dela se agitou, mas Lil ignorou. — Onde mais ele ficaria enquanto está ajudando os avós?

— Ele veio assim que Lucy telefonou, ficou por alguns dias, até ter certeza de que Sam não precisaria de outra cirurgia. E então ele voltou para Nova York, resolveu o que precisava resolver e voltou. Ele veio para ficar.

— Mas... ele tem o negócio dele em Nova York. — Aquela coisa dentro do peito apertou o esterno outra vez, dificultando a respiração. — Quero dizer, depois que ele saiu da Polícia e montou aquela empresa de investigação privada, ele... Achei que ele estivesse indo bem por lá.

— E acho que estava mesmo. Mas... Lucy me contou que ele vendeu a empresa, empacotou tudo e avisou que veio pra ficar. E ficou. Não sei muito bem o que eles teriam feito sem ele, sendo bem sincera. Todo mundo teria colaborado, você sabe. Mas não há nada como a família. Eu não queria te contar tudo isso por telefone ou por e-mail. Querida, eu sei que isso pode ser difícil pra você.

— Não. Claro que não. — Assim que o coração de Lil parasse de doer, assim que pudesse respirar sem sofrimento, ela ficaria bem. — Isso foi há muito tempo. Nós ainda nos tratamos como amigos. Eu o vi, sei lá, três ou quatro anos atrás, quando ele veio visitar o Sam e a Lucy.

— Você o viu por menos de uma hora, antes de, do nada, ir para a Flórida passar as duas semanas que ele ficaria aqui.

— Eu tive que ir, a oportunidade surgiu de repente. As panteras estão correndo perigo na Flórida. — Ela encarou a paisagem pela janela, grata pelos óculos escuros. Mesmo com eles no rosto, tudo parecia claro demais, *intenso* demais. — Estou de boa com o Coop. E estou feliz por ele estar aqui para o Sam e a Lucy.

— Você o amou.

— Sim, amei. Pretérito perfeito. Não se preocupe.

Não é como se ela fosse dar de cara com ele a cada cinco minutos, ou vê-lo em todo lugar. Ela tinha o trabalho, o próprio lar. Ele, aparentemente, **também tinha o dele.** *Além do mais, não há nenhum ressentimento*, lembrou **a si mesma. Eles eram crianças; e agora, adultos.**

Lil ordenou a si mesma que afastasse aqueles pensamentos para longe quando a mãe virou na estrada da fazenda. Ela já conseguia ver a fumaça saindo da chaminé — uma acolhedora boas-vindas — e uma dupla de cães correndo dos fundos para conferir o que estava acontecendo.

Ela teve uma rápida e comovente lembrança de chorar abraçada a outra dupla de cachorros em uma manhã quente de verão. *Doze anos atrás, no verão daquela triste despedida*, lembrou a si mesma. E, de verdade, para ser honesta, aquele tinha sido o fim. Doze anos eram um tempo longo demais, mais do que o suficiente para superar tudo aquilo.

Lil observou o pai saindo do celeiro para cumprimentá-las, e então afastou todos os pensamentos sobre Cooper Sullivan.

ELA FOI abraçada, beijada, mimada com chocolate quente e biscoitos, lambida pelos dois cachorros a quem os pais chamavam de Lois e Clark. Pela janela da cozinha, a paisagem familiar se desdobrava. Os campos, as colinas, os pinheiros, o brilho intenso do riacho. Jenna insistiu em lavar todas as roupas embaladas na mala de mão que Lil usara na viagem.

— Eu gostaria de fazer isso. Vou me sentir mamãe por um dia.

— Longe de mim te privar disso, mãezinha.

— Não sou uma mulher exigente — comentou Jenna, observando a pilha de roupas que Lil entregou —, mas não sei como você consegue viver com tão pouco por tanto tempo.

— Planejamento e disposição para usar meias sujas quando as opções são limitadas. Na verdade, isso aqui ainda está limpo — começou Lil quando a mãe pegou outra camiseta da mala. Jenna apenas a encarou com as sobrancelhas arqueadas. — Tudo bem, não está exatamente limpo, mas também não está imundo.

— Vou pegar um suéter pra você e uma calça jeans. Isso deve servir até que tudo esteja lavado e seco. Tome um banho, beba seu vinho. Relaxe.

Lil se afundou na banheira que a mãe havia preparado. *É muito bom*, Lil pensou com um gemido quase orgástico, *ter alguém cuidando de mim um pouquinho*. Trabalhar em campo significava, de certo modo, viver de maneira simples, e, em alguns casos, até primitiva. Ela não ligava. Mas com toda certeza também não se importava de ter a mãe preparando um banho de espuma especial *a la* Jenna Chance, ciente de que poderia se entregar a esse luxo até a água esfriar.

Agora que estava sozinha, agora que tinha tempo o suficiente, permitiu que Coop voltasse à sua mente.

Ele voltou quando os avós precisaram dele — tinha que lhe dar o crédito por isso. A verdade era que ninguém poderia questionar seu amor e sua lealdade nesse sentido.

Como ela poderia odiar o homem que, aparentemente, havia mudado sua vida para proteger o lar e os negócios dos avós?

Além disso, ela não tinha motivo algum para odiá-lo.

Só porque ele havia partido o coração dela, e depois espremeu o suco que ainda gotejava no chão, grudando no solado de suas botas quando se afastou dela — sério mesmo, era motivo suficiente para odiar alguém?

Ela mergulhou um pouco mais, bebericando o vinho.

No entanto, ele não havia mentido, e ela também tinha que lhe dar esse crédito.

Ele voltou. Não no Dia de Ação de Graças, mas no Natal. Havia ficado só por dois dias, mas ainda assim tinha voltado. E quando ele não conseguiu voltar naquele verão, ela aceitara uma oferta de emprego em uma reserva na Califórnia. Lil tinha aprendido muito durante aquelas semanas, e ela e Coop mantiveram contato o máximo possível.

Mas as coisas já tinham começado a mudar. *Eu já não tinha sentido isso naquela época?*, perguntou a si mesma. Será que uma parte dela já não sabia?

Ele não tinha conseguido dar um jeito de ir no Natal seguinte, e ela encurtou as próprias férias de inverno por conta de um estudo de campo.

Quando se encontraram em um lugar no meio do caminho entre os dois na primavera seguinte, foi o fim. Ele havia mudado, ela conseguia perceber. Estava mais severo, mais rígido, e, sim, mais frio. Ainda assim, ela não podia afirmar que ele havia sido cruel. Apenas objetivo.

Lil tinha sua vida no Oeste, e ele, no Leste. Era hora de jogar a toalha e admitir que os dois nunca dariam certo.

Sua amizade é muito importante pra mim. Eu me importo com você. Mas, Lil, temos que seguir em frente com o que somos. Temos que aceitar quem somos.

Não, ele não havia sido cruel, mas a despedaçou. Tudo o que lhe tinha restado foi seu orgulho. O orgulho frio que permitiu que ela dissesse que ele estava certo, e ainda olhando nos olhos dele.

— Graças a Deus eu fiz isso — murmurou.

Do contrário, o retorno dele seria tanto uma humilhação quanto um sofrimento para ela.

A melhor maneira de lidar com aquilo, para começar com o pé direito, era encarar a situação de frente. Assim que ela chegasse a esse ponto, daria um jeito de visitar Sam e Lucy, e Coop. Por Deus, compraria até uma cerveja para ele e colocaria o papo em dia.

Lil não era mais uma adolescente com o coração saltitante e os hormônios em polvorosa. Desde o verão anterior, ela era a dra. Lillian Chance, obrigada, de nada. Era a cofundadora do Refúgio de Vida Selvagem Chance, bem ali, no seu cantinho no mundo.

Ela havia viajado, estudado e trabalhado em outros lugares mundo afora. Também teve um relacionamento sério, longo e monogâmico com um homem. E mais alguns outros, não tão sérios, não tão longos, mas ela havia praticamente morado com Jean-Paul por quase dois anos. Sem contar as vezes em que ela — ou ele — estivera viajando para algum lugar, para destinos diferentes.

Então, sim, ela dava conta de dividir o seu cantinho no mundo com seu antigo amor de infância. Para dizer a verdade, foi isso mesmo o que eles foram um para o outro, *tudo* o que tinham sido. Era simples, até meigo, decidiu.

E eles manteriam as coisas daquele jeito.

Lil vestiu o suéter e o jeans emprestados, e, embalada pelo banho, o vinho e seu antigo quarto, optou por uma soneca rápida. *Só por uns vinte minutinhos*, disse a si mesma enquanto se esticava.

Ela dormiu feito uma pedra por três horas.

NA MANHÃ seguinte, ela acordou uma hora antes do amanhecer, descansada e pronta. Por ter sido a primeira a chegar à cozinha, preparou o café da manhã — sua especialidade. Quando o pai entrou no cômodo atrás de café, ela já estava com o bacon e as batatas caseiras na frigideira, e os ovos já batidos em uma vasilha.

Bonito, o cabelo ainda volumoso, Joe farejou o ar como se fosse um dos cães, então apontou para a filha.

— Eu sabia que tinha um motivo para estar feliz pela sua volta. Achei que teria que comer aveia instantânea agora de manhã.

— Não se eu estiver por perto. E desde quando você tem que comer alguma coisa instantânea nesta casa?

— Desde que sua mãe e eu fizemos um trato alguns meses atrás, e concordei em comer aveia pelo menos duas vezes na semana. — Joe lançou um olhar melancólico para ela. — É mais saudável.

— Aaah, e hoje é o dia da aveia.

Ele deu um sorrisinho e puxou com carinho o longo rabo de cavalo de Lil.

— Não quando você está por perto.

— Beleza, um prato cheinho de colesterol pra você, depois vou te ajudar com o rebanho antes de voltar correndo para o refúgio. Fiz café da manhã suficiente para o Farley, achando que ele estaria por aqui. Por acaso a aveia coloca ele pra correr?

— Nada coloca o Farley pra correr, mas ele vai ficar grato pelo bacon e pelos ovos. Vou cavalgar com você até lá agora de manhã.

— Ótimo. Dependendo de como as coisas se encaminharem, vou tentar dar um pulo para ver o Sam e a Lucy. Se você precisar de alguma coisa da cidade, posso cuidar disso.

— Vou fazer uma lista.

Lil fisgou o bacon para escorrer o óleo no momento em que a mãe entrou.

— Bem na hora.

Jenna olhou para o bacon, e em seguida para o marido.

— Foi ela que fez. — Joe apontou para Lil. — Não posso ferir os sentimentos dela.

— Aveia amanhã, então. — Jenna cutucou a barriga de Joe com a ponta do dedo.

Lil ouviu as passadas pesadas no alpendre dos fundos e pensou: *Farley*.

Ela estava na faculdade quando os pais o abrigaram — *Na verdade, é mais adequado dizer que o acolheram*, pensou ela. Ele tinha dezesseis anos e estava por conta própria desde que a mãe foi embora, devendo dois meses de aluguel em Abilene. Nem Farley, nem a mãe sabiam quem era o pai. Ele só conheceu o monte de homens com quem a mãe dormiu.

Com uma vaga intenção de ir para o Canadá, o jovem Farley Pucket havia se mandado, pegado a estrada e erguido o polegar atrás de carona. Quando Josiah Chance encostou o carro em uma estrada fora de Rapid City, o garoto tinha trinta e oito centavos no bolso e usava apenas um casaco corta-vento do Houston Rockets contra os ventos inclementes de março.

Eles deram uma refeição ao garoto, algumas tarefas para fazer e um lugar para dormir à noite. Eles ouviram, discutiram, conferiram a história que o menino havia contado da melhor maneira possível. Por fim, deram a ele um trabalho e um quarto no antigo alojamento até que ele conseguisse se virar.

Quase dez anos depois, ele ainda estava ali.

Desajeitado, o cabelo cor de palha escapulindo por baixo do chapéu, os olhos azuis-claros ainda sonolentos, Farley entrou junto de uma rajada de frio invernal.

— Uuuuh! Tá um frio de congelar as bolas... — Ele parou de falar quando viu Jenna, e as bochechas ficaram ainda mais vermelhas do que por causa do frio. — Não tinha visto você aí. — Farejou o ar. — Bacon? Mas hoje é dia de aveia.

— Concessão especial — respondeu Joe.

Farley avistou Lil e abriu um sorriso largo.

— Ei, Lil. Não imaginei que você já estaria acordada, com esse negócio de fuso horário doido e tal.

— Bom dia, Farley. O café está quente.

— Tá cheirando gostoso. Hoje o dia vai ser claro, Joe. A tempestade foi para o leste.

Então, como frequentemente acontecia, a conversa matinal se voltou ao clima, ao gado, às tarefas. Lil se sentou diante de seu café da manhã e pensou que, de certa forma, era como se nunca tivesse saído dali.

Uma hora depois, ela estava montada ao lado do pai, cavalgando por uma trilha rumo ao refúgio.

— Tansy me disse que o Farley tem dedicado um monte de horas de trabalho voluntário no refúgio.

— Todo mundo tenta dar uma mãozinha, ainda mais quando você está fora.

— Pai, ele tem uma paixonite por ela — disse Lil, se referindo à colega de quarto que havia conhecido na faculdade e que agora era a zoóloga da equipe do refúgio.

— Pela Tansy? Não. — O pai começou a rir, então parou. — Sério?

— Tive essa impressão quando ele começou a se oferecer como voluntário com frequência ano passado. Não pensei muito no assunto. Ela tem a minha idade.

— Uma idosa.

— Bem, ela tem alguns anos a mais que ele. Mas eu consigo entender o ponto de vista dele. Ela é bonita, inteligente e engraçada. O que eu não esperava captar era a sensação, se eu tiver entendido as entrelinhas de seus e-mails, de que ela pudesse estar meio que a fim dele também.

— A Tansy a fim do Farley? O nosso Farley?

— Posso estar errada, mas tive essa sensação. Nosso Farley — repetiu Lil, inspirando fundo o ar gélido. — Sabe de uma coisa, na minha fase experiente dos vinte anos, pensei que você e a mamãe estavam ficando doidos em acolhê-lo. Pensei que ele iria roubar até o seu último centavo, depois se mandaria com a caminhonete e tchau.

— Ele não roubaria nem um centavinho. Não é da natureza dele. Dava para ver isso desde o início.

— Você via isso. A mamãe também. E vocês estavam certos. Estou certa de que a minha colega de faculdade, a dedicada zoóloga, está de olho no nosso bobalhão de coração bom.

Eles seguiram a trilha em um trote tranquilo, os cavalos chutando a neve, a respiração deles saindo como fumaça.

Quando se aproximaram do portão que separava a fazenda dos pais do refúgio, Lil deu uma risada. Seus colegas de trabalho haviam pendurado uma faixa gigante na frente do portão.

BEM-VINDA AO LAR, LIL!

Ela também viu as marcas no chão — das motos de neve e dos cavalos, das pegadas de animais e de gente. Durante os meses de janeiro e fevereiro, o refúgio recebia poucos turistas e visitantes. Mas a equipe estava sempre ocupada.

Ela desmontou para abrir o portão. *Quando pudermos bancar*, ela pensou, *vamos substituir esta velharia por um portão automático*. Mas, por enquanto, ela teve que caminhar em meio à neve para conseguir abrir a fechadura.

A coisa velha rangeu quando Lil a arrastou para que o pai conduzisse as montarias para dentro.

— Não tem ninguém te perturbando, né? — perguntou ela, assim que montou novamente. — Quero dizer, ninguém do público.

— Ah, de vez em quando aparece um ou outro que não consegue encontrar a entrada principal. A gente só encaminha para o outro lado.

— Fiquei sabendo que tivemos boa adesão e bons feedbacks das excursões escolares no outono.

— As crianças adoram este lugar, Lil. O que você fez aqui foi algo muito bom.

— Que *nós* fizemos.

Lil sentiu o cheiro dos animais antes mesmo de vê-los, aquele toque de vida selvagem no ar. Dentro da primeira área de habitat, um lince-do-Canadá estava empoleirado em uma pedra. Tansy o trouxe do Canadá, onde ele havia sido capturado e ferido. Na natureza, sua pata mutilada seria uma sentença de morte. Ali, ele tinha um santuário. Eles o chamavam de Rocco, e o animal agitou as orelhas quando passaram por ele.

O refúgio deu um lar a linces e pumas, a um velho tigre de circo chamado Boris, a uma leoa que, inexplicavelmente, já havia sido mantida como animal de estimação. Havia um urso, lobos, raposas e leopardos.

Uma área menor abrigava um zoológico interativo, que ela considerava um meio de educação prática para crianças. Coelhos, cordeiros, um bode pigmeu, um burro.

E havia humanos, agasalhados com trajes de inverno, que trabalhavam para alimentar, abrigar e cuidar deles.

Tansy a avistou primeiro e deu um grito de felicidade antes de sair correndo da área dos grandes felinos. Um rubor por conta do frio e do prazer florescia nas bochechas de seu belo rosto bronzeado.

— Você voltou! — Ela apertou o joelho de Lil. — Desce logo daí e me dê um abraço! Oi, Joe, aposto que você está todo feliz com a volta da sua filhota.

— E como!

Lil deslizou de cima do cavalo e abraçou a amiga, que a balançou de um lado para o outro com um murmúrio de pura alegria.

— É tão bom, tão bom, tão *bom* te ver!

— O sentimento é recíproco. — Lil afundou o rosto de lado no cabelo macio e escuro de Tansy.

— Ficamos sabendo que você contratou Dave e deu um jeito de voltar um dia antes, daí estamos nos atropelando por aqui — Tansy recuou um pouco e sorriu —... para esconder as provas de todas as baladas regadas a bebidas e recheadas de comida desde que você viajou.

— Arrá! Eu sabia! E é por isso que você é a única da equipe de veteranos por aqui?

— É óbvio. Todo mundo está de ressaca. — Ela riu e deu outro abraço apertado em Lil. — Tudo bem, agora é de verdade. Matt está na clínica. Bill tentou comer uma toalha.

Bill, um jovem lince, era conhecido por seu apetite eclético.

Lil lançou um olhar para os dois chalés às suas costas — um que era sua casa e o outro que servia de escritório e clínica.

— Ele chegou a comer muita coisa?

— Não, mas o Matt quer examinar pra ter certeza. Lucius está acorrentado em seu computador, e a Mary foi ao dentista. Ou tem que ir. Ei, Eric, você pode levar os cavalos, por favor? Eric é um dos nossos estagiários da temporada de inverno. Vou te apresentar depois. Vamos... — Ela interrompeu o que estava dizendo quando ouviu o grito intenso e áspero de um puma.

— Alguém sentiu o cheiro da mamãe — comentou Tansy. — Vá em frente. A gente se encontra na clínica quando você acabar.

Lil seguiu adiante pela trilha formada por pegadas na neve.

Ele já estava à espera dela, andando de um lado para o outro, observando, chamando. Quando Lil se aproximou, o puma começou a esfregar o corpo contra a cerca, depois se ergueu, apoiando as patas dianteiras contra a grade. E ronronou.

Já faz seis meses desde a última vez que ele me viu, ou sentiu o meu cheiro, Lil pensou.

Mas ele não a havia esquecido.

— Oi, Baby.

Ela estendeu o braço e acariciou a pelagem dourada, e ele encostou carinhosamente a cabeça na dela.

— Também senti sua falta.

Ele tinha quatro anos agora, totalmente crescido, ágil e magnífico. Ainda não tinha sido completamente desmamado quando ela o encontrou, junto de outros dois filhotes da ninhada, órfãos e famintos. Com a palma da mão, ela os alimentou, cuidou e protegeu. E, quando eles estavam mais velhos e fortes o suficiente, foram reintroduzidos à natureza.

Mas Baby continuou voltando.

Lil dera a ele o nome Ramsés, devido a todo o poder e a dignidade, mas ele era o seu "Baby".

E seu único e verdadeiro amor.

— Você se comportou e foi bonzinho? Claro que sim. Você é o melhor, né? Manteve todo mundo na linha? Eu sabia que podia contar com você. — À medida que falava e acariciava Baby, ele ronronava, fazendo um som murmurante em sua garganta, e a encarava com os olhos dourados cintilando de puro amor.

Lil percebeu um movimento às suas costas e olhou para trás. O rapaz que Tansy havia se referido como Eric continuava ali parado, encarando-a.

— Bem que disseram que ele agia desse jeito com você, mas... eu não acreditei.

— Você é novo aqui?

— Humm, sim. Sou o estagiário... Eric. Sou Eric Silverstone, dra. Chance.

— Pode me chamar de Lil. O que você pretende fazer?

— Gestão de vida selvagem.

— Está aprendendo muita coisa aqui?

— Uma porção de coisas.

— Deixe-me ensinar um negócio rapidinho. Este puma adulto aqui, *Felis concolor*, tem aproximadamente dois metros e meio de comprimento da cauda ao focinho, e pesa cerca de sessenta e oito quilos. Ele pode pular mais alto e mais distante que um leão, um tigre e um leopardo, tanto na vertical, quanto no sentido horizontal. Apesar disso, ele não é considerado um "felino grande".

— Ele não tem a laringe típica e o aparato do osso hioide. Daí não consegue rugir.

— Exatamente. Ele pode ronronar como o gatinho de estimação da sua tia Edith. Mas ele não é domesticado. Não se pode domesticar um animal selvagem, não é, Baby? — Ele fez um som como se estivesse concordando. — Ele me ama. Criou um vínculo comigo quando era apenas um filhotinho, quando tinha apenas uns quatro meses, e, desde sempre, esteve no refúgio convivendo com pessoas. Seu comportamento foi aprendido, não domesticado. Nós não somos presas. Mas se você fizer qualquer movimento que ele possa encarar como um ataque, ele vai reagir. Eles são lindos, são fascinantes, porém não são bichinhos de estimação. Nem mesmo este daqui.

Mesmo assim, para agradar a si mesma e Baby, ela pressionou os lábios na pequena abertura da cerca e ele encostou a boca à dela.

— Vejo você mais tarde.

Ela se virou e caminhou ao lado de Eric até o chalé.

— Tansy disse que você o encontrou, junto de outros dois filhotes órfãos.

— A mãe deles se envolveu em uma briga contra um lobo solitário… pelo menos, foi o que pareceu. Ela o matou, ou deve ter feito isso; do contrário, ele teria ficado com a ninhada. Mas ela não sobreviveu. Eu encontrei os filhotes e os corpos dos animais. E eles foram os primeiros filhotes de puma que tivemos aqui.

E ela contava com uma cicatriz perto do cotovelo direito que foi um presente do outro macho daquela ninhada.

— Nós os alimentamos e os abrigamos por cerca de um mês e meio, até que tivessem idade suficiente para caçar por conta própria. Limitamos o contato humano o máximo possível. Nós os marcamos e os soltamos na natureza, e temos rastreado cada um desde então. Mas o Baby? Ele quis ficar.

Ela olhou para trás, para onde ele se juntara aos companheiros em seu habitat.

— Seus irmãos de ninhada se readaptaram, mas ele continuou voltando pra cá. — *Pra mim*, pensou ela. — Eles são solitários, reclusos e percorrem uma vasta área, mas ele escolheu voltar. E é isso que acontece. Você pode estudar e aprender os padrões, a biologia, a taxonomia, os comportamentos. Mas você nunca saberá tudo.

Lil olhou para trás assim que Baby saltou em uma das pedras e liberou um longo e triunfante grito.

Dentro da cabana, ela se livrou das inúmeras camadas de roupa. Podia ouvir o pai conversando com Matt através da porta aberta da clínica. No escritório, um homem com óculos fundo de garrafa e um sorriso contagiante golpeava um teclado.

Lucius Gamble ergueu a cabeça e disse:

— É isso aí! — E então ergueu as mãos. — De volta das trincheiras, hein?

Ele se levantou para dar um abraço em Lil, e ela sentiu o cheiro de alcaçuz em seu hálito, proveniente da balinha na qual o homem era viciado.

— Como estão as coisas, Lucius?

— Tudo bem. Só atualizando o site. Temos algumas fotos novas. Cuidamos de uma loba ferida que foi trazida para cá algumas semanas atrás. Ela foi atropelada por um carro. Matt a salvou. Tivemos muitos cliques nas fotos, além de na matéria que Tansy escreveu sobre o assunto.

— E ela já está em condições de ser libertada?

— Ela ainda está meio mais ou menos. Matt acha que ela não vai conseguir voltar para o ambiente selvagem. É uma loba velha. Demos o nome de Xena, por que ela se parece com uma guerreira, sabe?

— Vou dar uma olhadinha nela. Ainda não fiz o tour.

— Coloquei suas fotos da viagem aqui. — Lucius tocou o monitor do computador. Ele usava tênis cano-longo velhos em vez das botas que a maioria da equipe preferia, e sua calça jeans ficava folgada e meio caída por conta de sua pouca bunda. — A Incrível Aventura da Dra. Lillian. Está tendo bastantes acessos também.

À medida que ele falava, Lil varria com o olhar o ambiente familiar. As paredes de troncos de madeira, os pôsteres da natureza selvagem, cadeiras baratas de plástico para os visitantes, as pilhas de folhetos coloridos. A segunda mesa — da Mary — parecia uma ilha impecável e organizada em meio ao caos gerado por Lucius.

— Alguns desses acessos vieram com...? — Lil ergueu a mão e gesticulou o sinal universal de dinheiro com a ponta dos dedos.

— Estamos indo muito bem nesse quesito. Acrescentamos uma nova webcam, como você queria, e a Mary está trabalhando na atualização dos folhetos. Tinha uma consulta com dentista agora de manhã, mas vai tentar finalizar tudo à tarde.

— Vamos ver se conseguimos nos reunir à tarde. A equipe toda, incluindo os estagiários, e qualquer voluntário que quiser participar.

Ela seguiu para a sala da clínica médica.

— Cadê o Bill?

Matt se virou.

— Eu o liberei. Tansy está levando ele de volta. Bom ver você de novo, Lil.

Eles não se abraçaram — não era o estilo de Matt —, mas se cumprimentaram com um aperto de mão caloroso. Ele tinha quase a mesma idade do pai dela, o cabelo que começava a ficar ralo já apresentando fios grisalhos, e óculos de armação metálica sobre os olhos castanhos.

Ele não era do tipo idealista, como Lil suspeitava que fosse o caso de Eric, mas era um veterinário excelente, e que estava disposto a trabalhar por um salário mísero.

— É melhor eu voltar. Vou tentar liberar o Farley amanhã, daí ele pode te ajudar por algumas horas. — Joe deu um cutucão na ponta do nariz de Lil. — Se precisar de qualquer coisa, me liga.

— Pode deixar. Mais tarde vou buscar as coisas da sua lista e deixar lá pra você.

Ele saiu pelos fundos.

— Vamos ter uma reunião mais tarde — disse ela a Matt, recostando-se na bancada cheia de bandejas e caixas de suprimentos médicos. O ar tinha o cheiro familiar e característico de produto antisséptico e animais. — Gostaria que você me atualizasse, e também o restante da equipe, sobre a saúde e as necessidades médicas dos animais. Acho que seria melhor na hora do almoço. Depois posso dar um pulo na cidade para comprar suprimentos.

— Pode ser.

— Me conte um pouco mais sobre nossa nova residente. Xena?

Matt sorriu, e o ar de diversão suavizou a expressão sempre séria.

— Lucius colocou esse nome nela. Parece que acabou pegando. Ela é uma senhorinha. Com uns bons oito anos.

— É o auge na escala do mundo selvagem — comentou Lil.

— É uma garota durona. As cicatrizes provam isso. E ela recebeu um golpe bem forte. A motorista fez mais do que a maioria das pessoas costumam fazer. Ela ligou para nós e ficou no carro até chegarmos lá, até mesmo nos seguiu até aqui. Xena estava machucada demais para que a movimentássemos. Nós a imobilizamos e conseguimos trazê-la para cá, para fazer a cirurgia. — Ele meneou a cabeça, tirando os óculos a fim de limpar as lentes no jaleco. — Foi por um fio, ainda mais com essa idade.

Lil pensou em Sam.

— Mas ela está se recuperando.

— É como eu disse: ela é durona. Levando em conta a idade dela e a pata que nunca se recuperará totalmente, eu não recomendaria a soltura. Acho que ela não duraria nem um mês.

— Bem, ela pode considerar este lugar como seu retiro de aposentadoria.

— Olha, Lil, você sabe que pelo menos um de nós estava ficando no turno da noite enquanto você estava fora. Eu fiquei umas noites atrás. O que foi até bom, já que tive que extrair um dente da rainha-mãe pela manhã.

Lil pensou na leoa idosa.

— Pobrezinha da vovó. Não vai sobrar nem um dente desse jeito. Como ela se saiu?

— Ela é a mais pilhada dentre os leões. Mas o lance é que tinha alguma coisa lá fora.

— Como é?

— Alguma coisa ou alguém estava lá fora, rondando as jaulas. Eu averiguei as câmeras, mas não vi nada. Mas, caramba, fica escuro pra cacete às duas da manhã, mesmo com as luzes de segurança. Mas alguma coisa estava agitando os animais. Foi um show de gritos, rugidos e uivos.

— Não era a agitação noturna de sempre?

— Não. Eu saí para checar, mas não encontrei nada.

— Algum sinal de pegadas?

— Não tenho seu olho para essas coisas, mas nós fizemos uma varredura quando amanheceu. Não tinha pegadas de animais, nem antigas ou novas. Pensamos, bem, se tratar de pegadas humanas. Não eram nossas. Não dava para ter certeza, mas havia umas pegadas ao redor de algumas jaulas, e chegou a nevar um pouco depois da última refeição do dia, então não sei como poderia haver pegadas recentes.

— Nenhum dos animais estava ferido? Algum cadeado estava mexido? — acrescentou quando o viu negar a primeira pergunta com um aceno.

— Não encontramos nada, nem tocado, nem levado. Eu sei o que pode parecer, Lil, mas, quando saí lá fora, era como se tivesse alguém... me observando. Eu só quero que você fique ligada, mantenha sempre as portas trancadas.

— Tudo bem. Obrigada, Matt. Vamos todos ser mais cuidadosos.

Há pessoas estranhas por aí, pensou Lil, colocando o casaco novamente. Desde pessoas que achavam que nenhum animal deveria estar preso — que era a ideia que alguns tinham a respeito do refúgio — até aqueles que pensavam que animais eram feitos para ser caçados e mortos. Além de tudo o que ficava entre uma coisa e outra.

Eles recebiam ligações, cartas e e-mails de ambos os extremos desse espectro. Alguns vinham acompanhados por ameaças. E, vez ou outra, aparecia um invasor. Mas, até agora, nunca haviam tido problemas.

Ela queria manter as coisas desse jeito.

Lil decidiu que daria uma olhada ao redor. Era provável que, já tendo se passado alguns dias, não haveria nada para ser encontrado. Mas ela precisava checar.

Lil deu um tchauzinho para Lucius e abriu a porta.

E quase deu um encontrão em Cooper.

Capítulo sete

❊ ❊ ❊

ERA DIFÍCIL saber quem estava mais surpreso e desconcertado. No entanto, foi Lil quem recuou alguns passos, mesmo que tenha se recuperado rapidamente. Ela deu um sorriso forçado e tentou imprimir um tom divertido na voz:

— Ah, oi, Coop.

— Lil. Eu não sabia que você tinha voltado.

— Voltei ontem. — Ela não conseguia decifrar a expressão no rosto dele, nos olhos. Mesmo tão familiares para ela, eram ilegíveis. — Você vai entrar?

— Humm, não. Você recebeu uma encomenda… Quero dizer, o refúgio recebeu — corrigiu ele e entregou o pacote.

Coop não estava usando luvas, Lil percebeu, e o casaco pesado estava descuidadamente aberto apesar do frio.

— Eu estava postando um negócio no correio para a minha avó, e, já que estava voltando para a fazenda, eles me perguntaram se eu podia passar por aqui e entregar a você.

— Valeu. — Ela colocou o pacote de lado, então saiu e fechou a porta para não deixar o calor escapar. Ajeitou o chapéu na cabeça, o mesmo estilo de aba larga que gostava. De pé na varanda, calçou as luvas, pois assim se ocupava com alguma coisa enquanto ele a observava em silêncio. — Como está o Sam? Só fiquei sabendo ontem que ele tinha se machucado.

— Ele está bem, fisicamente. Mas tem sido difícil para ele, não ser capaz de fazer tudo o que quer, andar pra todo lado como de costume.

— Vou dar uma passada lá mais tarde.

— Ele vai ficar feliz com a sua visita. Os dois vão. — Coop enfiou as mãos nos bolsos, mantendo os olhos azuis gélidos fixos no rosto dela. — Como foi lá na América do Sul?

113

— Foi corrido e fascinante. — Lil calçou a outra luva conforme os dois desciam a escada da varanda. — Minha mãe disse que você vendeu sua agência de detetives.

— Eu já estava cansado daquilo.

— Você fez muito, deixou muita coisa pra trás, para ajudar duas pessoas que precisavam de você. — A resolução no tom de voz dele, assim como a falta de emoção, a fez parar. — Isso conta muito, Cooper.

Ele apenas deu de ombros.

— Eu estava pronto para uma mudança, de qualquer modo. Essa foi uma delas. — Ele relanceou o olhar ao redor. — Você acrescentou mais coisas desde a última vez que estive aqui.

Lil olhou para ele com confusão.

— Quando foi que você esteve aqui?

— Fiz uma visita no ano passado. Você estava... em algum lugar. — Ele estava à vontade no frio, o vento forte bagunçando ainda mais as ondas desordenadas do cabelo castanho-escuro. — Fizeram até um tour comigo...

— Tansy não me disse nada.

— Quem me deu um tour foi um cara francês. Fiquei sabendo que vocês estavam noivos.

A sensação de culpa embrulhou o estômago dela.

— Não éramos exatamente noivos...

— Você parece muito bem, Lil.

Ela deu mais um sorriso forçado, imprimindo o mesmo tom casual que ele.

— Você também.

— É melhor eu ir. Vou dizer aos meus avós que você vai tentar dar uma passada por lá.

— Te vejo lá, então.

E, com um sorriso tranquilo, ela se virou e seguiu para a área dos pequenos felinos. Contornou o lugar até ouvir a caminhonete dando partida, até ouvir o carro se distanciando na estrada. Então, parou de súbito.

Pronto, pensou Lil, *não foi assim tão ruim. A primeira vez sempre costuma ser mais difícil, mas nem foi tão ruim. Uma dorzinha aqui, uma pontada ali. Nada fatal.*

Ele estava tão bonito, continuou pensando. *Mais velho, mais rígido. As feições mais marcadas, os olhos mais severos. Mais sexy.*

Ela podia superar aquilo. Talvez eles até pudessem ser amigos de novo. Não do jeito que eram, até mesmo antes de se tornarem amantes. Mas podiam se tratar com cordialidade. Os avós dele e os pais dela eram bons amigos, do tipo bem chegados. Ela e Coop nunca seriam capazes de evitar um ao outro, de qualquer maneira, então teriam que fazer o possível para se darem bem. Serem amigáveis.

Lil estava disposta se ele também estivesse.

Satisfeita, ela começou a vasculhar a área dos habitats em busca de algum sinal de invasão — de animais ou de humanos.

Coop focou o olhar no espelho retrovisor à medida que se afastava, mas Lil não olhou para trás. Simplesmente continuou se afastando.

E era isso. Ele não pretendia fazer diferente.

Ela o pegou desprevenido. Na verdade, os dois pegaram um ao outro desprevenidos, ele se corrigiu, mas a surpresa dela ficou evidente em seu rosto, por um segundo ou dois, mas havia sido nítido o suficiente. Surpresa e uma pontada de irritação.

No entanto, tudo sumiu em um piscar de olhos.

Lil estava mais linda do que antes.

Na opinião dele, ela sempre havia sido, mas ele conseguia ver agora que, aos dezessete, ela era bonita. A beleza se intensificou aos vinte. Mas ela não havia cruzado a linha de chegada na época, não como agora.

Por um segundo, aqueles olhos grandes, escuros e sensuais o deixaram sem fôlego.

Por um segundo.

Daí, ela sorriu, e talvez o coração dele tenha se contorcido, só por outro segundo, lembrando-se do que já existiu. Do que deixou de existir.

Tudo de boa, bem casual entre eles. Era assim que as coisas deveriam ser. Ele não queria nada dela e não tinha nada a oferecer. Era bom ter ciência disso, já que ele havia voltado de vez.

O mais estranho era que ele tinha pensado em voltar por muitos meses. Até mesmo pesquisou o que precisava fazer para vender sua agência de investigação particular, fechar o escritório e vender o apartamento. Ele não tinha dado seguimento a esses planos, simplesmente continuou com seu trabalho, sua vida... porque não agir era bem mais fácil.

Mas, então, sua avó ligou.

Depois de toda a pesquisa concluída e arquivada em uma pasta intitulada "Talvez algum dia", a questão da mudança havia sido algo bem simples. E, talvez, se ele tivesse tomado aquela decisão antes, seu avô não tivesse ficado sozinho, caído lá, e morrendo de dor.

Aquele tipo de pensamento era inútil, ele sabia. As coisas aconteciam simplesmente porque tinham que acontecer. Ele sabia disso também.

A questão era que ele estava de volta agora. Gostava do trabalho — sempre gostou —, e Deus era testemunha de que ele precisava de um pouco de serenidade. Dias longos, muito esforço físico, os cavalos, a rotina. E o único verdadeiro lar que conheceu na vida.

Talvez ele tivesse voltado antes, se não fosse por Lil. O obstáculo, o arrependimento, a incerteza que ela representava. Mas agora já estava feito, e talvez os dois pudessem seguir com a vida.

Ela criou um lugar estável e real ali, totalmente Lil, com aquele refúgio. Coop não soube como dizer isso a ela antes, como dizer que ela o enchia de orgulho. Não sabia como dizer que se lembrava de quando ela havia contado a ele que construiria aquele lugar, da expressão no rosto dela, da luz que irradiava e do som de sua voz.

Ele se lembrava de tudo.

Anos atrás, pensou Coop. Uma vida inteira. Ela havia estudado, trabalhado e planejado, e fez acontecer. Lil fez exatamente o que havia sonhado fazer.

Ele sempre soube que ela conseguiria. Ela não se contentaria com menos.

Cooper também tinha feito algo com sua vida. Levou um bocado de tempo, e muitos erros, mas construiu algo para si mesmo. E pôde se afastar de tudo aquilo, porque seu objetivo havia sido alcançado.

Agora, o objetivo se encontrava ali. Ele pegou o acesso da estrada da fazenda. *Bem aqui e agora,* pensou.

Quando Coop entrou em casa, Lucy estava na cozinha, com alguma coisa no forno.

— O cheiro está ótimo.

— Pensei em fazer umas tortinhas. — A avó deu um sorriso, mas havia tensão nele. — Todo mundo saiu numa boa?

— Um grupo de quatro pessoas. Gull está com eles. — O filho do ferreiro não tinha seguido os passos do pai; trabalhava como guia de trilha e faz-tudo para o haras dos Wilks. — O tempo está limpo, e ele vai manter o grupo em uma trilha tranquila.

Já que estava ali, decidiu se servir de uma caneca de café.

— Vou dar uma olhada nos potros novos e em suas mamães.

A avó assentiu e conferiu as tortas, embora os dois soubessem que ela sabia o tempo certinho de tirá-las do forno.

— Talvez, se não se importar, você poderia chamar o Sam para ir junto. Ele está num dia daqueles.

— Claro. Ele está lá em cima?

— Da última vez que conferi, sim. — Ela passou os dedos por entre os fios do cabelo agora cortado em estilo *pixie* e que deixou ficar em um brilhante e deslumbrante tom prateado. — Conferir as coisas, pelo que entendi, deixa ele de mau humor.

Em vez de dizer qualquer coisa, ele preferiu apoiar o braço sobre os ombros dela e depositar um beijo no topo de sua cabeça. *Ela deve ter conferido inúmeras vezes,* pensou Coop. Assim como ele não tinha a menor dúvida de que a avó havia ido ao celeiro para checar os potrinhos. Ela também devia ter dado uma conferida nas galinhas e nos porcos, executando todas as tarefas possíveis para evitar que Sam tentasse fazer por conta própria.

E ainda havia feito o café da manhã do avô, assim como o dele. Cuidou das coisas da casa, da lavanderia.

Ela estava se esgotando, mesmo com ele lá.

Coop seguiu para a escada.

Nos primeiros meses, o avô havia ficado na sala de casa adaptada para quarto depois de receber alta do hospital. Ele precisava de uma cadeira de rodas e de ajuda com a maioria das tarefas mais pessoais.

E ele odiava aquilo.

Assim que deu um jeito de subir a escada, por mais que tenha demorado, por mais difícil que tenha sido, ele insistiu em voltar a dormir no quarto que compartilhava com a esposa.

A porta estava aberta. Coop avistou o avô sentado em uma poltrona, olhando para a TV de cara feia enquanto massageava a perna. Havia rugas de expressão em seu rosto que não estavam ali antes, sulcos profundos de dor e frustração muito mais significativos do que por causa da idade. *E, talvez*, Coop pensou, *por conta do medo.*

— Oi, vovô.

Sam olhou para Coop de cara fechada.

— Não tem nada que preste passando na televisão. Se ela te mandou subir aqui para ver como estou, para ver se preciso de alguma coisa para beber, comer, alguma coisa para ler, se preciso de alguém para me botar para arrotar como se eu fosse um bebê, pode ficar sabendo que não preciso.

— Pra dizer a verdade, eu estava a caminho dos estábulos para checar os cavalos e pensei que você poderia me dar uma mãozinha. Mas se você prefere assistir televisão...

— Não pense que esse tipo de psicologia funciona comigo. Eu não nasci ontem. Só me entrega logo as malditas botas.

— Sim, senhor.

Coop pegou as botas, um par que já se encontrava alinhado no chão, dentro do guarda-roupa. Não ofereceu ajuda — o que a avó prática e solícita teimava em fazer. Mas ele imaginava que ela também fazia isso por puro medo.

Em vez disso, ele falou sobre os negócios, as novas rotas turísticas, e por fim contou que havia dado uma passada no refúgio.

— Lil disse que vem te visitar hoje.

— Vou ficar feliz de ver a menina, desde que não esteja querendo visitar o "doente". — Sam se levantou, usando o encosto da poltrona como apoio até pegar a bengala. — O que mais ela contou sobre a viagem para aquelas montanhas no estrangeiro?

— Não perguntei. Fiquei lá só por uns minutinhos.

Sam balançou a cabeça. Coop achou que até que ele estava se locomovendo bem, para um homem que havia sofrido uma queda tão feia apenas quatro meses atrás. No entanto, a rigidez nos movimentos ainda se fazia presente, os passos desajeitados, o que serviu para lembrar a Cooper de quão ágil e desprendido o caminhar do avô já havia sido um dia.

— Fico me perguntando o que você tem nessa sua cabeça, menino.

— Como é?

— Uma garota bonita daquela, por quem aliás todo mundo sabe que você já teve uma quedinha, e você não consegue passar mais do que alguns minutinhos com ela?

— Ela estava ocupada — disse Coop conforme seguiam para a escada.

— Eu também. Além do mais, isso aconteceu há muito tempo. Outra coisa, ela estava com outra pessoa.

Sam deu uma risada de escárnio enquanto mancava para descer os degraus, com Cooper posicionado de maneira que pudesse amparar o avô caso ele perdesse o equilíbrio.

— Um tal estrangeiro.

— Você desenvolveu alguma espécie de preconceito recentemente contra o que é estrangeiro?

Embora os lábios de Sam estivessem contraídos pelo esforço em descer a escada, um brilho de diversão cintilou em seus olhos.

— Sou um homem velho. Tenho permissão, e o pessoal até espera que eu seja rabugento. Além do mais, esse negócio de relacionamento não é nada. Os jovens de hoje em dia não têm o menor pudor de correr atrás de uma mulher "comprometida".

— Os jovens de hoje em dia? Isso tem a ver com essa sua nova e esperada rabugice?

— Atrevido. — Mas ele não reclamou quando Cooper o ajudou a vestir o casaco. — Vamos sair pela frente. Ela está na cozinha, e não quero a ladainha dela de preocupação e cuidados que tenho que ter enchendo os meus ouvidos.

— Tudo bem.

Sam deu um suspiro e colocou seu velho chapéu de abas curvas.

— Você é um bom garoto, Cooper, mesmo que seja meio burro com as mulheres.

— Eu sou burro com as mulheres? — Coop conduziu Sam para fora. Ele tinha limpado o alpendre e os degraus, além de ter aberto mais o caminho até as caminhonetes e os prédios adjacentes. — É você quem tem uma mulher no seu cangote. Talvez se fizesse mais coisas naquela cama, além de roncar, ela o deixasse em paz durante o dia.

— Atrevido — repetiu Sam, mas o peito chegou a chiar com a risada. — Ainda dou conta de te dar uma surra com essa bengala.

— Aí, eu iria ter que levantar essa sua bunda do chão.

— Pelo menos eu conseguiria me manter de pé por tempo suficiente para concluir a tarefa. É isso que *ela* não consegue enfiar na cabeça.

— Ela te ama. Você a assustou. E agora nenhum dos dois consegue aliviar a barra do outro. O senhor está bravo porque não consegue fazer tudo que quer, do jeito que quer. Tem que andar por aí com um pedaço de pau, e, provavelmente, isso será para o resto da vida. E daí? — disse Coop, sem deixar escapar qualquer nota de compaixão na voz. — Você está andando, não está?

— Ela não me deixa colocar o pé fora da minha própria casa, na minha própria terra. Não preciso de uma enfermeira.

— Não sou sua enfermeira — rebateu Coop. — Ela fica na sua cola porque está com medo. E o senhor a trata com grosseria o tempo todo. O senhor nunca a tratou assim.

— Ela nunca me tratou como se eu fosse um recém-nascido — retrucou Sam com raiva.

— Vô, o senhor quebrou a porcaria da perna. Não está estável o suficiente para ficar andando por aí na neve, sozinho. Mas você vai ficar, porque é teimoso demais para não conseguir o que quer. Só que vai levar um tempinho. O senhor só tem que aceitar isso.

— É fácil pra você dizer isso, já que só tem trinta anos. Quero ver quando estiver beirando os oitenta como eu.

— Então o senhor deveria valorizar mais o tempo e parar de desperdiçá-lo reclamando sobre a mulher que ama cada pedaço rabugento seu.

— Você tem tido muita coisa a dizer de repente.

— Estava guardando para o momento certo.

Sam ergueu o rosto envelhecido.

— Um homem precisa de seu orgulho próprio.

— Eu sei disso.

Eles andaram bem devagar, com certa dificuldade, até o celeiro. Lá dentro, Coop ignorou o fato de que Sam estava ofegante. Ele poderia recuperar o fôlego enquanto davam uma olhada nos cavalos.

Nasceram três potros naquele inverno. Dois deles nasceram bem tranquilos, mas teve um que nasceu invertido. Coop e a avó ajudaram a égua com o parto, e ele dormiu por duas noites no celeiro.

Coop parou diante da baia onde a égua e o filhote estavam e abriu a porta para entrar. Sob o olhar atento de Sam, Coop conversou baixinho com a égua, passando as mãos pelo lombo para verificar se estava com febre, ou com alguma contratura. Com cuidado, ele examinou a úbere, as tetas. Ela ficou imóvel, plácida, sob o toque familiar enquanto a potrinha batia a cabeça no traseiro de Cooper para chamar a atenção.

Ele se virou e acariciou a bela pelagem castanha da potrinha.

— Essa aí é tão sua quanto dela — comentou Sam. — Já deu um nome?

— Bem que podia ser Lucky, porque Deus sabe que foi isso o que ela teve: muita sorte. Mas não combina com ela. — Coop examinou a boca da potrinha, os dentes. Avaliou os olhos grandes. — Pode até ser clichê, mas essa aqui é uma princesa. E ela pensa que é mesmo.

— Então coloque esse nome nela. A Princesa do Cooper. O resto também é seu. Você sabe disso.

— Vovô.

— Agora é a minha vez de falar. Sua avó e eu conversamos sobre isso por anos. Não tínhamos certeza se você iria querer ou não, mas, no fim, legalizamos nossa decisão. Quando a gente morrer, tudo isso aqui é seu. Quero que me diga se vai querer ou não.

Cooper se levantou, e na mesma hora a potrinha o abandonou para mamar.

— Sim, eu quero.

— Que bom. — Sam deu um rápido aceno de cabeça. — Agora, você vai brincar com esses cavalos o dia todo, ou vai ver os outros?

Coop saiu da baia, travou a porta e seguiu para a próxima baia.

— Tem mais uma coisa que quero dizer. — O toque da bengala ecoava no piso de concreto. — Um homem da sua idade precisa ter a própria casa. Esse negócio de morar com um casal de velhos não está com nada.

— O senhor está fissurado com essa coisa de "velhos" ultimamente.

— É isso mesmo. Eu sei que você se mudou pra cá para nos ajudar. É o que a família faz. Sou grato além da conta. Mas você não pode ficar na nossa casa para sempre.

— O senhor está me expulsando?

— Acho que sim. Agora, nós podemos construir alguma coisa. Escolha um terreno que você goste.

— Não vejo motivo para escolher um terreno para construir uma casa quando poderíamos muito bem usá-lo para plantação de trigo ou para a criação de cavalos.

— Você pensa como um fazendeiro — disse Sam, todo orgulhoso. — Ainda assim, um homem precisa do próprio lar. Você pode escolher um terreno e começar daí. Ou, se não é o que quer ainda, pode reformar o alojamento. É bem espaçoso. Basta colocar umas paredes aqui, arrumar o piso ali. Pode ser que precise de um telhado novo. Nós podemos arrumar isso pra você.

Coop conferiu o estado da outra égua e seu filhote.

— O alojamento será perfeito. Vou ajeitar tudo. Não quero que gaste seu dinheiro com isso, vô. Minha condição é essa. Um homem precisa de seu orgulho próprio — disse ele. — Eu tenho dinheiro. Muito mais do que preciso no momento.

E estava ali um assunto que ele queria resolver com os avós. Mas ainda não era a hora.

— Pode deixar que vou cuidar disso.

— Então está combinado. — Sam buscou o apoio da bengala e se inclinou para acariciar o focinho da égua. — Aqui está Lolly, minha garotinha. Você nos deu três belos potrinhos ao longo dos anos. Doce como um pirulito, não é? Nasceu para ser mãe, e para cavalgar com toda a calma.

Lolly resfolegou, com afeto.

— Preciso montar em um cavalo de novo, Cooper. Não poder fazer isso é como se eu tivesse perdido a perna, em vez de só ter quebrado.

— Tudo bem. Vou selar duas montarias.

Sam ergueu a cabeça de supetão, os olhos cintilando com choque e esperança.

— Sua avó vai arrancar o nosso couro.

— Ela vai ter que pegar a gente primeiro. Só um passeio tranquilo, vovô. Nada de trote. Combinado?

— Tá. — A voz de Sam vacilou antes de ele conseguir se recuperar. — Sim, estou de acordo.

Coop selou dois dos cavalos mais velhos e mais calmos. Ele pensava que sabia, que compreendia quão difícil estava sendo aquele período de convalescença forçada para o avô. Ao ver a expressão de felicidade no semblante do homem quando disse que iriam montar, percebeu que não fazia ideia da verdade, não chegava nem perto de saber.

Se ele estivesse cometendo um erro, era pelos motivos certos. Não seria a primeira vez.

Coop ajudou Sam a montar, e ficou nítido que o movimento e o esforço causaram dor ao avô. No entanto, o que vislumbrou foi prazer e alívio nos olhos do homem mais velho.

Cooper montou seu cavalo em seguida.

Ele supôs que seria apenas um passeio com marcha lenta. Dois cavalos velhos atravessando o terreno coberto pela neve, sem rumo definido. Mas, pelo amor de Deus, Sam Wilks parecia ter *sido feito* para montar. A idade desapareceu — ele podia ver o peso dos anos sumindo do semblante de Sam. Sobre uma sela, seus movimentos eram suaves e tranquilos. *Ágeis*, pensou Cooper novamente.

Sobre a sela, Sam estava em casa.

A paisagem branca se estendia adiante e brilhava sob o sol, entrecortando-se às florestas que escalavam as colinas, escondendo afloramentos rochosos sob o manto gelado.

Com exceção do sussurro do vento, o tilintar das rédeas, o mundo permanecia imóvel como uma pintura emoldurada.

— É uma bela terra que temos aqui, Cooper.

— Sim, senhor, é mesmo.

— Tenho vivido nesse vale minha vida toda, trabalhando na terra, com cavalos. É tudo o que sempre quis da vida, além da sua avó. É o que conheço, o que sei fazer. Sinto que consegui realizar algo bom só de saber que vou passar tudo pra você.

Eles cavalgaram por quase uma hora, sem direção certa, e a maior parte do tempo em silêncio. Sob o céu azul intenso, as colinas, as planícies e os vales eram brancos e gélidos. Aquilo em breve se tornaria gelo derretido e lama. A primavera chegaria com as chuvas de granizo. No entanto, o verde voltaria a imperar, e os jovens potros bailariam pelos pastos.

E isso, Coop pensou, *é exatamente o que eu quero agora. Ver o tom verdejante novamente e assistir aos cavalos bailando. Viver minha vida.*

Conforme se aproximavam da casa, Sam assobiou baixinho.

— Olha lá a sua avó no alpendre dos fundos, com as mãos nos quadris. Estamos encrencados.

Coop lançou para o avô um olhar tranquilo.

— Nós, o cacete. Você está por sua conta agora.

De propósito, Sam conduziu o cavalo para o quintal.

— Ora, ora, olhe só para os dois, com essas caras satisfeitas e bestas, cavalgando no frio como um bando de idiotas. Imagino que agora vocês queiram café e torta, como uma espécie de recompensa.

— Eu ficaria feliz com a torta. Ninguém faz uma torta como a minha Lucille.

Ela bufou, irritada, e então deu as costas.

— Se ele quebrar a perna na hora de descer do cavalo, é você quem vai cuidar dele, Cooper Sullivan.

— Sim, senhora.

Coop esperou até que ela entrasse pisando firme na cozinha, então desmontou para ajudar Sam a fazer o mesmo.

— Eu lido com os cavalos. O senhor lida com ela. A pior parte é sua desta vez.

Coop ajudou o avô a chegar à porta, então abandonou o campo de batalha.

Em seguida, cuidou dos cavalos e dos equipamentos. Como não havia necessidade de voltar à cidade, lidou também com pequenas tarefas de reparo que haviam se acumulado. Ele não era tão habilidoso com as mãos como o avô, mas era competente o bastante. Pelo menos quase nunca martelava o dedão.

Quando finalizou tudo, resolveu caminhar para dar uma olhada no alojamento. Era mais como uma cabana comprida, baixa e rústica, visível da casa principal e dos padoques usados para os cavalos.

No entanto, era distante o suficiente, Cooper calculou, para que todos garantissem a própria privacidade. E ele tinha que admitir que sentia falta de ter um espaço só seu.

Atualmente, a construção era mais utilizada para armazenamento, embora já tivesse servido como moradia para um ou dois funcionários, quando necessário — ou quando o dinheiro permitia — durante algumas temporadas.

Do ponto de vista de Cooper, havia recursos financeiros agora — dele —, e a necessidade de mais ajudantes — para os avós. Depois que ele reformasse o alojamento, talvez fosse o momento de considerar uma reconfiguração na sala de arreios do celeiro, transformando o lugar em um alojamento para um trabalhador permanente para a fazenda.

Ele sabia que teria que fazer aquele tipo de mudança aos poucos.

Um passo de cada vez.

Coop entrou no antigo alojamento, quase tão frio no interior quanto do lado de fora. Ficou imaginando quando havia sido a última vez que o fogão a lenha foi aceso. Havia alguns beliches, uma mesa velha e algumas cadeiras. A cozinha daria para o gasto para preparar alguma refeição mais simples.

Os pisos estavam arranhados, e as paredes eram rústicas. No ar pairava um odor persistente de gordura e, possivelmente, suor.

É bem diferente do meu apartamento em Nova York, pensou Coop. Mas ele havia deixado tudo aquilo para trás. O que ele precisava fazer agora era ver o que seria necessário para tornar aquele lugar habitável.

Poderia dar certo, e talvez até houvesse espaço suficiente para um pequeno escritório. Ele precisava de um ali, assim como o que mantinha na cidade. Coop não queria ter que ir para a casa principal, a fim de usar o escritório dos avós, toda vez que tivesse algo para fazer.

Quarto, banheiro — que carecia seriamente de uma reforma —, cozinha pequena, escritório. Era o bastante. Não era como se ele tivesse pretensão de receber visitas.

Quando terminou de fazer a vistoria, traçando os planos mais básicos, Cooper começou a pensar na torta da avó. Ele torceu para que ela estivesse mais calma àquela altura.

Coop seguiu para a casa, bateu os pés no chão do alpendre para se livrar da neve e entrou.

E, puta merda, lá estava Lil, comendo uma fatia de torta à mesa da cozinha. Sua avó o fuzilou com o olhar, mas se levantou para pegar um prato.

— Vá em frente e se sente logo. Encha a barriga e não vai conseguir jantar. Seu avô está tirando uma soneca, já que ficou exausto por conta da cavalgada pelos campos. Lil teve que se contentar comigo, mesmo tendo vindo até aqui só para visitar o Sam.

— Certo. — Foi tudo o que Coop disse, tirando o casaco e o chapéu.

— Faça companhia para Lil; preciso subir para dar uma olhada nele. — Ela colocou o prato com uma fatia de torta e uma caneca de café sobre a mesa com força e saiu bufando.

— Droga.

— Ela não está tão brava quanto parece. — Lil abocanhou uma garfada de torta. — Ela me disse que o passeio fez bem ao Sam, mas está chateada porque vocês saíram sem avisar. De qualquer jeito, a torta está uma delícia.

Ele se sentou e deu uma primeira garfada.

— Está mesmo.

— Ela parece cansada.

— Ela não para quieta, em momento nenhum. Se ela tiver dez minutos para se sentar, inventa de fazer alguma coisa. Os dois trocam farpas o dia todo, como se tivessem dez anos. Daí... — Ele se interrompeu quando percebeu que estava conversando com ela do modo como teria feito anos atrás.

Antes de tudo acabar.

Cooper deu de ombros e comeu mais um pedaço de torta.

— Desculpa.

— Está tudo bem. Eu também me importo com eles. Então você vai reformar o alojamento.

— As notícias correm rápido por aqui, já que decidi isso algumas horas atrás.

— Estou aqui há quase meia hora. É tempo o bastante para ser atualizada sobre os acontecimentos recentes. Quer dizer, então, que você pretende ficar mesmo?

— Sim. Algum problema com isso?

Ela arqueou as sobrancelhas.

— E por que teria?

Ele deu de ombros e voltou a se concentrar em comer a torta.

— Você não está querendo ser o delegado de Deadwood, né?

Ele ergueu a cabeça e encontrou o olhar atento dela.

— Não.

— Ficamos surpresos quando você largou a Polícia. — Ela esperou por um instante, mas ele não respondeu. — Acho que ser detetive particular deve ser mais empolgante, e o salário é maior que o de um policial.

— Paga melhor mesmo, na maioria das vezes.

Ela afastou o prato de torta e pegou o café. Cooper notou que ela estava se acomodando para conversar. Os lábios de Lil se curvaram de leve. Ele sabia exatamente qual era o sabor daqueles lábios, a sensação de tê-los junto aos seus.

E aquilo era quase insuportável.

— Deve ter sido interessante. O trabalho.

— Teve seus momentos.

— É igual ao que vemos na TV?

— Não.

— Sabe, Cooper, você costumava ser capaz de manter uma conversa numa boa.

— Eu me mudei para cá — disse ele, na lata. — Estou ajudando a administrar a fazenda e o haras. E é isso.

— Se você quer que eu cuide da minha vida, é só dizer.

— Cuide da sua vida.

— Tudo bem. — Ela devolveu a caneca de café à mesa com força e se levantou. — Nós éramos amigos antes. Pensei que poderíamos voltar a ser. Pelo jeito, não.

— Não estou querendo voltar a nada.

— É, você está deixando isso bem claro. Agradeça a Lucy pela torta e diga que passo por aqui para ver o Sam assim que der. Vou tentar ficar fora do seu caminho quando estiver por essas bandas de novo.

Quando ela saiu pisando firme, Cooper abocanhou mais um pedaço de torta, satisfeito por estar sozinho novamente.

Capítulo oito

⌘ ⌘ ⌘

LIL VOLTOU à rotina em bem pouco tempo. Tinha tudo o que queria — sua casa, seu trabalho, pessoas com quem trabalhava que tinham um jeito de pensar muito similar ao seu, seus animais. Ela colocou em dia os e-mails e as ligações que davam melhor resultado quando o assunto era tratado pessoalmente, e também passou um tempo trabalhando em propostas em busca de financiamentos.

Nunca havia dinheiro suficiente.

Ela precisava de tempo para conhecer o novo grupo de estagiários que haviam ingressado na equipe quando estava nos Andes, e também tinha que revisar os relatórios sobre os animais que tinham sido tratados e soltos — os animais selvagens levados até eles.

Lil alimentava os animais, ajudava com o banho deles e com a limpeza dos habitats, auxiliava Matt com os tratamentos. Os dias foram preenchidos até transbordarem com as puras exigências físicas. Ela reservava as noites para escrever — artigos, documentos, propostas de subsídios, pequenos detalhes dos bastidores que poderiam influenciar um internauta a clicar na aba de doações.

Todas as noites, momento em que ficava sozinha, ela verificava a localização dos irmãos de Baby e dos outros pumas e animais selvagens que haviam sido marcados para rastreamento ao longo dos anos. O refúgio havia perdido alguns para a temporada de caça, para outros animais, ou simplesmente por conta da idade ou algum acidente. No entanto, atualmente, Lil tinha seis pumas nascidos em Black Hills, marcados por ela ou por alguém da equipe. Um deles, um jovem macho que ela mesma havia marcado, tinha viajado para Iowa, outro percorreu um longo caminho até Minnesota. A fêmea da ninhada de Baby permaneceu ao sul das colinas de Black Hills, e, de vez em quando, se deslocava para o Wyoming durante o período de acasalamento.

Lil traçava as localizações, calculava distâncias de dispersão e especulava sobre comportamento e escolha de território.

Ela achava que já era hora de comprar um novo cavalo e sair para rastrear. Ainda havia bastante tempo antes da primavera para capturar e avaliar, marcar e soltar os animais.

De qualquer maneira, ela queria passar um pouco mais de tempo em seu território.

— Você deveria levar um dos estagiários junto — insistiu Tansy.

Ela deveria mesmo. Educação e treinamento eram pilares essenciais do refúgio. Mas...

— Serei mais rápida se estiver sozinha. — Lil conferiu o radiotransmissor, então colocou tudo na mochila. — Esperei até o fim da temporada para fazer isso. Não quero perder tempo. Está tudo sob controle por aqui — acrescentou.

— Além disso, alguém tem que checar a câmera lá em cima. Vai ser bom tirar uns dias só para mim, fazer o que é preciso e, talvez, ainda capturar e marcar algum animal, e soltá-lo de novo.

— E se o tempo piorar?

— Não vou tão longe assim, Tansy. Estamos perdendo dados importantes com aquela câmera desligada, então é necessário verificar o problema. Se o tempo piorar, eu volto ou espero passar.

Lil colocou outro transmissor na mochila. Vai que tivesse sorte...

— Estou levando o rádio de comunicação. — Ela passou a alça da arma de dardos tranquilizantes pelo ombro e ergueu a mochila.

— Você está indo *agora*?

— Ainda tem muito dia pela frente. Se eu tiver sorte, talvez até consiga capturar um hoje à noite ou amanhã, marcar e voltar.

— Mas...

— Pare de se preocupar. Agora vou comprar um cavalo bacana de um antigo amigo. Se tudo der certo, partirei de lá. Mas manterei contato.

Ela esperava que esse antigo amigo estivesse na cidade ou em alguma trilha guiada, resolvendo assuntos sobre aluguel de equipamentos, clientes, ou qualquer coisa que estivesse entre suas tarefas do dia. Ela poderia negociar o cavalo com Sam ou Lucy e evitar o aborrecimento de ter que negociar com Coop.

Ainda mais depois de ele ter deixado bem claro que não a queria se metendo na vida dele.

E pensar que ela fez um esforço sincero para ser amigável, deixar o passado lá atrás. Bem, que se dane. Se ele queria ficar emburrado, ela faria o mesmo.

No entanto, ela queria um bom cavalo. Um aborrecimento não podia entrar na frente e colocá-la em riscos na trilha, e seu cavalo habitual estava ficando velho demais para aquele tipo de empreitada.

Enquanto dirigia para a fazenda vizinha, Lil pensou que tinha poucas chances de conseguir fazer mais do que checar o território e a atividade pela área naquela pequena viagem. Ela poderia até chegar a ver algum animal, mas a captura e marcação eram um tiro no escuro. De todo jeito, valia a pena tentar, para acrescentar à sua proposta de estudo de dez anos.

E aquilo daria a ela a chance de ver que tipo de atividade humana — se é que houvera alguma — havia ocorrido por ali.

Quando chegou, Lil notou os sons de martelo e serra vindos do alojamento. Ela reconheceu uma das caminhonetes estacionada ali perto como sendo de um marceneiro da região. A curiosidade fez com que seguisse naquela direção.

Ela se deu conta de seu erro quando viu Coop sair de lá. *Negócios*, disse Lil a si mesma. *Apenas negócios.*

— Preciso comprar um cavalo.

— Aconteceu alguma coisa com o seu?

— Não. Estou apenas atrás de um que seja experiente em trilhas. O meu já está ficando velhinho. Preciso de um com idade entre cinco e oito anos. Firme, maduro e saudável.

— Não vendemos cavalos que não sejam saudáveis. Vai a algum lugar?

Ela inclinou a cabeça de leve para o lado e disse com frieza:

— Você quer me vender um cavalo, Cooper?

— Claro que sim. Só imagino que nós dois tenhamos o interesse comum de que eu te venda o cavalo certo. Faz diferença se você quer um para uma cavalgada agradável pela trilha, ou um para trabalhar.

— Eu trabalho, logo, preciso de um cavalo que trabalhe comigo. E quero um pra hoje.

— Está planejando subir alguma trilha hoje?

— Isso mesmo. Olha, vou tentar uma captura rápida, marcar e depois soltar o animal. Preciso de uma montaria confiável que seja capaz de enfrentar um terreno acidentado e que tenha um pouco de coragem.

— Você avistou algum puma perto da sua casa?

— Para alguém que não quer que eu cuide da vida alheia, você está bem decidido a se meter na minha.

— O cavalo é meu — disse ele.

— Não vi nada nas proximidades do santuário. Temos uma câmera instalada lá fora, e quero dar uma verificada. Já que vou ter que ir até lá, quero colocar uma armadilha de captura e ver se tenho sorte. Estou planejando ficar fora dois ou três dias, no máximo. Satisfeito?

— Pensei que você levava uma equipe junto para marcações.

— Se esse for o objetivo principal, sim. Já fiz todas essas atividades por conta própria antes. Eu gostaria de comprar um cavalo antes da primavera chegar, Cooper. Se você não se importa.

— Tenho um cavalo castrado de seis anos que pode servir. Vou trazê-lo para você poder dar uma olhada.

Ela estava prestes a dizer que iria junto, mas mudou de ideia. Ficaria onde estava. Seria menos tempo conversando. E também menos chance de ceder à curiosidade e perguntar o que estava acontecendo dentro do antigo alojamento.

Lil gostou da aparência do cavalo logo de cara. Ele tinha uma bela pelagem malhada castanha e branca, com uma longa mancha até o focinho. As orelhas e os olhos se mantiveram alertas enquanto Coop o levou até a cerca de madeira do padoque.

A robustez do animal deixava evidente que ele a carregaria junto de sua bagagem sem dificuldades.

Ele não se assustou nem se afastou quando ela examinou as patas e os cascos. Apenas balançou um pouco a cabeça quando Lil checou a boca e os dentes, mas não tentou mordê-la.

— Ele se comporta bem. É um pouco mais enérgico, então não o usamos em trilhas a menos que quem monte seja experiente. Ele gosta de andar. — Coop afagou o animal. — É um cavalo firme, só que fica entediado se a única coisa que tem para fazer é seguir em linha reta ao lado dos outros. Ele tem uma tendência de arranjar confusão, porque gosta de estar na frente.

— Quanto você está pedindo por ele?

— Já que veio decidida a comprar um cavalo, você trouxe sua sela e tudo, certo? Então, pode dar uma volta com ele. Leve o tempo que precisar. Tenho umas coisas para resolver.

Foi exatamente o que Lil fez. O cavalo lançou um olhar curioso para ela, como se estivesse dizendo: "isso aqui é meio incomum." Em seguida, permaneceu pacientemente imóvel enquanto ela ajustava a sela e trocava os arreios pelos dela. Quando o montou, ele estremeceu e se moveu de leve. *Estamos indo? Vamos logo?* Ela estalou a língua e saiu em um trote alegre. Usou sons e se valeu dos joelhos, dos calcanhares e das mãos para testar se ele obedeceria aos comandos. *Bem treinado,* concluiu, mas não esperava menos do haras dos Wilks.

Lil calculou a oferta máxima que faria, e o preço que gostaria de pagar, conforme conduzia o cavalo capão entre passos e voltas.

Ele vai servir, pensou ela. *E muito bem.*

Ela diminuiu a velocidade para um passo suave quando Coop retornou, guiando uma égua alazã já com a sela.

— Esse aqui tem um nome?

— Nós o chamamos de Rocky. Porque ele tem tanto vigor que simplesmente não para.

Aquilo arrancou uma risada de Lil.

— Ele se encaixa no que procuro. Quanto você quer por ele?

Coop informou o valor — exatamente o máximo que ela estava disposta a pagar — e depois foi caminhando para a casa a fim de pegar uma mochila que havia deixado no chão do alpendre.

— Esse valor está um pouquinho acima do que imaginei.

— Podemos negociar no caminho.

— Posso te dar... *O quê?*

— Eu vou com você.

Confusa, ela quase gaguejou ao dizer:

— Ah, não... Você não vai.

— O cavalo é meu.

— Escuta aqui, Cooper... — Lil interrompeu a frase no meio e respirou fundo. — Por que você pensa, erroneamente, que vai comigo?

— Meus avós estão precisando de um tempinho sem que eu esteja por perto. Estou cansado de ouvir todo esse barulho. Estamos com pouco movimento agora, então o Gull consegue lidar com o que for preciso por um ou dois dias. E estou a fim de acampar um pouco.

— Então vá acampar em outro lugar.

— Estou indo junto do cavalo. É melhor você pegar seus equipamentos. Ela desmontou e enrolou as rédeas na cerca.

— Vou te pagar um preço justo por ele. Depois, ele é meu cavalo.

— Você pode me pagar o preço justo quando voltarmos. Considere a viagem como um *test drive*. Se não ficar satisfeita com o cavalo depois, não cobro nem o aluguel.

— Não quero companhia.

— Não pretendo ser sua companhia. Estou apenas indo com o cavalo.

Ela praguejou, empurrando o chapéu para trás. Quanto mais aquela porcaria continuava, mais se dava conta de que queria aquele maldito cavalo.

— Tudo bem. Acompanhe meu ritmo, ou vou te deixar para trás. E é melhor estar levando sua barraca, seus equipamentos e sua comida, porque não vou compartilhar. E também mantenha as mãos bem longe; não é uma viagem para recordar o passado.

— O mesmo vale pra você.

$\mathcal{E}$LE NÃO sabia por que estava fazendo aquilo. Todas as razões que dava a si mesmo eram verdadeiras o suficiente, mas ainda assim não eram o porquê. A verdade era que, particularmente, Coop não queria estar perto dela nem por uma hora, muito menos um ou dois dias — era muito mais fácil evitá-la.

No entanto, ele não gostava da ideia de ela ir sozinha.

Era um motivo besta, admitiu Coop, conforme eles cavalgavam em silêncio. Lil poderia ir aonde e quando quisesse. E ele não poderia impedi-la, nem mesmo se essa fosse a sua vontade. Ela poderia ter ido sem ele saber, e, se ele não tivesse ficado sabendo, não teria pensado no assunto. Nem se perguntado se ela ficaria bem.

Então, pensando por esse ponto de vista, era muito mais fácil ir junto do que ficar.

De qualquer forma, a viagem impulsiva tinha algumas vantagens evidentes. A primeira delas era o silêncio abençoado. Ele conseguia ouvir o vento sussurrar por entre as árvores, e o som dos cascos no chão coberto pela neve, o rangido do couro.

Por um dia ou dois, não teria que pensar em nada — nem na folha de pagamento, nas despesas, nos cuidados, na alimentação, na saúde do avô, nem no mau humor da avó.

Poderia fazer o que não tinha tido tempo, e talvez nem mesmo vontade, para fazer desde que voltou à Dakota do Sul.

Posso simplesmente ser eu mesmo.

Os dois cavalgaram por uma hora sem trocar uma palavra, antes de ela parar e Coop alinhar as montarias.

— Isso é uma idiotice. Você é um idiota. Vá embora.

— Você tem algum problema em respirar o mesmo ar que eu?

— Você pode respirar todo o ar que quiser. — Lil balançou as mãos no ar em movimentos circulares. — Tem muito ar por aí. Só não vejo qual é o sentido nisso aqui.

— Não tem que ter sentido. Só estamos indo na mesma direção.

— Você não sabe para onde estou indo.

— Você está indo para a pradaria onde aquele puma abateu o bezerro de búfalo. O mesmo lugar, mais ou menos, onde encontramos o corpo.

Os olhos de Lil se estreitaram.

— Como você sabe disso?

— As pessoas falam comigo, mesmo que eu não queira. Falam comigo sobre *você*, mesmo que eu não queira. É para onde você costuma ir quando sobe a trilha sozinha.

Ela se remexeu na sela, parecendo estar em conflito.

— Você já foi até lá desde aquela época? — perguntou.

— Sim, já.

Lil estalou a língua para que Rocky começasse a se mover novamente.

— Acho que você sabe que eles nunca descobriram quem fez aquilo.

— Ele pode ter feito outras vezes.

— O quê? Que outras vezes?

— Duas em Wyoming, uma em Idaho. Todas eram mulheres fazendo trilha sozinhas. O segundo assassinato aconteceu dois anos depois de Melinda Barrett. Treze meses depois dele, o terceiro, e o último aconteceu mais seis meses depois.

— Como você sabe?

— Eu era policial. — Coop deu de ombros. — E investiguei. Analisei crimes do mesmo estilo. Golpe na cabeça, facadas, áreas remotas. Ele rouba a mochila, a identidade, joias. Deixa as vítimas para os animais selvagens. Tudo ainda se encontra em aberto e sem solução. Depois de quatro assassinatos, ele parou. Isso indica que ele passou a matar de outras maneiras, ou que foi pego por alguma outra coisa e está preso. Ou que está morto.

— Quatro — disse ela. — Quatro mulheres. Deve ter havido suspeitos ou pistas.

— Nada que tenha levado a alguma coisa concreta. Acho que ele está preso ou morto. É um período muito longo sem qualquer crime que coincida com o padrão dele.

— E as pessoas não mudam tanto assim. Não os conceitos básicos — acrescentou Lil quando Coop olhou para ela. — É isso que matar representa. É básico. Se for o mesmo assassino, a motivação dele para matar não é conhecer a vítima, certo? Não de verdade. É o tipo de vítima... ou presa. Mulher, sozinha, em um ambiente específico. O território dele pode variar, mas a presa não. Quando um predador é bem-sucedido em sua caçada, ele continua.

Ela cavalgou em silêncio por um tempo, então prosseguiu quando Coop permaneceu em silêncio:

— Pensei ou me convenci de que Melinda Barrett tinha sido algum tipo de acidente. Ou um acontecimento isolado. Alguém a quem ela conhecia, ou que a conhecia e a tenha transformado em um alvo.

— Você deixou uma marcação no local onde a encontramos.

— Achei que deveria ter alguma coisa do tipo. Marquei um jovem macho naquela área uns quatro anos atrás. Ele se deslocou para o Wyoming. Foi lá que a câmera parou de funcionar há alguns dias. Ela funciona por infravermelho e por movimento. Temos muitos registros. As câmeras que flagram os animais, seja no refúgio, seja em campo, são muito populares no nosso site.

Ela parou de falar. Não era sua intenção bater papo com ele. Não que aquilo fosse um bate-papo, para dizer a verdade. Era mais um monólogo.

— Você ficou bem tagarela ao longo dos anos — comentou ela.

— Você disse que não queria companhia.

— Não queria mesmo. E não quero. Mas você está aqui.

Então ele faria uma tentativa.

— As câmeras costumam falhar com frequência?

— Elas demandam manutenção regular. O clima, a natureza selvagem ou alguém fazendo trilha ocasionalmente acabam causando problemas com elas. — Lil parou quando eles chegaram ao riacho. A neve se amontoava em montes e pilhas, marcada por pegadas de animais que passavam por ali para caçar e beber água.

— Não é uma viagem pelas recordações — repetiu ela. — Apenas um bom lugar para acampar. Vou descarregar antes de subir.

O local ficava rio acima, onde eles costumavam fazer piqueniques. Onde haviam se tornado amantes. Ele não fez menção disso, pois ela já sabia. Lillian Chance conhecia cada centímetro daquele território tão bem quanto outras mulheres sabiam onde encontrar cada item dentro do guarda-roupas.

Provavelmente, melhor do que a maioria. Ele também descarregou a montaria, assim como Lil, trabalhando rapidamente para erguer sua barraca a uns quase cinco metros da dela. A distância proposital podia ser o motivo para o sorrisinho irônico no rosto dela, mas Coop não comentou o assunto.

— Então, como está indo a obra do alojamento? — perguntou ela quando voltaram a cavalgar. — Ou isso se encaixa na categoria das coisas que não são da minha conta?

— Está indo. Devo conseguir me mudar para lá em breve.

— Sua residência no vale?

— Todo mundo precisa do próprio lugar, só isso.

— Sei bem como é. Antes de construirmos o chalé, toda vez que eu voltava para casa por um período, começava a me sentir como se tivesse dezesseis anos de novo. Não importa quanto espaço eles te deem, depois de uma certa idade, morar com os pais ou com os avós se torna meio estranho.

— O que é estranho é ter que ouvir a cama rangendo e saber que seus avós estão transando.

Ela quase se engasgou com a risada.

— Ai, meu Deus! Obrigada por isso.

— Sexo de reconciliação — acrescentou ele, o que a fez rir ainda mais.

— Tá bom, já chega.

Ela olhou para cima, e seu sorriso imediato e exalando diversão o atingiu em cheio.

— Agora foi de verdade.

— O quê? Que já chega?

— O sorriso. Você tem se segurado.

— Talvez. — Ela desviou o olhar, mantendo aqueles sedutores olhos escuros focados adiante. — Eu diria que não sabemos o que pensar um sobre o outro hoje em dia. É estranho. Visitar é uma coisa, e mal estivemos no mesmo estado ao mesmo tempo desde então. Mas agora moramos no mesmo lugar e temos pessoas em comum na nossa convivência. Não estou acostumada a morar e trabalhar tão perto de ex-namorados.

— Você teve muitos?

Ela o encarou com o mais rápido e frio dos olhares por baixo da aba do chapéu.

— Isso se encaixa na categoria dos assuntos que não te dizem respeito.

— Talvez devêssemos fazer uma lista.

— É, talvez.

Eles cavalgaram por entre os pinheiros e bétulas, como fizeram anos antes. Mas agora o clima era vívido e amargamente gelado, e o que eles pensavam estava no passado, não no futuro.

— Um puma passou por aqui.

Ela parou o cavalo, como havia feito anos atrás. Coop teve um *déjà vu* — Lil usando uma camiseta vermelha e calça jeans, o cabelo solto sob o chapéu. Sua mão estendida para a pegar a dele conforme cavalgavam lado a lado.

A Lil diante dele, de trança longa e casaco de pele de carneiro, não estendeu a mão em busca da dele. Em vez disso, ela se inclinou para baixo, analisando o solo. No entanto, Coop sentiu o cheiro de seu cabelo, o perfume natural de floresta que ela exalava.

— Um veado também. Ela está caçando.

— Você é boa, mas não dá para dizer o sexo do puma só pelas pegadas.

— Estou apostando nas probabilidades. — Totalmente focada agora, ela se endireitou na sela, os olhos perspicazes varrendo todo o perímetro. — Tem muitos arranhões nas árvores. É o território dela. Nós a flagramos algumas vezes pela câmera antes de ela parar de funcionar. É uma fêmea jovem. Eu diria que ainda não passou pela temporada de acasalamento.

— Então estamos rastreando um puma virgem.

— Ela deve ter cerca de um ano. — Lil seguiu em frente, agora mais devagar. — É uma jovem em transição, começando a se aventurar sem a mãe. Não é experiente. Posso ter sorte com ela. É exatamente o que estou procurando. Talvez ela seja descendente daquela que vi anos atrás. Talvez seja prima do Baby.

— Baby?

— O puma do refúgio. Eu o encontrei junto de seus irmãos nesta área. Seria interessante se a mãe do Baby e dessa fêmea fossem irmãs de ninhada.

— Tenho certeza de que há semelhança familiar.

— Estou falando de DNA, Coop, o mesmo que os policiais usam. É uma área de estudo que me interessa. Como se movimentam, como se cruzam pelos caminhos, se juntam para acasalar. Como as fêmeas podem ser atraídas para seus antigos covis, locais de nascimento. É muito interessante.

Ela parou novamente, à beira da pradaria.

— Veado, alce, búfalo. É como um banquete — disse ela, apontando para as pegadas na neve. — Por isso, posso acabar tendo sorte.

Ela desmontou do cavalo e se aproximou de uma caixa de madeira rústica. Coop a ouviu murmurar e praguejar enquanto amarrava seu cavalo.

— A câmera não está quebrada. — Lil pegou um cadeado amassado caído na neve. — E não foi o clima ou algum animal. É obra de algum palhaço. — Ela enfiou o cadeado quebrado no bolso e se agachou para abrir a tampa da caixa. — Fazendo uma pegadinha. Arrebenta o cadeado, abre e desliga a câmera.

Coop observou a caixa e a câmera ali dentro.

— Quanto custa uma dessas?

— Esta aqui? Cerca de seiscentos dólares. E, sim, não sei por que ele não a levou. Só quis sacanear mesmo.

Talvez, Coop pensou. Mas foi o que a atraiu até ali, e ela estaria sozinha se ele não a tivesse acompanhado num impulso.

Ele se afastou enquanto ela reativava a câmera, para em seguida ligar para a base através de seu rádio de comunicação.

Cooper não era capaz de rastrear, nem tinha a mesma habilidade que ela para interpretar sinais, e não havia motivo para fingir o contrário. Mas ele conseguia ver as pegadas de botas, indo e vindo. Elas atravessavam a pradaria e sumiam em meio às árvores do outro lado.

Pelo tamanho da bota e o comprimento da passada, ele estimava que o vândalo — se de fato fosse um vândalo qualquer — devia ter pouco mais de

1,80m, e calçava entre 42 e 44. Mas seria preciso mais do que uma avaliação visual para que ele tivesse confirmação de que estava no caminho certo.

Coop vasculhou o terreno com o olhar — as árvores, a vegetação, as rochas. Havia uma extensa área remota por ali, parte parque estadual, parte propriedade privada. Diversos lugares onde alguém poderia acampar sem cruzar com qualquer outra pessoa.

Felinos não eram a única espécie que espreitava e emboscava.

— A câmera voltou a funcionar. — Ela observou as mesmas pegadas que Cooper notara. — Ele se sente em casa aqui em cima — comentou, e depois se virou e caminhou até uma lona verde desgastada e fixada ao chão. — Espero que ele não tenha mexido na jaula.

Ela desprendeu a lona e a puxou para trás. A armadilha estava intacta, com exceção da porta, que Lil levara na montaria.

— Nós tiramos a porta, só no caso de alguém tentar usá-la, ou de algum animal curioso entrar e não conseguir sair. Sempre deixo uma aqui, porque já tive sorte nesta área. É mais fácil do que ficar toda vez transportando a gaiola pra cá. As pessoas não costumam passar por aqui durante o inverno.

Lil ergueu a cabeça e apontou com o queixo.

— Ele veio da mesma direção que nós, a pé, pelo menos nos últimos oitocentos metros.

— Também cheguei a essa conclusão. E parece ter vindo por trás da câmera.

— Acho que ele é tímido. Já que você está aqui, podia bem me ajudar a montar isso.

Ele levantou a jaula enquanto Lil buscava a porta. À margem da pradaria, Coop a observou prendê-la com bastante eficiência. Ela conferiu a armadilha diversas vezes, e por fim colocou pedaços sanguinolentos de carne como isca.

Lil conferiu as horas e assentiu.

— Falta um pouco mais de duas horas antes de anoitecer. Se ela estiver caçando pela área, a isca deve atraí-la até aqui.

Ela se desvencilhou do sangue nas mãos com a neve e calçou as luvas.

— Podemos assistir do acampamento.

— Podemos?

Lil deu um sorriso.

— Tenho a tecnologia certa pra isso.

Eles começaram a voltar para o acampamento, mas ela desviou do caminho — como ele suspeitava que ela faria — para seguir as pegadas humanas.

— Ele está entrando na reserva — disse Lil. — Se continuar seguindo naquela direção, ele vai chegar à trilha. Sozinho e a pé.

— Podemos segui-lo, mas em algum momento você vai perder a origem em meio às pegadas de outros aventureiros.

— Não faz sentido de qualquer modo. Ele não voltou por aqui. Continuou o caminho. Provavelmente é um desses tipos de sobrevivencialistas ou excursionistas radicais. A equipe de busca e resgate retirou dois pequenos grupos neste inverno. Meu pai me contou. As pessoas pensam que sabem o que é isso aqui... a natureza selvagem, o inverno. Mas elas não fazem ideia. Pelo menos não a maioria. Acho que ele conhece bem. Passos firmes, ritmo constante. Ele sabe.

— Você deveria prestar queixa sobre a câmera.

— Pra quê? "Oi, policial, alguém quebrou o meu cadeado de dez dólares e desligou a minha câmera. Organize uma equipe de investigação."

— Não custa nada registrar o incidente.

— Você ficou fora por muito tempo. Até eu voltar para casa, minha equipe inteira já terá contado para o cara da entrega e os voluntários, que comentarão com o chefe deles, com os vizinhos, com os colegas de trabalho, e por aí vai. A coisa toda já está registrada. Ao estilo da Dakota do Sul.

Mas ela se virou na sela e olhou para trás, de onde eles tinham partido.

De volta ao acampamento, Lil pegou um pequeno notebook da bagagem, sentou-se em seu banquinho dobrável e começou a trabalhar. Coop ficou em sua área, ligou seu fogareiro de acampamento e fez café. Ele havia esquecido o simples prazer daquilo, de passar um café em um bule, em cima de um fogão portátil, a sensação adicional proveniente do sabor. Coop ficou ali sentado e saboreando, observando a água corrente do riacho batalhando para se espremer por entre as pedras e o gelo.

De sua vizinha, tudo o que podia ouvir eram assuntos de negócios. Ela conversava pelo rádio de comunicação, trabalhando com alguém acerca de coordenadas e dados.

— Se você compartilhar esse café, para que eu não tenha que fazer o meu, posso compartilhar meu ensopado de carne. — Ela lançou um olhar para ele. — Não é enlatado. Minha mãe que fez.

Ele bebericou o café, olhou para ela de soslaio e ficou calado.

— Eu sei o que eu disse, mas é burrice. Além do mais, passei da fase de ficar irritada com você. Pelo menos por enquanto.

Lil colocou o notebook sobre o banquinho depois que se levantou e foi até os alforjes da sela para pegar o pacote lacrado de ensopado.

— É uma boa troca.

Ele não podia discordar. De qualquer maneira, Coop queria ver o que ela estava fazendo em seu notebook. Ele serviu uma segunda caneca de café, preparando-o conforme se lembrava de como ela gostava, então atravessou o acampamento.

Os dois beberam o café à margem coberta de neve do riacho.

— O computador está conectado à câmera. Vou receber um sinal e uma imagem quando e se ela for ativada.

— Que chique.

— Lucius que bolou o esquema. Ele é nosso funcionário, do tipo gênio nerd. Ele pode enviar uma mensagem aos seus avós, caso você queira notícias deles. Mas falei para ele ou Tansy telefonarem avisando que saímos para acampar. O tempo está firme, então acho que ficaremos numa boa.

Lil virou a cabeça, e os olhares se encontraram e permaneceram conectados. Alguma coisa bateu com força no coração de Coop, pouco antes de ela olhar para o outro lado.

— O café está gostoso — disse ela. — Vou cuidar do meu cavalo, e depois esquentar aquele ensopado.

Ela se afastou e o deixou à beira do riacho.

LIL NÃO queria se sentir daquele jeito. Estava irritada e frustrada, simplesmente por não conseguir bloquear o que não queria sentir e rejeitar tudo aquilo.

O que ele tinha de especial? Aquela pincelada de tristeza e raiva, ainda presentes, ainda sob a superfície, apenas a atraía.

Meus sentimentos, Lil fez questão de lembrar a si mesma. *Problema meu.*

Será que foi assim que o Jean-Paul se sentiu?, ela refletiu. Desejando, precisando e nunca recebendo exatamente o que queria em troca? Ela merecia ser punida por ter feito outra pessoa se sentir tão impotente daquele jeito.

Talvez saber que ainda era apaixonada por Cooper Sullivan já fosse punição suficiente. Deus sabia como era doloroso.

Era uma pena que não tivesse a opção que Jean-Paul teve, de simplesmente ir embora. A vida dela era ali, suas raízes, seu trabalho, seu coração. Portanto, ela teria que lidar com isso.

Depois de dar comida e água ao cavalo, Lil esquentou o ensopado. O crepúsculo desceu enquanto ela levava o prato até Coop.

— Acho que deve estar quente o bastante. Tenho trabalho a fazer, então...

— Tudo bem. Obrigado. — Coop pegou o prato e voltou à sua leitura sob a luz esmaecida e o brilho do fogão ainda aceso.

Sob o crepúsculo, os veados apareceram para beber água no riacho abaixo. Lil podia ver seus movimentos e suas sombras, ouvir os ruídos de seus cascos no chão. Ela lançou um olhar para o notebook, mas não havia movimento — ainda — na pradaria.

Quando a lua surgiu, Lil levou o computador e a lanterna para dentro da barraca. Sozinha — ela se sentia mais sozinha com Coop ali do que se estivesse por conta própria —, ouviu os sons da noite, da natureza selvagem. Com a melodia noturna, veio o chamado do caçador, o grito da presa. Ela ouviu seu cavalo resfolegar, relinchando suavemente para o de Coop.

O ar está permeado de sons, pensou Lil. *Mas os dois seres humanos presentes não trocam nem uma palavra.*

*P*OUCO ANTES do amanhecer, Lil acordou, certa de que o notebook havia sinalizado alguma coisa. Mas, com uma olhada, ela notou a tela completamente em branco. Lil se sentou devagar, os ouvidos aguçados. Havia movimento do lado de fora da barraca, furtivo e humano. No escuro, visualizou sua arma tranquilizante e o rifle. Tomou a decisão e tateou em busca da primeira opção.

Lil abriu o zíper da barraca lentamente, vasculhando os arredores pela abertura. Mesmo no escuro, reconheceu a sombra de Cooper. Ainda assim, manteve a arma em punho enquanto saía da barraca.

— O que foi?

Ele levantou a mão para silenciá-la e gesticulou para que ela voltasse para dentro. Ignorando o gesto, Lil se aproximou.

— O que é? — perguntou novamente.

— Havia alguém aqui fora. Naquela direção.

— Podia ter sido um animal.

— Não foi. Ele deve ter me ouvido dentro da barraca, quando a abri. Saiu correndo, e rápido. Pra o que é que serve isso aí?

Lil olhou para a arma tranquilizante que ainda segurava.

— Para imunização. Inclusive para humanos, se for preciso. Eu o ouvi aqui fora, mas não tinha certeza se era você.

— Podia ter sido um animal.

Ela suspirou audivelmente.

— Tá, tudo bem, você provavelmente sabe a diferença tão bem quanto eu. Pra que diabos é isso? — exigiu saber, apontando para a pistola 9mm na mão dele.

— Para imunização.

— Meu Deus do céu, Cooper.

Em vez de responder, ele voltou para a barraca e retornou com uma lanterna. Em seguida, entregou-a para Lil.

— Analise as pegadas.

Ela apontou a lanterna para a neve.

— Tudo bem, estas aqui são suas, que deve ter se afastado do acampamento para esvaziar a bexiga.

— Acertou.

— E ali tem outro conjunto de pegadas, saindo daquele lado do riacho e cortando por esse caminho. Veio a pé. Saiu correndo para o norte, ou no mínimo saiu a passos largos. — Lil soltou outro suspiro. — Caçador ilegal, talvez. Alguém querendo montar um posto de caça, e aí avistou o acampamento. Mas, caramba, as pegadas são muito parecidas com aquelas perto do local da gaiola. Tem cara de ser um caçador ilegal mesmo. Do tipo que gosta de bancar o engraçadinho.

— Talvez.

— Você provavelmente pensa como um policial, ou como um detetive particular, então todo mundo é suspeito. E também deve estar pensando que eu estaria encrencada se você não estivesse aqui.

— Uau, agora você lê pensamentos.

— Eu sei como as coisas funcionam. Vai por mim, você não ficaria nem um pouco feliz em levar um dardo tranquilizante desses. E acredite, também sei me cuidar. Tenho feito isso há um bom tempo. — Ela parou apenas o tempo suficiente para enfatizar a última parte. — Mas aprecio a vantagem numérica. Não sou boba.

— Então você deve estar se perguntando como ele se moveu tão rápido e direto até a trilha, no escuro. A lua nem está mais visível. Está ficando mais claro agora, mas aqui fora estava um breu.

— Ou os olhos dele se ajustaram, ou ele está usando óculos de visão noturna. É bem capaz que seja a última alternativa, se ele está explorando um local de caça no escuro. Ele sabe o que está fazendo. Vou relatar o incidente, mas... — Ela parou o que ia dizer ao ouvir o bipe na barraca. Esquecendo tudo, se enfiou lá dentro. — Lá está ela! Filho da mãe. Você deve ser meu amuleto da sorte. Para dizer a verdade, eu não esperava vê-la, sério. Olha só como ela é uma beleza — murmurou, observando a jovem puma fêmea farejando o ar na extremidade da pradaria. — Coop, venha ver isso. Vem cá!

Ela se afastou para que ele conseguisse enxergar a tela quando entrou.

— Ela sentiu o cheiro da isca. Está à espreita, se mantendo às sombras e na vegetação. Toda cautelosa. Ela consegue enxergar no escuro, tem os olhos aguçados. A jaula é um negócio desconhecido, mas o que tem ali dentro? Aquele cheiro. Meu Deus, ela é linda. Olhe só pra ela.

O puma parecia nadar pela neve, de barriga para baixo.

Em seguida, ela se levantou e Lil prendeu a respiração diante do lampejo da velocidade, da *potência*. O puma disparou e saltou, e, no segundo que a porta da jaula se fechou, o felino já havia abocanhado a isca.

— Nós a pegamos. Nós a pegamos! — Com uma risada triunfante, Lil agarrou o braço de Coop. — Você viu como...

Ela virou a cabeça e a boca quase colidiu com a dele, por conta do espaço confinado da barraca. Ela sentiu o calor do corpo de Cooper, vislumbrou o brilho nos olhos dele — aqueles olhos azuis gélidos. Por um instante, apenas um instante, a lembrança dele, dos dois, a inundou.

Então, Lil recuou, para fora da zona de perigo.

— Preciso pegar meu equipamento. Está quase amanhecendo. Logo estará claro o suficiente para que consigamos ver a trilha.

Lil pegou o rádio de comunicação.

— Se me der licença, preciso fazer uma ligação.

Capítulo nove

⌘ ⌘ ⌘

JÁ QUE Lil tinha muitas mais coisas para resolver e arrumar do que ele, Coop fritou um pouco de bacon e passou um café. Quando ela concluiu suas ligações e reuniu todo o equipamento, ele já havia preparado o café da manhã para que pegassem a trilha e arrumado suas coisas. Coop estava selando o cavalo quando Lil apareceu para fazer o mesmo com o dela.

— O que você vai fazer com ela?

— Imobilizar. Com os dardos que eu trouxe, consigo ficar a uns sessenta centímetros de distância dela para injetar o tranquilizante sem machucá-la. Daí vou colher umas amostras de sangue e pelo; medir o peso, o tamanho, calcular a idade, e por aí vai. Também vou colocar nela uma coleira com o radiotransmissor. Obrigada — acrescentou Lil, obviamente distraída quando Coop entregou uma caneca de café a ela. — Estou planejando administrar uma dose pequena, mas que vai mantê-la apagada por algumas horas, então tenho que ficar por perto, de prontidão, até que ela se recupere. Até que esteja completamente revitalizada dos efeitos da droga, ela fica vulnerável. É quase uma manhã inteira de trabalho, mas, se as coisas correrem bem, até o meio-dia ela seguirá seu caminho, e eu terei o que vim buscar.

— E o que você ganha com isso?

— Você quer dizer... além de satisfação? — À medida que o sol tingia de cor-de-rosa as bordas das colinas a oeste, ela montou em seu cavalo. — Informações. Os pumas estão na lista de espécies quase ameaçadas. A maioria das pessoas que mora ou viaja por territórios conhecidos pela presença deles nunca chega a ver um.

— A maioria das pessoas não inclui você. — Ele também montou, oferecendo a ela uma das tiras de bacon que havia fritado.

— Não inclui mesmo. — Ela olhou para o bacon, e depois para ele. — Você preparou o café da manhã. Agora estou me sentindo culpada por ter reclamado de você ter vindo junto.

— Um benefício adicional.

— De qualquer modo — Lil deu uma mordiscada no bacon enquanto eles guiavam os cavalos para a trilha —, a maioria dos avistamentos relatados se referiam, na verdade, a linces-pardos, ou um ocasional animal de estimação. Muitas pessoas compram felinos exóticos... Nós recebemos diversas ligações todos os meses de um desses compradores, que não sabe mais o que fazer com o Fuzzy, já que ele não é mais um gatinho fofo. — Ela abocanhou mais um pedaço. — Mas na maioria das vezes, as pessoas veem um lince-pardo e pensam: *puta merda, um puma*. E, mesmo nas raras ocasiões em que o felino é realmente um puma, a maioria das pessoas não entende que ele não está procurando carne humana para se alimentar.

— Teve uma mulher de Deadwood, acho que um ano atrás ou pouco mais que isso, que quase teve um puma se juntando a ela na *jacuzzi*.

— Sim, isso foi maneiro. — Lil botou para dentro o último pedaço do bacon. — A questão que pode passar despercebida é que ele não estava interessado na mulher, tanto que não a atacou. Ele estava perseguindo veados e acabou indo parar no deque enquanto ela estava relaxando. O puma deu uma olhada para a mulher, provavelmente pensou: *não é de comer... e foi embora*. Fomos nós que invadimos, Coop, e você não quer que eu comece com a minha ladainha sobre preservação, pode acreditar. Mas é o que estamos fazendo. Então temos que aprender a conviver com eles, proteger a espécie. Eles não querem ficar perto de nós. Não querem ficar perto uns dos outros a menos que seja para acasalar. São animais solitários, e, embora interajam com outros que se encontram acima na cadeia alimentar em alguns habitats, nós somos seus únicos predadores assim que atingem a idade adulta.

— É suficiente para me fazer pensar duas vezes se devo instalar uma banheira de hidromassagem.

Ela soltou uma risada.

— É improvável que um puma se junte a você. Eles sabem nadar, mas não curtem muito. A garota lá em cima deve estar se perguntando como é que acabou presa. Ela tem mais uns oito a nove anos se atingir a média de expectativa de vida para uma fêmea no ambiente natural. A cada dois anos ela vai acasalar e terá uma média de três filhotes por ninhada. Dois deles, provavelmente, morrerão antes de completar o primeiro ano. Ela os alimentará e os defenderá com garras e presas, então os ensinará a caçar.

Ela os amará até que chegue a hora de deixá-los partir. Durante a vida, ela chegará a percorrer cerca de trinta e nove mil hectares de território.

— E você vai rastrear ela com aquela coleira com o radiotransmissor.

— Para onde ela vai, e quando, como ela chegará lá e quanto tempo foi preciso. Quando ela acasalar. Estou fazendo um estudo geracional. Já coloquei coleiras em duas gerações: os irmãos de ninhada do Baby, e um jovem macho em transição que capturei no desfiladeiro e marquei no ano passado. Vou começar outro estudo com essa agora.

Eles estabeleceram um trote tranquilo quando a trilha permitiu.

— Você já não sabe tudo o que há para saber sobre os pumas a essa altura do campeonato?

— É impossível saber tudo. Biologia e comportamento, o papel que exerce no ecossistema, distribuição e habitat, até mitologia. Isso enriquece os estudos, e, quanto mais a gente souber, melhor será para a preservação da espécie. Além disso, tem o lance dos subsídios. A galera que contribui gosta de ver, ouvir e saber dessas coisas legais. Vou dar um nome para a garotinha lá em cima, colocar uma foto dela no site e adicionar à seção de *paper view* dos pumas. Isso ajuda a gerar financiamento. E, ao explorá-la desse jeito, caso você queira chamar de exploração, de certa forma contribuo para os fundos destinados a proteger, estudar e entender tanto ela quanto a espécie no geral. Além do mais... eu quero saber.

Lil lançou um olhar para Cooper.

— E, seja honesto, é uma ótima maneira de começar o dia.

— Já tive piores.

— Ar fresco, um bom cavalo, quilômetros de território que as pessoas pagam uma grana para ver em livros de arte, e um trabalho interessante para fazer. É um bom negócio. — Ela inclinou a cabeça. — Até mesmo pra um cara da cidade.

— A cidade não é melhor nem pior. É apenas diferente.

— Você sente falta? Digo, do seu trabalho lá?

— Estou fazendo o que quero. Assim como você.

— Isso conta muito. Ser capaz de fazer o que quer. Você é bom nisso. Com os cavalos — acrescentou Lil. — Sempre foi. — Ela se inclinou para a frente a fim de afagar o pescoço do cavalo capão. — Ainda vamos negociar o preço desse aqui, mas você está certo. Rocky combina direitinho comigo.

Com o cenho franzido, ela diminuiu o passo.

— Ali estão os sinais do nosso amigo de novo. — Lil apontou para as pegadas. — Ele cortou caminho, pegou a trilha daqui. Passadas longas. Não está correndo, mas se movendo com rapidez. Que porcaria ele está pretendendo fazer? — Algo disparou em seu coração. — Ele está indo para a pradaria. Para o puma.

Enquanto ainda falava, um grito irrompeu e ecoou.

— Ele está lá, Coop. Ele está lá em cima. — Lil instigou o cavalo a galopar.

O grito ecoou novamente, furioso. E um terceiro, agudo e estridente, foi interrompido com o estampido de um tiro disparado.

— Não!

Ela cavalgava meio às cegas, puxando as rédeas para contornar árvores, agarrando e instigando seu cavalo a correr pelo terreno coberto pela neve compactada.

Lil deu um tapa na mão de Cooper quando ele emparelhou a montaria e agarrou as rédeas das mãos dela.

— Solte! Ele atirou nela. Ele atirou nela!

— Se ele atirou, não é algo que você possa mudar. — Encurtando as rédeas de Rocky, ele manteve a voz baixa para tranquilizar os cavalos: — Tem alguém armado lá em cima. Você não vai subir em disparada, arriscando quebrar uma perna do cavalo ou seu pescoço nessa empreitada. Pare e pense.

— Ele já tem uns bons quinze ou vinte minutos de vantagem. Ela está presa. Eu tenho que...

— Pare. Pense. Use o seu telefone e ligue para a base.

— Se você acha que vou simplesmente ficar aqui sentada enquanto...

— Você vai ligar essa coisa. — A voz dele soava fria e inexpressiva como seus olhos. — E nós vamos seguir as pegadas. Vamos dar um passo de cada vez. Ligue para a sua equipe, veja se a câmera ainda está operante. Faça com que eles notifiquem o tiro. Depois, você vai ficar atrás de mim, porque sou eu que tenho uma arma de verdade. E é assim que vai ser. Faça isso agora.

Lil poderia ter discutido por conta do tom de voz dele, poderia ter argumentado contra aquelas ordens. Mas ele estava certo sobre a câmera. Ela pegou o telefone enquanto Coop tomava a dianteira.

— Eu trouxe um rifle, caso fosse necessário — disse a ele.

Lil ouviu a voz sonolenta de Tansy.

— Oi, Lil. Onde vo...

— Dê uma checada na câmera. A de número 11. Aquela que religuei ontem. Verifique agora.

— Claro. Estive assistindo desde que você ligou. Saí para dar uma olhada nos animais, trouxe o Eric junto comigo... Droga, está desligada de novo. V...

— Me escute, Tansy. Cooper e eu estamos a cerca de vinte minutos do local onde está a jaula. Tem alguém lá em cima, ou pelo menos tinha. Ouvimos um som de tiro.

— Ai, meu Deus. Você não acha que...

— Preciso que você alerte a polícia e a guarda florestal. Vamos ter certeza em cerca de vinte minutos. Avise ao Matt para ficar de prontidão. Se ela estiver ferida, vou levá-la para o refúgio. Talvez precisemos de transporte aéreo.

— Vou cuidar disso. Mantenha contato, Lil, e tome cuidado.

A ligação foi encerrada antes que Lil pudesse responder.

— Nós podemos ir mais rápido que isso — insistiu ela.

— Sim, e podemos nos colocar diretamente sobre a mira do atirador. Não é assim que quero passar a minha manhã. Não sabemos quem está lá em cima, ou quais são as intenções dele. O que sabemos é que ele tem uma arma, e que teve tempo para fugir ou encontrar um esconderijo para ficar à espreita.

Ou ele pode ter voltado, Coop pensou, *e agora mesmo pode estar se preparando para praticar tiro em alvos humanos.* Ele não tinha certeza, então não podia seguir o impulso de *imobilizar* Lil e amarrá-la a uma maldita árvore enquanto ele seguia sozinho.

— É melhor irmos a pé a partir daqui. — Coop virou a cabeça e encontrou o olhar de Lil. — Será mais silencioso e nos tornaremos alvos menores. Pegue a sua faca, a arma de dardos tranquilizantes, o telefone. Se acontecer alguma coisa, você foge. Você conhece o território melhor do que qualquer outra pessoa. Suma de vista, ligue pedindo ajuda e mantenha-se fora de cena até que a ajuda chegue. Entendeu?

— Aqui não é Nova York. E você não é mais policial.

O olhar de Coop era gélido.

— E isso não é mais questão de "capturar e marcar". Quanto tempo ainda pretende desperdiçar discutindo com alguém maior que você?

Ela desmontou, porque ele estava certo; então abasteceu uma mochila pequena com o que achava necessário. No entanto, manteve a arma tranquilizante em punho.

— Fique atrás de mim — ordenou ele. — Em fila única.

Ele se locomoveu com rapidez, avançando pelo terreno. Lil acompanhou o ritmo, como Coop sabia que ela faria. Pouco depois, ele parou, pegou os binóculos e, usando a vegetação como cobertura, examinou a pradaria à frente.

— Consegue ver a jaula?

— Espere um pouco.

Ele conseguia ver a neve pisoteada, as árvores alinhadas, as saliências de pedras. Inúmeros locais onde alguém podia se esconder.

Coop examinou mais além. O ângulo de onde estava era ruim, mas dava para ver parte da jaula, parte do puma. E o sangue manchando a neve.

— Não consigo ter uma boa visão daqui. Mas ela está caída.

Lil fechou os olhos por um instante. Mesmo assim, ele viu a tristeza se espalhar pelo rosto dela.

— Vamos cortar caminho, chegar por trás da gaiola. Estaremos mais protegidos.

— Tudo bem.

Levou mais tempo, e o caminho era mais complicado por conta do aclive, com neve até os joelhos, além do terreno acidentado e escorregadio.

Ela atravessou a vegetação e aceitou a mão de Coop nas vezes em que ele a estendeu para ajudá-la a tomar impulso.

E, sob o ar vívido e fresco, ela sentiu cheiro de sangue. Sentiu o cheiro da morte.

— Vou até ela. — A voz de Lil estava calma e nada mais. — Ele teria ouvido nossa chegada se estivesse por perto. Teria tido tempo de dar a volta, se esconder e nos atacar caso fosse essa a intenção. Ele atirou em um animal preso. É um covarde. E foi embora.

— Você pode ajudá-la?

— Duvido, mas vou até ela. Ele poderia ter atirado em você ontem à noite, assim que você saiu da barraca.

— Eu vou na frente. Sem negociação.

— Não estou nem aí. Vá na frente, então. Só preciso chegar até ela.

Idiotice, ele disse a si mesmo. Um risco que não resolveria nada. Mas ele pensou na ajuda que deu a Lil quando armaram a jaula, como ficaram assistindo o momento em que a armadilha havia funcionado.

Não poderia deixar o puma lá.

— Talvez você devesse disparar uma rajada de tiros, só para que ele saiba que estamos armados também.

— Ele pode interpretar isso como um desafio. — Ele lançou um olhar para Lil. — Você acha que é mais fácil matar um animal enjaulado, ou qualquer animal, do que um ser humano. É um erro pensar assim. Depende muito de quem está atirando. Fique atrás de mim e mantenha-se abaixada até que eu dê o sinal.

Cooper avançou na área aberta.

Por um momento, era como se sua pele estivesse pulsando, os músculos retesados e contraídos. Ele já levara um tiro antes, e não era o tipo de experiência que queria repetir.

No alto, um falcão circulou e crocitou. Coop observou as árvores. Um movimento o fez erguer a pistola. O veado atravessou a neve, abrindo caminho para o rebanho que vinha logo atrás.

Ele se virou e caminhou até a jaula.

Não esperava que Lil ficasse parada no lugar, a partir do momento que ele saiu, e claro, ela não ficou. Ela o contornou e se ajoelhou na terra congelada.

— Você poderia ligar a câmera? Se ele não a tiver destruído, claro. Precisamos documentar isso.

Na jaula usada como armadilha, o puma se encontrava deitado de lado. Sangue e entranhas fluíam do ferimento de bala e sujavam o chão ao redor. Lil reprimiu a vontade de abrir a porta, para acariciar, lamentar e chorar. Em vez disso, entrou em contato com a base.

— Tansy, estamos religando a câmera. A fêmea foi baleada. Um ferimento na cabeça. Está morta.

— Ah, não, Lil.

— Faça as ligações e copie o vídeo. Precisamos das autoridades aqui, e também de transporte para tirá-la da colina.

— Cuidarei disso agora mesmo. Sinto muito, Lil.

— É, eu também.

Ela encerrou a chamada e olhou para Cooper.

— E a câmera?

— Estava apenas desligada, como da última vez.

— Há uma curta temporada de caça restrita aos pumas. Estamos fora desse período. E aqui é propriedade privada, terra marcada. Ele não tinha esse direito.

Embora a voz dela estivesse estável, firme, ela estava muito pálida, os olhos tão escuros quanto piscinas pretas.

— Mesmo que ela não estivesse enjaulada, indefesa, ele não tinha o direito. Eu entendo o lance da caça. Por comida, como um esporte, a discussão sobre equilíbrio ambiental à medida que ocupamos cada vez mais terras do habitat natural dos animais. Mas isso aqui não foi uma caçada. Foi assassinato. Ele atirou em um animal enjaulado. E fui eu que a coloquei ali. Eu a coloquei ali dentro.

— Você não é burra a ponto de se culpar.

— Não. — Os olhos dela cintilaram com fúria. — O filho da puta que se aproximou dessa jaula e colocou uma bala na cabeça dela é o culpado. Mas eu facilitei para que ele fizesse isso. Eu sou a razão pela qual ele conseguiu.

Ela se sentou sobre os calcanhares e respirou fundo.

— Parece que ele veio pela trilha, cruzou a pradaria até a câmera e a desligou. Ele contornou a jaula, deu uma boa olhada e a deixou agitada. Ela deu um grito de advertência. Ele continuou mexendo com ela. Talvez fosse mais emocionante assim, sei lá. Em seguida, atirou nela. Suponho que, provavelmente, a uma curta distância. Mas não tenho certeza. Não dá para dizer ao certo. Faremos uma autópsia, recuperaremos o projétil. A polícia recolherá essa prova e nos dirá que tipo de arma foi usada.

— Pelo som, parece ter sido uma pistola. De pequeno calibre, a julgar pelo aspecto do ferimento.

— Acho que você deve saber mais sobre esse assunto.

Lil fez o que precisava fazer naquele momento, e Coop não disse nada sobre preservar a cena do crime quando ela abriu a porta da jaula. Ela colocou a mão sobre a cabeça destroçada da jovem fêmea, que, de acordo com a sua estimativa, vivera apenas um ano completo. Que aprendera a caçar e percorrer territórios com liberdade. Que se mantivera em seus lugares secretos e evitara companhia.

Ela a acariciou. E, quando seus ombros começaram a tremer, Lil se levantou para sair do alcance da câmera. Por não ter nada mais a oferecer,

Coop foi até ela e a virou para si, abraçando-a apertado enquanto ela chorava. E chorava.

Quando as autoridades chegaram, os olhos escuros dela já não tinham sinais de lágrimas, e sua atitude era profissional. Ele conhecia o xerife do condado superficialmente, mas imaginava que Lil devia conhecê-lo a vida inteira.

O homem devia ter cerca de trinta e poucos anos, Coop calculou. Corpo robusto, semblante rígido, sólido em suas botas de neve. O nome dele era William Johannsen, mas, como a maioria das pessoas que o conhecia, Lil o chamava de Willy.

Enquanto ele conversava com Lil, Coop assistiu a outro policial tirando fotos da cena, da jaula, das pegadas. Também observou Willy colocar a mão no ombro de Lil e dar um tapinha suave antes de se afastar e seguir até ele.

— Sr. Sullivan. — Willy fez uma pausa, parando ao lado de Coop conforme olhava para o puma morto. — Isso é uma coisa horrível, uma covardia. Você caça?

— Não. Nunca criei gosto para isso.

— Eu pego um cervo a cada temporada. Gosto de ficar ao ar livre, desafiando a mim mesmo contra os instintos deles. Minha esposa faz um guisado delicioso de carne de veado. Nunca cacei pumas. Meu pai era do tipo que caçava para comer, e me ensinou a fazer a mesma coisa. Não tenho a menor vontade de comer carne de puma. Bem, está frio aqui. E deve começar a ventar mais forte. Lil disse que os cavalos de vocês estão lá embaixo.

— Sim. E eu gostaria de ir até eles.

— Vou dar uma volta com você. Ela disse que ligou para o pai e que ele está a caminho para te encontrar no local onde vocês dois acamparam ontem à noite. Pra te ajudar a embalar tudo.

— Ela precisa ir junto do puma.

— Sim. — Willy assentiu. — Vou caminhar um pouco com você para que possa me contar o que aconteceu. Se eu precisar de mais informações, entro em contato com você, depois que voltar para casa. Mais aquecido.

— Tudo bem. Só me dê um minuto.

Sem esperar pela resposta, Coop voltou até onde Lil estava. Ao contrário de Willy, ele não deu um tapinha consolador no ombro dela. Os olhos da mulher estavam secos quando se conectaram aos dele. Secos e um pouco distantes.

— Vou pegar os cavalos e encontrar o Joe no acampamento. Vamos recolher todos os seus equipamentos.

— Muito obrigada, Coop. Não sei o que eu teria feito se você não tivesse vindo.

— Você se viraria. Passo lá mais tarde.

— Você não precisa...

— Passo lá mais tarde.

Sem dizer mais nada, ele se afastou e seguiu adiante na companhia de Willy.

— Então, você era policial lá na Costa Leste.

— Era.

— E migrou para a investigação particular, pelo que fiquei sabendo.

— Sim.

— Eu me lembro de que você sempre vinha por essas bandas quando era menino, para visitar seus avós. Gente muito boa.

— Eles são mesmo.

Os lábios de Willy se contraíram, seu passo era firme na trilha.

— Ouvi dizer que Gull Nodock, que trabalha para vocês agora, te deu tabaco para mastigar e que você quase botou as tripas pra fora.

A boca de Coop se curvou de leve com diversão.

— Gull nunca se cansa de contar essa história.

— É uma boa história. Por que você não me dá um resumo, sr. Sullivan? Tenho certeza de que você tem noção do que preciso saber, já que foi policial.

— Pode me chamar de Cooper, ou Coop. Lil e eu partimos ontem de manhã, talvez por volta das oito ou um pouco depois disso. Nós descarregamos uma parte do equipamento onde armamos acampamento, perto do riacho, e chegamos aqui antes das onze. Acho que perto das onze.

— Chegaram em um tempo bom.

— Os cavalos são bons, e ela conhece a trilha. Ela tem aquela câmera lá em cima. Alguém quebrou o cadeado da caixa onde fica guardada e a desligou. Ela disse que isso aconteceu alguns dias atrás. Depois de resetar e ligar, nós avistamos as pegadas deixadas por seja lá quem tenha feito isso. Parece que o indivíduo calça uns 43.

Willy assentiu, ajustando o chapéu Stetson.

— Vamos verificar essa informação.

— Nós montamos a jaula e colocamos a isca, então voltamos para o acampamento antes das duas da tarde. Ela trabalhou, eu li um pouco, nós fizemos uma refeição e fomos dormir. Perto das cinco e vinte da manhã, ouvi alguém zanzando por perto, então peguei minha arma. Mas ele já estava correndo em disparada quando saí da barraca. Eu o ouvi mais do que realmente vi, mas cheguei a ter um vislumbre. Eu chutaria que é um homem, com cerca de 1,80m. Muito provável que seja homem pela maneira como se movia, o tipo físico básico. Ele estava com uma mochila nas costas, usava um boné... do tipo de beisebol. Não conseguiria dizer a idade, raça, cor de cabelo. Só consegui ver a silhueta, a maneira como se locomovia ao correr, então ele se enfiou por entre as árvores. O cara se movia bem rápido.

— É sempre um breu nessa hora do dia.

— Sim. Talvez ele estivesse usando óculos de visão noturna. Eu só o vi de costas, mas ele corria como uma gazela do caralho. Veloz, com fluidez. Com a movimentação, Lil acabou acordando. Pouco tempo depois, ela recebeu o sinal de que a armadilha havia sido acionada. Levou uns trinta minutos, talvez uns quarenta, para arrumarmos as coisas e ela contatar a base. E passamos um tempo observando o puma pelo notebook. O atirador tinha uma boa vantagem. Nenhum de nós nem sequer cogitou a hipótese de que ele subiria até a pradaria para fazer aquilo.

— E por que vocês cogitariam uma coisa dessas?

Os dois homens chegaram aos cavalos, e Willy fez um afago na égua de Coop.

— Já estava claro o suficiente a essa altura, mas não estávamos com pressa. Daí avistamos as pegadas. Estávamos no meio do caminho entre o acampamento e a jaula, e ela avistou as pegadas.

— A Lil sempre teve um olho bom pra essas coisas — comentou Willy com seu jeito tranquilo.

— Ele deu a volta, cruzou o caminho até a trilha e subiu. Ouvimos o grito do puma, daquele jeito que eles fazem.

— É um baita de um berro.

— Depois do terceiro grito, ouvimos o tiro.

Ele contou o restante em detalhes, incluindo os horários dos ocorridos.

— Não há ferimento de saída da bala — acrescentou Coop. — Só pode ser de pequeno calibre. Uma pistola compacta, talvez um 38. O tipo de revólver que uma pessoa pode levar tranquilamente no casaco. Não seria pesado durante a subida da colina, nem ficaria à mostra caso ele encontrasse alguém na trilha. Pareceria apenas mais um cara desfrutando da natureza.

— Levamos esse tipo de coisa muito a sério por aqui. Pode apostar nisso. Vou te deixar ir. Se precisar conversar com você de novo, sei onde te encontrar. Fique atento no caminho para o acampamento, Coop.

— Pode deixar. — Ele montou e pegou as rédeas do cavalo de Lil da mão de Willy.

O percurso de volta, sozinho, deu a ele tempo para pensar.

Não foi coincidência que a câmera tivesse sido desligada, ou que um intruso tivesse escolhido o acampamento deles, e o puma que Lil pegara na armadilha tivesse sido alvejado.

O denominador comum? Lillian Chance.

Ela precisava que alguém soletrasse aquilo para ela, e também precisava tomar todas as precauções possíveis.

Lil presumia que era mais fácil um homem matar um animal enjaulado do que um humano.

Coop não concordava.

Ele não conhecia William Johannsen muito bem, e, até agora, não havia tido nenhuma interação profissional com o homem. Mas tivera a impressão de que ele era competente e de cabeça fria. Esperava que o xerife fizesse tudo o que estivesse ao seu alcance e que deveria ser feito naquela investigação.

E Coop concluiu que, a não ser que Willy tivesse muita sorte, ele não chegaria a lugar nenhum.

A pessoa que matara o puma de Lil sabia exatamente o que estava fazendo e como fazer o que queria. A questão era: por quê?

Alguém que guardava um rancor contra Lil, ou com desejo de vingança contra o refúgio? Talvez ambos, já que Lil era a alma do lugar para a maioria das pessoas. Um extremista radical dos dois lados da questão de conservação ambiental também era uma possibilidade.

Alguém que conhecia a área, que sabia viver em meio à natureza por longos períodos, passando despercebido. Um morador local, talvez, Coop conjecturou, ou alguém com conhecidos na área.

Talvez fosse uma boa entrar em contato com um pessoal das antigas, só para ver se havia ocorrido incidentes semelhantes nos últimos anos. Coop admitiu para si mesmo que uma alternativa seria perguntar direto para Lil. Sem sombra de dúvidas, ela saberia ou descobriria algo do tipo mais rápido do que ele.

Era óbvio que o ocorrido tinha acabado com seus planos de manter distância. O plano já havia ido por água abaixo, admitiu, quando ele insistira em acompanhá-la naquela viagem. A quem ele estava tentando enganar?

Ele não ficaria longe. Soubera disso, por mais que tentasse negar, no segundo em que ela abrira a porta daquele chalé. No instante em que a vira outra vez.

Talvez fosse apenas um assunto inacabado. Ele não era do tipo que deixava nada mal resolvido. Lil era uma... ponta solta, ele decidiu. Se não pudesse cortar essa ponta, ele teria que ao menos amarrar. Dane-se o cara de quem ela não estava noiva.

Ainda havia algo ali. Ele tinha sentido isso dela. Havia visto em seus olhos. Não importava quanto tempo tivesse se passado desde que a vira, ou que estivera com ela, Coop conhecia aqueles olhos.

Sonhava com eles.

Ele sabia o que vira cintilar neles naquela manhã, na barraca dela, enquanto, através da tela do notebook, o jovem puma grunhia na jaula. Se ele a tivesse tocado naquele instante, Lil teria sido dele. Simples assim.

Os dois não conseguiriam superar aquela nova fase da vida, fosse lá o que aquilo fosse, até que tivessem superado os sentimentos, a conexão e os anseios do passado. Talvez, quando conseguissem fazer isso, pudessem ser amigos outra vez. Ou não. Mas ficar estagnados onde estavam não levaria a lugar algum.

E ela estava em apuros. Lil podia até não acreditar, ou admitir, mas alguém tivera a intenção de machucá-la. Fosse lá o que fossem ou não um para o outro, ele não permitiria que ninguém colocasse as mãos nela.

Assim que avistou o acampamento, Coop desacelerou o passo. Abriu o casaco e pousou a mão sobre a coronha da arma.

Rasgos longos e precisos percorriam o tecido das duas barracas. Os sacos de dormir estavam encharcados no riacho congelado, junto do fogão que ele havia usado aquela manhã para fritar bacon e passar o café. A camisa que Lil usara no dia anterior estava estendida sobre a neve. Coop poderia apostar que o sangue que a empapava era do puma.

Ele desmontou e amarrou os cavalos, e, em seguida, abriu o alforje da sela de Lil para pegar a câmera fotográfica que a vira guardar ali.

Coop documentou a cena de vários ângulos, tirou fotos mais enquadradas da camisa, das barracas, dos objetos espalhados no riacho, das pegadas de bota que não pertenciam nem a ele, nem a Lil.

É o melhor que posso fazer, pensou antes de pegar uma sacola plástica que serviria como saco de evidências. De luvas, ele embalou a camisa de Lil, lacrou a sacola e desejou que tivesse uma caneta permanente para anotar o horário, a data e as iniciais de seu nome.

Cooper ouviu um cavalo se aproximando e imaginou que devia ser Joe. Ele guardou a camisa em seu alforje e colocou a mão na pistola, mas a baixou assim que a montaria e o cavaleiro surgiram à vista.

— Ela está bem — informou Coop de prontidão. — Ela está com o xerife do condado. Ela está bem, Joe.

— Certo. — Ainda montado, Joe vasculhou a área do acampamento com o olhar. — Vocês dois não deram uma festinha regada a bebidas e fizeram isso.

— Ele retornou e deu outra volta enquanto estávamos lá em cima. Foi um trabalho rápido. Direcionado e eficiente. Ele deve ter levado uns dez minutos no máximo.

— Por que ele fez isso?

— Bem, essa é uma boa pergunta.

— E estou perguntando a você, Cooper. — Joe deslizou da sela e segurou as rédeas com mãos que Coop imaginava que deviam estar brancas sob as luvas de montaria. — Não sou um idealista. Sei que as pessoas fazem coisas ruins. Mas não entendo isso. Você deve ter alguma ideia. Deve ter pensado a respeito.

Coop sabia que mentiras muitas vezes serviam bem a um propósito. No entanto, não mentiria para Joe.

— Alguém está com raiva da Lil, mas não tenho as respostas do porquê. Você poderia ter uma ideia melhor, ou Lil. Faz um tempo que não tenho feito parte da vida dela. Não sei o que está acontecendo com ela, não a fundo.

— Mas você vai descobrir.

— A polícia já está cuidando disso, Joe. Willy me deu a impressão de que é um homem que resolve as coisas. Tirei fotos de tudo, e vou entregar para eles. — Coop pensou na camisa manchada de sangue, mas preferiu manter segredo. Um pai já assustado e doente de preocupação não precisava de mais um peso.

— Willy fará o trabalho dele, e ele fará o melhor possível. Mas ele não vai ficar pensando no caso, nem na Lil o tempo todo. Estou pedindo a você, Coop. Estou pedindo que me ajude. Que ajude minha filha. Que tome conta dela.

— Vou conversar com ela. Farei o que puder.

Satisfeito, Joe assentiu.

— Acho melhor limparmos tudo isso.

— Não. Vamos deixar desse jeito e chamar a polícia. É provável que ele não tenha deixado pistas, mas os policiais vão investigar a cena.

— Você que sabe.

Com um suspiro trêmulo, Joe tirou o chapéu e passou a mão enluvada pelo cabelo uma... duas vezes.

— Meu Deus do céu, Cooper. Meu Deus. Estou preocupado com a minha menina.

Eu também estou, Coop pensou. *Eu também estou.*

Capítulo dez

⌘ ⌘ ⌘

LIL DESLIGOU todas as suas emoções para auxiliar Matt na autópsia. Um dos policiais permanecia ao lado, a pele adquirindo um tom cada vez mais verde, além de um aspecto pegajoso por conta do suor, durante o procedimento. Em outras circunstâncias, a reação do pobre coitado teria sido até engraçada para ela.

No entanto, ela era parcialmente culpada pelo sangue em suas mãos. Ninguém seria capaz de convencê-la do contrário.

Ainda assim, o seu lado pesquisadora permanecia lá, e por isso ela coletou amostras de sangue e de pelos do animal morto, como havia planejado fazer quando ainda estava vivo. Ela analisaria e obteria dados para seus arquivos, artigos e para o programa.

Quando o veterinário removeu a bala, Lil estendeu a tigela de aço inoxidável. O projétil fez um barulho tilintante, quase alegre, quando Matt o largou ali dentro. O policial colocou o objeto em um saco, o qual lacrou e registrou na presença deles.

— Parece um projétil de calibre 32 — disse ele, engolindo em seco. — Vou me assegurar de que chegue às mãos do xerife Johannsen. Ah, você confirma que esta foi a causa da morte, certo, doutor Wainwright?

— Uma bala no cérebro geralmente é a causa. Não há outras lesões ou outros ferimentos. Vou abri-la para concluir o exame. Mas você está segurando o que matou este animal.

— Sim, senhor.

— Vamos enviar um relatório completo para o escritório do xerife — disse Lil. — Toda a documentação.

— Vou embora, então. — Ele saiu em disparada.

Matt trocou a pinça pelo bisturi.

— Considerando o peso, a altura e a dentição, eu diria que esta fêmea tinha entre doze e quinze meses. — Ele olhou para Lil em busca de confirmação.

— Sim. Ela não estava prenha, embora você vá conferir... e também não mostra sinais de que pariu recentemente. É improvável que tenha acasalado no último outono, já que era muito jovem para entrar no cio. Tudo indica, visualmente falando, que ela estava bem saudável.

— Lil, você não tem que fazer isso, não precisa estar aqui.

— Sim, eu preciso.

Ela obrigou-se a agir com indiferença, observando Matt fazer a primeira incisão em Y.

Quando tudo acabou, e todas as informações estavam registradas, e as conclusões, feitas, seus olhos estavam ardendo, e a garganta, seca. Estresse e tristeza se mesclaram de uma maneira incômoda em seu estômago. Ela lavou as mãos minuciosa e repetidamente, antes de ir para o escritório.

Assim que ele a viu, os olhos de Lucius marejaram.

— Sinto muito. Ao que parece, não consigo me controlar.

— Está tudo bem. Está sendo um dia difícil.

— Eu não sabia se você iria querer que eu colocasse alguma coisa no site. Algum tipo de declaração ou...

— Não sei. — Lil esfregou o rosto com as mãos. Não tivera cabeça para pensar nisso. — Talvez devêssemos. Sim, talvez seja o certo. Ela foi assassinada. As pessoas precisam saber sobre ela, o que aconteceu com ela.

— Posso escrever alguma coisa, e você dá uma olhada depois.

— Sim, faça isso, Lucius.

Mary Blunt, que tinha um corpo forte e uma mente racional, levantou-se de onde estava à mesa e serviu um pouco de um líquido quente em uma caneca.

— É um chá. Beba — ordenou, colocando a caneca entre as mãos de Lil. — Depois vá para casa por um tempo. Não há nada que você tenha que fazer aqui. Está quase na hora do fim do expediente. Por que não vou até lá e faço uma coisinha para você comer?

— Não posso agora, Mary, mas obrigada. Matt está cuidando da papelada, organizando o arquivo. Você pode levar tudo até o Willy quando estiver indo para casa?

— É claro que posso. — Por cima da armação prateada dos óculos, os olhos cor de mel de Mary nublaram em preocupação, e ela deu a Lil um abraço suave. — Eles vão encontrar aquele covarde sem coração, Lil. Não se preocupe.

— Estou contando com isso. — Ela bebeu o chá porque estava ali, e porque Mary a observava atentamente para constar se ela o faria.

— Temos aquela excursão do grupo de escoteiros na próxima semana. Posso reagendar se você precisar de mais tempo.

— Não, vamos tentar manter as programações como de costume.

— Tudo bem. Pesquisei algumas opções de subsídios e reuni algumas possibilidades. Você pode dar uma olhadinha, para ver se quer que eu leve alguma delas adiante.

— Tudo bem.

— Amanhã — disse Mary com firmeza, tirando a caneca vazia das mãos de Lil. — Agora, vá para casa. Nós fechamos tudo por aqui.

— Vou dar uma olhada em todo mundo primeiro.

— Tansy e os estagiários, junto de alguns voluntários, já cuidaram da alimentação dos animais.

— Eu vou só... dar uma checada. Vão para casa. — Ela lançou um olhar para Lucius, incluindo-o na ordem. — Assim que o Matt acabar, fechem tudo e vão para casa.

Quando saiu da cabana, Lil avistou Farley vindo dos estábulos. Ele ergueu uma das mãos em saudação.

— Trouxe seu cavalo novo, e seu equipamento. Dei uma boa escovada nele, um pouco de ração extra também.

— Farley, você é um anjo.

— Você faria o mesmo. — Ele parou diante dela, e deu um tapinha no braço, seguido de um carinho rápido. — Que coisa horrível, Lil.

— É mesmo.

— Precisa de alguma coisa? — Ele semicerrou os olhos por conta do crepúsculo que se aproximava. — Seu pai me mandou ficar aqui pelo tempo que você precisasse. Ele pensou que seria uma boa eu passar a noite no refúgio.

— Não precisa fazer isso, Farley.

— Bem, eu diria que foi mais algo como "vá passar a noite lá", sabe, mais uma ordem que uma sugestão. — Farley deu aquele sorriso bobo irresistível. — Vou dormir naquele catre que tem na parte dos fundos dos estábulos.

— Tem uma cama melhor no escritório. Pode ficar lá. Vou conversar direitinho com o seu chefe, mas vamos deixar assim por esta noite.

— Ele dormirá mais sossegado.

— Por isso vamos deixar como está. Na verdade, é provável que até eu durma mais sossegada só de saber que você está por perto. Vou preparar alguma coisa para você comer.

— Não precisa. Sua mãe já embalou um bocado de coisa. Não custa nada dar uma ligadinha pra eles. — Os pés calçados com as botas surradas se mexeram, inquietos. — Só dizendo.

— Vou ligar.

— Ah... a Tansy está ali dentro?

— Não. Ela deve estar em algum lugar aqui fora. — A pequena fagulha que cintilou em seu olhar quase a fez suspirar. Era fofo demais. — Talvez você pudesse procurar por ela e avisar que estamos fechando um pouco mais cedo. Se os animais já tiverem sido averiguados, ela pode ir pra casa.

— Pode deixar. Agora, vá descansar, Lil. Se precisar de alguma coisa esta noite, é só me chamar.

— Certo.

Ela se virou para a área dos pequenos felinos. Parou diante de cada habitat para ajudar a lembrar a si mesma do porquê de fazer aquilo, o que esperava alcançar. A maioria dos animais que eles abrigavam e estudavam estaria morta de um modo ou de outro. Ou seriam encaminhados para eutanásia, ou descartados por seus donos, mortos na natureza, onde estariam velhos ou debilitados demais para sobreviver. Ali, eles tinham uma vida, proteção, e tanta liberdade quanto possível. E ainda serviam para ensinar, fascinar, atrair doações para ajudar a manter toda a estrutura do refúgio.

Isso tinha valor. Do ponto de vista intelectual, ela sabia que era algo valioso. Mas seu coração estava tão dolorido que não era o intelecto que precisava de um lembrete.

Baby estava à espera dela, o ronronar já vibrando em sua garganta. Ela se agachou, recostando a cabeça na grade da jaula para que ele pudesse roçar a dele, em saudação.

Ela olhou para um ponto além dele, onde os outros dois pumas do refúgio dilaceravam a refeição noturna. Somente Baby deixaria seu jantar favorito de frango por ela.

E em seus olhos brilhantes, ela encontrou consolo.

FARLEY LEVOU um tempo até encontrá-la, mas seu coração acelerou assim que a viu. Tansy estava sentada em um dos bancos — e, até que enfim, ela estava sozinha, observando o velho tigre (que loucura, um tigre vivendo bem ali no vale!) lavando o rosto.

Do mesmo jeito que um gato faria, Farley pensou, *lambendo as patas e as esfregando por todo o rosto.*

Ele queria pensar em algo inteligente a dizer, algo astuto e divertido. De qualquer maneira, não achava que era o mais inteligente na escolha de palavras na maioria das vezes. E a língua dele ficava toda enrolada e presa quando estava a um passo de falar com Tansy Spurge.

Ela era uma das coisas mais lindas que Farley já tinha visto, e ele a desejava tanto que chegava a sentir dor na barriga.

Farley sabia que todo aquele cabelo escuro e cacheado que ela possuía era sedoso e meio que flexível ao toque. Ele conseguiu tocar aqueles cachos uma vez. Também sabia que a pele das mãos dela era suave e macia, mas se perguntava se a sensação seria a mesma em relação à pele do rosto. Aquele rosto bonito, de pele negra. Ele ainda não havia tido coragem de tocá-la nessa região.

Mas estava se esforçando para isso.

Ela era mais inteligente que ele, sem sombra de dúvidas. Farley só havia concluído o ensino médio porque fora uma condição inegociável de Joe e Jenna. Mas Tansy tinha muito mais conhecimento que ele, além de todos aqueles diplomas chiques de faculdades. Ele gostava disso nela, também; como toda aquela inteligência se mostrava em seus olhos, junto da bondade característica dela.

Farley observou como ela tratava os animais. Com gentileza. Ele não tolerava que os machucassem.

E, com tudo aquilo, ela era tão sexy que seu sangue começava a zumbir na cabeça — e em outros lugares — sempre que ficava a cerca de menos de três metros dela.

Como naquele instante.

Endireitando os ombros, ele desejou que não fosse tão magricelo.

— Ele faz questão de se manter limpinho e ajeitado, né?

Enquanto criava coragem para se sentar ao lado dela, Farley parou perto da jaula para observar o velhote se limpar.

Certa vez ele chegara a tocar em Boris, quando Tansy o havia anestesiado para ajudar Matt na limpeza dos dentes que restavam em sua boca. Fora uma experiência *surreal*, passar as mãos por todo o corpo de um felino da selva.

— Ele está se sentindo muito bem hoje. O apetite aumentou. Fiquei preocupada que essa coisinha fofa não passasse do último inverno, por causa daquela infecção nos rins. Mas ele segue firme.

As palavras eram leves, quase casuais, mas ele sabia — havia estudado — seus tons de voz. Ouviu as lágrimas antes mesmo de vê-las.

— Ah, não...

— Desculpa. — Ela gesticulou com a mão. — Estamos tendo um dia difícil. Eu estava brava, zangada, o dia todo. Daí me sentei aqui e... — Ela deu de ombros e gesticulou novamente.

Ele não precisava de coragem para se sentar ao lado de Tansy. Só precisou das lágrimas dela.

— Tive um cachorro que foi atropelado uns cinco anos atrás. Ele nem foi meu por muito tempo, só por alguns meses. Chorei como um bebê na beira da estrada.

Farley passou o braço pelos ombros dela e ficou ali sentado, observando o tigre.

— Eu não queria ver a Lil de novo até que tivesse me acalmado. Ela não precisa de mim chorando em seu ombro.

— O meu ombro está bem aqui.

Embora, para falar a verdade, ele tivesse oferecido por amizade, seu coração acelerou outra vez quando ela recostou a cabeça em seu ombro.

— Eu vi a Lil — disse ele, rapidamente, antes que a mente ficasse em branco diante da emoção. — Ela mandou dizer que vai fechar tudo mais cedo hoje, e disse pra todo mundo ir para casa.

— Ela não deveria ficar sozinha.

— Vou ficar por aqui esta noite. Vou dormir na cama do escritório.

— Que bom. Isso é bom. Fico mais tranquila sabendo que você vai estar aqui. É bem legal da sua parte fazer isso, Farley...

Ela inclinou a cabeça para cima e ele abaixou a dele. E, naquele instante, perdido nos olhos dela, o consolo se transformou em um abraço.

— Deus do céu, Tansy — conseguiu dizer, e pressionou a boca à dela.

Suave. Doce. O gosto dela era como de cerejas aquecidas, e agora que estava perto o bastante a ponto de sentir o cheiro de sua pele, concluiu que até mesmo aquilo emanava calor.

Farley pensou que um homem nunca sentiria frio, nem mesmo por um único dia em sua vida, se pudesse beijar aquela mulher.

Tansy se aninhou ainda mais ao seu abraço, e ele a sentiu se render. Isso o fez se sentir forte e confiante.

Até que ela se afastou rapidamente.

— Farley, isso não... Não podemos fazer isso.

— Não foi minha intenção. Não desse jeito. — Ele não conseguiu conter o impulso de passar a mão pelos cachos dela. — Não quis tirar vantagem da situação.

— Está tudo bem. Sério.

A voz dela estava agitada, e os olhos, arregalados. Sua reação o fez sorrir.

— Está tudo bem. Tenho pensado em te beijar por tanto tempo que já nem me lembro de quando foi que comecei. Agora, acho que vou ficar pensando em te beijar outra vez.

— Bem, não faça isso — disse ela, agitada outra vez, como se ele a tivesse cutucado com um pedaço de pau. — Você não pode. Nós não podemos.

Ela se levantou, e Farley fez o mesmo, embora não com tanta pressa.

— Acho que você gosta de mim.

Tansy corou — meu Deus, como era linda — e começou a torcer os botões de seu casaco.

— É claro que gosto de você.

— O que eu quero dizer é que acho que você também andou pensando em me beijar. Estou caído de amores por você, Tansy. Talvez você não sinta o mesmo, mas acho que tem uma quedinha por mim...

Fechando as lapelas do casaco, ela continuou retorcendo os botões.

— Eu não... Isso não é...

— Esta é a primeira vez que vejo você toda atrapalhada. Talvez eu devesse te beijar de novo.

A mão que torcia o botão do casaco pousou direto sobre o peito dele.

— Não vamos fazer nada disso. E você tem que aceitar. Você deveria estar atrás... sei lá, caído de amores por... garotas da sua idade.

O sorriso de Farley se tornou mais largo.

— Você não negou que tem uma quedinha por mim. O que precisamos aqui é que eu te leve para jantar. Talvez dançar. Fazer as coisas do jeito certo.

— Nós não vamos fazer nada.

Havia uma pequena ruga de expressão entre as sobrancelhas dela — e tudo o que ele mais queria era beijar aquele ponto —, e a voz de Tansy se tornou mais determinada. No entanto, ele continuou sorrindo.

— Estou falando sério. — Agora irritada, ela apontou os dois dedos indicadores para ele. — Vou dar uma olhada em Lil e depois irei para casa. E… ah, pode tirar esse sorrisinho besta da cara.

Ela se virou e se afastou dali.

A irritação dela deixou o sorriso de Farley de orelha a orelha.

Beijei Tansy Spurge, pensou. E antes de ela ter surtado, Farley tinha certeza de que a mulher havia retribuído.

*L*IL TOMOU três comprimidos de um analgésico potente, para aliviar a dor de cabeça causada pelo estresse, e complementou com um banho longo e escaldante. Com seu pijama de flanela, meias grossas e um confortável moletom com a estampa da Universidade da Dakota do Norte, ela acrescentou mais algumas toras de madeira para atiçar as chamas na pequena lareira.

Calor, ela pensou. Parecia que não estava conseguindo se aquecer o suficiente. Decidiu manter as luzes acesas também, pois ainda não estava preparada para encarar a escuridão. Ela pensou em comer alguma coisa, mas nem para isso tinha forças ou apetite.

Lil ligou para os pais, riscando a tarefa da lista. Tinha feito questão de tranquilizá-los, prometendo que trancaria todas as portas, e os recordou de que o refúgio era equipado com sinais de alerta potentes.

Ela trabalharia um pouco. Tinha alguns artigos para escrever, propostas de subsídios para finalizar. Não, o que precisava era lavar a roupa. Não tinha necessidade de deixar amontoar.

Talvez devesse fazer o upload das fotos. Ou verificar as câmeras.

Ou… ou…

Ela andava de um lado para o outro como um puma enjaulado.

O som de uma caminhonete a fez correr até a porta. A equipe já tinha ido embora duas horas atrás, e Mary provavelmente havia trancado o portão da entrada de acesso depois de sair. Todos eles possuíam chaves, mas... dadas as circunstâncias, quem quer que tivesse esquecido alguma coisa, ou que quisesse ou precisasse de algo, não deveria ter telefonado primeiro para avisá-la?

Baby soltou um berro de alerta, e, na área de grandes felinos, a velha leoa rugiu. Lil pegou o rifle. Farley se adiantou a ela por segundos.

Contrastando com o coração que martelava no peito, a voz dele soava calma como uma brisa primaveril.

— Por que você não entra, Lil, enquanto vejo quem... Ah, beleza. — Ele abaixou o cano da espingarda que havia carregado. — É o carro do Coop.

Farley ergueu a mão em cumprimento quando a caminhonete parou e Coop desceu.

— Este é um comitê e tanto de boas-vindas. — Coop lançou um olhar para as armas, e em seguida para a área onde os animais advertiam ao recém-chegado que estavam em alerta.

— Eles fazem a maior arruaça — comentou Farley. — É assustador ouvir esses felinos selvagens tocando o terror, né? Bem... — Ele assentiu para Cooper. — Vejo vocês por aí.

— Como você conseguiu abrir o portão? — Lil exigiu saber assim que Farley se esgueirou para o outro chalé.

— Seu pai me deu a chave dele. Pelo que fiquei sabendo, tem muitas chaves espalhadas por aí. Uma fechadura não serve de nada se todo mundo tem uma chave.

— Os membros da equipe possuem chaves. — Ela sabia que sua voz soara na defensiva, porque ela estava assustada. Tinha ficado assustada de verdade por alguns instantes. — Caso contrário, alguém teria que ficar responsável em abrir o portão toda vez que um funcionário chegasse. Você deveria ter ligado. Se passou aqui para ver como estou, eu poderia ter falado ao telefone e te economizado a viagem.

— Nem é uma viagem assim tão longa. — Ele subiu na varanda, entregando a Lil um prato coberto. — Minha avó mandou pra você. Frango e dumplings.

Cooper pegou o rifle que ela havia deixado recostado no corrimão e entrou no chalé sem que fosse convidado.

Rangendo os dentes, Lil o seguiu.

— Foi legal da parte dela ter se preocupado, e muito obrigada por ter trazido, mas...

— Pelo amor de Deus, Lil. Aqui dentro está um forno.

— Eu estava com frio. — Estava mais quente agora do que deveria, mas era a casa dela. — Olha, você não precisa ficar por aqui — começou a dizer ao vê-lo se livrando do casaco. — Estou em segurança, como você pode ver. Foi um dia exaustivo para nós dois.

— Sim. E estou com fome. — Ele pegou o prato da mão de Lil e seguiu para a cozinha nos fundos.

Ela semicerrou os dentes, mas hospitalidade foi algo ensinado desde a infância. Visitantes, mesmo os indesejados, deviam ser servidos com algo de comer ou beber.

Quando Lil entrou na cozinha, Cooper já havia acendido o forno, e enfiava o prato lá dentro. Como se *ela* fosse uma mera convidada.

— Ainda está quente. Não vai levar muito tempo para reaquecer. Tem cerveja aqui?

E visitantes, Lil pensou, com ressentimento, *devem esperar que algo seja oferecido para comer e beber.* Ela abriu a geladeira com brusquidão e pegou duas garrafas.

Coop desenroscou a tampa e entregou a garrafa.

— Lugar bacana. — Ele se recostou na bancada, desfrutando do primeiro gole da bebida gelada enquanto fazia uma análise rápida.

Embora a cozinha fosse pequena, havia uma grande quantidade de armários com portas de vidro, prateleiras suspensas e um balcão de ardósia cinzenta que ocupava uma boa área. Havia também uma mesa pequena encaixada no canto, diante de um banco embutido, que servia como um bom lugar para comer.

— Você cozinha?

— Quando quero comer.

Ele assentiu.

— Comigo também é bem assim. A cozinha no alojamento vai ficar mais ou menos deste tamanho quando a obra acabar.

— O que você está fazendo aqui, Cooper?

— Estou tomando uma cerveja. Em cerca de vinte minutos, vou comer uma tigela de dumplings e frango.

— Não dê uma de bobo.

Observando-a com atenção, ele ergueu a garrafa de cerveja.

— Tem duas coisas. Talvez três. Depois do que aconteceu hoje, eu queria ver como você estava e como estava instalada. E também, Joe me pediu para cuidar de você, e eu disse a ele que era o que iria fazer.

— Pelo amor de Deus...

— Eu disse que cuidaria de você — repetiu Coop —, então nós dois temos que lidar com isso. Por último... Talvez seja a última coisa... Você pode até pensar que, por causa do jeito que as coisas acabaram entre nós, eu não me importo contigo. Você está errada.

— O jeito como as coisas acabaram não é a questão aqui. É o jeito que as coisas estão. — *E é essencial*, ela pensou, *que eu me lembre disso.* — Se os meus pais ficam mais tranquilos por pensarem que você está cuidando de mim, então, tudo bem. Que bom. Mas não preciso de você cuidando de mim. Aquele rifle lá fora está carregado, e sei muito bem como usá-lo.

— Já teve que apontar uma arma para um homem?

— Até agora, não. E você?

— É uma outra história quando você já fez isso — disse ele, como resposta. — É diferente quando você sabe que pode puxar o gatilho. Você está com problemas, Lil.

— O que aconteceu hoje não tem nada...

— Ele voltou ao acampamento enquanto estávamos lá em cima com o puma. Rasgou as barracas com uma faca, jogou algumas das nossas coisas no riacho.

Ela respirou fundo, bem devagar, para que o medo não a invadisse outra vez.

— Ninguém me contou.

— Eu disse que contaria. Ele pegou a camisa que você usou no dia anterior e a manchou de sangue. Isso é pessoal, Lil.

As pernas dela viraram gelatina, então Lil recuou e se sentou devagar no banco.

— Não faz o menor sentido.

— Não tem que fazer sentido. Nós vamos nos sentar aqui para comer o famoso dumpling com frango da Lucy. Eu vou te fazer algumas perguntas, e você vai respondê-las.

— Por que não é o Willy quem está me fazendo perguntas?

— Ele fará. Mas sou eu que farei as perguntas hoje à noite. Onde está o tal francês?

— Quem? — Com dificuldade de digerir aquilo tudo, ela passou os dedos pelo cabelo. — Jean-Paul? Ele está... na Índia. Eu acho. Por quê?

— Vocês tiveram algum problema?

Lil o encarou. Levou um instante para perceber que ele não estava perguntando por interesse pessoal, e sim como uma espécie de autoridade policial.

— Se você está sondando, pensando que Jean-Paul teve alguma coisa a ver com isso, pode esquecer a ideia. Ele nunca mataria um animal enjaulado nem nunca me machucaria. Ele é um bom homem, e me ama. Ou amava.

— Amava?

— Não estamos mais juntos. — Lembrando-se de que aquilo não era pessoal, ela pressionou os dedos contra os olhos. — Já não estávamos juntos desde antes de eu viajar para a América do Sul. Foi consensual e sem rancores, e ele está na Índia, a trabalho.

— Tudo bem. — Era bem fácil checar aquela informação. — Teve mais alguém? Alguém com quem você se envolveu, ou que queira se envolver com você?

— Não estou dormindo com ninguém — disse ela, enfática —, e ninguém deu qualquer sinal de estar interessado em mim. Não vejo por que isso tem algo a ver comigo, como se fosse pessoal.

— Sua câmera, seu puma, sua camisa.

— A câmera é propriedade do refúgio, o puma não era meu. Ela não era de ninguém, além de si mesma. E a camisa poderia, facilmente, ter sido a sua.

— Mas não foi. Andou irritando alguém recentemente?

Ela inclinou a cabeça, arqueando as sobrancelhas.

— Só você.

— Eu tenho um álibi bem sólido.

Coop se virou e pegou algumas tigelas do armário.

A maneira como ele tomou conta das coisas a irritou, o modo como se sentiu à vontade. Então, ela ficou onde estava e deixou que ele procurasse por um descanso de panela, por colheres. *Coop* não parecia nem um pouco irritado, Lil percebeu. Apenas encontrou o que precisava e serviu a refeição nas tigelas.

— Você teve que passar por alguma burocracia para estruturar este lugar — continuou ele. — Licenças, zoneamento.

— Documentos, politicagem, impostos. Eu tinha o terreno, graças ao meu pai, e consegui comprar um pouco mais de terras depois que já estávamos estabelecidos.

— Nem todo mundo queria que você tivesse sucesso. Quem se opôs?

— Rolou uma certa resistência em todos os níveis; local, no condado e no estado. Mas eu tinha feito toda a pesquisa. Estava preparando o terreno há anos. Discursei em reuniões na cidade, fui para Rapid City, também para Pierre. Conversei com representantes e guardas-florestais do Parque Nacional. Sei como fazer média quando é preciso, e sou muito boa nisso.

— Não tenho dúvida. — Coop colocou as tigelas sobre a mesa e sentou-se no banco ao lado dela. — Mas...

— Tivemos que lidar com pessoas preocupadas com a fuga de algum felino exótico, além de doenças. Tranquilizamos a todos permitindo que as pessoas entrassem aqui e vissem todo o processo enquanto estávamos planejando e construindo. E demos a oportunidade para que fizessem perguntas. Trabalhamos com escolas e programas de governo voltados para a juventude, com diversos grupos de jovens, e oferecemos programas educacionais, presencialmente ou on-line. Nós ofertamos incentivos. Funciona.

— Não estou me opondo a isso. Mas?

Ela suspirou.

— Sempre aparecem algumas pessoas, e existem extremos dos dois lados. Pessoas que acham que ou um animal é domesticado, ou é presa. E pessoas que veem os animais selvagens como deuses. Intocáveis. Que acham errado interferir naquilo que consideram como a ordem natural.

— A primeira diretriz de *Star Trek*.

Ele arrancou um sorriso dela pela primeira vez naquela noite.

— Sim, de certo modo. Tem gente que vê um zoológico como uma prisão em vez de um habitat. E alguns são mesmo. Já testemunhei condições horríveis. Animais vivendo em meio à imundície, adoentados e terrivelmente maltratados. Mas a maioria é administrada do jeito certo, com protocolos severos. Nós somos um refúgio, e um refúgio deve ser exatamente assim. Um lugar seguro. E isso significa que as pessoas que o administram são responsáveis pela saúde e pelo bem-estar dos animais que vivem aqui; e são responsáveis pela segurança deles e da comunidade.

— Você recebe ameaças?

— Nós informamos às autoridades e mantemos um arquivo, contendo cartas e e-mails mais extremistas. Também fazemos uma triagem no site. E, sim, já tivemos alguns incidentes por aqui ao longo dos anos, com pessoas que vieram caçar confusão.

— Incidentes que você documentou?

— Sim.

— Você pode me arranjar uma cópia desse arquivo, então.

— O que é isso, Coop, mal deixou de ser detetive e já quer voltar?

Ele virou a cabeça até que os olhares se encontraram.

— Eu também coloquei aquele puma na jaula.

Lil assentiu, enfiando o garfo em um dumpling.

— Você estava certo sobre a arma. Parece que era um calibre 32. E não dei muita importância a isso na época, mas Matt, nosso veterinário, disse que teve a impressão de que alguém tinha perambulado pela propriedade certa noite, enquanto eu ainda estava no Peru. Ele estava dormindo aqui... Sempre fica alguém revezando no refúgio à noite, quando estou fora. Os animais ficaram agitados no meio da madrugada. Ele saiu para verificar, mas não conseguiu ver nada.

— Quando foi isso?

— Algumas noites antes do meu retorno. Pode ter sido um animal, é bem provável que tenha sido. A cerca serve, principalmente, para manter nossos animais contidos, mas também mantém outros do lado de fora. Eles podem ser fonte de contaminação cruzada, então somos cuidadosos.

— Tudo bem, mas eles estariam perto de outros animais na natureza, então...

— Eles não estão na natureza — disse ela de pronto. — Nós recriamos o habitat, mas eles estão confinados. Mudamos o ambiente deles. Outros animais, como pássaros, roedores, insetos, podem, potencialmente, carregar parasitas ou doenças. É por isso que toda a comida é processada com o maior cuidado antes de os alimentarmos; por isso limpamos e desinfetamos os recintos; por isso fazemos exames físicos regulares, coletamos amostras como rotina. Vacinamos, tratamos e implementamos nutrientes em suas dietas. Eles não estão na natureza — repetiu ela. — E isso nos torna responsáveis por eles, de todas as maneiras.

— Certo. — Ele achava que entendia o que ela fazia ali, mas somente agora percebeu que só entendia os detalhes mais óbvios. — Você encontrou alguma coisa estranha, da noite em que o veterinário pensou que alguém, ou algo, esteve lá fora?

— Não. Nenhum dos animais, dos equipamentos ou das jaulas foi mexido. Dei uma olhada ao redor, mas tinha começado a nevar, e minha equipe andou por todo lado, então não havia chance real de encontrar pegadas ou uma trilha... humana ou animal.

— Você tem uma lista com os nomes de todos os seus funcionários e voluntários?

— Claro. Mas ele não é um de nós.

— Lil, você ficou fora por seis meses. Você conhece, pessoalmente, cada voluntário que entra aqui para jogar carne crua para os felinos?

— Nós não jogamos c... — Ela parou de falar e balançou a cabeça. — Nós fazemos uma triagem. Aceitamos os moradores locais sempre que podemos, e temos um programa de voluntariado. Dividido em níveis — explicou ela. — A maioria dos voluntários faz o trabalho braçal. Ajudam com a comida, a limpeza, a reposição do estoque. A menos que tenham experiência, que atinjam o nível mais alto, eles não lidam direto com os animais além do zoológico de contato. As exceções ficam por conta dos assistentes veterinários, que doam seu tempo e ajudam com exames e cirurgias.

— Eu vi jovenzinhos por aqui lidando com eles.

— Estagiários, não voluntários. Aceitamos estagiários de universidades, estudantes que estão entrando em campo. Nós ajudamos a treiná-los, a ensiná-los. Eles estão aqui em busca de alguma experiência prática.

— Vocês armazenam medicamentos.

Cansada, ela massageou a nuca.

— Sim. Os medicamentos ficam trancados em um armário específico, na clínica. Matt, Mary, Tansy e eu temos a chave. Nem mesmo os assistentes têm acesso a eles. A pessoa teria que estar muito desesperada por alguma coisa ali dentro, toda semana fazemos o inventário.

Por enquanto, é o suficiente, ele pensou. *Ela já está exausta.*

— O frango está gostoso — comentou ele, e deu mais uma mordida.

— Está mesmo.

— Quer mais uma cerveja?

— Não.

Coop se levantou e serviu dois copos com água quase até a boca.

— Você foi um bom policial? — perguntou Lil.

— Eu me saí bem.

— Por que desistiu? E não me mande cuidar da minha vida quando você está aqui revirando a minha.

— Eu precisava de uma mudança. — Ele refletiu por um instante, então decidiu contar a verdade: — Tinha uma mulher no meu esquadrão. Dory. Era uma boa policial, uma boa amiga. Uma amiga — repetiu ele. — Nunca rolou nada entre nós. Por um lado, ela era casada, e, por outro, simplesmente não havia esse tipo de química entre a gente. Mas quando o casamento dela foi por água abaixo, o marido decidiu que estávamos tendo um caso.

Ele parou por um instante e, quando Lil não disse nada, tomou mais um gole e continuou:

— Estávamos trabalhando em um caso, e, certa noite, depois do nosso turno, decidimos fazer uma refeição juntos para discutir alguns detalhes da investigação. Acho que ele estava nos vigiando, esperando por um momento assim. Eu nem me toquei de nada — disse ele, baixinho. — Não senti aquela vibração estranha, e ela nunca deixou transparecer quão ruim era a situação em casa, nem mesmo pra mim.

— O que aconteceu?

— Ele veio dobrando a esquina, atirando. Ela caiu muito rápido, desabou contra mim. Talvez tenha salvado a minha vida, pelo modo como caiu por cima. Ele me acertou na lateral, quase de raspão. A bala entrou e saiu.

— Baleado? Você levou um tiro?

— Entrou e saiu, pouco mais que um arranhão. — Ele não menosprezava o que tinha acontecido. Nunca. Alguns centímetros para o outro lado, e a história teria sido diferente. — O peso do corpo dela estava me fazendo perder o equilíbrio. As pessoas gritavam enquanto fugiam ou se jogavam no chão em busca de proteção. O vidro estilhaçou. Uma bala atingiu a janela do restaurante.

"Eu me lembro exatamente do som, de quando as balas acertaram o corpo dela, de quando arrebentaram o vidro. Eu peguei a minha arma. Consegui alcançá-la enquanto caíamos no chão, enquanto ela me derrubava junto. Dory já estava morta, e ele continuou disparando contra ela. Meti cinco balas nele."

Os olhos dele encontraram os de Lil, e o tom era de um azul gélido, tanto na cor quanto na expressão. Na hora, ela pensou: *Essa foi a mudança. Mais do que qualquer outra coisa, foi isso que o marcou.*

— Eu me lembro de cada um deles. Foram dois no meio do corpo enquanto eu caía, mais três que acertaram o lado direito do quadril, a perna e o abdômen, depois que aterrissei na calçada. Tudo aconteceu em menos de trinta segundos. Algum babaca filmou tudo pelo celular.

Parecia ter sido há tanto tempo, séculos atrás. E o vídeo tremido não havia capturado a maneira como o corpo de Dory se contorcera contra o dele, ou a sensação de suas mãos sendo encharcadas pelo sangue dela.

— Ele esvaziou o pente. Duas balas atravessaram o vidro, uma me acertou. O resto, ele colocou nela.

Coop parou e bebeu um pouco de água.

— Então, eu precisei de uma mudança.

O peito de Lil estava dolorido quando ela colocou a mão sobre a dele.

Ela podia enxergar com nitidez. Podia ouvir — os tiros, os gritos, o vidro estilhaçando.

— Seus avós não sabem. Eles nunca comentaram nada sobre isso, então, eles não sabem.

— Não. Eu não me feri gravemente. Fui atendido e liberado. Precisei de poucos pontos. Eles não conheciam a Dory, logo... por que contar a eles? A morte dele foi justificada. Não tive nenhum problema por conta disso, não com o corpo de Dory largado na calçada, com todas as testemunhas e o vídeo do celular do babaca. Mas eu não conseguia mais ser um policial, não conseguia trabalhar com a equipe. Além do mais — Coop deu de ombros —, "investigações particulares dão muito mais dinheiro".

Ela mesma tinha dito aquilo, certo? De maneira casual e displicente, quando o vira da outra vez. Como ela desejava poder retirar o que dissera.

— Você tinha alguém? Quando isso aconteceu, você tinha alguém lá para te apoiar?

— Eu não quis ninguém por um bom tempo.

Por entender, ela assentiu e ficou calada. Então ele virou a palma da mão para cima, entrelaçando os dedos aos dela.

— E quando eu quis, pensei em ligar pra você.

A mão de Lil se contraiu em um pequeno espasmo de surpresa.

— Você podia ter ligado.

— Talvez.

— Não tem essa de "talvez", Coop. Eu teria ouvido. Teria ido a Nova York só pra te escutar se você precisasse ou quisesse.

— É. Acho que foi por isso que não te liguei.

— E qual é a lógica disso? — indagou Lil.

— Há muitas contradições e reviravoltas quando se trata de nós dois, Lil. — Ele arrastou o polegar, bem de leve, pela parte interna do pulso dela. — Pensei em ficar aqui esta noite... convencer você a dormir comigo.

— Você não conseguiria.

— Nós dois sabemos que eu conseguiria, sim. — Ele apertou um pouco mais a mão delicada, até que ela o encarou. — Mais cedo ou mais tarde, vai acontecer. Mas esta noite não é o momento apropriado. E o momento certo conta, e muito.

Todos os sentimentos suaves que ela sentia se tornaram frios.

— Não estou aqui para sua conveniência, Cooper.

— Não há nada de conveniente sobre você, Lil.

Coop ergueu a mão livre e agarrou a nuca delgada. E sua boca, quente, desesperada e familiar, capturou a dela.

Pelo instante em que a segurou, pânico, euforia e necessidade travaram uma breve e feroz batalha dentro dela.

— Não há nada de conveniente sobre isso — murmurou ele quando a soltou.

Ele se levantou e levou as tigelas vazias para a pia.

— Tranque depois que eu sair — ordenou, e a deixou ali.

PARTE DOIS

MENTE

A mente é sempre enganada pelo coração.

— LA ROCHEFOUCAULD

Capítulo onze

⌘ ⌘ ⌘

O MÊS DE março avançava como um tigre, rondando pelo norte para disparar em um salto mortal sobre as colinas e os vales. Neve e granizo caíam do céu, quebrando galhos por conta do peso, derrubando postes de energia e transformando estradas em armadilhas.

No refúgio, Lil e qualquer membro da equipe ou voluntário — que conseguia chegar até lá — se moviam, escavavam e retiravam a neve e o gelo acumulados enquanto o vento implacável formava montanhas de neve nas cordilheiras gélidas.

Os animais se recolheram nas tocas, saindo apenas quando tinham vontade de observar os humanos tremendo e praguejando. Agasalhada até a alma, Lil encontrou Tansy no meio do caminho.

— Como está a nossa garota? — perguntou Lil se referindo à leoa.

— Aguentando melhor do que eu. Tudo o que quero é uma praia quente e tropical. Sentir o cheiro do mar e de protetor solar. E quero um *mai tai*.

— Você se contentaria com um café e biscoitos?

— Tô dentro. — Conforme avançavam para o chalé de Lil, Tansy lançou um olhar de soslaio para a amiga. — Você não está cheirando a mar e protetor solar.

— Você também não estaria se tivesse cavado neve e bosta.

— E nós que somos as mulheres espertas, hein? — comentou Tansy. — Isso faz você se perguntar, não é?

— Até as mulheres espertas limpam merda. Isso devia virar frase de adesivo de para-choque. — Lil bateu o pé para se livrar da neve, sentindo os músculos tremerem assim que a primeira rajada de calor a atingiu quando entrou no chalé. — Já passamos pelo pior — disse enquanto ela e Tansy retiravam luvas, gorros, casacos e cachecóis. — Vamos levar todo o esterco até a fazenda na primeira oportunidade. Não há nada melhor que bosta para a agricultura. Eu vou continuar afirmando que esta é a última nevasca da temporada. A primavera, com suas enchentes repentinas e hectares de lama, não deve estar muito distante.

— Que alegria.

Lil seguiu para a cozinha para passar um café.

— Você tem agido como a Pesquisadora Rabugenta nos últimos dias, senhorita.

— Estou cansada do inverno.

Com o cenho franzido, Tansy sacou um tubo de protetor labial do bolso e aplicou nos lábios.

— Isso eu já sei. Mas fiquei sabendo de outra coisa... — Lil abriu o armário, pegou um pacote de seu estoque de biscoitos Milano e entregou a Tansy. — E pode me chamar de doida, mas suspeito que essa outra coisa tem um pênis.

Tansy lançou um olhar irônico para ela e pegou um biscoito.

— Conheço um monte de coisas que têm pênis.

— Eu também. Eles estão por toda parte. — Mais aquecida, e feliz por aquela pausa para comer biscoitos, Lil se recostou na bancada enquanto a água do café fervia. — Eu tenho uma teoria. Quer ouvir qual é?

— Estou comendo seus biscoitos, então acho que sou obrigada a ouvir.

— Boa. Os pênis estão aqui para ficar, então, aquelas de nós que não possuímos um, devemos apreciar, explorar, ignorar e/ou utilizar esses itens, dependendo das nossas necessidades e dos nossos objetivos.

Tansy fez um beicinho, assentindo em concordância.

— É uma boa teoria.

— É, sim. — Lil pegou canecas e serviu café para ambas. — Como optamos por trabalhar em um campo dominado por homens, de acordo com a proporção deles em relação a nós, pode ser que seja exigido que apreciemos, exploremos, ignoremos, e/ou os utilizemos com mais frequência do que aquelas da nossa espécie que não escolheram trabalhar nesta área.

— Você está correlacionando dados concretos ou pretende conduzir um estudo empírico?

— Nessa etapa, ainda estou em fase de observação/especulação. No entanto, tenho, de acordo com uma fonte confiável, a identidade do pênis que, acredito, esteja desempenhando um papel importante nessa sua versão de Pesquisadora Rabugenta.

— Ah, é mesmo? — Tansy pegou uma colher e adicionou três colheradas de açúcar em seu café. — E quem seria essa fonte confiável?

— Minha mãe. Ela deixa passar muito pouca coisa despercebida. Fui informada de que, enquanto eu estava fora, o quociente de faísca entre você e um certo Farley Pucket aumentou.

— Farley tem só vinte e cinco anos.

— Isso faz de você uma *loba* — disse Lil, com um sorriso.

— Ah, cala a boca. Eu não estou saindo nem dormindo com ele, e muito menos o encorajando.

— Porque ele tem vinte e cinco? Para dizer a verdade, acho que ele tem vinte e seis. E isso o torna... nossa senhora... *quatro* anos mais novo que você. — Com uma reação exagerada e teatral, Lil pressionou o dorso da mão contra os lábios. — Que horror! Você é uma papa-anjo!

— Não tem graça.

Agora mais séria, Lil ergueu as sobrancelhas. Ela não dava a mínima para o rubor de pura vergonha no rosto de Tansy — para que serviam os amigos, se não para envergonhar uns aos outros? —, mas ela se importava, e muito, com a infelicidade presente naqueles grandes olhos escuros.

— Não, pelo jeito, não tem. Tans, você está incomodada de verdade por ser alguns anos mais velha? Se fosse o inverso, você nem hesitaria.

— Mas não é o inverso, e não me importo que isso não tenha a menor lógica. Eu sou a mulher mais velha. A mulher *preta* mais velha, pelo amor de Deus, Lil. Logo aqui, na Dakota do Sul. Não vai rolar.

— Então, não teria problema se o Farley tivesse uns trinta e poucos e fosse preto?

Tansy apontou um dedo para ela.

— Eu disse que não dava a mínima que não tivesse lógica.

Lil retribuiu o gesto e apontou um dedo para ela também.

— Que bom, porque não tem mesmo. Vamos deixar isso de lado por um minuto.

— Isso é fundamental.

— Vou deixar esse negócio de "fundamental" de lado também. Você sente alguma coisa por ele? Porque admito que pensei que fosse mais um lance de luxúria. Inverno demorado, espaços confinados, adultos saudáveis e consensuais. Imaginei que os dois só estavam curtindo. E olha que eu estava prestes a te dar um sermão sem pena, porque... bem, é o Farley. Ele é meio que meu irmãozi...

— Viu! Você ia dizer "irmãozinho". — Tansy estalou os dedos. — Ir-mão*zinho*!

— O aspecto fundamental ainda está de lado, Tansy. É óbvio que essa situação é mais significativa que você saindo com um caubói-gostoso-pra--dar-uns-pegas.

— Ele é gostoso, claro. Dei uma bela conferida, e esse é meu direito inalienável como mulher. Mas nunca pensei nessa coisa de "*dar uns pegas*". Que expressão mais besta.

— Ah, entendi... Você nunca pensou em dar uns pegas no Farley. Me dê uma licencinha enquanto busco o extintor de incêndio. Sua calcinha está pegando fogo.

— Eu posso ter até pensado em fazer o que essa expressão besta que você usou... com ele, mas nunca com a intenção de seguir adiante. É outro direito inalienável meu. — Irritada, Tansy ergueu as mãos. — Nós duas demos uma conferida na bunda daquele deus grego, Greg, aluno da pós-graduação, quando ele se voluntariou por um mês no verão passado. Nem por isso nós "demos uns pegas" nele.

— Ele tinha uma bunda gostosa — disse Lil ao se lembrar. — Além do mais, tinha aquele tanquinho definido. E aqueles ombros fortes...

— Ah, é... Os ombros.

As duas ficaram em um silêncio reverente por alguns minutos.

— Meu Deus, sinto falta de sexo — comentou Lil, com um suspiro.

— Nem fala.

— Arrá! Então, por que você não está transando com o Farley?

— Você não vai conseguir me fazer abrir a boca, doutora Chance.

— Humm... não vou? Você não está transando com o Farley porque ele não é só mais um corpo gostoso como o do Greg, o aluno de pós. Você não está transando com o Farley porque sente alguma coisa por ele.

— Eu... — Tansy abriu a boca, e logo em seguida resmungou: — Droga! Tudo bem, eu sinto algo por ele. Não sei nem como isso começou. Ele apareceu por aqui, de vez em quando, para dar uma ajuda, e eu pensei: *nossa, que garoto fofo*. Ele é fofo, e adorável. Fofo, adorável e engraçado; daí, nós começamos a conversar... ou ele me ajudava, e, em algum momento com o passar do tempo, comecei a sentir aquele zumbido. Ele vinha ao refúgio e, minha nossa, rolava um monte de zumbidos pelo corpo. E... bem, não sou burra, e sim uma mulher experiente de trinta anos.

— Tá, tá.

— Eu percebi o jeito que ele olhava para mim. Então, cheguei à conclusão de que ele também sentia os mesmos zumbidos. A princípio, não pensei muito no assunto. Era só algo do tipo: *nossa, que engraçado, estou a fim do caubói fofo*. Mas a sensação não sumia, só aumentava. Daí, na semana passada, naquele dia horroroso — disse ela, e Lil assentiu —, eu estava me sentindo triste e pra baixo, e ele se sentou comigo. E me beijou. Eu retribuí por um segundo, antes de perceber o que estava fazendo. Interrompi o beijo e falei para ele que não iria acontecer de novo. Ele continuou sorrindo para mim. E disse, palavras dele, que "estava caído de amores" por mim. Quem fala desse jeito? Isso me deixou um pouco mal-humorada.

Ela pegou mais um biscoito.

— Não consigo tirar aquele sorrisinho dele da cabeça.

— Tudo bem. Você não vai gostar do que vou dizer, mas... — Lil juntou o indicador ao polegar e deu um baita peteleco na testa de Tansy.

— Ai!

— Burra. Você está seguindo o caminho da burrice, então se liga. Alguns anos a mais e a cor da pele não são motivos para se afastar de alguém de quem você gosta, e que gosta de você.

— Pessoas que dizem que a cor da pele não importa, geralmente, são brancas.

— Bem... agora é minha vez de dizer "ai".

— Estou falando sério, Lil. Relacionamentos inter-raciais ainda são complicados no mundo inteiro.

— Notícia fresquinha: relacionamentos ainda são difíceis no mundo inteiro.

— Exatamente. Então, por que adicionar mais camadas a algo já complicado?

— Porque o amor é precioso. Essa parte é bem simples. Conseguir e manter alguém para amar é a parte difícil. Você nunca teve um relacionamento sério.

— Isso não é justo. Fiquei com Thomas por mais de um ano.

— Vocês gostavam, respeitavam e sentiam desejo um pelo outro. Os dois falavam a mesma língua, mas nunca foi um lance sério, Tansy. Não do tipo "esse é o cara". Eu sei o que é estar com um cara legal com quem você se sente à vontade, mas sem nunca pensar nele como "o cara". E eu também sei como é saber quem é "aquela pessoa". Tive isso com Coop, e ele partiu meu coração. Ainda assim, eu preferiria mil vezes ter meu coração partido a nunca ter conhecido o sentimento.

— Você diz isso, mas não é a única com teorias. A minha é que você nunca o esqueceu.

— Nunca o esqueci mesmo.

Tansy ergueu as mãos.

— Como você consegue suportar isso?

— Ainda estou descobrindo. Aquele dia ruim foi, aparentemente, um dia para mudanças de status. Ele trouxe dumplings e frango para mim. E me beijou. O que tenho não são zumbidos, Tansy. É como uma inundação, que entra e me preenche por inteiro. — Lil colocou a mão sobre o coração, massageando a área. — Não sei o que vai acontecer. Se eu dormir com ele de novo, será que vai me ajudar a flutuar até que eu chegue em terra firme? Ou vai me levar para o fundo? Não sei, mas não vou fingir que não há uma grande probabilidade de eu acabar descobrindo.

Mais equilibrada depois de dizer aquilo em voz alta, Lil colocou a caneca na mesa e sorriu.

— Eu sou caída de amores por ele.

— Você está... qual era mesmo a palavra? Desamparada. Você está desamparada em relação ao homem que foi embora e partiu seu coração. E eu estou desamparada por causa de um peão de sorriso largo.

— E nós é que somos as mulheres espertas.

— Sim. Somos as mulheres espertas — concordou Tansy. — Mesmo quando somos idiotas.

Coop trabalhou com a bela égua alazã que ele havia treinado ao longo do inverno. A égua tinha, em sua opinião, um coração amoroso, um dorso forte e uma atitude preguiçosa. Ela ficaria feliz em cochilar na baia, no padoque ou no campo pela maior parte do dia. Seguia os comandos desde que houvesse certa insistência, se tivesse certeza de que era o que se queria dela.

Ela não mordia nem dava coices, e comeria uma maçã da palma da sua mão com uma delicadeza educada que era, indiscutivelmente, feminina.

Coop achava que ela se daria muito bem com crianças. E a nomeou com base nisso: Irmãzinha — porque ela era como uma irmã caçula.

O movimento estava mais devagar naquelas últimas semanas teimosas de inverno áspero. Isso deu a ele tempo — bastante, para dizer a verdade — para colocar os documentos em dia, limpas as baias, organizar a casa nova.

E pensar em Lil.

Ele sabia que ela estava ocupada. Ficava sabendo das coisas por meio dos avós, que ficavam sabendo pelos pais dela, por Farley ou Gull.

Lil aparecera por ali uma vez, pelo que ele tinha ouvido dizer, para devolver o prato da avó e visitar por um tempinho. Ela havia ido quando ele estava na cidade, trabalhando no escritório comercial.

Coop se perguntara se havia sido uma coincidência ou algo intencional.

Ele tinha dado espaço a ela, mas isso estava prestes a acabar. Aquelas pontas soltas ainda estavam penduradas. Estava chegando a hora de amarrá-las.

Coop guiou Irmãzinha para o celeiro.

— Você foi muito bem hoje — comentou com a égua. — Vamos dar uma bela escovada nesse pelo, e talvez haja até uma maçã pra você.

Ele podia jurar que as orelhas dela se mexeram ao ouvir a palavra "maçã". Assim como teria jurado que a ouviu suspirando quando mudou de direção e a conduziu até a casa ao ver o xerife sair pela porta dos fundos.

— Que garota bonita.

— Ela é mesmo.

De pé, com as pernas afastadas, Willy encarava o céu com os olhos semicerrados.

— Com o tempo melhorando, os turistas estarão montando nessa belezura e nos outros cavalos em breve, nos passeios pelas trilhas.

Coop teve que sorrir.

— Esse é o único lugar que conheço, onde quarenta e cinco centímetros de neve, e montes mais altos que eu, poderiam ser considerados como sinais de que o tempo está melhorando.

— Sim, não tivemos mais nada caindo desde a última nevasca. Logo, está melhorando. Tem um minutinho, Coop?

— Claro. — Ele desmontou, amarrando as rédeas da égua no corrimão do alpendre. O que nem era preciso, já que, dificilmente, ela iria a qualquer lugar se não a mandassem.

— Acabei de passar para ver a Lil no refúgio, e achei que devia passar por aqui.

Coop conseguia decifrar nitidamente a expressão no rosto do homem.

— Para me dizer que não tem nenhuma pista.

— Exato. A verdade é que temos um puma morto, um projétil de calibre 32, uma porção de pegadas na neve e uma vaga descrição de alguém que você viu no escuro. Estamos insistindo, mas não há muito para progredir.

— Você pegou as cópias daquele arquivo repleto de ameaças?

— Sim, e estamos investigando tudo. Fui pessoalmente conversar com uns caras que foram ao refúgio alguns meses atrás e criaram confusão. Nenhum deles se encaixa na descrição física. Um é casado e a esposa jura de pé junto que ele estava em casa naquela noite, e também de manhã; e ele estava no trabalho às nove em ponto em Sturgis. Foi verificado. O outro pesa quase 140 quilos. Acho que você não teria como confundi-lo.

— Não.

— Falei com alguns guardas-florestais conhecidos, e eles disseram que vão ficar de olho no Parque, divulgando as informações. Mas vou dizer o que tive que falar para a Lil: vamos precisar de muita sorte para resolver este caso. Imagino que quem quer tenha feito aquilo, já sumiu de vista. Ninguém com um pingo de juízo teria ficado na colina quando a nevasca caiu. Vamos continuar fazendo tudo o que podemos, mas queria ser bem direto com ela sobre o assunto. E com você também.

— Há muitos lugares onde um homem poderia se abrigar para esperar a tempestade passar. Tanto nas colinas quanto nos vales. Se ele tiver certa experiência, algumas provisões, ou um pouco de sorte.

— É verdade. Fizemos alguns telefonemas, verificando se alguém que parecia ter saído da trilha chegou a se hospedar em alguma pousada ou algum hotel dos arredores. Não descobrimos nada. A câmera dela está funcionando desde então, e ninguém viu nenhum desconhecido rondando o refúgio, ou mesmo perto da fazenda dos Chance.

— Parece que você já abordou todas as frentes da investigação.

— Mas isso não encerra o caso. Casos em aberto me deixam com as mãos formigando. — Willy endireitou a postura, olhando para a neve, para o céu. — Bem... Foi bom ver o Sam de pé e andando para todo lado. Espero ser tão durão quanto ele quando chegar nessa idade. Se você pensar em qualquer coisa que eu deveria saber, estarei à disposição.

— Agradeço por ter passado aqui.

Willy assentiu e deu um tapinha no lombo da Irmãzinha.

— Garota bonita. Tome cuidado, Coop.

Tomarei, Coop pensou. Mas o que ele precisava era cuidar da pessoa que estava no refúgio.

Coop resolveu lidar com a égua, já que Irmãzinha merecia um banho e a maçã. Ele executou o restante de suas tarefas, tão parte da rotina agora como o ato de se vestir todas as manhãs. Porque ele sabia que haveria café quente e recém-passado, entrou na cozinha da avó.

O avô chegou ao cômodo em seguida, sem o auxílio da bengala. Coop reprimiu a vontade de comentar, ainda mais quando Sam o encarou de cara fechada.

— Ainda vou usar essa porcaria quando tiver que sair ou se minha perna começar a doer. Estou apenas testando, só isso.

— Velho teimoso — resmungou Lucy ao sair da lavanderia com uma cesta cheia de roupas brancas.

— Então somos dois. — Sam mancou até onde a esposa estava, pegou a cesta, e, enquanto Coop mantinha a respiração suspensa, mancou de volta até colocá-la em cima de uma cadeira. — Agora... — O rosto dele estava até mesmo corado de prazer quando se virou e deu uma piscadela para Coop. — Por que você não faz um cafezinho para os homens, mulher?

Lucy pressionou os lábios, mas não antes de ter deixado que um sorrisinho escapulisse.

— Ah, sentem-se aí.

Sam soltou um suspiro quase inaudível enquanto se sentava.

— Sinto cheiro de frango assando. — Ele farejou o ar como um lobo. — Ouvi um boato sobre purê de batatas. Você tem que me ajudar a comer, Coop, antes que essa mulher me engorde até virar um leitão pronto para o forno.

— Na verdade, tenho uma coisa para fazer. Mas se vocês ouvirem alguém se esgueirando por aqui tarde da noite, saibam que sou eu atrás das sobras.

— Posso preparar algo pra você e colocar na porta ao lado — ofereceu Lucy.

O alojamento tinha virado sinônimo de "porta ao lado".

— Não se preocupe. Eu sei me virar.

— Tudo bem. — Ela colocou o bule de café diante dos dois e depois passou a mão pelos ombros de Coop. — Está ficando legal lá, mas gostaria que você desse outra olhada no sótão. Tenho certeza de que poderia aproveitar mais alguns móveis.

— Só posso me sentar em uma cadeira por vez, vó. Eu só queria avisar que a égua, a Irmãzinha, está progredindo bem.

— Eu te vi trabalhando com ela. — Lucy despejou a água que havia colocado para ferver para fazer seu chá preferido àquela hora do dia. — Ela é bem dócil.

— Acho que ela será ótima com crianças, especialmente com aquelas que não querem velocidade. Queria que você a levasse para dar uma volta algumas vezes, vó. Só para dizer o que acha.

— Vou montá-la amanhã. — Ela hesitou por um instante antes de se virar para o marido. — Por que você não me acompanha, Sam? Tem tempo desde a última vez que cavalgamos juntos.

— Se o garoto puder dispensar nós dois do trabalho...

— Acho que posso me virar — disse Coop ao avô. Ele terminou de beber o café e se levantou. — Vou tomar um banho. Vocês precisam de alguma coisa antes de eu sair?

— Acho que podemos nos virar — respondeu Lucy com um sorriso. — Você vai sair?

— Sim. Tenho que resolver um negócio.

Lucy arqueou as sobrancelhas para Sam assim que o neto saiu.

— Aposto dois dólares com você como esse negócio tem grandes olhos castanhos.

— Lucille, eu não faço apostas bestas.

$\mathcal{R}$AJADAS VERMELHAS riscavam o céu ao oeste, e a claridade mergulhava suavemente no crepúsculo. O mundo era uma vastidão em branco, uma terra capturada no punho cerrado do inverno.

Ele ouvira as pessoas conversando sobre a primavera — os avós, Gull, gente na cidade, mas nada do que via dava a indicação de que o tempo estava realmente mudando para os narcisos e tordos. *Em contrapartida*, pensou Coop assim que parou diante dos portões do refúgio, *nunca passei um inverno em Black Hills antes.*

Alguns dias no Natal não chegam nem perto do cenário completo, refletiu, descendo da caminhonete para destrancar o portão com a cópia da chave que ele havia feito da de Joe. O vento assoviava e circulava pela estrada, fazendo as árvores sussurrarem. O cheiro de pinheiro, neve e cavalo sempre representaria as colinas no inverno para ele.

Coop entrou de novo no veículo e passou pelos portões. Parou, desceu para fechar outra vez e trancou. E pensou em quanto custaria um portão automático com um maldito teclado de acesso. Além de algumas câmeras de segurança ali na entrada.

Ele teria que averiguar que tipo de sistema de alarme Lil havia instalado.

Se ele havia sido capaz de fazer uma cópia da chave, então metade do condado também poderia. A outra metade poderia apenas dar a volta, contornar a propriedade e perambular pelas terras do refúgio à vontade.

Cercas e portões não impediam que as pessoas entrassem se assim quisessem. Ele seguiu pela estrada dos fundos e reduziu a velocidade no instante em que fez a primeira curva, avistando os chalés. Fumaça saía da chaminé de Lil, e as luzes brilhavam contra os vidros das janelas. Caminhos conduziam da cabana rústica até a segunda cabana, assim como às áreas de habitats, ao centro educacional e ao refeitório, e também ao redor, que ele imaginava que devia ser o local onde armazenavam os equipamentos, as rações e os suprimentos.

Coop deduziu que ela tivera o bom senso de trancar as portas, assim como presumia que ela fosse inteligente e consciente o bastante para compreender que havia inúmeras maneiras de acessar as terras, de chegar àquelas portas, para quem tivesse as habilidades e a paciência de percorrer colinas e trilhas.

Ele deu a volta na pequena área destinada ao estacionamento para visitantes e parou a caminhonete ao lado da dela.

Os animais anunciaram sua chegada, mas os gritos pareciam quase casuais demais para os seus ouvidos. Ainda não estava escuro por completo, e, pelo que ele podia ver de cada habitat, a maioria dos residentes havia se recolhido nas tocas.

Casual ou não, Lil estava à porta da frente antes mesmo de ele chegar à varanda do chalé. Ela usava um suéter preto, jeans surrados e botas gastas, o cabelo preso e pendendo como uma cascata preta. Coop não poderia descrever sua postura ou a expressão do semblante dela como amigáveis.

— Você vai ter que devolver a chave do meu pai.

— Já devolvi. — Ele subiu os degraus para a varanda, encarando fixamente os olhos mais do que irritados dela. — O que já deve te dar uma noção do tanto que aquele portão é seguro.

— Atendeu ao propósito até agora.

— Agora é a questão. Você precisa de mais segurança, um portão automático com código de acesso e câmeras.

— Ah, é mesmo? Bem, vou providenciar isso assim que tiver alguns milhares de dólares sobrando, sem ter mais o que fazer além de reforçar um portão que é, em sua essência, um símbolo de impedimento. A menos que você vá sugerir que eu construa um muro ao redor de quase dez mil hectares de terras enquanto estou no embalo. Talvez arrumar umas sentinelas.

— Se for para ter um símbolo de impedimento, é bom que ele realmente impeça o acesso. Já que estou aqui parado na sua frente, é nítido que o seu não faz um bom trabalho. Escuta, passei a maior parte do dia do lado de fora, e estou cansado de congelar a minha bunda.

Ele deu um passo adiante e, como Lil não se moveu um centímetro do batente, Coop simplesmente segurou os cotovelos dela e a levantou, levando-a para o interior do chalé. Assim que a pôs no chão, ele fechou a porta.

— Caramba, Cooper. — Era difícil elaborar palavras mais complexas quando ainda se encontrava boquiaberta. — O que *deu* em você?

— Eu quero uma cerveja.

— Aposto que você deve ter algumas lá na sua casa. Se não tiver, tem uma porção de lugares na cidade onde dá para comprar. Vá lá e faça isso.

— E apesar de você estar mal-humorada e antipática, quero conversar contigo. Você está aqui, e, provavelmente, tem cerveja.

Ele começou a seguir para a cozinha.

— Por que você está aqui sozinha?

— Porque essa é a minha casa, o meu cantinho, e porque eu queria ficar sozinha.

Coop lançou um olhar para a mesa, reparando no notebook, vários arquivos e uma taça de vinho tinto. Ele pegou a garrafa no balcão, aprovou o rótulo e permitiu-se expandir os horizontes.

Em seguida, pegou outra taça de um dos armários.

— Sinta-se em casa — ironizou Lil.

— Willy foi me ver. — Coop serviu-se uma dose de vinho, degustou do sabor e colocou a taça sobre o balcão para tirar o casaco.

— Então deduzo que nós dois recebemos a mesma informação, e não há nada para se falar a respeito. Estou trabalhando, Coop.

— Você está frustrada e pê da vida. Não posso te culpar. O lance é que eles não têm muito com o que trabalhar, e nenhuma das linhas de investigação está levando a lugar algum. Isso não significa que vão parar, apenas que talvez tenham que mudar a perspectiva.

Ele pegou o vinho novamente, olhando ao redor do cômodo conforme bebericava.

— Você não come?

— Sim, geralmente quando estou com fome. Vamos dizer que estou grata por você ter passado aqui para me assegurar de que as engrenagens da justiça estão girando; também quero acrescentar que estou ciente de que Willy está e continuará fazendo o melhor que pode. Pronto. Já conversamos.

— Você tem algum motivo para estar pê da vida comigo, ou é apenas em geral?

— Tivemos dias longos e desgastantes por aqui. Estou no prazo final de um artigo que estou escrevendo. Os artigos ajudam a bancar o vinho que você está bebendo, entre outras coisas. Acabei de ser informada de que é muito improvável que a pessoa que atirou no puma, que por sinal eu coloquei dentro da jaula, seja identificada e presa. Você entra aqui, todo se achando, quando estou tentando trabalhar, e se serve do vinho que o mesmo artigo ajudará a repor. Então, digamos que minha irritação é com as coisas em geral, mas com uma seção especial dedicada a você.

— Eu não entrei me achando. — Ele se virou e abriu a geladeira. — Droga, Lil — disse, depois de uma breve avaliação do conteúdo no interior —, até eu estou mais bem abastecido.

— Que merda você pensa que está fazendo?

— Estou tentando achar alguma coisa para preparar o jantar.

— Saia de perto da minha geladeira.

Em resposta, ele simplesmente abriu o freezer.

— Bem que imaginei. Muita comida congelada de mulherzinha. Bem, pelo menos tem uma pizza congelada aqui.

Ele podia jurar que era capaz de ouvir os dentes dela rangendo do outro lado da cozinha. E isso era, Coop admitia, estranhamente satisfatório.

— Em cerca de dois minutos, vou pegar meu rifle e atirar na sua bunda.

— Não, você não vai. Mas em cerca de quinze minutos, de acordo com as instruções na embalagem, você comerá pizza. Espero que isso ajude a melhorar seu humor. Você tem voluntários temporários — continuou ele enquanto ligava o forno. — Alguns que aparecem a cada poucos meses.

Mostrar-se irritada pareceu não funcionar. Ela tentou partir para a birra.

— E daí?

— É uma boa maneira de investigar como as coisas funcionam por aqui, a equipe, as rotinas, o ambiente. Diversas de fazendas e empresas daqui fazem o mesmo. Contratam alguém durante a temporada, por alguns dias, semanas, o que for preciso. Vou fazer a mesma coisa daqui a um pouco mais de um mês.

Ele colocou a pizza no forno e ajustou o temporizador.

— Que diferença isso faz? Willy acha que o cara que fez aquilo foi embora.

— Willy pode estar certo. Ou pode estar errado. Se um homem soubesse o que estava fazendo, e fosse de seu interesse, ele poderia muito bem encontrar um bom abrigo nas colinas, já que estão repletas de cavernas.

— Você não está me deixando mais tranquila.

— Quero que você seja cuidadosa. Se você ficar tranquila, não terá cuidado. — Ele pegou a garrafa e serviu a taça de Lil novamente. — O artigo é sobre o quê?

Lil pegou a taça, franzindo o cenho para o líquido, então tomou um gole.

— Não vou dormir com você.

— Você está escrevendo sobre isso? Posso ler?

— Não vou dormir com você — repetiu ela —, até quando ou *se* eu decidir o contrário. Enfiar uma pizza congelada no forno não vai me deixar mais calorosa e afetuosa com você.

— Se eu estivesse em busca de calor e afeto, teria um filhote. Eu vou dormir com você, Lil. Mas você pode tirar um tempinho para se acostumar com a ideia.

— Eu já fui sua uma vez, Cooper, e você poderia ter ficado comigo. Você me dispensou.

A expressão dele se tornou séria.

— Não é assim que lembro de como as coisas terminaram.

— Se você acha que podemos simplesmente voltar ao passado...

— Eu não acho nada. E não quero voltar ao passado. Mas estou olhando para você, Lil, e sei que não está tudo acabado. Você sabe disso também.

Ele se sentou no banco, bebeu seu vinho e mexeu nas fotografias que ela havia espalhado sobre a mesa.

— Isso é na América do Sul?

— Sim.

— Como é a sensação de ir para lugares como esse?

— Emocionante. Desafiador.

Ele assentiu.

— E agora você vai escrever uma história relatando sua experiência nos Andes, rastreando pumas.

— Isso aí.

— E depois?

— Depois o quê?

— Para onde você vai?

— Não sei. Não tenho nenhum plano agora. Essa viagem foi a minha grande oportunidade da vida. Ganhei tanto na área pessoal quanto na profissional, com materiais para artigos científicos, pesquisas, palestras... com todas as descobertas. — Ela deu de ombros. — Posso direcionar isso para obter benefícios para o refúgio. Este lugar é a minha prioridade.

Coop colocou as fotos sobre a mesa e a encarou.

— É bom ter prioridades.

Ele se aproximou bem devagar, dando a ela tempo — desta vez — para resistir ou decidir. Ela não disse nada, não tentou impedi-lo, apenas o observou da mesma maneira que faria com uma cobra toda enrolada.

Com cautela.

Cooper segurou o queixo dela com um aperto suave, e então tomou sua boca.

Ela não poderia dizer que ele foi gentil ou carinhoso. Não, ela não chamaria aquele beijo, a atitude ou a intenção de qualquer um dos adjetivos.

Mas não havia aquele fogo ardente que ele demonstrara antes. Daquela vez, ele a beijava como um homem que tinha decidido não ter pressa nenhuma. Que estava confiante de que podia beijá-la.

E, embora os dedos ásperos pressionassem com suavidade, ela sabia — não era essa a intenção dele? — que seu toque poderia intensificar a seu bel-prazer. Que ele poderia se apossar em vez de seduzir.

E saber daquilo despertou o desejo em suas veias. Ela sempre preferiu o selvagem ao manso, não é?

Coop a sentiu ceder, ao menos um pouco. Só um pouco mais. Os lábios dela se moviam contra os dele, quentes e macios, e sua respiração ecoava um murmúrio na garganta.

Ele se afastou tão devagar quanto se aproximou dela.

— Não — disse ele. — Ainda não chegamos lá.

O temporizador do forno apitou, e ele sorriu.

— Mas a pizza, sim.

Capítulo doze

⌘ ⌘ ⌘

Já tive noites piores, Coop pensou, enquanto adicionava mais toras à lareira da sala. Mas fazia anos desde a última vez que tivera que se virar com um cômodo gelado e um sofá todo encaroçado. E, mesmo naquela época, não havia enfrentado o desconforto adicional de saber que a mulher que ele queria estava dormindo no andar acima.

Escolha minha, lembrou a si mesmo. Ela o mandara ir embora; ele havia se recusado. Então recebera um cobertor, um travesseiro e um sofá quinze centímetros mais curto que ele. E, muito provavelmente, aquilo tinha sido em vão.

Era bem provável que Lil estivesse certa. Ela estava perfeitamente segura ali sozinha, em seu chalé. Portas trancadas e um rifle carregado eram fatores de segurança bem sólidos.

Mas, uma vez que ele tinha dito que pretendia ficar, não poderia voltar em sua palavra.

E é esquisito pra caramba, ele refletiu, conforme seguia para a cozinha para passar um café, *ser acordado no escuro pelo rugido de um felino selvagem.*

Muito esquisito.

Ele presumiu que ela já devia estar acostumada, já que não a ouviu se mexer, mesmo quando se viu obrigado a calçar as botas para conferir.

As únicas coisas que descobriu eram que ela precisava de mais luzes de segurança e que, mesmo se alguém soubesse que havia barreiras sólidas, os rugidos e grunhidos no escuro enviariam um sinal de medo inato pela coluna espinhal.

Ela está se mexendo agora, Coop pensou. Ouviu os passos dela no andar de cima e o ruído do encanamento quando o chuveiro foi ligado. Estaria claro em breve, mais uma alvorada gélida e branca. Os funcionários dela já deviam estar a caminho, e ele tinha o próprio trabalho a fazer.

Ele procurou por ovos e pão, e por uma frigideira. Lil podia até não concordar, mas Coop achava que ela devia a ele um café da manhã por conta do serviço de vigilância noturna. Estava terminando de montar uns sanduíches de ovos quando Lil entrou. Ela estava com o cabelo amarrado no topo da cabeça e usava uma camisa de flanela por cima de uma blusa térmica. E parecia tão feliz em vê-lo naquela manhã quanto na noite anterior.

— Precisamos estabelecer algumas regras — começou ela.

— Beleza. Escreve uma lista aí pra mim. Tenho que ir trabalhar. Preparei dois sanduíches para o caso de você querer um — disse ele, enrolando o sanduíche com um guardanapo.

— Você não pode simplesmente vir aqui e se achar o dono do lugar.

— Coloque isso no topo da lista — sugeriu ele enquanto Lil o seguia até a sala. Para vestir seu casaco, Coop passou o sanduíche de uma mão a outra. — Você está com um cheiro gostoso.

— Você precisa respeitar a minha privacidade, e pode colocar nessa sua cabeça que não preciso nem quero um cão de guarda.

— Uhum. — Ele colocou o chapéu na cabeça. — Você vai precisar trazer mais lenha. Te vejo mais tarde.

— Coop. Que droga!

Ele se virou para a porta.

— Você é importante para mim. Lide com isso. — Ele mordeu o sanduíche enquanto seguia até a caminhonete.

Ela está certa sobre o lance de estabelecer regras, ele pensou. A maioria das coisas funcionava bem com regras ou diretrizes. Havia o certo e o errado, e uma imensa área cinzenta entre os dois conceitos. Ainda assim, era melhor saber que tons de cinza combinavam com qualquer situação específica.

Lil tinha o direito de impor regras, contanto que entendesse que ele exploraria a área cinzenta.

Coop comeu o sanduíche de ovo à medida que dirigia pela estrada sinuosa até o portão, e, deixando de lado regras, diretrizes e o mistério relacionado ao que queria de Lil, ele, mentalmente, alinhou tudo o que precisava fazer durante o dia.

Alimentar o gado, limpar os estábulos. Depois, fazer os avós saírem para um passeio a cavalo — esse seria um feito e tanto. Também precisava dar um pulo na cidade para comprar suprimentos e cuidar de uns documentos no escritório. Se não tivessem clientes em busca de trilhas ecológicas guiadas, colocaria Gull para cuidar de alguns dos acessórios de montaria.

Ele queria elaborar um plano básico, análise de custos e a viabilidade de adicionar passeios de pôneis ao negócio. *Posso pegar alguns cavalos como a Irmãzinha*, pensou, *e colocá-los para dar uma volta ao redor da pista cercada por uma meia-hora, e daí poderia...*

Sua mente desligou dos negócios e entrou em alerta total.

O cadáver estava pendurado no portão. Logo abaixo, o sangue manchava a neve compactada. Alguns abutres já bicavam o café da manhã enquanto mais deles circulavam no alto.

Coop apertou a buzina para espantar os pássaros enquanto diminuía a velocidade a fim de examinar as árvores e a vegetação, e a estrada além do portão. Sob a luz difusa do início da manhã, os faróis iluminaram o lobo morto, lançando em seus olhos sem vida um tom de verde sinistro.

Inclinando-se sobre o console, ele abriu o porta-luvas e pegou sua pistola 9mm e uma lanterna. Em seguida, desceu da caminhonete e direcionou o feixe de luz para o chão. Havia pegadas, claro. As que ele tinha deixado na noite anterior estavam misturadas àquelas, de quando precisara abrir o portão.

Coop não viu nenhuma que julgasse como mais recente do que as dele. *Isso quer dizer alguma coisa*, ele supôs. Ainda assim, andou por sobre as próprias pegadas até chegar ao cadáver do lobo.

Ele havia atirado duas vezes, uma no dorso e outra na cabeça, para abater o animal, pelo que Coop podia detectar visualmente. O corpo estava frio ao toque, e a pequena poça de sangue estava congelada.

Aquilo indicava que a mensagem havia sido entregue horas antes.

Ele acionou a trava de segurança da pistola e guardou a arma no bolso. Enquanto procurava pelo celular, ouviu o ruído de um motor se aproximando. Embora duvidasse que o mensageiro voltasse tão cedo, ou que usasse um veículo, Coop enfiou a mão de volta no bolso e agarrou a coronha da arma.

Uma neblina cinza acompanhava o amanhecer, o céu pintado de um tom avermelhado a oeste. Ele voltou até a caminhonete e desligou os faróis, e, parado ao lado do portão, viu que seus instintos estavam corretos. O veículo 4x4 diminuiu a velocidade. Coop ergueu a mão para que parassem, para que ficassem o mais distante possível do portão quando eles viraram a curva.

Ele reconheceu o homem que desceu do lado do carona — de vista, não pelo nome.

— Mantenha-se afastado do portão — ordenou Coop.

Tansy saiu pelo lado do motorista e estacou, segurando-se à maçaneta em busca de apoio.

— Ai, meu Deus.

— É melhor ficar longe — repetiu ele.

— Lil...

— Ela está bem — informou Coop a Tansy. — Acabei de deixá-la no chalé dela. Preciso que ligue para o xerife Willy. Volte para o carro e ligue para ele. Diga que alguém deixou um lobo morto pendurado no portão. Dois buracos de bala, pelo que posso ver. Quero que vocês esperem dentro do carro, não toquem em nada. Você. — Apontou para o homem.

— Humm, Eric. Sou um estagiário. Eu só...

— Entre e fique no carro. Se os abutres voltarem, aperte a buzina. Vou buscar a Lil.

— Mais alguns voluntários vão chegar por agora de manhã. — Tansy respirou fundo, o hálito exalado circulando à frente como uma névoa. — E outros estagiários. Eles já devem estar chegando.

— Se eles chegarem antes de eu voltar, mantenha todo mundo longe do portão.

Cooper voltou para a caminhonete e deu marcha a ré até um dos acostamentos. Em seguida, fez uma rápida manobra e acelerou pelo caminho de volta até o chalé.

Lil já estava do lado de fora, parada no meio do caminho que levava até o chalé dos escritórios. Suas mãos se posicionaram sobre os quadris, com o semblante fechado em uma careta.

— O que foi agora? As manhãs são movimentadas por aqui.

— Você precisa vir comigo.

A carranca se desfez. Ela não o questionou. Havia o suficiente no tom de voz dele, em seus olhos, para dizer que um problema surgiu.

— Pegue sua máquina fotográfica — gritou ele quando ela fez menção de caminhar até a caminhonete. — Aquela digital. Seja rápida.

Mais uma vez, ela não fez perguntas, e saiu correndo para o chalé. Estava de volta em menos de dois minutos, com a câmera e o rifle em mãos.

— Me conta logo — disse, assim que subiu no veículo.

— Tem um lobo morto pendurado no seu portão.

Lil respirou fundo, e, pela visão periférica, Coop viu quando ela apertou a mão que segurava o cano do rifle. Mas a voz dela permaneceu calma quando perguntou:

— Baleado? Como o puma?

— Levou dois tiros, pelo que pude ver. Não sangrou muito, e está frio. Ele o matou em outro lugar e o trouxe para cá. Não há sinais de que ele entrou, ou que tenha tentado entrar. Mas não averiguei direito. Um pessoal da sua equipe chegou logo depois que o encontrei. Eles estão ligando para o xerife.

— Filho da puta. Qual é o motiv... Espera! — As palavras saíram alarmadas, e ela se endireitou no banco. — Volte, volte, Coop! E se ele tiver feito isso para nos atrair para longe do refúgio? E se ele estiver aqui dentro? Os animais estão indefesos. Volte, Coop!

— Estamos quase no portão. Eu te deixo aqui e volto.

— Rápido, rápido.

Quando ele freou a caminhonete perto do portão, ela se virou para Coop.

— Me espere — exigiu e desceu de um pulo. — Eric!

Ela contornou o lobo — garota esperta —, e Coop observou Eric descer o veículo.

— Pegue isso aqui. Rápido! Tire as melhores fotos que você puder do lobo, do portão, de tudo. Espere pelo xerife.

— Aonde você va...

Ela se enfiou de volta na caminhonete de Coop, fechando a porta sem nem ao menos responder ao rapaz.

— *Vai logo!*

Ele pisou fundo no acelerador, deu ré e derrapou ao fazer a curva. Quando apertou a buzina, ela se sobressaltou, e então o encarou.

— Na remota possibilidade de você estar certa, e ele nos ouvir chegando, o filho da mãe vai dar o fora. Isso não se trata de um confronto. — *Ainda não*, pensou Coop. *Ainda não.* — Se trata de intimidação.

— Por que "na remota possibilidade"?

— É improvável que ele soubesse que passei a noite aqui, ou que eu sairia bem cedo, antes do seu pessoal chegar. Caso contrário, seriam eles que encontrariam o lobo morto, e eles que teriam entrado aqui para te chamar. Todo mundo estaria bem aqui, não no portão.

— Tudo bem, é, faz sentido. — Mas ela só passou a respirar aliviada quando avistou os habitats e ouviu berros e o alvoroço da manhã. — Preciso dar uma conferida em todos eles. Se você for naquela direção, é só seguir o caminho; eu vou por esse lado e contorno a área, daí nós nos encontr...

— Não. — Ele encostou a caminhonete e desligou o motor. — Remota possibilidade, lembra? — repetiu. — E não vou arriscar que ele te pegue sozinha.

Ela ergueu o rifle que estava sobre os joelhos, mas Cooper negou em um aceno de cabeça.

— Juntos.

E quando terminarmos aqui, pensou, *vou dar uma olhada nos chalés e em todos os galpões.*

— Eles vão pensar que estou passando para uma visita, então vai rolar certa agitação quando perceberem que não é o caso.

Resmungos, sibilos e alguns berros em protesto ecoaram à medida que passavam. Ela avançava rápido sempre que cada confirmação visual aliviava a martelada dolorosa em seu peito. Seu coração acelerou por um instante quando avaliou a área cercada de Baby. Então ela olhou para cima — porque conhecia os joguinhos dele — e o encontrou de pé em suas quatro patas sobre o galho grosso de sua árvore.

O salto que ele deu foi magnífico e cheio de diversão. Quando Baby ronronou, ela cedeu e passou por baixo da barreira.

— Em breve — murmurou ela. — Vamos brincar um pouquinho em breve. — Lil acariciou a pelagem do puma através da cerca, então gargalhou quando ele se levantou nas patas traseiras, pressionando o corpo ainda mais contra a grade de modo que ela fizesse cócegas em sua barriga. — Em breve — repetiu.

A decepção do puma ressoou de sua garganta quando ela se afastou da grade de proteção. Ela deu de ombros ao ver Cooper a encarando.

— Ele é um caso especial.

— Não fui eu que ouvi um tom de desaprovação, e até um pouco de deboche, na sua voz quando você mencionou sobre pessoas que compram animais de estimação exóticos?

— Ele não é um animal de estimação. Você me vê colocar uma coleira de joias nele e sair por aí passeando?

— Esse aí é o tal do Baby.

— Você presta mais atenção do que pensei. Ele está no refúgio desde que era filhote, e por escolha própria. Eles estão bem — acrescentou Lil. — Se alguém desconhecido estivesse por perto, eles fariam um barulho perturbador. Mas tenho que checar de todo jeito. Temos um grupo chegando esta manhã, um grupo de jovens. E tenho dois felinos com unhas encravadas que precisam de cuidados. Além do mais, os estagiários têm algumas centenas de quilos de carne para processar no refeitório. Temos uma rotina aqui, Coop. Não podemos permitir que isso interfira na saúde dos animais ou no funcionamento do refúgio. Sem os passeios, nosso orçamento fica reduzido. E você tem um negócio para tocar, animais para alimentar.

— Verifique o restante das câmeras. Vamos dar uma passada pelos escritórios. Se estiver tudo tranquilo, você pode ficar por lá e checar seus animais.

— Willy vai permitir que a gente abra os portões, não é? Para deixar meu pessoal entrar.

— Não deve demorar.

— Não consegui dar uma boa olhada no lobo. Era grande, então eu diria que já era adulto. Para abater um daquele jeito... Talvez não fizesse parte de uma alcateia. Um lobo solitário se torna uma presa mais fácil. Ele quer me irritar, me desequilibrar, a ponto de esse lugar virar uma bagunça. Tive minha cota de cursos de psicologia — disse ela quando Coop observou a expressão em seu rosto. — Eu sei o que ele está fazendo. Não o porquê, mas o que está fazendo. Posso acabar perdendo alguns voluntários, até mesmo alguns estagiários por conta desse tipo de coisa. Nosso programa de estágio é essencial, então vou agir com rapidez e ter uma conversa franca na nossa reunião de emergência hoje.

Ela destrancou o chalé onde funcionavam os escritórios. Coop a cutucou para que se afastasse para o lado e abriu a porta. A área parecia estar limpa. Ele entrou, deu uma olhada geral e então conferiu cômodo por cômodo.

— Fique aqui, use o computador. Vou verificar os outros prédios. Me dê as chaves.

Lil não disse nada, apenas passou as chaves para ele. Quando Coop saiu, ela se sentou e esperou o computador ligar.

Ela sabia que Coop tinha sido policial. Mas nunca havia visto esse lado dele até hoje.

Cooper pensou que entendia o que acontecia no refúgio. No entanto, chegou à conclusão de que nunca havia considerado a extensão do trabalho, mesmo depois que Lil dera uma explicação geral. O refeitório, por si só, já foi uma baita surpresa, diante dos refrigeradores e freezers enormes, a imensa quantidade de carne e o equipamento necessário para processamento, manuseio e transporte.

Os estábulos abrigavam três cavalos, incluindo o que ele tinha vendido para Lil. Já que estava ali, ele aproveitou para alimentar e dar de beber aos animais, e marcou as duas tarefas como concluídas na planilha afixada na parede.

Coop verificou o galpão de equipamentos, a garagem e o chalé comprido de um andar que servia como centro educacional. Deu uma rápida olhada nos expositores dentro: fotos, peles, dentes, crânios, ossos — *onde é que ela conseguiu essas coisas?*

Fascinante, ele pensou enquanto checava os dois banheiros e cada cabine interna. Ele passou pela pequena loja de presentes adjacente, abastecida com bichinhos de pelúcia, camisetas, moletons, bonés, postais e pôsteres. Tudo arrumado e organizado.

Ela havia construído algo ali. Cuidara de todos os detalhes, todos os ângulos.

E tudo isso, ele sabia, *tudo isso foi feito para os animais.*

Ao voltar, ouviu o som de carros se aproximando, e então foi ao encontro do xerife.

— Está tudo bem por aqui. Ela está nos escritórios — disse ele a Tansy, então virou-se para Willy.

— Parece que ele decidiu se esconder, no fim das contas — disse Willy. — Não dá para ter certeza de que não foi outra pessoa, e que ele simplesmente escolheu este portão. Ou alguém teve a brilhante ideia de fazer isso por causa daquele puma. Mas o fato é que caçar lobos é ilegal por aqui, e todo mundo sabe disso. Eles sabem muito bem que tipo de problema enfrentarão. Agora, um fazendeiro matando um lobo que está atrás de seu gado é uma coisa. Mas conheço todos os fazendeiros do condado, e não consigo imaginar nenhum um deles transportando o corpo até aqui daquele jeito. Até mesmo aqueles que acham Lil um pouco estranha.

— As balas naquele lobo são do mesmo calibre da arma que disparou contra o puma.

— Sim, aposto que sejam. — Com um aceno de cabeça, Willy comprimiu os lábios. — Vou conversar com o pessoal do Serviço Nacional de Parques, e com os guardas-florestais do estado. Talvez você mesmo queira fazer algumas perguntas. Talvez alguém nas trilhas, usando o próprio equipamento ou o de outra pessoa, tenha visto alguém, ou alguma coisa.

Ele olhou para Lil assim que ela saiu do chalé.

— Bom dia. Desculpe por essa confusão. Seu veterinário está por aí?

— Ele vai chegar daqui a pouco.

— Vou deixar um policial, como da outra vez. Faremos tudo o que estiver ao nosso alcance, Lil.

— Eu sei, mas não há muito que você possa fazer. — Ela desceu os degraus da varanda. — Um puma, um lobo. É ruim, mas o mundo é difícil. E aquelas duas espécies podem ser romantizadas em outros lugares, mas não aqui, não onde podem vagar pelas colinas e abater o gado de um homem ou devastar um galinheiro. Eu entendo, Willy, sério, vivo no mundo real. Minha realidade, no entanto, é que tenho trinta e seis animais, sem contar com os cavalos, espalhados por cerca de treze mil hectares de terras, com os habitats e instalações. E estou com medo de que ele traga essa confusão para cá, pois foi isso o que ele insinuou hoje. Ou então de que ele mate um dos animais que vivem aqui, que eu trouxe para cá. Ou pior, de que ele possa fazer mal a um dos funcionários que trabalha aqui, que eu contratei.

— Não sei o que dizer para te tranquilizar.

— Não há nada a dizer, e é aí que ele tem a vantagem agora. Não tenho como ficar tranquila. Mas temos trabalho a fazer. E vamos continuar fazendo. Tenho seis estagiários que precisam terminar nosso programa. Temos um grupo de crianças de oito a doze anos chegando esta manhã, em cerca de duas horas, para um passeio e uma aula no centro educacional. Se você me disser que acha que essas crianças não estão seguras, posso cancelar.

— Não tenho motivos para pensar que um homem que mata um animal selvagem começará a atirar contra crianças, Lil.

— Tudo bem. Então nós todos faremos o que pudermos. Você deveria ir — disse ela a Coop. — Você tem seu negócio para cuidar, seus animais.

— Eu volto. Acho melhor fazer aquela lista logo.

Ela o encarou sem entender por um segundo, depois balançou a cabeça.

— Não é minha prioridade neste momento.

— Você que sabe.

— É. Sei mesmo. Obrigada, Willy.

O xerife franzia os lábios enquanto Lil voltava ao escritório.

— Tenho a sensação de que vocês dois estavam falando sobre outra coisa além do lobo. Já que tenho essa sensação, acho que você vai passar a noite aqui.

— Isso mesmo.

— Me sinto bem melhor sabendo disso. Nesse meio-tempo, vou mandar alguns dos meus homens darem uma olhada pela área, verificarem os portões e procurarem por pontos fracos. Ele se escondeu em algum lugar — murmurou Willy, olhando para as colinas.

*L*IL SABIA que a notícia se espalharia, e rápido, então não se surpreendeu quando os pais chegaram. Ela se afastou do tigre imobilizado e se aproximou da cerca do habitat.

— É só uma garra encravada. Um problema bem comum. — Lil estendeu a mão para tocar os dedos que a mãe havia enfiado através da grade. — Sinto muito que vocês tenham ficado preocupados.

— Você comentou sobre ir para a Flórida por algumas semanas, para trabalhar com aquele refúgio para panteras. Você deveria ir.

— Por alguns dias — corrigiu Lil. — No próximo inverno. Não posso ir agora. Ainda mais neste momento.

— Você poderia voltar para casa até que o encontrassem.

— E quem vou colocar no meu lugar aqui? Mãe, a quem eu pediria para ficar aqui só porque estou com medo e não quero ficar?

— Qualquer um que não seja minha filhinha. — Jenna apertou os dedos de Lil. — Mas você não pode nem vai fazer isso.

— Cooper ficou aqui ontem à noite? — perguntou Joe.

— Ele dormiu no sofá da sala. Coop se recusou a ir embora, e agora sou obrigada a ser grata por ele não ter me deixado expulsá-lo de casa. Tenho muita gente insistindo em ficar. Estamos tomando todos os cuidados, prometo. Vou encomendar mais câmeras, usá-las para segurança. Andei pesquisando sistemas de alarme, mas não podemos bancar o tipo necessário para resguardar todo o lugar. Não — disse ela, quando o pai fez menção de dizer alguma coisa. — Você sabe que também não pode arcar por isso.

— O que não posso arcar é que algo aconteça com a minha filha.

— Vou garantir que nada aconteça. — Ela lançou um olhar para onde Matt trabalhava com o tigre. — Preciso terminar aqui.

— Vamos voltar para o complexo, para ver se alguém precisa de uma ajudinha extra.

— Sempre.

$\mathcal{D}$E SUA posição no alto do terreno, através das lentes dos binóculos, ele observava o grupo familiar. Observar a presa era essencial, conhecer os hábitos, o território, as dinâmicas, as forças. E as fraquezas.

Paciência também era essencial. Ele poderia admitir que a falta ocasional de saber esperar era uma de suas fraquezas. O temperamento era outra. E foi isso que lhe custou dezoito meses na cadeia depois de ter espancado um homem quase até a morte em um bar.

Mas aprendeu a controlar o temperamento, a permanecer calmo e objetivo. A usar o ato de matar para sua satisfação pessoal.

Nunca no calor do momento, nunca com raiva. Com frieza e tranquilidade.

O puma foi um impulso. Estava lá, e ele queria saber qual era a sensação de matar um animal selvagem olho-no-olho. Acabou decepcionado. A falta do desafio, da *caçada*, equivalia a satisfação pessoal nenhuma.

Na verdade, precisava admitir, aquilo havia lhe trazido uma leve sensação de vergonha.

Tivera que compensar a insatisfação deixando seu temperamento ganhar vida — ao menos um pouquinho —, ao destruir o acampamento. Mas tinha feito tudo com muita precisão, o que foi importante. Calculou seus atos para enviar uma mensagem.

Lil. Lillian. Dra. Chance. Ela era tão interessante. Sempre havia achado isso. Olhe só para ela, com seu núcleo familiar — lá estava, definitivamente, uma fraqueza.

Seria satisfatório usar a família contra ela. O medo aumentando a emoção da caçada. Ele queria que ela o temesse. Aprendera como isso tinha um significado maior quando o medo vinha associado. E acreditava que seria mais emocionante sentir o medo dela, já que havia percebido que ela não era de se amedrontar com facilidade.

Ele faria com que ela temesse.

Ele a respeitava, assim como à sua linhagem. Mesmo que ela não respeitasse sua ancestralidade. Ela profanava tudo isso com aquele lugar, com as jaulas onde os animais livres e selvagens estavam aprisionados. O lugar sagrado de seu povo — e do dela.

Sim, ele faria com que ela temesse.

Ela seria uma excelente adição ao repertório. Seu maior prêmio até o momento.

Guardou os binóculos e recuou da borda antes de se levantar. Colocou a mochila leve sobre os ombros e ficou ali parado sob o sol do fim do inverno, mexendo no colar de dentes de urso ao redor do pescoço. A única coisa que havia pertencido ao pai.

O pai que ensinara tudo sobre seus ancestrais, sobre as deslealdades. Ele o ensinou a caçar e a viver na terra sagrada; a maneira como deveria pegar o que precisava sem remorso, sem arrependimento.

Ele se perguntava o que deveria pegar, e manter, de Lil após matá-la.

Satisfeito com a exploração do dia, começou a descer de volta à sua toca, onde planejaria o próximo passo de seu jogo.

Capítulo treze

⌘ ⌘ ⌘

𝓛IL ESTAVA prestes a se preparar para a alimentação da noite quando Farley chegou. Ele veio a cavalo, parecendo um homem capaz de ficar sentado sobre a sela o dia inteiro se fosse preciso.

Algo que a impressionou, e que nunca reparara antes, era a forma como ele e Coop se pareciam nessa única área. Dois garotos da cidade que se transformaram em caubóis. Que sobre a sela pareciam como se tivessem nascido ali em cima.

E era ali, ela pensou, que a similaridade acabava. Farley era mais expansivo e tranquilo, Coop era mais fechado e difícil de lidar.

Ou talvez aquele fosse apenas o ponto de vista dela a respeito dos dois. Ela se virou para Lucius.

— Por que você não fica de olho no refeitório? Eu vou logo em seguida.

Ela saiu e foi ao encontro de Farley, dando um tapinha no focinho de Hobo.

— Oi, meninos.

— Oi, Lil. Trouxe um negócio pra você. — Ele tirou um maço de margaridas rosas e brancas que escapuliam do alforje da sela.

Prazer e surpresa floresceram ao mesmo tempo.

— Você me trouxe flores?

— Achei que talvez te animassem um pouquinho.

Ela olhou para as flores — adoráveis, frescas, e, sim, animadoras. Então, sorriu. E com o sorriso ainda nos lábios, gesticulou com o dedo para que ele se abaixasse.

O sorriso largo de Farley se alargou ainda mais quando ela depositou um beijo estalado em sua bochecha. Em seguida, ela arqueou uma sobrancelha.

— E aquilo ali quase saindo do seu alforje... são narcisos?

— Parecem narcisos para mim.

Lil deu uma palmadinha carinhosa no tornozelo dele.

— Ela está guiando um grupo que chegou agora há pouco. O pai é um superfã de Deadwood, aquele programa da TV. Então, eles fizeram a viagem para visitar a cidade, depois de terem passado no Monte Rushmore, e ouviram falar sobre nós na cidade. Ele achou que as crianças iam se divertir.

— Aposto que vão.

— Eles devem estar na metade do caminho agora, se você quiser alcançá-los.

— Acho que vou, sim. Lil, posso dormir aqui essa noite de novo, se quiser.

— Obrigada, Farley, mas já estou protegida.

— É, fiquei sabendo. — As bochechas dele ficaram coradas quando ela o encarou. — Quero dizer, Joe disse que o Coop vai ficar por perto. Para ficar de olho. Deixou seu pai mais tranquilo — adicionou.

— E é por isso que estou permitindo que Coop fique aqui. Diga a Tansy que estamos prestes a começar a alimentação dos animais. A família de Omaha vai ganhar um bônus no passeio.

— Pode deixar.

— Farley? — Ela acariciou Hobo novamente antes de olhar para o rosto do rapaz. — Você e Tansy são meus amigos favoritos. São como família para mim, então vou dizer o que acho.

O rosto dele se tornou cuidadosamente inexpressivo.

— Tudo bem, Lil.

— Boa sorte.

O sorriso dele vacilou, para logo em seguida se alargar.

— Acho que vou precisar.

Ele partiu dali em um trote, com a coragem renovada. Valorizava a opinião de Lil, e sua aprovação — pelo menos, foi o que pareceu para ele — era algo que ele valorizava muito. Assoviando baixinho, percorreu o trajeto da área do complexo e que passava por trás das primeiras áreas dos cercados.

O terreno subia e descia, do jeito que a natureza ordenava. Picos de rochas se projetavam — alguns deviam estar lá sabe-se Deus desde quando —, e alguns foram inseridos por Lil. Árvores se espalhavam por todo o lugar, oferecendo sombras e inúmeras oportunidades para escalar, para se coçar.

Enquanto passava, um dos linces se alongou todo, afiando as garras contra a casca de um pinheiro.

Ele avistou o carrinho elétrico que usavam para passeios de grupos assim que virou a curva e alcançou o terreno plano, mas resistiu à vontade de instigar Hobo a um galope. Quando chegou até eles, o grupo estava diante do habitat do tigre, observando o grande felino bocejar, rolar e se espreguiçar de um modo que indicava a Farley que ele havia acabado de acordar de uma soneca.

Era bem provável que ele sabia que a hora do jantar estava perto.

— Olá, pessoal. — Tocou a aba do chapéu com a ponta do dedo. — Lil me pediu para avisar que está na hora do jantar dos animais — disse a Tansy.

— Obrigada, Farley. Com exceção daqueles na área de contato, os animais do refúgio são noturnos. Nós os alimentamos no começo da noite, pois reforça seus instintos naturais de caça.

Ela usou o que Farley pensava que fosse sua voz "formal". Ele poderia ouvi-la o dia inteiro.

— Processamos centenas de quilos de carne toda semana, em nosso refeitório. A equipe de funcionários e estagiários preparam a carne, a maior parte frango, que é doado generosamente pela Hanson's Foods. Vocês escolheram um bom horário para a visita, pois assistir à hora do jantar é uma experiência e tanto. Vocês verão, em primeira mão, o poder dos animais aqui do Refúgio de Vida Selvagem Chance.

— Moço? Posso andar no seu cavalo?

Farley olhou para a garotinha de cerca de 8 anos, bonita como um raio de sol em seu casaco de capuz cor-de-rosa.

— Se seus pais concordarem, você pode sentar aqui comigo, e te levo para dar uma volta. Hobo é bem manso, senhora — informou à mãe.

— Por favor! *Por favor!* Eu prefiro andar no cavalo do que ver os leões e outros bichos comendo frango.

Rolou um breve momento de debate entre os familiares. Farley ficou de fora do assunto e se permitiu o prazer de observar Tansy contar ao garoto de uns 12 anos — como imaginou —, como tigres espreitavam e emboscavam suas presas.

Por fim, a garotinha teve o que queria e se espremeu na frente de Farley, sobre Hobo.

— Isso é *muito* mais divertido. Você pode fazer ele correr?

— Eu até poderia, mas acho que sua mãe ia arrancar o meu couro.

— O que é "arrancar o couro"?

Ele riu.

— Ela ia arrancar a minha pele se eu fizesse isso, ainda mais quando prometi que iria devagar.

— Eu queria ter um cavalo. — Ela se inclinou para frente, para passar a mão na crina de Hobo. — Você pode andar nele o tempo todo? Todos os dias?

— Acho que sim.

A menininha suspirou.

— Você é tão sortudo.

Às costas dela, Farley assentiu.

— Eu sou. Sou muito sortudo mesmo.

Já que a garota — Cassie — não tinha o menor interesse em assistir aos animais sendo alimentados, Farley recebeu a permissão dos pais para mostrar-lhe os arredores. Hobo, firme como sempre , cavalgou tranquilamente pelo caminho, enquanto os animais gritavam, grunhiam, rosnavam e uivavam.

Ao anoitecer, Farley acenou uma despedida.

— Foi muito legal da sua parte, Farley. — Tansy observou a minivan se afastar pela estrada. — Passar um tempo e se esforçar para entreter a garotinha.

— Não foi problema algum. É mais fácil andar a cavalo pelo lugar do que carregar toda essa carne, e eu me sentiria obrigado a ajudar se não estivesse ocupado.

Ele tirou os narcisos da bolsa.

— São pra você.

Ela encarou as flores amarelas. Ele se perguntou se ela sabia como seu semblante transparecia a surpresa e o prazer... e a preocupação.

— Ah, Farley... Você não deveria...

— Você teve um começo de manhã difícil hoje. Espero que me deixe melhorar o fim do seu dia. Por que você não sai comigo, Tansy?

— Farley, eu já disse que não vamos nos envolver dessa maneira. Somos amigos, e nada mais. Nós não vamos namorar.

Foi preciso se esforçar muito para não sorrir. Ela estava usando sua voz "formal".

— Então, por que não me deixa ao menos te pagar um hambúrguer, como um amigo faria para um amigo que teve um dia difícil. Para tirar o que aconteceu da sua cabeça, só isso.

214

— Não tenho certeza se isso é...

— Só um hambúrguer, Tansy, para te poupar de ter que preparar o jantar ou ter que decidir onde comer a essa hora. Nada mais do que isso.

Ela o encarou por um longo tempo, com aquela ruguinha se aprofundando entre as sobrancelhas.

— Só um hambúrguer?

— Bem, talvez umas batatas fritas. Não dá para comer hambúrguer sem batatas fritas.

— Tá bom. Tudo bem, Farley. Eu te encontro na cidade... em cerca de uma hora. Que tal irmos ao Mustang Sally's?

— Está ótimo. — Como não queria abusar da sorte, montou Hobo de novo. — Te vejo mais tarde.

Ele se afastou a galope, com um grande sorriso no rosto e um belo grito de triunfo no peito.

No escritório que ela compartilhava com Tansy, Lil estava sentada, com o pé apoiado sobre a mesa, encarando o teto. Lançou uma olhadela para a amiga assim que ela entrou toda sorridente com os narcisos.

— Que lindos.

— Não quero nenhum comentário — disse, dando ênfase às palavras. — Foi apenas um gesto legal de um amigo. Algo para me animar.

Lil refletiu por um momento, então decidiu que se não dava para zoar os amigos, com quem você poderia zoar?

— Eu sei. Ele trouxe margaridas para mim.

A expressão de felicidade no rosto de Tansy sumiu.

— É mesmo? — Ela se recuperou, dando um sorriso aberto. — Bem, aí está, viu? Foi só um gesto bacana. Não significa nada além disso.

— Absolutamente, não. Você precisa colocar as flores na água. O papelão úmido e o plástico só as mantêm viçosas por um tempo.

— Vou colocar. Estou indo para casa, se não houver nada urgente. O dia foi longo. Os estagiários estão finalizando tudo, então vou levar o Eric... e quem mais precisar de carona até a cidade.

— Claro. Lucius está trabalhando em alguma coisa. Ele disse que deve demorar pelo menos mais uns vinte minutos, o que no tempo de Lucius significa uma hora. Ele pode fechar tudo por aqui.

— Depois dessa manhã, isso nem parece mais ser bom o bastante.

— Eu sei, mas é o que podemos fazer.

Os olhos de Tansy ficaram nublados com a preocupação.

— Cooper vai voltar... para passar a noite, não é?

— Aparentemente, sou voto vencido nisso. E nada de comentários também. Toma lá, dá cá.

Tansy ergueu a mão livre.

— Nem uma palavrinha.

— Posso ouvir daqui o que está pensando, e vou ignorar. Enquanto isso, tem uma coisa... Acabei de receber uma ligação de uma mulher nos subúrbios de Butte. Ela tem um jaguar melânico de 18 meses, nascido em cativeiro e adquirido por ela como animal de estimação exótico.

— Pintado ou preto?

— Preto. Ela disse que tem essa onça desde que era filhote. Uma fêmea, chamada Cleópatra. Alguns dias atrás, Cleo estava meio que se sentindo animada e com fome... daí acabou comendo o Pierre, um poodle miniatura.

— Ops...

— Sim, coitado do pequeno Pierre. A dona está histérica, o marido está furioso. Pierre pertencia à mãe dele, que saiu de Phoenix para visitá-los. Ele bateu o martelo, e Cleo tem que ir embora.

— E onde vamos acomodá-la?

— Aí é que está. Estou resolvendo isso. Poderíamos providenciar um habitat temporário, cercando uma parte da área da Sheba. Ela não está usando aquele lugar todo, e raramente sai da toca ou circula pelas imediações.

— Podemos arcar com isso?

— Também estou resolvendo isso. — Recostando-se à poltrona, Lil batucou a borda da mesa com um lápis. — Acho que a dona de Cleo pode ser persuadida a fazer uma bela e generosa doação para garantir a felicidade e o bem-estar dela.

— Defina "bela e generosa"?

— Estou esperando por uns dez mil.

— Gosto muito dessa sua esperança.

— Não é um sonho impossível — comentou Lil. — Acabei de pesquisar a vida dos donos. Eles estão nadando no dinheiro. Estão dispostos a pagar todas as despesas e taxas para trazê-la aqui, o transporte, o custo de enviar uma equipe até Montana por causa dela; e pelo que indica, parece que haveria até mesmo uma recompensa se pudermos fazer tudo rapidamente. Pedi que ela me desse um dia para avaliar a logística.

Os olhos de Lil se iluminaram quando ela largou o lápis sobre a mesa.

— Uma onça-preta, Tansy. Um jaguar jovem e saudável. Nós podemos cruzá-la. E Deus é testemunha de que ela estaria melhor e seria mais feliz aqui do que em um rancho de Montana. Temos a maioria dos materiais necessários para construir um habitat temporário. Na primavera, quando o solo estiver descongelado, podemos expandir e instalar um permanente.

— Você já decidiu.

— Não vejo como podemos resistir. Acho que posso conseguir o felino e uma grana desse acordo. Acho que posso deixar essa mulher tão feliz e grata que podemos acabar ganhando uma apoiadora valiosa. Vou pensar mais sobre o assunto. Faça o mesmo. Daí conversamos amanhã cedo, para tomar uma decisão.

— Tudo bem. Aposto que ela é linda.

Lil tocou a tela do computador, então Tansy deu a volta na mesa.

— Ela me enviou um e-mail com as fotos. Vamos tirar aquela coleira de *strass* dela. Ela é linda. Dê uma olhada nesses olhos. Eu já os vi na natureza. São intensos, misteriosos e até um pouco assombrosos. Ela seria uma adição incrível. E precisa de um refúgio. Esse animal não pode ser reintroduzido à natureza. Podemos oferecer um bom lar para ela aqui.

Tansy deu um tapinha no ombro de Lil.

— Ah, sim, vamos *pensar* melhor no assunto. Vejo você de manhã.

Já estava completamente escuro quando Lil saiu do escritório. Ao avistar a caminhonete de Cooper, ela encurvou os ombros. Não o tinha ouvido chegar. Estava muito envolvida, admitiu ao atravessar o complexo, com a chegada refrescante de um jaguar, organizando a logística, transporte e habitação. Eles precisariam de um exame veterinário para liberá-la, Lil pensou. Não podia confiar na palavra da proprietária quanto a isso. Ainda assim, se o felino tivesse qualquer problema de saúde, poderia ser mais importante lhe oferecer um santuário onde ficar.

Ela daria um jeito de arrancar mais dinheiro da dona de Cleo. E era boa em conseguir doações. Podia não ser a parte favorita do trabalho dela, mas era boa no que fazia.

Ela entrou em seu chalé.

O fogo já crepitava com vivacidade na lareira. Coop estava sentado no sofá, com os pés apoiados na mesinha de centro, uma garrafa de cerveja em uma mão. Com a mão livre, ele trabalhava em um laptop sobre o colo.

Ela fechou a porta com um pouco mais de força do que o necessário. O homem nem se deu ao trabalho de olhar para cima.

— Sua mãe mandou um pedaço de presunto, algum tipo de batatas e acho que até umas alcachofras.

— Posso cozinhar minha própria comida, sabia? Eu só não tive a oportunidade de ir ao mercado para fazer compras nos últimos dias.

— Uh-hmm. Trouxe um fardo de cervejas, se você quiser uma.

— Coop, isso não pode... Isso é errado em tantos níveis. — Ela se livrou do casaco e o largou ao lado. — Você não pode simplesmente vir *morar* aqui.

— Não estou morando. Tenho minha própria casa. Vou apenas dormir por aqui por um tempo.

— E por quanto tempo? Quanto tempo você planeja dormir no meu sofá? Ele lançou um olhar despreocupado enquanto tomava um gole da cerveja.

— Até você relaxar e me deixar dormir na sua cama.

— Ah, tudo bem, se é só isso, vamos lá. Vamos nos enroscar nos lençóis. Daí, nós dois podemos voltar às nossas vidas normais.

— Beleza. Me dá só um minuto para terminar isso aqui.

Com as mãos apertando a cabeça, ela andou em círculos.

— Porra — praguejou. — Porra, porra, porra.

— Eu poderia ter me expressado de maneira mais delicada do que isso. Lil parou de andar, então se agachou do outro lado da mesinha de centro.

— Cooper.

Ele tomou mais um gole de sua cerveja.

— Lillian.

Ela fechou os olhos com força por um instante, porque tinha que haver algum bom senso, alguma sombra de sanidade no caos turvando sua mente.

— Essa situação é constrangedora e desnecessária... e simplesmente estranha.

— Por quê?

— Por quê? Por quê? Porque nós temos um passado, porque tivemos um... lance. Você tem noção de que todo mundo no maldito condado já deve estar pensando que estamos dormindo juntos de novo?

— Não acho que todo mundo no condado nos conhece de verdade, ou ao menos se importe. E daí?

Ela teve que se apressar em busca de uma resposta adequada.

— Talvez eu queira dormir com outra pessoa, e você está atrapalhando.

Coop tomou um longo gole de sua bebida.

— Então, onde ele está?

— Tudo bem, esquece isso. Apenas esquece que eu disse isso.

— Com todo o prazer. Deve ser a sua vez de preparar a refeição.

— Está vendo? — Ela apontou para ele. — Olha aí. Que besteira é essa de "é a sua vez"? Essa é a minha casa. Minha! E eu entro aqui e te encontro no meu sofá, com os pés em cima da minha mesinha de centro, bebendo a minha cerveja...

— Eu comprei a cerveja.

— Você está ignorando de propósito a questão.

— Eu entendi a questão. Você não gosta da minha presença aqui. A questão que você está ignorando é que não dou a mínima. Você não vai ficar sozinha aqui até que esse problema seja resolvido. Eu disse ao Joe que cuidaria de você. E é isso, Lil.

— Se isso te faz sentir melhor, posso providenciar para que um estagiário fique no chalé ao lado.

Um leve traço de impaciência transpareceu no semblante dele.

— Qual é a idade média dos seus estagiários... uns vinte anos talvez? Fico me perguntando por que só de pensar em um universitário magricelo como seu apoio não me deixa nem um pouco tranquilo. Você se pouparia de toda essa irritação se simplesmente aceitasse que vou ficar por perto até que tudo se resolva. Você fez aquela lista?

"Até" é o ponto crítico, não é?, Lil pensou. Ele ficaria por perto até... ele terminar, ele decidir seguir em frente outra vez, até encontrar outra coisa ou alguém.

— Lil?

— O que é?

— Você fez aquela lista?

— Que lista? — Quando ele deu um sorriso torto, ela se lembrou. — Não. Não fiz porcaria de lista nenhuma. Eu tinha umas coisas menos importantes na cabeça hoje. — Embora soubesse que era uma espécie de rendição, ela se sentou no chão. — Tiramos duas balas calibre 32 do lobo cinzento.

— Fiquei sabendo.

— Eles têm que fazer o exame de balística, mas todos nós sabemos que foi a mesma arma, usada pelo mesmo homem.

— Está aí a sua notícia animadora. Você teria mais com o que se preocupar se tivesse dois atiradores rondando.

— Eu não tinha pensado dessa forma. Bom, oba!

— Você precisa melhorar a parte da segurança.

— Estou correndo atrás disso. Mais câmeras, luzes e alarmes. A saúde e segurança dos meus animais são prioridade para mim, mas não posso simplesmente enfiar a mão no bolso e tirar a grana para arcar com tudo.

Ele se esticou, enfiou a mão no bolso e tirou de lá um cheque.

— Doação.

Ela deu um sorriso de leve. *Droga*, ele estava agindo com consideração e gentileza — e ela estava sendo nada mais do que mal-humorada.

— E toda doação é aceita com gratidão, mas fiz a cotação dos preços dos equipamentos e sistemas hoje, então…

Lil deu uma olhada no cheque. Seu cérebro congelou na hora. Ela piscou, depois piscou de novo, mas a quantidade de zeros continuava a mesma.

— Que diabo é isso?

— Pensei que havíamos estabelecido que é uma doação. Você vai esquentar a comida que a sua mãe mandou?

— Onde diabos você conseguiu esse tanto de dinheiro? E você não pode simplesmente doar uma quantia dessas. Esse cheque é de verdade?

— É uma espécie de dinheiro de herança. Fundo fiduciário. Meu pai tentou segurar o máximo que pôde, mas sempre goteja na minha conta a cada cinco anos ou algo assim.

— *Goteja* — ela sussurrou a palavra. — No meu mundo, gotas não são tão grandes assim.

— Ele vai ter que liberar outro pagamento quando eu tiver trinta e cinco anos. Ele pode bloquear o resto até os meus quarenta, e é o que ele vai fazer. Meu pai ficou pau da vida por não conseguir anular o fundo e me dar um calote. Sou uma grande decepção para ele, em todos os níveis. Mas… já que é recíproco, a gente simplesmente supera.

O brilho que a doação colocou nos olhos dela amenizou para expressar simpatia.

— Eu sinto muito. Sinto muito que as coisas nunca tenham melhorado entre vocês. E nem sequer perguntei sobre isso, ou sobre a sua mãe.

— Ela se casou de novo. Pela terceira vez. Este último parece ser mais sólido. É um cara decente, e pelo menos olhando de fora, parece que ela está feliz.

— Eu sei que eles vieram visitar. Eu estava fazendo pesquisa de campo, então, não estava aqui. Sei que significou muito para Sam e Lucy.

— Ela pegou um voo na mesma hora quando soube que meu avô se machucou. Isso me surpreendeu — admitiu Coop. — Acho que surpreendeu todo mundo, inclusive ela.

— Eu não sabia. Tanta coisa aconteceu desde que voltei do Peru. Muitos detalhes passaram despercebidos por mim. Então está melhor? O relacionamento entre você e sua mãe?

— Nunca será como um comercial de margarina, mas a gente se entende quando nos vemos.

— Que bom. — Lil voltou a olhar para o cheque. — Eu quero isso aqui. Seria realmente muito útil para nós. Mas é muito dinheiro... Mais do que estava tentando arrancar da mulher do jaguar, e olha que eu ia ter sonhos bacanas essa noite.

— Mulher do jaguar?

Lil balançou a cabeça.

— É uma contribuição e tanto. Do tipo que normalmente tenho que implorar para conseguir.

— Eu tenho muito dinheiro. Mais do que preciso. Essa doação poderá ser deduzida do imposto, o que deixará o meu contador muito feliz.

— Tudo bem... se for deixar seu contador feliz. Muito obrigada... Nem sei mais o que dizer. — Ela deu um tapinha amigável na bota de Coop, que ainda mantinha o pé sobre a mesa. — Você tem direito a vários prêmios fabulosos. Um puma de pelúcia, uma camiseta oficial do Refúgio de Vida Selvagem Chance e uma caneca. Ah, e a assinatura da nossa Newsletter, além de entrada gratuita no refúgio, no centro educacional e em todas as nossas instalações por... Uau, com esse valor... pelo resto da sua vida.

— Pode embalar tudo pra viagem. Só que esse cheque vem com algumas condições associadas.

— Oh-oh...

— São bem simples. Você vai usar para a segurança. Vou te ajudar a escolher um sistema adequado. Está aí uma coisa que eu entendo. Se sobrar alguma coisa, fique à vontade. Mas use para garantir a segurança de todo o complexo primeiro, e o máximo possível do refúgio.

— Como isso não estava na minha mão cinco minutos atrás, posso conviver com essas condições. Mas eu realmente preciso de um novo habitat. Um lar para a pantera. O jaguar melânico de Butte.

— Que raios significa "melânico", e desde quando eles passaram a ter jaguares em Montana? A menos que você esteja falando daqueles que vêm com motores potentes...

— Melânico tem a ver com a pigmentação preta ou quase totalmente preta da pelagem, embora jaguares ou onças-pretas possam ter filhotes pintados. E não existem mais jaguares na natureza de Montana. Eles podem estar voltando, mas nos Estados Unidos, jaguares são criados em cativeiro. Uma mulher em Butte quer que adotemos o felino dela... porque ele comeu o cachorro.

Coop avaliou a expressão no rosto de Lil por um longo momento.

— Acho que preciso de outra cerveja.

Ela suspirou.

— Vou esquentar o jantar e explicar tudo. — Ela se levantou, então se deteve. Em seguida, sacudiu o cheque no ar. — Está vendo? Estou esquentando o jantar.

— Não, você ainda está aí parada falando sobre isso.

— Você me deu uma doação gigante e muito boa, e estou esquentando o jantar, esquecendo de ficar irritada porque você está se achando o dono da minha sala de estar.

— Esse tipo de condição não está vinculado ao cheque, Lil. Eu já te falei quais eram as condições.

— Você não precisa impor condições para que elas existam. Droga.

— Pronto, é só me devolver o cheque que eu mesmo rasgo.

— De jeito nenhum. — Ela enfiou o cheque no bolso traseiro da calça. — Mas temos que estabelecer limites, Coop. Regras básicas. Não posso viver desse jeito. É muito incerto e estressante.

— Escreva as regras. Nós podemos negociar.

— Aqui vai uma: se você vai comer aqui, seja lá quem fizer a comida, ou esquentar, é o outro quem tem que lavar a louça depois. É uma dinâmica básica para companheiros de moradia.

— Beleza.

— Você já teve algum? Quero dizer, depois da faculdade e da Academia de Polícia.

— Você quer saber se já morei com uma mulher. Não. Não oficialmente.

Por ele ter descoberto seu artifício raso para saber a verdade, ela não disse mais nada, e saiu da sala para esquentar a comida que a mãe super-cuidadosa enviou.

Como era um assunto mais fácil, ela contou sobre Cleo enquanto jantavam.

— Ela tem sorte de a onça ter comido um cachorro e não uma criança pequena.

— É verdade. Cleo pode, e, provavelmente, foi o que aconteceu, ter começado brincando. Daí o instinto assumiu. Animais selvagens podem ser treinados, e podem aprender, mas não podem e não serão domesticados. Coleiras de *strass* e travesseiros de cetim não transformam um animal selvagem em bichinho de estimação, mesmo quando nascem e são criados em cativeiro. Nós vamos trazê-la para cá, dar um belo destaque no site. Um animal novo sempre gera mais acessos, mais doações.

— Você vai incluir o gosto dela por filhotes na biografia?

— Acho que vamos deixar isso de fora. No que você está trabalhando? No seu laptop?

— Planilhas. Apenas despesas básicas, faturas, projeções.

— Sério?

— Você parece surpresa por eu saber o que é uma planilha. Eu administrei minha empresa por cinco anos.

— Eu sei. Acho que essa é uma daquelas lacunas que ainda não preenchi. Investigação particular. É parecido com o que vemos na TV? Eu sei que já perguntei antes, mas você estava sendo meio seboso quando perguntei.

— Eu me lembro de ter sido honesto. Não, não é como na TV, ou não muito. É muito trabalho de campo e horas sentado. Conversar com pessoas, pesquisas no computador, documentação.

— Mas, ainda assim, resolvendo crimes?

Achando graça ao detectar o tom esperançoso na voz dela, os olhos azuis gélidos de Coop se aqueceram.

— Isso acontece na TV. Nós lidamos com inúmeras reclamações de seguradoras, verificando quando ocorrem fraudes. Divórcios. Vigilância em cônjuges infiéis. Pessoas desaparecidas.

— Você encontrou pessoas desaparecidas? Isso é importante, Coop.

— Nem todo mundo que está desaparecido quer ser encontrado. Então, isso é relativo. E acabou. Agora são cavalos, ração, contas do veterinário, ferrador, equipamentos, seguro, safras. Eles precisam de um ajudante em tempo integral na fazenda. Precisam de um Farley.

Ela apontou o garfo para Cooper.

— Você não pode levar o Farley.

— Mesmo se eu tentasse levá-lo, ele me dispensaria de qualquer modo. Ele é apaixonado pelos seus pais.

— Entre outros. Ele está de olho na Tansy.

— Tansy? — refletiu Coop. — Ela é atraente. Farley é — ele procurou pela palavra certa —... afável.

— E charmoso e confiável, e muito, muito fofo. Ele a deixa abalada. Conheço Tansy desde os nossos dezoito anos. Nunca a vi ficar abalada assim por um homem.

Intrigado, Coop inclinou a cabeça de lado.

— Você está torcendo pelo Farley.

— Mentalmente estou agitando pompons como uma líder de torcida.

— Imagem interessante. — Ele deslizou o punho levemente fechado pela trança dela. — Quando foi a última vez que você ficou abalada, Lil?

Já que a resposta era "nesse instante", ela escorregou para fora do banco e levou os pratos até a pia.

— Tenho coisas demais acontecendo para ficar abalada. A louça é sua. Eu vou subir. Preciso terminar meu artigo.

Ele segurou a mão de Lil quando ela passava ao lado e a puxou com força o bastante para que perdesse o equilíbrio e se sentasse no colo dele. Em seguida, pegou a longa trança outra vez — agora agarrando em um punho mais apertado —, e puxou para que seus lábios se alinhassem aos dela. Então, tomou sua boca.

Irritada por ter sido pega desprevenida, ela o empurrou e se contorceu no colo de Coop. Ele era muito mais forte, o corpo consideravelmente mais resistente do que tempos atrás.

E a boca dele, as mãos... consideravelmente mais habilidosas. Luxúria se enrolava à irritação. Anseio ateou fogo à mistura explosiva. Então ele suavizou o beijo, o suficiente para adicionar uma camada de doçura que machucava o seu coração.

— Boa noite, Lil — murmurou Coop contra a boca dela, antes de recuar.

Ela se levantou às pressas.

— Nenhum contato físico ou sexual. Essa é uma regra.

— Não estou de acordo com essa aí. Pode escolher outra.

— Não está certo, Coop. Não é justo.

— Não sei se é certo ou não. Também não dou a mínima se é justo. — Seu tom de voz equivalia a um dar de ombros indiferente. — Eu te quero. E sei como é viver sem o que eu quero, e sei como ir atrás daquilo que quero. É só uma questão de decidir.

— E onde eu fico nessa decisão?

— Você terá que descobrir por si mesma.

— Você não vai fazer isso comigo. Não vai partir meu coração de novo.

— Eu nunca parti seu coração.

— Se você acredita mesmo nisso, ou você é burro de verdade, ou é emocionalmente atrofiado. Não me incomode mais essa noite. Não me aborreça.

Ela saiu pisando duro, subiu as escadas, entrou no quarto, onde fechou com força — e trancou — a porta.

Capítulo catorze

⌘ ⌘ ⌘

LIL ESPEROU até ouvir Coop dar partida na caminhonete na manhã seguinte, antes de descer as escadas. O atraso a deixou um pouco para trás, mas a falta do estresse compensou o incômodo.

Ela trabalhou um bocado e refletiu bastante, trancada em seu quarto durante a noite. *Trabalho coerente*, decidiu. Pensamentos coerentes.

Ela sentiu o cheiro do café antes mesmo de chegar à cozinha, e pôde — coerentemente — considerar aquilo como um benefício por ele ter passado a noite ali. Até que *havia* benefícios, e ela os avaliou em comparação às dificuldades.

A cozinha estava limpa. O homem não era porcalhão. E o café estava quente e forte, do jeito que ela gostava. Sozinha ali no ambiente silencioso, esquentou uma tigela de aveia instantânea, e a devorou. O amanhecer trouxe sua claridade quando acabou de comer, e os estagiários e funcionários começaram a chegar para mais um dia de trabalho.

As áreas cercadas e baias precisavam ser limpas, e os habitats desinfetados. Os estagiários coletariam amostras de fezes de cada animal, que seriam testadas em busca de parasitas.

Sempre, Lil refletiu enquanto manuseava uma mangueira, *uma atividade prazerosa.*

De acordo com seu gráfico diário, era hora de a perna de Xena ser examinada, o que significava a imobilização da velha loba para transportá-la à clínica. Enquanto ela estivesse inconsciente, eles fariam um exame completo e coletariam amostras de sangue.

Os animais do pequeno zoológico precisavam ser alimentados e atendidos, feno fresco deveria ser colocado. Os cavalos precisavam de água e comida, exercícios e escovação. O puro trabalho braçal de uma manhã rotineira no refúgio eliminava qualquer tensão persistente.

Até o meio da manhã, ela havia designado alguns estagiários para inventariar as cercas, mastros e outros materiais necessários para criarem um ambiente temporário para o jaguar antes que Lil fosse ao escritório para entrar em contato com o pessoal de Butte.

Quando ela executou todos os planos e preparativos que podia, saiu para procurar Tansy.

— Passeio escolar do ensino fundamental — informou Tansy, gesticulando para as crianças sendo guiadas pelo caminho. — Coloquei o Eric e Jolie para cuidarem deles. Os dois trabalham bem juntos. O fato é, Lil, que Eric é o melhor estagiário que já tivemos no programa.

— Concordo. Ele é inteligente, tem disposição para trabalhar, e não tem medo de fazer perguntas.

— Ele quer ficar por mais um semestre. Já até entrou em contato com os professores para ver se eles aprovam.

— Nunca tivemos um estagiário por dois semestres seguidos. Pode até ser útil — considerou Lil. — Ele poderia ajudar com o treinamento dos novatos, e poderíamos implementar um pouco mais o próprio treinamento dele. Se ele conseguir conciliar com a faculdade, vou aprovar.

— Bom. Teremos que trocar em breve. Terminar o tour desse grupo, começar com o seguinte. — Tansy inclinou um pouco a cabeça. — Parece que você não dormiu muito.

— Não dormi mesmo. Porque estava trabalhando, mexendo e maquinando, tramando e planejando. Tenho que ir à cidade logo mais, para depositar isso.

Ela tirou o cheque do bolso, segurou pelas pontas e o agitou, como se o papel dançasse ao vento.

— O que é i... Puta merda!

Tansy abraçou Lil e as duas começaram a pular e girar.

— Lil, isso é incrível, maravilhoso e inesperado. Coop? Quantos favores sexuais você teve que oferecer, ou fazer? Ele tem esse tanto de grana assim?

— Não ofereci e nem tive que fazer nenhum favor sexual. Mas, por essa grana, eu teria oferecido. E, sim, aparentemente, ele tem esse tanto de dinheiro. Quem poderia imaginar?

— Ele tem mais? Nós duas podemos oferecer e fornecer favores. Estou dentro.

— Vamos deixar essa ideia para depois. — Porque ainda estava deslumbrada, Lil observou aquele tanto de zeros novamente. — Gastei esse cheque de dez maneiras diferentes na minha cabeça durante a noite. Já estou com os valores de sistemas de segurança, luzes e sensores de presença, câmeras. Novos portões. Vamos ver até onde isso vai. E, para acrescentar, Montana está doando dez mil, com a condição de que usemos pelo menos parte do valor na construção de um novo lar bem bacana para Cleo, na primavera.

— Quem espera sempre alcança.

— Minha mãe sempre diz que a vida é feita de ciclos, em um sistema de pesos e contrapesos. Gosto de pensar que isso é para equilibrar todo o horror que tem acontecido. Matt conversou com o veterinário em Butte, e está tudo bem por lá. Estou resolvendo as coisas das licenças, documentação, papelada, logística.

— Caramba, Lil, vamos ter um jaguar. Na verdade, vamos ter um jaguar preto!

— E preciso que você vá até Montana para trazer a Cleo para seu novo lar.

— Claro, mas é sempre você quem vai para avaliar os animais.

— Não posso sair daqui agora, Tans, nem mesmo pelos dois ou três dias que isso vai levar. — Ela varreu o complexo com o olhar, observando humanos e animais. — Não posso arriscar que alguma coisa aconteça enquanto estou fora. E como as coisas estão se resolvendo rapidamente, quero estar aqui para ajudar com o habitat temporário, e finalizar os planos para o definitivo. Já organizei a caixa e o caminhão.

— O problema é que eu nunca dirigi um caminhão desses.

— Não será você ao volante. Você ficará encarregada do felino. Da segurança e saúde dela, além da segurança pública. São cerca de sete, oito horas no máximo, de viagem. Farley vai dirigir o caminhão.

— Ai, Lil.

— Panorama geral, Tansy. Ele pode lidar com o caminhão, e é um voluntário de alto nível. Ele é o melhor para fazer isso, e tem experiência suficiente nos auxiliando por aqui, para te ajudar da maneira que você precisar. Não estou antecipando nenhum problema.

— Seu panorama geral é bem lógico. Mas e quanto à *paixonite* dele? Onde entra nesse cenário?

Lil sabia exatamente como rebater o argumento da amiga. Arregalou os olhos e disse:

— Você está me dizendo que não consegue lidar com o Farley e a paixonite dele?

— Não. Não exatamente. — Encurralada, Tansy soltou um suspiro. — Droga.

— Vocês poderiam chegar lá em seis horas, se tudo der certo — prosseguiu Lil, falando rápido —, verificar Cleo, encantar e tranquilizar a dona. Passar a noite, colocar o jaguar no caminhão na manhã seguinte, e estar de volta antes da refeição dos animais.

Naquele instante, já sem a menor vergonha, Lil partiu para o armamento pesado:

— Não posso fazer isso sozinha, Tansy, então preciso que você me faça esse imenso favor.

— É claro que farei. Mas é uma situação estranha.

— Então, por que você saiu para jantar com ele ontem à noite?

Com o cenho franzido, Tansy enfiou as mãos nos bolsos do casaco.

— Como você sabe disso?

— Porque os estagiários também comem, e conversam.

— Foi só um hambúrguer.

— E agora é apenas uma viagem de transporte. Vou ajeitar tudo pra você até o final do dia, e você pode averiguar qualquer material médico que julgue necessário levar com Matt. Vocês podem ir amanhã cedo. Se chegar aqui até às seis, podem pegar a estrada o quanto antes.

— Você já combinou com o Farley.

— Sim. Ele vai trazer o caminhão pra cá hoje à noite.

— Diga a ele para se programar para sairmos às cinco da manhã. Vai nos dar uma boa vantagem ao longo do dia.

— Pode deixar. Meu Deus, Tansy... Você vai trazer um jaguar pra cá. Agora vou até a cidade para abastecer nossos cofrinhos antes de esvaziá-los.

LIL TINHA inúmeros afazeres para resolver em Deadwood. O banco, a loja, o empreiteiro, a agência dos correios. Como economizaria um tempo depois, abasteceu o estoque de rações.

Ela deixou Coop por último, já que avistou a caminhonete dele do lado de fora do haras que eles mantinham na periferia da cidade.

Pegou a pasta com todas as informações e especificações que conseguiu da internet, e foi em direção ao cheiro de cavalos, couro e feno.

Lil o encontrou na terceira baia, sentado em um banquinho enquanto enfaixava a pata direita de um alazão de cor castanha.

— Está tudo bem com ele?

Coop assentiu, as mãos firmes e competentes.

— Só teve uma leve distensão.

— Fui resolver umas coisas na cidade, e pensei em deixar isso aqui quando vi sua caminhonete. Consegui uma boa quantidade de informações sobre alguns sistemas de segurança que acho que seriam ideais para nós. Vou deixar aqui no banco do lado de fora.

— Pode deixar. Fiz um telefonema mais cedo hoje. Entrei em contato com uma pessoa que conheço no ramo. Gosto do sistema deles, e ele poderia me dar um bom desconto. — Coop mencionou o nome da empresa.

— Essa empresa é uma das duas que tenho na pasta.

— É excelente. Se você a escolher, ele nos passará o contato do representante mais próximo daqui. Eles irão até o refúgio, ajudarão com o projeto e farão a instalação.

— Tudo bem. Então vamos optar por eles.

— Vou ligar para ele assim que acabar aqui, e pedir que ele entre em contato com você.

— Obrigada. Também estou com uma carta oficial de agradecimento em nome do refúgio, reconhecendo sua generosa doação. Seu contador deve querer arquivar isso. E Farley vai passar a noite no complexo.

Ele olhou para Lil.

— Tudo bem.

— Vou deixar você voltar ao trabalho.

— Lil. Temos mais coisas para conversar.

— Acho que temos. Mais cedo ou mais tarde.

*E*LA SE levantou para ver Tansy e Farley partirem em viagem ainda no escuro. A descontração de Farley fez com que o dia dela começasse com um sorriso, apesar do olhar rabugento de Tansy.

— Tente evitar multas por excesso de velocidade, especialmente na volta.

— Não se preocupe.

— E me liguem quando chegarem lá, ou se surgir qualquer problema, ou...

— Talvez você devesse me lembrar para não deixar as chaves na ignição, ou mastigar bem a comida antes de engolir.

Ela cutucou a barriga dele com a ponta do dedo.

— Não dirija muito rápido, e fiquem em contato. É tudo o que tenho a dizer.

— Então, vamos pegar a estrada. Está pronta, Tansy?

— Sim. — Ela deu um aceno enérgico e formal. E ele deu a Lil um sorriso e uma piscadela.

Conhecendo aqueles dois, Lil poderia apostar que a piscadinha romperia toda aquela formalidade antes dos primeiros cem quilômetros.

Com um aceno, ela ficou ali parada, ouvindo o som do motor do caminhão desaparecer conforme sumia na curva em direção à estrada principal.

Ocorreu-lhe que, pela primeira vez, desde que ela e Coop acamparam, ela estava completamente sozinha no complexo. Por mais umas duas horas — mais ou menos —, ela teria o lugar só para ela.

— Só vocês e eu, pessoal — murmurou ela.

Lil ouviu o canto da velha leoa, que muitas vezes berrava para o céu noturno antes do amanhecer. Naqueles milhares de hectares do santuário, o mundo estava acordado e vivo.

E eram dela, Lil pensou, tanto quanto poderiam ser.

Ela olhou para cima, feliz em ver o céu brilhante e estrelado. O ar estava fresco como uma maçã, as estrelas eram como joias, e o rugido de Boris se juntou ao de Sheba.

Lil percebeu, naquele momento, que não poderia estar mais satisfeita.

Uma mulher com juízo na cabeça voltaria para a cama por mais uma hora — ou pelo menos se refugiaria no chalé quentinho e tomaria outra caneca de café, talvez até mesmo desfrutasse de um café da manhã tranquilo. Mas ela não queria a cama, ou o interior do chalé. Não, ela queria a noite, as estrelas, seus animais, e essa pequena parcela de solidão.

Ela entrou para abastecer sua caneca térmica, pegou uma lanterna e enfiou o celular no bolso, como de costume.

Lil decidiu caminhar pela propriedade, suas terras. Vaguearia pelas trilhas dos habitats antes de o sol nascer, antes de tudo aquilo não pertencer somente a ela outra vez.

Assim que saiu, um bipe agudo e repentino a fez estacar em seus passos. *O alarme da porta de uma das jaulas*, ela pensou, com a pulsação acelerada. O café espirrou para todo lado quando largou a caneca no chão, descendo os degraus às pressas para correr até a outra cabana.

— Qual delas, qual delas? — Em meio à correria, ligou o computador de Lucius. Em seguida, pegou a arma e os dardos tranquilizantes da clínica. Com medo do que poderia encontrar — ou não encontrar —, enfiou mais alguns dardos extras no bolso.

Ela acionou o interruptor para acender as luzes do caminho, as luzes de emergência, depois correu até o computador para fazer uma varredura no sistema de câmeras.

— Pode ter sido um erro, pode não ser nada. Pode ser... Ai, meu Deus. — A jaula do tigre estava escancarada. Sob a iluminação amarelada das luzes de emergência, ela viu um rastro de sangue pelo caminho e seguindo até a vegetação. E avistou ali a sombra do felino, o brilho dos olhos dele contra a escuridão.

Vá agora, rápido, ela ordenou a si mesma. Se esperasse, poderia perdê-lo. Mesmo com a idade avançada, o tigre poderia se deslocar rápido, para longe. Poderia atravessar o vale, em direção às colinas, à floresta, onde havia pessoas, trilheiros, fazendeiros, campistas.

Vá agora.

Ela inspirou fundo como um mergulhador prestes a se lançar no mar, então saiu.

A solidão, tão atraente poucos momentos antes, agora pulsava com o medo. O ar se agitava ao redor, combinando com as batidas de seu coração; sua garganta doía como se agulhas minúsculas e cruéis a alfinetassem a cada respiração. O bipe constante do alarme da jaula agitou os outros animais, então, rugidos, uivos e berros irromperam por todo o complexo e ecoaram pelo ar. Isso ajudaria, pensou consigo mesma, a mascarar os sons de sua aproximação.

O felino a conhecia, mas isso não fazia a menor diferença. Ele era uma fera selvagem e perigosa, ainda mais fora do ambiente de contenção e com um rastro de sangue no solo. Além disso, o rastro de sangue significava que o felino não era o único predador que poderia atacar. Ela sabia que poderia ser caçada enquanto perseguia o tigre.

Ela teve que reprimir o medo, e ordenou-se a ignorar o fluxo de sangue bombeando em seus ouvidos, os batimentos de seu próprio coração, o rastro de suor escorrendo por suas costas. Seu trabalho — e sua responsabilidade — era imobilizar o felino. Rápido e sem complicações.

Lil invocou todo o seu instinto, cada hora de treinamento e experiência. Ela conhecia o terreno — melhor do que sua própria presa, para dizer a verdade. Obrigou-se a se mover devagar, a ter cautela, apurando os ouvidos.

Ela mudou de direção. O trajeto levaria mais tempo, mas ela iria contra o vento. Se, como ela acreditava, o tigre estivesse ocupado com a isca que o atraíra para fora da jaula, aquela rota e o barulho seriam usados a seu favor.

Ela se movimentava pela trilha iluminada, entrando e saindo das sombras. Avaliando o terreno, a distância, fechando sua mente para tudo, exceto chegar até o felino para imobilizá-lo.

Lil ouviu, sob os berros vindos por todos os lados dos habitats, um ruído que ela conhecia muito bem. Presas e garras rasgando carne, o estalo dos ossos, e o ronco baixo do felino enquanto dilacerava a presa.

Suor escorria por suas têmporas, descendo pelo pescoço conforme ela mudava novamente de direção. O tigre estava deitado de barriga para baixo, banqueteando-se. Para que fosse capaz de disparar um tiro certeiro e livre, um que injetasse o dardo em um músculo mais comprido, ela teria que se postar no espaço aberto, bem na linha de visão do animal.

Lil agarrou a arma de dardos tranquilizantes, moveu-se para o lado e saiu de entre as árvores, ficando a quase dois metros dele.

O felino ergueu a cabeça, e grunhiu. O sangue do filhote de alce quase todo dizimado manchava seu focinho, pingando de suas presas. Olhos cintilaram na direção dela, dourados e descontrolados.

Ela disparou, acertando a parte de trás do ombro, e se preparou para atirar novamente enquanto ele rugia, furioso. Ele se contorceu e se sacudiu, tentando livrar-se do dardo. Lil deu um passo para trás, e mais outro, testando a posição de cada pé antes de transferir o peso entre eles.

E ele a observava, abaixando a cabeça de volta para a carne ensanguentada à medida que Lil fazia a contagem do tempo mentalmente, ouvindo o ronronar trovejante da garganta do felino.

Embora o medo a instigasse a fugir dali, ela sabia que correr despertaria o instinto de caça do animal. Então, bem devagar, com os músculos tremendo, continuou recuando com todo o cuidado. Entrar no recinto dele, pensou, ainda contando os segundos na cabeça, fechar a porta. Lá dentro, distante demais para atirar, mas perto o bastante, talvez, poderia ficar em segurança enquanto a droga o deixava inconsciente.

Ou para dar um segundo disparo, caso ele fosse atrás dela.

Ele já deveria estar sedado, apagado. *Caramba, vá dormir. Não me faça dar outra dose.* Lil ouvia o sibilo irregular de sua própria respiração, enquanto ele rosnava novamente por conta de sua retirada, e se preparou para apertar o dedo trêmulo no gatilho quando ele começou a se erguer para avançar.

O terror era intenso. Intenso e paralisante. Ela nunca chegaria a tempo na jaula.

No entanto, quando ele tentou se levantar por inteiro, as patas dianteiras cederam. Lil recuou mais um passo, e mais outro, mantendo distância, visualizando a área cercada em sua mente, conforme o tigre cambaleava. Ele se esparramou no chão, o brilho selvagem desaparecendo de seus olhos. Com a arma ainda erguida, Lil mudou o ângulo e apontou na direção das sombras, da cobertura das árvores.

Ela não recuaria para a área cercada agora. O tigre não era mais uma ameaça.

Nada se movia. Os pássaros noturnos estavam em silêncio, e os piados matinais ainda não haviam começado. Ela sentiu o cheiro de animal, de sangue e de seu próprio suor pegajoso.

Se outro alguém estivesse caçando, ela rezava para que ele tivesse se escondido. Embora estivesse agachada, para se tornar um alvo menor, sabia que se ele estivesse ali, se estivesse armado, ela estaria vulnerável.

Mas se recusava a deixar seu tigre sozinho e indefeso. Com a mão livre, vasculhou o bolso atrás de seu celular.

Seguindo seus instintos outra vez, ligou para Coop.

— Alô?

— Houve uma invasão aqui. Preciso que venha o mais rápido possível. Não ligue para meus pais.

— Você está ferida?

— Não. Está tudo sob controle, mas preciso que venha pra cá.

— Chego em quinze minutos — disse ele, e desligou.

Ela fez uma segunda ligação para o xerife, e depois foi examinar o grande felino. Satisfeita ao ver que ele respirava normalmente, ela voltou ao caminho iluminado outra vez. Deu uma conferida na porta da jaula, avaliou o cadeado danificado, o rastro de sangue usado como isca.

Lil se virou ao ouvir um ruído, procurando por todo o caminho com o olhar, a vegetação, as árvores se movendo antes de perceber que era ela fazendo o barulho. Sua respiração saía em arfadas, ofegos, e a mão que segurava a arma de dardos tremia violentamente.

— Tudo bem, tudo bem... Que bom que esperei tudo acabar para desabar. Okay.

Com o corpo curvado para frente, apoiou as mãos nos joelhos, tentando recobrar o fôlego. Até suas pernas estavam tremendo, percebeu, e ao conferir o relógio de pulso, viu, meio chocada, que somente dezesseis minutos haviam se passado desde o momento que o alarme disparou.

Minutos, não horas, nem dias. Apenas alguns minutos.

Ela se obrigou a endireitar a postura. Quem quer tivesse arrebentado o cadeado, atraído o tigre para fora do cercado, já devia estar longe a essa altura. Era o mais lógico. Se tivesse ficado para assistir, teria visto quando ela imobilizou o felino, quando fez as ligações. Se fosse inteligente, e ele era, saberia que ela havia chamado ajuda, assim como a polícia. Ele iria querer estar bem longe quando a ajuda chegasse.

De volta ao buraco onde se escondia, de volta à sua toca.

— Fique longe do que é meu! — gritou, mais em fúria do que esperançosa que ele pudesse ouvir. — Eu vou te encontrar. Juro por Deus que vou te achar!

Ela percorreu o caminho, verificando todas as jaulas, e contando os minutos. Quando mais dez haviam se passado, arriscou deixar o tigre inconsciente. Correu apressada até o complexo, para o galpão de equipamentos, e colocou o arnês e cabos em um dos carrinhos elétricos. Enquanto saía do galpão com o carrinho, ouviu o som do motor da caminhonete se aproximando pela estrada. Lil desceu correndo do carrinho e acenou para Cooper quando os faróis a iluminaram.

— Eu preciso agir rápido. Vou te explicar tudo. Apenas entre no carrinho.

Ele não perdeu tempo, não fez perguntas até que os dois estivessem a caminho dos habitats.

— O que aconteceu?

— Alguém entrou, detonou o cadeado da jaula do tigre, preparou um rastro de sangue como isca para atraí-lo para fora. Ele está bem. Eu o imobilizei.

— *Ele* está bem?

— Sim. Minha prioridade agora é colocá-lo dentro da jaula de novo, para que continue contido, e com a porta consertada. Liguei para o Willy, mas não vamos entrar em todos os "porquês" e nos "como". Quero aquele felino de volta ao cercado antes de os estagiários chegarem, se possível. Não quero uma porção de universitários surtando.

Ela parou o carrinho e pulou para fora.

— Não consigo movê-lo sozinha. Ele pesa mais de duzentos e vinte quilos. Vou ajustar esse arnês, e vamos chegar o carrinho o mais perto que pudermos dele. Nós dois devemos conseguir levantá-lo.

— Quanto tempo ele vai ficar apagado?

— Cerca de quatro horas. Administrei uma dose forte. Coop, será mais fácil explicar aos estagiários se ele estiver seguro dentro da jaula, do que se eles começarem a chegar e derem de cara com isso.

Ele olhou para a carcaça do jovem alce, do mesmo jeito que ela fez, observando o focinho todo manchado do tigre.

— Vamos resolver logo isso. Depois, Lil, tenho um monte de coisas para dizer.

Os dois trabalharam juntos para ajustar o arnês no tigre inconsciente.

— Aposto que isso é algo que você nunca imaginou que faria algum dia.

— Há muitas coisas que nunca pensei que faria. Vou trazer o carrinho.

Ele conduziu o veículo por cima das plantas que se alinhavam na extremidade final do caminho, por sobre as pedras do rio e para dentro da vegetação.

— Podemos amarrar esses cabos e arrastá-lo — disse Coop.

— Não vou arrastá-lo. — Ela avaliou a respiração do tigre, suas pupilas. — Ele é velho e o terreno é acidentado. Ele não fez nada de errado, e não quero que se machuque. Usamos esse método antes, para transportá-lo até a clínica, mas só dá para fazer com duas pessoas.

Com três ou quatro, seria muito mais fácil e rápido, ela pensou.

— O tigre é o maior dos quatro grandes felinos — disse ela, enquanto conectava os cabos ao arnês. — Ele é siberiano, é protegido. Tem doze anos e fez parte de um circo, em um zoológico de segunda categoria. Estava doente quando o pegamos, quatro anos atrás. Certo, tudo bem... Tem certeza de que o freio está travado?

— Não sou idiota.

— Desculpa. Você precisa puxar essa manivela enquanto eu puxo essa aqui. Tente mantê-lo nivelado, Coop. Quando ele estiver sobre as quatro patas, posso manobrá-lo para o carrinho. Pronto?

Quando ele assentiu, ambos começaram a girar as manivelas. À medida que o arnês se levantava, ela observava, com total atenção, para garantir que o felino estivesse seguro, e que o arnês aguentasse o peso.

— Um pouco mais, só mais um pouquinho. Vou travar o meu lado, movê-lo. Talvez eu precise que você me dê mais espaço. Isso aí, isso mesmo — murmurou ela, guiando o arnês sobre o carrinho. — Abaixe bem devagar do seu lado, Coop, apenas alguns centímetros.

Demorou um tempo, e certa habilidade, mas os dois transferiram o felino para o carrinho, e o levaram para dentro da área cercada. Os primeiros raios da manhã surgiram no céu, conforme ambos abaixavam o corpo pesado do tigre diante da entrada de sua toca.

— Ele está respirando bem, e as pupilas estão reativas — afirmou Lil, agachando-se ao lado do animal para um rápido exame. — Quero que Matt dê um diagnóstico completo. A isca pode ter sido adulterada.

— Você precisa de um novo cadeado, Lil.

— Peguei outro no galpão de equipamentos. Está no meu bolso. Por agora, deve servir.

— Vamos embora.

— Tá, tá. — Ela passou a mão por sobre a cabeça do tigre, por todo o flanco, e então se levantou. Do lado de fora, ela travou o novo cadeado na corrente que mantinha a porta da jaula fechada. — Os estagiários e a equipe devem chegar em breve. A polícia também. Agora, o que preciso mesmo, de verdade, é de café. Uma bela caneca de café e um minuto para respirar.

Ele não disse nada enquanto Lil dirigia o carrinho de volta ao galpão. Quando Coop começou a andar na direção do chalé com ela, ergueu o queixo e apontou para os faróis que avistava ao longo da estrada.

— Você não vai ter a sua chance de respirar.

— Ainda quero o café, o que é uma escolha mais inteligente do que os três dedos de uísque que realmente quero. Você trancou o portão de novo?

— Não, não estava no topo da minha lista de afazeres dessa manhã.

— Imagino. Acho que é a polícia. — Lil quase conseguiu dar um sorriso ao dizer aquilo. — Me faz mais um favorzinho? Espere por ele enquanto eu pego aquele café? Posso trazer um pra você também.

— Se apresse.

Engraçado, pensou, enquanto fazia uma pausa dentro da própria cozinha, as mãos tremendo novamente. Ela se permitiu um momento para jogar água fria no rosto, na pia, antes de encher duas canecas térmicas com café preto.

Quando voltou para o lado de fora, Coop estava na companhia de Willy e mais dois policiais.

— Como você está, Lil? — Willy perguntou a ela.

— Estou melhor agora. Mas, minha nossa, Willy, aquele filho da puta só pode ser doido. Se aquele tigre tivesse escapado daqui, para longe de mim... Só Deus sabe...

— Preciso dar uma olhada em tudo. A que horas o alarme disparou?

— Por volta das 5:15h. Eu tinha acabado de conferir as horas antes de sair do meu chalé, e tinha chegado somente até a varanda quando soou. — Ela caminhou ao lado deles, liderando o caminho. — Tansy e Farley saíram daqui praticamente às cinco em ponto, talvez um ou dois minutos depois disso. Tansy estava ansiosa para pegar a estrada.

— Tem certeza? Devia ser umas cinco e meia quando você me ligou, e isso foi logo após ter colocado o tigre para dormir.

— Tenho. Eu sabia onde encontrá-lo. Liguei o computador e conferi pelas câmeras, quando fui buscar a arma de dardos tranquilizantes. Vi a jaula aberta, vi o tigre, então sabia para onde ir. Não demorou muito tempo, mesmo que parecesse que levou um ano ou dois.

— Você chegou a cogitar em me ligar primeiro? — Willy exigiu saber.

— Eu tinha que agir com rapidez. Não podia esperar e arriscar perder o felino. Se ele tivesse saído do complexo... Eles são muito velozes quando querem, e até que você chegasse aqui... Ele precisava ser contido o mais rápido possível.

— Mesmo assim, Lil, qualquer outro problema no futuro, quero que me ligue antes de fazer qualquer outra coisa. E acho que você deveria ter um pouco mais de noção, Coop, em vez de andar por toda a cena do crime.

— Você está certo.

Willy inflou as bochechas.

— Seria mais satisfatório se vocês discutissem comigo um pouco. — O xerife parou antes de chegarem à trilha ensanguentada. — Tire algumas fotos — instruiu um dos policiais. — Do cadeado quebrado também.

— Eu deixei no mesmo lugar onde o encontrei — informou Lil. — E me mantive longe das pegadas o máximo que consegui. Não tocamos na isca. O tigre só teve uns dez minutos, ou pouco mais que isso, com a isca, antes que eu chegasse até ele. Mas tenho certeza de que ele destroçou um bocado pelo que pude ver. Era um alce pequeno.

— Faça-me um favor, e fiquem aqui. — Fez um sinal para os seus homens e se enfiou em meio à vegetação para seguir as pegadas do tigre.

— Ele está um pouco pau da vida. — Lil suspirou. — Acho que você também…

— Esse é um bom palpite.

— Eu fiz exatamente o que achei que precisava ser feito, o que ainda acho que precisava ter feito. Eu sei disso. Mas… Os estagiários estão chegando — disse ela, ao ouvir o som das caminhonetes. — Preciso conversar com eles. Muito obrigada por ter vindo tão rápido, Coop. Agradeço por tudo o que fez.

— Pode parar; vamos ver se vai ficar tão agradecida quando nós dois formos conversar. Vou esperar pelo Willy aqui.

— Tudo bem.

Ela lidou com um tigre fugitivo, Lil pensou, enquanto voltava. Poderia lidar com um homem irritado.

Às 7:30h, Lil já se sentia como se tivesse passado por um dia exaustivo inteiro. A reunião de emergência com a equipe a deixou com uma dor de cabeça e um grupo de estagiários apreensivos. Tinha certeza de que, se a troca no estágio não estivesse próxima, por questão de poucos dias, alguns já teriam desistido e ido embora. Embora quisesse ajudar Matt durante o exame e testes de Boris, acabou decidindo designar alguns estagiários. O trabalho os manteria ocupados e focados. E reforçaria o fato de que estava tudo sob controle. Outros, ela colocou para trabalhar na área cercada temporária, e não tinha dúvidas de que vários olhares cautelosos seriam lançados na direção dos habitats ao longo do dia.

— Alguns deles vão ligar amanhã alegando estarem doentes — comentou Lucius, quando ele e Lil ficaram a sós.

— É. E aqueles que ligarem, nunca chegarão a trabalhar em campo. Podem trabalhar com pesquisa, laboratórios, em salas de aula, mas nunca com trabalho em campo. — Com um sorriso envergonhado, Lucius ergueu a mão. — Você está planejando ligar amanhã para avisar que está de cama?

— Não, mas passo a maior parte do tempo aqui dentro. Posso te garantir que nunca teria saído com uma arma de dardos tranquilizantes para caçar um tigre siberiano. Você deve ter ficado apavorada pra cacete, Lil. Sei que você relatou tudo como se fosse um lance rotineiro, mas, qual é... sou eu aqui.

— Fiquei apavorada — reconheceu. — Mas meu pavor maior era não conseguir alcançá-lo para imobilizá-lo e contê-lo. Meu Deus do céu, Lucius, pense no estrago que ele poderia ter feito se tivesse escapado daqui. Eu nunca seria capaz de conviver com isso.

— Não foi você quem o deixou escapulir, Lil.

Não importa, Lil pensou enquanto saía da cabana. Tinha aprendido uma lição valiosa, vital. Custe o que custasse, ela teria o melhor esquema de segurança disponível, e faria isso o mais rápido possível.

Ela encontrou Willy e Coop a caminho, de volta do que ela supunha que agora era considerado uma cena de crime.

— Embalamos o que restou daquela carcaça, e vamos testá-la no laboratório, caso tenha sido adulterada — informou Willy. — Enviei alguns homens para seguirem as pegadas. Eu te ligo quando souber de mais detalhes.

— Bom.

— Vou precisar de um depoimento completo seu, dos dois — disse o xerife também para Coop. — Por que não conversamos na sua casa, Lil?

— Tudo bem.

À mesa da cozinha, com mais algumas canecas de café, ela repassou cada detalhe.

— Quem tinha conhecimento de que você ficaria sozinha aqui, depois que Farley foi embora essa manhã?

— Não sei, Will. Acho que a notícia de que ele iria até Montana com Tansy se espalhou. Eu tive muitos preparativos para fazer, e não fiz nada na surdina. Mas não sei se isso é relevante. Se Farley estivesse aqui, tudo teria acontecido do mesmo jeito. Com exceção de que eu não teria precisado ligar para o Coop, para me ajudar a colocar o Boris de volta na jaula.

— A questão é que aquela porta foi aberta minutos após eles saírem daqui, e quase duas horas antes dos seus funcionários do turno da manhã chegarem. Agora, talvez isso tenha sido apenas um golpe de sorte, ou, talvez, alguém esteja vigiando o refúgio.

Ela já havia pensado nesta possibilidade.

— Ele teria que saber que temos sinais de alerta em todas as jaulas, e que mantemos os alarmes ativados, a menos que estejamos trabalhando nos habitats. Senão, o objetivo seria tirar o tigre da jaula, atraí-lo para fora. Poderia ter levado mais duas horas, tranquilamente, até que alguém notasse que a porta estava aberta, e nesse tempo, Boris poderia ter perambulado por aí, ou simplesmente ter voltado para o interior de sua toca. Sua casa. Se não tenho como ter certeza sobre isso, e esse é um animal com o qual tenho trabalhado há anos, a pessoa que está fazendo isso não poderia saber também.

— Você está aqui há uns cinco anos — disse Willy. — Nunca recebi uma denúncia sequer de alguém tentando tirar um de seus animais da jaula.

— Não. Isso nunca aconteceu antes. Não estou dizendo que é uma coincidência, apenas que a intenção pode ter sido soltar um dos felinos e causar o caos.

Willy assentiu, ciente de que ela o entendia.

— Vou coordenar uma caçada humana com o departamento de Parques Nacionais. Não posso te dizer o que fazer, como xerife, mas posso dizer como amigo, Lil, que não quero que fique aqui sozinha. Nem mesmo por uma hora.

— Ela não vai ficar — interveio Coop.

— Não vou discutir. Não quero que ninguém, inclusive eu, fique sozinho por aqui até que esse homem seja encontrado e preso. Vou entrar em contato com a empresa de segurança hoje de manhã ainda, e providenciar o melhor sistema que eu puder pagar. Willy, meus pais vivem a menos de dois quilômetros daqui. Pode acreditar em mim quando digo que não vou arriscar de jeito nenhum que algo do tipo aconteça de novo.

— Acredito em você. Mas você está mais perto dessas jaulas, e tenho um carinho profundo por você. Tive a maior paixonite aguda por ela quando eu tinha dezesseis anos — contou ele ao Coop. — Se contar à minha esposa que eu disse isso, vou dizer que você é um baita de um mentiroso.

Ele se levantou.

— Andei ao redor e dei uma boa olhada. Todas as suas áreas cercadas estão seguras. Não vou fechar o refúgio. Eu poderia — acrescentou, quando Lil arfou. — E você teria que recorrer da minha decisão, e acabaríamos em lados opostos. Quero que faça aquele telefonema sobre o novo sistema de segurança, e quero que me mantenha informado. Tenho o maior carinho por você, Lil, mas também tenho pessoas para proteger.

— Entendido. Não violamos um único regulamento ou medida de segurança desde que trouxemos o primeiro felino.

— Sei disso, querida. Eu sei. E trago meus filhos aqui duas ou três vezes por ano. Eu quero continuar trazendo. — Estendendo a mão, ele acariciou a cabeça de Lil, um gesto casual e afetuoso ao mesmo tempo. — Já estou de saída. Quero que se lembre de ligar para mim primeiro daqui para frente.

Ela permaneceu sentada onde estava, fervilhando.

— Suponho que você tenha muito o que dizer agora — murmurou, quando ela e Coop ficaram a sós.

— Você devia ter ficado dentro de casa e esperado por ajuda. Duas pessoas portando armas de dardos tranquilizantes são melhores do que uma só. E nem vem me dizer que não tinha tempo para isso.

— Não tinha. O que você sabe sobre tigres como espécie, e siberianos como subespécie?

— Eles são grandes, têm listras, e eu teria que deduzir que são da Sibéria.

— Na verdade, o nome correto da subespécie é Amur; siberiano é o nome comumente usado, e leva todo mundo ao erro, já que eles vivem no extremo leste da Rússia.

— Bem, agora que esclarecemos isso.

— Só estou tentando te fazer entender. Ele é ferozmente territorial. Persegue e embosca, e pode atingir a velocidade de quase sessenta quilômetros por hora, até mais.

Ela respirou fundo, inspirando e expirando, pois a ideia lhe dava um frio na barriga.

— Até mesmo um tigre velho como Boris pode correr se quiser. Ele é forte, e pode carregar uma presa de, sei lá, mais de quarenta e cinco quilos, e ainda saltar uma cerca de quase dois metros de altura. O homem não é sua presa usual, mas de acordo com a maioria dos registros catalogados, tigres matam mais humanos do que qualquer outro felino.

— Parece que você está reforçando meu argumento aqui, Lil.

— Não. Não... escuta. — Ela puxou o cabelo. — A maioria dos predadores de humanos são velhos, que é o caso do Boris, que muitas vezes escolhem um homem porque é uma presa mais fácil de abater do que presas maiores. Ele é solitário e reservado, como a maioria dos felinos, e se estiver interessado em carne humana, caçaria em áreas pouco povoadas. Seu tamanho e força indicam que ele poderia matar uma presa menor instantaneamente.

Desesperada para fazê-lo entender, ela apertou a mão dele por sobre a mesa.

— Se eu tivesse esperado, aquele tigre poderia estar agora a quilômetros de distância, ou poderia ter vagado pelo quintal dos meus pais. Pelo pasto da frente do rancho dos seus avós. Ele poderia ter perambulado até o lugar onde as crianças pegam o ônibus escolar. Tudo isso enquanto eu estava aqui dentro, sentada, esperando alguém chegar para me ajudar.

— Você não teria que esperar se não tivesse ficado sozinha.

— Você quer que eu admita que subestimei esse desgraçado? Subestimei. — Paixão e retratação cintilavam em seus olhos. — Eu estava errada. Terrivelmente errada, e esse erro poderia ter custado inúmeras vidas. Nunca imaginei algo assim, nunca previ. Que droga, Coop, você imaginou? Você sabe muito bem que eu estava tomando precauções, porque fiz questão de te contar sobre os sistemas de segurança que pesquisei.

— É verdade, quando você apareceu lá para garantir que eu soubesse que o Farley ficaria aqui, daí eu não era necessário.

Com sua cabeça começando a latejar, Lil baixou o olhar.

— Fazia sentido o Farley ficar aqui, já que eles sairiam cedinho daqui. Foi só isso.

— Papo furado. Pelo amor de Deus, Lil, você acha que eu colocaria o meu desejo de te levar para a cama acima do meu desejo pela sua segurança?

— Não. É claro que não. — Ela olhou novamente para ele. — É sério, Coop. Eu te liguei. Eu liguei pra você antes de ligar para o Willy.

— Porque eu estava mais perto, mais acessível, e você não queria assustar seus pais.

Ela detectou o tom de amargura, e não poderia culpá-lo por isso.

— Isso é tudo verdade, mas também te liguei primeiro porque sabia que podia contar com você. Eu sabia, sem a menor sombra de dúvida, que podia contar com você para me ajudar.

— Você pode, e só para garantir que você não esqueça, sexo está fora de cogitação agora.

— Desculpa...?

— *Você* está pedindo desculpas?

Uma parte da irritação — pelo menos o lado mais agressivo — pareceu abrandar quando ele balançou a cabeça em frustração.

— Sim. Não. Quero dizer... não sei o que isso significa.

— Simples: sexo agora está fora da equação. Não vou tocar em você. Não vou te pedir por isso. E estarei aqui do anoitecer ao amanhecer, todo dia. Se eu não puder estar, outra pessoa ficará no meu lugar. Tenho que colocar algumas coisas em dia — disse ele, ao se levantar. — É melhor você contar aos seus pais, antes que outra pessoa faça isso.

Capítulo quinze

⌘ ⌘ ⌘

ELE PODERIA tê-la abatido com a mesma facilidade com que abateu aquele filhote de alce; era só mirar, e ela teria caído rapidinho. O tigre teria ido atrás dela, então. Ah, sim. Um tiro na perna, ele pensou, imaginando a cena em sua cabeça. Não um tiro fatal, somente algo para derrubá-la. O tigre teria trocado um alce por uma mulher?

Ele apostaria que sim.

E *isso* não teria sido maravilhoso de ver?

Mas não era um jogo de escolhas. Além do mais, foi interessante e divertido observá-la à distância. Ela o surpreendeu, ele tinha que admitir, mesmo com tudo o que sabia sobre ela. O que havia observado. Não esperava que ela agisse tão rápido, com tanta determinação, ou que perseguisse o felino com tanta habilidade.

Ele a deixou — vida e morte —, e o restante do jogo nas mãos do destino. E do tigre.

Ela mostrou coragem, o que ele admirava, e uma cabeça fria. Mesmo que não houvesse outra razão, aqueles atributos, e seu interesse neles, a mantiveram viva por mais um dia.

A maioria das outras pessoas a quem ele caçou foi pateticamente fácil demais. Na verdade, a primeira foi um acidente. Apenas um impulso, pela força das circunstâncias. Mas aquele incidente, de certo modo, foi o que o definiu. Deu a ele um propósito que nunca teve, e um meio de honrar sua linhagem.

Ele encontrou sua vida com a morte.

Agora esta última fase da caçada elevou consideravelmente as apostas. Adicionou mais emoção. Quando chegasse a hora, ela lhe ofereceria uma competição de verdade, uma satisfação de verdade. Não havia dúvidas. Certamente era bem melhor do que os dois tiras caipiras que andaram por todo lado seguindo o rastro dele.

Ele poderia tê-los eliminado também. Com muita facilidade. Retrocedeu, dando a volta por trás e os avaliou como faria com um cervo desgarrado do rebanho. Poderia ter acabado com aqueles dois, e já estar a quase dois quilômetros de distância, antes que qualquer pessoa percebesse.

Chegou a ficar tentado.

Avistou um, depois o outro, através da mira do rifle que levava consigo hoje, e chegou a murmurar o som dos disparos com a boca. Já havia matado homens antes, mas preferia as mulheres.

As fêmeas eram, em quase todas as espécies, as caçadoras mais implacáveis.

Ele decidiu deixá-los vivos, primeiro porque dois policiais mortos atrairiam outros como um enxame sobre as colinas. Isso poderia arruinar a caçada principal. Não queria perder seu alvo mais importante, ou ser forçado a abandonar seu território antes de terminar.

Paciência, lembrou a si mesmo, então se afastou tão silenciosamente quanto uma sombra se distancia do sol.

Contar tudo aos pais e ainda aplacar seus medos — ou ao menos tentar — deixou Lil exausta. Quando entrou em contato com a empresa de segurança, da cozinha dos pais, em uma tentativa de acalmar os ânimos, a recepcionista transferiu a ligação diretamente para o proprietário da empresa.

Dez minutos depois, ela encerrou a chamada e se virou para os pais.

— Vocês conseguiram entender alguma coisa?

— Alguém virá para instalar pra você um sistema de segurança.

— Não "alguém" — ela corrigiu o pai —, o dono da empresa. Ele estava esperando a minha ligação, porque Coop entrou em contato com ele meia hora atrás e o colocou a par de tudo. Ele vai pegar um voo ainda hoje, e chegará aqui à tarde.

— Em quanto tempo eles conseguirão instalar tudo que você precisa? — a mãe exigiu saber.

— Não sei. Vamos descobrir em breve. Enquanto isso, tem uma boa quantidade de policiais e guardas-florestais em busca desse cara. Não vou ser descuidada, e prometo não ficar sozinha de novo no complexo. Nem mesmo por dez minutos. Me desculpem... sinto muito por não ter imaginado que ele poderia fazer algo desse tipo. Pensei que talvez ele tentasse machucar os animais, mas nunca cogitei que ele arriscaria soltar um deles. Preciso voltar ao refúgio. Os estagiários e funcionários precisam me ver por lá, precisam me ver seguindo a rotina diária.

— Joe, vá com ela.

— Mãe...

Jenna encarou a filha com o olhar faiscante. Não foi preciso muito mais coisa para que Lil engolisse qualquer objeção.

— Lillian, há muito tempo eu não te digo o que fazer. Mas estou dizendo agora. Seu pai vai com você, e ficará contigo até que esteja satisfeito de que *eu* ficarei satisfeita por você estar o mais segura possível. E não vou falar de novo.

— É só que... Eu já roubei o Farley de vocês por dois dias.

— Sou perfeitamente capaz de cuidar dessa fazenda. Já disse que não vou falar de novo. Olhe para mim. — Semicerrando os olhos com um brilho zangado, Jenna apontou o indicador para o próprio queixo. — Essa é a expressão do meu rosto quando a minha ordem está dada.

— Vamos, Lil. Uma ordem da sua mãe é lei. Você sabe disso tão bem quanto eu. — Ele se inclinou e deu um beijo na esposa. — Não se preocupe.

— Ficarei menos preocupada agora.

Desistindo de argumentar, Lil esperou enquanto o pai pegava o casaco, e não disse nada quando ele retirou o rifle do estojo. Ela se acomodou ao volante de sua caminhonete, e lançou ao pai uma olhadela antes de se afastar com o veículo.

— Por que você não teve que ir comigo toda vez que eu saí em uma viagem de campo? Por acaso eu te vi no Nepal? Você sabe que já rastreei tigres, na selva, para programas de monitoramento por coleiras.

— Alguém estava dando um jeito de um tigre rastrear você?

— Tudo bem, entendi o argumento. De qualquer maneira, eu poderia aproveitar sua presença lá para me ajudar com a construção da nova área cercada. — Com uma fungada, Lil colocou os óculos escuros e cruzou os braços sobre o volante. — Nem pense que vai almoçar de graça por lá.

— Vou te lembrar sobre o almoço por volta do meio-dia. Já que tenho que trabalhar, é bom que eu ganhe pelo menos um sanduíche.

Aquilo a fez rir, e quando ela estendeu o braço, Joe segurou a mão da filha e deu um aperto de leve.

COOP AJUDOU com os equipamentos de um grupo de oito homens que programaram uma viagem de três dias. Recém-chegados de Fargo, eles compraram o pacote de ecoturismo para uma despedida de solteiro. *Uma mudança e tanto em relação aos clubes de strip-tease*, Coop refletiu. Eles implicavam uns com os outros o tempo todo, como velhos amigos costumam fazer, e estavam levando cerveja suficiente para boiarem trilha abaixo. Como os cavalos eram dele, Coop verificou a bagagem para o acampamento, as mochilas e suprimentos, certificando-se que tudo se encontrava em bom estado.

Na companhia de Gull, ele observou o grupo sair em um trote pela trilha principal, e ficou imaginando como eles reagiriam caso fosse mencionado que havia um psicopata perambulando pelas colinas. Suspeitava que teriam continuado o caminho alegremente, apesar disso, e sentiu-se aliviado ao saber que os planos do grupo os levariam para bem longe do refúgio.

— Eles vão se sair bem — comentou Gull. — Aquele tal de Jake lá? Ele tem vindo para essas bandas pelos últimos seis anos, desde que eu ajudo seu avô a conferir os equipamentos. Ele sabe o que está fazendo.

— Eles vão encher a cara essa noite.

— Ééé... — respondeu Gull, imitando o sotaque do grupo. — Pode apostar. De todo jeito, poderíamos aceitar mais grupos assim. — O homem observou o progresso deles, por baixo da aba de seu chapéu surrado. — Vamos começar a vê-los mais por aqui, agora com a chegada da primavera.

— A primavera pode estar perto, mas na hora que forem mijar para se livrar de toda a cerveja ingerida, aqueles caras vão congelar as bolas.

Gull deu uma risadinha.

— É mesmo. Espero que as do noivo descongelem antes da lua de mel. Então, chefe, tenho que conduzir outro grupo daqui a uma hora. Passeio por trilha em família. O pai pesa uns bons cem quilos. Estava pensando em escolher o Pé Grande pra ele.

— É uma boa escolha. Você tem planos para hoje à noite, Gull?

— Até onde sei, não. — O sorriso de Gull se alargou ainda mais quando ele deu uma piscadinha. — Você está me chamando pra sair, chefe?

— Sou tímido demais — retrucou Coop, fazendo com que o amigo gargalhasse. — Lil teve um problema lá no refúgio.

— Fiquei sabendo.

— Ela pode precisar de uma ajudinha, se um homem não se importar em congelar as bolas.

Gull deu uma palmadinha de leve na própria virilha.

— As joias de um homem da Dakota do Sul não congelam tão fácil quanto as dos bebuns de Fargo.

— Deve ser por causa do excesso de punhetas — caçoou Coop, alargando ainda mais o sorriso do peão. — Você pode pegar um turno de vigilância por lá, tipo... das duas às seis?

— Claro, chefe. Posso ficar de boa. Precisa de mais alguém?

Ele não hesitou em momento algum, Coop pensou. *Nem reclamou.*

— Mais uns dois homens seriam bem úteis, desde que você tenha certeza de que eles não vão atirar em si mesmos ou em outra pessoa.

— Vou ver o que posso fazer, e pensar a respeito. Vou buscar as marmitas para esse passeio guiado.

— Posso fazer o *check-in* do grupo quando chegarem.

Quando se separaram, Coop foi até o escritório da loja. A mesa velha de frente para a janela dava uma boa vista de Deadwood, que não se parecia muito com o aspecto da cidade na época dos famosos caubóis Calamity Jane e Wild Bill. Ainda assim, tinha um charme do velho oeste, com as marquises, arquitetura e os postes de iluminação à moda antiga. Era como se a cidade se esparramasse e escalasse as colinas. Caubóis misturavam-se com os turistas; os bares estilo *saloons* ficavam lado a lado com lojinhas de presentes.

E um homem poderia encontrar mesas de jogos de pôquer ou *blackjack*, de dia ou de noite, se quisesse se meter com apostas. No entanto, os donos do estabelecimento dificilmente matariam alguém na sala dos fundos e jogariam o corpo como alimento para os porcos.

Era um progresso.

Ele cuidou da papelada, formulários e autorizações, de modo que pudesse registrar o grupo familiar quando chegassem. E para que pudesse dedicar um tempo para seus próprios afazeres.

Cooper pegou um refrigerante da caixa-térmica, já que sua adrenalina estava a mil por causa do café ingerido pela manhã. As pessoas passavam pela calçada, e algumas olhavam para o interior do escritório. Veriam um homem conduzindo seus negócios, usando o teclado de um computador que, na opinião de Coop, precisava, desesperadamente, ser substituído.

Ele abriu o arquivo de Lil. Podia até não ser mais um detetive, mas isso não significava que havia se esquecido de como investigar. Preferia que a lista da equipe dela, contando funcionários, estagiários e voluntários estivesse completa, mas não tinha certeza se era o caso. Porém já tinha bastante coisa para mantê-lo ocupado. A equipe de Lil, antiga e atual, não lhe rendeu nada. Era bem provável que ele soubesse mais sobre cada um agora, do que alguns gostariam; mas ele sabia coisas que muitas pessoas, com certeza, não se sentiriam à vontade que ele soubesse.

Embora tecnicamente Jean-Paul não fizesse parte do quadro de funcionários, Coop também o investigou. Relacionamentos arruinados podiam ser como fungos apodrecendo tudo ao redor. Ele sabia que o tal francês havia se casado e divorciado com vinte e poucos anos. Provavelmente, Lil sabia daquilo, e como não parecia relevante, apenas arquivou a informação. Não encontrou nenhum registro criminal, e descobriu o endereço atual do homem em Los Angeles.

Fique por aí, Coop pensou.

Coop descobriu alguns delitos entre os membros da equipe, mas nada mais violento do que o veterinário se envolvendo em uma briga durante uma manifestação contra testes em animais, cerca de quinze anos atrás.

Os ex-estagiários formavam o maior grupo, e o mais diversificado em aspectos econômicos, geográficos e acadêmicos. Investigou alguns deles durante o período de faculdade, pós-graduação e até mesmo as carreiras. Uma rápida conferida mostrou a Coop que a maioria dos estagiários supervisionados por Lil seguia carreira em alguma área de atuação em campo.

Ele encontrou algumas passagens pela polícia enquanto vasculhava. Drogas, direção sob efeito de bebidas alcóolicas, uns dois registros de agressão e/ou danos patrimoniais — geralmente relacionados a uso de entorpecentes e álcool.

Esses mereciam uma investigação mais detalhada.

Cooper fez o mesmo com os voluntários — qualquer um que constasse na lista, pensou, irritado.

Ele separou aqueles que moraram ou se mudaram para as Dakotas. A proximidade poderia ser um fator importante, e Coop acreditava que o filho da mãe que estava importunando Lil conhecia aquelas colinas tão bem quanto ela.

Com o cuidado entediante que o processo exigia, cruzou informações sobre as agressões, prisões por uso de drogas, direção sob influência de substâncias, com a área geográfica, e obteve um único resultado.

Ethan Richard Howe, trinta e um anos. Uma acusação de invasão em Sturgis — e a cidade era bem próxima —, quando tinha vinte; porém as queixas foram retiradas. Porte ilegal de arma — um revólver calibre 22 —, dois anos antes no Wyoming. E uma agressão que parecia muito com uma briga de bar, aos vinte e cinco anos, e que o colocou atrás das grades por um ano e meio em Montana.

A sentença foi reduzida por bom comportamento, e ele foi solto mais cedo. *E*, pensou o ex-policial, *esse tipo de estratégia acontecia para liberar os detentos à medida que outros entravam.*

Três infrações, Coop refletiu. Uma por estar onde não deveria, outra por causa de uma arma, e a última por uso de violência. Daria uma olhada mais apurada em Howe.

Ele havia começado a seguir adiante na lista, mas teve que parar quando os Dobson chegaram — Tom, Sherry e as duas filhas adolescentes —, para o check-in.

Ele conhecia seu trabalho, e era mais do que simplesmente pedir que os clientes preenchessem e assinassem os formulários, mais do que garantir que eles realmente pudessem montar a cavalo. Coop conversou com o pai, contou breves histórias sobre cada cavalo do haras. Fez tudo com calma, como se estivesse com o tempo sobrando.

— É uma trilha tranquila e muito boa — assegurou a Sherry, que parecia mais nervosa do que empolgada. — Não há nada como ver as colinas em um passeio a cavalo.

— Mas estaremos de volta bem antes do anoitecer, certo?

— Gull trará vocês de volta às quatro.

— A gente ouve falar sobre as pessoas que se perdem...

— Pare com isso, Sherry — interveio Tom.

— Gull cresceu aqui — afirmou Coop. — Ele conhece as trilhas, assim como os cavalos também estão habituados. Vocês não poderiam estar em melhores mãos.

— Não monto um cavalo há mais de dez anos. — Sherry subiu no bloco de montaria que Coop providenciou. — Vou ficar dolorida em partes do corpo esquecidas há muito tempo.

— Você pode agendar uma boa massagem aqui na cidade, se estiver interessada.

Ela olhou para Coop, às suas costas, e pela primeira vez um brilho de animação surgiu em seus olhos.

— Sério?

— Posso agendar pra você, se quiser. Talvez umas cinco da tarde?

— Você pode fazer isso?

— Será um prazer.

— Massagem às cinco. Será que eu conseguiria aquela massagem com pedras quentes?

— Claro. Com duração de cinquenta minutos ou uma hora e vinte?

— Uma hora e vinte minutos. Meu dia melhorou bastante. Obrigada, senhor Sullivan.

— É um prazer, senhora. Bom passeio pra vocês.

Ele entrou e fez a reserva do horário para a massagem, anotou todos os detalhes. O haras receberia uma comissão por indicação, o que era uma boa. Depois, ele voltou a se concentrar nos arquivos de Lil.

Ele começou a investigar as mulheres. Estava mais inclinado a acreditar que se tratava de um homem nesse caso, mas sabia muito bem que era melhor não descartar uma mulher. Ele não conseguiu ver tão bem naquela manhã, de modo que pudesse ter certeza. Em todo caso, uma mulher poderia ser a conexão.

Bebeu o refrigerante e comeu metade do sanduíche de presunto que a avó havia preparado para ele, enquanto trabalhava. Nunca conseguiu impedi-la de fazer sua marmita, e ele precisava admitir que não insistia muito no assunto.

Era bom ter alguém que tirava um tempinho para se preocupar com você.

Casamentos, divórcios, filhos, diplomas. Uma das estagiárias mais antigas do refúgio agora morava em Nairóbi; a outra era uma veterinária com especialização em animais exóticos em Los Angeles.

E outra... havia desaparecido. Nessa hora, seus instintos despertaram.

Carolyn Lee Roderick, vinte e três anos, desaparecida há oito meses e vários dias. Vista pela última vez no Parque Nacional de Denali, durante um trabalho de campo.

Cooper seguiu seu instinto e cavou o que pôde sobre Carolyn Roderick.

⌘ ⌘ ⌘

No REFÚGIO, Lil trocou um aperto de mãos com Brad Dromburg, dono da empresa Segurança Total. Ele era um sujeito magro, que nitidamente se sentia à vontade usando sua calça jeans da Levi's e sapatos Rockports, com o cabelo loiro-escuro cortado rente e olhos verdes. Ele tinha um sorriso amigável, a mão firme e a voz com um leve sotaque do Brooklyn.

— Agradeço por vir até aqui, e tão rápido.

— Coop mexeu os pauzinhos. Ele está por aí?

— Não. Eu...

— Ele disse que tentaria chegar aqui a tempo. É um belo lugar esse o seu, senhorita Chance. — Ficou ali postado, com as mãos nos quadris, estudando os habitats, o complexo. — Um baita lugar. Há quanto tempo está em funcionamento?

— Em maio fará seis anos.

Ele apontou para o local onde alguns estagiários haviam colocado os mastros para o novo cercado.

— Está expandindo?

— Estamos aguardando a chegada de um jaguar melânico.

— É mesmo? Coop disse que você teve alguns problemas. Alguém mexeu com uma das jaulas?

— A área cercada do tigre.

— Isso seria um problema mesmo. Talvez você possa me dar um tour pelo lugar, para que eu tenha noção da extensão. E também saber o que você tem em mente.

Ele fez perguntas, fez anotações em um tablet, e não demonstrou o menor nervosismo quando passaram pelas áreas cercadas, avaliando as portas, fechaduras e cadeados.

— Aquele ali é grandão — disse ele, quando Boris rolou no chão para se espreguiçar diante da toca.

— Sim. Pesa só duzentos e vinte quilos.

— Foi preciso muita coragem ou burrice para abrir aquela jaula, no meio da noite, apostando que o garotão iria atrás da isca em vez da refeição viva.

— É verdade, mas a carne fresca seria mais atrativa. Boris foi capturado ilegalmente, de acordo com o que descobri, quando tinha cerca de um ano de idade. Ele tem sido mantido em cativeiro desde essa época, e é acostumado ao cheiro do ser humano. Ele é alimentado à noite, para manter o estímulo da caça noturna, mas já se habituou a receber o jantar de mão beijada.

— E ele não foi longe.

— Não, graças a Deus. Ele seguiu o rastro de sangue da isca e se acomodou para desfrutar o inesperado lanchinho da madrugada.

— É preciso ter coragem para vir aqui e atirar um dardo nele.

— A necessidade muitas vezes é a mãe da coragem, por assim dizer.

Ele sorriu e deu um passo para trás.

— Não tenho o menor problema em dizer que fico feliz por ele estar ali dentro, e eu aqui fora. Então, são quatro portões, incluindo o que dá acesso ao público durante o horário de funcionamento. E um bocado de terreno aberto.

— Não posso cercar a propriedade inteira. Mesmo que pudesse, seria um pesadelo em termos de logística. Há trilhas que atravessam as colinas que cruzam esta terra, a do meu pai e a de outros fazendeiros. Estão sinalizadas como propriedade privada ao redor do perímetro, e os portões tendem a impedir a entrada das pessoas. Minha prioridade é garantir a segurança do complexo, dos habitats. Preciso manter meus animais seguros, sr. Dromburg, e manter todo mundo a salvo dos meus animais.

— Pode me chamar de Brad. Tenho algumas ideias para fazer isso, e vou elaborar um projeto. Uma das coisas que vou recomendar são sensores de presença instalados do lado de fora das áreas cercadas. Longe o bastante para que não sejam acionados pelos animais, mas capazes de detectar a aproximação de qualquer pessoa do lado externo.

Lil sentiu seus recursos financeiros se contorcendo de agonia.

— De quantos sensores desses vamos precisar?

— Vou calcular tudo em breve. Você quer mais luzes. O sensor é acionado, o alarme dispara, e esse lugar fica mais iluminado que uma árvore de Natal. Um intruso vai pensar duas vezes antes de tentar se aproximar de uma jaula a essa altura. E, então, vamos falar sobre as fechaduras em si, e isso vale para os portões e as portas das jaulas. É uma situação interessante — acrescentou. — Desafiadora.

— E, já peço desculpas pela grosseria... bem cara.

— Minha meta é projetar dois ou três sistemas que acho que seriam ideais pra você, e daí eu te passo a estimativa de valores de cada um. Será uma boa quantia, não vou mentir, mas a preço de custo, vai economizar uma boa grana.

— A preço de custo? Estou confusa.

— Para o Coop.

— Não, mas o serviço é para mim.

— Coop fez a ligação. Ele quer esse lugar todo resguardado com um baita sistema de segurança, e é o que vamos fazer. A preço de custo.

— Brad, este lugar funciona à base de doações, financiamento, caridade, generosidade. Não vou recusar a sua, mas por que você faria tudo isso sem lucrar nada?

— Eu não teria uma empresa se não fosse pelo Coop. Ele me liga, o lance sempre será a preço de custo. E falando no diabo...

O semblante de Brad se iluminou quando avistou Coop seguindo pelo caminho na direção deles.

Eles não se cumprimentaram com um aperto de mãos. Em vez disso, trocaram um abraço típico de homens, com um braço só e alguns tapinhas nas costas.

— Queria ter chegado mais cedo, mas fiquei preso no trabalho. Como foi o voo?

— Foi um daqueles longos. Meu Deus, Coop, é bom ver você.

— E eu tenho que te dar um serviço antes de você ir embora. Você deu uma olhada por aqui?

— Sim, a sua garota me deu um tour.

Lil abriu a boca, mas fechou de pronto. Não fazia sentido interromper o reencontro deles só para afirmar que não era a "garota" do Cooper.

— Vocês terão que me dar licença. É hora de dar o jantar dos animais.

— Sério? — perguntou Brad.

Ele parecia uma criança que tinha acabado de ver o maior biscoito do mundo dentro do pote, ela pensou.

— Que tal eu arranjar uma cerveja para vocês dois, e daí vocês podem assistir ao espetáculo?

Brad se balançou nos calcanhares conforme Lil se afastava.

— Ela é mais sexy do que na foto.

— Era uma fotografia antiga.

— Ao vê-la pessoalmente, humm... eu diria que as chances de você voltar para Nova York são mínimas.

— Elas já eram quase nulas, e não me mudei pra cá por causa dela.

— Pode até ser que não, mas não vi muitos outros motivos para ficar. — Brad lançou uma olhada para a área dos habitats, para as colinas ao longe. — É longe pra caramba de Nova York.

— Quanto tempo você pode ficar?

— Tenho que pegar um voo de volta hoje à noite, então vamos ter que nos contentar com uma cerveja só. Tive que reorganizar algumas coisas para vir aqui hoje. Mas vou elaborar umas duas propostas e enviar amanhã ou depois. Assim que eu te mandar, pode ter certeza de que estarei de volta para supervisionar toda a instalação. Vamos proteger esse lugar pra você, Coop.

— Estou contando com isso.

Lil se manteve ocupada e fora do caminho de Coop. Em seu modo de pensar, velhos amigos precisavam de tempo para colocar o papo em dia.

Ela e Coop foram amigos uma vez. Talvez pudessem voltar a ser... Talvez essa pontada que ela sentia fosse apenas saudade dele, apenas saudade do seu amigo.

Se não pudessem resgatar a amizade, eles poderiam seguir em frente. Parecia que ele estava fazendo um esforço, então, por que ela não podia fazer o mesmo?

Ela havia acabado de finalizar as coisas no escritório quando Coop entrou.

— Brad teve que ir embora. Ele pediu que eu me despedisse de você, e avisou que enviará algumas propostas para serem analisadas nos próximos dias.

— Bem... Para um dia que começou tão ruim, até que está acabando bem. Falei com Tansy agora há pouco. Cleo é do jeitinho que nos disseram. Linda, saudável, e estará pronta para viajar amanhã. Cooper, Brad disse que vai cobrar o esquema de segurança a preço de custo.

— Sim, esse é o acordo.

— Todo mundo deveria ter amigos tão generosos.

— Ele gosta de pensar que tem uma dívida comigo. Eu gosto de deixá-lo pensar assim.

— Minha cota de favores está aumentando cada vez mais.

— Não estão, não. Eu não fico contabilizando esse tipo de coisa. — Irritação fez com que o semblante dele se tornasse sombrio à medida que se aproximava da mesa de Lil. — Você foi a melhor amiga que já tive. Durante uma boa parte da minha vida, você foi uma das poucas pessoas em quem eu podia confiar ou contar. Isso fez diferença pra mim. No meu íntimo. Não... — disse ele, quando os olhos dela marejaram.

— Não vou chorar. — Mas ela se levantou e foi até a janela, até que recuperasse o controle. — Você fez diferença na minha vida também. Eu senti sua falta, senti saudades de você como amigo. E você está aqui. Estou em perigo e nem sei o porquê, e você está aqui...

— Tenho uma possível pista sobre isso. O perigo.

Ela se virou se supetão.

— O quê? Que pista?

— Uma estagiária chamada Carolyn Roderick. Você se lembra dela?

— Humm... espera um pouco. — Lil fechou os olhos, tentou pensar. — Sim, sim, acho que me lembro... Dois anos atrás. Ou quase isso. Uma turma de verão... depois que ela se formou? Talvez depois, não tenho certeza. Ela era inteligente e motivada. Eu teria que procurar nos arquivos por mais detalhes, mas me lembro que ela era esforçada, conservacionista de carteirinha. Bonita.

— Ela está desaparecida — disse ele, de pronto. — Está desaparecida há mais de oito meses.

— Desaparecida? O que aconteceu? Onde? Como você sabe disso?

— Alasca. No Parque Nacional de Denali. Ela estava fazendo um trabalho de campo com um grupo de estudantes de pós-graduação. Uma manhã, ela simplesmente não estava mais no acampamento. No início, eles pensaram que ela havia se distanciado um pouco dali para tirar umas fotos. Mas ela não voltou. Eles saíram à procura dela. Chamaram a Guarda Florestal e o Serviço de Busca e Resgate. Nunca encontraram um sinal sequer dela.

— Eu fiz um trabalho de campo em Denali, no meu último ano. Aquele lugar é extraordinário, imenso. Tem uma infinidade de lugares onde você pode se perder se for descuidado.

— Uma infinidade de lugares de onde podia ser levada.

— Levada?

— Quando eles começaram a se preocupar, seus colegas de equipe vasculharam a barraca dela com mais atenção. A câmera fotográfica dela estava lá, os cadernos de anotações, o gravador, o GPS. Ninguém ali acreditava que ela teria saído dali do nada, só usando o casaco, as roupas do corpo e as botas.

— Você acha que ela foi sequestrada.

— Ela estava namorando um cara que ela conheceu enquanto estava aqui, na Dakota do Sul. De acordo com os amigos que consegui localizar até o momento, ninguém realmente o conhecia. Ele ficava sempre isolado. Mas eles compartilhavam a paixão pela natureza selvagem, por caminhadas, sair para acampar. As coisas azedaram e ela terminou tudo cerca de dois meses antes da viagem para o Alasca. Foi um término conturbado, aparentemente. Ela ligou para a polícia; o cara fugiu. O nome dele é Ethan Howe, e ele foi voluntário aqui. Ele também cumpriu uma pena leve por agressão. Estou verificando as informações.

Aquilo tudo tumultuou a mente dela, ficou martelando lá dentro até que ela teve que massagear as têmporas para aquietar os pensamentos.

— Por que você acha que isso está conectado ao que está acontecendo aqui, agora?

— Ele costumava tirar onda sobre o fato de ter morado nessas terras por meses a fio. Gostava de afirmar que era descendente direto de um líder nativo Sioux, um que viveu em Black Hills. Terra sagrada para o povo dele.

— Se metade das pessoas que alegam ser descendentes diretas de um chefe Sioux, ou de uma "princesa" da tribo, fosse de verdade... — Lil esfregou a testa. Ela sabia alguma coisa dessa história. — Eu me lembro dele, vagamente. Acho... Só não consigo ver o rosto dele com clareza.

— Ele falava sobre esse lugar, como ajudou Carolyn por aqui quando ela era estagiária. Ela está desaparecida, e não consigo descobrir nada sobre ele. Ninguém o viu desde o término do relacionamento.

Lil baixou a mão, e por um momento de fraqueza, desejou não ter entendido as implicações das palavras de Coop.

— Você acha que ela está morta. Acha que ele a raptou e a matou. E que ele voltou pra cá, por causa do refúgio. Ou por minha causa.

Ele não atenuou a situação. Atenuar não a ajudaria em nada.

— Acho que ela está morta, e que ele é o responsável. Acho que ele está aqui, vivendo da terra, dos recursos naturais que ela oferece. Da sua terra. É a única conexão sólida que consegui estabelecer. Vamos investigá-lo, achar o paradeiro dele. Então, vamos saber com quem estamos lidando.

Capítulo dezesseis

⌘ ⌘ ⌘

*T*ANSY TOMOU outro gole do vinho horroroso, enquanto uma banda potencialmente horrorosa tocava o que ela considerava como *"country* raiz" por trás de uma cerca de arame farpado.

A clientela era uma mistura de motociclistas e caubóis, além das mulheres que amavam esses tipos, e parecia perfeitamente capaz de atirar garrafas de cervejas e indigestos *nachos* servidos em pratos de plástico na direção do palco, mas até o momento ninguém havia encontrado força de vontade suficiente para isso.

Inúmeras pessoas dançavam, o que ela supôs ser um bom sinal para a banda... e para a conta da lavanderia de cada um ali.

Gostava de pensar, com carinho, que morava no Velho Oeste havia cinco anos já, sem contar o período em que cursou a faculdade. E mesmo assim, havia momentos, como este, em que Tansy se sentia como uma verdadeira turista.

— Tem certeza de que não quer uma cerveja?

Ela olhou para Farley, que parecia completamente à vontade ali. Na verdade, ela nunca o viu em nenhum lugar onde não parecesse estar se sentindo à vontade.

— Eu deveria ter aceitado a sugestão e pedido uma cerveja desde o início. — Tomou mais um golinho de vinho. — Mas agora é tarde. Além do mais, já estou de saída.

— Uma dança.

— Você disse *uma* bebida.

— Uma bebida, uma dança — disse ele, segurando a mão dela e a puxando para sair da banqueta.

— Uma só — concordou ela, porque os dois já estavam na pista de dança. De qualquer maneira, os dois ralaram o dia todo, então, uma bebida e uma dança pareciam bem razoáveis.

Até que ele a envolveu com seus braços. Até o corpo dela estar pressionado ao dele, e os olhos sorridentes a encararem.

— Já tem um tempão que sonho em dançar com você.

Mantenha-se relaxada, ela se repreendeu, ainda que por dentro estivesse toda mole e ouriçada. *Mantenha-se relaxada e numa boa.*

— Bem, você dança muito bem.

— Jenna me ensinou.

— Sério?

— Acho que quando eu tinha uns dezessete anos. Ela me disse que as garotas gostavam de dançar, e que um cara esperto devia aprender a se movimentar na pista de dança. Daí, ela me ensinou.

— Ela fez um bom trabalho.

Ele tinha um gingado, ela pensou. Suave como manteiga. E fez com que o coração dela desse um pequeno salto quando ele a girou para o lado e puxou de volta com maestria. Em seguida, Farley se virou rapidamente, ergueu o braço e fez com que Tansy passasse por baixo, posicionando as costas dela contra seu peito.

Ela sabia que estava se atrapalhando um pouco com os passos — ele era bem melhor do que ela naquilo —, mas soltou uma risada sem fôlego quando ele a virou outra vez, de modo que ambos se encontravam cara a cara; ela recuou de leve para se afastar.

Caramba, o cara realmente leva jeito para a dança.

— Acho que preciso ter umas aulas com a Jenna.

— Ela é uma boa professora. Acho que dançamos muito bem juntos, considerando que é a primeira vez.

— Talvez...

— Se sairmos para dançar de novo, quando voltarmos para casa, Tansy, vamos nos sair melhor ainda.

A resposta que ela deu foi apenas um leve aceno de cabeça, e quando a música parou, Tansy deu um passo proposital para trás, para interromper o contato de seus corpos antes que a próxima música começasse.

— Eu preciso mesmo ir, só para ter certeza de que está tudo em ordem. Temos que pegar a estrada bem cedinho amanhã.

— Tudo bem. — Ele segurou a mão dela enquanto voltavam à mesa.

— Você não precisa ir embora agora. Pode ficar e aproveitar a música.

E eu deveria ir para o quarto, ela pensou, *para tomar um banho frio bem demorado.*

— Mesmo se você não fosse a mulher mais bonita desse lugar, ainda assim eu te acompanharia, do mesmo jeito que te acompanhei quando chegamos.

Eram apenas alguns minutos de caminhada do bar ao hotel de beira de estrada em que se encontravam, mas ela o conhecia o suficiente para não discutir sobre o assunto. Tansy sabia que ele tinha um código de ética inabalável sobre certas coisas — sem dúvida alguma, tudo ensinado por Jenna. Um homem acompanhava uma mulher até a porta, simples assim.

Mas ela enfiou as mãos nos bolsos do casaco antes que uma delas acabasse entrelaçada à dele.

— Lil vai ficar feliz demais quando vir aquela gata gigante — comentou Farley.

— Ela vai surtar de emoção. Cleo é linda, sem a menor dúvida. Espero que ela aguente firme durante a viagem. De qualquer maneira, Lil disse que o cercado temporário estará pronto para ela, e que a construção do definitivo já está em andamento.

— Lil não dá ponto sem nó.

— Não mesmo.

Ela se encolheu por dentro do casaco, já que apesar da curta caminhada, o clima estava frio. Farley pousou o braço sobre os ombros dela, puxando-a contra a lateral de seu corpo.

— Você está tremendo um pouco.

Não apenas por causa do frio agora, ela pensou.

— Ah... Acho que se nos planejarmos para buscar Cleo às sete, é cedo o suficiente.

— Vamos abastecer primeiro. Reduzir as paradas. Se sairmos daqui por volta das seis, dá tempo de encher o tanque e ainda tomar um café da manhã.

— Tudo bem por mim — respondeu ela, com um tom jovial, enquanto travava uma pequena e violenta batalha contra seus hormônios. — Posso te encontrar no restaurante. Faremos nosso *check-out* primeiro e já sair direto de lá?

— Poderíamos — ele deslizou a mão lentamente pelas costas de Tansy, enquanto atravessavam o estacionamento do hotel —... Ou poderíamos ir juntos para tomar o café da manhã.

— Você pode bater na minha porta amanhã cedo — disse ela, procurando pela chave do quarto.

— Eu não quero bater na sua porta. Quero que você me deixe entrar. — Quando ela olhou para cima, Farley a virou tão suavemente quanto no instante em que dançavam, de modo que ela se viu presa entre ele e a porta. — Me deixe entrar, Tansy... e ficar com você.

— Farley, isso não é...

Ele tomou a boca de Tansy. Ele tinha um jeito de beijá-la que fazia com que o bom senso, as boas intenções e a decisão resoluta simplesmente desaparecessem. Apesar da sensatez, intenção e determinação, ela retribuiu o beijo. *Ah, droga... caramba...* ela pensou, quando seus braços enlaçaram o pescoço dele. Aquela boca de sorriso fácil dele era muito gostosa para beijar.

— Isso não pode ir além — disse ela.

— Pode ir além dessa porta agora mesmo. Me deixa entrar. — Ele pegou a chave da mão dela, enfiou na fechadura, mantendo o contato visual o tempo todo. — Diga sim...

O "não" se formou com clareza na cabeça de Tansy, mas não saiu de sua boca.

— Será como a bebida e a dança. Apenas uma vez. Você tem que entender isso.

Ele sorriu para Tansy, e girou a maçaneta da porta.

$\mathcal{B}$EM MAIS tarde... depois de mais de uma vez, Tansy encarava o teto do quarto escuro. Então, disse a si mesma: okay, tinha acabado de transar com Farley Pucket — duas vezes. Que diabos faria agora?

Ela decidiu que era melhor pensar no que aconteceu como uma situação excepcional, porque estavam fora de casa. Apenas rolou. Ela era, afinal de contas, uma mulher madura, moderna e experiente.

Tudo o que tinha que fazer era ignorar o sexo sensacional que compartilharam... duas vezes. Que ele tinha um jeito de fazê-la se sentir como a única mulher na face da Terra. E que não eram somente os seus hormônios perdendo a batalha, mas, sim, o seu coração.

Não, precisava se lembrar que era mais velha e mais sábia, e que cabia a ela consertar as coisas.

— Farley, nós precisamos conversar. Precisamos entender que quando voltarmos, isso não vai acontecer de novo.

Ele entrelaçou os dedos aos de Tansy, levou a mão dela aos lábios. Depositou vários beijos.

— Bom, Tansy, acho que agora preciso ser honesto e dizer que farei o possível para garantir que aconteça de novo. Muitas coisas boas já aconteceram na minha vida, mas estar com você? Foi a melhor delas.

Ela se sentou na cama, tomando o cuidado de cobrir o corpo com o lençol para que nenhuma outra ideia viesse à mente de Farley.

— Nós não trabalhamos exatamente juntos, mas você faz trabalhos voluntários no refúgio. Lil é minha melhor amiga.

— Isso é tudo verdade. — Ele se sentou também, o olhar tranquilo focado no rosto dela. — Mas o que tem a ver com o fato de eu estar apaixonado por você?

— Ah, não. Não diga isso. Não fale sobre amor. — O pânico alfinetava sua garganta.

— Mas eu te amo. — Farley acariciou o cabelo dela. — E sei que você sente alguma coisa por mim.

— É claro que sinto. Não estaríamos aqui, desse jeito, se eu não sentisse. Mas não significa que...

— Eu acho que são sentimentos intensos.

— Tudo bem, sim. Admito. Mas, Farley, sejamos realistas. Sou muito mais velha que você. Eu estou na casa dos trinta, você na dos vinte, pelo amor de Deus.

— Em alguns anos, estaremos os dois na casa dos trinta. — A diversão se mostrava com clareza em seu rosto. — Mas não quero esperar tanto tempo para ficar com você.

Com um suspiro audível, ela se inclinou ao lado para acender o abajur da mesa de cabeceira.

— Farley, olhe para mim. Eu sou uma mulher preta de trinta anos.

Ele inclinou a cabeça de leve, olhando atentamente para ela, como solicitado.

— Está mais para um caramelo. Jenna faz essas maçãs carameladas todo outono. Elas são doces e ficam com um tom marrom dourado do lado de fora, e são meio azedinhas por dentro. Eu amo aquelas maçãs carameladas.

Amo a cor da sua pele, Tansy, mas não é a cor da sua pele o motivo pelo qual eu te amo.

Isso a fez estremecer, e a deixou fraca. Não apenas as palavras, mas o olhar dele quando as disse.

— Você é mais inteligente do que eu.

— Não, Farley.

— Claro que você é. Foi toda essa inteligência que me deixou nervoso quando chegava perto de você, por um tempo. Ficava nervoso demais para criar coragem e te chamar para sair. Gosto que você seja inteligente assim, e como, às vezes, não entendo metade das palavras que você e Lil trocam. Mas, aí, eu penso: bom, não é como se eu fosse burro.

— Você não é burro — murmurou ela, arrasada por ele. — De jeito nenhum. Você é equilibrado, esperto e gentil. Se as coisas fossem diferentes...

— Algumas coisas você não pode mudar. — Ele segurou a mão dela novamente, para que o contraste entre seus tons de pele ficasse exposto à luz. — E algumas coisas, Tansy, fazem com que essas diferenças não tenham a menor importância. Como isso.

Ele a puxou contra o seu corpo, pousou os lábios sobre os dela e mostrou o que queria dizer.

Era estranho saber que pessoas armadas patrulhavam as fronteiras de seu complexo. Estranho, inclusive, saber que ela era uma delas — por insistência própria. Seus animais rondavam e berravam. O período noturno era o momento deles. E, mais ainda, o cheiro dos seres humanos, o brilho das luzes os deixavam agitados.

Passou mais tempo com Baby, o que o deixou mais do que satisfeito, e o amor cintilando nos olhos dele, sempre que olhava para ela, acalmou o nervosismo de Lil. Quando ficava parada de pé, ou andava de um lado para o outro, ou bebia mais uma caneca de café, ela traçava planos a curto e longo prazo para manter a mente ocupada e afastada do motivo pelo qual ela ficava parada de pé, e andava de um lado ao outro, ou bebia mais uma caneca de café.

Eles superariam essa situação toda, e isso era tudo o que importava para Lil. Se a pessoa que estava causando problemas fosse o tal de Ethan Howe, eles o encontrariam e o deteriam.

Conseguia se lembrar um pouco mais dele agora. Teve que conferir os arquivos de Carolyn para refrescar a memória, passando por todos os relatórios e dados para ter uma imagem mais clara da estagiária. Assim que fez isso, conseguiu se recordar de um dos homens que aparecia algumas vezes por aqui para dar uma ajudinha, para paquerar Carolyn.

Altura acima da média, corpo esguio, costas fortes, pensou. Nada de especial que pudesse se lembrar sobre ele. Não falava muita coisa, além de afirmar categoricamente que era descendente direto não de qualquer guerreiro, mas do próprio Cavalo Louco.

Lil se lembrava de ter achado graça diante da insistência do cara nesse ponto, e também de ter ignorado a questão, bem como a ele. Era capaz que ela e o tal Ethan não tivessem trocado mais do que duas dúzias de palavras. E mesmo assim, a maioria delas não teve a ver com a terra, a santidade de tudo isso, e a *obrigação* que eles tinham de honrá-la por conta de seus ancestrais?

Ela também havia ignorado isso, e o considerou apenas como mais um excêntrico inofensivo. Mas ela se lembrava agora do que sentiu na época quando ele a observava. Ou será que só se lembrou disso por causa de toda a retrospectiva, por conta de seu estado de nervos? Será que ela estava projetando?

Talvez Tansy pudesse se lembrar dele com mais clareza.

E talvez ele não tivesse nada a ver com o que estava acontecendo. Mas os instintos de Coop diziam que sim. E ela confiava nesses instintos. Independentemente dos problemas que enfrentavam em suas vidas pessoais, ela confiava de olhos fechados nos instintos de Coop.

E isso, ela supunha, *também era uma questão de confiar nos próprios instintos.*

Mudou de posição, girou os ombros, pois estavam começando a enrijecer depois de seu turno no frio. Pelo menos o céu nublado retinha um pouco do calor, ela refletiu. Mas preferia mil vezes poder ver as estrelas e a lua.

Sob a intensa luz de emergência, ela viu Gull se aproximando. Ele a cumprimentou com um amplo aceno do braço, e Lil esperava que o gesto fosse uma precaução, para que ele tivesse certeza de que havia sido reconhecido.

— Oi, Gull.

— Lil. Coop me mandou assumir o turno pra você.

— Sou muito grata, Gull, pelo que você está fazendo.

— Você faria o mesmo por mim. Nunca estive aqui fora à noite. — Ele examinou os habitats. — Acho que é até legal. Parece que esses animais não são muito de dormir.

— Eles têm hábitos noturnos. E estão curiosos sobre o que essa gente toda está fazendo aqui no escuro. Perdendo o sono e bebendo um tanto de café na maioria das vezes. Ele não vai aparecer por aqui essa noite.

— Talvez não apareça por causa desse tanto de gente perdendo o sono e bebendo litros de café.

— Faz sentido.

— Pode ir, Lil. Eu assumo daqui. A não ser que você queira dar uma voltinha por aí para visitar o Jesse. Como nos velhos tempos.

Ela deu um soquinho de leve no braço dele.

— Acho que a Rae não ia gostar muito disso — brincou ela, se referindo à esposa de seu antigo paquera.

— O que acontece no refúgio — Gull proferiu, em tom solene —, fica no refúgio.

Lil se afastou, rindo. Ela viu outros andando em direção às suas caminhonetes ou carros, enquanto amigos e vizinhos chegavam para assumir o lugar. As vozes ressoavam ao redor, assim como as piadas, risadas sonolentas e as saudações de "boa-noite".

Ela acelerou o passo quando avistou os pais.

— Você disse que ia dormir um pouco no chalé — disse ela para a mãe.

— Eu falei isso para que você parasse de me irritar. Agora estou indo para casa, para dormir. E é pra você fazer a mesma coisa. — Deu um tapinha carinhoso na bochecha de Lil, com a mão enluvada. — Sei que o motivo é horrível, mas é bom ver esse tanto de gente ajudando dessa maneira. Me leve para casa, Joe. Estou cansada.

— É para você ir dormir, viu? — Joe cutucou a ponta do nariz da filha. — Vamos ter uma conversinha amanhã.

Sem dúvida alguma, Lil pensou enquanto se separavam. Eles ficariam de olho nela até que tudo se resolvesse. Era assim que eles agiam. E se a situação fosse inversa, seria desse jeito que ela agiria também.

Dentro do chalé, ela guardou o rifle e se livrou das roupas de inverno. Olhou para os degraus da escada, pensou em sua cama. Estava inquieta demais, decidiu. Muito café circulando na corrente sanguínea.

Ela acendeu a lareira, esperou que o fogo pegasse e atiçou as chamas. Se Coop não quisesse o calor, ele poderia diminuir a intensidade. Mas pelo menos deixaria mais quentinho e alegre aquele canto temporário onde ele dormia.

Lil foi até a cozinha, pensou em fazer um pouco de chá. E chegou à conclusão de que estava impaciente demais para esperar a água ferver. Em vez disso, serviu meia taça de vinho, esperando que contrabalanceasse toda a cafeína.

Eu poderia trabalhar, considerou. Poderia passar uma hora trabalhando no computador até que a agitação amenizasse. Mas a ideia de ficar sentada por tanto tempo não a atraía também.

Então ouviu a porta da frente abrir e soube que estava esperando por isso. Por ele.

Quando voltou para a sala de estar, ele estava sentado, tirando as botas. *Ele parecia alerta, desperto,* Lil pensou, quando os olhos claros encontraram os dela.

— Achei que você já estaria lá em cima a essa altura.

— Tomei muito café.

Coop murmurou uma vaga concordância, e tirou a outra bota.

— Talvez eu esteja me sentindo tão inquieta quanto os animais. Não estou acostumada a ter esse tanto de gente por aqui a essa hora da noite. Não consigo me acalmar.

Ela foi até a janela, contemplando o lado de fora.

— Eu sugeriria um jogo de cartas, mas não estou muito a fim.

Lil olhou para ele, por sobre o ombro.

— E estou te atrapalhando. Eu poderia tentar jogar "paciência".

— Você também poderia tentar apagar as luzes e fechar os olhos.

— Seria o mais sensato. — Ela bebeu o último gole do vinho e colocou a taça ao lado. — Vou subir e deixar você dormir. — Começou a subir a escada, então parou e se virou. Ele não havia se movido. — E se eu quiser o sexo de volta na mesa?

— Você quer transar em cima da mesa?

— Você disse que o sexo estava fora de cogitação. Talvez eu queira que ele seja uma parte do acordo. Talvez eu não queira dormir sozinha esta noite. Você está aqui; eu estou aqui. Somos amigos. Isso está acordado, não é? Somos amigos.

— Nós sempre fomos.

— Então é só isso. Amigos... e que não querem ficar sozinhos. Um dando ao outro algo para acalmar os nervos.

— É até razoável. Talvez eu esteja muito cansado.

Os lábios de Lil se curvaram em um sorriso irônico.

— Até parece.

— Talvez eu não esteja.

Mas ele ficou onde estava, apenas a observando. Esperando.

— Você disse que não me tocaria. Estou pedindo que deixe essa regra ou decreto, ou seja lá como você queira chamar, de lado. Suba comigo, venha para a cama comigo, fique comigo. Preciso desligar a minha cabeça, Coop, e essa é a pura verdade. Preciso de um pouco de paz de espírito. Ao menos por algumas horas. Faça como um favor para mim.

Ele se aproximou dela.

— Ficar de pé no frio, até às duas da manhã, é fazer um favor pra você. Levar você para a cama? — Ele ergueu a mão e a deslizou pela longa trança. — Nem se enquadra. Não me diga que precisa de paz de espírito, Lil. Diga que me quer.

— Eu quero. Eu quero você. E provavelmente vou me arrepender amanhã.

— Sim, mas será tarde demais. — Ele a puxou para perto, capturou a boca macia com a dele. — Já é tarde demais.

Ele se virou em direção à escada, agarrou os quadris de Lil e a ergueu, fazendo com que ela enlaçasse sua cintura com as pernas, e seu pescoço com os braços.

Talvez sempre tivesse sido tarde demais, ela pensou, enquanto ele a carregava escada acima, depositando beijos pelo rosto dele como fez tanto tempo atrás. Voltando no tempo, ao que lhe era familiar. *Era como fechar um ciclo,* ela disse a si mesma. Não precisava ser nada mais do que isso.

Ao encostar a bochecha à dele, ela suspirou.

— Já me sinto bem melhor.

No quarto, ele se virou e a pressionou contra a porta. E aqueles olhos, o azul gélido que sempre aprisionou seu coração, encontraram os dela.

— Um banho quente te faz sentir melhor. Isto aqui é mais, Lil. Nós dois temos que encarar a verdade.

Quando tomou a boca de Lil, não foi para confortar, ou para acalmar, mas para incendiar. Para que aquele lento fervor, nunca completamente contido, voltasse a rugir em forma de labaredas furiosas.

Paz de espírito? Ela realmente pensou que encontraria paz aqui, com ele? Não haveria paz diante da guerra fervilhando entre eles, dentro dela. Engolfada, ela se entregou ao momento... e a ele.

Talvez desta vez a batalha tivesse um fim, e aquela chama constante dentro dela, finalmente, finalmente se apagasse.

A necessidade aumentou, percorrendo sua pele, tornando os seios mais cheios, aquecendo seu ventre. Familiar... talvez. Porém mais ou menos do que compartilharam antes. As mãos dele eram firmes daquele jeito? A boca tão desesperada?

Ainda estava toda enrolada ao redor dele quando Coop caminhou até a cama. As luzes do complexo se infiltravam pelas frestas das persianas, reproduzindo finas barras sobre o leito da cama, sobre o corpo dela, quando Coop a fez se sentar na beira do colchão. Criando um efeito gradeado. *Como uma jaula,* ela pensou. Bem, ela entrou ali de livre e espontânea vontade.

Ele segurou a bota dela e a tirou. Lil ouviu sua própria risadinha nervosa, de alegria, quando Coop tirou a outra. Então ele se abaixou para desabotoar a camisa de flanela que ela usava.

— Desfaça a trança do seu cabelo. — Ele tirou a camisa. — Por favor.

Lil levantou os braços, acomodou o elástico que prendia a ponta do cabelo em seu pulso, como de costume, e afrouxou a trança enquanto ele se livrava da própria camisa.

— Não, deixa que eu faço — disse ele, quando ela começou a passar os dedos pelos fios entrelaçados.

— Sempre pensava no seu cabelo, no cheiro, na sensação, e como ele ficava depois que eu arrastava minhas mãos por ele. Todo esse cabelo da cor da meia-noite.

Ele enrolou os fios em um punho, e puxou para que o rosto de Lil se inclinasse na direção do dele. O gesto e o lampejo ardente em seus olhos falavam tanto sobre seu estado de ânimo quanto a paixão que sentia.

— Eu te via o tempo todo, mesmo quando não estava lá. Como um maldito fantasma. Um vislumbre em meio à multidão, um olhar de relance pelo canto do olho, desaparecendo ao virar uma esquina. Você estava em todo lugar.

Lil começou a virar a cabeça, mas ele firmou o agarre. Por um instante, ela viu aquele lampejo de raiva, então ele soltou seu cabelo.

— Agora você está aqui — disse ele, tirando a camisa térmica de Lil.

— Eu sempre estive aqui.

Não, ele pensou. Não. Mas ela estava aqui agora. Excitada, um pouco irritada, assim como ele. Para agradar a si mesmo, e a ela, Coop arrastou os dedos pela clavícula delicada, acima da curva suave de seus seios mais cheios. A garota que ele conhecia era magrela na época. Ela havia desabrochado. Sem ele.

Ela tremeu sob o toque de Coop; ele queria que ela reagisse assim.

Então pressionou a palma da mão na testa de Lil e deu um empurrão de leve para que ela se deitasse de costas. E isso a fez rir novamente.

— Sr. Delicado — brincou Lil, e logo em seguida, o corpo forte estava a imprensando contra o colchão. — Você ganhou alguns quilos.

— Você também.

— Sério?

— Em lugares bem interessantes.

Lil deu um leve sorriso, e arrastou os dedos pelo cabelo dele, do mesmo jeito que Coop fazia com o dela.

— Bem, faz um bom tempo.

— Acho que me lembro de como as coisas funcionam. De como *você* funciona.

Ele roçou os lábios aos dela, em uma carícia provocante, depois aprofundou o beijo, até se tornar avassalador. As mãos viris estavam sobre ela, fazendo-a se recordar do que haviam experimentado, confundindo-a com o que era agora.

Mãos fortes, firmes, diligentes, deslizando sobre ela, pressionando, moldando até que a respiração dela acelerou, até que o passado e o presente se tornaram uma confusão brilhante sobrecarregando seus sentidos.

Ele abriu o fecho do sutiã de Lil, puxou para o lado, e a possuiu — mãos e boca, dentes e língua —, de modo que as respirações se tornaram ofegos, ofegos se tornaram gemidos. Ela puxou a camiseta térmica que Coop usava, erguendo o tecido com pressa, impaciente para senti-lo por inteiro. Costas largas e fortes, repletas de músculos salientes. Tudo novo e fascinante.

Ele era apenas um garoto quando a tocou desse jeito pela última vez. E agora era um homem sob suas mãos, um homem cujo corpo estava pressionando ao dela.

Em meio à escuridão, com as frestas de luz simulando barras, os dois se redescobriram. Uma curva, um ângulo, um novo ponto de prazer. Os dedos de Lil roçaram uma cicatriz que não existia antes. E ela sussurrou o nome de Coop quando os lábios dele se arrastaram avidamente por todo o seu corpo.

Ela estremeceu quando ele desabotoou seu jeans, então ergueu os quadris para ajudá-lo a puxar o tecido. Em seguida, rolou com ele na cama à medida que os dois se apressavam para se livrar de todas as barreiras.

Do lado de fora, um dos felinos soltou um berro, uma coisa selvagem rondando a escuridão. Ele a levou lá, para dentro da escuridão, e o que havia de mais selvagem dentro dela gritou, libertado diante do prazer áspero e primitivo.

Lil se moveu em direção a ele, junto com ele, os olhos brilhando na penumbra. Tudo o que ele havia encontrado e perdido, tudo o que vivera sem... estava aqui. Bem aqui. Seus sentidos nadavam com ela, um turbilhão de mulher, cheiro e pele, toda úmida e quente. A batida do coração dela contra sua boca faminta, a pele escorregadia sob as mãos desesperadas.

Ele a fez perder o controle, sentiu quando ela escalou e se perdeu no prazer, e quando se recuperou outra vez.

O nome dele. Lil disse o nome dele, uma e outra vez.

Ela disse o seu nome quando a penetrou. Ele a segurou, e conteve a si mesmo sob aquele limiar complacente, repleto e envolto, enredado até que ambos estivessem tremendo. Então tudo se tornou um movimento avassalador e sem sentido. E quando ela se desfez novamente, Coop sentiu-se despedaçar junto.

Ela queria se aninhar a ele, apenas encaixar seus corpos como duas peças de um quebra-cabeça. Em vez disso, permaneceu deitada, imóvel, esforçando-se para se agarrar ao prazer e à paz que, finalmente, havia encontrado.

Agora poderia dormir. Se fechasse os olhos, se deixasse sua mente se calar, ela poderia dormir. O que quer que precisasse ser dito ou resolvido poderia ser feito pela manhã.

— Você está com frio.

Ela estava?

Antes que o cérebro dela pudesse se conectar com seu corpo, Coop já a havia levantado do colchão. *Quando ele ganhou aquele tanto de músculos?* Ela pensou. Ele a aninhou sob o lençol e cobertor, então a puxou contra ele.

Lil sentiu o corpo enrijecer — para se afastar, ao menos um pouquinho. Ela não precisava de mais espaço, de certa distância? Mas ele a segurou lá, e a aninhou exatamente do jeito que ela queria.

— Vá dormir — disse ele.

E cansada, lânguida demais, para discutir, Lil fez exatamente isso.

$\mathcal{E}$LA ACORDOU antes de o sol nascer, e ficou bem quieta. Os braços dele ainda se encontravam ao seu redor, e os dela também o envolveram durante a noite.

Por que algo tão básico, tão humano, abalava seu coração? Lil se perguntou.

Conforto, lembrou a si mesma. No final, ele deu o conforto que ela precisava. E talvez ela tenha retribuído com mais do que simples conforto.

Não precisava ser mais do que isso.

Lil o amou por toda a sua vida, e não havia sentido em tentar se convencer de que isso mudaria em algum momento. Mas sexo era apenas um ato primordial, e no caso deles, serviu como uma espécie de presente entre amigos.

Amigos solteiros, consensuais, saudáveis e adultos.

Ela era mais do que forte, inteligente e autoconsciente para aceitar o fato — e manter as coisas desse jeito. *O primeiro passo*, ela pensou, *era se desenroscar do corpo dele e sair da cama.*

Lil começou a se afastar com cautela, quase como se estivesse se desenrolando de uma cobra adormecida. Mal conseguira se distanciar um centímetro quando ele abriu os olhos e a encarou.

— Desculpa… — Ela não tinha certeza do motivo para ter sussurrado; só pareceu a coisa certa a fazer. — Não queria te acordar. Tenho que me levantar.

Ele ainda a segurava com força, e apenas levantou a mão dela para conferir as horas no relógio de pulso.

— É. Acho que nós dois temos que levantar. Em alguns minutos.

Antes que ela pudesse reagir, Coop girou o corpo sobre o dela, e a penetrou.

Ele a possuiu com mais calma naquele momento. Depois do primeiro choque do ato possessivo, ele foi mais devagar. Longas e preguiçosas estocadas que a deixaram fraca e zonza. Impotente, ela se permitiu flutuar, sentindo-se brilhar. Com o rosto pressionado ao pescoço de Coop, ela se entregou.

Com um suspiro, curtiu a languidez mais do que seria sensato.

— Acho que te devo um café da manhã.

— Nunca dispenso um café da manhã.

Lil se obrigou a virar para o lado, tentando manter a voz jovial:

— Vou começar a preparar, então. Se quiser tomar banho primeiro...

— Claro.

Ela pegou o roupão e o vestiu enquanto saía apressada do quarto.

Evitou se olhar no espelho, e se concentrou nas coisas simples. Café preto forte e uma mesa de café da manhã abastecida ao estilo da fazenda. Talvez não tivesse nenhum apetite, mas comeria de todo jeito. Ninguém descobriria que ela estava caidinha de amores. De novo.

Era melhor focar no lado positivo, lembrou a si mesma. Ela havia descansado mais nas últimas quatro horas do que conseguira fazer em dias. E, com certeza, aquela tensão sexual que zumbia entre ela e Coop diminuiria agora.

O ato foi consumado. Os dois sobreviveram. E agora seguiriam em frente.

O bacon chiava na frigideira de ferro enquanto ela esquentava os pãezinhos no forno. *Ele gostava de ovo frito dos dois lados,* ela se lembrou. Pelo menos, costumava gostar.

Quando ele desceu, exalando o cheiro do sabonete dela, Lil estava quebrando os ovos acima da frigideira. Ele se serviu de café, encheu a caneca dela, e se recostou à bancada para observá-la.

— O que foi?

— Você está linda. É bom olhar pra você enquanto tomo meu café. — Relanceou uma olhada ao bacon secando sobre o prato com papel-toalha, e depois para as batatas raladas chiando junto dos ovos. — Acho que você está com fome.

— Pensei em fazer o serviço completo pra você.

— Fico grato pelo café da manhã, mas não estou esperando ser recompensado.

— Mesmo assim. De qualquer maneira, tomara que aquele sistema de alarme seja instalado logo. Não dá para esperar que as pessoas fiquem protegendo o lugar como se fosse o Forte Apache. Todo mundo tem suas próprias coisas para fazer, inclusive você.

— Olhe para mim.

Ela olhou para cima enquanto virava os ovos.

— Por que você não se senta? Já está quase pronto.

— Se estiver pensando em dar para trás, é melhor repensar.

Com as mãos espantosamente firmes, ela tirou as batatas com a concha.

— Sexo não é uma amarra, Coop. Posso ir aonde quiser.

— Não, você não pode. Não mais.

— Não mais...? Eu nunca... — Ela ergueu a mão, como se estivesse se contendo. — Não vou entrar nesse assunto. Tenho uma porção de coisas para resolver hoje.

— Esse assunto não vai a lugar nenhum, Lil, e nem eu.

— Você sumiu por dez anos. Voltou somente há alguns meses. Você realmente acha que... realmente pensa que tudo vai continuar de onde parou, do jeito e pelo tempo que quiser?

— Você quer saber o que penso e o que quero? Está preparada para ouvir tudo?

— Não. Na verdade, não quero... e não estou. — Ela não sabia se seu coração aguentaria. Não agora. — Não estou a fim de discutir, debater ou recapitular. Podemos ser amigos, ou você pode me pressionar até que não sejamos mais. Depende de você. Se o que aconteceu entre nós arruinar a nossa amizade, Cooper, eu sinto muito. De verdade.

— Não estou procurando por um relacionamento sem compromisso, Lil.

Ela soltou um suspiro.

— Então, tudo bem.

Coop se aproximou dela, que recuou um passo. Em seguida, a porta se abriu.

— Bom dia. Eu só queria avisar qu... — Gull não era dos mais espertos, mas até ele foi capaz de perceber que chegou na hora errada. — Desculpe interromper...

— Você não está interrompendo nada — Lil disse, rapidamente. — Na verdade, chegou na hora certa. Coop estava prestes a tomar o café da manhã. Você pode fazer companhia a ele e se servir também.

— Ah, bem... Não quero at...

— Pegue um café. — Ela começou a servir dois pratos. — Tenho que subir e me vestir. Está tudo bem lá fora?

— Sim. Sim. Humm...

— Sente-se e coma. Volto em alguns minutos. — Ela pegou sua caneca de café e saiu da cozinha sem olhar para trás.

Gull pigarreou de leve.

— Desculpa, chefe.

— Não é culpa sua — murmurou Coop.

Capítulo dezessete

⌘ ⌘ ⌘

ELA NÃO retornou minutos depois. Na verdade, não voltou à cozinha. Lil tomou banho, vestiu-se e, então, saiu pela porta da frente do chalé.

Estava se esquivando? *Sem sombra de dúvida,* admitiu. Mas não podia se dar ao luxo de sobrecarregar sua mente, coração e espírito. Os estagiários eram responsabilidade dela agora, até que Tansy voltasse — e quando isso acontecesse, eles teriam um novo felino no recinto.

Lil fez questão de se manter ocupada verificando o cercado temporário e trabalhando com a equipe no habitat definitivo.

O céu ensolarado e o aumento da temperatura significavam que poderia trabalhar com camisas de manga curta, para variar. E mais neve derretida e lama. Enquanto o mês volúvel de março avançava para um abril imprevisível, o amanhecer da primavera poderia trazer mais visitantes — e mais donativos recebidos no local.

Em seu intervalo matinal, ela visitou Baby, agradando a ambos com um longo momento recheado de brincadeiras — coçando, esfregando e acariciando toda aquela pelagem.

— Eu juro, esse aí é só um gato doméstico grandão. — Mary apontou com a cabeça, conforme Lil saía da área cercada, checando duas vezes os cadeados. — É menos metido que o meu gato malhado, vamos combinar.

— O seu gato malhado não arrancaria a sua jugular se tivesse vontade.

— Aí você acertou. Mas não consigo imaginar aquele ali fazendo algo assim. Ele tem sido um fofo desde que chegou aqui. O dia está lindo, não é? — Com as mãos nos quadris, Mary inclinou o rosto para o céu de azul intenso. — Meu jardim já está cheinho de bulbos. As flores de açafrão também estão desabrochando.

— Estou mais do que pronta para a primavera.

Lil seguiu o caminho que rodeava a área, pois queria dar uma olhada em todos os animais.

Mary acompanhou a caminhada ao lado dela.

No quintal, os gatos selvagens rolavam e se engalfinhavam como meninos se divertindo nas férias, enquanto o lince, empoleirado em sua árvore, observava os pequenos felinos com um ar de desdém.

— Eu sei que a chegada do jaguar e a instalação do novo sistema de segurança vão abocanhar um tanto do nosso orçamento. Estamos bem, não é, Mary?

— Estamos bem. As doações diminuíram um pouco com o inverno, com exceção daquela bufunfa que Coop nos deu. Só aquela grana já nos deixou bem mais abastecidos em comparação com o primeiro trimestre do ano passado.

— Agora temos que nos preocupar com o segundo trimestre.

— Lucius e eu estamos pensando em algumas estratégias de captação de recursos. E vamos começar a acelerar as coisas por aqui quando o clima esquentar.

— Estou preocupada que os problemas que tivemos acabem afastando as pessoas, e que haja um corte brusco na arrecadação de ingressos e doações. A fofoca corre solta. — A realidade se revelava na forma de dólares e centavos, e Lil sabia disso. — Teremos dois novos animais para alimentar, contando com Xena e Cleo, abrigar e cuidar. Estava esperando poder contratar pelo menos um assistente de meio-período para o Matt, nesse verão. Não tenho certeza se seremos capazes de esticar o orçamento para isso agora.

— Willy precisa pegar aquele filho da puta, e o mais rápido possível. Matt está sobrecarregado, assim como todo mundo por aqui. É assim que as coisas são. Estamos bem, Lil, e vamos continuar assim. Agora, como você está?

— Estou bem. De boa.

— Bem... se quer saber a minha opinião, o que você não perguntou, mas vou dizer do mesmo jeito... Você parece estressada. E está sobrecarregada. O que você precisa é de um dia de folga. Um dia de folga *de verdade*. E de um encontro.

— Um encontro?

— Sim, um encontro. — Nitidamente irritada, Mary revirou os olhos. — Você se lembra do que é, certo? Jantar, cinema, uma saída para dançar.

Você não tira um dia inteiro de folga desde que voltou, e por mais que tenha se divertido na sua viagem à América do Sul, sei que você trabalhou pra caramba todos os dias lá.

— Eu gosto de trabalhar.

— Pode até ser, mas um dia de folga e um encontro te fariam bem. Você deveria pegar a sua mãe e ir passear em Rapid City por um dia. Fazer umas compras, arrumar as unhas, depois voltar e deixar aquele bonitão do Cooper Sullivan te pagar um jantar, te levar para dançar, e o que mais rolar a partir daí.

— Mary...

— Se eu fosse trinta anos mais nova, e solteira, pode ter certeza de que eu faria questão que ele me pagasse um jantar, e todo o resto. — Mary deu um aperto firme, e até mesmo impaciente, no braço de Lil. — Eu me preocupo com você, querida.

— Não precisa se preocupar.

— Tire um dia de folga. Bem... o intervalo acabou. — Ela conferiu o relógio de pulso. — Tansy e Farley devem estar chegando em poucas horas. Daí, teremos um pouco de animação por aqui.

Eu não queria tirar um dia de folga, Lil pensou quando Mary se afastou dali. Não queria sair para fazer compras — não muito. Ou arrumar as unhas. Conferiu as unhas das mãos e fez uma careta. Tudo bem, talvez fosse uma boa agendar um horário no salão, mas não tinha nenhuma palestra ou eventos agendados. Nem campanha de arrecadação de fundos. Nem precisava impressionar alguém. Quando era necessário, ela se arrumava muito bem.

E se quisesse sair para jantar, poderia fazer isso sozinha. A última coisa que precisava era de um encontro com Coop, o que complicaria ainda mais uma situação que ela mesma havia complicado com sexo.

A culpa foi totalmente minha, ela admitiu.

Ele tinha razão sobre uma coisa naquela manhã. Ela teria que encarar o que aconteceu.

Por que não tinha feito aquela lista?

Ela parou diante da área cercada do tigre. Ele estava deitado na entrada de sua toca, com os olhos meio fechados. *Não está cochilando, ainda não*, ela pensou. Seu rabo balançava de um lado ao outro, preguiçosamente, e Lil podia ver a consciência em seus olhos semicerrados.

— Você ainda está bravo comigo, não é? — Lil se apoiou à grade, observou as orelhas de Boris se mexerem. — Eu tive que fazer aquilo. Não quero que nada aconteça com você, ou por sua causa. Não é nossa culpa, Boris, mas seríamos responsabilizados.

Boris liberou um ronronado que soou bastante como uma concordância relutante, arrancando um sorriso de Lil.

— Você é lindo. Um garotão lindo. — Ela suspirou. — Acho que meu intervalo acabou também.

Ela endireitou a postura, encarou a área mais além dos cercados, as árvores, as colinas. E pensou que não parecia haver nada de errado no mundo em um dia como esse.

$\mathcal{E}$LE DEU uma mordida em seu segundo rocambole de chocolate. Até *podia* viver com o fruto da terra, mas não via motivo algum em negar a si mesmo alguns prazeres do mundo exterior. De qualquer modo, tinha roubado a caixa dos bolinhos de um acampamento, então, tecnicamente, estava vivendo do que a terra oferecia. Também confiscou um saco de pães de batata e um fardo de cervejas Heineken.

Ele se limitava a apenas uma cerveja a cada dois dias. Um caçador não podia deixar que o álcool retardasse seu cérebro, nem mesmo por uma hora. Logo, só bebia uma única cerveja antes de dormir.

Beber tinha sido seu ponto fraco — poderia admitir —, assim como fora o de seu pai. *Do mesmo jeito que era com nosso povo,* como o pai costumava dizer. A bebida foi apenas mais uma das armas que o homem branco usou contra eles.

Beber fez com que ele se metesse em apuros, chamou a atenção da força policial do homem branco.

Mas ele gostava, e muito, do gosto de uma cerveja gelada.

E não se negaria a esse prazer. Poderia simplesmente se controlar.

Ele aprendeu a fazer isso sozinho. De todas as coisas que seu pai ensinou, o controle não havia sido uma delas.

Era apenas uma questão de controle, pensou. Assim como o ato de deixar os campistas seguirem com vida havia sido uma questão de controle, e poder. Matá-los teria sido fácil demais, e um desperdício de suas habilidades.

Chegou a considerar matar apenas três do grupo de quatro, e então caçar o último.

Praticar nunca era demais.

Mas eliminar quatro campistas faria com que os policiais e guardas--florestais invadissem as colinas como formigas. Não que ele não pudesse escapar deles, como seus antepassados fizeram por tanto tempo. Um dia, ele seria um guerreiro solitário, e por capricho, caçaria e mataria todos aqueles que profanaram sua terra.

Algum dia, as pessoas diriam seu nome com temor e reverência.

Mas, por agora, ele tinha um peixe bem maior para pescar.

Ele pegou seus binóculos para vasculhar o complexo abaixo. Seu orgulho ainda pulsava desde quando observara os seguranças posicionados ao redor do perímetro por toda a noite.

Por causa dele.

Sua presa sentia o cheiro dele, e o temia. Nada do que já havia feito antes lhe dera tanta satisfação.

Seria tão fácil, e tão emocionante, eliminar todos eles. Poderia se mover silenciosamente como um fantasma, cortando suas gargantas, um por um, encharcando suas mãos com sangue quente e úmido.

Todos aqueles peões abatidos em apenas uma noite.

E como seu valioso prêmio se sentiria pela manhã, quando saísse de seu chalé e desse de cara com a carnificina deixada por ele?

Será que ela teria saído correndo, fugindo aos gritos e aterrorizada?

Ele adorava quando suas presas fugiam, quando gritavam. E mais ainda, quando não tinham mais fôlego para gritar.

Mas controlou seus impulsos com firmeza. Não era a hora. *Poderia mandar uma mensagem para ela,* considerou. Sim, ele poderia.

Algo que tivesse uma conotação ainda mais pessoal. Quanto mais estivesse em jogo, mais intensa a disputa se tornaria quando o momento chegasse.

Ele não queria apenas o medo dela — o medo era fácil demais de conseguir.

Sem pressa, observou enquanto ela atravessava o complexo em direção ao chalé que abrigava os escritórios.

Não, não quero apenas o medo dela, ele pensou, baixando os binóculos e lambendo o chocolate dos dedos. Ele a queria *envolvida* como nenhum dos outros esteve antes. Como nenhum dos outros merecia estar.

Ele se virou e ajustou a mochila sobre os ombros, e começou a dar a volta por trás em direção à sua toca, assoviando uma melodia.

Quando o trilheiro solitário e um pouco ofegante cruzou seu caminho, ele sorriu.

— Está perdido? — perguntou.

— Não. Não exatamente. Mas fico feliz em ver um rosto simpático. Estava em Crow Peak, seguindo em direção ao cume. Acho que me desviei um pouco. — Tirou uma garrafa de água de seu cinto. — Acho que eu deveria ter escolhido uma das trilhas mais fáceis. Já faz um tempo que não faço uma caminhada.

— Hmm-hmm. — Esse cara parecia saudável e em forma o bastante. E perdido o suficiente. — Você está fazendo o percurso sozinho?

— Sim. Minha esposa voltou na bifurcação. Eu teria feito a mesma coisa, só que ela disse que eu não era capaz de percorrer os onze quilômetros. Aí, sabe como é... Temos que provar que elas estão erradas.

— Estou indo naquela direção também. Posso te colocar no caminho certo.

— Seria maravilhoso. Não me importaria de ter uma companhia. Jim Tyler — disse ele, estendendo a mão. — De St. Paul.

— Ethan, o Felino Veloz.

— Prazer te conhecer. Você é daqui da região?

— É isso aí... Sou da região.

Ele começou a andar, conduzindo Jim Tyler, de St. Paul, para longe da trilha, distanciando-se das marcações nos troncos dos pinheiros, das placas de sinalizações e postes, adentrando ainda mais na mata fechada. Manteve o ritmo moderado. Não queria deixar Jim exaurido antes de o jogo começar. Olhou ao redor, em busca da presença de outros aventureiros, e ficou ouvindo o homem falar sobre a esposa, os filhos, seus negócios — imobiliários — em St. Paul.

Sempre apontava pegadas no chão para manter o homem entretido, e também esperava enquanto Jim tirava fotos com uma Canon, sua máquina digital compacta e bacaninha.

— Você é melhor que o meu guia turístico — comentou Jim, todo feliz.

— Espere só até eu mostrar essas fotos para a minha esposa... Quando ela vir o que perdeu... Sou sortudo demais por ter encontrado você no caminho.

— Sortudo...

Ele deu um largo sorriso ao homem enquanto pegava seu revólver.

— Corra, coelhinho — disse ele, com um sorriso debochado. — Corra.

Lil saiu correndo da cabana quando Farley chegou. Funcionários, voluntários e estagiários largaram tudo o que estavam fazendo para irem até lá. Antes mesmo que Farley estacionasse o caminhão, Lil subiu no estribo do lado de Tansy, e sorriu para a amiga.

— E aí, como foi?

— Bom. Foi tudo bem. Ela está ficando um pouco inquieta ali atrás. Como se soubesse que estávamos chegando perto. Você vai ficar feliz demais com ela, Lil. Ela é uma belezura.

— Você pegou todo o histórico médico dela? — Matt perguntou a Tansy.

— Sim, e conversei pessoalmente com o veterinário dela. Tenho até o atestado de saúde. Ela teve um probleminha intestinal alguns meses atrás. A dona gostava de dar trufas de chocolate para ela comer... Eu juro, gente. Trufas Godiva, e caviar Beluga em ocasiões especiais. Aparentemente, Cleo adora chocolate amargo com recheio de avelã, e caviar em torradas levemente tostadas.

— Meu Deus do céu... — Foi a resposta de Matt.

— Ela deixou uma vida de luxo, mas acho que vai se adaptar aqui. — Lil se obrigou a não escalar a carroceria na mesma hora para dar uma olhada nela. — Leve o caminhão até o cercado temporário, Farley. Vamos tirá-la da jaula e colocá-la em seu novo lar. Aposto que ela gostaria de esticar as patas.

Lançou uma olhada para o lugar onde dois estagiários continuavam a guiar um breve passeio para um grupo pequeno.

— Annie — chamou a jovem mulher, por sobre o ombro —, por que você não vai até lá pedir que aquele grupo vá até a área cercada? Será uma experiência muito legal para eles.

Lil continuou de pé sobre o estribo, seguindo o caminho junto com Farley e Tansy.

— Pensamos que vocês chegariam uma hora atrás — comentou ela.

Tansy se remexeu no assento.

— Nós, ah... saímos um pouco mais tarde do que o planejado.

— Sem problemas?

— Não, não. — Tansy encarava o para-brisa. — Sem problemas. Cleo aguentou a viagem de carro numa boa. Dormiu pela maior parte do tempo. Estou com todos os documentos dela, se você quiser dar uma revisada depois que ela estiver instalada.

Lil perdeu o fôlego assim que olhou para Cleo pela primeira vez. Elegante, atlética, com os olhos dourados cintilantes, a felina estava sentada em sua jaula de viagem como uma rainha ocupando o trono.

Ela observou os humanos com um olhar de pura superioridade, fascinando Lil, e soltou seu rugido rouco no caso de que eles não tivessem entendido quem realmente mandava ali.

Lil se aproximou da jaula para que o jaguar sentisse seu cheiro.

— Olá, Cleo. Sim, você é linda. Forte, poderosa, e sabe muito bem disso. Mas eu sou a alfa aqui. Acabou essa história de chocolates Godiva ou poodles no cardápio.

A felina a acompanhou com aqueles olhos exóticos, conforme ela rodeava a gaiola.

— Vamos tirá-la. Mantenham as mãos longe das grades. O método preferido dela de matar pode até ser esfacelando crânios com uma bocada, mas ela não hesitará em arrancar um naco de uma mão ou braço à deriva. Não quero nenhum passeio pela enfermaria. E não deixem que o gosto dela por chocolate engane vocês. Ela tem mandíbulas poderosas, talvez as mais poderosas entre todos os felídeos.

Eles abaixaram a jaula com o auxílio do dispositivo de suspensão, e enquanto o grupo de turistas tirava fotos, a gaiola foi posicionada na entrada da área cercada. Cleo grunhiu baixo, *descontente com a multidão, com o cheiro deles e o dos outros animais,* pelo que Lil concluiu. Do outro lado do complexo, o leão rugiu.

Lil ergueu a porta da jaula, acionou a trava para mantê-la aberta, e deu um passo para trás.

A felina farejou o ar enquanto examinava o ambiente, a árvore, as rochas, a cerca. Assim como os outros animais por trás das grades.

Ela agitou o rabo quando a leoa perambulou ao longo da barreira compartilhada, marcando seu território.

— Esse jaguar fêmea, melânica, ou onça-preta, ainda não atingiu a idade adulta — Lil começou a dizer, para o privilégio dos turistas. — Ela obtém essa coloração de um genótipo dominante, por meio de uma combinação única de genes. Mas ela também possui rosetas... manchas... que podem ser vistas se vocês estiverem bem perto. Ela integra o grupo dos quatro grandes felinos, junto com o leão, o tigre e o leopardo.

À medida que Lil falava, ela observava as reações de Cleo.

— Como vocês podem ver, enquanto jovem, ela tem uma compleição mais compacta, mais atlética.

— Ela meio que parece um leopardo.

Lil assentiu para um dos homens que fazia parte do grupo.

— Você está certo. Fisicamente, ela se parece com um leopardo, embora seja maior e mais robusta na idade adulta. Em termos de comportamento, ela é mais semelhante aos tigres, e como eles, adora nadar.

Cleo se aproximou a um passo da abertura da jaula. Lil ficou onde estava, imóvel, e continuou a falar:

— E como o tigre, a fêmea coloca o macho para correr assim que dá à luz aos filhotes.

Aquilo arrancou risadas dos turistas enquanto eles se amontoavam para tirar mais fotos.

— Ela é do tipo de caçadora que persegue e embosca a presa, e nenhuma outra espécie se equipara a sua habilidade nesse sentido. Em meio à natureza selvagem, ela está no topo da cadeia alimentar. Somente o ser humano a caça. Por conta do desmatamento, intrusão e divisão de seus habitats, e também por causa da caça ilegal, a população de jaguares está diminuindo. A espécie é considerada quase em perigo de extinção. Os esforços combinados de conservação ajudarão a preservar a espécie dela, o que, por sua vez, ajudará a preservar outras espécies de áreas mais restritas.

Agachada, o jaguar deu um passo à frente, farejando tanto o chão quanto o ar. Quando ela se afastou da abertura, Lil abaixou a porta da área cercada e trancou com cuidado.

A multidão aplaudiu.

— Ela estará protegida aqui — acrescentou Lil. — Será bem-cuidada pela equipe, pelos estagiários e voluntários do Refúgio de Vida Selvagem Chance; e se beneficiará — continuou, para que não esquecessem aquele detalhe — das doações de nossos clientes e visitantes. Ela terá uma vida boa aqui, e poderá desfrutar disso por mais de vinte anos.

Observou a felina preta rastejar pela grama, cheirando tudo ao alcance, para depois se erguer em posição de caça. Logo após, agachou-se para urinar, marcando seu território do mesmo modo que a leoa havia marcado o dela.

Cleo andou de um lado ao outro, em círculos, e mesmo quando parou para beber água de seu bebedouro, Lil notou os músculos poderosos contraindo.

Ela continuou a andar em círculos, rondando sorrateiramente, liberando aquele rugido rouco. Quando se ergueu sobre as patas traseiras e afiou as garras dianteiras no tronco de sua árvore, Lil sentiu os seus próprios músculos se contraírem tamanha a beleza daquele animal, o poder de sua estrutura.

Ficou ali a observando, mesmo quando os outros se afastaram, e permaneceu por quase uma hora. E sorriu quando Cleo saltou para a árvore e esparramou o corpo atlético sobre um galho grosso.

— Bem-vinda ao lar, Cleo — disse ela, em voz alta.

Ela deixou a nova hóspede sozinha e voltou para cuidar da papelada no escritório.

Assim que entrou, lançou uma olhada para Matt, e o viu lendo o histórico médico da nova aquisição do refúgio.

— Tudo conforme o anunciado?

— Fêmea de jaguar melânica, saudável, que nunca entrou no cio. Ela fez exames recentes, esquema de vacinação completo. Sua dieta levantou um pouco de suspeita. Tansy trouxe amostras sanguíneas, mas quero examiná-la pessoalmente.

— Entendi. Vamos dar um dia ou dois para ela se ajustar ao novo ambiente antes de a colocarmos sob estresse. Posso recolher algumas amostras de fezes e urina sem o menor problema, se você quiser se adiantar.

— Quanto antes, melhor.

— Pode deixar que cuido disso.

Lil foi para o escritório que compartilhava com Tansy, e fechou a porta.

A amiga levantou a cabeça e afastou o olhar do teclado.

— Está tudo bem?

— Vamos falar sobre isso em um minuto. Primeiro, quero saber o que está rolando com você?

— Nada. Eu não quero falar sobre isso agora. Quero falar só depois — Tansy decidiu. — Com bebida alcóolica incluída.

— Tudo bem, depois da refeição noturna. Vamos tomar um vinho e fazer um resumo. Mas deixa eu te contar o que você tem que saber agora.

Lil se sentou e relatou tudo o que aconteceu por ali durante a viagem de Tansy e Farley.

— Meu Deus, Lil. Meu Deus do céu! Você podia ter se ferido seriamente. Podia ter morrido. — Tansy fechou os olhos. — Se um dos meninos...

— Foi no meio da madrugada. Nenhum deles estava por aqui. Estamos tomando providências. Com o novo sistema de alarme, os animais, a equipe... todo mundo estará protegido. Eu deveria ter raspado nossos cofres mais cedo, para atualizar o sistema antes.

— O que temos cumpriu sua função, Lil. Estava dando certo até esse maluco aparecer. A pessoa tem que ser pirada para abrir uma jaula daquele jeito. Seja lá quem for esse desgraçado, ele poderia ter virado carne fresca com tanta facilidade quanto aquele cervo. Os tiras ainda não conseguiram encontrá-lo? Nenhuma pista sobre o cara?

— Até agora, não. Coop acha que pode ter uma pista sobre a identidade do desgraçado. Tansy, você se lembra de Carolyn Roderick?

— Claro. O que ela tem a ver com tudo isso?

— Ela está desaparecida. Há meses, desapareceu de um grupo de expedição no Alasca.

— Desaparecida? Ah, não. E a família dela? Conversei com a mãe dela algumas vezes quando Carolyn estava aqui.

— Carolyn tinha um namorado... um ex-namorado. Ele apareceu por aqui quando ela estagiava.

— Aquele tipo montanhista? Ed? Não, espera... não era Ed o nome dele.

— Ethan.

— Isso. Ethan, o cara que tagarelava que era descendente do Cavalo Louco.

— Você se lembrou disso mais rápido do que eu — retrucou Lil.

— Jantei com Carolyn e outros estagiários algumas vezes, e ou ele ia junto, ou aparecia por lá. Todo cheio de marra por conta de sua ancestralidade, o que parecia um bando de mentiras, na minha opinião. Mas ela gostava disso, gostava dele. O cara dava flores do campo para ela, fazia trabalho voluntário. Levava Carolyn para dançar. Ela estava encantada.

— Parece que as coisas foram por água abaixo. Ela terminou, e as pessoas com quem Coop conseguiu fazer contato disseram que achavam o cara violento. — Lil pegou garrafas d'água para as duas. — Eu me lembrei, depois que reli o arquivo dela, como ele ficava por aí dizendo que era Sioux, e como se gabava por viver na natureza por longos períodos, como... bem, como o Cavalo Louco fazia. Ele tinha obsessão pelo departamento de Parques Nacionais, e sempre declarava que essa área era território sagrado.

— Você acha que é ele? O cara que matou o puma e o lobo? Por que ele voltaria aqui para te perturbar?

— Não sei. Mas ele também sumiu. Coop não conseguiu localizar o paradeiro dele. Pelo menos, ainda não. Se você se lembrar de alguma coisa sobre ele, qualquer coisa mesmo, pode contar ao Coop e ao Willy.

— Pode deixar. Vou ver se me lembro de algo. Meu Deus, será que ele fez alguma coisa com a Carolyn?

— Eu queria não pensar nisso. — Só de pensar, Lil já sentia o estômago embrulhar de tristeza e culpa. — Não tenho certeza de que estou realmente me lembrando ou se apenas estou inquieta, mas sempre achei que ele fosse meio assustador. Como se estivesse me lembrando de ele estar me observando. Várias vezes. E talvez nem tenha pensado nisso na época, já que alguns dos estagiários e voluntários têm o hábito de me observar enquanto trabalho. Para ver o que estou fazendo e como. Sabe como é.

— Claro que sei.

— E agora estou achando que não era dessa maneira que eu me sentia quando o flagrava me observando. Acho que senti alguma coisa meio esquisita, mas ignorei.

— Não me lembro muito bem dele. Só pensava nele como um mentiroso do caramba, mas que ajudava quando vinha por aqui, e parecia focado em encantar Carolyn.

— Tudo bem.

— O que mais posso fazer?

— Fale com os estagiários, tente manter todo mundo tranquilo. Contei a eles tudo o que posso, e também já entrei em contato com as universidades que estão enviando novos alunos. Eu optei pela transparência total. Não acredito que estejam em perigo, e temos que manter o refúgio funcionando. Ainda assim, fui bem transparente. E isso, com certeza, vai deixar alguns mais ansiosos.

— Certo. A maioria deve estar agora no refeitório, processando a comida do jantar dos animais. Vou dar um pulo lá, para avaliar a situação.

— Isso seria bom.

— A gente se fala mais tarde. — Tansy se levantou. — Você quer que eu fique aqui hoje à noite?

Covarde, Lil disse a si mesma quando quase concordou. Mas caso aceitasse a oferta não seria por sentir medo do tal maníaco rondando as colinas. Seria para evitar Cooper Sullivan.

— Não. Estamos de boa por aqui. Eu prefiro me manter na rotina o máximo possível.

Lucius deu um tapinha no batente da porta enquanto Tansy saía.

— Enviei por e-mail as fotos da Cleo pra você; e também um tipo de montagem que fizemos na hora da transferência dela para o cercado. Posso subir tudo no site assim que você aprovar.

— Vou dar uma olhada. — *Concentre-se,* ela ordenou a si mesma, esquecendo de tudo e só pensando no trabalho. — Vou redigir alguma coisa para acompanhar a montagem. Queremos algo sobre ela, especificamente, sobre jaguares em geral, e detalhes dos bastidores. Em seguida, coloque a foto dela na seção de adoção. Você sabe dizer se a Mary conseguiu pesquisar a pelúcia de um jaguar preto para donativos, e para a loja de presentes?

— Acho que ela enviou um e-mail com algumas possibilidades.

— Beleza. Vou cuidar disso.

— Quer que eu feche a porta?

— Não, pode deixar aberta mesmo.

Ela pegou um refrigerante para se abastecer de leve com a cafeína, depois mergulhou no trabalho.

O horário do jantar dos animais chegou, e ela não estava nem um pouco satisfeita. Fez uma cópia do trabalho escrito e das fotos e salvou tudo em um pen-drive, e então o guardou no bolso. Ela daria outra olhada em casa, depois de uma pausa revigorante. Era melhor rever tudo com a cabeça fria.

Lil sabia que os colaboradores queriam não somente informações, mas também uma boa história. Um novo animal significava um novo interesse despertado, que ela pretendia explorar. Organizou toda a papelada sobre a mesa à medida que o ruído dos animais se alimentando ressoava pelo crepúsculo.

Ela saiu do chalé, trancou a porta enquanto os últimos estagiários iam embora após o expediente encerrado. *Em algum momento*, pensou, *teria dinheiro suficiente em caixa para construir um dormitório por ali.* Moradia para os estagiários, com cozinha própria. De acordo com seus cálculos, isso seria possível daqui a dois anos, já que as contas foram impactadas com a instalação do novo sistema de segurança e a construção da nova área cercada.

Deparou com Tansy acomodada em sua sala de estar, com uma garrafa de vinho e um pacote de salgadinhos.

— Álcool e sal — Tansy brindou a chegada da amiga. — É do que preciso.

— O manjar dos deuses. — Lil jogou o casaco para o lado, assim como o chapéu, e serviu uma dose em sua taça. — Você parece cansada.

— Acho que não dormi muito a noite passada. — Tansy tomou um longo gole de vinho. — Porque estava ocupada demais transando com o Farley.

— Aah... — Lil decidiu que aquele boletim informativo requeria que estivesse sentada. — Tudo bem. Sim, essa é uma notícia que deve ser servida com bebidas alcóolicas. Minha nossa...

— E foi um sexo muito, muito bom. — Com as sobrancelhas franzidas, Tansy mordiscou um salgadinho. — Agora o que diabos devo fazer?

— Humm... fazer mais vezes?

— Ai, meu Deus, Lil... O que eu fiz? Eu sabia que não era uma boa ideia, mas simplesmente aconteceu. — Ela tomou um longo gole do vinho. — Quatro vezes.

— Quatro? Quatro vezes em uma única noite? Caracas. Um brinde ao Farley.

— Não é uma piada.

— Não, é uma proeza e tanto.

— Lil...

— Tansy. Você é adulta, ele também.

— Ele acha que está apaixonado por mim. — Tansy mastigou mais salgadinhos. — Sabe o que ele me disse noite passada?

— Antes ou depois do sexo?

— Depois, droga. E antes também. Estou tentando, de verdade, me manter sensata, justa e realista.

— E pelada...

— Ah, cala a boca. Daí, ele olhou para mim. Cara, ele realmente sabe fixar o olhar.

Tansy contou tudo o que Farley disse, quase palavra por palavra.

— Oh... — Lil não pôde evitar, e colocou a mão sobre o coração. — Que lindo. Esse é o Farley todinho, com toda a pureza que ele tem.

— Eu sei disso. Mas, Lil, hoje de manhã, durante o café no restaurante lá... Nossa, estou me atrapalhando toda, tentando... Não sei como desacelerar isso, como acalmar as coisas. Agir com *sensatez*. Ele só ficou lá... sorrindo pra mim.

— Bem, quatro vezes colocam um sorriso no rosto de um cara.

— Pare com isso! Ele disse assim: "eu vou me casar com você, Tansy, mas vou te dar o tempo que for para se acostumar primeiro com a ideia".

— Eita! — Lil ficou boquiaberta, mas em seguida conseguiu entornar mais um gole de vinho. — Uau... tenho que repetir: eita!

— Nada do que eu disse teve importância. Ele só sorria e concordava com a cabeça, e quando saímos do restaurante, ele me agarrou e me deu um beijaço que me deixou zonza. Eu juro que quase senti meu cérebro escorrer pelos ouvidos. Acho que perdi metade do meu cérebro em Montana.

— Vocês já marcaram a data?

— Quer *parar* com isso? Você não está ajudando em nada.

— Desculpa, Tans, mas você está sentada aqui, toda nervosa e devorando esse salgadinho, falando sobre um cara bacana, um cara legal de verdade que te ama e te deseja. Um homem que te deu orgasmos múltiplos, eu suponho.

— É, múltiplos mesmo. Ele foi muito atencioso e... cheio de energia.

— Agora você está tirando onda.

— Um pouco. Meu Deus, Lil... ele é sincero e meigo, e só um pouco assustador. Estou confusa sobre tudo isso, sobre ele.

— O que seria a primeira vez. Eu gosto que você esteja apaixonada por ele, e tudo o que consigo pensar é que isso é bom demais. É maravilhoso. Só posso me alegrar, e sentir um pouquinho de ciúmes.

— Eu não devia ter dormido com ele — continuou Tansy. — Agora compliquei ainda mais as coisas, porque antes eu podia pensar que só estava a fim dele, mas agora eu sei que estou a fim dele, e que estou louca por ele. Por que nós fazemos essas coisas? Por que acabamos dormindo com eles?

— Não sei. Eu dormi com o Coop.

Tansy comeu outro salgadinho, engoliu tudo com um gole de vinho.

— Pensei que você fosse resistir por mais tempo.

— Eu também — admitiu Lil. — Agora estamos com raiva um do outro. Eu acho. Ou eu surtei e rosnei pra ele essa manhã. O que eu sabia, enquanto fazia tudo isso, era que noventa por cento foi um mecanismo de defesa, e dez por cento foi pura verdade.

— Ele partiu o seu coração.

— Em milhões de pedacinhos. Farley é incapaz de fazer isso com você.

Os olhos escuros de Tansy se tornaram mais suaves.

— Eu poderia partir o coração dele.

— Sim, poderia. Mas você vai fazer isso?

— Não sei, e esse é o problema. Eu não quero magoá-lo. Ele não é o que estava procurando. Quando pensava sobre o homem da minha vida, com certeza não era nada parecido com um caubói magrinho e branco.

— Acho que não conseguimos escolher tanto quanto dizem por aí. — Pensativa, Lil enfiou a mão no pacote de salgadinhos. — Se eu pudesse escolher, seria o Jean-Paul. Ele é a melhor escolha para mim. Mas ele não era o amor da minha vida, e não consegui que se tornasse exatamente isso. Então, acabei o magoando... mesmo sem querer.

— Agora estou meio deprimida.

— Desculpa. Chega desse assunto de corações partidos. — Deliberadamente, Lil se sacudiu como se estivesse se livrando de um peso. — Vamos falar sobre o sexo com o Farley. Conte-me todos os detalhes.

— Não. — Divertida, Tansy apontou para ela. — Pelo menos não com uma única taça de vinho. E como estou de carro, para mim já chega. Estou indo para casa, e vou pensar em outra coisa. Qualquer coisa. Você vai ficar bem aqui?

— Tem meia dúzia de homens armados lá fora.

— Que bom. Mas eu estava falando em relação ao Cooper.

Lil suspirou audivelmente.

— Vou assumir o turno da noite, daí acabarei evitando o problema; ele vai ficar com o primeiro turno. Não é uma solução, e, sim, um plano. Tansy, só mais uma pergunta. Não pense em nada, só responda. Você está apaixonada pelo Farley? Não só loucamente apaixonada... Mas, tipo... você o ama?

— Acho que sim. Agora estou mais deprimida ainda. — Ela se levantou. — Estou indo para casa, para curtir uma fossa.

— Boa sorte. A gente se vê amanhã.

Sozinha, Lil preparou um sanduíche e fez café. Ao sentar-se à mesa da cozinha, comeu seu jantar e lapidou os textos para o site.

Ela se preparou, todos os músculos em alerta total, quando a porta se abriu. Então relaxou de novo quando a mãe entrou na cozinha.

— Eu disse para você não vir essa noite.

— Seu pai está aqui, então eu estou aqui. Aceite, que dói menos.

Sentindo-se em casa, Jenna abriu a geladeira, suspirou ao ver o que havia ali dentro, e pegou uma garrafa de água.

— Você está trabalhando, e eu estou te atrapalhando.

— Está tudo bem. Estou só ajustando alguns artigos para o site, sobre a nossa nova princesa.

— Eu a vi. Lil, ela é linda. Tão elegante e misteriosa. Ela será uma atração esplêndida para o refúgio.

— Também acho. E ela será feliz aqui. Vai ter muito espaço quando terminarmos o habitat definitivo. Com a dieta certa, os cuidados certos. Vou até ver se a colocamos para cruzar no ano que vem.

Jenna assentiu e se sentou.

— Isso provavelmente não é nada...

— Oh-oh.

— Você conhece o Alan Tobias, o guarda-florestal?

— Claro que sim. Ele sempre traz os filhos aqui.

— Ele está hoje à noite aqui, ajudando.

— Isso é muito legal da parte dele. Eu deveria dar um pulo lá fora para agradecer.

— Sim, daqui a pouco. Ele nos contou que há um trilheiro desaparecido.

— Há quanto tempo?

— Ele deveria ter retornado por volta das quatro. A esposa não se preocupou, de verdade, até que deu cinco e ele não chegou.

— Bem, são quase oito horas agora.

— E está escuro. Ele não atende ao celular.

Com o nervosismo aflorado, ela tentou falar com calma:

— O sinal de telefonia é irregular. Você sabe disso.

— Eu sei, e é bem provável que não seja nada. Ele deve ter se perdido um pouco, e pode acabar encarando uma noite ruim se não encontrar o caminho da trilha de volta, e rápido. Mas, Lil, ele estava fazendo a trilha até Crow Peak, e não é tão longe do lugar onde você e Coop aprisionaram aquele puma.

— É uma caminhada longa, de um dia inteiro, para ir até o cume e voltar; e não é uma trilha das mais fáceis. Se ele não for experiente, poderia levar mais tempo, provavelmente mais do que imaginou. Por que ele estava sozinho?

— Não sei. Não tenho todos os detalhes. — Jenna olhou para a escuridão além da janela. — Eles estão à procura dele.

— Tenho certeza de que vão encontrá-lo.

— Eles têm procurado pelo homem que matou o puma, o homem que invadiu o refúgio. Ainda não o encontraram.

— Ele não quer ser encontrado — salientou Lil. — Esse trilheiro quer.

— Há previsão de chuva durante a madrugada. Chuva forte. — Jenna olhou novamente para a janela. — Dá para sentir o cheiro dela se aproximando. Estou com um pressentimento ruim sobre isso, Lil. Um pressentimento ruim, do fundo da alma, de que algo mais do que chuva forte vem vindo.

Capítulo dezoito

⌘ ⌘ ⌘

$\mathcal{A}$ CHUVA VEIO, e veio com intensidade. Ao amanhecer, Lil foi aos trancos e barrancos para casa, pendurou sua capa impermeável para secar, e se livrou das botas encharcadas e enlameadas.

Ela queria dormir por mais uma hora. Duas, se fosse possível, e então passar alguns dias debaixo da ducha quente do chuveiro, para em seguida comer como um lenhador esfomeado.

Ao amanhecer, o trilheiro — James Tyler, de St. Paul, de acordo com as fontes — ainda não havia sido encontrado. Torcia para que o pior que tenha acontecido fosse que o homem passou uma noite mais miserável que a dela.

Descalça, Lil saiu silenciosamente da cozinha e seguiu até a escada. Mas quando lançou uma olhada de soslaio para a sala de visitas, notou que o sofá estava vazio. *Ele foi para casa,* deduziu. Não viu a caminhonete dele, mas com a chuva torrencial era meio difícil ver qualquer coisa. Relaxando, subiu os degraus.

Programar o despertador, ela disse a si mesma. Uma hora e meia estava de bom tamanho. Então, cama. Quente, macia e seca.

Quando entrou no quarto, reparou que a cama quente, macia e seca já estava ocupada.

Lil rangeu os dentes para impedir que o palavrão escapulisse de sua boca, mas quando fez menção de recuar, os olhos de Coop se abriram.

— Não vou dormir de jeito nenhum na porcaria do sofá.

— Tá bom. Já está de manhã, então você pode se levantar e dar o fora. Pode fazer o café se quiser, mas faça silêncio. Preciso dormir um pouco.

Ela cruzou o quarto e entrou no banheiro, fechando a porta com força.

Então, o banho seria o primeiro da lista, pensou. Ela dormiria bem melhor depois disso. Um belo banho quente, e cama. Sem problema. E não havia motivo para o homem não poder usar a cama dela, não depois de montar guarda no escuro por tantas horas.

Ela se despiu, largando as roupas em uma pilha no chão, e ligou o chuveiro no máximo e com a água mais quente que poderia suportar. Chegou a gemer quando se enfiou debaixo da ducha e sentiu o calor penetrar por sua pele gelada até alcançar os ossos mais gelados ainda.

Lil sibilou quando a cortina do chuveiro se abriu.

— Puta merda!

— Quero tomar uma ducha.

— O chuveiro é *meu*.

Ele simplesmente se postou atrás dela.

— Tem muito espaço, muita água.

Afastando o cabelo molhado do rosto, ela disse:

— Você está indo longe demais, Cooper.

— Longe demais seria colocar minhas mãos em você, o que não vou fazer.

— Estou cansada, e não vou discutir com você.

— Ótimo. Não estou a fim de discutir também. — Colocou um pouco do sabonete líquido na palma da mão e se ensaboou. — Vamos ter algumas enchentes com essa chuva toda.

Lil apenas deixou a água cair sobre sua cabeça. Não queria conversa.

Ela foi a primeira a sair; envolveu o corpo com a toalha, e usou outra para enrolar o cabelo. Em seu quarto, vestiu a calça de flanela e uma camiseta, depois se sentou para ajustar o despertador. Coop saiu do banheiro, com o cabelo úmido, calça jeans e uma camisa que nem se deu ao trabalho de abotoar.

— Eles encontraram o cara que estava fazendo a trilha? — ele perguntou.

— Não. Pelo menos até a hora que entrei, ainda não haviam encontrado.

Coop assentiu e se sentou para calçar as meias, observando-a se enfiar na cama que ele havia deixado quente para ela.

— Seu cabelo está molhado.

— Não ligo. Estou cansada.

— Eu sei. — Ele se levantou e foi até a cama. Inclinando-se, pressionou os lábios aos dela, em um beijo tão suave quanto daria em uma criança sonolenta. — Voltarei mais tarde.

Deslizou um dedo pela bochecha dela antes de se dirigir à porta.

— Não foi apenas sexo, Lil. Nunca foi.

Ela manteve os olhos fechados, ouviu seus passos escada abaixo. Esperou até ouvir a porta da frente abrir e fechar.

E cedeu ao tumulto que ele conseguiu provocar dentro dela.

Enquanto a chuva forte caía, chorou até adormecer.

A CHUVA PROSSEGUIU por toda a manhã, cancelando passeios pelas trilhas e aluguéis de montarias agendados. Coop cuidou dos rebanhos da fazenda, e desistiu de continuar amaldiçoando a chuva e o vento depois de uma hora de reclamações.

Não fazia sentido.

Com seu avô limpando e consertando arreios, e sua avó atolada com a papelada — os dois quentinhos e secos em casa —, ele acomodou mais dois cavalos no trailer.

— Tem uma porção de abrigos nas colinas — disse Lucy, enquanto preparava o almoço para Coop. — Estou rezando para que aquele pobre coitado tenha encontrado algum deles. Só Deus sabe como vão encontrá-lo com esse tempo.

— Temos seis cavalos sendo usados pelos voluntários. Vou levar mais esses dois para a cidade, no caso de precisarem de mais. As enchentes repentinas serão um problema.

— É um baita problema. É o que acontece com essa chuva toda.

— O tempo vai abrir. Se eles precisarem de mais cavalos nas buscas, aviso vocês dois. Caso contrário, estarei de volta em algumas horas.

— Você vai ficar na casa da Lil outra vez esta noite.

Ele parou, com uma mão no batente da porta.

— Sim. Até que toda essa situação esteja resolvida.

— E você e Lil? — A avó lançou seu olhar sagaz e sem rodeios. — Vai resolver isso também?

— Estou trabalhando nisso.

— Não sei o que aconteceu entre vocês anos atrás, e nem quero saber. Mas se ama aquela menina, pare de perder tempo. Eu gostaria de ver você bem de vida e feliz. E, caramba, gostaria de ver alguns bebês por aqui.

Ele esfregou a nuca.

— Acho que está colocando o carro na frente dos bois.

— Não do meu ponto de vista. Se você for junto com o grupo de busca, leve um rifle.

Ela entregou a sacola com seu almoço, e em seguida segurou seu rosto entre as mãos.

— Faça o favor de cuidar bem do meu garoto, porque ele é precioso pra mim.

— Não se preocupe.

Não havia nada com o que se preocupar, ele pensou durante a viagem miserável até Deadwood. Não era ele que estava sendo perseguido, ou que estava perdido em algum lugar nas colinas. Tudo o que estava fazendo era agilizar os passos seguintes, providenciando os cavalos e mais um par de olhos, caso fosse necessário. E quanto a Lil? Tudo o que ele podia fazer era estar lá.

Ele a amava?

Sempre a amou. Ele também fez o que precisava fazer na época, e viveu sem ela. E veja onde ela havia acabado. Exatamente onde queria estar — onde precisava estar. Fazendo o que sempre sonhou fazer. Ela deixou sua marca, e do jeito dele, Coop também fez o mesmo.

Agora, bem... ele apenas continuaria fazendo o que precisava. Dando o próximo passo. O problema era que não sabia definir o que ele significava para ela.

Apenas um amigo? Amante casual? Um porto seguro em meio à tempestade?

Dane-se tudo isso. Dessa vez, não era o bastante. Não para ele. Então, ele pressionaria, porque era o próximo passo, em seu ponto de vista. Daí os dois veriam o que Coop significava para ela.

Nesse meio-tempo, faria o que fosse preciso para protegê-la.

E ela teria que lidar com isso.

Gull saiu dos estábulos assim que Coop estacionou. Água escorria pela aba de seu chapéu, deslizando pela capa de chuva enquanto ele ajudava a descarregar os cavalos.

— Ainda não o encontraram — gritou Gull, acima do ruído da chuva torrencial. — Não há como rastrear nessa bagunça. Tem diversas áreas inundadas por conta da neve e da chuva derretendo. Está bem ruim lá em cima, chefe.

— Eles vão precisar de mais cavalos.

Coop olhou para o céu negro e furioso. Mesmo que os helicópteros pudessem decolar, como eles conseguiriam ver qualquer coisa? As buscas por terra, no estado em que estava, seria a melhor opção.

— Estão trabalhando com coordenadas, ou algo do tipo, pelo celular do cara. Tentando encontrar algum sinal. — Gull levou o cavalo para uma baia. — Não sei como estão fazendo com os voluntários, mas se não estiver precisando de mim, posso substituir alguém que está há muito tempo por lá.

— Pegue o cavalo que quiser e se registre na equipe de busca. Mas mantenha contato comigo, Gull.

— Pode deixar. Se o cara tinha algum juízo na cabeça, deve estar escondido em uma caverna em um terreno elevado. Não sei se o cara tem juízo. Pelo que ouvi dizer, todo mundo que saiu em trilha ou estava acampando voltou e foi identificado. Menos esse cara de St. Paul.

— É bastante tempo perdido nesse clima.

— Com certeza. Dizem que não encontraram o menor sinal dele — enquanto falava, Gull selava um grande cavalo baio. — Uma dupla de turistas o viu, e até trocaram uma palavrinha com ele no entroncamento de Crow Peak. Eles seguiram a trilha secundária ao sul, e o cara foi para o norte, em direção ao cume. Mas isso aconteceu antes do meio-dia de ontem.

— Eles viram mais alguém?

— No entroncamento, sim, e na trilha secundária. Mas não seguindo para o cume. O cara foi por conta própria.

— Então, vamos torcer para que tenha juízo. Se precisarem de mais alguém para trocar de lugar, diga que ficarei por perto. E mantenha contato.

Coop dirigiu-se até o escritório, fez um pouco de café. Até que fosse requisitado, pretendia descobrir mais coisas sobre Ethan Howe.

Ligou o computador e pegou o telefone.

Ele passou a hora seguinte pulando entre policiais e detetives no Alasca, Dakota do Norte, Nova York, preenchendo, bem devagar, algumas lacunas. Conversou com o oficial da condicional de Howe e com antigos senhorios, e acrescentou alguns nomes à sua lista de chamadas.

Em relação a companheiros conhecidos, eram bem poucos e distantes. O homem era do tipo solitário; um andarilho que preferia áreas menos populosas, e até onde Coop podia ver, raramente ficava em um mesmo lugar por mais de seis meses. Normalmente, ele escolhia acampar. De vez em quando, se hospedava em hotéis ou acomodações semanais. Pagava sempre em dinheiro.

Emprego instável. Trabalhador por diária: peão de fazenda, guia de trilha. Discreto. Calado. Era até esforçado, mas não confiável. Aparecia e sumia.

Coop pesquisou mais a fundo, seguiu as pistas até um bar em Wise River, Montana.

Parece uma roda de ratos, ele pensou enquanto fazia a ligação. *Estou correndo atrás do meu próprio rabo.* Era mais vantajoso arremessar um dardo no mapa.

— Bar do Bender.

— Gostaria de falar com o dono ou gerente.

— Está falando com ele. Charlie Bender. O bar é meu.

— Esse estabelecimento era seu quatro anos atrás, entre julho e agosto?

— É meu há dezesseis anos. Qual é o problema?

— Sr. Bender, eu me chamo Cooper Sullivan. Sou um detetive particular licenciado em Nova York.

— Então por que você está ligando da Dakota do Sul? Eu tenho identificador de chamada, colega.

— Eu estou em Dakota do Sul. Vou te dar o número da minha licença se quiser verificar. — Ele pode ter vendido sua empresa de investigação, mas sua licença ainda era válida. — Estou tentando encontrar uma pessoa que trabalhou pra você por alguns meses no verão de 2005.

— Quem?

— Ethan Howe.

— O nome não me soa familiar. Quatro anos são muito tempo, e recebo uma porção de gente por aqui. Por que você precisa encontrar o cara?

— Ele pode estar conectado com um caso de desaparecimento que estou investigando. Ele devia estar com vinte e tantos anos — Coop começou a dar uma breve descrição.

— Parece com todo mundo.

— Ele tinha acabado de cumprir pena por agressão.

— Ainda não faço ideia de quem seja.

— Ele afirma que tem sangue indígena, é parte Sioux, gosta de se gabar de suas habilidades como montanhista. Fica na dele, mas é muito educado e charmoso com as mulheres. Pelo menos a princípio.

— Chefe. Nós o chamávamos de Chefe na maioria das vezes, porque ele dizia que era parente de sangue do Cavalo Louco depois de entornar algumas cervejas. Era só mais um desses babacas. Lembro que ele usava um colar, falava que era de dentes de urso; contava como ele e o pai caçaram o bicho e essas besteiradas. Ele trabalhou direitinho enquanto estava aqui, mas não foi por muito tempo. Depois, ele fugiu com a minha melhor garçonete.

— Tem o nome dela?

— Sim. Molly Pickens. Ela trabalhou pra mim por quatro anos, antes do Chefe aparecer. Daí, ela fugiu com o cara, e eu fiquei sem duas pessoas. Tive que colocar minha esposa para servir as mesas, e ela me encheu o saco por isso por semanas. Então, eu me lembro bem.

— Você sabe como posso entrar em contato com a Molly?

— Nunca mais a vi ou ouvi falar dela desde agosto daquele ano.

Coop sentiu um arrepio deslizando pela parte de trás de seu crânio.

— Ela tinha família? Amigos? Alguém com quem eu possa entrar em contato?

— Olha, amigo, não fico monitorando as pessoas. Ela veio aqui atrás de trabalho. Eu dei um emprego. Ela se deu bem com o resto da equipe, com os clientes. Cuidava da vida dela, e eu cuidava da minha.

— De onde ela era?

— Caramba, você é um chato intrometido. De algum lugar do leste. Ela disse que pegou a estrada porque tinha se cansado do velhaco... não sei se era marido ou o pai. A garota nunca me deu problemas, até fugir com o Chefe.

— Ela te deixou sem o aviso-prévio. Por acaso levou os pertences dela?

— A garota não tinha muita coisa. Embalou algumas roupas e coisas assim, raspou a conta bancária e foi embora em seu Ford Bronco.

— Sabe se ela gostava de esportes ao ar livre? Fazer trilhas, acampar?

— Mas que porra é essa? Você está procurando por ele ou por ela?

— Nesse exato momento? Pelos dois.

Bender suspirou audivelmente.

— Agora que você mencionou isso, ela gostava de sair por aí. Era uma garota boa, forte. Gostava de passear, tirar fotos no parque nos dias de folga. Disse que queria ser fotógrafa. Ela ganhou até uma graninha extra vendendo fotos para turistas. Acho que ela se deu bem em algum lugar.

Coop não estava tão certo disso. Pressionou Bender por mais detalhes, anotando tudo.

Quando compilou todas as informações, ele se recostou à cadeira, fechou os olhos e deixou sua mente processar tudo. Padrões, pensou. Padrões, círculos e ciclos. Eles sempre estavam presentes se você os procurasse.

Ele desligou o computador e foi conversar com Willy.

O semblante do xerife estava pálido de cansaço, os olhos vermelhos, e a voz rouca como cascalho.

— Peguei alguma coisa. — Assoou o nariz em um lenço vermelho. — Maldita primavera. Voltei da busca há meia hora. — Ergueu uma grande caneca branca. — Sopa de copo. Não consigo sentir o gosto de nada, mas minha mãe sempre diz que para resfriado, tem que tomar caldo de galinha. Então estou tomando.

— Você não o encontrou.

Willy negou com um aceno.

— Um homem mal consegue encontrar o próprio pau nessa bagunça. Deve melhorar amanhã. Se aquele pobre coitado estiver vivo, deve estar só o bagaço. — Bebeu a sopa, fazendo careta. — Parece que uma lixa desceu goela abaixo. Só se passou um dia. Se ele não estiver ferido ou morto, e se conseguiu se abrigar contra a chuva, o cara deve estar bem. Ele tinha comida na mochila. Barras energéticas, água, petiscos para a caminhada, esse tipo de coisa. Não morreria de fome. Estamos mais preocupados que ele possa ter sido pego em uma tromba d'água e se afogado.

— Você precisa de mais pessoas lá em cima?

— Estamos bem. Na verdade, estou preocupado que mais alguém possa se afogar ou cair de um maldito penhasco. Dois da equipe de busca tiveram que ser trazidos de volta. Um com o tornozelo fraturado e o outro chegamos a pensar que teve um ataque cardíaco. Foi só uma indigestão, no fim das contas. Se tivermos que subir de novo amanhã, precisaremos de cavalos mais descansados.

— Você os terá. Willy... — Ele se interrompeu quando uma mulher chegou à porta.

— Xerife.

— Senhora Tyler. Entre e sente-se. — Com o peito chiando, Willy se levantou para conduzi-la até uma cadeira. — Vamos lá, você não deveria ter saído na rua com esse tempo.

— Não posso simplesmente ficar sentada no quarto de hotel. Estou ficando louca. Preciso saber o que está acontecendo. Preciso saber de *alguma coisa.*

— Estamos fazendo tudo o que podemos. Temos muitos homens à procura do seu marido, senhora Tyler. Homens que conhecem aquelas trilhas, que já fizeram inúmeros resgates antes. Você me disse que seu esposo era um homem sensato.

— Normalmente, sim.

Ela enxugou os olhos marejados com o dorso da mão. Pela aparência, Coop duvidava que a mulher os tivesse fechado por mais de uma hora desde que o marido sumiu.

— Jim deveria ter sido mais sensato, em vez de insistir em fazer aquela caminhada. — Ela se balançou na cadeira, como se o movimento pudesse acalmá-la. — Nos últimos cinco anos, ele caminhava mais na esteira dele do que em qualquer outro lugar.

— Para se manter em forma, como você disse.

— Sim. Eu deveria ter ido com ele. — Mordendo o lábio, ela se balançou um pouco mais rápido, em um ritmo mais intenso. — Não deveria ter deixado que ele fosse sozinho. Eu só não queria passar o dia todo batendo perna. Queria alugar cavalos, mas Jim... fica meio nervoso perto deles. Pensei que conseguiria convencê-lo a voltar comigo quando chegamos naquela bifurcação. Fiquei tão irritada quando ele se recusou. Briguei com ele. A última coisa que eu fiz foi brigar com ele. Ah, meu Deus.

Willy a deixou chorar, gesticulando para Coop ficar por ali, enquanto puxava uma cadeira para se sentar e confortar a mulher.

— Sei que você está assustada, e gostaria de ter algo mais a contar, mais coisas para te tranquilizar.

— O celular dele. Você disse que iriam tentar rastrear o celular dele.

— Eu disse, e eles tentaram. Não conseguimos encontrar nenhum sinal. A bateria pode ter descarregado.

— Ele teria ligado. Teria tentado ligar. — Com a voz trêmula, ela secou o rosto com um lenço. — Ele não iria querer me deixar preocupada. Nós carregamos nossos celulares, por completo, antes de sairmos naquela manhã. Eles disseram que está chovendo muito, com enchentes. Falaram nos noticiários.

— Ele é um homem sensato. Um homem sensato procura por terreno elevado e fica lá. Não o encontramos, sra. Tyler, mas também não achamos nenhum sinal que indique que alguma coisa aconteceu com ele. Vamos nos apegar a isso por enquanto.

— Estou tentando.

— Vou mandar alguém te levar de volta ao hotel. Se quiser, posso solicitar que alguém fique com você, caso não queira ficar sozinha.

— Não. Não precisa. Vou ficar bem. Eu não liguei para os meus meninos… nossos filhos. Eu tinha tanta certeza de que ele estaria de volta hoje de manhã, e agora… já se passaram vinte e quatro horas desde o horário que ele deveria ter voltado. Acho que tenho que ligar para nossos filhos.

— Você sabe o que é melhor.

— Jim colocou na cabeça que queria fazer essa viagem. Wild Bill, Calamity Jane, Cavalo Louco, as Black Hills. Temos um neto de três anos, e outro a caminho. Ele disse que devíamos praticar para levá-los em nossas caminhadas. Ele comprou equipamentos novinhos.

— E você disse que ele colocou na mochila tudo o que os guias recomendaram — comentou Willy, enquanto a conduzia para fora da sala. — Ele tinha um mapa, lanterna…

Coop foi até a janela para contemplar a chuva martelando o chão. Esperou até que Willy voltasse e fechasse a porta do escritório.

— Outra noite lá em cima não fará bem algum para Jim Tyler.

Coop se virou.

— Se ele cruzou caminho com Ethan Howe, ele pode não ter uma segunda noite.

— Quem é Ethan Howe?

Coop contou ao xerife tudo o que sabia, passando as informações de forma rápida e concisa, como havia sido treinado em seus tempos de policial, como um investigador.

— É uma conexão solta com Lil e os animais, mas é uma conexão — admitiu Willy. — Mas até onde você sabe, ou que ela se lembra, esse tal Howe e Lil nunca tiveram problemas ou trocaram palavras mais ásperas?

— Ela mal se lembrava dele, e só se lembrou por causa da estagiária. Ele é encrenca, Willy. Um andarilho, solitário, mantém-se fora do radar, exceto quando foi preso por uma confusão. Estava bêbado. Acabou dando uma escorregada. Caso contrário, sempre fica de cabeça baixa perto de outras pessoas. Ele gosta de falar sobre seus possíveis antepassados nativo-americanos, mas passa despercebido porque não aparenta ter traços indígenas. É temperamental, arrogante, e são esses seus pontos fracos.

— Conheço muita gente que tem os dois comportamentos.

— O cara tem um temperamento explosivo o suficiente, de acordo com amigos e familiares da moça, para assustar essa Carolyn Roderick — acrescentou Coop. — Ela tinha um estereótipo, como a garota de Montana. Atlética, bonita, forte, solteira. Molly Pickens esvaziou a conta bancária e foi embora com ele.

O xerife se recostou com sua caneca branca de sopa, assentindo em concordância enquanto bebericava o líquido.

— Por livre e espontânea vontade.

— E esse é o último paradeiro onde consegui encontrar sinais dela, quando foi embora com ele... por livre e espontânea vontade. Não houve movimentação no cartão de crédito desde agosto daquele ano, e até então, ela usava com regularidade um MasterCard. Ela nunca renovou a carteira de motorista. Não declarou o imposto de renda. Ela saiu de Columbus, em Ohio, em 1996, aos dezoito anos. Há rumores de que o pai era abusivo, que nunca prestou queixa pelo desaparecimento da filha. Ela deixou uma trilha de documentos, que consegui investigar. Mas depois que foi embora com Ethan Howe, nenhum rastro. Nenhuma pista.

Pensativo, Willy deu um suspiro longo que saiu mais como um chiado.

— Você acha que ele matou aquela garçonete e a estagiária.

— Com toda a certeza.

— E acha que ele é o mesmo homem que vem causando problemas para Lil.

— Ele é uma ligação, e ela se encaixa no tipo dele.

— E se Tyler cruzou caminho com o dele...

— Talvez ele não queira ser visto, não queira que um cara aleatório volte e fale por aí sobre o homem com quem encontrou na trilha. Ou Tyler tropeçou no acampamento dele, caçando ilegalmente. Ou talvez ele simplesmente tenha prazer em matar. Tem mais...

— Jesus amado. — Willy apertou a ponte do nariz. — Então, vamos lá.

— Melinda Barrett. Vinte anos de idade.

Willy franziu o cenho.

— Essa é a garota que você e Lil encontraram.

— Forte, bonita, atlética. Sozinha na trilha. Posso apostar que ela foi a primeira dele. É provável que ele tivesse a mesma idade. Houve outros crimes semelhantes. — Coop deixou uma pasta sobre a mesa. — Fiz uma cópia dos meus arquivos pra você.

O xerife encarou, não a pasta de arquivos, e, sim, Cooper.

— Minha nossa, Coop, você está falando sobre um possível *serial killer*. Está falando sobre um período de doze anos de assassinatos.

— Que tiveram uma pausa, até onde pude determinar, durante o ano e meio que Howe esteve preso. O problema em relacionar o primeiro assassinato aos outros que rastreei, os crimes semelhantes, foi o grande intervalo de tempo entre eles. Mas quando você adiciona pessoas desaparecidas, corpos que não foram encontrados, por acaso ou de propósito? Tudo se encaixa.

O xerife olhou para a pasta, começou a dizer alguma coisa, mas se interrompeu quando uma tosse violenta o acometeu. Agitou a mão até recuperar o fôlego.

— Primavera dos infernos — resmungou. — Vou dar uma olhada nisso aqui. Vou dar uma lida, e depois quero conversar com você sobre tudo... de um jeito ou de outro.

Ele tomou o último gole de sua sopa agora morna.

— Quer um emprego?

— Já tenho um, obrigado.

Willy sorriu.

— Ser policial está no sangue.

— Eu só quero meus cavalos, e essa é a verdade. Mas nesse caso em particular, tenho um interesse pessoal. De jeito nenhum, ele terá uma chance de tocar a Lil. — Coop se levantou. — É onde estarei, provavelmente, quando você estiver pronto para conversar.

Ele foi para casa, para enfiar algumas roupas limpas na bolsa de viagem. Olhou ao redor do alojamento convertido em moradia, e percebeu que passou menos tempo dormindo ali do que no sofá de Lil. Ou na cama dela. *Era assim que tinha que ser*, decidiu, e correu sob a chuva implacável para jogar a bolsa dentro da caminhonete antes de voltar para a casa principal da fazenda.

Coop fez com que os avós se sentassem à mesa da cozinha e contou tudo a eles.

Quando acabou, Lucy se levantou, foi até o armário e pegou uma garrafa de uísque. Então, serviu três doses.

Ao se sentar, entornou a dose dela de um gole só, sem pestanejar.

— Já contou para Jenna e Joe?

— Vou passar por lá a caminho da casa de Lil. Eu não posso provar...

— Você não precisa provar nada — disse Sam, antes que Coop pudesse concluir. — É no que você acredita. E isso já é o bastante. Vamos rezar para que esteja errado sobre esse homem que estão procurando. Vamos rezar para que você esteja errado sobre isso, e que ele tenha apenas se perdido, que tenha escorregado em uma poça, se molhado e tomado um belo susto.

— Enquanto estiverem rezando, quero que fiquem dentro de casa. O gado já está alimentado e pronto para dormir. Volto assim que amanhecer. Fiquem em casa, com portas e janelas trancadas, e com a espingarda ao alcance. Preciso que me prometam isso. — Ele pressionou com vontade quando reconheceu a teimosia nítida na mandíbula contraída do avô. — Se você não me der a sua palavra, não posso sair daqui. Não posso cuidar da Lil.

— Assim você está me obrigando — murmurou Sam.

— Sim, senhor. Estou mesmo.

— Você tem a minha palavra, se é que isso é necessário.

— Tudo bem. Se vocês ouvirem qualquer coisa, sentirem que tem algo estranho, me liguem, e eu chamo a polícia. Não pense duas vezes, apenas ligue, e não se preocupe se for alarme falso. Preciso da palavra de vocês quanto a isso também; prometam pra mim, ou vou colocar alguns homens para protegerem o lugar.

— Você acha que ele virá para cá? — Lucy exigiu saber.

— Não. Acho que ele está em uma missão. Não acredito que faz parte dos planos dele vir até aqui. Mas não saio daqui sem a palavra de vocês. Talvez ele queira alguns suprimentos, ou um abrigo seco para dormir. O cara é um psicopata, e não vou tentar prever o que ele poderia fazer. Só não quero correr risco algum com vocês aqui.

— Vá ficar com a Lil — disse Sam. — Você tem a nossa palavra. — Ele olhou para a esposa, e ela assentiu. — É provável que Joe e Jenna já estejam a caminho de lá. Você pode falar com eles no refúgio. Enquanto isso, vou ligar para eles, caso ainda estejam em casa. Vou contar tudo o que você nos contou.

Com um meneio de cabeça, Coop pegou o uísque e bebeu de um só gole. Então, encarou o copo vazio.

— Tudo o que mais tenho de importante está aqui. Nesta casa, com Joe e Jenna, no chalé de Lil. Nada mais importa.

Lucy estendeu o braço e cobriu a mão de seu neto.

— Diga a ela.

Ele ergueu a cabeça e olhou para ela, e pensou na conversa daquela manhã. Com um sorriso singelo, deu à avó a mesma resposta:

— Estou trabalhando nisso.

Quando chegou ao refúgio, já era hora da refeição noturna dos animais. Ele já tinha observado o processo antes, mas nunca debaixo de uma chuva tão violenta. Os funcionários se apressavam pela área, usando capas de chuva pretas, carregando imensos baldes de comida — frangos inteiros, nacos de carne bovina, recipientes de caça, tudo processado no refeitório. Centenas de quilos, ele estimava, tudo limpo, preparado, transportado toda noite.

Toneladas de ração com suplementos, cereais, fardos de feno, carregados, despejados e espalhados, noite após noite, não importava o clima.

Chegou a pensar em oferecer ajuda, mas não saberia o que diabos fazer. Além disso, já não aguentava mais ficar com a roupa molhada, e ficaria ainda mais molhado quando chegasse seu turno.

Ele levou para o chalé a tigela com o ensopado de carne que a avó insistiu em preparar. *Seria mais útil*, decidiu, *colocando uma refeição na mesa*.

Coop abriu uma garrafa de vinho, deixou sobre o balcão para respirar, enquanto esquentava o ensopado e os pãezinhos amanteigados.

Foi estranhamente relaxante trabalhar na cozinha aconchegante, com a chuva batendo no telhado e nas janelas, ao som dos animais selvagens ressoando cada vez mais alto com a escuridão. Pegou duas velas da sala de estar, colocou sobre a mesa e as acendeu.

Quando ela entrou, encharcada e com um olhar desconfiado, ele já havia ajeitado a mesa e aquecido o ensopado e os pãezinhos, e estava servindo uma taça de vinho.

— Posso cozinhar minha própria comida.

— Vá em frente. Sobra mais ensopado pra mim.

— Eles vão instalar o novo sistema de segurança amanhã, se o tempo permitir. Daí podemos acabar com essa loucura.

— Muito bom. Quer um pouco de vinho?

— Esse vinho é *meu*.

— Para dizer a verdade, eu trouxe esse.

— Eu tenho meu próprio vinho.

— Como quiser. — Ele a observou enquanto tomava o primeiro gole. — Esse aqui é ótimo.

Lil se sentou no banco, lançando um olhar mal-humorado para as velas.

— Isso deveria ser um jantar romântico?

— Não. Deveria ser um suporte caso a energia acabe.

— Nós temos um gerador.

— Leva um tempinho para acionar. Apague as velas se estiver te incomodando.

Ela bufou, mas não para apagar as chamas.

— Odeio que você consiga agir assim. Com toda essa casualidade e sensatez quando estou me sentindo uma megera.

Coop serviu uma segunda taça de vinho, levou até ela e colocou sobre a mesa.

— Beba a porcaria do vinho, megera. Assim é melhor?

Com um suspiro, Lil quase sorriu.

— Um pouquinho, talvez.

— É um trabalho danado alimentar esse zoológico todo debaixo dessa chuva.

— Eles precisam comer. E, sim, é um trabalhão. — Esfregou o rosto com as mãos. — Estou cansada. Sem paciência... e com fome, então esse ensopado, que deduzo ser obra da Lucy, é muito bem-vindo. Não escrevi uma lista, mas sei tudo de cabeça, e precisamos discutir essa situação. Eu mudei as coisas. Escolha minha, iniciativa minha e decisão minha. Lamento se foi um erro, se afeta nossa amizade. Eu não quero isso.

— Você mudou as coisas da primeira vez também. Por escolha sua, iniciativa sua e opção sua.

— Acho que é verdade.

— Nem sempre as coisas podem ser do seu jeito, Lil.

— Não estou falando sobre o meu jeito, ou sobre o seu. Além disso, com certeza nem tudo foi do jeito que eu queria. Eu só quero colocar a gente em um terreno sólido, Coop. Então...

— Talvez precisemos esperar um pouco, antes de entrar nesse assunto. Preciso te contar o que descobri sobre Ethan Howe.

— O homem que você acha que sequestrou Carolyn Roderick.

— Sim. E o homem que acho que raptou e matou outras mulheres. O homem que acho que matou Melinda Barrett.

O corpo dela retesou na mesma hora.

— Por que você acha que ele a matou? Isso aconteceu há quase doze anos.

— Vamos comer, e eu te conto tudo. E, Lil? Se nessa sua lista mental tiver algum tópico exigindo que eu não esteja aqui, onde posso garantir que nada de mal aconteça com você, é melhor riscar essa porcaria agora.

— Não vou recusar nenhuma ajuda que garanta a minha proteção, da minha equipe, família e animais. Mas você não é responsável por mim, Cooper.

— Responsabilidade não tem nada a ver com isso.

Ele colocou a tigela de ensopado sobre a mesa, assim como os pães. As chamas das velas tremeluziam quando Coop se sentou e contou a Lil tudo o que sabia sobre os assassinatos.

312

Capítulo dezenove

⌘ ⌘ ⌘

LIL OUVIU tudo com atenção, falando pouco enquanto ele relatava fatos, entrelaçando-os com a teoria. Mais uma vez, tentou se lembrar da fisionomia do homem do qual Coop falava. Mas tudo o que conseguia ver em sua mente eram contornos vagos, detalhes embaçados, como um esboço a lápis quase apagado.

Ele não significou nada para ela, não deixou nenhuma impressão. Trocaram pouquíssimas palavras quando ele aparecia para fazer um trabalho voluntário ou para ver Carolyn.

— Eu me lembro dele me perguntando sobre minha ascendência, a linhagem Lakota Sioux. É o tipo de coisa que as pessoas a quem não conheço perguntam com regularidade. Colocamos essa informação na minha biografia, porque desperta muito mais interesse, e mostra que minha família vive aqui, nas colinas, há gerações. Mas ele queria saber detalhes mais específicos, e disse que era Sioux, descendente do Cavalo Louco.

Ela levantou as mãos.

— Acontece muito também. Algumas pessoas querem reivindicar a herança cultural, e já que fazem isso, por que não ir atrás do ouro, por assim dizer? Não dei muita atenção, porque esse tipo de alegação relacionada a Cavalo Louco ou Touro Sentado geralmente me faz revirar os olhos.

— Então você ignorou tanto o que ele falava, quanto o próprio cara.

— Provavelmente fui educada. Não tenho o hábito de insultar as pessoas, ainda mais quando se trata de voluntários ou patrocinadores em potencial. Mas não me ofereci em pagar uma cerveja pra ele, enquanto batíamos papo sobre nossos ancestrais.

— Você o ignorou — repetiu Coop. — Com educação.

Lil soltou um suspiro irritado.

— É bem provável. Só não me lembro direito. Ele era comum, um pouco irritante, mas apenas porque parecia mais interessado em me perguntar sobre esse tipo de coisa do que sobre o refúgio em si. Coop, converso com um monte de gente desconhecida, toda semana, e não tenho como me lembrar de tudo que falo.

— A maioria delas não mata outras pessoas. Se esforce um pouco mais para lembrar.

Com os dedos pressionados contra os olhos fechados, Lil pensou e pensou, tentando se transportar de volta àquele verão, àquele breve período. Estava quente naquele verão, pensou. E os insetos, parasitas e doenças que poderiam ser transmitidas por eles representavam algo contra o qual eles travavam uma batalha constante.

Limpeza, esterilização. Eles tiveram uma marmota ferida. Ou aquilo aconteceu no verão anterior?

Os cheiros no ar. Suor, esterco, protetor solar.

Muitos turistas. O verão era o período ideal para esse tipo de passeio.

Ela conseguiu formar uma imagem vaga, parada diante de uma área cercada, dando uma segunda lavada no lugar depois de limpar e desinfetar. Estava explicando o processo para ele? Sim, estava explicando sobre os procedimentos e protocolos para oferecer ambientes seguros, limpos e saudáveis para os animais.

— O habitat dos pumas — murmurou Lil. — Eu tinha limpado os brinquedos deles. A bola azul que Baby mais gostava, o pino laranja, a bola vermelha. Estava tudo limpo e empilhado enquanto eu enxaguava, e expliquei todas as etapas da limpeza diária. E...

Por mais que tenha se esforçado, ainda conseguia se lembrar da fisionomia dele. Era apenas mais um cara de botas, chapéu de caubói, jeans. Mas...

— Em algum momento, ele perguntou se eu achava que estava recuperando o território sagrado para o meu povo e seus guias espirituais... os animais. Eu estava ocupada. Não tenho certeza exatamente do que respondi. É provável que tenha dito que estava mais interessada em proteger os animais de verdade, e ensinar as pessoas, do que nos guias espirituais.

Coop assentiu.

— Então, você o ignorou outra vez.

— Que droga. — Ela passou a mão pelo cabelo. — Agora estou parecendo uma vaca total. Eu *não* fui mal-educada. Ele estava ajudando. Eu não teria agido com rispidez. E o que eu disse nem é uma verdade completa. O puma é o meu. É meu guia espiritual ou talismã, ou como quiser chamar. Mas é um assunto particular, pessoal. Não fico falando sobre isso.

— Você se lembra de mais alguma coisa? O que ele disse, ou fez? Como reagiu?

— Estávamos ocupados. Chichi estava doente, a fêmea de leopardo que perdemos naquele outono. Ela estava velhinha e doente, e eu andava distraída. Não sei, honestamente, se isso são lembranças mesmo ou se estou projetando agora que já sei tudo o que você contou; mas sei que não gostei muito dele. Ele aparecia do nada, só para ficar ali. Passava um tempão perto das áreas cercadas, observando os animais, e a mim.

— Você? Especificamente?

— É assim que parece agora. Mas as pessoas fazem isso o tempo todo; o lugar é meu. Estou no comando e o refúgio leva meu sobrenome. Com exceção que... o Baby não gostava dele. Eu tinha me esquecido disso. Baby adora atenção, mas não chegava perto da grade quando o cara estava por perto. Ele não ronronava. Na verdade, algumas vezes, ele chegou a avançar contra a cerca quando Ethan se aproximava. E esse não é o comportamento normal do Baby. Ele não é agressivo, e gosta de pessoas.

— Mas ele não gostou dessa pessoa em particular.

— Pelo visto não. Fora isso, Ethan não vinha aqui com tanta frequência nem por tanto tempo, e não interagimos muito. Ele não usava um colar de dente de urso ou qualquer coisa do tipo. Eu teria notado, e me lembrado.

— Isso teria chamado atenção em um lugar como esse. Um refúgio de animais. Você teria reparado, comentado. — Coop observou a expressão no rosto dela. — Você não teria gostado.

— Você está certo sobre isso. Coop, você acha mesmo que esse homem matou todas essas pessoas? E que foi ele quem matou Melinda Barrett?

— Não há provas. Tudo é circunstancial. Especulação.

— Não foi isso que eu perguntei. Você acha que foi ele?

— Sim. Por que você não está com medo?

— Eu estou. — O arrepio a pegou de surpresa, quase como se precisasse provar o argumento. — Mas ter medo não ajuda em nada. Eu preciso falar com meus pais. Eles têm que saber.

— Meu avô está cuidando disso. Pensei que eles estariam aqui.

— Pedi que eles ficassem em casa hoje à noite. Usei o artifício da culpa...
— disse ela, com um sorriso tenso. — "Vocês estão preocupados comigo?
E quanto a mim, preocupada com vocês? Vou ficar preocupada se vocês
não tiverem uma noite de sono decente...", e por aí vai. Meu pai passou
seis horas junto com a equipe de busca hoje. Minha mãe inspecionou as
cercas, chamaram Jerry Tobias para fazer o serviço com ela, e olha que ele
não consertava uma cerca há mais de cinco anos. Agora eu gostaria de não
ter dito nada. Se eles estivessem aqui, estariam cansados, mas eu saberia
que estavam bem.

— Ligue para eles. Você ficará mais aliviada.

Ela assentiu.

— Se você estiver certo, ele está matando pessoas desde que era basicamente um garoto. Não consigo entender o que leva alguém a fazer isso, a
usar a morte como missão de vida.

Coop se recostou, avaliando o rosto dela.

— É exatamente isso. A missão da vida dele. Você pode não entender a
motivação, mas consegue entender isso. Consegui algumas informações. Ele
passou um tempo em orfanatos quando criança. Passou de um lar adotivo a
outro, e de volta ao orfanato. O pai dele cumpriu uma pena leve na prisão.
Espancava o filho e a mãe de vez em quando. Ela nunca prestou queixa. Eles
se mudaram de um lugar a outro, várias vezes. Daí, ele sumiu do radar por
um tempo. Parece que eles arranjaram empregos temporários por aqui, em
Wyoming, Montana. O pai dele foi preso por caçar ilegalmente bem aqui,
na floresta nacional.

— Aqui?

— Quando Ethan tinha uns quinze anos. Sem sinal da mãe naquela época.

— Eu poderia tê-lo conhecido — murmurou ela. — Não me lembro dele,
mas é possível. Ou tê-lo visto na cidade ou em alguma trilha de aventura.

— Ou ele poderia ter visto você. Sua família. Talvez ele e o pai tenham
aparecido em busca de emprego.

— Não me lembro. — Ela suspirou, irritada consigo mesma, e levantou-
-se para procurar algumas bolachas. Pegou uma fatia de queijo cheddar da
geladeira enquanto falava: — Meus pais têm uma regra de não contratar
andarilhos. Acho que essa política foi, principalmente, por minha causa.

Eles são generosos, mas também superprotetores. Não iriam querer contratar estranhos, ainda mais quando eu tinha apenas treze anos; e estamos falando sobre um homem e seu filho adolescente.

Ela parou, e um sorriso surgiu à medida que colocava o lanche na mesa.

— E eu me lembraria de um garoto de quinze que estivesse trabalhando na fazenda, com essa idade. Estava começando a achar meninos interessantes.

— De qualquer modo, pelo que consegui averiguar, Ethan foi embora mais ou menos nessa época, e é aí que perdemos o rastro dele por alguns anos. Eu o encontrei de novo quando ele arranjou um trabalho como guia de trilhas em Wyoming. Ele devia estar com uns dezoito anos. Durou no emprego por seis meses. Roubou um dos cavalos, alguns equipamentos e provisões.

— Um homem não rouba um cavalo quando quer pegar a estrada. Ele rouba quando quer percorrer uma trilha.

Com um aceno que parecia muito com aprovação, Coop colocou o queijo em uma bolacha e deu para Lil.

— Até que você poderia ter sido uma policial bacana.

— É apenas lógica simples, mas... e os pais dele? Talvez se pudéssemos falar com eles para ter uma noção mais clara.

— O pai dele morreu oito anos atrás em Oshoto. Complicações de uma vida inteira abusando de bebidas alcóolicas. Não consegui descobrir nada sobre a mãe. Nada nos últimos dezessete anos. O último sinal dela foi quando descontou um cheque de pagamento em Cody, Wyoming, onde trabalhava como ajudante de cozinha em um restaurante. Ninguém se lembra dela. São dezessete anos... — disse ele, e deu de ombros. — Mas, até então, ela trabalhava. Por algumas semanas, meses, com certo intervalo entre os empregos. Porém ela arranjava algum trabalho onde quer que estivessem. Até que não trabalhou mais.

— Você acha que ela está morta.

— Pessoas que são motivadas o bastante, que sentem medo o bastante, descobrem uma maneira de se esconder. Ela poderia ter mudado de nome. Caramba, poderia ter se mudado para o México e se casado de novo, e neste momento, pode até estar ninando no colo um neto bem rechonchudo e feliz. Mas estou supondo, sim, que ela está morta. Sofreu algum acidente, ou o marido a espancou além da conta.

— Ele devia ser só um menino então... O tal Ethan. Se o que você está dizendo aconteceu, se ele testemunhou isso...

O semblante de Coop endureceu, se tornou frio.

— É o que o advogado dele vai dizer. O pobre menino abusado, devastado e arruinado por um pai alcoólatra e uma mãe passiva. Claro, ele matou todas aquelas pessoas, mas não é responsável. Dane-se essa merda.

— Comportamento aprendido não serve apenas para o mundo animal. Não estou discutindo a questão, Coop. Na minha cabeça, matar é uma escolha clara. Mas tudo que você está me contando indica que ele tinha uma predisposição, e que depois fez escolhas que o levaram à sua missão de vida. Se tudo isso for verdade, muitas pessoas estão mortas, e aqueles que as amavam estão sofrendo por conta dessas escolhas. Eu não sinto pena dele.

— Ótimo — disse Coop, de pronto. — Não sinta.

— Não tenho pena dele — repetiu Lil —, mas acho que o compreendo um pouco melhor. Você acha que ele perseguiu os outros, e os perturbou como está fazendo comigo?

— Barrett parece ter sido uma morte oportunista, por impulso. Molly Pickens, de acordo com o antigo chefe, foi embora com ele por vontade própria. Mas Carolyn Roderick? Acho que rolou uma perseguição, uma importunação ali. Eu diria que depende de quão bem ele conhece a presa. E quão envolvido ele está.

— Se Jim Tyler estiver morto, seria mais um assassinato por impulso.

— Ou uma espécie de válvula de escape. Nenhuma das mulheres cujos corpos foram encontrados havia sido estuprada. Nenhum sinal de abuso sexual, tortura ou mutilação. É o ato de matar que o excita.

— Não consigo enxergar isso como algo positivo. De qualquer modo, o que ele tem feito me colocou... colocou todo mundo em alerta. E tornou quase impossível para ele me atingir, ou ao meu pessoal. Então... — Ela decifrou com perfeição a expressão no rosto de Coop. — E me transforma em algo mais desafiador?

— Talvez. Se eu estiver certo, esta é, no mínimo, a quarta vez que ele vem a esta área. Ele pode ter estado aqui outras vezes. Quando não chegou a entrar em contato com você, ou quando você estava viajando. Ele poderia ter arranjado um trabalho por aqui, em uma das fazendas, em um dos comércios. Ele conhece o território.

— Assim como eu conheço.

— Ele também sabe disso. Se ele quisesse apenas te matar, Lil, você já estaria morta.

A maneira fria e direta com que ele disse aquilo fez com que outro arrepio irrompesse.

— Uau, agora minha confiança aumentou ainda mais.

— Ele poderia ter te matado na noite em que soltou o tigre. Ou em qualquer outro momento em que você estivesse sozinha, ele poderia ter arrombado a porta e te levado à força. Você vai até a fazenda dos seus pais, ele pode te emboscar. São inúmeros cenários, mas ele não fez nada disso. Ainda.

Ela pegou a taça de vinho e bebericou lentamente.

— Você está tentando me assustar.

— Pode ter certeza de que estou.

— É desnecessário. Já estou bem assustada, e pretendo ser cuidadosa.

— Você poderia fazer outra viagem de expedição. Deve haver algum lugar onde você possa trabalhar por algumas semanas, alguns meses.

— Claro. Sou bem renomada no meio. E ele poderia descobrir onde estou e me seguir, ir atrás de mim em algum lugar onde não conheço tão bem quanto meu território. Ou ele poderia ficar à espreita, só esperando eu começar a relaxar. E você já pensou em tudo isso também.

— Talvez você pudesse ter sido uma policial mais do que bacana — reconheceu ele. — E, sim, já pensei nisso. Mas também pensei na probabilidade de rastreá-lo enquanto você estivesse em outro lugar. Eu gosto desse tipo de probabilidade.

— Não vou embora, Coop.

— E se eu pudesse arranjar um lugar legal para que você e seus pais fiquem por algumas semanas?

Ela colocou a taça sobre a mesa, tamborilando os dedos na madeira.

— É um baita golpe baixo usar meus pais desse jeito.

— Vou usar o que for preciso para manter você em segurança.

Lil se levantou e foi até a bancada para fazer um café.

— Não vou embora — repetiu. — Não serei expulsa do meu próprio lar, do lugar que construí. Não vou deixar meus funcionários, meus animais vulneráveis enquanto me escondo. Você sabe disso, ou não me conhece.

— Não custava nada tentar.

— Você dedicou muito tempo e trabalho nisso tudo.

— Quer uma nota fiscal?

Ela o encarou por cima do ombro.

— Não estou tentando te deixar bravo. Eu estava antes, torcendo para que você ficasse pau da vida e sumisse daqui, que me desse um pouco de espaço. Não sei o que fazer a seu respeito, Coop, essa é a verdade. Simplesmente não sei. Eu sei que precisamos resolver as coisas, mas não é o momento. Não temos tempo suficiente — ela corrigiu. — Preciso ligar para os meus pais, e assumir meu turno lá fora.

— Tem gente o bastante lá fora. Você não precisa pegar um turno. Você está exausta, Lil. Está mais do que evidente.

— Primeiro você aumenta minha confiança, e agora o meu ego. — Ela pegou uma garrafa térmica. — Acho que é para isso que servem os amigos.

— Tire a noite de folga.

— Você faria isso, se estivesse no meu lugar? De qualquer modo, não vou conseguir dormir.

— Posso atirar um dardo tranquilizante no seu traseiro. Daí você conseguiria apagar por algumas horas. Para que servem os amigos? — Coop brincou, quando ela riu.

Lil encheu a garrafa e levou até ele.

— Toma. Vou sair logo depois que ligar para os meus pais.

Coop se levantou, colocou a garrafa em cima da mesa e segurou os braços dela.

— Olhe para mim. Eu nunca vou deixar que algo aconteça com você.

— Então não temos nada com o que nos preocupar.

Ele pousou os lábios sobre os dela, um toque suave, um roçar. E o coração dela deu um salto no peito.

— Ou... levando em conta que temos outras coisas com o que nos preocupar. Leve o café.

Cooper vestiu primeiro sua capa de chuva, as botas, e só então pegou a garrafa térmica.

— Não vou dormir no sofá.

— Não.

Ela suspirou quando Coop saiu. *Escolhas*, pensou novamente.

Parecia que ela estava fazendo as dela.

*L*IL SE postou em vigia ao longo da cerca dos felinos de pequeno porte. Apesar da chuva, Baby e seus companheiros brincavam de esconde-esconde com a grande bola vermelha. Os linces corriam um atrás do outro em direção a uma árvore, soltando inúmeros grunhidos e rosnados zombeteiros. Ela suspeitava que se não fossem as luzes artificiais, todo o barulho, cheiros e os humanos ali rondando, os felinos teriam se recolhido para longe da chuva.

Do outro lado do habitat, a nova aquisição do refúgio soltava um rugido rouco ocasional, como se dissesse que não fazia ideia de onde estava, e que, ainda assim, ela era importante pra caramba.

— Parece que eles estão festejando.

Ela sorriu para Farley assim que ele parou ao lado dela para assistir.

— Acho que sim. Eles adoram uma plateia. Estou me sentindo meio idiota aqui fora hoje — disse ela. — Ninguém desceria até aqui, no meio dessa confusão toda causada pela chuva, só para me importunar.

— Para mim, parece que é aí que você tem que ser mais cuidadosa. Quando você pensa que está segura.

— Ah, pois é. Quer um pouco de café? — Ela ofereceu a garrafa térmica.

— Já tomei um pouco, mas não tenho como recusar. — Serviu-se um pouco. — Estou achando que a Tansy te contou sobre… as coisas.

— Ela contou, sim. — Lil esperou que ele olhasse para ela. — Acho que ela é muito sortuda.

O sorriso se espalhou lentamente pelo rosto dele.

— Fico feliz em ouvir isso.

— Dois dos meus amigos favoritos se gostando? Não vejo nenhum ponto negativo.

— Ela acha que estou só passando por uma fase. Bem, ela quer pensar isso. Talvez ela continue pensando assim até termos um ou dois filhos.

Lil se engasgou com o gole de café.

— Caracas, Farley! Quando você finalmente decide partir para o ataque, age igual um guepardo, hein?

— Quando você encontra o que quer, o que é certo, pode muito bem seguir adiante. Eu a amo, Lil. Ela está toda mexida com o que sente por mim. Não me importo. É até meio lisonjeiro, para dizer a verdade.

Ele bebeu o café enquanto as gotas de chuva pingavam da aba de seu chapéu.

— De qualquer maneira, quero que você me faça um favor.

— Eu conversei com ela, Farley. Disse que te achava perfeito para ela.

— É legal ouvir isso também, mas não é esse o favor. Eu queria que você fosse comigo para me ajudar a escolher uma aliança. Não entendo nadica dessas coisas. Não quero comprar o modelo errado.

Por um instante, Lil só conseguia encarar o amigo.

— Farley, eu... Assim, do nada? É sério? Você vai comprar uma aliança e pedir a Tansy em casamento? Assim... do nada? — repetiu.

— Eu já disse que a amo e que vou me casar com ela. Já a levei para a cama. — Mesmo no escuro, ela podia ver o rosto dele levemente corado. — Não quero ficar expondo nada, mas você falou que ela te contou. Eu quero dar uma aliança bacana, que ela gostaria de ganhar, e você deve conhecer o gosto dela. Não é?

— Acho que sim. Nunca saí para comprar uma aliança de noivado, mas acho que sei o que ela poderia gostar se visse. Puta merda, Farley!

— Será que vamos conseguir encontrar a aliança certa em Deadwood? Senão, a gente podia ir até Rapid City.

— Vamos tentar em Deadwood. Nós devíamos... Não consigo nem acreditar. — Ela o observou através da cortina de chuva. — Farley. — Com uma risada, ela se colocou na ponta dos pés e deu um beijo estalado nele. — Você já contou para a mamãe e o papai?

— A Jenna chorou. Tipo, chorou de emoção mesmo. Foi ela que me deu a ideia de pedir pra você me ajudar com a escolha da aliança. Eu fiz com que eles prometessem que não iam dizer nada até eu fazer o pedido. Você não vai comentar, não é, Lil?

— Meus lábios estão selados.

— Queria falar com eles primeiro. Tipo... sei lá... parece meio idiota.

— O quê?

Inquieto, ele mudou de postura, mexendo as pernas longas de gafanhoto.

— Pedir a bênção deles, eu acho.

— Não tem nada de idiota isso. Você é um prêmio, Farley, juro por Deus. Por que raios você não se apaixonou por mim?

Ele deu uma risadinha, inclinando a cabeça de leve.

— Lil, você é praticamente minha irmã.

— Posso te perguntar uma coisa, Farley?

— Claro.

Ela começou a caminhar ao lado dele, em um ritmo lento que se parecia com um passeio na chuva, a não ser pelas armas que os dois portavam.

— Você teve uma infância difícil.

— Muita gente tem.

— Eu sei. Acho que estou mais ciente disso porque eu não tive. Minha infância foi perfeita. Quando você saiu de casa, você era só um menino.

— Não posso dizer que me sentia como um...

— Por que você saiu... Digo, por que decidiu sair de casa? Era um passo importante e assustador. Mesmo quando alguém da família é uma bosta, ainda assim, ele é da família.

— Ela era uma mulher difícil de conviver, e eu fiquei cansado de morar com estranhos, depois ser enviado para morar de novo com ela e com o parceiro da vez. Não consigo me lembrar de alguma noite onde não rolavam gritaria ou brigas. Às vezes, era ela quem começava a confusão, às vezes era o namorado. De todo jeito, eu acabava ensanguentado em algum momento. Pensei em pegar um taco de beisebol para acertar um cara, depois que ele bateu na gente. Mas ele era grandalhão, e fiquei com medo de ele me tomar o taco e me espancar com aquela coisa.

Ele parou de supetão.

— Meu Deus, Lil... Você está pensando que eu machucaria Tansy, que faria algo assim com ela?

— Nem em um milhão de anos, Farley. Estou pensando em outra coisa, tentando compreender. Você estava devastado quando chegou aqui, faminto, e era só um garoto. Mas não havia um pingo de maldade em você. Meus pais teriam percebido. Eles podem ser bonzinhos, mas têm bons instintos. Você nunca roubou, nem se meteu em brigas ou passou a perna em alguém desde que chegou aqui. E poderia ter feito isso.

— Eu não seria melhor do que as pessoas que deixei para trás, né?

— Você escolheu ser melhor do que aquilo que abandonou.

— A verdade incontestável, Lil, é que Jenna e Joe me salvaram. Não sei onde teria acabado, ou se teria permanecido inteiro se eles não tivessem me acolhido.

— Acho que todos tivemos muita sorte naquele dia em que você esticou o polegar e meu pai parou no acostamento. Esse homem, o que achamos que está por aí, teve uma infância difícil.

— E daí? Ele não é mais uma criança agora, é?

Ela negou com um aceno de cabeça. Era a lógica simples de Farley — e por mais que gostasse disso nele, Lil sabia que as pessoas eram muito mais complicadas em geral.

Pouco depois das duas da manhã, ela entrou no chalé. Guardou o rifle e subiu a escada. Ela ainda possuía algumas lingeries chiques do seu tempo com Jean-Paul. Mas parecia errado usar aquilo para Coop, quando havia usado para outro homem.

Em vez disso, decidiu trocar de roupa e colocar seu traje usual de dormir: calça de flanela e uma camiseta. Em seguida, sentou-se na beirada da cama para pentear o cabelo.

Cansada? Ela pensou. Sim, estava cansada, mas muito alerta também. Lil queria que ele fosse até ela, queria estar com ele depois de um dia longo e difícil. Queria fazer amor com Coop enquanto a chuva caía no telhado e a noite avançava em direção à alvorada.

Ela queria algo reluzente em sua vida, e se o resplendor fosse difícil demais de aguentar, era melhor do que o tédio e a escuridão.

Lil o ouviu entrar, e se levantou para deixar a escova em cima da cômoda. Com a mente anuviada, ela foi até a cama para afastar a coberta. E então se virou para encará-lo quando ele entrou no quarto.

— Precisamos conversar — disse ela. — Tem muitas coisas que precisam ser ditas. Mas são duas da manhã, e esse tipo de conversa deve ser feita à luz do dia. Eu só quero ir para a cama com você. Só quero sentir, saber que existe algo bom e intenso depois de um dia tão sombrio.

— Então, vamos conversar à luz do dia.

Ele se aproximou de Lil, enfiou os dedos por entre os fios sedosos de seu cabelo e inclinou a cabeça dela para trás. Os lábios tocaram os dela com uma ternura, uma paciência que ela havia esquecido que ele podia dar.

Aqui estava a doçura que ambos costumavam compartilhar.

Lil se deitou com ele sobre os lençóis frescos e macios, e abriu seu corpo, sua mente e seu coração. Devagar e com suavidade, como se ele soubesse que ela precisava de... cuidados. A tensão desapareceu, afastada pelo prazer. As mãos dele deslizaram sobre o seu corpo, palmas calosas, um toque gentil. Com um suspiro de puro contentamento, ela virou a cabeça enquanto os lábios quentes se arrastavam por sua garganta, sua mandíbula.

Não era preciso ter pressa, pegar e tomar, não desta vez. Esse momento era seda e veludo, calidez e suavidade. Não era apenas uma busca por sensações agora, não apenas desejos atendidos, mas *sentimentos*. Ela arrastou a camisa que Coop usava, os dedos traçaram a cicatriz na lateral de seu corpo.

— Não sei se teria aguentado se algu...

— Shhh... — Ele levou a mão de Lil até a boca e depositou beijos suaves em seus dedos, depois em sua boca. — Não pense. Não se preocupe.

Esta noite, ele poderia lhe dar paz, e pegar um pouco para si mesmo. Esta noite, ele queria mostrar tanto amor quanto paixão. Mais. Esta noite, os dois saboreariam um ao outro. Pele, suspiros, aromas.

Lil tinha cheiro de chuva, de um modo sombrio e refrescante. Sentia o gosto dos pingos molhados. Coop a despiu, tocando, degustando a pele que ficava exposta, pausando por um instante quando ela estremeceu.

Cicatrizes também marcavam o corpo dela. Cicatrizes que não existiam quando se tornaram amantes pela primeira vez, por toda aquela pele adorável e imaculada. Agora ela carregava as marcas de seu trabalho. Assim como ele, supôs, levava sua própria marca, com a cicatriz deixada por um tiro.

Eles não eram mais o que já haviam sido, nenhum dos dois. E, ainda assim, ela era a única mulher que ele sempre quis.

Quantas vezes sonhou com esse momento, em poder amar Lil por toda a noite? De ter as mãos delicadas deslizando pelo corpo dele, de ter seu corpo se movendo junto ao dele.

Lil inverteu as posições, arrastando os lábios pelo peitoral forte, subindo novamente para se afundar mais, mais e mais no beijo intenso enquanto seu cabelo o cercava como uma cortina escura. Sob suas mãos, seus lábios, o coração de Coop saltou uma batida. Ele ergueu os braços para envolver o corpo delgado, para balançar e segurar enquanto sua boca ia de encontro a um seio.

Aqui o prazer era palpável, os movimentos eram lentos, e cada terminação nervosa vívida.

Ela o encarava conforme o recebia em seu corpo, encarava quando perdeu o fôlego, até seu corpo estremecer outra vez. Seus lábios trêmulos e macios tocaram os dele. Então seu corpo arqueou, os olhos se fecharam.

Lil o cavalgou em um movimento gentil, suave, extraindo cada gota de prazer. Devagar e aveludado, de maneira que a beleza do ato embargou sua garganta com lágrimas. Ainda que seu corpo tenha se soltado tamanho o prazer, seu coração se tornou pleno.

Repousou a cabeça no ombro de Coop, à medida que descia do ápice. Ele aninhou o rosto contra o pescoço macio.

— Lil... — murmurou. — Meu Deus, Lil...

— Não diga nada. Por favor... — Se ele dissesse alguma coisa, ela poderia acabar se abrindo demais.

Estava indefesa agora. Ela se afastou um pouco para trás e tocou o rosto forte.

— Conversas devem ser feitas à luz do dia — repetiu Lil.

— Tudo bem. Logo mais haverá luz do dia.

Ele se deitou ao lado e a puxou para perto.

— Preciso sair antes do amanhecer — informou ele. — Mas vou voltar. Precisamos de um tempo só nosso, Lil. Sem interrupções.

— Tem tanta coisa acontecendo. Não consigo pensar direito.

— Não é verdade. Sua mente é mais afiada do que a de qualquer pessoa que conheço.

Não quando se trata de você, ela admitiu para si mesma. *Nunca quando se trata de você.*

— A chuva está diminuindo. Amanhã o dia deve clarear. Vamos resolver tudo... à luz do dia.

Mas a luz do dia trouxe consigo a morte.

Capítulo vinte

❄ ❄ ❄

$\mathcal{G}$ULL ENCONTROU Jim Tyler. Foi mais sorte do que habilidade que o levou, junto com seu irmão Jesse e um dos policiais mais novatos até aquela curva de águas turvas de Spearfish Creek. Eles estavam conduzindo seus cavalos pela lama, em uma manhã enevoada como um banheiro coberto de vapor após uma ducha escaldante. A água, agitada por conta da chuva e da neve derretida, retumbava, e acima da superfície e do rugido intenso, tentáculos intensos e cinzentos da neblina se enroscavam.

Estavam bem longe da rota mais lógica que Tyler teria seguido até o cume de Crow Peak, para que pudesse voltar à trilha. No entanto, a busca havia se espalhado pelas encostas arborizadas do despenhadeiro, com pequenos grupos vasculhando o terreno rochoso, bem como as camadas argilosas mais abaixo, repleta de troncos em decomposição.

Gull não esperava encontrar qualquer coisa, e se sentia um pouco culpado por estar desfrutando do passeio sinuoso. A primavera começava a dar as caras, e a chuva revelava o tom verdejante que ele tanto amava nas colinas. Um gaio voou em disparada — uma bala azul atravessando a névoa —, enquanto pássaros tentilhões tagarelavam como crianças em um parquinho.

A chuva havia agitado as águas, em movimentos vívidos, mas algumas áreas do riacho estavam tão nítidas e claras quanto uma dose de vodca.

Ele esperava que em breve pudesse ficar à frente de um passeio guiado para algum grupo de turistas que quisesse pescar, daí ele poderia passar um tempo pescando trutas. Gull achava que tinha o melhor emprego do mundo.

— Se esse homem conseguiu chegar até aqui a partir de uma trilha demarcada, então ele tem tanto senso de direção quanto um pica-pau cego — comentou Jesse. — Estamos desperdiçando nosso tempo.

Gull olhou para o irmão.

— É um dia bacana para desperdiçar. Além disso, ele pode ter se perdido durante a tempestade, na escuridão. Fez um zigue ao invés de um zague, e seguiu o caminho errado; pode ser que ele tenha percorrido essa distância toda.

— Talvez se o idiota tivesse encontrado uma rocha e ficado parado por ali, alguém acabasse o encontrando em algum momento. — Jesse se remexeu sobre a sela. Ele passava muito mais tempo cuidando das ferraduras dos cavalos do que os montando, e sua bunda estava dolorida. — Não aguento mais ficar cavalgando para todo lado procurando por alguém que não teve o bom senso de ajudar em nada para ser encontrado.

O policial Cy Fletcher — irmão mais novo da garota que era dona do primeiro par de seios que Gull já havia tocado — coçou a barriga.

— Devíamos seguir o riacho por mais um tempo, e depois voltamos por trás.

— Por mim tudo bem — concordou Gull.

— Não dá para ver merda nenhuma com essa neblina — reclamou Jesse.

— O sol vai dissipar a névoa em breve. — Gull deu de ombros. — Já está se abrindo aqui e acolá. Que outra coisa melhor você tem para fazer, Jesse?

— Tenho que ganhar a vida, não é? Não tenho um emprego de bundão onde cavalgo para cima e para baixo com um bando de turistas tapados o dia inteiro.

Aquele assunto era sempre ponto de discórdia entre os irmãos, e os dois continuaram se provocando à medida que o sol esquentava e a névoa se dissipava. Conforme se aproximavam de uma pequena cascata, o ruído ensurdecedor da queda d'água dificultava a troca de insultos entre os dois.

Gull se acomodou na sela para desfrutar da cavalgada outra vez, e pensou nas empresas de *rafting* que logo começariam a se preparar para os passeios. *O tempo poderia mudar novamente,* pensou. Mais neve poderia cair, assim como narcisos podiam brotar por ali, mas as pessoas gostavam de se amarrar em botes infláveis de borracha para descer riacho abaixo.

Ele não entendia aquela loucura.

Agora, montar, ou pescar, isso fazia sentido. Se pudesse encontrar uma mulher que gostasse das duas atividades, e tivesse uma bela comissão de frente, ele se casaria com ela em um piscar de olhos.

Ele deu um suspiro longo e satisfeito, inspirando o ar fresco e agradável, e sorriu todo feliz quando viu uma truta saltar. Suas escamas cintilaram, tão brilhantes quanto a prataria que sua mãe usava no jantar de Natal, e então o peixe se foi quando mergulhou outra vez nas águas turbulentas.

Com o olhar, ele acompanhou as ondulações na superfície até as espumas brancas da cascata. Entrecerrou os olhos, e sentiu o arrepio deslizar pela nuca.

— Acho que tem alguma coisa ali, lá embaixo da cascata.

— Não vejo porra nenhuma.

— Só porque você não está vendo, não significa que eu não esteja vendo.
— Ignorando o irmão, Gull guiou seu cavalo para mais perto da margem.

— Se você cair no riacho, não vou entrar pra te buscar.

Era bem provável que fosse apenas uma pedra, Gull pensou. Depois teria que lidar com as gozações do irmão pelo resto do trajeto. Mas aquilo não parecia uma pedra. Parecia mais com a metade da ponta de uma bota.

— Acho que aquilo é uma bota. Você está vendo, Cy?

— Não consigo dizer. — Cy semicerrou os olhos encobertos pela aba do chapéu, sem parecer interessado de verdade. — Provavelmente é uma pedra.

— Acho que é uma bota.

— Vamos alertar a porcaria da imprensa — exclamou Jesse, erguendo-se um pouco na sela para massagear a bunda dolorida. — Algum campista burro perdeu a bota nas águas de Spearfish Creek.

— Se um campista burro perdeu a bota no riacho, por que ela está só ali? Por que não está flutuando, ou não caiu na cascata? Idiota — murmurou Gull, pegando seus binóculos.

— Porque é uma pedra, cacete. Ou é a bota de algum mané que ficou presa em uma pedra. Dane-se essa merda. Preciso mijar.

Enquanto olhava pelos binóculos, o rosto de Gull empalideceu.

— Ai, Jesus. Minha nossa senhora... Acho que tem alguém ainda usando aquela bota. Puta merda, Jess. Estou vendo alguma coisa embaixo d'água.

— Para com essa besteirada, Gull.

Gull baixou os binóculos e encarou o irmão.

— Por acaso eu pareço estar inventando?

Observando a expressão de Gull, Jesse rangeu os dentes.

— Acho que é melhor a gente dar uma olhada mais de perto.

Eles amarraram os cavalos.

Gull olhou para o policial — franzino como um graveto —, e desejou não se sentir na obrigação.

— Sou o melhor nadador entre nós. Eu vou.

O suspiro de Cy exalava tanto resignação quanto nervosismo.

— É minha responsabilidade.

— Pode até ser sua responsabilidade — disse Jesse, enquanto pegava sua corda —, mas Gull nada como uma maldita lontra. A água está agitada pra caramba, então vamos garantir que você vá com segurança. Você é um babaca, Gull, mas é meu irmão, e não vou ficar olhando enquanto se afoga.

Lutando contra o nervosismo, Gull se livrou das roupas e ficou apenas de cueca, e deixou que o irmão amarrasse a corda em volta de sua cintura.

— Aposto que essa água está fria pra cacete.

— Você que inventou de ver alguma coisa.

Como não podia discutir com isso, Gull desceu pelo declive da margem do riacho, encontrou um caminho por sobre as rochas e terreno argiloso, e encarou a corrente furiosa das águas. Olhou para trás, se assegurando de que o irmão havia amarrado a corda.

Então, entrou no riacho.

— Fria pra caralho! — gritou. — Libera mais um pouco de corda.

Ele nadou contra a corrente, imaginou seus dedos dos pés ficando azuis e necrosados. Mesmo com a corda, ele se chocou contra as pedras, mas se afastou rapidamente.

Gull submergiu, lutando com todas as forças contra a correnteza, e sob aquela água clara como vodca, viu que estava certo. Alguém calçava aquela bota.

Ele subiu à superfície outra vez, engasgando e se debatendo.

— Me puxa de volta! Ah, sangue de Cristo, me puxa de volta!

A cabeça zumbia em pânico, a náusea revolvia seu estômago. Debatendo-se na água, engoliu um punhado, engasgou-se outra vez, e contou com seu irmão para levá-lo de volta à margem.

Ele se arrastou para uma pedra e vomitou água e o café da manhã até só ter forças para arfar.

— Eu vi o cara. Eu o vi. Ai, meu Deus. Os peixes fizeram um estrago... no rosto dele.

— Chame o xerife, Cy. Agora. — Jesse deslizou pela margem e deu um jeito de cobrir o irmão com a manta da sela.

$\mathcal{A}$ NOTÍCIA SE espalhou. Coop ficou sabendo sobre a descoberta de Gull por meio de três fontes diferentes, com vários tipos de detalhes, antes que Willy fosse ao encontro dele nos estábulos.

— Você já ficou sabendo.

— Sim. Estou indo agora, para ver como Gull está.

Willy assentiu. Sua voz ainda estava rouca, mas ele já se sentia melhor.

— Ele está bem abalado. Vou dar um pulo na casa dele, para pegar um depoimento formal, se você quiser me acompanhar. Na verdade, eu gostaria muito que você fosse comigo, Coop. Não somente porque ele trabalha para você. Já trabalhei em casos de homicídio antes, mas nada desse tipo. Muita gente vai se meter nessa investigação. Eu queria que você fosse um deles... extraoficialmente.

— Vou te seguir até lá. Já notificou a esposa do Tyler?

A boca do xerife se contraiu.

— Sim. Essa é a pior parte. Acho que você já teve sua cota de notificações do tipo em Nova York, certo?

— A pior parte mesmo — concordou Coop. — Ouvi versões diferentes. Já sabe a causa da morte?

— O legista que vai nos dizer. Ele ficou submerso por um tempo... Daí, você sabe o que acontece. Mas não foi uma queda, e não foram os malditos peixes que cortaram a garganta dele. Não foi nem um nem outro que afundou o corpo dele. Se a enchente não tivesse agitado o corpo um pouco, e Gull não tivesse olhos de águia, só Deus sabe quando o encontraríamos.

— O que ele usou?

— Cordas de nylon, pedras. O lance é que, do jeito que ele estava encaixado entre as rochas, parece que o desgraçado teve que entrar no riacho para conseguir escondê-lo. O cara é um doente, um filho da puta. Levou a carteira, o relógio, mochila, casaco, camisa. Deixou o coitado só com a calça e as botas.

— Provavelmente ele não devia calçar o mesmo número. Ou teria levado também. Não faz sentido desperdiçar qualquer coisa.

Gull morava em um pequeno apartamento do outro lado da cidade, em cima de um bar e churrascaria. O lugar estreito tinha o cheiro dele — cavalos e couro —, e era mobiliado como um dormitório universitário. Com móveis doados pelos pais, pelo irmão e por qualquer outra pessoa que quisesse se desfazer de uma cadeira ou mesa.

Jesse, apesar de resmungar sobre ter que trabalhar para ganhar a vida, atendeu à porta. Ele não tinha se afastado mais do que alguns passos do irmão, desde que voltaram de Spearfish Creek.

— Ele ainda está um pouco abalado. Estava pensando em levá-lo para a casa da nossa mãe, para ela fazer um pouco de cafuné e tal.

— Pode ser exatamente o que ele precisa — disse Willy. — Vou pegar o depoimento dele agora. Já tenho o seu, mas pode ser que você se lembre de mais alguma coisa.

— Temos café. Ele está entornando aquela porcaria de refrigerante dele. Só Deus sabe como ele consegue tomar aquilo, mas é o que temos.

— Eu aceito um café. — Willy foi até o sofá xadrez surrado onde Gull estava sentado, com a cabeça entre as mãos.

— Ainda vejo tudo na minha cabeça. Não consigo tirar a cena...

— Você fez uma coisa muito difícil hoje, Gull. Fez a coisa certa.

— Não consigo deixar de desejar que outra pessoa tivesse visto aquela porcaria de bota despontando da água. — Ele ergueu a cabeça, olhou para Coop. — Oi, chefe. Eu ia passar por lá, mas...

— Não se preocupe. Por que você não conta tudo ao Willy? Vá direto ao ponto e coloque para fora. Vai se sentir mais equilibrado depois.

— Eu já te contei — ele falou para o xerife. — E para os guardas-florestais também. — Exalou um suspiro, esfregou o rosto. — Tudo bem. Estávamos seguindo o riacho — começou.

Coop ficou calado, deixando Willy fazer as perguntas quando precisavam ser feitas. Bebeu o café puro, típico de caubóis, enquanto Gull colocava para fora todos os detalhes.

— Você sabe como aquela água é límpida. Mesmo depois da tempestade, ela é boa e clara. Entrei no riacho, porque não consegui ver direito por causa de toda a espuma da cascata. Daí, eu vi. Uma das pernas dele estava para cima, sabe? Acho que subiu por causa da chuva, do turbilhão. Ele estava sem camisa; só usava calça e botas. E os peixes... caíram em cima. O rosto dele...

Os olhos de Gull se encheram de lágrimas quando olhou outra vez para Coop.

— Nunca vi nada igual. Não é como nos filmes. Não se parece com nenhuma outra coisa. Nem mesmo posso afirmar, com certeza, se era ele... O cara que estávamos procurando. Pelo menos, não pela foto que tínhamos. Por causa dos peixes. Eu nadei para a superfície, mas engoli um punhado de água. Acho que gritei como um bebê, embaixo d'água, e engoli adoidado. Não conseguia mover as pernas. Jesse e Cy tiveram que me puxar com a corda.

Ele lançou um sorriso débil para o irmão.

— Coloquei os bofes pra fora... talvez não tanto quanto você daquela vez que mastigou o naco de tabaco, chefe, mas passei mal pra caramba. Acho que fiquei tão acabado que o Jesse nem me sacaneou.

— Eu queria ter voltado — lamentou Jesse. — Estava resmungando e perturbando por causa disso. Falei que aquele cara, o que Gull encontrou, era um babaca. Sinto muito por isso.

Do lado de fora, Willy estufou as bochechas.

— É uma baita distância entre a trilha e o local onde Tyler foi parar. Uma área extensa onde ele pode ter encontrado seu assassino.

— Você acha que ele se distanciou tanto assim da trilha?

— Não. Pelo menos, não por conta própria, se é o que quer dizer. Um pouco, claro, mas ele tinha um mapa e o celular. Acho que ele foi levado até ali... É o que acho.

— Concordo com você. Ele não queria que o corpo fosse encontrado tão cedo, não queria que estivesse em seu território. Afaste a caça de seu... habitat — murmurou, pensando em Lil. — Mate, descarte o corpo, depois volte para sua própria área.

— Isso levaria tempos. Horas, provavelmente. O desgraçado teve sorte com a chuva.

— Ele não pode continuar tendo sorte.

— Por agora, estamos procurando por um sujeito não identificado. Não temos como fazer a ligação entre o assassinato de Tyler ao que está acontecendo com a Lil, nem mesmo com as outras vítimas que você descobriu. O que farei agora é pegar a fotografia de Ethan Howe e colocá-lo como Pessoa de Interesse. Aquele meu policial novinho, Cy, manteve a cena preservada o máximo que pôde. Ele pode ser inexperiente, mas não é burro. Tiramos fotos, e acho que você não vai gritar de pavor se eu te entregar algumas delas.

— Não mesmo.

— A Divisão de Homicídios está examinando o local do crime agora. Eles também não são idiotas. Se aquele filho da mãe tiver deixado cair um palito de dente, eles vão achar. Quando tivermos uma noção da hora da morte, será de grande ajuda também. Podemos reconstituir inúmeros cenários. Quero saber qualquer coisa que você estiver pensando. Quero que um raio me parta se vou permitir que alguém saia impune por aterrorizar uma amiga minha e matar turistas.

— Então, vou compartilhar o que estou pensando agora: ele está escondido. Ele tem um esconderijo, provavelmente mais de um, mas deve guardar a maior parte de seus suprimentos em apenas um lugar. O cara não tem muitas posses. Ele precisa viajar com frequência sem carregar peso. Quando precisa de alguma coisa, ou quer algo, ele rouba. Campistas, casas de veraneio, casas vazias. Sabemos que ele tem pelo menos uma arma, logo, precisa de munição. Ele caça para comer, ou furta acampamentos. E acho que ele fica de ouvido ligado. Vai descobrir que você encontrou o corpo. O mais sensato seria arrumar as tralhas, ir para Wyoming e dar um sumiço por um tempo. Mas não acredito que ele fará isso. Ele tem um propósito, e ainda não o cumpriu.

— Vamos fazer as buscas, terrestre e aérea. Se ele aparecer, nós o pegaremos.

— Você teve alguma queixa por furto em acampamentos, empresas de trilhas ecológicas, casas, lojas?

— Sempre tem alguma coisa. Vou dar uma pesquisada nos arquivos dos últimos seis meses. Você bem que poderia me permitir te nomear um delegado, por curto prazo.

— Não. Eu não quero carregar um distintivo de novo.

— Algum dia desses, Coop, você e eu teremos que nos sentar para beber uma cerveja para você me contar o motivo.

— Quem sabe. Preciso ir até a Lil.

— Passe na delegacia e pegue aquelas fotos. Com ou sem distintivo, vou usar suas habilidades.

Desta vez, quando Coop chegou à casa de Lil, ele levava sua pistola 9mm oculta sob o casaco. Levou seu laptop, os arquivos que Willy entregou, e três carregadores extras para dentro do chalé. Depois de refletir, enfiou um dos carregadores no bolso e guardou os outros dois em uma das gavetas da cômoda.

E com uma sobrancelha arqueada em divertimento, pegou uma camisola curta de seda, preta, e com renda transparente em lugares muito interessantes.

Coop se perguntou por que ela sempre usava algo de flanela.

Ele cutucou uma peça vermelha e praticamente transparente, sacudiu pensamentos para longe e largou a lingerie preta de volta na gaveta.

Na cozinha, colocou o computador sobre a mesa, pegou algumas garrafas de água da despensa, e saiu em seguida para dar uma olhada no novo sistema de segurança que estava sendo instalado.

Cooper passou um tempo com o chefe da equipe de instalação, de Rapid City, e conseguiu escapar depois que o homem percebeu que ele entendia bastante sobre segurança — e antes que pudesse ser arrastado para ajudar com toda a fiação.

O bom tempo atraiu as pessoas para o lado de fora, ele notou. Coop contabilizou três grupos passeando ao redor dos habitats. Além do grande ônibus escolar amarelo, que indicava que havia mais pessoas na propriedade. *Devem estar no centro educacional,* supôs.

Ela estava sempre ocupada, o que era bom. Também era ruim, ou era assim que ela pensaria. Dentro de algumas horas, não haveria mais luz do dia — e eles tinham um compromisso.

Coop engatou o trailer de Lil ao reboque de sua caminhonete, e em seguida colocou lá dentro o cavalo que havia vendido para ela. Escolheu o mais jovem e robusto dos outros cavalos do estábulo, e o colocou dentro do trailer também.

Ele achou engraçado que ninguém tivesse parado para lhe questionar. Ou ele era uma figura bem familiar por ali, ou muito intimidador, mas os estagiários continuavam com seus afazeres, e do outro lado do complexo, Tansy acenou a mão em um cumprimento amigável.

Bastou fazer uma única pergunta para um funcionário que passava por ali, e Coop ficou sabendo que Lil estava no escritório da cabana. Ele dirigiu a caminhonete e o trailer até o local, e entrou para buscá-la.

— Coop. — Mary o cumprimentou com um meneio distraído da cabeça. — Ela está ao telefone, mas acho que está acabando. — Ela lançou uma olhada para o escritório, e baixou a voz para perguntar: — Você ouviu falar do assassinato? Sabe dizer se é verdade?

— Sim, é verdade.

— Aquele pobre homem... Coitadinha da esposa. Veio para cá para desfrutar de um feriado curto, e voltará viúva para casa. Toda vez que penso que as pessoas são boas e decentes, algo acontece para me provar que muitas delas não valem um tostão.

— Você tem toda razão.

— Esse é o problema, não é? Ah, o seu amigo, aquele do sistema de alarme, entrou em contato.

— Já falei com ele. Em mais uns dois dias, esse lugar aqui ficará totalmente protegido.

— Fico feliz em ouvir isso, e é uma pena também. Que tenhamos que enfrentar esse problema todo e gastar tanto dinheiro porque algumas pessoas não prestam.

— É um bom tipo de investimento.

— Enfim... Pronto, ela desligou. Melhor entrar antes que ela ligue para mais alguém.

— Mary, você se importaria se eu levasse a Lil pra dar uma volta por algumas horinhas?

— Se for para algum lugar que não envolva trabalho e preocupações, não me importo nem um pouco. A menina não teve um descanso sequer nas últimas semanas.

— Combinado.

— Não a deixe recusar — ordenou Mary enquanto Coop entrava no escritório.

Ela estava sentada diante do computador, os dedos no teclado.

Coop se perguntou se Mary tinha noção de quão pálida estava, ou das olheiras escuras que ostentava no rosto.

— Recebi uma ligação sobre um tigre.

— Não é o tipo de frase que a gente escuta todo dia.

— Boris está solitário. Uma boate de strip-tease em Sioux City usava um tigre de Bengala, uma tigresa, como parte do show.

— Ela fazia strip?

— Rá-rá. Engraçadinho. Não, eles a mantinham enjaulada, ou acorrentada. Finalmente o lugar foi fechado por maus-tratos a animais. Ela teve as garras arrancadas e foi drogada, e sabe-se Deus o que mais. Vamos ficar com ela.

— Que bom. Vá buscá-la, então.

— Estou resolvendo as coisas para dar um jeito de ela ser trazida até aqui. É uma burocracia danada. Estou buscando donativos. Ela saiu em alguns veículos de imprensa, e posso aproveitar isso para atrair mais atenção. Só preciso de...

— Venha comigo.

Ele viu quando o corpo dela retesou.

— Tem alguma coisa errada? Aconteceu algo mais?

— Pelas próximas duas horas, não. O tigre pode esperar. Tudo pode esperar. Ainda temos um pouco de luz do dia.

— Cooper, estou trabalhando. Tem um ônibus lotado de alunos do ensino fundamental lá no centro, muita gente perambulando por aí instalando os alarmes. Matt acabou de suturar um ferimento de um filhote de cervo que foi atropelado, e estou tentando esquematizar para que a Delilah chegue aqui na semana que vem.

— Deduzo que Delilah é a tigresa, e não uma das dançarinas. Também tenho o meu trabalho, Lil, e tudo estará aqui quando voltarmos. Vamos.

— Para onde? Meu Deus, Coop, aquele pobre coitado foi assassinado e desovado no Spearfish. Não consigo pensar em dar um passeio com você e ainda conversar... sobre sei lá o quê.

— Não iremos a pé. E acho que terei que apelar para o jeito mais difícil. — Ele rodeou a mesa, puxou a cadeira de Lil para trás e a jogou sobre um ombro.

— Ah, pelo amor de Deus! — Ela esmurrou as costas largas. — Pare agora, Coop! Isso é ridículo! Não! Não se atreva a sair daqui comigo assi...

Ele pegou o chapéu dela no caminho.

— Vamos demorar algumas horas, Mary.

Com um olhar divertido, ela meneou a cabeça com seriedade.

— Tudo bem.

— Você consegue fechar tudo se não conseguirmos voltar a tempo?

— Sem problema.

— Pare com isso. Esse lugar aqui é *meu*. Você não pode sair por aí dando ordens para a minha equip... Não pise o pé fora desse prédio. Cooper, você está nos fazendo passar vergonha.

— Não estou envergonhado. — Ele saiu e seguiu em direção à caminhonete. — Mas você vai ficar, se não continuar sentada bonitinha, onde eu te colocar, porque do contrário, vou te pegar e colocar dentro do carro de novo.

— Você está me deixando pau da vida.

— Posso lidar com isso. — Coop abriu a porta do passageiro e a largou no assento. — Estou falando sério, Lil. Saia daí, e eu vou te colocar de volta. — Ele se inclinou para dentro da caminhonete, puxou o cinto de segurança e o afivelou, então jogou o chapéu no colo dela. Os olhos azuis-claros encontraram castanhos flamejantes. — Fique aí onde te coloquei.

— Ah, eu vou ficar. Vou ficar porque não vamos discutir aqui fora. Já chega de escândalo por aqui.

— Que bom. — Fechou a porta com força, contornou o capô e se sentou ao volante. — Vamos passear a cavalo. E não voltaremos até que você ganhe uma cor nesse rosto. — Ele a olhou de soslaio. — E não estou falando do tom vermelho enfurecido.

— Esse tom é o único que você vai conseguir.

— Veremos. — Coop seguiu pela estrada. — Vamos de carro até Rimrock. Podemos considerar como terreno neutro. — E bem longe de onde o corpo de Tyler foi encontrado.

— E por que tudo isso?

— O motivo é porque você precisa de uma pausa, e eu também. E, Lil, nós já adiamos essa conversa por tempo demais.

— Eu decido quando preciso de uma pausa. Que droga, Coop, não sei por que você quer me deixar furiosa. Já estou atolada de coisas, e não precisava dessa briga contigo... E a gente estava numa boa. Ontem à noite mesmo, estávamos numa boa.

— Você estava exausta ontem à noite para resolvermos isso. Prefiro mil vezes que você esteja puta do que à beira das lágrimas só de pensar em *conversar* comigo.

— Tenho conversado um bocado com você. — Lil recostou a cabeça, fechou os olhos. — Pelo amor de Deus, Cooper, um homem está morto. Morto. E você aqui me pressionando? Vamos conversar sobre o quê? Sobre o que já vivemos lá atrás?

— É isso aí, um homem está morto. E o desgraçado que fez isso está de olho em você. Você precisa de ajuda, mas não confia em mim.

Com um gesto brusco, Lil pegou o chapéu do colo e o colocou na cabeça.

— Isso não é verdade.

— Você confia em mim para te ajudar a proteger o refúgio. Confia o suficiente para dormir comigo. Mas bem lá no fundo, você não confia em mim de verdade. Nós dois sabemos disso.

Ele estacionou na área de camping. Juntos, em silêncio, tiraram os cavalos do trailer.

— Podemos seguir pelo percurso inferior a partir daqui. É mais curto.

— Não gosto de ser tratada desse jeito.

— Não te culpo. E não estou nem aí.

Lil montou e fez com que o cavalo se virasse em direção à trilha principal.

— Talvez as mulheres com quem você se relacionou tolerassem esse tipo de coisa. Eu não. E não vou tolerar. Você terá as suas duas horas porque é muito maior e mais forte que eu... E porque não vou bater boca na frente dos meus funcionários, estagiários, dos meus visitantes. E depois, acabou essa coisa, Cooper. Acaba tudo entre nós.

— Você fica menos pálida, com os olhos menos apreensivos, e colocamos as cartas na mesa entre nós. Depois disso, se você disser que acabou, está decidido. — Ele abriu a porteira do gado para que ela pudesse passar, e fechou novamente quando fez o mesmo.

— Pode me contar tudo o que sabe sobre o que aconteceu com James Tyler. Não consigo pensar em mais nada. Não sei como você poderia esperar menos de mim.

— Tudo bem, podemos nos livrar logo desse assunto.

Coop revelou tudo o que sabia, cada detalhe do qual se lembrava, conforme os dois cavalgavam em direção à beira do despenhadeiro. Ele falou sobre assassinato e morte, à medida que a trilha se nivelava para se entremear por entre os pinheiros e álamos tremulantes onde pica-paus mergulhavam e voavam entre as árvores.

— O Gull está bem?

— Por um tempo, ele verá o Tyler, do jeito que o encontrou, toda vez que fechar os olhos. Vai perder o sono por causa disso, ter pesadelos quando dormir. Depois, o horror vai passar.

— Foi assim pra você?

— Eu vi Melinda Barrett por um bom tempo. Quando era policial, a primeira vez que vi um corpo foi horrível. E, depois... — Ele deu de ombros.

— Se torna uma rotina?

— Não. Acaba se tornando parte do trabalho, mas nunca uma rotina.

— Às vezes, eu ainda a vejo. Mesmo antes de tudo isso começar. Eu pensava que já estava tudo esquecido, daí acordava do nada, suando frio, com ela na minha cabeça. — Mais calma, ela se virou para encará-lo. — Nós compartilhamos uma experiência difícil quando éramos muito jovens. Compartilhamos diversas coisas. Você está errado quando diz que não confio em você. E está errado em pensar que me tratar dessa forma é o jeito certo de conseguir o que quer.

— Você é o que eu quero, Lil. Você é tudo que eu sempre quis.

Uma pincelada de cor, de fato, inundou o rosto de Lil, que virou a cabeça de supetão na direção de Cooper.

— Vá para o inferno.

Com um toque abrupto dos calcanhares, ela instigou o cavalo a um galope.

PARTE TRÊS

ESPÍRITO

Nada no mundo é singular; por uma lei sublime,
todas as coisas se misturam em um só espírito.

— Percy Bysshe Shelley

Capítulo vinte e um

⌘ ⌘ ⌘

*M*ERDA. COOP pensou na mesma hora. E a deixou se distanciar um pouco. Talvez ela extravasasse raiva, ou não, mas raiva era muito melhor do que esgotamento. *Ela precisa cavalgar,* pensou, *precisa simplesmente respirar um pouco.* O ar emanava os perfumes de sálvia e zimbro, enquanto no céu uma águia circulava em busca de possíveis presas. Coop ouviu ao longe um tamborilar característico de um galo silvestre, provavelmente aninhado a um dos arbustos de lilases-californianos que pareciam ansiar que os pequenos botões florescerem em sua exuberante cor azul.

Com raiva ou não, ele sabia que Lil absorveria tudo ao redor, e que se sentiria bem melhor por isso.

Talvez ela não olhasse para cima e para observar o voo da águia, mas tinha consciência de que estava lá.

Quando Lil finalmente diminuiu o galope, ele a alcançou. Não, Coop percebeu, ela não havia extravasado a raiva. Continuava a nutrir o sentimento de fúria com a mesma intensidade com que cavalgara Rocky.

— Como você pode me dizer isso? — exigiu saber. — Tudo o que você sempre quis? Você *me deixou*. Partiu meu coração.

— Nós nos recordamos de maneira diferente, porque do que me lembro, ninguém deixou ninguém. E numa boa, você não parecia nem um pouco arrasada quando decidimos que o relacionamento à distância não estava dando certo.

— Quando *você* decidiu. Eu estava disposta a ir para Nova York só para te ver, para ficar com você. Viajei metade do caminho só para passar um tempo de verdade com você, na sua cidade. Na sua casa. Mas você não quis. — Aqueles olhos escuros o perfuraram como punhais. — Você deve ter pensado que seria mais difícil me dar o fora se eu estivesse sentada no sofá da sua sala.

— Meu Deus do céu, Lil. Eu não te dei o fora. — O olhar dela o feriu profundamente, derramando um sangue invisível. — Não foi assim.

— E que diabos foi aquilo, do seu ponto de vista? Você me disse que não podia continuar fazendo aquilo, que precisava se concentrar na sua vida, na sua carreira.

— Eu disse que nós dois não podíamos continuar, que nós dois precisávamos tomar aquela decisão. *Nós,* Lil.

— Ah, deixa de papo furado! — Rocky deu um passo para trás, assustado pelo tom de voz, pela raiva presente. Ela o controlou sem o menor esforço ou preocupação. — Você não tinha o direito de falar por mim ou pelos meus sentimentos. Nem naquela época, nem agora.

— Você não fez questão de dizer isso na época. — Seu cavalo se agitou, tão inquieto quanto Rocky. Coop o tranquilizou, e teria mudado a posição para que ficasse cara a cara com Lil. Não teve tempo, pois ela saiu a galope. De novo. Rangendo os dentes, Coop instigou o animal a segui-la. — Você concordou comigo — acrescentou ele, irritado com o tom defensivo em sua própria voz quando a alcançou outra vez.

— E que merda eu deveria ter feito? Devia ter me jogado em seus braços e implorado para que ficasse comigo, para que me amasse?

— Na verdade...

— Fui dirigindo até aquela porcaria de hotel em Illinois, toda animada. Parecia que não nos víamos há anos, e eu estava preocupada que você não fosse gostar do meu cabelo, ou da minha roupa. Coisas bestas. Eu estava ansiosa mesmo era pra te ver. Meu corpo todo doía, *literalmente.* Até os dedos dos meus pés doíam, cacete.

— Lil...

— Eu sabia, assim que te vi, que tinha alguma coisa errada. Você chegou lá antes de mim, lembra? Vi você atravessando o estacionamento, depois de sair daquela lanchonete.

O tom de voz de Lil mudou. A raiva deu lugar à tristeza. E se raiva o feria, a tristeza evidente o destruía por inteiro.

Ele não disse nada, deixou que ela concluísse. Embora, sim, ele pudesse dizer que se lembrava. Ele se lembrava de ter cruzado aquele estacionamento todo esburacado, lembrava do segundo em que se conscientizou da presença dela. Ele se lembrava do entusiasmo, da necessidade, do desespero.

Ele se lembrava de tudo.

— Você não me viu logo de cara. E eu soube na hora. Tentei me convencer de que era o nervosismo falando mais alto, por estar te vendo outra vez. Só que... você parecia diferente. Rígido, mais áspero.

— Eu estava diferente. Nós dois estávamos diferentes naquela época.

— Meus sentimentos não tinham mudado, não como os seus.

— Espera um pouco. — Ele estendeu a mão para segurar as rédeas de Rocky. — Espera só um segundo.

— Nós fizemos amor assim que entramos naquele quarto de hotel e a porta se fechou. E eu sabia que você ia colocar um fim em tudo. Você acha que eu não conseguia sentir o seu afastamento, seu distanciamento?

— Eu me distanciei? Quantas vezes você fez isso? Por que levamos um tempão para nos vermos? Sempre havia um projeto, uma expedição, u...

— Você está colocando a culpa em mim?

— Ninguém tem culpa aqui — ele começou, mas Lil desmontou e se afastou pisando duro.

Esforçando-se ao máximo para manter a calma, ele fez o mesmo e amarrou os cavalos de ambos.

— Você precisa ouvir.

— Eu te amava. Eu te amava muito. Você era o único pra mim, o único. Eu teria feito qualquer coisa por você, por nós.

— E isso era parte do problema.

— Amar você era um problema?

— A parte onde você teria feito qualquer coisa por mim. Lil, só... fique quieta, droga. — Ele a segurou pelos ombros quando ela fez menção de se afastar de novo. — Você sabia o que queria fazer da vida. Você sabia o que queria, e estava correndo atrás disso. Era a primeira da turma, uma porção de prêmios, oportunidades. Você irradiava vida, Lil. Você estava exatamente onde precisava estar, fazendo exatamente o que precisava fazer. Eu não podia ser parte disso, e com toda certeza não podia te atrapalhar.

— Agora você está afirmando que me deu o fora e arrancou meu coração pelo meu próprio bem? É assim que você quer enxergar o que aconteceu?

— Foi o que aconteceu, e é isso.

— Eu nunca te esqueci, seu cretino! — Ela o empurrou para longe, a raiva e o insulto expressos em seu semblante, em seu corpo, sua voz: — *Você me arruinou*! Tirou uma coisa de mim que nunca fui capaz de recuperar, nunca consegui dar para ninguém mais. Eu magoei um cara bacana, um homem muito bom, porque não pude amá-lo, não pude dar para ele aquilo que você jogou fora! Eu tentei. Jean-Paul era perfeito pra mim, e eu deveria ter conseguido fazer dar certo. Mas não consegui, porque ele não era você. E ele sabia, ele sempre soube. Agora você tem essa cara de pau de vir aqui e dizer que fez aquilo para o meu bem?

— Nós éramos jovens, Lil. Éramos apenas crianças.

— Eu não te amei menos, ou me magoei menos, só porque tinha dezenove anos.

— Você estava construindo o seu futuro. Eu precisava construir o meu. Então, sim, eu fiz aquilo por você, e por mim. Eu não tinha nada para te oferecer.

— Mentira. — Ela começou a se afastar, mas ele a puxou de volta.

— Eu não tinha nada. Eu era um nada. Estava falido, vivendo de salário em salário, isso quando eu tinha sorte de receber alguma coisa. Eu morava em um buraco, porque era tudo o que podia pagar, e fazia bicos sempre que podia pegar trabalho extra. Não viajava para cá direto, porque não tinha dinheiro para comprar a passagem.

— Você disse...

— Eu menti. Eu dizia que estava ocupado, ou que não podia tirar folga. Na maioria das vezes era verdade, já que eu trabalhava em dois empregos se pudesse fazer um extra, e tentando pegar outros turnos sempre que podia. Mas não foi por isso que não voltei aqui mais vezes. Vendi minha moto, porque não podia mais pagar por ela. Cheguei a vender sangue para bancar o aluguel por alguns meses.

— Pelo amor de Deus, Coop, se as coisas estavam tão ruins, porque você não...

— Por que não pedi ajuda aos meus avós? Porque eles já tinham me dado um valor para começar, e eu não queria arrancar mais grana deles.

— Você podia ter voltado para casa. Você...

— Voltar aqui como um fracassado, mal tendo dinheiro no bolso para pagar uma passagem de ônibus? Eu precisava me tornar alguém, e você deveria entender isso. Era para eu ter recebido uma grana quando fiz vinte e um, parte da minha herança. Precisava disso para arranjar um lugar decente para morar, para ter um respiro para me concentrar no trabalho e alcançar meu objetivo. Meu pai bloqueou tudo. Ele estava tão pau da vida porque contrariei suas decisões, os planos que havia traçado para mim. Eu tinha um pouco de dinheiro... a quantia que meus avós me deram, o que sobrou dele, minha poupança. Meu pai bloqueou todas as minhas contas.

— Como?

— É o que ele faz. Ele conhece as pessoas certas, conhece os meios certos. Some isso ao fato de que fiz merda na faculdade, torrando dinheiro a torto e a direito. Isso é culpa minha, de mais ninguém, mas eu era jovem, burro, endividado, e ele me controlava com punho de ferro. Ele pensou que eu ia obedecer e entrar nos eixos.

— Você está me dizendo que seu pai cortou seu apoio financeiro, reteve até o que te pertencia... porque ele queria que você fosse advogado?

— Não. — Talvez ela nunca entendesse. — Ele bloqueou minhas contas porque queria me controlar, porque não ia, não consegue até hoje, tolerar ninguém desafiando esse tipo de controle.

Como ela estava ouvindo, Coop aliviou um pouco o tom.

— Dinheiro é uma arma que ele sabe como usar. Ele liberaria parte do fundo fiduciário, se eu... bem, ele tinha uma lista de condições, não importa agora. Eu tive que contratar um advogado, e isso me custou muito tempo e dinheiro. Daí, mesmo quando consegui o que era meu por direito, eu estava devendo um porrada de honorários para o advogado. Não podia deixar você ir para Nova York e ver como eu estava vivendo naquela época. Eu precisava focar todos os meus esforços no trabalho. Eu precisava me tornar detetive, para provar que eu era bom o suficiente. E, Lil, você estava decolando. Publicando artigos, viajando, se formando com honras. Você era incrível.

— Você deveria ter me contado. Eu tinha o direito de saber o que estava acontecendo.

— E se eu tivesse contado? Você teria insistido para que eu voltasse, e talvez eu tivesse feito isso. Com uma mão na frente e outra atrás. Eu teria odiado. E acabaria te culpando mais cedo ou mais tarde. Ou você teria desistido de tudo e ido para Nova York. E nós teríamos passado a nos odiar em algum momento. Se eu tivesse contado pra você, Lil, se tivesse pedido para ficar comigo até que eu conseguisse conquistar alguma coisa, o Refúgio de Vida Selvagem Chance não existiria. Você não seria quem é agora. Nem eu.

— Você tomou todas as decisões.

— Eu admito isso. Mas você concordou com tudo na época.

— Eu concordei porque tudo o que restou foi o meu orgulho.

— Então você deveria entender que era tudo o que eu tinha também.

— Você tinha a mim.

Coop queria tocá-la, deslizar apenas as pontas dos dedos pelo rosto dela, qualquer coisa para amenizar a mágoa em seus olhos. Mas não era esse o caminho.

— Eu precisava ser alguém, por mim mesmo. Precisava de algo do qual me orgulhar. Passei os primeiros vinte anos da minha vida querendo que meu pai me amasse, que sentisse orgulho de mim. Assim como a minha mãe, acho. Ele tem um jeito todo especial de fazer com que você queira a sua aprovação, para depois negar de maneira que você a queira outra vez, e se sinta... inferior, porque essa aprovação nunca vem. Você não sabe como é viver assim.

— Não, eu não sei. — Ela viu com clareza, bem ali, o garoto que conheceu daquela primeira vez.

Aqueles olhos, tristes e zangados ao mesmo tempo.

— Eu nunca soube o que era ter alguém se importando comigo de verdade, sentindo orgulho de mim por qualquer coisa, até que vim passar o verão aqui com os meus avós. Depois disso, de certo modo, era ainda mais importante conseguir esse tipo de aprovação dos meus próprios pais. Do meu pai, principalmente. Mas era algo que eu nunca ia conquistar.

Ele deu de ombros, com indiferença, pois era algo que havia superado, que não tinha mais importância.

— Perceber isso mudou as coisas. Me mudou. Talvez eu tenha ficado mais endurecido, Lil, mas comecei a correr atrás do que *eu* queria, não do que ele queria. Eu era um bom policial, e era o que importava. Quando não consegui mais ser um policial, fundei uma empresa bem-sucedida, e me tornei um detetive conceituado. Nunca teve a ver com o dinheiro, com lucro, mas tenho que dizer que, puta merda, é difícil pra caralho não ter nenhum tostão furado, ter medo de não conseguir a quantia para pagar o aluguel no mês seguinte.

Ela encarou o desfiladeiro adiante, onde as rochas se erguiam silenciosamente e de uma maneira poderosa rumo ao céu azul-escuro.

— Você achou que eu não entenderia nada disso?

— Eu não entendia metade dessas coisas, e não sabia como te contar. Eu te amava, Lil. Eu te amei por todos os dias da minha vida, desde que tinha onze anos. — Coop tirou do bolso a moeda que ela deu a ele no fim do primeiro verão juntos. — Eu te carreguei comigo, todos os dias da minha vida. Mas chegou um momento em que pensei que não te merecia. Você pode até me culpar por isso, mas a verdade é que nós dois tivemos que traçar nossa jornada. E não teríamos conseguido se não tivéssemos seguido caminhos separados.

— Você não tem como saber disso. E não tinha o direito de decidir por mim.

— Eu decidi por mim.

— Aí acha que pode voltar agora, uma década depois, quando *você* está pronto? E eu sou obrigada a aceitar?

— Pensei que você estivesse feliz... E pode acreditar, isso arrancava uma parte minha toda vez que eu pensava que você estava seguindo em frente, fazendo o que queria fazer, sem mim. Cada vez que eu ouvia alguma coisa sobre você, era sobre a carreira que estava construindo, sobre o refúgio ganhando vida, ou sobre suas viagens para a África ou Alasca. Das poucas vezes que te vi, você sempre estava ocupada. A caminho de algum lugar.

— Porque eu não suportava ficar perto de você. Doía pra cacete.

— Você estava noiva.

— Eu nunca estive noiva. As pessoas presumiam isso. Eu morava com Jean-Paul, e viajamos juntos algumas vezes, quando nosso trabalho coincidia. Eu queria construir uma vida, queria uma família. Mas não consegui que as coisas dessem certo. Nem com ele, nem com ninguém.

— Se isso faz você se sentir melhor, toda vez que eu ouvia alguém falar sobre ele, ou sobre você saindo com outra pessoa, eu morria por dentro. Passei muitas noites e dias angustiantes, horas, anos, desejando que não tivesse feito o que pensava... o que ainda penso... que fosse a coisa certa. Eu achei que você tinha seguido em frente, e te odiei por um bom tempo.

— Não sei o que você quer que eu diga, ou faça.

— Eu também não sei. Mas estou dizendo pra você que agora sei quem sou, o que sou, e estou de boa com isso. Eu fiz o que precisava fazer, e agora? Estou fazendo o que quero fazer. Vou dar o melhor que tenho para os meus avós, porque foi isso o que eles sempre me deram. Vou te dar o melhor que tenho, porque não vou deixar que vá embora outra vez.

— Eu não sou sua, Coop.

— Então vou dar um jeito de consertar isso até conseguir você de volta. Se por agora tudo o que posso fazer é te ajudar, proteger, dormir com você e te assegurar de que não vou a lugar algum, tudo bem. Mais cedo ou mais tarde, você será minha outra vez.

— Nós não somos os mesmos.

— Nós somos mais do que isso. E quem somos hoje, Lil? Ainda se encaixa.

— Não é uma decisão toda sua dessa vez.

— Você ainda me ama.

— Sim, amo. — Ela o encarou novamente, e o observou com olhos que eram ao mesmo tempo nítidos e insondáveis. — E vivi muito tempo sabendo que o amor não é o suficiente. Você me machucou, mais do que qualquer outra pessoa já fez, mais do que qualquer outro poderia fazer. E saber o motivo? Não sei se torna tudo melhor ou pior. Esse tipo de ferida não é fácil de remediar.

— Não estou atrás de algo fácil. Vim pra cá porque meus avós precisavam de mim. E estava pronto para te esquecer. Eu esperava encontrar você quase casada. Disse a mim mesmo que teria que aguentar essa merda. Eu tive minha chance. E, até onde sei, você também teve. Leve o tempo que precisar. Eu não vou a lugar algum.

— Isso é o que você continua dizendo. — Ela recuou um passo, fez menção de se virar para ir até os cavalos, mas Coop segurou seu braço e a puxou de volta.

— Acho que terei que continuar, até que você acredite em mim. Aqui está, Lil. Sabe de quantas maneiras o amor pode te impactar? Deixando você feliz ou triste? Com o estômago embrulhado ou com o coração aflito. Tornando tudo muito mais radiante e nítido, ou desfocando tudo ao redor. Fazendo você se sentir um rei ou um tolo. De todas as maneiras que o amor pode impactar alguém, eu fui impactado em relação a você.

Ele a puxou para perto e tomou sua boca com voracidade, para ceder àquela dor incessante enquanto o vento varria o ar com o perfume das sálvias.

— Amar você me transformou em um homem — disse ele, quando a soltou. — O homem que voltou para você.

— Você ainda me deixa de pernas bambas, e ainda quero suas mãos por todo o meu corpo. Mas isso é tudo de que tenho certeza.

— Já é um começo.

— Tenho que voltar.

— Seu rosto está corado, e você não parece mais tão cansada agora.

— Bem, oba! — caçoou Lil. — Isso não significa que não estou puta com a maneira com que você me trouxe aqui. — Ela montou Rocky. — Estou puta pra cacete agora, em todos os níveis possíveis.

Coop observou o rosto dela enquanto montava seu próprio cavalo.

— Nós nunca brigamos tanto desse jeito naquela época. Éramos jovens demais e com muito tesão.

— A gente não brigava tanto porque você não era um completo babaca.

— Não acho que o motivo seja esse.

— Você provavelmente está certo. É bem provável que você já fosse um babaca naquela época.

— Você gostava de flores. Toda vez que fazíamos trilhas ou andávamos a cavalo, você gostava de ver as flores silvestres desabrochando. Tenho que comprar umas flores pra você.

— Ah, tá. Isso vai resolver tudo. — Seu tom de voz soou tão fragilizado quanto um zimbro em período de seca. — Não sou uma das suas mulheres da cidade grande que pode ser comprada com um monte de rosas chiques.

— Você não sabe nada sobre as minhas mulheres da cidade grande. O que provavelmente te incomoda.

— E por que eu me incomodaria? Eu tive muitos homens... me dando flores desde que não estávamos mais juntos.

— Tudo bem, ponto pra você.

— Isso não é um jogo, ou uma brincadeira, ou uma competição.

— Não. — Mas ela estava conversando com ele, o que já poderia ser considerado como uma conquista. — A essa altura, tenho que acreditar que é obra do destino. Eu ralei pra caramba para conseguir viver sem você. E olhe onde estou agora, bem aqui, exatamente onde comecei.

Ela ficou calada à medida que os cavalos atravessavam a relva alta e seguiam de volta ao começo da trilha.

Coop esperou até que tivessem colocado os cavalos no trailer e travado a porta traseira. Ao volante, ele deu partida na caminhonete e lançou um olhar de soslaio para o perfil dela.

— Eu trouxe algumas coisas minhas. Vou ficar na sua casa, pelo menos até que o tal Howe seja preso. Vou levar um pouco mais amanhã. Preciso de uma gaveta, um espaço livre no guarda-roupas.

— Você pode ter uma gaveta e um espaço livre no armário, mas não pense que isso significa qualquer coisa. Estou disposta a facilitar a sua vida enquanto estiver por lá, mas só porque sou grata pela sua ajuda.

— E porque você gosta do sexo.

— E eu gosto do sexo — disse ela, com frieza.

— Vou precisar trabalhar enquanto estiver no seu chalé. Se eu não puder usar a mesa da cozinha, só preciso de um outro canto onde possa usar meu laptop.

— Você pode usar a sala de estar.

— Tudo bem.

— Você não está me contando como James Tyler foi assassinato porque acha que não teria estômago o suficiente?

— Havia outras coisas que eu queria falar.

— Eu não sou frágil.

— Não, mas isso está te desgastando. Eles terão que esperar pelo laudo da autópsia, mas pelo que Willy disse, a garganta dele foi cortada. Ele só vestia a calça jeans e as botas, então imagino que o assassino pensou que poderia usar a camiseta, o casaco e o boné. Pegou o relógio, a carteira. É provável que tenha se livrado do celular, ou Tyler o perdeu ao longo do caminho. O assassino já devia estar com a corda que foi usada para afundar o corpo, com todas as pedras amarradas. Demorou um bocado e teve um trabalhão para conseguir levar o corpo para o rio, naquele local exato, e para prendê-lo. Mas a chuva bagunçou os planos dele, agitou o rio o suficiente para trazer o corpo à tona até o local onde Gull o avistou.

— É capaz que ele tenha tido mais sorte das outras vezes em que se livrou dos corpos.

— Sim, também sou dessa opinião.

— Então, se foi ele quem matou Molly Pickens, ele não estava morto ou na prisão como você pensou, ou pelo menos não ficou preso por todo o tempo que você imaginou. Ele estava apenas diversificando. Deixando alguns corpos para os animais, corpos que poderiam ou já foram encontrados. Escondendo outros.

— É o que parece.

Lil assentiu devagar, do jeito que Coop sabia que ela fazia quando estava raciocinando.

— E assassinos que fazem isso, dos tipos em série, que vagueiam e viajam, que sabem como se esconder e se misturar à multidão, que têm algum controle... nem sempre são pegos.

— Você tem lido.

— É o que faço quando preciso de informações. Eles acabam sendo definidos com nomes criativos, talvez até virem roteiro de filmes. O assassino do Zodíaco, de Green River. Ainda assim, normalmente eles sentem a necessidade de zombar da polícia, ou se valer da imprensa. Ele não.

— Não tem nada a ver com glória ou reconhecimento. Tem a ver com missão. É a missão pessoal dele, de onde ele obtém satisfação. Cada morte é uma prova incontestável de que ele é melhor que sua vítima. Melhor que o pai dele. Ele está provando alguma coisa. Eu sei como é.

— Você se tornou policial para ser um herói, Coop?

Os lábios dele se curvaram de leve.

— No início? Sim, provavelmente. Eu me sentia um peixe fora d'água durante meu curto período na faculdade. Não somente tentando descobrir qual era o meu lugar ali dentro, mas fora de lá. As únicas coisas que aprendi sobre leis foram: eu não queria ser advogado, mas a lei, em si, era fascinante. Então, nada melhor do que a aplicação da lei.

— Combatendo o crime na selva de concreto.

— Eu amava Nova York. Ainda amo — disse ele, com sinceridade. — E, claro, eu me imaginava caçando os bandidos, protegendo a população. Descobri muito rápido que ficaria de pé por longos períodos, sentado por mais tempo ainda, batendo de porta em porta, e cuidando de serviços burocráticos. A proporção é quase igual entre os momentos de tédio e os de terror absoluto. Aprendi a ser paciente. Aprendi a esperar, e o que significa proteger e servir. Então, no 11 de setembro, tudo mudou.

Lil estendeu o braço e pousou a mão sobre a dele, leve e brevemente. Mas seu toque expressava tudo — consolo, simpatia, compreensão.

— Todo mundo aqui ficou apavorado, até sabermos que você estava em segurança.

— Eu não estava de serviço naquele dia. Quando cheguei na área, a segunda torre já havia desabado. A gente fez o que foi preciso, o que foi possível.

— Eu estava no meio da aula quando ficamos sabendo que um avião havia atingido uma das torres. Ninguém sabia, no começo, o que estava acontecendo. E, então... tudo parou. Não havia mais nada que importasse.

Ele afastou os pensamentos, porque se deixasse, as imagens se formariam em sua mente outra vez; o que ele tinha visto e feito, e o que não foi capaz de fazer.

— Eu conhecia alguns dos policiais que entraram lá, alguns dos bombeiros. Pessoas com quem eu trabalhava, ou saía, jogava bola. Todos se foram. Depois disso, nunca pensei em deixar o emprego. Era como uma missão naquela época. Minha gente, minha cidade. Mas quando a Dory foi morta, tudo isso mudou para mim. Como se alguém tivesse cortado um fio. Eu não conseguia mais continuar. Perder aquilo foi a pior coisa na minha vida, depois de perder você.

— Você poderia ter pedido transferência para outro lugar.

— Foi o que fiz, só que do meu jeito. Eu precisava construir outra coisa. Fazer algo a partir da morte e da angústia. Não sei, Lil. Fiz o que foi necessário. Deu certo para mim.

— Você ainda estaria lá se o Sam não tivesse sofrido o acidente.

— Não sei. A cidade se reergueu, e eu também. Já estava farto daquilo, e também já havia colocado alguns planos em prática, para poder voltar pra cá, bem antes do acidente.

— Antes?

— Sim. Eu queria paz e tranquilidade.

— Considerando o que aconteceu, você não conseguiu o que queria...

Coop olhou para ela.

— Ainda não.

O céu estava quase escuro quando ele pegou a estrada do refúgio. Sombras que se estendiam ao final de um longo dia.

— Vou ajudar com o jantar dos animais — disse ela. — Depois tenho que concluir uns trabalhos.

— Eu tenho alguns também. — Ele se inclinou antes que ela pudesse abrir a porta, e segurou a nuca delicada. — Eu poderia dizer que sinto muito, mas não é verdade, porque você está bem aqui. Eu poderia dizer que nunca mais vou te magoar, mas sei que vou. O que posso dizer agora é que vou amar você pelo resto da minha vida. Talvez isso não seja o bastante, mas é o que tenho a oferecer no momento.

— E eu vou dizer que preciso de tempo para pensar, para assimilar tudo, e tempo para descobrir o que quero desta vez.

— Eu tenho tempo. Preciso dar um pulo na cidade. Você precisa de alguma coisa?

— Não, estamos bem abastecidos.

— Estarei de volta em uma hora. — Coop a puxou para perto e pressionou a boca na dela.

TALVEZ O trabalho fosse uma muleta, Lil admitiu. Algo em que se apoiar, para ajudá-la a mancar por aí depois de um golpe brutal. Ainda assim, precisava ser feito. Então, ela carregou bastante comida enquanto os animais gritavam em coro. Ela observou Boris pular sobre seu jantar, devorando com vontade. E pensou que na próxima semana, se as coisas dessem certo, ele teria companhia.

Mais uma conquista do refúgio, com certeza, refletiu. Mas, para ela, o mais importante era que outro animal maltratado estaria recebendo um santuário, liberdade — o tanto que ela podia proporcionar — e cuidados.

— E aí, como foi a sua aventura?

Pelo sorriso no rosto de Tansy, Lil chegou à conclusão de que a amiga havia testemunhado sua humilhante saída mais cedo. E aqueles que não viram a cena, com certeza ouviram falar sobre o assunto.

E ela devia isso a Coop.

— Os homens são idiotas.

— Às vezes, isso é uma verdade, mas nós os amamos.

— Ele decidiu agir como um homem das cavernas só para que pudesse me dizer por que apunhalou meu coração naquela época. Orgulho masculino e para o meu próprio bem, e muitas *desculpas de merda,* e que, óbvio, eu era jovem e iludida demais para refletir e *compreender.* Melhor me rasgar em pedaços do que falar comigo com sinceridade, não é? Babaca estúpido.

— Uau.

— Ele nem mesmo considerou o que isso fez comigo? Quanto doeu? Que eu pensei que não era o suficiente para ele, e que ele havia encontrado outra pessoa? Que passei quase metade da minha vida tentando superar isso? Aí, ele volta e diz: nossa, Lil, fiz aquilo tudo por você. Eu deveria me jogar de cabeça e ser o quê? *Grata*?

— Eu não poderia dizer. E provavelmente não deveria, mesmo se pudesse.

— Ele sempre me amou. Sempre vai me amar, e blá-blá-blá. Daí, ele me arrasta daqui como se eu fosse um pacote que ele pode largar e pegar ao seu bel-prazer, mais uma vez *para o meu próprio bem*, e joga essa porcaria toda no meu colo. Se eu fosse uma pessoa menos civilizada, eu daria uma surra nele.

— Você não está se comportando como uma pessoa muito civilizada nesse momento.

Lil suspirou profundamente.

— Bem, mas eu sou, então não posso bater nele. Além do mais, eu me rebaixaria ao nível neandertal dele. Sou uma pesquisadora. Tenho doutorado. E quer saber de uma coisa?

— O quê, doutora Chance?

— Ah, cala a boca. Eu estava lidando com tudo isso, com ele, comigo, com a mágoa antes dessa porcaria. Agora não sei mais o que diabos pensar.

— Ele disse que te ama.

— A questão não é essa.

— Então qual é? Você o ama. Você me disse que quando você e o Jean-Paul terminaram, foi porque você ainda era apaixonada pelo Coop.

— Ele me magoou, Tansy. Ele me rasgou em pedaços de novo, só em dizer o motivo por ter me deixado. E ele não vê isso. Não *entende*.

Tansy envolveu o corpo de Lil com o braço, e a puxou para perto.

— Eu sei disso, querida. Entendo de verdade.

— Eu consigo até entender, se pensar racionalmente. Se eu pensar lá no passado, consigo até concordar com o que ele disse. Sim, claro, foi uma coisa até sensata em certo ponto. Mas não sou objetiva desse jeito. Não dou a mínima para sensatez. Eu estava perdida de amor.

— Você não precisa se importar com a sensatez. Tudo o que deve importar é a maneira como se sente. E se você o ama, você vai perdoá-lo... depois que ele amargar um sofrimento.

— Ele deveria sofrer mesmo — afirmou Lil. — Não quero ser justa e perdoar.

— De jeito nenhum. Por que não entramos? Eu posso fazer margaritas ao estilo "Homens não prestam". Posso ficar com você esta noite, evitando o meu próprio idiota. Ficaremos bêbadas, traçando planos para as mulheres dominarem o mundo.

— Parece ser um plano maravilhoso. E seria muito útil, mas ele vai voltar daqui a pouco. Até que eu esteja em segurança, é assim que vai ser. Eu preciso lidar com isso, de qualquer jeito. Além do mais, não posso me embriagar com as margaritas "Homens não prestam", embora sejam sua especialidade, porque tenho que trabalhar. E tenho que trabalhar, porque aquele cretino me arrastou para longe daqui por duas horas.

Ela se virou e abraçou Tansy.

— Meu Deus do céu, um homem está morto, e a esposa dele deve estar devastada. E eu estou aqui, sentindo pena de mim mesma.

— Você não pode mudar o que aconteceu. Nada disso é sua culpa.

— De um jeito racional, até consigo pensar assim. Não é minha culpa, não é minha responsabilidade. Mas, Tansy, minha intuição discorda. James Tyler estava no lugar errado, na hora errada. E o lugar e a hora foram errados porque esse psicopata está focado em mim. A culpa não é minha. Mas...

— Se você pensar assim, ele marca pontos. — Com firmeza, Tansy afastou Lil para encará-la. — É terrorismo. Guerra psicológica. Ele está te provocando. Para ele, Tyler não era diferente daquele puma ou do lobo. Apenas mais um animal para ser capturado e usado para te abalar. Não deixe esse cara te abalar.

— Eu sei que você está certa. — Ela queria dizer outro "mas". Em vez disso, deu outro abraço em Tansy. — Você é uma amiga boa demais para mim. Mesmo sem as margaritas.

— Nós somos as mulheres espertas.

— Somos mesmo. Vá para casa e se resolva com seu próprio idiota.

— Acho que é o que vou ter que fazer.

Lil deu uma conferida na filhotinha de cervo ferida — agora tratada, alimentada e segura em uma área do zoológico de contato. Se ela sarasse por completo, eles a soltariam de volta na natureza. Caso contrário... bem, ela teria um santuário aqui.

O tempo diria.

Ela passou mais uma hora em seu escritório. Ouviu o ruído das caminhonetes saindo, e outras chegando. Os funcionários a caminho de casa, os vigias voluntários chegando. Em breve, ela pensou, o sistema de segurança estaria pronto e ela poderia parar de sobrecarregar os vizinhos e amigos. Agora, ela só podia ser grata a eles.

Assim que saiu da cabana, avistou Gull.

— Gull, você não deveria ter vindo aqui esta noite. Ninguém esperava que você viesse.

— Eu não ia conseguir dormir de qualquer jeito. É melhor estar fazendo alguma coisa. — Ele podia até parecer ainda um pouco abatido, mas seu olhar era saudável o bastante para ser mortal. — Eu meio que espero que aquele filho da puta apareça por aqui hoje.

— Eu sei que é terrível, mas por sua causa, a esposa dele agora sabe o que aconteceu. Ela não está mais se perguntando o que aconteceu. Se você não o tivesse encontrado, seria bem pior. Ela ficaria sem saber.

— Willy me contou que os filhos dela vieram pra cá. — Ele contraiu os lábios, os olhos focados ao longe. — Os filhos vieram, então ela não está mais sozinha.

— Isso é bom. Ela não deveria estar sozinha mesmo. — Lil deu um tapinha suave no braço de Gull, antes de se afastar.

Quando entrou no chalé, Coop estava sentado no sofá, seu laptop sobre a mesinha de centro. Ele virou alguma coisa de um jeito casual, muito casual, assim que a viu.

Uma fotografia, ela pensou, a partir do breve vislumbre.

— Posso fazer um sanduíche — comentou Lil. — Só tenho tempo para isso. Quero assumir logo meu turno lá fora.

— Comprei uma pizza na cidade. Ainda está quentinha dentro do forno.

— Ah, tudo bem. Obrigada.

— Já estou acabando aqui. Podemos pegar uma fatia juntos e assumir o primeiro turno.

— No que você está trabalhando?

— Em algumas coisas.

Irritada pela resposta vaga, ela simplesmente se dirigiu à cozinha.

Lá, em sua mesa, havia um vaso cheio de tulipas amarelas. Sentindo os olhos ardendo e o coração amolecendo, ela se virou para pegar os pratos. Lil o ouviu entrar enquanto ela lidava com a pizza.

— As flores são lindas, obrigada. Mas não resolvem as coisas.

— "Lindas" já está de bom tamanho.

Ele teve que pressionar a mulher que era dona da floricultura, só para que ela abrisse a loja de novo e vendesse as flores.

Mas "lindas" já era bom o bastante.

— Quer uma cerveja?

— Não, prefiro ficar com a água mesmo. — Ela se virou com os dois pratos e quase deu um encontrão com Coop. — O que foi?

— Podemos dar um tempinho amanhã. Eu poderia te levar para jantar fora, talvez um cinema.

— Encontros também não resolvem as coisas. E não acho certo ficar longe daqui por tanto tempo. Não agora.

— Tudo bem. Assim que o sistema estiver operante, você pode fazer o jantar, e eu alugo um filme.

Ele pegou os pratos da mão de Lil e os levou para a mesa.

— Não importa o tanto que estou brava com você?

— Não. Ou não importa tanto quanto o fato de que eu amo você. Esperei por todo esse tempo. Posso esperar até você deixar de ficar brava comigo.

— A espera pode ser bem longa.

— Bem... — Ele se sentou e pegou uma fatia. — Como continuo dizendo: eu não vou a lugar algum.

Lil também se sentou, pegando outro pedaço.

— Ainda estou brava... e muito, mas estou com tanta fome que nem dou a mínima para isso agora.

Coop sorriu.

— É uma pizza boa demais.

Era mesmo, ela pensou.

E, caramba, as tulipas eram lindas demais também.

Capítulo vinte e dois

⌘ ⌘ ⌘

Nas profundezas da colina, em sua caverna, ele examinou seu prêmio. E se perguntou se o relógio — até razoável e meio classudo — havia sido um presente de aniversário ou Natal. Gostou de imaginar o bom e velho Jim abrindo a caixa, expressando total prazer e surpresa, e dando um beijo de agradecimento em sua esposa — também razoável, se fosse parecida com a foto que o homem levava na carteira.

Em uns seis meses, talvez um ano, ele poderia penhorá-lo se precisasse de grana. Por ora, graças ao bom e velho Jim, ele estava "rico" com os cento e vinte e dois dólares e oitenta e seis centavos que havia tirado dos bolsos do cara.

Também conseguiu um canivete suíço — não fazia mal ter mais um na coleção —, um cartão-chave de hotel, metade de um pacote de chiclete, e uma câmera fotográfica digital Canon *Powershot*.

Ele passou um bom tempo aprendendo a usá-la, e conferiu as fotos que Jim havia tirado naquele dia. A maioria era de paisagens, com algumas fotos de Deadwood, e umas duas da "ajeitadinha" senhora Jim.

Desligou a câmera para poupar a bateria, embora o precavido Jim tenha levado uma sobressalente na mochila.

Era uma mochila de boa qualidade, novinha em folha. Seria bem útil quando pegasse a estrada. Dentro havia lanches para a trilha, garrafa extra de água, kit de primeiros socorros. Imaginou Jim lendo um guia de bolso, fazendo uma lista do que deveria levar em um passeio de um dia. Fósforos, bandagens e gaze, analgésico, um pequeno caderno de anotações, um apito, um mapa de trilhas, e o guia de caminhada, claro.

Nenhuma dessas coisas foi de serventia para Jim, porque ele era um *amador*. Um *intruso*.

Nada mais que um pedaço de carne fresca.

No entanto, o cara era ágil, ele pensou enquanto mastigava uma das barrinhas de cereal de Jim. O desgraçado sabia correr. Ainda assim, foi fácil demais conduzir o infeliz para longe da trilha, levando-o em direção ao rio.

Bons tempos.

Ele também tinha conseguido uma camisa bacana e um casaco novo no esquema. Uma pena o lance das botas. O bastardo usava um par de *Timberlands* de qualidade. Mas tinha os pés pequenos.

No geral, foi uma boa caçada. Daria uma nota 6, de 10. E os espólios eram de primeira.

Considerou a chuva um bônus. De jeito nenhum os policiais e guardas-florestais de meia-tigela, os caipiras matutos, encontrariam algum sinal do bom e velho Jim, já que a chuva levava embora as pegadas.

Ele teria rastreado com facilidade, assim como todos aqueles que o antecederam. Os donos desse solo sagrado.

A chuva o poupou do tempo e do trabalho de voltar pelo caminho para apagar as pegadas e deixar trilhas falsas. Não que se importasse em fazer tudo isso. Afinal de contas, era parte do trabalho, parte de sua missão, e sempre o satisfazia de alguma maneira.

Mas quando a Natureza lhe oferece um presente, você aceita com gratidão. O problema era que, às vezes, o presente era um prêmio de consolação.

Sem a chuva, as enxurradas, o velho Jim teria permanecido no lugar exato em que foi deixado — e por um longo tempo. Ah, ele não tinha cometido um erro ali, *não, senhor.* Erros podiam custar a sua vida na natureza selvagem. Por isso seu pai sempre o espancava quando ele cometia um vacilo. Ele não tinha cometido um erro. Havia carregado o homem direitinho, amarrado com firmeza debaixo daquelas cascatas. Fez tudo sem pressa — *embora talvez devesse ter levado um pouco mais de tempo,* pensou em um canto secreto de sua mente; talvez tenha se apressado porque a caçada o deixou com fome. Talvez...

Ele afastou esses pensamentos. Ele não cometia erros.

Então, eles o encontraram.

Com o cenho franzido, encarou o aparelho que havia roubado semanas antes. Ele os ouviu se comunicando através de seus rádios, espalhados por todo o lugar. Até deu umas boas risadas disso.

Até aquele imbecil ter tido sorte.

Gull Nodock. Talvez ele devesse sair à procura do tal idiota algum dia desses. Aí ele não teria tanta sorte.

Mas isso teria que esperar, a menos que a oportunidade caísse direto no seu colo. Agora era hora de pensar.

O mais adequado seria empacotar suas coisas e se mandar dali. Seguir o rumo do Wyoming e ficar por lá por algumas semanas. Deixar a poeira baixar. Os tiras babacas levariam mais a sério um turista morto do que um lobo ou um felino.

Para ele, o lobo e o puma valiam muito mais do que algum imbecil de St. Paul. Agora, o lobo foi uma caçada justa. Mas o felino, ele passou uns maus bocados por causa daquele puma. Pesadelos horríveis onde o espírito do puma voltava para caçá-lo.

Ele só queria saber como era, só isso, matar um animal selvagem e livre enquanto ainda estava enjaulado. Ele não tinha ideia de que se sentiria tão mal, ou que o espírito do felino o assombraria.

O felino o perseguia. Em seus sonhos, sob uma lua cheia, o animal o perseguia e gritava ao saltar para lhe rasgar a garganta.

Nos sonhos, o espírito do puma que ele matou o encarava com olhos frios que o deixavam tremendo de suor e o despertavam com o coração martelando no peito.

Como um bebê, o pai dele diria. Como uma garota. Choramingando, tremendo e com medo do escuro.

Não tinha importância. *Acabou*, lembrou a si mesmo. E ele conseguiu assustar de jeito a bela Lil, não conseguiu? Era preciso pesar o bom contra o ruim nessa situação.

Eles estariam à sua procura com vontade agora, por causa do bom e velho Jim. Seria mais prudente — como seu pai costumava dizer — se distanciar um bocado do seu território de caça.

Ele poderia voltar por Lil — para a disputa travada entre os dois — em um mês, talvez em seis meses se o cerco ainda se mantivesse fechado. Podia deixar aqueles tiras e guardas-florestais correndo atrás dos próprios rabos.

O problema era... que ele não estaria por perto para ver tudo aquilo. Não tinha a menor graça, nem emoção ou adrenalina.

Não fazia o menor sentido.

Se ficasse, sentiria que estava sendo caçado. Talvez ele fizesse o mesmo, e os caçasse. Poderia abater alguns ao longo do caminho. Agora, isso, sim, valeria o risco. E era o risco que agitava o sangue, certo?

Era o risco que provava que você não era um bebê, nem uma garotinha. Que não tinha medo de porcaria nenhuma. O risco, a caçada, o abate... isso, sim, provavam que você era um homem.

Ele não queria esperar seis meses por Lil. Sua espera já havia sido longa demais.

Sim, ele ficaria. Esta terra era sua agora, assim como era a terra de seus ancestrais. Ninguém o expulsaria dali. Ele defenderia seu território. Se não pudesse derrotar um bando de homens de uniforme, não era digno do desafio.

O seu destino era aqui, e quer ela soubesse ou não, ele era o destino de Lil.

O TRABALHO DE instalação no complexo transcorria com eficiência, e aos olhos de Lil, isso se sobressaía ainda mais quando Brad Dromburg chegou. Ele não dava ordens, não era ríspido, mas tudo parecia se agilizar quando ele estava presente.

O único problema de Lil com o sistema quase completamente instalado era com o processo de aprendizagem.

— Você terá alguns alarmes falsos — informou Brad conforme a acompanhava por um dos caminhos. — Meu conselho é que o acesso seja limitado aos líderes da sua equipe, pelo menos por agora. Quanto menos pessoas tiverem os códigos de acesso, ou conhecerem a rotina, menor será a margem de erro.

— Já estará em total funcionamento até o fim do dia?

— Deve estar.

— Foi um trabalho rápido. Quero dizer, mais rápido do que o habitual, e muito mais tranquilo porque você veio supervisionar em pessoa. Não tenho como agradecer.

— Tudo faz parte do serviço. Além disso, tive alguns dias que podemos até chamar de "férias", um tempinho para colocar o papo em dia com um amigo, e os melhores raviólis de frango da face da Terra.

— A obra-prima de Lucy. — Ela parou para acariciar a pelagem do burro de olhos meigos, antes de seguir adiante. — Tenho que admitir que fiquei surpresa por você ter ficado na casa do Coop, em vez de um hotel.

— Posso me hospedar em um hotel a qualquer momento. E com muita frequência. Mas quantas vezes um garoto da cidade tem a chance de ficar em um alojamento reformado em um haras?

Ela olhou para o homem e riu, porque ele se parecia muito com uma criança feliz por ter ganhado um feriado inesperado.

— Acho que não muitas.

— Também me fez entender o motivo pelo qual meu amigo e companheiro da cidade grande trocou a selva de concreto pelas colinas de Black Hills. É exatamente como ele sempre descreveu — acrescentou Brad, contemplando as colinas verdejantes com a primavera exuberante.

— Então... ele falava sobre isso, sobre a época em que vinha para cá quando menino?

— Falava sobre como tudo se parecia, o cheiro, o que sentia quando vinha para cá. Como era trabalhar com os cavalos, pescar com o seu pai. Era nítido que mesmo que morasse em Nova York, era aqui que ele considerava como seu verdadeiro lar.

— Que estranho... Sempre pensei que ele considerasse Nova York como sua casa de verdade.

— Quer minha opinião? Acho que Nova York era algo que Coop precisava conquistar. Era aqui onde ele sempre se sentia... bem... em paz. Isso parece pesado demais. Da maneira como ele falava sobre esse lugar, sempre achei que estivesse exagerando, dando aquelas pinceladas bonitas do jeito que a gente faz quando está se lembrando de alguma coisa da infância. Tenho que confessar que achei que ele estivesse fazendo o mesmo quando falava sobre você. Eu estava errado, em ambos os casos.

— Isso é um baita elogio, mas acho que todo mundo exagera ou estigmatiza a própria infância até certo ponto. Não consigo nem imaginar o que Coop poderia ter dito tanto sobre mim. E, nossa, parece que agora sou eu que estou pescando informações — acrescentou Lil às pressas.

— Ele tinha muita coisa a dizer sobre você, quando eram crianças... quando já não eram tão crianças. Ele me mostrava os artigos que você escrevia.

— Uau... — Perplexa, Lil simplesmente o encarou. — Deve ter sido fascinante para alguém que não trabalha na área.

— Na verdade, foram bem fascinantes mesmo. No território selvagem do Alasca, no interior das Everglades, nas planícies da África, no oeste americano, os mistérios do Nepal. Você viajou por muitos lugares no mundo. E seus artigos sobre este lugar em específico me ajudaram bastante com o projeto do sistema de segurança.

Por um instante, ele seguiu ao seu lado em total silêncio.

— É provável que seja uma violação grave do código entre amigos, mas ele tem uma foto sua na carteira.

— Ele se manteve longe. E a escolha foi dele.

— Não dá para discutir com isso. Você nunca conheceu o pai dele, não é?

— Não.

— Ele é um filho da puta sem coração. Grosso e frio. Tive umas desavenças com meu pai de vez em quando. Mas sob tudo isso? Eu sempre soube que era importante para ele. Assim como Coop sempre soube que a única coisa que ele possuía, e com o qual o pai se importava, era o sobrenome que carrega. Leva um bom tempo para construir uma autoestima quando a pessoa que deveria te amar, incondicionalmente, é a mesma que a destrói.

Triste e zangado, ela pensou. Isso era o tipo de coisa que deixaria alguém triste e zangado.

— Eu sei que foi difícil para ele. E difícil para mim, que tenho os melhores pais do mundo, entender, de verdade, o que é ter que suportar esse tipo de coisa.

Mesmo assim, que droga, ela pensou.

— Mas, me diga uma coisa... Isso é algum tipo de regra entre os homens? Se distanciar das pessoas que te amam e valorizam, e lutar sozinho, batendo de frente, continuamente, com as pessoas que não te amam e valorizam?

— Como você sabe que merece ser amado e valorizado se não provar a si mesmo?

— Uma regra entre homens, então.

— Pode ser. Mas, pensa comigo... Estou conversando com uma mulher que, recentemente, passou seis meses nos Andes, bem distante de casa. A trabalho, claro — disse ele, antes que Lil pudesse retrucar. — Trabalho ao qual você é superdedicada. Mas você não viaja com uma rede de segurança, não é? Imagino que você viajou bastante, passou muito tempo sozinha, porque precisava provar que merecia o lugar que conquistou.

— Isso é uma verdade bem irritante.

— Depois que a parceira dele foi morta e ele foi baleado, Coop se esforçou para se reconciliar com a mãe.

Ah... ela pensou naquele instante. *É claro que ele fez isso.* Era bem típico de Cooper Sullivan.

— Deu tudo certo — continuou Brad. — Daí, ele tentou reconstruir uma ponte para se relacionar com o pai.

— Ele fez isso? — perguntou ela. — Claro que fez... é a cara dele.

— Não deu certo a tentativa. Depois disso, ele construiu uma empresa sólida, por conta própria. Se quer saber, foi um jeito de provar que ele não precisava do dinheiro do fundo fiduciário para seguir em frente.

— Acho que esse seria o tipo de coisa que o pai falaria para ele. Eu nunca o conheci, mas imagino o homem dizendo, quando Coop tentou fazer as pazes, que ele nunca seria nada sem aquele dinheiro. O dinheiro da família, que veio do pai dele. Sim, consigo ouvir o babaca dizendo isso. E posso imaginar que Cooper se tornou ainda mais determinado a, mais uma vez, provar que ele estava errado.

— E ele fez isso; provou que o pai estava errado. Mais de uma vez. Mas eu poderia dizer que aquele foi o momento em que Coop parou de precisar da aprovação do pai, em qualquer situação, de todo modo. Ele nunca disse, e provavelmente não admitiria, mas eu o conheço. Só que ele nunca parou de precisar da sua.

— Ele nunca me perguntou o que eu achava, se eu aprovava.

— Será que não? — sondou Brad.

— Eu não... — Ela se virou ao ouvir seu nome, e observou a van se aproximando da primeira cabana. — Aquela é a nossa tigresa.

— Não brinca... A tigresa do clube de strip-tease? Posso assistir?

— Claro, mas ela não vai tirar a roupa, hein? Vamos introduzi-la à área cercada — informou Lil conforme se dirigiam à van. — Do outro lado da cerca onde colocamos Boris. Ele é velho, mas é briguento. Ela é jovem, mas teve as garras arrancadas. E viveu acorrentada ou enjaulada, sob efeito de drogas, pela maior parte da vida. Ela nunca esteve perto de outro animal de sua espécie. Vamos ver como os dois reagirão um ao outro. Não quero que nenhum deles se machuque.

Lil parou para se apresentar e cumprimentar com um aperto de mãos o motorista e o domador.

— Essa é nossa gerente do escritório, Mary Blunt, e a que cuidará da documentação. Eu gostaria de vê-la.

Sem pensar duas vezes, Lil subiu na carroceria e se agachou para que os olhos sem brilho da tigresa encontrassem os seus. *Derrotada,* ela pensou, *resignada.* Todo o orgulho e a ferocidade eliminados por anos e anos de maus-tratos.

— Olá, lindeza — murmurou. — Oi, Delilah. Seja bem-vinda a um mundo totalmente novo. Vamos levá-la para casa — disse Lil, em tom mais alto. — Vou acompanhá-la daqui.

Ela se sentou de pernas cruzadas no piso da van, e com toda cautela pressionou a palma da mão sobre as barras da jaula. Delilah não se moveu.

— Ninguém nunca mais vai te machucar, nem te humilhar. Você tem uma família agora.

Do mesmo jeito que fizeram com a mimada Cleo, eles prepararam a jaula, posicionando-a diante da porta aberta da área cercada. Diferente da fêmea de jaguar, a tigresa não fez menção de sair dali.

Boris, por outro lado, rondou a cerca, farejando o ar. Ele demarcou seu território, exibindo-se, Lil observou, como não fazia há muito tempo. E estufando o peito, o velho tigre rugiu.

Dentro da jaula, os músculos de Delilah se retesaram.

— Vamos recuar um pouco. Ela está nervosa. Tem água e comida na área cercada. E Boris está "conversando" com ela. No seu próprio tempo, ela vai sair.

Lucius baixou a máquina fotográfica.

— Ela parece tão abatida. Tipo, emocionalmente, sabe?

— Vamos colocar a Tansy para trabalhar com ela. E se precisarmos, chamamos um terapeuta.

— Vocês têm um terapeuta de tigres? — perguntou Brad, surpreso.

— É um psicólogo comportamental. Já trabalhamos com ele antes, em casos extremos. Acho que você pode chamá-lo de "encantador de animais exóticos". — Ela sorriu. — Dê uma olhada no programa dele no Animal Planet. Mas acredito que conseguiremos cuidar dela. Ela está cansada e... tem problemas de autoestima. Vamos apenas fazer questão de que saiba que é amada, valorizada e que está segura aqui.

— Acho que aquele garotão ali está encantado — comentou Brad, ao ver Boris se esfregar contra a cerca.

— Ele tem estado muito solitário. Um tigre macho se dá bem com fêmeas. Eles são mais cavalheiros que os leões. — Ela retrocedeu alguns passos e se sentou em um banco. — Vou ficar por aqui de olho neles por um tempinho.

— Vou dar uma conferida no progresso da instalação nos portões. É capaz que poderemos testar o sistema em algumas horas.

Depois de meia hora, Tansy se sentou ao lado dela, e entregou umas das duas garrafas de Pepsi Diet que levara.

— Eles usaram cassetetes elétricos e *tasers* nela — disse Tansy.

— Eu sei. — Ainda observando a felina imóvel, Lil tomou um gole de sua bebida. — Ela está esperando receber uma punição se sair da jaula. Mais cedo ou mais tarde, irá atrás de comida. Se não for, até amanhã, teremos que tirá-la na marra. Espero que não precisemos fazer isso. Ela precisa sair por vontade própria, e não ser punida.

— Boris já está apaixonadinho.

— Sim. É tão fofo. Pode ser que ela reaja a ele, como o alfa, antes de sucumbir à fome. E ela terá que fazer xixi. É bem provável que ela tenha urinado na jaula antes, mas agora não vai querer isso, já que tem uma escolha.

— O veterinário que cuida de animais vítimas de maus-tratos a tratou de uma infecção urinária, e teve que arrancar dois dentes. Matt está revendo todo o histórico médico dela, e quer examiná-la pessoalmente. Mas, assim como você, ele também acha que ela deveria ser deixada um pouco sozinha, a princípio. Como estão as coisas entre você e o Coop?

— Estamos em uma espécie de moratória, eu acho. Precisamos que esse sistema esteja funcionando antes. Além disso, acho que ele está trabalhando com a polícia. Ele tem muitos arquivos que não quer que eu veja. Estou deixando isso pra lá por enquanto.

— Como a tigresa.

— Até que como uma metáfora para o meu relacionamento com Coop, não é ruim. Parece uma coisa meio instável, com potencial para um ataque feroz. Encontrei dois carregadores da arma dele dentro da minha gaveta de lingerie. Por que raios ele colocaria aquelas porcarias ali?

— Acho que porque é meio difícil esquecer o local escolhido para escondê-los. No meio das suas calcinhas do dia a dia, ou no meio das sedutoras?

— No meio das sedutoras. Quase morri de vergonha. Estava pensando em dar um sumiço na maioria daquelas coisas. É estranho ainda ter tudo aquilo. Por causa do Jean-Paul, sabe? Ele comprou a maior parte delas, e desfrutou de todas.

— Jogue tudo fora. Compre outras que você escolher.

— É. Só não tenho certeza se quero investir nessa área agora. Pode enviar algum tipo de sinal...

— Isso é fato. Um dia desses, comprei duas camisolas do estilo "arranque-esse-negócio-de-mim-agora-mesmo". Sou viciada em compras on-line. Ainda estou me perguntando por que não consegui me conter.

— O Farley vai pirar.

— Continuo dizendo a mim mesma que vou acabar com tudo isso antes que as coisas fiquem mais intensas. Daí, logo em seguida, estou namorando a nova coleção de primavera da *Victoria's Secret*. Eu não estou batendo bem da cabeça, Lil.

— Você está apaixonada, querida.

— Acho que é só luxúria. Isso é bom... luxúria é bom. Não faz mal nenhum. E passa em algum momento.

— Ah-ham. Só luxúria. Com certeza...

— Tudo bem, pare de me atormentar, sua malvada. Eu sei que é mais do que luxúria. Só não descobri ainda como lidar com isso. Então, pode parar com essa tortura dissimulada.

— Tá, vou parar, já que você pediu. Olha! Olha! — Lil cravou os dedos no joelho de Tansy. — Ela está se movendo.

Enquanto observavam, Delilah se aproximou centímetro a centímetro. Boris rosnou para encorajá-la. Quando a tigresa estava na metade do caminho, ela ficou imóvel como uma estátua outra vez, e Lil ficou com receio de que o animal recuasse. Até que ela estremeceu, contraiu os músculos e saltou em cima do frango inteiro deixado no piso de concreto da área cercada.

Ela o agarrou com as patas, movendo a cabeça de um lado ao outro, para frente e para trás. Até que seus olhos encontraram os de Lil.

Vá em frente e coma, Lil pensou. *Pode comer.*

A tigresa abaixou a cabeça, e ainda observando, cravou os dentes na carne.

Ela rasgou e devorou a comida. Lil aumentou a pressão no joelho de Tansy.

— Ela está esperando que alguém a agrida. Meu Deus, eu queria poder pegar um cassetete elétrico e arrebentar aqueles cretinos de Sioux City.

— Estamos juntas nisso. Ela pode acabar passando mal.

No entanto, a tigresa não vomitou a comida. Em vez de lamber as patas, ela se arrastou até o bebedouro e bebeu bastante água.

Do outro lado da cerca, Boris se ergueu nas patas traseiras, em um chamado convidativo. Ela se manteve com a barriga rente ao chão, em atitude submissa, mas se aproximou aos poucos da cerca para cheirá-lo. Quando ele baixou o corpo, ela se afastou, assustada, para ficar imóvel na entrada da jaula.

Local que para ela representava segurança, Lil pensou. Ele a chamou outra vez, insistentemente, até que Delilah se arrastou, de bruços, por toda a cerca, tremendo; estremecendo à medida que ele cheirava o seu focinho, suas patas dianteiras.

Quando Boris a lambeu, Lil sorriu.

— Deveríamos ter dado o nome de Romeu para ele. Vamos tirar a jaula dali e fechar tudo. Boris vai assumir daqui para frente.

Lil conferiu as horas no relógio de pulso ao se levantar.

— *Timing* perfeito. Preciso dar um pulo na cidade.

— Achei que já tivéssemos comprado o nosso suprimento todo.

— Tenho que fazer umas coisinhas. E quero passar nos meus pais. Estarei de volta antes do pôr do sol.

*E*LA NÃO pretendia parar no haras dos Wilks, mas estava com tempo, e o haras era ali perto. De qualquer modo, não conseguiu resistir quando avistou Coop conduzindo uma garotinha montada em um pônei baio ao longo do cercado.

A criança parecia ter acabado de receber as chaves da maior loja de brinquedos do universo. Ela saltitava sobre a sela, nitidamente incapaz de ficar quieta, e seu rostinho sob o chapéu de vaqueira cor-de-rosa brilhava como o sol de verão.

Ao descer da caminhonete, Lil ouviu a garotinha conversando com Coop enquanto a mãe da criança ria e o pai tirava fotos. Encantada, Lil foi até a cerca e se inclinou sobre ela para assistir.

Coop parecia muito satisfeito consigo mesmo, ela reparou, dando atenção à criança e respondendo suas perguntas intermináveis enquanto o cavalinho seguia o percurso com a maior paciência.

Quantos anos a garotinha devia ter?, Lil se perguntou. Talvez quatro? As marias-chiquinhas longas e douradas desciam sob o chapéu, e a calça jeans tinha flores coloridas bordadas ao redor da bainha.

Incrivelmente fofa, Lil concluiu. Então ela sentiu aquela pontada dolorida em sua alma quando Coop levantou a garotinha da sela.

Ela nunca o havia imaginado como um pai antes. Em algum momento, ela simplesmente deduziu que eles formariam uma família juntos, mas tudo havia sido meio nebuloso. Belos sonhos de "um dia".

Pensou em todos os anos que se passaram. Eles poderiam ter tido uma garotinha.

Coop deixou a menina afagar e acariciar o animal, e em seguida pegou uma cenoura de uma sacola. Ensinou como ela devia segurar diante do pônei e, para a menina, foi como pedir que ela enfiasse o dedo no glacê de um bolo.

Lil esperou que ele terminasse de conversar com os pais da garotinha, e notou o sorriso no rosto dele quando a pequena enlaçou suas pernas fortes em uma espécie de abraço.

— Ela vai se lembrar de você pelo resto da vida — comentou Lil, quando Coop se aproximou.

— Do pônei, é certeza. Ninguém se esquece do primeiro cavalo que montou.

— Eu não sabia que vocês ofereciam passeios em pôneis.

— Aconteceu por acaso. A menina estava louca por isso. De qualquer modo, tenho pensado em abrir essa alternativa. Baixo custo, um lucro legal. O pai insistiu em me dar uma gorjeta de dez dólares. — Ele sorriu outra vez quando tirou o dinheiro do bolso. — Quer me ajudar a gastar?

— É uma oferta tentadora, mas vou me encontrar com alguém. Você foi ótimo com a menininha.

— Ela facilitou as coisas. E, sim, já pensei sobre isso. — Quando ela arqueou as sobrancelhas em questionamento, ele cobriu as mãos dela por cima da cerca. — Como seriam nossos filhos. — Coop firmou o agarre nas mãos de Lil, ao perceber que ela queria se afastar. — Com os seus olhos. Sempre fui louco pelos seus olhos. Fiquei me perguntando que tipo de pai eu seria. Acho que seria um pai bacana. Agora.

— Não vou ficar toda sentimental pensando em filhos imaginários, Coop.

— Este é um bom lugar para criar filhos, do tipo de verdade. Nós dois sabemos disso.

— Você está colocando os carros na frente dos bois. Estou dormindo com você porque quero. Mas tenho muitas coisas para resolver, um tanto de coisas para pensar antes que possa haver algo além disso, e o que está se tornando uma amizade instável.

— Eu disse que esperaria, e é o que vou fazer. Não significa que não vou usar todas as minhas armas para te reconquistar. O que me fez lembrar, Lil, que nunca tive que lutar por você antes. Pode ser interessante.

— Não vim aqui para falar sobre isso. Meu Deus do céu, você me frustra. — Lil puxou as mãos abaixo das dele. — Eu queria te contar que Brad acha que o sistema estará funcionando no fim do dia.

— Okay, isso é bom.

— Vou avisar o pessoal que não precisamos mais de patrulhas. Incluindo você.

— Ficarei lá até que Howe esteja atrás das grades.

— Você que sabe. E não vou fingir que preferiria ficar sozinha no refúgio à noite. Você pode manter a sua gaveta e o seu espacinho no guarda-roupa. Eu vou dormir com você. Quanto ao resto, não sei. — Começou a se afastar, então parou. — Quero saber tudo o que Willy compartilhou com você, porque sei que ele te mantém informado sobre a investigação, sobre a caçada humana. Quero ver aqueles arquivos que você tem sido tão cuidadoso em esconder de mim. Você quer uma chance comigo desta vez, Coop? Então é melhor entender de uma vez por todas que espero que confie em mim e me respeite. Em todos os aspectos. Sexo gostoso e tulipas amarelas não serão o suficiente.

FARLEY ESTAVA andando de um lado ao outro na calçada diante da vitrine da joalheria quando Lil chegou.

— Eu não queria entrar sem você.

— Me desculpe pelo atraso. Eu me enrolei.

— Sem problema. — As mãos enfiadas dentro dos bolsos agitaram algumas moedas. — Você não se atrasou. Fui eu que cheguei cedo.

— Está nervoso?

— Um pouco. Só quero ter certeza de que é a aliança certa.

— Vamos achar uma perfeita.

Dentro da loja, havia alguns clientes e muitas coisas brilhantes. Lil acenou um cumprimento para a vendedora que ela conhecia, então entrelaçou o braço ao de Farley.

— O que você tinha em mente?

— É por isso que você está aqui.

— Não, seu bobo. Só me diga no que você estava pensando.

— Eu... Humm... tem que ser especial e tipo... diferente. Não quero dizer do tipo chamativo ou...

— Você quer algo único.

— É, único. Como ela.

— Até agora, você está no caminho certo, de acordo com a melhor amiga. — Ela o levou até um expositor de alianças de noivado. — Ouro branco ou amarelo?

— Ah, que merda, Lil. — Ele parecia tão apavorado que era como se Lil tivesse perguntado se ele preferia cianeto ou arsênico em seu café.

— Tudo bem, essa pergunta foi meio complicada. Levando em conta a cor da pele e a personalidade dela, além do gosto dela por coisas únicas, acho que você devia escolher o ouro rosê.

— Que diabo é isso?

— Como esse aqui. — Lil apontou para uma aliança. — O tom do ouro é mais quente e suave. Acho que o metal brilha, em vez de cintilar.

— Mas ainda é de ouro, certo? Quero dizer, é de qualidade, e não é menos, sei lá, importante? Tem que ser importante.

— Ainda é ouro. Se você não gostar, então eu escolheria o ouro amarelo.

— Eu gosto. É diferente, e é... isso aí, quente. Meio rosado. Ouro rosê... aaaah! Agora entendi.

— Relaxe, Farley, está tudo bem.

— Tudo bem.

— Vamos lá, dê uma olhadinha na vitrine e escolha o que chamar a sua atenção primeiro.

— Aah... E aquele? Tem um diamante bonito e redondo.

— É lindo, mas o problema com aquele é que a pedra se projeta muito para fora do aro. — Lil afastou o polegar e o indicador para mostrar o que queria dizer. — Tansy trabalha muito com as mãos, com os animais. Uma joia assim pode acabar enganchando.

— Faz sentido. Então ela vai querer algo que não se sobressaia tanto. — Ele empurrou o chapéu um pouco para trás, e coçou a cabeça. — Não há muitos com essa cor, mas tem diversos detalhes para pensar. Aquele ali é legal, com os entalhes no anel, mas o diamante é meio insignificante. Não quero economizar.

Quando Lil se inclinou para enxergar mais de perto, a atendente se aproximou.

— Ei! Vocês dois têm alguma coisa para me contar?

— Não conseguimos mais manter o nosso grande amor em segredo — brincou Lil, fazendo Farley corar. — Como você está, Ella?

— Estou bem. Então você trouxe o Farley aqui como um disfarce? Se vir algo que goste, ficarei feliz em mostrar ao Coop quando ele chegar.

— O quê? Não. Não, não, não.

— Está todo mundo só esperando que vocês dois façam o anúncio.

— Não tem nenhum anúncio. Todo mundo está... enganado. — Desconcertada, sentiu seu próprio rosto esquentar. — Estou aqui apenas como consultora. Farley é que vai se casar.

— Sério? — Ella quase gritou com histeria. — São sempre os mais quietinhos que comem pelas beiradas. Quem é a sortuda?

— Eu ainda não a pedi em casamento, então...

— Por acaso não seria uma certa beleza exótica com quem te vi dançando algumas vezes, seria? Aquela que mora a alguns quarteirões daqui, onde sua caminhonete tem andado estacionada com certa frequência nas últimas semanas?

— Aahh... — Desta vez, ele se remexeu, inquieto.

— Ai, meu Deus! É *ela*! Isso é maravilhoso! Espere até eu contar...

— Você não pode contar pra ninguém, Ella. Eu ainda não a pedi em casamento.

Ella colocou a mão sobre o coração, e ergueu a outra para fazer um juramento.

— Nem uma palavrinha. Somos especialistas em guardar segredos aqui. Embora eu corra o risco de mijar nas calças se você não a pedir logo. Vamos ao que interessa. Me diga o que tem em mente.

— Lil acha que ouro rosê é uma boa escolha.

— Ah, uma escolha encantadora para ela. — Ella destrancou o estojo e começou a colocar uma pequena seleção de alianças sobre o forro de veludo.

Eles discutiram, debateram, com Lil ajudando ao experimentar cada modelo concorrente. Depois de um bom tempo, Farley lançou a Lil um olhar apreensivo e angustiado.

— Você tem que me dizer se eu estiver errado. Eu gosto deste aqui. Gosto da largura do anel... parece significativo, sabe? E olha como aqueles pequenos diamantes se destacam contra o maior no meio. Ela vai saber que está usando uma joia. Vai saber que eu coloquei isso no dedo dela.

Lil se colocou nas pontas dos pés e beijou a bochecha de Farley, enquanto Ella suspirava atrás do balcão.

— Eu estava esperando que você escolhesse esse. Ela vai amar, Farley. É a aliança perfeita.

— Graças a Deus! Eu estava começando a suar aqui...

— É lindo, Farley. Incomum, moderno e, ainda assim, romântico. — Ella guardou as outras alianças. — Qual é o tamanho do dedo dela?

— Ah, bem... droga.

— Ela deve ser um seis — Lil disse à vendedora. — Eu sou cinco, e nós já usamos anéis uma da outra. O dela ficou um pouquinho grande, tanto que tive que usar no meu dedo médio. Acho que este — ela pegou um anel e deslizou no dedo do meio — seria mais ou menos o tamanho correto.

— Deve ser o destino. Se precisar ajustar o tamanho, você pode vir com ela aqui, e damos um jeito. Ou ela pode trocar por outra se vir algo de que goste mais. Vou buscar os documentos de garantia da joia, Farley, daí fechamos o negócio.

Ella curvou o dedo e acenou para que ele se aproximasse.

— E só porque uma vez deixei você me beijar atrás das arquibancadas, vou te dar quinze por cento de desconto. Mas volte aqui para comprar as alianças de casamento comigo, entendeu?

— Eu não compraria com ninguém mais. — Ele olhou para Lil, parecendo meio aturdido. — Estou comprando um anel para a Tansy. Não faça isso... — disse ele, quando viu os olhos marejados de Lil. — Estou com medo de cair no choro também.

Ela o abraçou e repousou a cabeça no peito de Farley, enquanto ele dava palmadinhas nas costas de Lil.

Escolhas e oportunidades, ela pensou. Alguns fizeram as escolhas certas, e aproveitaram ao máximo suas oportunidades.

Capítulo vinte e três

⌘ ⌘ ⌘

$\mathcal{F}$ARLEY SEGUIU Lil até a fazenda, então ela pôde testemunhar o momento adorável quando o rapaz mostrou a aliança aos Chance. Tudo foi regado a muitos tapinhas nas costas, algumas lágrimas e a promessa de que ele levaria Tansy para comemorarem em família assim que ela aceitasse o pedido.

Quando Farley pediu a Joe para dar uma volta, sem dúvida em busca de conselhos de "homem para homem", Lil se sentou com a mãe.

— Meu Deus, ele era um menino há cinco minutos — comentou Jenna.

— Você fez com que ele virasse um homem.

Jenna enxugou os olhos. Mais uma vez.

— Nós demos a ele o acesso às ferramentas para que pudesse se tornar um homem por si só. Se Tansy partir o coração dele, vou chutar a bunda dela de volta para Pierre.

— Entre na fila. Mas não acredito que ela vá fazer isso. Acho que Farley não vai permitir. Ele tem um plano... que deve estar discutindo com o papai nesse instante. Ela está no papo.

— Pense nos bebês que eles terão... Eu sei, eu sei. — Com uma risada, Jenna acenou com a mão. — Atitude típica. Mas eu adoraria ter uns bebezinhos por aqui. Tenho até hoje o berço que seu avô fez para você, e está guardadinho no sótão, só à espera de um nenê. E preciso deixar tudo isso de lado e pensar nos planos do casamento. Espero que eles nos deixem organizar a festa. Eu adoraria me envolver com tudo. Flores, vestidos, bolos e... — Ela parou de falar.

— Eu não te dei esse prazer.

— Dei a impressão de que estava reclamando, mas não foi essa a intenção. Não preciso dizer quanto eu e seu pai temos orgulho de você, não é?

— Não, você não precisa dizer. Planejei fazer isso uma vez, mas não deu certo. Então elaborei outro plano, e esse funcionou. Agora? Estou em uma **situação** estranha e complicada. Eu ficaria feliz com alguns conselhos.

— Cooper.

— Sempre foi o Cooper. Mas as coisas deixaram de ser tão simples há muito tempo.

— Ele te machucou demais. — Inclinando-se à frente, Jenna segurou o rosto da filha entre as mãos. — Querida, eu sei.

— Ele arrancou um pedaço meu. Agora ele quer colocar de volta, e não sei se o pedaço pode se encaixar como antes.

— Não vai. E não pode. — Jenna deu um tapinha na mão de Lil, antes de se recostar. — Não significa que não possa se encaixar de outro modo. De um jeito ainda melhor. Você o ama, Lil. Eu também sei disso.

— O amor não foi o suficiente antes. Ele me disse, depois de todo esse tempo adorável, o porquê não foi o suficiente.

Enquanto contava toda a história, ela teve que se levantar da cadeira, ir até a janela, abrir a porta da frente para tomar um ar. Precisava se movimentar, andar de um lado ao outro, enquanto a mãe se mantinha imóvel e calada.

— Para o meu próprio bem, porque ele tinha algo a provar, porque estava sem dinheiro, porque se sentia um fracasso. Que diferença tudo isso fazia? E além do mais, eu merecia saber os motivos. Eu fazia parte daquele relacionamento. Mas não é um relacionamento se apenas uma pessoa toma todas as decisões. Não é?

— Não, ou ao menos não é o do tipo equilibrado. Entendo o que você está sentindo, por que está brava.

— É muito mais do que estar brava. Uma das maiores decisões da minha vida foi tomada em meu nome, não *por mim*. E os motivos pelos quais essa decisão foi tomada foram mantidos ocultos. Como posso acreditar que isso não acontecerá outra vez? E não vou construir uma vida com alguém que poderia fazer isso. Não posso.

— Não, você não pode. Não você. E agora vou dizer algo que pode te decepcionar. Eu sinto muito, muito mesmo, que você tenha sido machucada assim. Eu sofri por você, Lil. Senti seu coração partido dentro do meu próprio peito. Mas sou grata por Coop ter feito o que fez.

Lil se afastou de supetão, chocada.

— Como você pode dizer isso? Como pode querer dizer isso?

— Se ele não tivesse feito o que fez, você teria desistido de tudo o que mais queria, todos os outros sonhos que tinha, com exceção dele. Se tivesse que escolher entre seus objetivos pessoais e profissionais, você estava apaixonada demais para escolher qualquer outra coisa que não fosse o Coop.

— E quem disse que eu não poderia ter ambos? Caramba! Onde está o compromisso, o trabalho em conjunto?

— Talvez você tivesse dado conta de tudo, mas as chances eram mínimas. Ah, Lil — disse ela com tanta empatia, que Lil sentiu os olhos ardendo com as lágrimas. — Você, com quase vinte anos, e um mundo inteiro se abrindo à sua frente. Ele, quase dois anos mais velho, e com o mundo se estreitando e se tornando árduo. Ele precisava lutar, e você precisava crescer.

— E daí que éramos jovens. Você era jovem também quando se casou com o papai.

— Sim, e tivemos sorte. Mas também queríamos as mesmas coisas, mesmo naquela época. O que queríamos estava bem aqui, e isso nos ofereceu uma oportunidade melhor de fazer tudo dar certo.

— Então você acha que eu deveria simplesmente ignorar os últimos dez anos. Que eu deveria dizer: *está tudo perdoado, Coop, eu sou sua?*

— Acho que você deveria pensar bastante, pelo tempo que for necessário, e ver se consegue perdoá-lo.

Lil soltou um suspiro profundo, sentindo parte da pressão se dissipar em seu peito.

— E acho que se antes ele tinha algo a provar para si mesmo, desta vez, ele tem algo a provar para você. Deixe-o correr atrás disso. E enquanto você pensa, pergunte a si mesma se quer viver os próximos dez anos sem ele.

— Ele mudou, e o homem em quem se tornou com essa mudança... Se eu tivesse acabado de conhecê-lo, se não houvesse um passado entre nós? Eu cairia de amores na hora. E saber disso é assustador. Saber que eu faria um papelão desses... é como se eu estivesse dando plenos poderes para ele arrancar outro pedaço meu.

— Você não está cansada, minha querida, de somente se aproximar de homens que não têm esse poder?

— Não sei, com toda sinceridade, se fiz isso de propósito ou se é porque ele é o único que pode. — Lil esfregou os braços em busca de um pouco de calor. — De qualquer modo, é uma escolha assustadora. E muitas coisas para pensar. Preciso voltar para o refúgio. Não pretendia ficar tanto tempo fora.

— Compromissos importantes. — Jenna se levantou e colocou as mãos nos ombros da filha. — Você encontrará seu caminho, Lil. Tenho certeza absoluta disso. Preciso que me diga se tem certeza de que não precisa de nós lá hoje à noite.

— O sistema estava quase pronto quando saí. Se encontrarem algum problema, eu ligo pra vocês. Prometo. Posso estar confusa sobre mim, sobre Coop, mas nunca sobre o refúgio. Não pretendo arriscar em nada.

— Isso é bom. A maioria das pessoas acha que ele foi embora. Que ele não ficaria nesta área com todas as buscas intensificadas.

— Espero que a maioria das pessoas esteja certa. — Ela pressionou a bochecha à de Jenna. — E sei que não podemos relaxar, não por completo, até que ele seja preso. Não se arrisque também.

Ela saiu na varanda e avistou Farley e o pai dela rodeando um dos prédios anexos com os cachorros correndo ao redor.

— Diga ao Farley que estou torcendo por ele. — Ela começou a seguir até a caminhonete, mas se virou e caminhou de costas enquanto admirava a beleza de sua mãe parada ao alpendre. — Ele me deu tulipas amarelas.

Ela fica ainda mais linda quando sorri, Lil pensou.

— E funcionou?

— Melhor do que deixei transparecer. Atitude típica.

$\mathcal{E}$LA VOLTOU antes do fim do expediente e encontrou o novo portão aberto. Ainda assim, olhou para a câmera de segurança, para o leitor de cartões e painel de códigos. *Aquilo poderia impedir que qualquer pessoa entrasse, em um veículo, após o fechamento,* ela pensou. Mas não seria capaz de proteger as colinas.

Lil percorreu a estrada devagar, olhando para toda a propriedade, as árvores.

Eu seria capaz de encontrar um jeito de entrar, ela refletiu. Conhecia cada pedacinho da área, e poderia descobrir um meio de escapar da segurança se quisesse se dar ao trabalho e tivesse tempo de sobra.

Mas saber disso apenas a deixou mais atenta.

Seu olhar vagou mais acima conforme dirigia. Havia mais câmeras posicionadas para escanear todo o complexo, a estrada. Seria difícil evitar todas elas. E as novas luzes com sensores de presença iluminariam tudo ao redor. Não havia como encontrar um esconderijo na escuridão, não depois que passasse pelo portão.

Ela parou a caminhonete em frente à cabana, satisfeita ao ver que três grupos diferentes ainda faziam um tour pelos habitats. Lil avistou Brad na extremidade oeste, conversando com um de seus instaladores. Mas sua atenção se voltou para o mais novo membro da família Chance.

Tudo nela se encheu de alegria. Delilah estava deitada contra a cerca, com Boris estirado no chão do outro lado. Passaria por ali primeiro.

A fêmea não ergueu a cabeça quando Lil se aproximou. Estava agachada, mas com os olhos abertos. *Ainda desconfiada,* Lil observou. A tigresa poderia muito bem sempre reagir assim diante de humanos. No entanto, ainda assim, encontrou conforto com os de sua própria espécie.

— Acho que vamos tirar essa barreira mais cedo do que imaginávamos. — Manteve a voz baixa, os movimentos suaves. — Bom trabalho, Boris. Ela precisa de um amigo, e estou contando com você para ajudá-la a se adaptar.

— Com licença, senhorita?

Ela olhou ao redor para o grupo de quatro pessoas que se encontrava atrás da grade de segurança.

— Pois não?

— Você não deveria estar deste lado.

Ela se levantou e foi conversar com o homem que a abordou.

— Eu sou Lil Chance. — Estendeu a mão em cumprimento. — Sou a dona deste lugar.

— Ah, me desculpe.

— Sem problemas. Eu só estava verificando nossa mais nova aquisição. Ainda não colocamos a placa de identificação dela. Mas esta é a Delilah, e hoje é o primeiro dia dela aqui. Ela é uma tigresa de Bengala — anunciou, e assumiu um de seus raros tours guiados.

Quando terminou e colocou o novo grupo aos cuidados de dois estagiários, Brad a aguardava.

— Você está com o sistema ativo, Lil. Totalmente operacional. Quero repassar todo o sistema com você e os líderes da sua equipe.

— Já os avisei que talvez precisassem ficar até um pouco mais tarde hoje. Prefiro esperar pelo fechamento, se estiver tudo bem pra você.

— Sem problema, ainda mais depois que o Lucius disse que eu poderia ajudar com o jantar dos animais hoje, se você permitir.

— É um trabalhão danado.

— Eu gostaria de voltar para Nova York e dizer que alimentei um leão. Posso tirar onda por isso por um bom tempo.

— Então está combinado. Vou te orientar sobre o processo, e depois você pode nos instruir a respeito do sistema. — Ela se virou na direção dos habitats. — Embora eu tenha visto todo o projeto, fiquei com medo de que acabaria sendo um sistema invasivo, tecnológico demais e, bem, muito burocrático. E não é. Tudo está bem camuflado. Não é nada gritante.

— O lado estético conta bastante, assim como a eficiência. Acho que você ficará feliz ao descobrir que entregamos as duas coisas.

— Já percebi isso. Deixe-me te levar até o refeitório.

$\mathcal{D}$EPOIS DO horário da refeição dos animais, e após o fechamento ao público, Lil aprendeu a mexer nos controles do sistema de segurança, sob a orientação de Brad. Para a reunião tardia da equipe, ela providenciou a cerveja, um balde de frango frito e alguns acompanhamentos. Podia até ser um assunto sério, mas não havia motivo para que seus funcionários não aproveitassem.

Já haviam tido estresse o bastante.

Ela transitou pelas áreas e setores, ligando luzes, alarmes, travas, desligando tudo outra vez, e alternando a visão das câmeras no monitor.

— Arrasou — disse Brad. — Não tão rápido quanto o Lucius. Ele ainda é o recordista.

— Nerd — Tansy o acusou.

— E tenho o maior orgulho disso. Tela dividida, Lil, quatro janelas. — Lucius deu uma mordida em uma coxa de frango, ajeitando os óculos no nariz. — Vamos ver o que você pode fazer.

— Você acha que não dou conta?

— Aposto um dólar que você não consegue de primeira.

— Eu apostaria uns dois de que ela consegue — contra-argumentou Tansy.

Lil esfregou as mãos, e rapidamente repassou os códigos e sequência numérica em sua cabeça. Quando quatro imagens apareceram na tela, ela se curvou em reverência.

— Sorte. Aposto cinco dólares como a Mary não consegue executar todas as sequências.

Mary apenas suspirou ao olhar para Lucius.

— Eu apostaria contra mim mesma. Cartões-chave, códigos de segurança. A próxima coisa será leitores de retina. — Mas, corajosamente, ela se aproximou. Depois de trinta segundos, os alarmes dispararam. — Porcaria!

— Graças a Deus. — Matt passou a mão na testa. — Isso tira um pouco da pressão em cima de mim.

Enquanto Brad repetia o passo a passo do treinamento para uma Mary muito frustrada, Lil foi até Tansy.

— Já que você entendeu tudo, pode ir para casa a qualquer momento.

— Quero repassar de novo. Pelo menos mais uma vez. Além disso — ela levantou um pouquinho o prato descartável —, salada de batata. Não estou com pressa. O que foi? — perguntou, quando viu Lil olhar para ela de cara fechada.

— Nada. Desculpe. Eu estava pensando em outra coisa. — *Tipo, a aliança de noivado abrindo um buraco no bolso de Farley.* — Sabe como é, estava pensando que vai ficar sossegado à noite. Sem todo mundo vigiando.

— Bem… — Tansy mexeu as sobrancelhas quando Coop entrou. — De certa forma… Talvez você devesse vestir aquela lingerie sexy e usá-la outra vez antes de jogar fora.

Lil deu uma cotovelada na amiga.

— Ssshhh… — Ela abafou uma risada quando Mary conseguiu desligar o monitor. — Vai demorar um pouco mais.

— Se ele conseguisse colocar todas as informações em uma planilha, ela ia arrasar.

— Enquanto isso… — Lil recostou o quadril no canto da mesa de Lucius, bebericando sua cerveja.

Já estava escuro, a lua minguante subindo cada vez mais, quando ela viu o último membro de sua equipe ir embora. Esperava que todos conseguissem usar o cartão-chave para abrir o portão na manhã seguinte, mas por agora, ela queria dar uma conferida rápida em parte do trabalho que havia negligenciado durante o dia.

— Estarei por aqui amanhã — disse Brad a Lil. Ele ainda estava no alpendre, com Coop sentado sobre o corrimão de madeira. — Vou reforçar os passos com a Mary, e me assegurar de que não temos nenhuma falha.

— Sou grata por tudo o que você fez. — Ela olhou na direção dos habitats, os feixes de luzes, os pontos piscando em vermelho dos sensores de movimento. — É um alívio saber que os animais estão seguros.

— Você tem o número da empresa local, caso tenha algum problema. E também tem o meu número pessoal.

— Espero que volte por aqui, mesmo que não haja nenhum problema.

— Pode contar com isso.

— Vejo você amanhã.

Lil foi para seu chalé. Considerando o horário, preferiu fazer um chá para acompanhá-la durante aquela hora a mais à qual queria se dedicar.

Na cozinha, em sua mesa rústica, havia um vaso de margaridas coloridas. Tão lindas quanto um arco-íris.

— Caramba.

Ela era tola e ingênua demais por ter se derretido um pouco por dentro? Mas, sério, existia golpe mais certeiro do que flores sobre a mesa de uma mulher, colocadas ali por um homem?

Apenas aprecie as flores, ordenou a si mesma, enquanto colocava a chaleira no fogão. Apenas aceite-as pelo que são. Um gesto gentil.

Ela fez o chá, pegou alguns biscoitos de seu esconderijo, e, em seguida, sentou-se à mesa com seu laptop e as flores.

Abriu primeiro a caixa de e-mails do refúgio, pois sempre se divertia com as mensagens das crianças, e se alegrava quando lia os e-mails de potenciais patrocinadores perguntando mais detalhes sobre determinados programas.

Respondeu cada um deles, com o mesmo cuidado e atenção.

Assim que abriu outro e-mail, Lil perdeu o fôlego. Então, bem devagar, releu o que estava escrito:

oi lil. faz tempo que a gente não se ve pelo menos pra voce. voce tem feito um monte de coisas aí. morrro de rir só de ver. pensei que a gente ia se reaprossimar. pensei que seria uma surpreza mas parece que tiras dai descobriram que estou por aqui. estou me divertindo em ver os bestas arrastando o rabo correndo em circulos pelas colinas e vou deixar um presentinho pra eles em breve. tenho que pedir desculpas pelo puma mas voce nunca deveria ter enjaulado o animal daquele jeito entao a morte dele é culpa sua. você pensa que aqueles animais sao espíritos livres e nossos ancestrais sabiam e respeitavam issu. você violou a confiança sagrada e pensei em te matar por issu faz um tempo mas fiquei encantado pela carolyn. ela era bacana e me deu um bom jogo e morreu bem. morrrer bem é o que conta. acho que com voce vai ser assim. quando a gente terminar vou libertar os animais que voce colocou na prisão. se me der um bom jogo vou fazer isso em sua honra. continue firme e forte pra que quando a gente se encontrar a gente se reconhessa como iguais. foi bom praticar com o bom e velho jim mas voce é meu evento principal. espero que issu chegue até voce, tudo bem nao sou bom com computadores e tive que pegar esse emprestado pra mandar essa mensagem. seu verdadero amigo ethan felino veloz

Com cuidado, ela salvou o texto e o copiou, sem alterar ou corrigir nada. Levou um instante para garantir que havia recuperado o fôlego, além da calma, antes de sair para procurar Coop.

Ela avistou as luzes traseiras do carro alugado de Brad se distanciando, e também viu Coop caminhando até o alpendre do chalé.

— Brad queria voltar para a fazenda a tempo de adular a minha avó por mais um pedaço de torta. Ele vai... — Coop parou de falar assim que viu o semblante pálido de Lil. — O que aconteceu?

— Ele me mandou um e-mail. Você precisa ver.

Agindo rapidamente, ele a afastou para o lado para que pudesse passar, e seguiu em direção à cozinha, onde se curvou para ler a mensagem na tela.

— Você fez uma cópia?

— Sim. Salvei também no disco rígido e em um pen-drive.

— Vamos precisar de cópias impressas também. Você reconhece o endereço de e-mail?

— Não.

— Seria mais fácil de rastrear. — Coop saiu da cozinha e pegou o telefone. Um segundo depois, ela o ouviu conversando com Willy, dando todos os detalhes com a voz inexpressiva e calma que combinava com a expressão de seu rosto. — Vou encaminhar pra você. Me dê seu e-mail. — Ele o anotou em um bloco de notas ao lado da mesinha de telefone. — Entendi.

Ele passou o telefone para Lil ao ir para o computador.

— Willy? Sim, estou bem. Você conseguiria dar um jeito de fazer uma visita rápida? Aos meus pais. — Olhou para Coop enquanto ele digitava. — E também para os avós do Coop. Eu ficaria mais tranquila... Obrigada. Sim, nós iremos. Tudo bem.

Encerrou a chamada, retorcendo as mãos, inquieta.

— Ele disse que vai rastrear o e-mail e verificar agora mesmo. E vai ligar ou passar por aqui assim que souber de alguma coisa.

— Ele sabe que cometeu um erro com o Tyler — murmurou Coop, como se estivesse falando sozinho. — Sabe que nós o identificamos. Como ele sabe disso? Ele tem um meio de obter informações. Talvez um rádio. Ou, às vezes, ele se arrisca a vir à cidade para ouvir a fofoca local.

Com os olhos semicerrados, Coop releu o e-mail.

— Tem muitos lugares onde se pode pagar para usar um computador por um tempo, mas... É um risco imbecil. Nós descobriríamos a fonte, o IP, então encontraríamos alguém que o tivesse visto, conversado com ele. Isso nos daria mais pistas. Talvez ele tenha arrombado a casa de alguém. Ele enviou isso às sete e trinta e oito da noite. Esperou escurecer. Ficou espreitando uma casa. É provável que uma casa com um adolescente ou criança, já que eles tendem a deixar os computadores ligados.

— Ele pode ter matado outra pessoa. Pode ter assassinado alguém, mais de uma pessoa, só para me enviar isso. Ai, meu Deus, Coop.

— Não vamos por esse caminho, até que seja preciso. Deixe de lado — ordenou, com frieza. — Concentre-se no que sabemos, e o que sabemos é que ele cometeu outro erro. Ele saiu das sombras, porque sentiu a necessidade de se conectar com você. Ele soube que já descobrimos sua identidade, então se sentiu livre para se conectar, para se comunicar com você.

— Mas não sou *eu*. É a ideia distorcida que ele tem de mim. Ele está falando consigo mesmo.

— Exatamente. Continue.

— Ele... humm... — Ela pressionou a mão contra a testa, depois a arrastou pelo cabelo. — Ele não tem instrução, é ignorante, e não está familiarizado com computadores. Deve ter levado um bom tempo para digitar tudo aquilo. Ele queria que eu, a versão que ele tem de mim, soubesse que ele está observando. Queria se gabar um pouco. Ele disse que riu do que estamos fazendo aqui. O novo sistema de segurança. A busca incessante por ele. Ele está confiante de que ninguém vai impedi-lo de alcançar seu objetivo. O jogo. Ele disse que Carolyn lhe deu um bom jogo.

"E ele estava treinando com Tyler. Tudo indica que ele desviou Tyler para longe da trilha, conduzindo-o em direção ao rio. Tyler era um homem saudável, em boa forma. Era maior, mais robusto que Howe. A conclusão seria que Howe tem uma arma. Uma faca não serve para esse tipo de abordagem, não se Tyler conseguisse se distanciar do agressor. Que tipo de jogo é esse, onde você obriga um cara a caminhar por quilômetros?"

Ela conseguia enxergar isso agora, os passos e as nuances. E ver isso a ajudava a manter a calma.

— Sabemos que ele tem uma arma, e que ele conhece as colinas. Ele pode rastrear. Pode... caçar.

— Sim, você teria se dado bem como investigadora. Esse é o jogo: a caçada. Escolher, perseguir e abater a presa.

— E ele me escolheu porque acredita que violei um solo sagrado, uma confiança sagrada ao construir o refúgio aqui. Porque ele acredita, em sua mente, que nós dois compartilhamos o puma como nosso guia espiritual. Isso é loucura.

— Ele também te escolheu porque você conhece o território. Você pode rastrear, caçar e se esquivar. Logo, você é o grande prêmio dele.

— Ele deve ter vindo aqui antes, por mim, mas Carolyn o distraiu. Ela era jovem, bonita e estava atraída por ele. Ela ouvia suas teorias, certamente dormia com ele. E quando ela viu coisas demais, o suficiente para ficar apavorada, ou preocupada, Carolyn decidiu terminar tudo, e ele foi atrás dela. E se tornou a presa do desgraçado.

Abalada, Lil se sentou no banco.

— Você não teve nada a ver, Lil. Não é sua culpa.

— Sei disso, mas, mesmo assim, ela está morta. Ou deve estar... E pode haver outra pessoa morta esta noite, só para que ele pudesse acessar um computador para me enviar esse e-mail. Se ele for atrás de mais alguém, de qualquer um do meu pessoal, não sei que farei. Eu não sei mesmo.

— Estou menos preocupado com isso do que antes. Ele fez questão de te avisar — disse Coop, quando ela o encarou. — Ele não precisa mais te mostrar qualquer coisa. Não precisa mais colocar uma isca para te atrair ou atormentar.

Ela respirou fundo.

— Me diga uma coisa: o Brad está ficando na casa dos seus avós só porque gosta da comida da Lucy, ou você pediu que ele ficasse de olho em tudo por lá?

— A comida da minha avó é um bônus. — Coop pegou uma garrafa de água e depois de retirar a tampa, entregou para ela.

Tomando um longo gole, ela disse:

— Ele é um bom amigo.

— Sim, ele é.

— Acho que... — Ela tentou se acalmar, dando outro suspiro longo. — Acho que podemos ter uma ideia sobre alguém pelos amigos que ele possui.

— Você precisa ter alguma ideia sobre mim, Lil?

— Eu preciso de uma ideia sobre você em relação aos últimos dez anos. — Lil lançou um olhar na direção do telefone, desejando poder fazer aquela coisa tocar, que Willy ligasse informando que ninguém estava ferido. Que ninguém havia morrido. — Como você aguenta esperar desse jeito?

— Porque esse é o passo a seguir. Este lugar está todo protegido. Se ele tentar pisar o pé aqui, acabará acionando um alarme. Você está segura. Está comigo. Então, posso esperar.

Tentando manter a calma, ela estendeu a mão e roçou a ponta do dedo sobre as pétalas de uma margarida.

— Você me trouxe mais flores. O que isso significa?

— Acho que te devo cerca de uma década de flores. Por brigas bobas, aniversários, ou por qualquer outra coisa.

Ela observou a expressão no rosto dele, então agiu por impulso.

— Me dê a sua carteira.

— Por quê?

Com a mão estendida, ficou esperando.

— Você quer ficar de boa comigo outra vez? Passa a carteira.

Preso entre o divertimento e o desconcerto, ele tirou a carteira do bolso traseiro. E Lil avistou a pistola no cós de sua calça.

— Você está andando com uma arma.

— Tenho porte. — Entregou a carteira.

— Você tinha enfiado dois pentes de munição na minha gaveta. Eles sumiram de lá.

— Porque agora tenho uma gaveta só minha. Você tem roupas íntimas bonitas. Por que nunca usa nenhuma delas?

— Outro homem comprou para mim. — Lil deu um sorriso desprovido de humor quando a sombra de irritação cintilou no rosto dele. — Ou uma boa parte dela. Não parecia muito apropriado usá-las com você.

— Eu estou aqui. Ele não.

— E agora, se eu vestisse aquela lingerie vermelha, por exemplo, não passaria pela sua cabeça, enquanto estivesse me despindo, que outro homem havia feito o mesmo?

— Jogue fora.

Por razões mesquinhas e arrogantes, o tom ríspido que Coop usou a fez sorrir.

— Se eu fizer isso, você saberá que estou pronta para te aceitar de volta... em definitivo. O que você vai jogar fora por mim, Coop?

— Escolha o que quiser.

Ela balançou a cabeça e abriu a carteira. Por um tempo, para sua própria satisfação, examinou a carteira de motorista, sua licença como investigador particular.

— Você sempre saiu bonito nas fotos de documentos. Esses olhos vikings, a pitada de confusão neles. Você sente falta de Nova York?

— Do estádio dos Yankees. Vou te levar lá algum dia. Daí, sim, você verá um verdadeiro jogo de beisebol.

Dando de ombros, ela vasculhou um pouco mais e encontrou a fotografia. Ela se lembrava de quando ele havia tirado, no verão em que se tornaram amantes. *Meus Deus, como éramos jovens,* pensou. Tão extrovertidos e felizes. Ela estava sentada à beira do riacho, cercada por flores silvestres, as colinas verdejantes às costas. Seus joelhos estavam dobrados, os braços os envolvendo, e o cabelo escuro solto e bagunçado sobre os ombros.

— É uma das minhas favoritas. Uma lembrança de um dia perfeito, um lugar perfeito, a garota perfeita. Eu amei você com tudo o que eu tinha, Lil. Só não achava que era o bastante.

— Era o bastante para ela — disse Lil, baixinho.

E o telefone tocou.

Capítulo vinte e quatro

⌘ ⌘ ⌘

Logo após o telefonema, Lil recebeu uma visita pessoal. Abriu o portão pelo controle remoto, e pensou na mesma hora: *pelo menos, assim é mais seguro e mais fácil*. Trocou o bule de chá pelo de café, e serviu uma caneca para Willy antes mesmo de Coop abrir a porta para o xerife.

Ela levou a caneca para a sala de estar e entregou a ele.

— Obrigado, Lil. Imaginei que você ia querer ouvir os detalhes pessoalmente. Ele usou a conta de e-mail de Mac Goodwin. Você conhece os Goodwin, Lil, que moram naquela fazenda da 34.

— Sim, eu estudei com a Lisa.

Lisa Greenwald na época, pensou, *líder de torcida, com quem não ia muito com a cara por causa do "assanhamento" dela*. O estômago de Lil embrulhou só de pensar no tanto de vezes que havia zombado de Lisa pelas costas.

— Recebi uma ligação de Mac menos de cinco minutos depois que você ligou. Relatando uma invasão.

— Eles estão...

— Estão bem — disse Willy, adiantando-se. — Eles tinham saído para jantar fora, e para assistir ao concerto de primavera da banda do filho mais velho. Quando voltaram, encontraram a porta dos fundos arrombada. Fizeram a coisa certa, e voltaram na mesma hora e me ligaram do celular. De qualquer modo, parecia uma coincidência grande demais, então perguntei se eles tinham uma conta de e-mail que correspondia àquele que você me encaminhou. Não havia dúvida.

— Eles não estavam em casa... Não estão feridos. — Ela se sentou, pois os joelhos estavam bambos.

— Eles estão bem. Eles têm um filhote novo, já que o cachorro deles morreu alguns meses atrás, e o pobrezinho estava trancado na lavanderia. Ele também está bem. Fui até lá para conversar com eles, dar uma olhada nas coisas. Deixei um policial por lá para ajudar Mac a selar a porta. Parece que o desgraçado arrombou, encontrou o computador que Mac não havia desligado antes de sair. As crianças estavam correndo pela casa toda, aí ele acabou esquecendo de desligar tudo. As pessoas costumam fazer isso.

— Sim. É verdade. Eles namoraram por todo o ensino médio. Mac e Lisa. E se casaram na primavera logo após a formatura. Eles têm dois meninos e uma garotinha, que ainda é um bebê.

Não era engraçado o quanto sabia sobre a garota a quem ela já havia detestado antes? Lil pensou, atordoada.

— Isso mesmo, e todos estão bem. O máximo que conseguiram ver, de primeira, foi que ele roubou alguns mantimentos. Pão, enlatados, tortinhas de vários sabores, algumas cervejas e caixas de suco. Deixou a cozinha uma zona. Pegou os duzentos dólares em dinheiro que Mac havia deixado na mesa do escritório, e os trocados que as crianças guardavam nos cofrinhos, além da nota de cem que Lisa escondia no freezer.

Ele observou a expressão no rosto de Lil, então relanceou um olhar para Coop, e continuou falando do mesmo jeito tranquilo:

— Parece que as pessoas não percebem que esses são os primeiros lugares que qualquer ladrão que se preze vai averiguar. Depois que se acalmarem e não estiverem mais tão chateados, eles precisam dar uma segunda olhada para conferir se tem mais alguma coisa faltando.

— Armas? — perguntou Coop.

— Mac guarda suas armas trancadas a sete-chaves em um cofre. Isso é uma bênção. Conseguimos colher as digitais. Vamos eliminar as dos Goodwin, e arrisco dizer que as outras que sobrarem baterão com as de Ethan Howe. Pretendo ligar para os federais amanhã cedo.

Willy inclinou de leve a cabeça ao notar a expressão no rosto de Coop.

— Não estou muito a fim de trabalhar com o FBI, ou deixar que assumam a investigação. Mas o fato é que parece que temos evidências que apontam para assassinatos em série, e Lil recebeu uma ameaça por e-mail. O que configura crime cibernético. Além disso, já estabelecemos que esse filho da puta... desculpa, Lil... Bem, que o território desse Ethan abrange o Parque Nacional. Vou lutar com todas as forças para permanecer nas investigações, mas não vou me preocupar com escala hierárquica.

— Quando as impressões confirmarem, você precisa espalhar a foto de Howe por toda a imprensa — disse Coop. — Qualquer pessoa que vier para essas bandas, que fizer as trilhas, os moradores locais... todo mundo precisa estar apto a identificá-lo à primeira vista.

— Já está na lista de afazeres.

— Se ele estiver usando esse pseudônimo, esse Felino Veloz, talvez possamos encontrar algo sobre ele.

— Mais de cinquenta e seis quilômetros por hora — murmurou Lil, então balançou a cabeça quando Coop olhou para ela. — Essa é a velocidade máxima que um puma alcança em uma arrancada. Eles não conseguem correr a essa velocidade por uma distância muito maior. Existem felinos muito mais velozes que um puma. O que quero dizer é... — Ela parou por um segundo, pressionando os dedos contra os olhos fechados para manter os pensamentos ordenados. — Ele não conhece de verdade o animal que alega ser seu guia espiritual. E acho que ele escolheu esse pseudônimo, Felino Veloz, porque acredita que compartilhamos esse guia. Duvido que ele tenha usado antes disso, ou com frequência.

— Vamos averiguar de qualquer maneira. — Willy colocou a caneca de café na mesinha ao lado. — Lil, eu sei que você está com todo o sistema de alarmes instalado, e que o ex-detetive de Nova York está aqui, mas posso providenciar mais patrulhas na área.

— Onde? Como? Willy, esse cara consegue percorrer o terreno com rapidez, e também pode e vai se esconder, vai esperar até eu sair. Ele está observando este lugar, e sabe o que está acontecendo. O único jeito de rastreá-lo é se ele pensar que estou acessível.

— Lil tem vários voluntários e estagiários por aqui — começou Coop. — Você poderia colocar alguns policiais à paisana para trabalhar entre eles.

— Posso dar um jeito nisso — concordou Willy. — Trabalhar com a polícia estadual, com os guardas-florestais. Acho que podemos colocar alguns homens no local.

— Vou aceitar de bom grado — concordou Lil, de imediato. — Não estou dando uma de corajosa, Willy. Só não quero me esconder, e depois ter que enfrentar tudo isso de novo em seis meses, um ano. Eu quero que isso tenha um fim.

— Mandarei dois homens amanhã cedo. Vou começar a organizar todo o esquema possível hoje à noite. Amanhã acertamos todos os detalhes.

Lil reparou no olhar que os dois homens trocaram.

— Vou te acompanhar até a porta — disse Coop.

— Ah, não. Você não vai, não — Lil agarrou o braço dele para impedi-lo de sair. — Se os dois têm mais alguma coisa a dizer sobre isso, eu tenho o direito de saber. Esconder informações de mim não é o mesmo que me proteger. Só me deixa pau da vida.

— Encontrei evidências de Howe no Alasca, na mesma época em que Carolyn Roderick desapareceu. — Coop olhou de relance para Lil. — Isso reforça o que estávamos pensando desde o início. Rastreei uma loja de artigos esportivos em que o dono se lembrou dele, e o identificou através da foto que enviei por fax. Ele se lembrou dele porque Howe comprou uma besta *Stryker* top de linha, o pacote completo com escopo, flechas de carbonos, alça e munição para uma pistola calibre 32. Ele gastou quase dois mil dólares, e pagou em dinheiro. E comentou que ia levar a namorada para caçar.

Lil gemeu baixinho, pensando em Carolyn.

— Ampliei minha busca por crimes semelhantes após a morte do Tyler — prosseguiu Coop. — Um corpo foi encontrado em Montana quatro meses depois, homem, cerca de vinte e poucos anos, deixado para os animais e em péssimo estado. Mas a autópsia revelou um ferimento na perna, até o osso; o legista concluiu que foi causado pelo impacto de uma flecha. Se ele ainda tiver a besta...

— Poderíamos conectá-lo com o desaparecimento de Roderick e com o assassinato em Montana — concluiu Willy. — É bem possível que ele ainda tenha a besta, já que custou um bom dinheiro.

— Ele levou mais de trezentos dólares depois de invadir a casa do Mac hoje à noite, e ainda tem em mãos o que roubou de Tyler. Do jeito dele, não demoraria muito para juntar uma quantia razoável.

— Vou acrescentar a besta e as flechas ao boletim de alerta. Bom trabalho, Coop.

— Basta dar uma porção de telefonemas, até termos sorte.

Quando ficaram a sós, Lil foi até a lareira para reavivar as chamas. Viu que Coop trouxe seu taco de beisebol, aquele que Sam fez para ele anos atrás. Estava apoiado contra a parede.

Porque essa é a casa dele agora, ela pensou. *Pelo menos até que tudo isso acabe, ele ficará por aqui.*

E ela não podia pensar em nada disso, não agora.

— É mais difícil esconder uma besta do que uma pistola. — Ela ficou parada diante da lareira, observando as chamas. — É provável que ele carregue a besta quando está caçando. Talvez no fim de tarde, ou antes do amanhecer.

— Talvez.

— Ele não usou a besta para matar o puma. Se estivesse com ela em mãos, e a tivesse usado, ele teria tido mais tempo para escapar e cobrir seus rastros. Mas ele não usou a besta.

— Porque você não teria ouvido o disparo do tiro — concluiu Coop. — Provavelmente foi por esse motivo que ele escolheu a arma.

— Para que eu ouvisse e entrasse em pânico pelo puma. — Ela se virou de costas contra a luz e o calor. — O que mais você sabe e que não me contou?

— São especulações.

— Quero ver os arquivos, aqueles que você esconde sempre que eu chego.

— Não tem sentido vê-los.

— Tem todo o sentido do mundo.

— Porra, Lil, o que adianta você ver as fotos de Tyler antes e depois que ele foi retirado do rio, depois que os peixes fizeram um estrago nele? Ou ficar sabendo dos detalhes da autópsia? Que sentido tem você ficar com essas imagens na cabeça?

— O Tyler foi um treino. Eu sou o evento principal — disse ela, lembrando-se do e-mail. — Se estiver preocupado com os meus sentimentos, não fique. Não, eu nunca vi fotos de um cadáver. Mas você já viu um leão saltar do meio do mato e abater um antílope? Pode não ser um ser humano, mas acredite quando digo que testemunhar isso não é para os fracos. Pare de me proteger, Coop.

— Isso nunca vai acontecer, mas vou te mostrar os arquivos. — Ele destrancou a maleta e tirou a pasta. — As fotos não vão ajudar em nada. O médico-legista determinou a hora da morte entre três e seis da tarde.

Lil se sentou, abriu a pasta de arquivos e encarou a fotografia brutal em preto e branco de James Tyler.

— Peço a Deus que a esposa dele não o tenha visto assim.

— Eles devem ter feito todo o possível antes disso.

— Cortar a garganta dele. É um ato bem pessoal, não é? Pelo meu vasto conhecimento policial através de CSI e outras séries do tipo.

— Você tem que se aproximar, fazer contato, sujar as mãos de sangue. Uma faca geralmente mostra mais intimidade do que uma bala. Ele golpeou Tyler por trás, da esquerda para a direita. O corpo possuía cortes e contusões causados no período em que se deu a morte, muito provavelmente por conta de tropeções e escorregões. Nos joelhos, mãos e cotovelos.

— Você disse que ele morreu entre três e seis da tarde. Ainda claro, ou começando a escurecer. Para chegar da trilha em que Tyler foi visto até o local no rio onde ele foi encontrado levaria horas e horas. Até mais que isso, se concordarmos que ele conduziu Tyler pelo terreno mais acidentado, áreas menos prováveis onde ele poderia encontrar ajuda ou deparar com outro tri-lheiro. Tyler levava uma mochila com suprimentos para o dia de passeio. Se você está correndo para salvar a sua vida, você se livraria do peso extra, certo?

— Eles não encontraram a mochila dele.

— Aposto que Ethan está com ela.

— Também acho.

— E quando ele colocou Tyler na posição desejada, ele não atirou. Não seria nem um pouco esportivo. Ele chegou perto para que a morte fosse bem pessoal.

Ela passou o olhar pelos itens da lista com os pertences que a esposa da vítima afirmou estarem com ele no início da subida até o cume.

— É uma boa pilhagem — comentou Lil. — Despojos da vitória. Ele não vai precisar do relógio. Ele sabe indicar as horas pelo céu, sentindo o ar. Talvez guarde como um troféu, ou penhore mais tarde, a alguns estados de distância daqui, quando precisar de mais dinheiro.

Lil olhou para Coop.

— Ele pegou algo, ou várias coisas de cada vítima que você acha que ele é o responsável, certo?

— É o que parece. Joias, dinheiro, provisões, peças de roupas. Ele é um abutre. Mas não é burro a ponto de usar os cartões de crédito ou documentos de identidade das vítimas. Nenhuma das pessoas dadas como desaparecidas movimentou contas bancárias ou fez compras por crédito desde o desaparecimento.

— Sem rastros. Além disso, ele considera os cartões de crédito como uma invenção do homem branco, uma fraqueza. Eu me pergunto se os pais dele tinham algum cartão de crédito... Aposto que não.

— E estaria certa. Você é muito esperta, Lil.

— Nós somos as mulheres espertas — disse ela, distraída. — Mas ele compra uma besta, não armas tradicionais dos indígenas nativo-americanos. Ele escolhe e seleciona. Basicamente, ele é um babaca que só fala besteira. Solo sagrado, mas que ele profana ao caçar e matar um homem desarmado. Por esporte. Para praticar. Se ele tem sangue Sioux de verdade, isso também foi profanado. Ele não tem honra.

— Os Sioux consideram as Black Hills como o centro sagrado do mundo.

— *Axis mundi* — confirmou Lil. — Eles consideravam, e ainda consideram, as Black Hills como o coração de tudo. *Paha Sapa.* As cerimônias sagradas começavam na primavera. Eles seguiam os búfalos pelas colinas, formando uma trilha em formato da cabeça de um desses animais. Mais de vinte e quatro milhões de hectares foram prometidos por meio de um tratado. Mas, aí, ouro foi encontrado por essas terras. O tratado não significava nada, porque o homem branco queria o território e o ouro que havia aqui. Ouro que valia mais do que honra, do que o acordo, do que a promessa de respeitar o que era sagrado.

— Mas ainda está em disputa.

— Andou estudando história? —brincou ela. — Sim, os Estados Unidos tomaram as terras em 1877, violando o Tratado do Forte Laramie, e os Sioux Tétons, os Lakota, nunca aceitaram isso. Avance cem anos aí, e a Suprema Corte determinou que as Black Hills foram tomadas ilegalmente, e ordenou que o governo pagasse o preço inicial prometido mais os juros. Mais de cem milhões de dólares, porém eles recusaram o acordo. Eles queriam as terras de volta.

— Desde então, tem acumulado cada vez mais juros, e agora o valor ultrapassa os setecentos milhões. Eu andei pesquisando.

— Eles não aceitarão o dinheiro. É uma questão de honra. Meu bisavô era Sioux. Minha bisavó era branca. Sou o fruto dessa mistura, e as gerações desde então diluíram o meu sangue Sioux.

— Mas você entende a questão da honra, e também a recusa dos cem milhões.

— Dinheiro não é terra, e a terra foi tomada. — Ela semicerrou os olhos. — Você acha que Ethan está metido nisso por causa de alguma espécie de vingança contra acordos quebrados, pelo roubo de solo sagrado, mas eu não acho. Não é nada tão profundo assim. É uma desculpa, e uma que pode fazer com que ele se enxergue como um guerreiro ou um rebelde. Duvido que ele saiba dos aspectos históricos. Fragmentos talvez, e provavelmente distorcidos.

— Não, ele mata porque gosta de matar. Mas ele escolheu você, e este lugar, porque se encaixa na ideia dele de vingança. Torna as coisas mais emocionantes, mais satisfatórias. E a definição dele de honra é distorcida, mas é a sua versão própria. Ele não vai te pegar quando você estiver andando pelo complexo. Isso não configura um jogo, não é satisfatório, e não completa o propósito.

— Isso é reconfortante.

— Se eu não acreditasse nisso, você já estaria trancada em algum lugar a milhares de quilômetros daqui. Estou tentando ser honesto — ele acrescentou ao ver Lil com o cenho franzido. — Eu tenho uma imagem dele, uma espécie de perfil, e isso reforça que ele quer que você o entenda, que o enfrente, para que ofereça uma competição verdadeira. Ele vai esperar pela oportunidade, mas está ficando impaciente. O e-mail foi um jeito de acelerar as coisas.

— É um desafio.

— Tipo isso, e também uma declaração. Eu preciso da sua palavra, Lil, de que não deixará que ele te provoque até ter uma chance.

— Você tem a minha palavra.

— Sem discussão? Sem ressalvas?

— Não vou argumentar. Não gosto de caçar, e sei que odiaria ser caçada. Não preciso provar nada a ele, e com certeza não preciso provar nada a mim mesma ao ir lá e fazer um confronto direto com um maníaco homicida.

Ela vasculhou um pouco mais os arquivos.

— Mapas. Okay, tudo bem, podemos trabalhar com isso.

Lil se levantou e tirou tudo que estava em cima da mesinha de centro.

— Você esteve bastante ocupado — comentou, reparando que Coop havia marcado o mapa com os incidentes atribuídos a ele. — Você está tentando mapear os locais dentro de um perímetro onde possa ser o covil dele.

— Já foram feitas buscas intensas nos setores mais prováveis.

— Mas é quase impossível verificar cada centímetro quadrado, ainda mais quando se está procurando uma pessoa que sabe muito bem como encobrir seus rastros. Aqui foi onde nós encontramos Melinda Barrett, quase doze anos atrás. Nesse caso, não há nenhum indicativo de que ele a tenha caçado. Nenhum sinal de fuga ou de que ele tenha corrido atrás dela. Os sinais mostram que ele deve ter seguido os passos dela pela trilha. Talvez, perseguindo-a ao longe. Ou é bem provável que tenha esbarrado com ela. O que o fez desencadear tudo para matá-la?

— Se matar não era o objetivo, talvez ele quisesse dinheiro ou sexo. Encontraram hematomas nos braços dela, do tipo que se tem quando alguém te agarra com força e você tenta se libertar. Ele a jogou contra uma árvore, com brutalidade o bastante para que uma ferida se abrisse na cabeça dela. Começou a sangrar profusamente...

— Sangue. Talvez o sangue tenha sido o suficiente. Os animais selvagens sentem cheiro de sangue, e isso os instiga. — Lil assentiu, pois podia ver nitidamente como deve ter acontecido. — Ela luta contra ele, talvez grite, talvez tenha insultado a masculinidade dele de algum modo. Ele a mata com a faca, bem de perto, algo pessoal. Se ela foi sua primeira vítima, isso deve ter lhe dado uma emoção absurda. E ele era tão novo... Emoção e pânico. Ele a arrasta e a deixa para os animais. Talvez tenha pensado que a morte dela seria atribuída ao ataque de um puma ou um lobo. É mais provável que tenha sido o que ele pensou.

— O segundo momento em que podemos confirmar que ele voltou foi bem aqui. No refúgio. — Coop pousou a ponta do dedo no mapa. — Ele fez contato com você, tentou jogar o papo de linhagem compartilhada.

— E ele conheceu a Carolyn.

— Ela o acha atraente, interessante, isso infla o ego dele. E provavelmente pode contar mais sobre você, sobre o refúgio. Ela atende a uma necessidade, sexo e orgulho, então ele se envolve no mundo dela. Mas não é uma boa combinação, e ela começa a enxergá-lo pelo que ele é quando está fora de sua zona de conforto. Ele a segue até o Alasca, para fechar essa porta, para satisfazer essa necessidade, mais forte que sexo... Então, volta para você.

— E eu estou no Peru. Ele tem que esperar.

— Enquanto está à espera, ele vem aqui no meio da noite, para fazer uma visita.

— Quando o Matt estava sozinho aqui. Sim. Daí ele desativa a câmera, bem aqui. Apenas alguns dias antes de eu voltar.

— Porque ele sabia que você estava voltando. Se outra pessoa tivesse ido conferir o problema, ele teria desativado a câmera novamente. Até que pudesse te pegar.

— Ele achou que eu subiria sozinha — continuou Lil. — Eu gosto de acampar nas colinas sozinha. Até tinha planejado. Ele teria dado início ao jogo se eu tivesse feito isso, e ele poderia ter vencido essa disputa. Então... eu tenho uma dívida com você.

— Ele provavelmente pensou que conseguiria acabar comigo assim que viu que você estava acompanhada. Poderia ter me eliminado, levado você. Então, eu diria que devemos ser gratos pelas inúmeras noites de vigília e a habilidade de dormir pouco. Ele entra no acampamento aqui — continuou Coop, com a atenção voltada para o mapa. — Volta ao local onde a câmera está, bem aqui, e depois retorna ao acampamento. Depois, segue até o portão do refúgio para desovar o lobo. E mais uma invasão no refúgio para soltar o seu tigre.

— E até algum ponto na trilha de Crow Peak, onde interceptou Tyler, até aqui, neste local perto do rio onde ele deixou o corpo. Ele passa pela fazenda dos Goodwin, que fica mais ou menos aqui. É uma área ampla. A maior parte se concentra em Spearfish, então ele se sente em casa aqui. Bem... eu também.

Ela lançou um olhar para a caneca de café, desejando que mais líquido surgisse num passe de mágica.

— Tem uma porção de cavernas — prosseguiu Lil. — Ele tem que ter buscado um abrigo, e não consigo imaginá-lo montando uma barraca. Ele precisa de uma toca. Para armazenar muitos peixes e caça. Seu melhor esconderijo, melhor terreno para isso, seria aqui. — Lil fez um círculo no mapa com a ponta do dedo. — Levaria semanas para fazer buscas por toda a extensão dessa área, com tantas cavernas e buracos onde se esconder.

— Se você estiver considerando a ideia de servir como isca para atraí-lo para fora da toca, pode tirar essa porra da cabeça.

— Considerei a ideia por dois minutos. Acho que poderia rastreá-lo, ou, com certeza, teria uma chance tão boa quanto qualquer pessoa que eles colocaram para procurá-lo. — Lil massageou a nuca, onde a maior parte do estresse havia resolvido montar acampamento. — E tenho uma chance maior ainda de fazer com que a pessoa que esteja junto comigo, acabe morta, então... não. Não vou me usar de isca.

— Deveria haver uma maneira de analisar tudo e descobrir para onde ele irá a seguir, ou para onde se dirige quando termina. Deveria haver um padrão, mas não consigo identificá-lo.

Ela fechou os olhos.

— Tem que existir um jeito de instigá-lo a sair da toca, de atraí-lo para uma armadilha, em vez do contrário. Mas também não consigo ver uma alternativa.

— Talvez você não consiga ver, porque já teve o suficiente por hoje.

— E você está disposto a me fazer esquecer por um tempo.

— A ideia passou pela minha cabeça.

— Sendo bem sincera, admito que passou pela minha também. — Ela se virou para Coop. — Minha cabeça está bem cheia, Coop. Vai demorar um tempinho para me distrair.

— Acho que dou conta do recado.

Mesmo que ela tenha estendido a mão, Cooper se levantou e se afastou do sofá.

— Já quer ir direto para a cama, hein? Achei que você iria pelo menos me dar uma esquentada aqui.

— Não vamos para o seu quarto.

Ele apagou as luzes, e a única fonte de iluminação da sala vinha das chamas brilhantes da lareira. Em seguida, Coop foi até o pequeno rádio no canto e ligou o CD player. Uma música ressoou, suave e comovente.

— Eu não sabia que tinha um CD de Percy Sledge.

— Você não tinha. — Ele voltou para onde Lil estava e a puxou para que se levantasse. — Achei que viria a calhar. — Coop a puxou para o calor de seus braços, e ambos começavam a balançar de leve. — Nós nunca fizemos muito isso.

— Não. — Ela fechou os olhos enquanto a voz hipnotizante de Percy falava sobre o que um homem fazia quando amava uma mulher. — Nós não fizemos muito isso.

— Temos que começar a fazer mais vezes. — Ele virou o rosto e pressionou os lábios contra a têmpora de Lil. — Como o negócio das flores. Eu te devo vários anos de danças.

Ela pressionou a bochecha à dele.

— Não podemos ter esses anos de volta, Coop.

— Não, mas podemos compensar os anos perdidos. — Ele arrastou as mãos pelos músculos tensionados de suas costas, para cima e baixo, em movimentos lentos e sedutores. — Em algumas noites, eu acordava e imaginava que você estava lá, ao meu lado na cama. Em outras noites, a sensação era tão real que eu podia ouvir o som da sua respiração, podia sentir o cheiro do seu cabelo. Agora, às vezes acordo e você está ao meu lado, mas vem aquele instante de pânico, quando ouço a sua respiração e sinto o cheiro do seu cabelo, de que estou apenas imaginando.

Lil fechou os olhos com força. Será que essa dor agonizante que sentia era dela, ou dele?

— Eu quero acreditar em nós outra vez. Em mim. Nisto. — Ele a puxou contra si até que suas bocas se encontraram. E a beijou com intensidade, um beijo profundo que a deixou sem fôlego à medida que se balançavam na sala iluminada pelas chamas douradas. — Diga que me ama. Só isso.

Ela sentiu o coração estremecer.

— Sim, eu...

— Só isso — repetiu ele, e a deixou sem ar outra vez. — Apenas isso. Diga.

— Eu te amo.

— Eu amo você, Lil. Você pode não acreditar nas palavras ainda, então continuarei te mostrando até que possa acreditar.

As mãos másculas deslizaram para cima e para baixo por suas costelas. Sua boca a saboreou, degustou. E o coração que havia estremecido por ele, começou a bater, lento e constante.

Sedução. Um beijo suave e mãos firmes. Movimentos lentos, lânguidos entre as luzes douradas e as sombras aveludadas. Palavras brandas sussurradas contra a pele dela.

Rendição. O corpo flexível contra o dele. Seus lábios se rendendo a um ataque gentil e paciente. Um longo e intenso suspiro de prazer.

Eles se ajoelharam devagar no chão, envoltos um ao outro.

Balançando um contra o outro.

Coop tirou a camisa dela, e levou as mãos delicadas aos lábios, pressionou a boca às palmas quentes. Tudo, ele pensou, ela segurava tudo o que ele era em suas mãos. Como ela poderia não saber?

Então, ele fez com que Lil pousasse a palma contra o seu coração palpitante, olhando fundo em seus olhos castanhos.

— É seu. Quando você estiver pronta para pegar de volta, para me aceitar pelo que sou, é seu.

Ele a puxou para perto, de modo que suas mãos ficaram presas entre seus corpos, e desta vez, a boca de Coop não foi gentil, não foi paciente.

O anseio se agitou dentro dela, vivo e feroz, enquanto o coração dele batia com violência contra as palmas de suas mãos. Ele abriu o zíper da calça de Lil, e a levou ao frenesi, excitando-a até que seu gemido alto ecoou.

Quando o corpo dela se tornou lânguido, quando parecia que ela havia derretido no chão, ele a cobriu com o corpo forte. E tomou mais e mais.

Com as mãos e a boca ele a despiu, deixando-a exposta, vulnerável e atordoada. Lil arquejou, o soluço ficou preso em um novo grito quando ele a penetrou. Coop agarrou suas mãos, segurando com firmeza conforme os dedos se entrelaçavam.

— Olhe para mim. Olhe para mim, Lil.

Ela abriu os olhos e viu o rosto viril banhado em tons vermelhos e dourados pela luz do fogo. Uma expressão intensa e selvagem, assim como o batimento de seu coração. Ele arremeteu até que a visão dela turvou, até que o som de suas carnes se chocando soasse ao redor como música.

Até que ela lhe entregasse tudo.

Lil não se opôs quando ele a carregou escada acima. E não protestou quando ele a deitou na cama e a puxou para perto, abraçando-a firmemente.

Quando ele a beijou novamente, foi como aquele momento da primeira dança.

Suave, terno, sedutor.

Ela fechou os olhos e se permitiu sonhar.

Na manhã seguinte, ela se levantou da cama no instante em que ele saía do banho, com o cabelo ainda pingando.

— Pensei que você fosse dormir mais um pouco — disse ele.

— Não posso. Tenho o dia cheio.

— É, eu também. Alguns dos seus funcionários devem chegar em trinta minutos, certo?

— Por aí. Isso se eles se lembrarem de como abrir o novo portão.

Ele se aproximou dela, roçando o polegar pela sua bochecha.

— Posso esperar até que alguém chegue.

— Acho que consigo me virar sozinha por meia hora.

— Vou esperar.

— Porque está preocupado comigo ou porque está esperando que eu passe essa meia hora fazendo o seu café da manhã?

— Os dois. — O polegar caloso traçou o contorno da mandíbula delicada. — Comprei bacon e ovos, já que os seus tinham acabado.

— Você não se preocupa nem um pouquinho com o colesterol?

— Não, ainda mais porque te convenci a fazer bacon e ovos para mim.

— Tá bom. Vou assar uns pãezinhos também.

— Vou grelhar uns bifes hoje à noite. Uma troca.

— Claro. Ovos, bacon, carne vermelha. Danem-se as artérias.

Com as mãos nos quadris dela, Coop a levantou para dar um beijo intenso de bom-dia.

— Olha quem fala... a filha do criador de gado.

Ela desceu a escada pensando que tudo parecia quase normal: o papo sobre o café da manhã, planos para o jantar, dias atarefados. Mas não era normal. Nada se encontrava completamente dentro daquela área segura e típica.

E nem precisava das roupas espalhadas pelo chão da sala de estar para se lembrar disso.

Decidiu recolher tudo primeiro, e levou o bolo de roupas para a lavanderia.

Assim que o café começou a borbulhar, ela colocou a frigideira no fogo. Deixou o bacon fritar e abriu a porta dos fundos, saindo para respirar o ar puro da manhã na varanda.

O amanhecer surgia ao leste, colocando a silhueta das colinas contra a luz brilhante. Cada vez mais alto, as últimas estrelas começaram a se apagar como velas.

Ela sentiu o cheiro da chuva. *Sim, ela era mesmo a filha de um fazendeiro*, pensou. A chuva traria mais flores silvestres, expandiria mais as folhas, e a faria pensar em comprar mais plantas para o complexo.

Coisas normais.

Lil acompanhou o sol nascer e se perguntou por quanto tempo mais ele esperaria. Por mais quanto tempo ele observaria, e esperaria e sonharia com a morte?

Ela entrou de volta na cozinha e fechou a porta. Ao fogão, escorreu o óleo do bacon e quebrou alguns ovos na frigideira.

Coisas normais.

Capítulo vinte e cinco

⌘ ⌘ ⌘

TANSY NÃO estava usando a aliança. Lil sentiu a alegria se desfazer — estava esperando por algumas notícias boas.

Mas quando a amiga correu na direção de onde Lil e Baby estavam desfrutando de sua primeira brincadeira matinal, o dedo anelar de sua mão esquerda continuava sem um anel ali.

Com os olhos angustiados, Tansy abraçou Lil com força.

— Humm... — murmurou Lil.

— Estava te ligando ontem à noite. Fiquei tão chateada. Mas aí pensei no tanto de coisas que você já tinha que fazer e não precisava que eu acrescentasse mais um problema.

— Chateada? Ah, Tans. — Com a felicidade completamente aniquilada, Lil só conseguiu retribuir ao abraço de Tansy. — Eu sei que só você conhece seus sentimentos, e que precisa seguir o seu coração, mas odeio saber que isso te deixou chateada.

— É claro que fiquei chateada. — Tansy se afastou um pouco e sacudiu Lil pelos ombros. — Chateação não chega nem perto do que sinto quando minha amiga é ameaçada. Vamos começar a filtrar seus e-mails a partir de agora. Na verdade, vamos filtrar todos os e-mails.

— E-mails?

— Querida, você usou drogas hoje de manhã?

— O quê? Não! E-mails... Ah, "o" e-mail. Desculpa, vi que você tinha acabado de chegar e nem me toquei de que já soubesse sobre isso.

— Então, do que raios você achou que eu estava falando?

— Aah... — Frustrada, Lil deu uma risada sem graça. — Eu me confundi toda. Estou um pouco aérea. Como ficou sabendo do que aconteceu **tão rápido?**

— Farley e eu encontramos o xerife ontem à noite depois que você ligou para ele. Willy sabia que você estava preocupada com os seus pais, e queria que Farley soubesse o que estava acontecendo. Ele foi direto para casa.

— *Farley* foi para casa?

— Claro que estou falando do Farley. Lil, talvez você devesse se deitar um pouco.

Ele não a pediu em casamento, Lil percebeu quando Tansy colocou a mão em sua testa para conferir se ela estava com febre. Nem ao menos teve chance de fazer o pedido de casamento.

— Não... Eu estou bem. Só com muitas coisas na cabeça, e estou tentando manter a rotina. Acho que isso vai me ajudar.

— O que o e-mail dizia? Não. — Tansy balançou a cabeça em negativa. — Eu mesma vou ler. Eu deveria ter contado assim que cheguei que seus pais estão bem. Farley me ligou antes de eu sair de casa, só para me avisar.

— Já falei com eles também, mas, obrigada. É tão legal... você e o Farley.

— É estranho, isso sim. Legal e estranho, acho. — Ela observou Lil pegar a bola azul e jogar por cima da cerca, para dentro da área cercada. Baby e seus companheiros gritaram de alegria conforme corriam atrás da bola. — Eles vão encontrar o desgraçado, Lil. Vão encontrá-lo em breve, e tudo isso terá fim.

— Estou contando com isso. Tansy, ele mencionou a Carolyn no e-mail.

— Ah... — Os olhos escuros de Tansy cintilaram. — Ai, meu Deus.

— Sinto uma dor aguda aqui, quando penso sobre o assunto. — Lil colocou o punho cerrado sobre o centro do peito. — Então, rotina. — Olhou para onde Baby e os amigos rolavam e brigavam pela bola. — E conforto.

— Rotina é o que mais temos por aqui.

— Sabe do que eu gostaria, Tansy? Sabe o que mais traria esse tipo de conforto?

— Uma banana split com calda de chocolate derretido?

— Isso nunca é demais, mas não. Eu gostaria de estar lá em cima, caçando o filho da puta. Eu me sentiria mais reconfortada se pudesse estar nas colinas, rastreando os passos dele.

— Não.

— Não posso fazer isso. — Lil deu de ombros, mas seu olhar continuava focado nas colinas. — Colocaria outras pessoas em risco. Mas tem outra coisa que me dói aqui dentro. Que tenho que ficar esperando, apenas esperando enquanto outros vão atrás da pessoa responsável por tudo isso. — Ela suspirou. — Vou dar uma volta para verificar Delilah e Boris.

— Lil — Tansy a chamou —, você não vai fazer nenhuma besteira, não é?

— Eu? E arriscar perder o meu status de garota esperta? Não. Rotina — repetiu ela. — Apenas rotina.

*E*LE TINHA um plano, e era do tipo brilhante. Acreditava que a ideia lhe veio à mente por meio de uma visão, e convenceu a si mesmo de que seu grande ancestral, em forma de puma, o guiava. Alegou por tanto tempo que descendia de Cavalo Louco, que a conexão se tornou real para ele. Quanto mais tempo permanecia nas colinas, mais verdadeira essa linhagem se tornava.

No entanto, seu plano exigia cuidado e precisão, mas ele não era um caçador desatento.

Ele conhecia seu terreno, sua posição. Ele iria demarcar a trilha.

Então deixaria a isca, e quando a hora certa chegasse... a armadilha estaria preparada.

Primeiro, ele fez um reconhecimento da área, considerando e rejeitando locais antes de se decidir pela caverna mais rasa. Serviria para os seus propósitos, a curto prazo. Sua localização funcionava bem, uma espécie de encruzilhada entre seus dois pontos principais.

Serviria como uma gaiola de contenção.

Satisfeito, seguiu por um caminho sinuoso de volta ao território do parque, até conseguir entrar furtivamente em uma trilha popular. Usava um dos casacos amarelos que havia roubado ao longo do percurso, assim como um par de óculos escuros estilo aviador e um boné do Refúgio de Vida Selvagem Chance. Um toque de mestre, pensou. Isso e a barba que deixou crescer não enganariam os policiais mais atentos por muito tempo, mas lhe enviaram um arrepio de prazer só por poder sair ao ar livre, usando a câmera Canon do bom e velho Jim para tirar fotos.

Ele andava por entre eles, pensou, mas ninguém o reconhecia. Até fez questão de conversar com outros trilheiros. Apenas mais um babaca, pensou, perambulando por solo sagrado como se tivesse esse direito.

Antes que tudo acabasse, todos saberiam quem ele realmente era, no que ele acreditava. O que poderia fazer. Ele se tornaria uma lenda.

Chegou à conclusão que foi para isso que havia nascido. Nunca enxergara com tanta clareza, não como agora. Ninguém conhecia seu rosto, ninguém sabia o seu nome, pelo menos não nos anos anteriores. Ele percebeu que isso teria que mudar para que pudesse assumir por completo o seu destino.

Não poderia seguir adiante como fez no passado, quando sentiu o bafo quente deles em sua nuca, ou temeu — e poderia admitir isso agora — ser capturado. Era para ser aqui, nestas colinas, nesta terra.

Viver ou morrer.

Ele era forte, sábio e estava *certo*. Acreditava que viveria. Ele venceria, e essa vitória colocaria o seu nome junto aos daqueles que o antecederam.

Cavalo Louco, Touro Sentado, Nuvem Vermelha.

Anos antes, antes mesmo que entendesse seu propósito, ele fez um sacrifício para esta terra. Quando o sangue da mulher foi derramado pela sua mão, tudo começou. Não tinha sido um acidente, como chegou a acreditar. Ele entendia agora que sua mão havia sido guiada. E o puma, seu espírito animal, o abençoou por aquela oferenda. Aceitou de bom grado.

Ela havia profanado aquele sacrifício. Lillian Chance. Tinha ido ao lugar de seu sacrifício, o *seu* solo sagrado, onde ele se tornou um homem, um guerreiro, ao derramar o sangue daquela mulher. Levou o governo até lá, na forma da polícia.

Ela o havia traído.

Tudo fazia sentido agora, tudo ficou mais claro. Deveria ser o sangue dela agora.

Ele viajava com um pequeno grupo, se misturando a eles à medida que um helicóptero zumbia acima. *À procura dele*, pensou, com o orgulho enchendo seu peito. Quando o grupo escolheu uma das muitas passagens acima do riacho estreito, ele se despediu com um aceno.

Era hora de escapar novamente.

Se ele cumprisse seu destino, o *governo* certamente teria que divulgar ao público o que havia sido roubado tantos anos atrás. E, talvez um dia, o verdadeiro povo erguesse uma estátua em sua homenagem nesta mesma terra, como fizeram com Cavalo Louco.

Por enquanto, a caçada e o sangue seriam suas próprias recompensas.

Ele se moveu rapidamente, percorrendo o terreno — aclives, planícies, a relva alta, os riachos de águas rasas. Mesmo com sua rapidez e agilidade, levou a maior parte do dia para traçar a trilha falsa rumo ao oeste, em direção à fronteira com o Wyoming. Assim, deixaria sinais que ele considerava, com desprezo, que até mesmo os cegos poderiam seguir. Tornou tudo mais agradável ao deixar a carteira de Jim Tyler por ali, antes de retornar.

Mais uma vez, seguiu para o leste desfrutando do ar exalando o perfume dos pinheiros. Logo mais a lua estaria cheia, e sob aquela lua cheia, ele sairia para caçar.

$\mathcal{L}$IL FEZ questão de plantar amores-perfeitos no canteiro em frente à área cercada de Cleo. As flores resistiriam às geadas inevitáveis, e à neve da primavera que cairia mais provavelmente nas próximas semanas.

Era agradável colocar as mãos na terra, e mais do que satisfatório contemplar a explosão de cores. Como o jaguar fêmea a observava avidamente, Lil percorreu o caminho até ela.

— O que você acha? — Cleo parecia ser meio indiferente aos amores-perfeitos. — Se você está esperando por chocolates Godiva, vai acabar se decepcionando.

O felino pressionou o flanco contra a cerca, e se esfregou para frente e para trás. Interpretando os sinais, Lil passou por baixo da grade de proteção. Ela observou os olhos de Cleo cintilando conforme se aproximava, e viu quando a onça-preta entrecerrou os olhos de puro prazer quando recebeu as carícias e afagos através da grade.

— Você sente falta de um carinho, não é? Nada de chocolate ou poodles, mas podemos te dar um pouquinho de atenção de vez em quando.

— Não importa quantas vezes eu veja você fazendo isso, nunca fico tentado em fazer o mesmo.

Lil olhou para Farley por cima do ombro e deu um sorriso.

— Você faz carinho nos cavalos.

— Um cavalo pode até me dar um baita coice, mas não vai rasgar a minha garganta.

— Ela está acostumada a ser tocada, que conversem com ela, aos cheiros e vozes das pessoas. Não são apenas os humanos que precisam de contato físico.

— Diga isso ao Roy. Ou ao Siegfried. Ou a qualquer um deles que teve contato com aquele tigre.

— Erros podem custar caro. — Ela recuou e se abaixou para passar por baixo da grade. — Até um gatinho pode arranhar e morder quando está irritado ou entediado. Ninguém que lida com felinos consegue se livrar de algumas cicatrizes. Estava procurando a Tansy?

— Eu queria ver você também. Só queria que soubesse que vou ficar por perto, então você não precisa se preocupar.

— Essa porcaria atrapalhou seus planos ontem à noite.

— Eu estava esperando resolver as coisas e organizar um piquenique. É um ato romântico, não é?

— Atende aos dez principais requisitos.

— Mas a primavera é uma época agitada na fazenda e aqui.

— Dê um pulo lá na minha cozinha e saqueie a despensa. Use a área de piqueniques lá perto.

— Aqui? — Ele a encarou, boquiaberto. — Agora?

— Aposto meu orçamento todinho dos próximos cinco anos como você está com a aliança no seu bolso.

— Não posso fazer essa aposta. Preciso economizar meu dinheiro. — Ele lançou uma olhada ao redor, o semblante demonstrando emoção e preocupação ao mesmo tempo. — Você acha que posso pedi-la em casamento aqui?

— A tarde está linda, Farley. Ela ama esse lugar tanto quanto eu, então, sim, acho que você poderia fazer o pedido aqui. Vou garantir que todo mundo deixe vocês em paz.

— Você não pode contar o motivo.

— Pode confiar em mim.

Ele confiava demais em Lil, e quanto mais pensava no assunto, mas parecia a coisa certa a fazer. Afinal de contas, ele e Tansy haviam se conhecido aqui no refúgio. Ele tinha se apaixonado por ela aqui. E ela por ele, algo que acreditava que ela devia estar prestes a admitir.

Lil não tinha muitos itens para um piquenique, mas ele encontrou o suficiente para fazer sanduíches. Pegou também maçãs, um saco de batatas fritas e duas garrafas de Coca Diet — que era tudo o que tinha.

Em seguida, ele convenceu Tansy a ir até a mesa de piquenique.

— Não posso tirar muito tempo de folga.

— Nem eu, mas quero passar o pouco tempo que tenho com você.

Na mesma hora, ela amoleceu, Farley pôde perceber nitidamente.

— Farley, você me deixa louca.

— Senti sua falta ontem à noite.

Com a ponta do dedo sob o queixo de Tansy, ele fez com que ela erguesse a cabeça para que pudesse beijá-la, antes que gesticulasse para que ela se sentasse no banco à mesa do piquenique.

Ela suspirou.

— Senti sua falta também. De verdade. Mas fiquei feliz por você ter voltado para a fazenda. Foi a coisa certa a fazer. Todo mundo está tentando não ficar nervoso, e isso me deixa ainda mais nervosa. Eu passo a maior parte do meu tempo em áreas que muita gente considera como uma zona perigosa. E existe um risco, claro. Mas é um risco calculado, respeitado e compreendido. Mas não consigo entender nada disso. Os humanos são, do meu ponto de vista, os animais mais imprevisíveis.

— Você ganhou essa cicatriz bem aqui. — Ele estendeu o braço e traçou a marca no antebraço dela.

— De uma chita que me viu como uma ameaça. E a culpa foi mais minha do que dela. Nada disso é culpa da Lil. Absolutamente nada.

— Não vamos deixar que nada aconteça com ela. Ou com você.

— Ele não está interessado em mim. — Tansy colocou a mão sobre a dele. — E eu estou estragando esse piquenique rápido. O que temos? — Ela pegou um sanduíche. — Pasta de amendoim e geleia?

— Lil não tinha muitas opções no cardápio.

— Ela sempre tem pasta de amendoim e geleia. — Tansy abocanhou um pedaço. — Como estão as coisas na fazenda?

— Corridas. Em breve teremos que arar a terra. E daqui a pouco tempo alguns bezerros serão transformados em novilhos.

— Transformados em… Aaaah… — Ela levantou a mão e movimentou os dedos como uma tesoura. — Tchic-tchic?

— Sim. Sempre me dói um pouco.

— Não tanto quanto o coitado do bezerro.

Ele sorriu.

— É uma dessas coisas que precisam ser feitas. Bom, morar em uma fazenda é muito parecido com esse lugar. Você passa a ver as coisas como elas são. Você tem que trabalhar ao ar livre, e se sente parte de tudo. Você iria gostar de morar em uma fazenda.

— Talvez. Quando vim para cá, para ajudar a Lil, juro que pensei que seria algo temporário. Eu a ajudaria a dar início ao refúgio, treinaria alguns funcionários, e então aceitaria um emprego em uma grande empresa. Para construir meu nome, minha carreira. Mas este lugar me fisgou de jeito.

— Você tem um lar agora.

— Parece que sim.

Ele tirou a aliança do bolso.

— Construa um lar comigo, Tansy.

— Farley... Oh... — Ela ergueu uma mão, e pousou a outra com força sobre o peito. — Não consigo respirar. Não consigo respirar.

Ele lidou com o problema ao fazê-la se virar e abaixar a cabeça por entre os joelhos.

— Fique calma.

— Isso é loucura. — Ela tentava falar entre os ofegos.

— Só inspire e expire algumas vezes.

— Farley, o que você fez? O que você fez?

— Comprei uma aliança para a mulher com quem vou me casar. Mais algumas vezes, Tansy, inspire e expire. Com calma.

— Casamento é uma coisa séria demais! Nós mal começamos a namorar!

— Nós nos conhecemos há muito tempo, e estamos dormindo juntos com frequência por agora. E sou apaixonado por você. — Com movimentos firmes, ele massageou as costas de Tansy para ajudá-la a se acalmar. — E se você não estivesse apaixonada por mim, não estaria com a cabeça entre os joelhos.

— Esse é o critério que você usa para medir o amor? Por eu estar zonza e sem fôlego?

— É um bom sinal. Agora, você está pronta para se sentar e dar uma olhada na aliança? A Lil me ajudou a escolher.

— A Lil ajudou? — Ela se endireitou de supetão. — Ela sabe sobre isso? Mais alguém sabe?

— Bom, eu tive que contar ao Joe e à Jenna. Eles são meus pais de consideração. E a Ella, a vendedora da joalheria, também sabe. É meio difícil comprar um anel sem ela saber o motivo. E é isso. Eu queria te fazer uma surpresa.

— Você me surpreendeu. E muito... Mas...

— Você gostou?

Talvez algumas mulheres pudessem resistir em dar uma boa olhada, mas Tansy não era uma delas.

— É lindo. É... ah... é maravilhoso. De verdade. Mas...

— Assim como você. Eu não poderia pedir que usasse uma aliança que não fosse tão maravilhosa quanto você. É de ouro rosê. Isso a torna um pouco diferente. Você não é como qualquer outra pessoa, então eu queria te dar algo especial.

— Farley, posso, com toda sinceridade, dizer que você também não é como qualquer outra pessoa que já conheci.

— Por isso nós dois combinamos. Apenas escute um pouco, antes de dizer qualquer coisa. Eu sei como trabalhar, como ganhar a vida decentemente. E você também. Nós dois estamos fazendo aquilo no que somos bons, e o que gostamos de fazer. Acho que isso é importante. Este é o nosso lugar, seu e meu. Isso é importante também. Mas o mais importante é que eu te amo.

Ele segurou a mão dela e manteve os olhos límpidos e sérios conectados aos dela.

— Ninguém nunca vai amar você do jeito que eu amo. Joe e Jenna me transformaram em um homem. Toda vez que olho pra você, sei o porquê. O que mais quero nesse mundo, Tansy, é construir uma boa vida com você, e ter a chance de te fazer feliz todos os dias. Ou na maioria dos dias, porque você vai ficar brava comigo às vezes. Quero construir uma casa e uma família com você. Acho que seria bom nisso. Posso esperar se não estiver pronta para usar essa aliança. Desde que você saiba disso.

— Tenho todos os argumentos na minha cabeça. Argumentos racionais, sensatos. E quando olho pra você, quando você olha para mim, todos eles parecem débeis. Como se fossem desculpas. Você não deveria ser o homem da minha vida, Farley. E não sei por que motivo... você é.

— Você me ama, Tansy?

— Sim, Farley, eu te amo de verdade.

— E você vai se casar comigo?

— Eu vou, sim. — Ela deu um sorriso espontâneo e surpreso. — Sim, Farley. Eu vou me casar com você.

Tansy estendeu a mão, e ele deslizou a aliança em seu dedo.

— Serviu direitinho — murmurou Tansy, com a voz baixa e trêmula.

Deslumbrado, Farley olhou para o anel de diamantes e depois para ela.

— Estamos noivos.

— Sim. — Ela deu uma risada satisfeita, e enlaçou o pescoço dele com os braços. — Sim, estamos noivos!

Lil manteve a equipe trabalhando do outro lado do complexo o máximo de tempo possível. Ela teve que mudar de posição várias vezes para continuar com a mesa de piquenique à vista quando os estagiários guiavam um grupo pelos habitats.

Ela disse a si mesma que não estava espionando; estava apenas... de olho nas coisas. E quando viu Tansy nos braços de Farley, não conseguiu mais abafar o grito de alegria.

— Desculpe, o quê? — perguntou Eric.

— Nada, nada. Ah, você pode conferir se está tudo preparado para o passeio escolar de amanhã? Veja se está tudo okay no centro educacional, e leve mais dois estagiários para ajudarem.

— Claro. O Matt vai fazer os exames da nova tigresa à tarde. Estava querendo saber se posso assistir. Talvez até ajudar.

— Se o Matt aprovar, tudo bem.

— Dizem que você vai retirar a barricada entre as duas áreas.

— Sim, logo após Matt terminar o exame. Ela ainda está enjaulada, Eric. É uma jaula maior, mais limpa e segura. Assim que retirarmos a barreira, ela estará livre para interagir com os de sua própria espécie, e poderá, quando estiver pronta, perambular pelo seu habitat, caminhar na grama, correr. E espero que até mesmo brincar.

— Eu só queria ter certeza de que não era um boato. Odeio o que fizeram com ela. Cleo era diferente. Ela era tão elegante e arrogante. Mas essa aí, apenas parecia triste e cansada. Sinto tanto por ela...

— É por isso que você tem melhorado no seu trabalho. Porque você se importa com eles.

Os olhos de Eric se iluminaram.

— Obrigado.

Será que ela já foi tão jovem assim? Lil se perguntou. A ponto de um elogio de um instrutor ou mentor colocar aquele brilho em seus olhos, aquela alegria em seus passos? Ela supunha que sim.

Mas sempre esteve muito focada, absolutamente determinada a traçar seu caminho. Não apenas para alcançar seu objetivo, mas para compensar o que havia perdido. Para compensar a ausência de Coop.

Lil respirou fundo à medida que observava o complexo. De maneira geral, havia dado certo para ela. Agora a decisão cabia totalmente a ela — poderia escolher se queria se abrir outra vez, recuperar o que havia perdido.

Ela ouviu passos no chão de brita, passos lentos, e se virou de supetão para se defender. Matt recuou com tanta rapidez que quase caiu ao escorregar.

— Caramba, Lil!

— Desculpa, desculpa. — *Ela esteve assim tão apreensiva o dia todo?*, Lil se perguntou. — Você me assustou.

— Bem, quase morri de susto também, então estamos quites. Quero me preparar para examinar a tigresa.

— Claro. Eric quer te ajudar.

— Tudo bem. — Matt lhe deu um tapinha no ombro. Para Matt, aquilo equivalia a um abraço.

— Tem um bocado de trabalho no escritório. Você poderia estar lá dentro.

— Ele deveria me ver. Se estiver me observando, de algum lugar aí fora, ele deveria ver que estou fazendo o que sempre faço. Isso se trata de poder. — Ela se lembrou do que Coop disse antes. — Quanto mais eu me esconder, mais poder dou a ele. E, caramba, Matt — acrescentou quando viu Farley e Tansy trocarem um beijo perto da caminhonete dele —, hoje é um dia muito bom.

— É mesmo?

— Espere para ver.

Lil enfiou as mãos nos bolsos traseiros da calça e foi até Tansy enquanto Farley ia embora.

Tansy se virou, os ombros estremecendo quando deu um suspiro profundo e revigorante enquanto ia na direção de Lil.

— Você sabia.

— Deixe-me ver no seu dedo. — Agarrou a mão de Tansy. — Fabuloso. Perfeito. Eu sou *boa* nisso. Embora ele tenha escolhido sozinho mesmo, a menos que minha sugestão mental tenha funcionado.

— Foi por isso que você estava tagarelando de manhã... Você pensou que eu estava falando do Farley, do pedido de casamento, e não do e-mail.

— Rolou um momento de confusão momentânea — admitiu Lil —, mas não teve nada de tagarelice.

— Ele acabou de me dizer como havia planejado me pedir ontem à noite. Ele comprou até uma garrafa de champanhe e velas. E ia preparar todo o cenário no meu apartamento.

— Em vez disso, ele foi cuidar da família.

— Sim. — Os olhos de Tansy ficaram marejados. — É quem ele é, e é uma das razões pelas quais essa aliança está no meu dedo. Já me resolvi. Ele é mais novo e mais claro que eu. Ele é um homem muito, muito bom. E é o meu homem. Lil? Eu vou me casar com o Farley!

Com uma risada animada, Lil e Tansy se abraçaram e começaram a dançar em círculo.

— Que diabo é isso? — Matt exigiu saber.

— Eu te falei que era um dia muito bom!

— Por isso as duas estão gritando e pulando?

— Sim. — Tansy correu até ele, pulou e quase o derrubou no chão com o impacto de seu abraço. — Estou noiva! Veja só a minha aliança!

— Que bacana. — Ele a afastou, para que Tansy saísse de seu espaço pessoal, e deu um sorriso. — Parabéns.

— Ah! Tenho que mostrar para a Mary... e para o Lucius também. Mas, principalmente para a Mary.

Quando ela saiu correndo, Lil apenas sorriu.

— Viu? Um dia muito, muito bom.

A FAMÍLIA VINHA *em primeiro lugar,* Lil lembrou a si mesma, tentando não se preocupar enquanto estava sentada à mesa de jantar dos pais. Sua mãe queria — insistia, na verdade — um jantar de comemoração em família, então ela estava onde deveria estar. Na companhia deles, com Farley e Tansy, com Lucy e Sam — que ganharam o posto de avós não-oficiais de Farley. E, claro, Coop.

Mas sua mente continuava girando em volta do refúgio. *O sistema de segurança estava funcionando,* ela lembrou a si mesma. Matt e Lucius, além de outros dois estagiários também estavam por lá.

Estava tudo bem. Eles estavam bem, seus animais estavam bem. Mas se alguma coisa acontecesse quando ela não estivesse lá...

Enquanto a conversa zumbia ao redor, Coop se inclinou para perto e sussurrou em seu ouvido:

— Pare de se preocupar.

— Estou tentando.

— Tente com mais afinco.

Ela ergueu a taça de vinho e se assegurou de colocar um sorriso no rosto. *Casamento no final do verão*. Ela prestou atenção ao assunto. E já estavam em abril, logo, tinha muitas coisas para organizar. Os debates transcorriam sobre o local da cerimônia. A fazenda, o refúgio. Sobre o horário. Tarde ou noite.

Ele sabia que ela não estava lá?, Lil se perguntou. Ele tentaria machucar alguém apenas para provar que podia?

Por baixo da mesa, Coop segurou sua mão e apertou. Não de um jeito solidário e amoroso, mas para fazê-la parar.

Pensou em dar um chute na canela dele, mas se controlou.

— Se eu tiver direito a votar, acho que aqui na fazenda seria o ideal, e à tarde. Assim podemos festejar a noite toda. Fecharemos o refúgio por um dia. Há um bocado de espaço aqui, e se tivermos azar com o clima…

— Bata na madeira — ordenou Jenna.

— Bom, a casa tem mais espaço para acomodar as pessoas do que as cabanas.

— Fechar por um dia? — Tansy enfatizou essa informação. — Sério?

— Qual é, Tans… Não é todo dia que a minha melhor amiga se casa.

— Eita, temos que fazer compras! — Jenna piscou para Lucy. — Vestidos, flores, comida, bolo.

— Estávamos pensando em algo mais simples — interpelou Farley, ouvindo o murmúrio suave de Joe:

— Boa sorte com isso, filho.

— Simples não é o problema. Mas mesmo algo pequeno precisa ser bonito e perfeito. — Jenna fez questão de enfatizar isso ao cutucar o braço de Joe. — Espero que a sua mãe possa vir logo, Tansy, para juntarmos forças.

— Não sei como ela ainda não veio. Ela já me ligou umas três vezes desde que contei, e avisou que tem uma pilha de revistas de noivas.

— Vamos ter que fazer uma viagem só de garotas quando ela chegar. Ai, vai ser tão divertido! Lucy, temos que fazer uma expedição de compras.

— Estou dentro. Jenna, você se lembra das flores do casamento da filha de Wendy Rearder? Podemos fazer melhor do que aquilo.

— Simples. — Sam revirou os olhos na direção de Farley.

— Antes que as mulheres enlouqueçam e comecem a falar sobre soltar uma centena de pombos e seis cavalos brancos...

— Cavalos — Jenna interrompeu o marido, batendo palmas em animação. — Ah! Poderíamos fazer uma carruagem. Pod...

— Calma lá, Jenna. Farley está parecendo meio pálido.

— Tudo o que ele tem que fazer é aparecer. Deixe o resto com a gente — disse ela para Farley.

— Enquanto isso — comentou Joe, apontando o dedo na direção da esposa, para que ela parasse de falar —, Jenna e eu falamos sobre algumas questões práticas. Agora, vocês dois podem ter outra coisa em mente, ou talvez nem tenham pensado nisso ainda. Mas Jenna e eu queremos dar aos dois mil e duzentos hectares da propriedade. Espaço suficiente para vocês construírem uma casa, um lugar só dos dois. Perto o bastante para que cheguem ao trabalho com facilidade. Isso é, se estiver planejando ficar aqui na fazenda, Farley, e se Tansy continuar com a Lil.

Farley o encarou.

— Mas... a terra deveria ficar para a Lil, por direito.

— Não seja idiota, Farley — ralhou Lil.

— Eu... eu não sei o que dizer, ou como dizer...

— É algo que você desejará conversar com a sua noiva — disse Joe a ele. — A terra é sua, se os dois decidirem aceitar. E nada de ressentimentos se decidirem que não querem.

— A noiva tem algo a dizer. — Tansy se levantou, e primeiro foi até Joe, e depois até Jenna, dando um beijo em ambos. — Obrigada. Vocês sempre me trataram como alguém da família desde que Lil e eu éramos colegas de quarto na faculdade. Agora eu sou da família mesmo. Não consigo pensar em nada que eu gostaria mais do que ter uma casa perto de vocês, perto de Lil. — Ela sorriu com ternura para Farley. — Sou a mulher mais sortuda do mundo.

— Então eu diria que está tudo resolvido. — Joe pousou a mão sobre a de Tansy, ainda em seu ombro. — Na primeira oportunidade que tivermos, vamos inspecionar aquelas terras.

Emocionado demais para falar qualquer coisa, Farley apenas assentiu com a cabeça. Em seguida, pigarreou de leve.

— Eu vou apenas... — Então se levantou e se esgueirou para a cozinha.

— Agora, sim, temos uma coisa interessante sobre o que conversar. — Sam esfregou as mãos, animado. — Temos uma casa para construir.

Jenna trocou um olhar com Tansy, ao se levantar e seguir Farley.

Ele havia saído e se encontrava no alpendre, com as mãos apoiadas no corrimão de madeira. A chuva, cujo perfume Lil sentira naquela manhã, molhava o chão, encharcando os campos à espera para serem arados. Farley endireitou a postura quando Jenna apoiou a mão em suas costas, então se virou e a abraçou com força.

— Mãe...

Jenna gemeu baixinho, um som mesclado com prazer e emoção, retribuindo ao abraço. Ele raramente a chamava de mãe, e quase sempre era com um tom de brincadeira quando o fazia. Mas agora, aquela única palavra dizia tudo.

— Meu menino querido.

— Não sei o que fazer com toda essa felicidade que estou sentindo. Você costumava dizer: encontre sua felicidade, Farley, e a agarre com força. Agora eu tenho um tanto que nem consigo segurar. Não sei como te agradecer.

— Você acabou de fazer isso. O melhor agradecimento possível.

— Quando eu era menino, todo mundo dizia que eu não seria nada, nunca teria qualquer coisa, nunca seria ninguém. Era fácil acreditar neles. Era mais difícil acreditar no que você e o Joe me disseram. E continuaram dizendo. Eu poderia ser o que quisesse. Poderia ter o que conseguisse. Mas vocês me fizeram acreditar nisso.

— Tansy disse que é a mulher mais sortuda do mundo, e ela é mesmo. Mas estamos lado a lado. Eu tenho os meus dois filhos perto de mim. Posso vê-los construindo as vidas de vocês. E tenho um casamento para organizar. — Ela se afastou um pouquinho, dando palmadinhas no rosto dele. — Vou encher muito o saco de vocês.

Ele sorriu amplamente.

— Mal posso esperar.

— Você está dizendo isso agora. Espere até eu começar a te enlouquecer. Você já está pronto para voltar? Se ficar aqui fora muito tempo, Sam e Joe já terão projetado a sua casa sem você ter a chance de dar um pio.

— Nesse exato momento? — Ele colocou o braço sobre os ombros de Jenna. — Estou pronto para qualquer coisa.

Capítulo vinte e seis

⌘ ⌘ ⌘

CHUVAS TORRENCIAIS e ventanias castigaram a cidade por toda a noite até o amanhecer. Então a situação ficou mais feia.

O primeiro estalo do granizo caiu como chuva de cascalho, açoitando as passagens, martelando contra os telhados. Bem familiarizada com o clima da primavera, Lil ordenou que todos os veículos que coubessem fossem estacionados sob uma cobertura. Ela manobrou sua caminhonete pelo lamaçal à medida que pedras de gelo do tamanho de bolas de golfe começavam a cair.

Os animais tinham senso o bastante para buscarem abrigo, mas ela viu alguns dos estagiários correndo ao redor, rindo, pegando punhados de granizo para arremessar uns contra os outros. Como se fosse uma festa, ela pensou, e como se os clarões de relâmpago rasgando o céu negro fossem apenas um intrincado espetáculo de luzes.

Desaprovou com a cabeça ao ver Eric fazendo malabarismos com três bolas de granizo, como um artista de rua, enquanto trovões ecoavam como tiros de canhões.

Alguém vai acabar levando uma pancada, Lil pensou.

Baixinho, ela praguejou quando um aglomerado do tamanho de um pêssego aterrissou no capô de sua caminhonete. Até mesmo depois de enfiar o veículo sob a cobertura do galpão de armazenamento, ela ainda resmungava por causa do novo amassado na lataria.

Agora não tem ninguém rindo, observou, avistando os estagiários se apressando em busca do abrigo mais próximo. Sabia muito bem que haveria mais amassados e estragos. Plantas seriam despedaçadas e depois teriam que limpar um punhado infernal de gelo. Mas, por enquanto, ela estava num lugar quente e seguro, já que optou em esperar dentro da cabine da caminhonete.

Até que viu uma bola de gelo de tamanho considerável atingir as costas de uma das estagiárias, fazendo a garota desabar no chão enlameado.

— Bosta.

Lil saiu correndo, enquanto outros jovens faziam o mesmo para socorrer a garota caída.

— Levem ela para dentro. Para dentro! — Era como se eles estivessem sendo bombardeados por um time furioso de beisebol.

Ela agarrou a estagiária, a arrastando e carregando até o alpendre de seu próprio chalé. Chegaram imundos e molhados, com a garota tão pálida quanto o gelo que assolava o complexo.

— Você se machucou?

A jovem negou com um aceno de cabeça, ofegante, e apoiou as mãos nos joelhos.

— Só perdi o fôlego.

— Imagino. — Lil revirou os dados confusos de seu cérebro até se lembrar dos nomes dos dois estagiários, enquanto o trovão rugia sobre as colinas como leões à espreita. — Apenas se acalme. Reed, vá buscar uma água para Lena. Limpe os pés — acrescentou, mesmo que não adiantasse de nada.

— Nossa, aconteceu tão rápido. — Lena tremia, os olhos arregalados em seu rosto sujo de lama. — Primeiro, pareciam pedacinhos de gelo, aí, depois, bolas de pingue-pongue. Então...

— Bem-vinda à Dakota do Sul. Vou pedir que Matt dê uma olhadinha em você. Tem certeza de que não está ferida?

— Humm... Não. Só estou meio... pasma. Valeu, Reed. — Ela pegou a garrafa de água e tomou um longo gole. — O golpe me assustou, e ainda assim... — Olhou além de Lil, para onde as bolas de gelos martelavam o chão, e um raio estriado furioso se lançava das nuvens. — Foi estranhamente legal.

— Lembre-se disso quando estivermos limpando tudo. O granizo não vai durar muito tempo. — *Inclusive, já está diminuindo*, Lil reparou. — A tempestade está se movendo para o oeste agora.

— Sério? — Lena piscou, chocada. — Você consegue saber essas coisas?

— O vento está levando embora. Pode usar o meu chuveiro. Vou te emprestar algumas roupas. Quando acabar, o restante de vocês deve se dirigir à cabana. Haverá muitas coisas a fazer. Vamos, Lena.

Ela a conduziu para o andar de cima, e indicou onde ficava o banheiro.

— Pode largar suas roupas do lado de fora. Vou levar tudo para a lavanderia.

— Me desculpe por dar todo esse trabalhão. Levar uma queda debaixo de uma chuva de granizo não era o jeito que eu queria ser notada por você.

— Como é? — Lil se virou de onde estava pegando um jeans limpo e uma blusa de moletom em sua cômoda.

— Quero dizer, nós trabalhamos mais com a Tansy e o Matt, desde que cheguei aqui. Não rolaram muitas chances de trabalhar diretamente com você, com tudo o que está acontecendo.

— Haverá outras oportunidades.

— É só que... você é o motivo pelo qual estou aqui. A razão pela qual estou estudando biologia e conservação da vida selvagem.

— Sério?

— Meu Deus, eu pareço uma *nerdzona*. — Lena se sentou no tampo do vaso sanitário para tirar as botas. — Assisti aquele documentário sobre o seu trabalho aqui. Era aquele dividido em três episódios. Tinha faltado a aula, porque estava doente, e estava pirando de tédio em casa. Aí fui mudando de canal, sabe? E cheguei ao episódio que falava sobre você e o refúgio. Perdi os outros dois, porque... sabe como é... tive que voltar a estudar. Mas consegui o DVD emprestado, o mesmo que a gente vende aqui na lojinha. Fiquei muito interessada no que você estava fazendo aqui, e no que você disse e no que estava construindo. Aí pensei, é isso que quero fazer quando crescer. Minha mãe achou legal, e pensou que eu mudaria de ideia várias vezes antes de entrar na faculdade. Mas não mudei.

Intrigada, Lil colocou o jeans, o moletom e um par de meias quentes sobre a pia do banheiro.

— Essa é uma decisão muito importante só por causa de um documentário.

— Você falava com tanta paixão — prosseguiu Lena, levantando-se para baixar o zíper do moletom sujo de lama. — E tão comunicativa e *engajada*. Eu nunca me interessei por ciências antes. Mas você fez parecer, sei lá... como se fosse algo atraente, inteligente e importante. E agora parece que estou puxando o saco.

— Quantos anos você tinha?

— Dezesseis. Até então, eu pensava que seria uma estrela do rock. — Ela sorriu e se contorceu para tirar o jeans. — O fato de não saber cantar ou tocar um instrumento não parecia um grande problema. Daí eu te vi na TV, e pensei: *agora, ela, sim, é uma estrela do rock*. E aqui estou eu, me despindo no seu banheiro.

— Seus orientadores te avaliaram super bem quando você enviou o formulário de candidatura para estagiar aqui.

Obviamente nem um pouco preocupada com a modéstia, Lena ficou ali de pé, só de calcinha e sutiã, encarando Lil com os olhos arregalados e cheios de esperança.

— Você leu meu arquivo?

— Esse lugar é meu. Reparei que você é esforçada e ouve tudo com atenção. Você chega pontualmente toda manhã e fica até mais tarde quando é necessário. Não reclama do trabalho desagradável, e os relatórios que escreve são detalhados, embora um pouco fantasiosos. Eu notei que você dedica um tempo para conversar com os animais. Você faz perguntas. Pode haver um monte de coisas acontecendo, o que acabou reduzindo o tempo que gosto de dedicar individualmente no programa de estágio. Mas eu te notei antes mesmo de você cair de cara na lama.

— Você acha que eu tenho o que é preciso?

— Vou te dizer no fim do seu estágio.

— Isso é meio apavorante, mas justo.

— Vá tomar um banho. — Ela fez menção de sair, mas hesitou. — Lena, o que todos estão dizendo sobre o que está acontecendo? Como vocês estão encarando tudo isso? Vocês conversam entre si — disse ela. — Eu me lembro disso, porque já fui estagiária um dia.

— Todo mundo está um pouco assustado. Mas, ao mesmo tempo, não parece real.

— Seria ideal se todos permanecessem juntos. O máximo possível. Vá para a outra cabana quando acabar aqui.

Lil desceu e colocou as roupas sujas na máquina de lavar, fazendo de tudo para se lembrar de colocar na secadora quando o ciclo de limpeza acabasse. Enquanto o trovão ecoava ao longe, ela pensava na garota no chuveiro, e percebeu que Lena se parecia muito com Carolyn.

A ideia enviou um arrepio por todo o seu corpo antes de sair para começar a limpar a bagunça causada pela tempestade.

Na fazenda, Coop e Sam soltaram os cavalos no pasto. Sam mancava um pouco, e provavelmente mancaria para sempre, mas parecia mais firme e estável que antes. O suficiente para que Coop não sentisse a necessidade de observar cada passo do avô.

Juntos, eles observaram os potros brincando enquanto os cavalos adultos pastavam.

— Pelo menos não tínhamos colhido nenhuma das safras da primavera. Poderia ter sido pior. — Abaixando-se, Sam pegou um pedaço de gelo do tamanho de uma bola de beisebol. — Como está esse seu braço?

— Ainda está aqui.

— Vamos ver.

Achando graça, Coop pegou o gelo, se preparou e o arremessou alto e o mais longe possível.

— E o seu?

— Pode ser que seja mais útil em jogadas dentro do campo nos dias de hoje, mas eu acerto onde miro. — Sam recolheu outra bola de granizo, apontou para um pinheiro e esmigalhou o gelo quando atingiu o meio do tronco. — Ainda tenho olhos bons.

— O corredor da segunda base está se adiantando. O rebatedor simula um toque de bola, leva a batida. O corredor dispara. — Coop pegou outra bola de gelo no chão, atirando em seguida para o jogador imaginário da terceira base. — E... ele está fora!

Mesmo com as risadas de Sam enquanto pegava mais gelo, a voz de Lucy chegou até os dois.

— Os dois bobalhões vão ficar por aí jogando gelo para todo lado ou vão trabalhar um pouco? — Ela se apoiou ao ancinho que estava usando para limpar o granizo de sua horta ao lado da cozinha.

— Fomos pegos no flagra — disse Coop.

— Ela está brava, porque o granizo detonou toda a plantação de couve. Por mim, tudo bem. Não suporto essa coisa. Já estou indo, Lucy! — Sam limpou as mãos sujas na calça enquanto voltavam. — Andei pensando no que você disse, sobre contratar mais ajudantes por aqui. Vou dar uma olhada nisso.

— Que bom.

— Não significa que eu não dê conta do serviço.

— De jeito nenhum, senhor.

— Só acho que você deveria dedicar mais do seu tempo ao negócio. Se conseguirmos alguém para ajudar com o que precisa ser feito aqui, vai te dar mais tempo para cuidar dos aluguéis e dos passeios guiados. É o mais sensato a se fazer.

— Concordo.

— E imagino que você não vá usar o alojamento por muito mais tempo. Não se tiver algum juízo ou coragem. Se tiver essas duas coisas, você vai ampliar aquele chalé da Lil. Vai querer mais espaço quando sossegar e começar uma família.

— Você está me expulsando daqui?

— Os pássaros têm que sair do ninho. — Sam sorriu para o neto. — Vamos te dar um pouco mais de tempo. Só espero que não o desperdice.

— As coisas estão complicadas agora, vovô.

— Rapaz, as coisas sempre são complicadas. Vocês dois podem muito bem desatar alguns nós juntos.

— Acho que estamos fazendo isso… ou começando a fazer. No momento, estou focado em mantê-la segura.

— Você acha que isso vai mudar? — Sam parou por um instante, olhando para Coop. — Não será a mesma situação de agora, se Deus quiser, mas você passará o resto da vida se esforçando para mantê-la segura. E se for abençoado, fará o mesmo pelos filhos que tiverem. Você não tem problema para dormir com ela, tem?

Coop quase não conseguiu resistir à vontade de abaixar a cabeça.

— Nenhum.

— Bem, então olha aí.

Como se isso resolvesse tudo, Sam continuou caminhando.

— Voltando a falar sobre os negócios — disse Coop. — Eu queria falar com o senhor e a vovó sobre isso. Estou pensando em investir.

— Investir o quê?

— Dinheiro, vovô, que eu tenho bastante.

Sam parou de andar outra vez.

— Os negócios estão indo muito bem. Não precisa de… qual é o nome? Injeção.

— Precisaria, se expandíssemos. Construiríamos mais estábulos, acrescentando passeios de pôneis, um pequeno ponto de venda.

— Ponto de venda? De lembrancinhas?

— Não exatamente. Estava pensando em equipamentos e suprimentos para as trilhas. Temos muitos clientes que compram essas coisas em outro lugar. Por que eles não podem comprar com a gente suas barrinhas de cereal, garrafas de água, guias turísticos, e câmeras descartáveis quando percebessem que suas baterias estão descarregadas? Se atualizarmos os computadores, a impressora, poderíamos imprimir fotografias, transformar as imagens em cartões-postais. Uma mãe ficaria toda feliz com o cartão-postal de sua pequena vaqueira montada em um pônei. No mínimo, ela vai querer uma dúzia de cópias.

— É muita coisa para acrescentar.

— Pense nisso como uma expansão orgânica.

— Expansão orgânica... — Sam riu com escárnio. — Você é fora de série, Coop. Acho que poderíamos pensar sobre o assunto. Cartões-postais... — murmurou, assentindo com a cabeça.

Com o cenho franzido, ele protegeu os olhos contra os raios solares que surgiram logo após a tempestade.

— É o Willy vindo ali.

Lucy o viu também, e parou para tirar as luvas de jardinagem, afastando em seguida o cabelo que esvoaçava em seu rosto.

— Senhora Lucy. — Willy tocou a aba de seu chapéu. — A chuva de granizo fez um estrago na sua horta.

— Poderia ter sido pior. Parece que não danificou o telhado, então já é uma benção.

— É mesmo. Sam. Coop.

— Willy. Você pegou granizo na estrada? — perguntou Sam.

— Eu me livrei da pior parte. O cara da meteorologia esqueceu de avisar que haveria granizo hoje. Não sei por que sigo a previsão metade do tempo.

— É mais ou menos o que ele acerta. Metade.

— Isso quando acerta. Parece que esquentou um pouco. Talvez se mantenha assim por um tempo. Coop, eu gostaria de falar com você.

— William Johannsen, se você tem alguma coisa a dizer sobre esse fulano, esse assassino, diga logo de uma vez. — Lucy apoiou os punhos cerrados sobre os quadris. — Temos o direito de saber.

— Acho que você tem razão. Estou indo falar com a Lil, então não é algo que vocês não ficarão sabendo. — Com um toque com o nódulo do dedo, ele ergueu a aba do chapéu. — Encontramos a carteira de Tyler. Ou o que acreditamos que seja a carteira dele. Dentro havia uma carteira de motorista e de identidade. Nada de dinheiro, e nem mesmo a fotografia da esposa, que ela disse que ele sempre carregava. Mas todos os cartões de crédito que ela listou estavam lá.

— Onde? — Coop exigiu saber.

— Então, veja só, agora é que as coisas ficam interessantes. Foi encontrado bem a oeste daqui, a apenas uns oito quilômetros da fronteira com o Wyoming. A impressão que dá é que ele estava a caminho de Carson Draw. A chuva apagou a maior parte do rastro dele, mas quando meus homens conseguiram encontrar novas pegadas, seguiram em frente.

— Fica bem longe daqui — comentou Lucy. — É muito chão.

Fora do território atual dele, Coop pensou. *Fora de sua área de caça.*

— Ele pegou a fotografia, mas deixou o documento de identidade.

— Isso é um fato. Uma teoria é que ele pode ter achado que estava longe o suficiente da área de buscas para se livrar da carteira. Outra é que ele deixou cair por engano.

— Se ele quisesse jogá-la fora, ele poderia ter jogado no rio ou enterrado. Willy assentiu, concordando com Coop.

— Isso também é um fato.

— Mas é uma boa notícia, não é? Se ele está tão longe ao oeste, ainda em movimento, significa que está indo embora. — Lucy estendeu a mão e segurou o braço de Coop. — Eu sei que ele precisa ser pego, precisa ser detido, mas não ficarei triste se isso acontecer a quilômetros daqui. Então, é uma boa notícia.

— Pode ser.

— Com certeza não é uma notícia ruim — ela rebateu as palavras de Willy.

— Porém, senhora Lucy, em circunstâncias como essas, eu tenho que ser cauteloso.

— Seja cauteloso mesmo. Vou dormir mais tranquila esta noite. Venha e sente-se um pouquinho. Tenho chá gelado e café quente.

— Eu adoraria, de verdade, mas tenho que ir. Quero que vocês durmam mais tranquilos esta noite, mas também preciso que mantenham as portas trancadas do mesmo jeito. Não trabalhem demais, certo? Senhora Lucy, Sam.

— Já volto. — Coop se afastou com o xerife. — Quanto tempo vai levar para verificar se a carteira é de Tyler e combinar com as impressões digitais dele?

— Estou torcendo para que amanhã já tenhamos o resultado. Mas estou disposto a apostar que a carteira é de Tyler, e que as impressões de Howe estarão por toda parte.

— Você vai apostar a mesma quantia de como ele jogou a porcaria fora, em vez de deixar cair?

— Essa não é uma aposta que estou disposto a fazer.

— Pois eu apostaria que ele plantou essa pista lá.

Willy contraiu os lábios, assentindo.

— Estamos pensando a mesma coisa aqui. É fácil demais para ser verdade. Mal fomos capazes de encontrar um sinal do desgraçado em dias. Então, ele deixa um rastro, que mesmo após a chuva minha avó míope poderia seguir. Posso ser um policial de cidade pequena de interior, mas não sou tão burro quanto ele pensa.

— Ele quer um pouco mais de tempo, um pouco de espaço, para preparar o que tem em mente. Faça o favor de garantir que Lil entenda isso. Vou fazer o mesmo quando a vir, mas quero que ela ouça de você primeiro.

— Pode deixar. — Willy abriu a porta da viatura. — Coop, os federais estão focando em Wyoming. Pode ser que eles estejam certos.

— Eles não estão.

— A pista aponta pra lá, logo, eles a estão seguindo. Tudo o que tenho é a minha intuição dizendo que ele está nos passando a perna. É isso que vou dizer a Lil.

Ele entrou no carro, cumprimentou Coop com uma saudação e seguiu adiante pela estrada da fazenda.

Quando Coop chegou ao refúgio, as luzes que se acendiam no crepúsculo já estavam iluminando o caminho. Ele sabia, pelos ruídos que ressoavam, que os animais estavam sendo alimentados. Com o expediente encerrado, um grupo de estagiários se amontoava em uma van. Na mesma hora, uma música da banda Weezer começou a tocar.

Bastou um olhar para a cabana, e ele soube que tudo já estava trancado. Ainda assim, decidiu fazer uma ronda pelas áreas do complexo, percorrendo o caminho de cascalho, concreto e lama que levava aos escritórios, galpões, estábulos, centro educacional e refeitório, só para garantir que estava tudo vazio e seguro.

As luzes brilhavam pelas janelas do chalé de Lil. Enquanto rodeava o lugar, ele a viu — com o cabelo preso em um rabo de cavalo, usando um moletom de algodão azul-escuro, e chegou a notar até mesmo o brilho delicado dos brincos de prata em suas orelhas. Ele observou através do vidro, a maneira como ela se movia enquanto servia o vinho, bebericando um pouco enquanto conferia alguma coisa no fogão.

Coop viu o vapor flutuar, e através dele vislumbrou as linhas marcantes do seu perfil.

Uma onda poderosa e quase violenta de amor o engolfou.

Ele já deveria estar acostumado com essa sensação, pensou. Acostumado com ela depois de tanto tempo, mesmo contando o período que viveu sem Lil. Mas ele nunca se acostumou. Nunca superou a intensa sensação.

Talvez o avô dele estivesse certo. Estava desperdiçando tempo. Subiu na varanda e abriu a porta.

Ela se virou de onde estava no fogão, retirando uma longa faca serrilhada do bloco sobre a bancada. Naquele momento, ele vislumbrou o medo e a coragem em seu semblante.

Com as mãos erguidas, Coop imitou a voz de um extraterrestre:

— Viemos em paz.

A mão dela tremia de leve quando guardou a faca novamente.

— Não ouvi o barulho da caminhonete, e não esperava que entrasse pela porta dos fundos.

— Então devia ter trancado a porta.

— Você está certo.

Estava desperdiçando tempo, Coop pensou, mas ele não tinha o direito de a pressionar agora.

— Willy passou por aqui? — perguntou Coop e pegou uma segunda taça.

— Sim.

Ele lançou um olhar para o fogão, para a garrafa de bom vinho branco.

— Lil, se você está pensando em algum tipo de jantar de comemoração…

— E por acaso eu sou burra? — As palavras saíram com rispidez. O tom se manteve agressivo enquanto ela tirava a tampa da frigideira, fazendo-o arquear as sobrancelhas ao vê-la despejar o excelente vinho no frango que estava sendo refogado. — Ele não está no Wyoming, assim como eu não estou. Ele se certificou de deixar sinais suficientes para que o seguissem, e poderia muito bem ter colocado uma placa "Aqui tem uma pista" no lugar onde deixou aquela carteira.

— Tudo bem.

— *Não* está tudo bem. Ele está tentando nos fazer de idiotas.

— O que é pior do que tentar nos matar?

— É mais insultante ainda. Estou me sentindo insultada. — Pegou sua taça de vinho e tomou um gole.

— Daí você decidiu cozinhar um frango usando um vinho de vinte e cinco dólares a garrafa?

— Se você entendesse alguma coisa de culinária, saberia que esse vinho não é bom o bastante para beber, e não é bom nem para cozinhar. Mas estava com vontade de cozinhar. Eu te disse que sabia cozinhar. Ninguém disse que você tem que comer.

Depois que Lil tampou a frigideira, Coop foi até ela. Ele não disse nada, apenas a agarrou, segurando com firmeza quando ela tentou se afastar. Coop a atraiu para si, abraçando-a com força e sem dizer nada mais.

— Ele está lá em cima, rindo. O que é ainda pior. Não estou nem aí se parece uma coisa mesquinha de se dizer, mas é ainda pior. Então, eu tenho o direito de ficar pau da vida.

— Está tudo bem, fique puta da vida. Ou veja por esse lado: ele acha que somos idiotas, que você é idiota. Ele pensa que caímos no seu joguinho besta, mas não caímos. Ele subestimou você, e isso é um erro. Levou um bom tempo e esforço para ele fazer aquele rastro falso, plantar aquela carteira. Ele desperdiçou esse tempo com você.

Ela relaxou um pouco.

— Quando você coloca por esse ângulo...

Coop ergueu o rosto dela e lhe deu um beijo.

— Oi.

— Oi.

Ele passou a mão por todo o comprimento de seu cabelo, desejando poder perguntar, exigir, até mesmo implorar. Então a soltou.

— Algum estrago causado pelo granizo?

— Nada de importante. E na casa dos seus avós?

— Para o prazer secreto do meu avô, eles perderam a maioria das couves.

— Eu gosto de couve.

— Por quê?

Lil gargalhou.

— Sem motivo específico. Ei, tem um jogo de beisebol hoje à noite. Toronto contra Houston. Quer assistir?

— Com certeza.

— Beleza. Você pode arrumar a mesa.

Ele pegou os pratos e os pousou sobre a mesa, sentindo o cheiro da comida, o cheiro dela, preencher o ambiente. Decidiu que não custava nada perguntar.

— Aquela lingerie sexy ainda está na sua gaveta?

— Sim...

— Okay. — Olhou para ela de relance enquanto pegava os talheres. — Você precisa escolher uma data neste verão. Vou te dar o calendário de jogos dos Yankees, e você pode escolher a partida que quiser. Posso pedir que Brad envie o jatinho. Podemos tirar alguns dias de folga, ficar no Palace ou no Waldorf.

Ela conferiu as batatas que estava assando com alecrim no forno.

— Jatos particulares, hotéis chiques.

— Ainda tenho meus ingressos da temporada para a área VIP.

— Área VIP, também. Quanta grana você tem, Cooper?

— Bastante.

— Talvez eu devesse pedir outra doação.

— Te dou cinco mil dólares pra você jogar fora aquela peça vermelha lá em cima.

— Tentativa de suborno. Vou considerar.

— Uma viagem para Nova York e o jogo dos Yankees foram a primeira tentativa de suborno. Você deixou passar batido.

Ela deixou passar batido também quanto sentia falta disso, Lil percebeu. Essa brincadeira onde um provocava o outro.

— Quanto vale se eu jogar todas elas fora?

— Diga o valor.

— Humm... Pode acabar saindo bem caro. Quero construir um dormitório para os estagiários.

Ele se virou, inclinando a cabeça para o lado.

— É uma ideia excelente. Mantê-los na propriedade. Eles teriam mais tempo aqui, provavelmente interagiriam mais uns com os outros e com a equipe. E você teria um bom número de pessoas no refúgio o tempo todo.

— A última parte eu nem estava considerando até recentemente. E não quero falar sobre isso agora. Moradia e transporte não são muito complicados, mas exigem um pouco mais de trabalho. Quero construir um dormitório com seis quartos, com cozinha funcional e uma área comunitária. Temos vagas no estágio para doze alunos. Me dê uma boa quantia e posso até colocar o nome do prédio em sua homenagem.

— Tentativa de suborno. Vou considerar.

Lil sorriu para ele.

— Como é a sensação? Ser tão rico assim?

— Melhor do que estar falido. Eu cresci com dinheiro, então nunca pensei nisso. O que se revelou uma parte do meu erro quando entrei na faculdade. Nunca tive que me preocupar de onde vinha uma refeição, ou como compraria meus sapatos, esse tipo de coisa. Torrei todas as minhas economias e mais um pouco.

— Você era apenas um garoto.

— Você era apenas uma garota e tinha um orçamento, que seguia à risca. Eu me lembro.

— Eu não nasci rica. Você gastou muito dinheiro comigo naquela época. E eu permiti que fizesse isso.

— De qualquer modo, foi uma experiência transformadora quando me vi em apuros, em que eu mesmo me enfiei por desobedecer ao meu pai e largar a faculdade, querendo ser policial. Ainda assim, achei que conseguiria dar conta do recado.

Ele deu de ombros e tomou um gole do vinho, como se não desse a mínima. Mas ela sabia que não era verdade.

— Eu receberia minha primeira parcela do fundo fiduciário, então pensei que poderia viver no aperto por um tempo. Não fazia ideia do que era viver com poucos recursos. Mas acabei descobrindo.

— Você deve ter ficado tão assustado.

— Às vezes. Eu me sentia derrotado e pau da vida. Mas estava fazendo o que precisava fazer, e estava me saindo bem. Melhorando cada vez mais.

Quando ele bloqueou o pagamento do fundo e congelou as minhas contas, o que havia sobrado delas, as coisas se tornaram meio desesperadoras. Eu tinha o emprego, então não era como se morasse nas ruas, mas a situação apertou. Precisava de um advogado dos bons, e os que são desse tipo só trabalham por bons honorários. Tive que pedir dinheiro emprestado para conseguir fazer isso. Brad foi quem me emprestou.

— Eu sabia que tinha um motivo para gostar dele.

— Precisei de meses, quase um ano, para conseguir pagar o valor emprestado. Não era apenas o dinheiro, Lil, nem romper o controle do meu pai sobre o pagamento dos fundos. O objetivo real era, finalmente, romper o controle que ele tinha sobre mim.

— Ele saiu perdendo. E não estou falando sobre o controle. Ele perdeu você.

— E eu perdi você.

Ela fez um gesto de reprovação com a cabeça, e se virou novamente para o fogão.

— Tive que provar a mim mesmo, antes que pudesse estar com você, e provar a mim mesmo significava que eu não podia estar.

— E mesmo assim... aqui estamos nós.

— E agora tenho que provar a mim mesmo para você.

— Não é isso. — Uma nova onda de irritação se mostrou em sua voz. — Não está certo.

— Claro que está. É justo. É um saco, mas é justo. Temos tempo de sobra para pensar, quando se trabalha com cavalos. Passei uma boa parte desse tempo pensando nisso. Você me colocou em período probatório, e isso é um saco. Você quer ter certeza de que não vou embora de novo, e quer ter certeza de que realmente me quer aqui. Mas, enquanto isso, posso dormir com você, e de vez em quando tenho uma refeição quente que não precisei preparar sozinho. E posso te observar através da janela da cozinha. Isso é justo.

— Sexo, comida e um voyerismo ocasional?

— E posso olhar nos seus olhos e ver que você me ama. Eu sei que você não pode resistir para sempre.

— Não estou resistindo. Estou...

— Assegurando —concluiu ele. — Mesma coisa.

Coop se moveu, com rapidez e suavidade, e a envolveu em um beijo cálido, ardente em necessidade. Ele a soltou lentamente, dando uma mordida leve e demorada.

— O frango está com um cheiro maravilhoso.

Ela o afastou um pouco mais.

— Sente-se. Já deve estar pronto.

Os dois comeram, e em acordo tácito, mudaram o rumo da conversa para temas mais simples. O clima, os cavalos, o estado de saúde da nova tigresa. Lavaram a louça juntos. Depois conferiram se tudo estava trancado — o único sinal externo de problemas —, e se acomodaram no sofá para assistirem ao jogo de beisebol. Fizeram amor enquanto a lua crescente derramava sua luz pelas janelas.

E, mesmo assim, durante a noite, ela sonhou que estava correndo. Corria em pânico pela floresta banhada pela luz da lua, sentindo o terror galopando em seu peito e sua respiração ecoando em arquejos. Sentiu o suor escorrer por sua pele, por conta do esforço físico e do medo. A vegetação feria sua pele à medida que ela passava, e o cheiro de seu próprio sangue impregnou o ar.

Ele poderia sentir o mesmo. Ela estava sendo caçada.

A relva alta açoitava suas pernas conforme corria rumo às planícies. Ela ouviu o som da respiração constante de seu perseguidor, cada vez mais perto, não importava o quão rápido corresse, ou que direção seguisse. A lua era como um holofote, impiedosamente brilhante, não deixando lugar algum oculto onde ela pudesse se esconder.

Somente a fuga poderia salvá-la naquele momento.

No entanto, a sombra dele recaiu sobre ela, quase a derrubando com seu peso. E mesmo enquanto se virava para encarar, para lutar contra o agressor, o puma saltou dentre a vegetação alta, suas presas expostas e prontas para rasgar sua garganta.

Capítulo vinte e sete

⌘ ⌘ ⌘

Um dia se passou, depois outro. Houve relatos de que Ethan foi visto no Wyoming, na parte mais ao sul, em Medicine Bow, e bem ao norte, em Shoshoni. Mas nenhuma das pistas levou a lugar algum.

A equipe de busca em Spearfish reduziu, e as conversas na cidade e arredores das fazendas vizinhas migraram para outros assuntos. Aragem da terra e plantação no período da primavera, ovelhas, o puma que havia se empoleirado na macieira de um quintal a menos de um quilômetro do centro de Deadwood.

As pessoas concordavam, enquanto comiam torta no restaurante, ao balcão dos correios, entre goles de cerveja no bar, que o homem que havia matado aquele pobre coitado de St. Paul havia fugido.

O rastro havia desaparecido.

Mas Lil se lembrava do sonho, e sabia que eles estavam errados. Enquanto os que a cercavam baixavam a guarda, ela fortalecia a dela. Começou a levar uma faca escondida na bota todas as manhãs. Sentir o peso da lâmina lhe dava certa paz de espírito, mesmo que não gostasse da necessidade dela.

O clima ameno trouxe de volta os turistas, e quanto mais visitantes, mais doações o refúgio poderia receber. Mary relatou que o aumento de sete por cento no primeiro trimestre se manteve firme nas primeiras semanas do segundo. Eram boas notícias, e Lil sabia disso, mas, ainda assim, não conseguia demonstrar animação.

Quanto mais os dias se tornavam tranquilos e comuns, mais seus nervos se desgastavam.

O que ele estava esperando?

Ela fazia a si mesma essa pergunta enquanto carregava cestas de alimentos ou lavava os habitats, ou quando descarregava os mantimentos da carroceria. Toda vez que fazia suas rondas pela área, seus músculos se retesavam e se preparavam para um ataque fortuito.

Lil quase desejava que aquilo acontecesse. Preferia ver Ethan saltar do meio do mato, armado até os dentes, do que esperar e esperar por alguma armadilha invisível ser acionada.

Ela podia assistir à interação de Boris e Delilah, os dois enroscados, ou vê-lo liderar o caminho com a tigresa o seguindo timidamente pelo gramado, e se enchia de puro prazer, um senso de realização. Mas sob a superfície, preocupação e estresse fervilhavam a fogo brando.

Ela deveria estar ajudando Mary e Lucius com o planejamento do dia livre e aberto ao público, que acontecia todo verão, ou se esforçar de verdade na organização do casamento de Tansy. Mas tudo em que conseguia pensar era: quando? Quando ele virá? Quando isso vai acabar?

— Essa espera está me deixando louca. — Seguindo o novo hábito adquirido, Lil fazia a ronda pelos habitats ao lado de Coop, depois que os funcionários encerravam o expediente.

— Esperar é tudo o que você tem que fazer.

— Não preciso gostar disso.

Ela usava um novo modelo dos moletons do Refúgio de Vida Selvagem Chance, por baixo do casaco mais antigo, e parecia não conseguir parar de brincar com as cordas do capuz, tamanha a inquietação.

— Não é como ficar sentada em um jipe a noite inteira, esperando que um bando de leões apareça para beber água, ou ficar sentada na frente do computador rastreando um puma com coleira radiotransmissora em busca de um relatório. Isso é *fazer* alguma coisa.

— Talvez estivéssemos errados. Talvez ele tenha ido para o oeste.

— Você sabe que ele não fez isso.

Coop deu de ombros.

— Willy está fazendo o melhor que pode, mas seus recursos são limitados. O território das colinas é muito vasto, e tem uma porção de aventureiros a pé e de moto, além de campistas deixando rastros para todo lado.

— Willy não vai encontrá-lo. Acho que nós dois sabemos disso.

— A sorte é traiçoeira e pode mudar, Lil, e você sabe que a melhor maneira de ter sorte é se manter persistente. E o Willy é bem persistente.

— E você tem uma melhor chance de ter sorte se *arriscar*. Eu me sinto presa aqui, Coop, e pior ainda, sinto que estou apenas correndo no mesmo lugar. Preciso me mover, preciso agir. Eu preciso subir a colina.

— Não.

— Não estou pedindo a sua permissão. Se eu decidir fazer isso, você não pode me impedir.

— Sim, eu posso. — Ele a encarou. — E vou.

— Não estou caçando confusão, não quero discutir. Você já subiu lá. Sei que você guiou passeios na trilha nos últimos dias. E nós dois sabemos que ele ficaria feliz em te machucar, mesmo que seja só para me atingir.

— Risco calculado. Espera um pouco —ordenou ele, antes que ela pudesse contra-argumentar. — Em primeiro lugar, se ele tentasse me eliminar, traria de volta as buscas com força total. Ele dedicou tempo e esforço para apontar a seta do seu paradeiro para o oeste, e o FBI seguiu direitinho. Por que trazê-los de volta? Em segundo lugar, se ele for burro ou impulsivo o suficiente para tentar, eu sempre levo comigo um rádio, e sempre ensino a todos os integrantes do passeio como usar, em caso de acidente. Então, ele teria que me eliminar, junto com o grupo inteiro que estou guiando. Risco calculado — repetiu Cooper.

— E você pode simplesmente montar a cavalo. Pode respirar.

Coop passou a mão pelo cabelo dela, uma demonstração sutil de simpatia.

— Isso é verdade.

— Eu sei que está subindo lá esperando encontrar algum sinal, pegar alguma trilha. Você não vai conseguir. Você tem algumas habilidades, mas elas estão enferrujadas. E você nunca foi tão bom quanto eu.

— Voltamos então para sorte e persistência.

— Eu poderia subir com você, levar um grupo com você.

— Daí, se acontecesse de ele nos avistar, a você ou a mim, ele poderia me eliminar. Em seguida, ele poderia te forçar a acompanhá-lo sob a mira de uma arma, e quando alguém ainda vivo pudesse pedir ajuda pelo rádio, você já teria desaparecido. E já estaria bem longe, caso ele usasse os cavalos. Esperar significa que ele tem que agir primeiro. Ele se expõe primeiro.

Ela percorreu o caminho de um lado ao outro. Em sua área cercada, Baby imitava o seu movimento. A ação espelhada fez com que os lábios de Coop se curvassem em um sorriso.

— Esse puma aí é escravo do amor que sente por você.

Ela lançou um olhar para o felino, quase deixou um sorriso escapar.

— Nada de bola hoje à noite, Baby. Podemos brincar amanhã.

O animal soltou um ruído que Coop poderia chamar de "grito de lamento" se os pumas fossem capazes disso.

Lil passou por baixo da barricada, cedendo à vontade de acariciar o felino através da grade, deixando-o encostar a cabeça à dela, lamber sua mão.

— Ele vai ficar puto se eu me aproximar?

— Não. Ele já viu você comigo várias vezes. Já sentiu o seu cheiro em mim, e o meu em você. O olfato de um puma não é o seu atributo mais forte, mas Baby conhece o meu cheiro. Venha até aqui.

Quando ele se postou ao lado dela, Lil colocou a mão sobre a dele e o guiou para acariciar o pelo de Baby.

— Ele vai associar você a mim. Ele sabe que não tenho medo de você, e que não me sinto ameaçada. E ele adora ser acariciado. Encoste sua testa na minha. Apenas se abaixe um pouquinho e recoste a testa à minha.

— Ele sente o cheiro do seu cabelo — murmurou Coop, enquanto suas testas se tocavam. — Assim como eu. Tem o cheiro das colinas. Puro e um pouco selvagem.

— Agora recoste a testa à grade. É um gesto de afeto... de confiança.

— Confiança. — Coop tentou não imaginar o que aqueles dentes afiados podiam fazer. — Tem certeza de que ele não é do tipo ciumento?

— Ele não vai machucar alguém de quem eu gosto.

Coop apoiou a testa na cerca. Baby o observou com atenção por um momento. Então se ergueu sobre as patas traseiras e encostou a cabeça à de Coop.

— Isso equivale a um aperto de mãos ou a troca de um beijo babado? — perguntou Coop.

— Algo entre as duas coisas. Tentei soltá-lo na natureza três vezes já. Na primeira, quando levei ele e os irmãos de ninhada até as colinas, ele me rastreou... até a fazenda dos meus pais. Eu tinha ido a cavalo até lá. Você pode imaginar a surpresa quando ouvimos o berro dele, e depois que abrimos a porta dos fundos, nós o vimos sentado na varanda.

— Ele seguiu o seu cheiro.

— Por quilômetros de distância, e ele não deveria ter sido capaz de fazer isso; nem desejado.

— Eu poderia dizer que o amor implementa a habilidade... e o desejo.

— Não existem provas científicas, mas... Da segunda vez, ele me rastreou de volta ao refúgio, e da última, pedi que Tansy e um estagiário o levassem para soltá-lo. Eu me sentia um pouco culpada. Não queria deixá-lo ir, mas senti que devia ao menos tentar. Ele chegou aqui antes deles. Voltou para casa. Por escolha própria. Boa noite, Baby.

Ela se afastou da área cercada.

— Uma noite dessas, sonhei que estava sendo caçada. Correndo e correndo, mas ele continuava se aproximando. E quando eu soube que era o fim, quando me virei para lutar, um puma saltou do meio da vegetação e veio direto para a minha garganta.

Ela se aninhou ao corpo de Coop, quando ele colocou o braço sobre seus ombros.

— Nunca sonhei em estar sendo atacada por um felino. Nunca. Nem mesmo depois de ser mordida, ou sair de uma situação perigosa. Mas essa porcaria toda causou esse sonho. Não posso continuar sentindo medo. Não posso continuar presa aqui.

— Há outras maneiras de sair.

— O quê? Ir para a cidade para fazer compras?

— Isso configura dar uma saída, não é?

— Agora você está parecendo a minha mãe. Vai me fazer bem, desanuviar a cabeça. Quero dizer, quando não tenho que escutar que a Tansy quer a melhor amiga e madrinha com ela na escolha do vestido de casamento.

— Então você vai.

— Claro que vou. — Ela suspirou. — A mãe da Tansy pegou o voo pra cá hoje, e amanhã sairemos em nossa "expedição". E estou me sentindo culpada por estar irritada em ter que ir.

— Você poderia comprar algumas *lingeries* novas e bem sensuais.

Ela o olhou de soslaio.

— Você só pensa nisso.

— Se eu continuar pensando, em algum momento conquisto meu prêmio.

— Eu preciso das colinas, Coop. — Os dedos nervosos voltaram a remexer nas cordas do capuz. — Por quanto tempo devo permitir que ele as tire de mim?

Desta vez, ele se inclinou e pressionou os lábios contra o topo da cabeça de Lil.

— Podemos levar os cavalos até Custer. Então cavalgaremos pelas colinas o dia todo.

Ela queria dizer que aquelas não eram as *suas* colinas, mas teria sido um gesto mesquinho e infantil.

Lil contemplou a silhueta das colinas escuras sob o céu noturno. *Em breve*, ela pensou.

Precisava ser logo.

𝓛IL PRECISOU lembrar a si mesma, mais de uma vez, que gostava de fazer compras. O aspecto geográfico e as circunstâncias significavam muitas compras on-line, então, quando tinha a chance de se ver envolta nas cores, formas, texturas e cheiros das compras ao vivo, ela aproveitaria com entusiasmo.

E ela gostava da companhia das mulheres, especialmente daquelas. Sueanne Spurge era charmosa e bem-humorada, e se deu bem logo de cara com Jenna e Lucy.

Lil também adorava a cidade. Bem, geralmente adorava. Apreciava uma mudança de ritmo, as vistas, lojas, a multidão. Desde a infância, sempre que tinha que ir a Rapid City, ela encarava como um dia especial, cheio de diversão e mil e uma atividades.

Mas agora o barulho a incomodava, as pessoas se colocavam no meio do caminho, e tudo o que ela mais queria era voltar ao refúgio — lugar que, na noite anterior, mais se parecia a uma prisão.

Estava sentada na agradável sala de provas da loja de noivas, saboreando água com gás com uma fatia de limão, e pensava sobre trilhas que poderia seguir se *ela* tivesse a oportunidade de caçar Ethan.

Começaria pela pradaria onde ele havia desativado a câmera. As equipes de busca percorreram toda aquela área, mas não importava. Eles devem ter deixado alguma coisa passar batido. Ele já havia matado naquele lugar, pelo menos duas vezes. Uma pessoa e o seu puma. Aquele local fazia parte de seu território de caça.

A partir dali ela poderia vasculhar o terreno até a trilha de Crow Peak, onde ele, provavelmente, interceptou James Tyler. De lá seguiria até o rio, onde o corpo foi encontrado. Em seguida, iria...

— Lil!

Com o sobressalto, Lil quase derrubou a água em seu colo.

— O que foi?

— O vestido. — Tansy abriu os braços para mostrar o vestido marfim de ombros caídos, todo confeccionado em seda e renda.

— Você está linda.

— Todas as noivas ficam lindas. — Uma pitada de impaciência despontou na voz de Tansy. — Estamos ouvindo as opiniões sobre o vestido.

— Humm...

— Eu amei demais! — Sueanne entrelaçou as mãos no peito, os olhos marejados. — Querida, você parece uma princesa.

— A cor fica adorável em você, Tansy — acrescentou Jenna. — O tipo de branco mais cálido.

— E as linhas. — Lucy deslizou a mão para cima e para baixo nas costas de Sueanne. — É muito romântico.

— É um vestido espetacular. — Lil conseguiu, por fim, dizer.

— Mas é um casamento no campo e ao ar livre. Ninguém aí acha que, sim, o vestido é espetacular, mas parece exagerado para um simples casamento no campo?

— Você ainda é a peça central — insistiu Sueanne.

— Mamãe, eu sei que a senhora tem a Princesa Tansy em mente, e eu te amo por isso. Também amei o vestido. Mas não é o que pensei em usar para o meu casamento.

— Ah... Bem... — Nitidamente desanimada, Sueanne ainda conseguiu dar um sorriso vacilante. — Tem que ser o vestido do *seu* agrado.

— Por que não continuamos procurando o perfeito? — sugeriu Lucy. — Lil pode ajudar Tansy a tirar esse daí e experimentar outros que temos aqui. Talvez não tenhamos visto o vestido perfeito nesse bolo todo.

— Essa ideia é excelente. Venha, Sueanne. — Jenna segurou o braço da mãe da noiva e a conduziu para fora da sala.

— Eu amei esse, de verdade. — Tansy deu uma volta diante do espelho triplo. — Por que não amaria? Se estivéssemos fazendo algo mais formal, eu o escolheria num piscar de olhos, mas... Lil!

— Humm... Droga. Desculpa! Desculpa. — Colocando o copo de água ao lado, ela se levantou para desabotoar a parte de trás do vestido. — Sou uma péssima amiga. Sou a pior madrinha dentre todas as madrinhas do **mundo**. Mereço usar uma musseline púrpura com muitos babados e mangas **bufantes**. Por favor, não me obrigue a usar musseline púrpura.

— Vou deixar essa alternativa anotada — disse Tansy, com um tom sombrio —, então se liga. Eu sei que você não queria vir hoje.

— Não é isso. Só não estou conseguindo me concentrar. Mas agora estou focada. Juro solenemente.

— Então me ajude a vestir o que escondi atrás daquele com a saia enorme. Sei que a mamãe quer que eu use um vestido branco estilo princesa, e de preferência com uma cauda gigante e seis milhões de lantejoulas. Mas vi aquele lá fora e me conquistou. Acho que é o escolhido.

O tecido era da cor de mel derretido, com o decote em formato de coração e bordado com pequenas e delicadas pérolas. A cintura se estreitava e se abria em um discreto floreio. Fitas se entrelaçavam às costas até formarem o intricado laço que se destacava na cintura.

— Oh, Tansy... Você parece... irresistível. Se não fosse pelo Farley, eu me casaria com você.

— Eu estou brilhando. — Tansy se virou na frente do espelho, o semblante radiante. — É isso que eu quero. Eu quero brilhar do lado de fora do mesmo jeito que estou por dentro.

— Você está resplandecente. Não é somente espetacular. É deslumbrante e totalmente a sua cara.

— É o *meu* vestido de noiva. Você precisa me ajudar a convencer a minha mãe. Não quero desapontá-la, mas este é o meu vestido.

— Acho que...

Lil parou abruptamente quando Sueanne entrou toda agitada, liderando a comitiva. Na mesma hora, ela encarou Tansy, e cobriu a boca com as mãos. Lágrimas escorreram de seus olhos.

— Oh, meu amor... Minha menina.

— Acho que não precisamos convencer ninguém — concluiu Lil.

Fazer compras realmente desanuviava sua mente quando ela permitia. E não havia nada mais divertido do que um dia de compras só com mulheres. Vestidos, sapatos e bolsas bonitas, tudo comprado sem a menor culpa graças ao casamento de Tansy.

O intervalo foi um almoço requintado, que incluiu, sob a insistência de Sueanne, uma garrafa de champanhe. Com o humor tão borbulhante quanto o vinho, elas voltaram às tarefas em mãos, vasculhando floriculturas e confeitarias em busca de ideias e inspiração.

Triunfantes, elas se espremeram de novo na SUV de Jenna, com uma cadeia montanhosa de sacolas de compras. Quando chegaram em Deadwood, para deixar Tansy e a mãe, as luzes dos postes de rua já estavam acesas.

— Eu aposto que caminhamos pelo menos uns trinta quilômetros hoje. — Com um gemido, Lucy esticou as pernas. — Vou encerrar o dia com um longo e agradável descanso na banheira.

— Estou morrendo de fome. Fazer compras me dá fome. E meus pés estão doendo horrores — admitiu Jenna. — Eu me pergunto o que posso comer... dentro da banheira.

— Isso porque você saiu da loja usando seus sapatos novos.

— Não consegui resistir. — Jenna remexeu os dedos doloridos dos pés. — Não posso acreditar que comprei três pares de sapatos de uma vez. Você é uma má influência.

— Estavam em promoção.

— Apenas um par estava em promoção.

— Você economizou dinheiro com esse, então não é como se o tivesse comprado pelo preço de verdade.

— Não é?

— Não — respondeu Lucy, em um tom de voz equilibrado. — É uma economia. Olhe por esse lado: você comprou apenas dois pares. E um deles é para usar no casamento. Esse já era uma espécie de obrigação ter que comprar. Portanto, você só comprou mesmo um par.

— Sua lógica é sábia. E confusa.

No banco traseiro, Lil ouvia as amigas de longa data desfrutarem da companhia uma da outra, e sorriu abertamente.

Ela admitiu que não havia dedicado tempo o bastante para momentos assim. Tempo apenas para ficar sentada ouvindo sua mãe falar, estar na companhia dela, e de Lucy. Deixou aquele desgraçado roubar isso dela também, esses pequenos momentos de prazer.

Isso iria acabar.

— Vamos ter um dia de SPA.

Jenna relanceou um olhar para a filha através do espelho retrovisor.

— Um o quê?

— Um dia de SPA. Não faço uma limpeza de pele ou arrumo as unhas desde antes de viajar para a América do Sul. Vamos descobrir quando todas podemos tirar um dia de folga e agendar uma porção de tratamentos luxuosos no SPA.

— Lucy, tem alguém no banco de trás fingindo ser a Lil.

Lil se inclinou entre os bancos e cutucou o ombro da mãe.

— Vou pedir para Mary ligar e reservar um horário assim que eu verificar a minha agenda e a de Tansy, então é melhor avisarem se tem algum dia na semana que vem que está vetado. Caso contrário, azar o de vocês.

— De alguma maneira, acredito que posso liberar minha agenda. E você, Lucy?

— Posso ter que reorganizar algumas coisas, mas também acho que posso liberar minha agenda. Não vai ser divertido? — Ela se virou para sorrir para Lil.

— Sim. Será bem divertido. — *E um pouco atrasado.*

Lil desceu do carro quando chegaram à casa de Lucy, para poder esticar as pernas e trocar de lugar com ela no banco da frente.

— Deixe-me te ajudar com essas sacolas.

— Eu comprei tudo, e posso carregá-las — rebateu Lucy.

Diante do porta-malas do SUV, as três reviraram as sacolas de compras.

— Esta é minha — disse Lucy. — Essa aí é da sua mãe. Esta aqui... sim, é minha também. E aquela ali. Eita, eu exagerei um pouquinho.

Com uma risada gostosa, Lucy deu um beijo na bochecha de Jenna.

— Não sei quando foi a última vez que me diverti tanto. Boa noite, querida — disse, dando um beijinho em Lil. — Vou ter que ouvir o Sam me perguntar por que precisava de *mais de um* par de sapatos, quando só tenho dois pés, e depois vou enfiar esses ossos velhos na banheira.

— A gente se fala amanhã! — gritou Jenna, e esperou até que Lucy estivesse dentro de casa antes de seguir pela estrada da fazenda. — E você? Pretende relaxar na banheira ou comer?

— Estou pensando em me livrar dos sapatos, colocar os pés para cima e comer um sanduíche *beeeem* recheado.

— Você teve um dia agradável e será uma madrinha linda.

— O vestido é sensacional. — Com um suspiro, Lil recostou a cabeça no banco. — Não faço uma maratona de compras assim há anos. Literalmente, anos.

— Sei que não foi fácil pra você tirar um dia inteiro assim. E agora está planejando um dia de SPA. Você é uma boa amiga.

— Ela faria o mesmo por mim. Além disso, vestido maravilhoso, sapatos fabulosos e uma porção de outros itens que eu nem precisava de fato.

— É mais divertido quando você não precisa deles.

— É verdade. — Lil brincou com os novos brincos que havia comprado, e do mesmo jeito que a mãe fez com os sapatos, já saiu da loja com eles nas orelhas. — E por que isso mesmo?

— Comprar o que você precisa é o resultado de trabalho árduo. Comprar o que não precisa é a recompensa por esse trabalho. Você se esforça demais, querida. Fico feliz que tenha tirado um tempinho pra você. Foi legal ver Sueanne toda feliz e empolgada, certo? Ela não para de falar do Farley.

— Isso te deixa toda orgulhosa.

— Deixa mesmo. É tão gratificante quando dizem que seu filho é uma boa pessoa. Fico tão em paz, só de saber que ele será muito bem-vindo naquela família. Você também ficará feliz em ter sua amiga morando pertinho.

— Quer apostar que o papai e o Farley abandonaram o jogo de xadrez e passaram a noite toda planejando a construção da casa?

— Sem dúvida. Eles provavelmente vão lamentar quando eu chegar.

Quando chegaram ao portão, Jenna parou para que Lil pudesse passar o cartão-chave e digitar a senha.

— Não consigo expressar o quanto me sinto melhor sabendo que você agora tem toda essa segurança. Quase tão bom quanto saber que você não está indo para uma casa vazia.

— É uma situação estranha, ter o Coop aqui. Eu quero que ele esteja aqui, mas ao mesmo tempo, estou tentando não me acostumar com a ideia de tê-lo aqui.

— Você está insegura.

— Estou mesmo. Uma parte minha sente que posso estar punindo-o por algo que ele fez, ou não fez, disse ou não disse, quando eu tinha vinte anos. Não quero fazer isso. Outra parte minha se pergunta se estamos juntos aqui por causa de toda essa situação, porque estou em apuros e ele precisa ajudar.

— Você tem dúvidas de que ele te ama?

— Não. Não tenho.

— Mas...?

— Mas se eu não guardar alguma coisinha para mim, e ele for embora de novo, não sei se conseguiria superar.

— Não posso te dizer o que fazer. Bem, eu poderia, mas não farei isso. Vou apenas dizer que nada neste mundo vem com garantia. Com pessoas, com amor, uma promessa tem que ser o suficiente. Quando for suficiente pra você, você acabará se permitindo viver com intensidade.

— É difícil pensar com clareza, ou sentir com clareza, com essa nuvem sombria sobre a minha cabeça. Não quero tomar uma decisão ou dar um passo tão grande quando tudo ao meu redor está tumultuado desse jeito.

— É muito sensato da sua parte.

Lil encarou a mãe com os olhos semicerrados assim que ela puxou o freio de mão diante do chalé.

— E é errado?

— Eu não disse isso.

— Disse, sim. Só não em voz alta.

— Lil, você é minha filha. A menina dos meus olhos. — Com a mão estendida, Jenna levantou uma mecha de cabelo da filha, deixando os fios sedosos escorregarem pelos dedos. — Quero você segura e feliz. Não ficarei satisfeita até saber que você está, tanto quanto possível. Eu amo o Cooper, então ficaria emocionada se você decidisse que ele é parte daquilo que te deixa segura e feliz. Mas segurança e felicidade são o que mais quero para você, seja qual for a sua decisão. Por enquanto? Gosto de ver a caminhonete dele ali, e as luzes acesas no seu chalé. E... gosto de vê-lo saindo na varanda para te receber em casa.

Jenna saiu do SUV.

— Oi, Coop.

— Senhoras. — Ele desceu os degraus. — Como foi o passeio?

— Você pode deduzir pela quantidade de sacolas que ainda estão no porta-malas. Chegamos até a cogitar a ideia de alugar um caminhão de mudanças por causa do volume, mas conseguimos dar um jeito de enfiar as compras e nós todas dentro do carro. Por pouco.

Ela abriu a tampa do bagageiro e começou a passar as sacolas para ele

— Vocês deixaram alguma coisa para o resto das mulheres do estado?

— Se dependesse de nós, não teria sobrado nada. Pronto. O resto é meu, todo meu. — Ela se virou e deu um abraço apertado em Lil. — Não fazemos compras com tanta frequência.

— Eu teria que me dar um aumento para conseguir fazer compras mais vezes.

— Me ligue amanhã.

— Pode deixar.

— Cuide da minha garota, Cooper.

— É o primeiro item da minha lista.

Lil acenou em despedida para a mãe, e ficou observando as luzes traseiras até o carro sumir de vista.

— Está tudo bem por aqui?

— Tudo tranquilo.

— Eu deveria conferir se alguém deixou qualquer mensagem para mim.

— Matt e Lucius ainda estavam aqui quando cheguei em casa. Pediram que eu te avisasse que tudo correu bem na sua ausência, mesmo que você não fosse gostar de ouvir isso.

— É óbvio que gosto de ouvir isso.

— Então, por que está franzindo a testa? Vou levar todas essas coisas para dentro.

— Eu só não estou acostumada a ficar fora o dia todo.

E agora que estava de volta, ela se perguntava o que diabos a possuíra para sugerir mais um dia longe dali.

— Você passou seis meses no Peru.

— Isso é diferente. Não ligo se é meio ilógico, mas é diferente. Eu deveria dar uma volta pelos habitats.

— Eu já fiz a ronda. — Coop largou as sacolas ao pé da escada. — Baby se contentou comigo.

— Aaah... Isso também é bom. Pelo jeito, não há notícias sobre Ethan, ou alguma coisa naquela área.

— Eu te contaria se houvesse. — Ele se inclinou e a beijou. — Por que você não relaxa um pouco? Não é relaxante esvaziar o estoque inteiro de tudo quanto é loja? Pelo menos para as mulheres?

— Isso é muito sexista, e em grande parte uma verdade. Estou morrendo de fome.

— Comi as sobras do jantar de ontem.

— Eu quero um sanduíche. Um bem gigante.

— Então, que bom que eu também fui ao mercado fazer compras — disse ele, enquanto a acompanhava até a cozinha. — Porque você não tinha pão ou qualquer outra coisa, além de pasta de amendoim, para montar um sanduíche.

— Ah... Poxa, obrigada, então. — Ela abriu a geladeira e ficou encarando o conteúdo com os olhos arregalados. — Uau. Tem um bocado de comida aqui.

— Não se dois adultos realmente fazem algumas refeições por dia.

Dando de ombros, ela pegou as embalagens de frios.

— Decidimos por um almoço mais chique, o que significa que você acaba pedindo salada. Do tipo chique. Eu quase pedi um sanduíche misto, mas de algum modo parecia a escolha errada. Especialmente porque tomamos champanhe. Acho que não dá para comer um sanduíche e beber champanhe ao mesmo tempo.

Ele se sentou no banco, e a observou com atenção.

— É evidente que você se divertiu.

— Eu me diverti mesmo. Demorei um pouco para entrar no ritmo, na vibe, enfim. Mas, felizmente, consegui e não serei obrigada a usar babados púrpuras no casamento da Tansy.

Com a cabeça inclinada, ele perguntou:

— Afinal, o que diabos são esses babados púrpuras?

— O pesadelo de toda madrinha de casamento. Tansy escolheu o vestido mais lindo. Um vestido estonteante, que o meu vai complementar com perfeição. Depois vieram os sapatos. Ver a Lucy e minha mãe na loja de sapatos é emocionante e esclarecedor ao mesmo tempo. Sou uma reles amadora em comparação. Daí, fomos comprar bolsas.

Ela falou sobre bolsas, depois sobre as floriculturas, revivendo pequenos momentos do dia enquanto se servia de um copo de leite.

— Nós percorremos as lojas como um bando de veados esfomeados. Acho que meu cartão de crédito soltou um último suspiro no final do dia. — Lil levou o sanduíche e o leite para a mesa. — Meu Deus do céu, que dor nos pés.

Enquanto dava uma mordida no lanche, descalçou os sapatos.

— É tipo um trabalho, sabia? Uma expedição de compras. É um esforço tão físico quanto limpar os estábulos.

— Uh-hmm. — Ele fez com que Lil colocasse os pés sobre o seu colo, e começou a massagear as plantas com os nódulos dos dedos.

Lil sentiu os olhos se revirarem nas órbitas.

— Aaahhh... É bem provável que isso seja o mesmo que estar no Paraíso. Um sanduíche gigante, um copo de leite gelado e uma massagem nos pés.

— Você é uma companhia muito barata, Lil.

Ela sorriu e deu mais uma dentada.

— Quantos detalhes, de verdade, você ouviu sobre a minha aventura consumista?

— Eu me perdi na loja de sapatos.

— Como eu suspeitava. Para sua sorte, você faz uma massagem muito boa nos pés.

Mais tarde, quando pendurou o novo vestido no armário, ela percebeu que realmente seu dia havia sido excepcional. Sem estresse — quando decidiu colocar o estresse de lado —, e repleto de momentos de alegria verdadeira e tolices maravilhosas.

E sua mãe estava certa, ela se deu conta enquanto ouvia Coop escolher o canal de esportes para saber os resultados dos jogos de beisebol. Era bom ter alguém que saía ao alpendre para lhe dar as boas-vindas quando chegava em casa.

Capítulo vinte e oito

⌘ ⌘ ⌘

LIL SENTIU o toque suave, apenas um leve roçar em seu ombro, descendo pelo braço. Era como se ele estivesse se assegurando de que ela estava ali, antes de sair da cama no quarto ainda escuro antes do amanhecer.

Ela ficou deitada, agora acordada, na cama aconchegante e repleta de calor — calor deixado pelo corpo de Coop —, e ouviu o barulho do chuveiro sendo ligado. A água da ducha caindo contra os azulejos e a banheira.

Chegou a considerar a possibilidade de se levantar, preparar o café, começar o dia com antecedência. Mas havia algo reconfortante, tão simples e agradável, em ficar exatamente onde estava, apenas ouvindo a água correr.

O encanamento estalou, e ela sorriu quando ouviu o palavrão abafado através da porta do banheiro. Ele costumava tomar banhos longos, o suficiente para o pequeno aquecedor reclamar.

Ele se barbearia a seguir — ou não, dependendo do humor. Escovaria os dentes, com a toalha enrolada ao redor dos quadris e com o cabelo ainda pingando. Ele esfregaria a toalha no cabelo com rapidez, e impaciência, e talvez passasse os dedos por entre os fios algumas vezes.

Ah, que delícia ter um cabelo que não precisava de cuidados ou tanto tempo. Mas, de qualquer forma, a vaidade não fazia parte da personalidade de Coop. Ele já estaria com a cabeça ligada no que precisaria ser feito naquele dia, qual tarefa enfrentaria primeiro na lista diária de afazeres.

Ele tinha assumido muitas responsabilidades, ela refletiu. A fazenda, os negócios e, por ser quem ele era, também assumira a responsabilidade de encontrar maneiras de envolver os avós no dia a dia, garantindo que ao mesmo tempo eles não se esforçassem além da conta.

E, então, ele a havia incluído em sua vida, ela pensou. Não apenas tentando **reconquistá-la,** mas também a ajudando a lidar com a ameaça muito real para ela e os seus. Isso acrescentava horas extras, preocupação extra e trabalho extra em seu dia.

E ele ainda lhe trazia flores.

Coop voltou para o quarto, movendo-se silenciosamente. Ela sabia que isso era uma habilidade inata dele, além de pura consideração. Ele tomava todo o cuidado para não acordá-la, fazendo questão de se vestir no quarto imerso em penumbra, calçando as botas só depois.

Ela podia sentir o cheiro do sabonete e do banho recente, e encontrava outro tipo de conforto no aroma. Ouviu quando ele abriu uma gaveta, fechando em seguida com o maior cuidado.

Mais tarde, ela pensou, desceria sentindo o cheiro de café, o cheiro de companhia. Alguém que se importava o suficiente para pensar no bem-estar dela. Era provável que ele acendesse a lareira, para aliviar o frio da casa, mesmo que estivesse de saída.

Se ela precisasse dele a qualquer hora do dia, bastava ligar, e ele daria um jeito de ajudar.

Ele se aproximou da cama e se inclinou para depositar um beijo em sua bochecha. Lil estava prestes a falar alguma coisa, mas achou que as palavras estragariam o momento, e a distrairiam do que estava acontecendo dentro dela. Decidiu permanecer em silêncio enquanto ele saía do quarto.

Na noite anterior, Coop havia saído ao seu encontro na varanda para recebê-la. Ele havia comido as sobras e ido ao mercado. Havia caminhado ao lado dela na ronda noturna pelos habitats.

Ele estava esperando por ela, Lil admitiu. Mas o que *ela* estava esperando?

Promessas, garantias, certezas? Ele havia arrebentado o seu coração e a deixado indescritivelmente solitária. Não importava que ele tivesse sido motivado por boas intenções, ainda assim, a mágoa foi infligida. Ainda existia. E Lil a temia quase tanto quanto temia Ethan.

De fato, Coop era o único homem que já tivera o poder de partir seu coração ou a deixar com medo. Ela queria viver sem esse risco? Porque isso nunca aconteceria, não com Coop. Assim como ela nunca, jamais, se sentiria tão completamente segura, feliz e entusiasmada com qualquer outra pessoa.

À medida que a claridade do alvorecer se infiltrava pelas janelas, ela o ouviu sair. Primeiro escutou a porta se fechando, e segundos depois, o ruído do motor de sua caminhonete.

Ela se levantou, foi até a cômoda e abriu a última gaveta. Revirou a pilha de agasalhos até encontrar o puma que ele havia esculpido de presente para ela quando eram crianças.

Sentada de pernas cruzadas no chão, ela deslizou os dedos pelos contornos do objeto, como havia feito inúmeras vezes ao longo dos anos. Era verdade que o mantinha guardado. Mas levava consigo em todas as viagens, e o escondia naquela gaveta quando estava em casa. Seu amuleto da sorte. E um pedaço palpável dele que ela nunca tinha conseguido jogar fora.

Por meio desse símbolo esculpido de maneira rústica, Coop a acompanhara ao Peru, ao Alasca, África, Flórida e à Índia. Ele havia sido seu companheiro em todas as expedições de estudos em campo.

Vinte anos, ela pensou. Quase vinte anos desde que ele pegou um pedaço de madeira e esculpiu a imagem daquilo que ele sabia — mesmo naquela época — que ela mais valorizava.

Como poderia viver sem isso? Por que escolheria tal alternativa?

De pé, ela colocou o puma em cima da cômoda e depois abriu outra gaveta.

Ela sentiu atração por Jean-Paul. Esperava, de verdade, que ele estivesse bem e feliz. Lil desejava a ele o amor que aquele homem merecia.

Então, em seguida, esvaziou a gaveta e levou todas as peças de lingerie escada abaixo. O fogo crepitava na lareira, e o cheiro de café a seduzia pelo ar. Na cozinha, ela colocou as camisolas em uma sacola, e com um sorriso discreto nos lábios, deixou tudo na lavanderia.

Aquilo ali esperaria até que ele voltasse para casa, Lil pensou, porque este era o lar de Coop agora. Para os dois. O lar era o lugar onde você se sentia amado, se tivesse sorte de encontrar isso. Era o lugar onde alguém acenderia a lareira, e onde faria questão de estar quando você chegasse em casa.

Era o lugar onde você guardava aquilo que possuía de mais precioso. Um taco de beisebol, um puma esculpido em madeira.

Ela serviu uma caneca de café e a levou consigo para o andar superior. Lá em cima, ela se vestiu para o dia. *Era um bom dia quando você se abria para as alegrias e os riscos do amor,* ela pensou.

COOP COMEÇOU a pingar de suor já na primeira tarefa da manhã — limpando os estábulos. Eles tinham três aluguéis em grupos reservados para o dia, dois deles com guias; precisaria preparar mais alguns cavalos e entrar para organizar tudo. Também precisava agendar uma visita do veterinário e do ferrador, tanto ali no haras quanto na fazenda. Ele tinha que entrar no escritório e checar se havia novas reservas no site.

E Coop também queria um tempo, uma hora completa sem interrupções para estudar os arquivos, suas anotações, o mapa e tentar encontrar um novo ângulo para rastrear Ethan Howe.

Ele sabia que o local exato estava ali, mas, de algum modo, estava deixando passar batido. Um punhado de homens não poderia averiguar milhares de hectares de colinas, florestas, cavernas e planícies. Os cães farejadores não conseguiriam acompanhar o cheiro quando, essencialmente, não havia nada para ser rastreado.

O que precisava era de uma isca. Alguma coisa que atraísse Ethan para fora da toca, apenas o suficiente para encurralá-lo. Mas, como a única isca que parecia eficaz o bastante para realizar esse feito era Lil, ele precisava encontrar outra maneira.

Outra perspectiva.

Arremessou outra leva de feno sujo nc carrinho de mão e depois se apoiou no forcado quando seu avô entrou. Ele quase não mancava agora, Coop reparou, embora geralmente piorasse se Sam ficasse de pé por várias horas.

Coop sabia que a perspectiva, nesse caso do avô, em específico, era se o homem fizesse pausas periódicas sem se dar conta de que eram pausas.

— Exatamente o homem que eu queria ver. — Coop se posicionou entre o carrinho de mão e Sam, antes que o avô resolvesse levar o estrume para a pilha que se acumulava do lado de fora. — O senhor pode me fazer um favor? Precisamos marcar um horário para o veterinário e o ferrador darem um pulo aqui e nos estábulos. Se pudesse agendar essas visitas para mim, o senhor me economizaria um tempinho hoje.

— Claro. Eu disse que cuidaria da limpeza.

— Certo. Acho que esqueci disso. Bem, já está quase finalizado.

— Rapaz, você nunca esquece porcaria nenhuma. Agora, me passa esse forcado.

— Sim, senhor.

— Caso você esteja quebrando a cabeça para encontrar maneiras de me manter longe de encrenca e sentado na cadeira de balanço, vou acalmar a sua mente. — Com a graciosidade da longa experiência, Sam começou a limpar a última baia. — Joe e Farley vão me dar uma ajudinha hoje, para verificar as cercas. Também vou contratar o rapazinho dos Hossenger para fazer algumas tarefas por aqui, antes e depois da escola. Se ele trabalhar direitinho, pretendo mantê-lo durante o verão. Ele colocou na cabeça que quer trabalhar com cavalos. Vamos dar uma chance a ele.

— Tudo bem.

— Ele tem as costas fortes e não é um idiota. Eu estava conversando com Bob Brown ontem. Ele me disse que a neta está procurando emprego. A garota sabe andar a cavalo, e está pensando em te perguntar se você precisa de outro guia.

— Seria bem útil, ainda mais com a temporada se aproximando. Ela conhece todas as trilhas?

— Bob diz que sim, e ela é sensata. Você pode conversar com ela pessoalmente e decidir.

— Vou fazer isso.

Sam inflou as bochechas.

— Jessie Climp dá aulas no ensino fundamental, e está procurando por um trabalho de verão. Talvez você pudesse falar com ela também. Ela sempre conviveu com cavalos desde que nasceu, e é muito boa com crianças. Seria uma excelente escolha para aqueles passeios de pônei que você quer introduzir no catálogo.

Coop sorriu. Então, eles conversaram sobre as mudanças e acréscimos que ele queria fazer.

— Vou conversar com ela.

— Esse negócio dos novos computadores e tudo mais, deixo pra você e Lucy. Não quero ter nada a ver com essas porcarias mais do que o necessário.

— Vamos dar uma olhada nisso, na primeira chance que tivermos.

— Quanto a adicionar mais coisas, pode ser que eu converse com Quint para ele projetar algo. Bati um papo com a Mary Blunt sobre esse negócio de ponto de vendas, e ela me disse que o refúgio da Lil fatura um bom troco com essas coisas de cartões-postais e afins.

— O senhor andou ocupado...

— Fui ao médico ontem. Ele disse que estou em forma e saudável. A perna está curada. — Para provar o ponto, Sam deu um tapinha na coxa. — Na minha idade, vou ter que zelar mais um pouquinho, mas posso andar e ficar de pé, e posso montar um cavalo e arar uma lavoura. Então, vou voltar a pegar alguns dos passeios guiados. Você não está aqui para se esfolar de trabalhar; não é isso o que eu e sua avó queremos.

— Não me lembro de estar esfolado em qualquer lugar.

Assim como Coop, Sam se apoiou ao forcado.

— Eu estava resistente sobre contratar ajuda. Não gosto de mudanças. Mas as coisas mudam, quer a gente goste ou não, e a questão é que temos um bom negócio com os aluguéis. Melhor até do que esperávamos. Precisamos contratar mais ajuda para lá. E também precisamos de mais peões na fazenda, para que você possa fazer o que veio fazer aqui, e se isso significa acrescentar coisas, mudar um pouco, então é o que vai acontecer.

— Mais ajuda nunca é demais, mas estou fazendo o que vim fazer aqui, independentemente de acréscimos ou mudanças.

— Você veio para ajudar o seu avô inválido. — Sam deu um pulinho e um chute que arrancou uma risada de Coop. — Você está vendo algum inválido aqui?

— Não, mas você também não é nenhum Fred Astaire.

Sam sacudiu o forcado.

— Você voltou para começar a cavoucar de novo as raízes que plantou quando era apenas um menino. Para administrar o haras e ajudar com a fazenda.

— Como eu disse antes, estou fazendo o que vim fazer.

— Não tudo. — Desta vez, Sam apontou o dedo para o neto. — Você está casado com aquela garota? Esqueceu de me convidar para o casamento?

— Não voltei para cá para me casar com a Lil. Eu pensei que ela ia se casar com outra pessoa.

— Se esse fosse o caso, você teria feito de tudo para ganhá-la de volta, e tirar aquele francês do caminho, dez minutos depois de colocar os olhos nela de novo.

— Talvez.

Satisfeito, Sam assentiu.

— É o que você teria feito, com toda certeza. De qualquer modo, estamos contratando e adicionando mais coisas. Sua avó e eu já decidimos.

— Tudo bem. Vou fazer com que dê certo para o senhor, vovô.

— Vai fazer com que dê certo pra você, e eu espero que dê certo para mim. Desse jeito, você terá tempo para fazer tudo o que veio fazer. Deixe que eu termino aqui. Vá lá dentro e convença a sua avó a preparar alguma coisa de café da manhã, antes de sair. Ela já colocou na cabeça o início da limpeza de primavera, então, Deus me ajude. Estou com os nomes e telefones daquele pessoal que falei; está tudo na cozinha.

— Vou levar essa carga aqui primeiro.

— Você acha que não tenho músculos suficientes para fazer isso?

— Vovô, eu acho que o senhor consegue carregar a sua cota de bosta e a de todo mundo junto, mas agora está parado bem no meu caminho.

Coop desviou o carrinho de mão, ouvindo a gargalhada do avô. Com um sorriso no rosto, ele descarregou tudo no monte de estrume.

Na cozinha dos Chance, o café da manhã estava servido. Farley atacou as panquecas, impressionado com a sua sorte. Junto havia salsichas e batatas raladas. Um café da manhã digno da realeza, em sua opinião, para um início de semana.

— Nossos estômagos estão ficando cheios, porque a Jenna esvaziou a minha carteira ontem.

Jenna deu uma cotovelada no ombro do marido, e depois encheu a caneca dele de café. Isso aliviou um pouco a culpa pela dolorosa fatura que chegaria do cartão.

— A carteira é *nossa*, senhor.

— E ainda está vazia.

Ela riu e se sentou para revisar sua lista de compras de mercado, a lista para a loja de ração e outras tarefas.

— É dia de feira hoje, então vou fazer a limpa naquela lata de biscoitos com o dinheiro que você tem estocado lá dentro.

— Eu costumava pensar mesmo que vocês tinham uma dessas — comentou Farley, entre as mordidas.

— O que te faz pensar que não tenho? Aceite meu conselho, Farley, e arranje uma lata de biscoito pra você, e enterre bem fundo. Um homem casado precisa de algumas reservas.

Os olhos de Jenna cintilavam com o humor, mesmo quando encarou o marido com as pálpebras semicerradas.

— Eu sei onde tudo está enterrado por aqui. E também sei exatamente onde enterrar *você*, de modo que ninguém nunca encontre o corpo, se não tomar cuidado.

— Uma mulher que pode ameaçar sua vida antes de o café da manhã acabar é o único tipo de mulher que vale a pena ter — disse Joe a Farley.

— Eu tenho uma dessas. Sou um homem de sorte.

— É melhor que os dois sortudos aí terminem logo e deem o fora, se esperam concluir o trabalho e ajudar o Sam.

— Vamos ficar lá fora praticamente o dia inteiro. Estamos com o rádio se você precisar de alguma coisa.

— Meu dia também está atarefado. Lucy vai preparar o almoço de vocês, então ninguém vai morrer de fome; e nem precisarão voltar antes de terminarem. Mais tarde vou até a cidade, então passo pela fazenda deles depois. Ela já começou a limpeza da primavera, e pretendo fazer as compras dela de mercado.

— Você pode dar uma passada na loja de ferragens? Preciso de algumas coisas.

— Coloque na lista.

Joe escreveu tudo o que precisava enquanto terminava de beber seu café.

— Podemos deixar os cachorros se quiser que eles fiquem por perto hoje.

— Devo sair dentro de umas duas horas, de qualquer maneira. Deixe os bichinhos correrem soltos com vocês. Pretende jantar em casa hoje, Farley?

— Bem, a mãe da Tansy vai embora hoje, daí eu estava pensando...

— Sei o que você está pensando. Eu te vejo amanhã cedo então. — Ela continuou acrescentando itens à lista enquanto Farley limpava a mesa.

— Vou pegar as ferramentas — disse ele. — Obrigado pelo café da manhã, Jenna.

Quando ficaram sozinhos, Joe deu uma piscadinha para a esposa.

— Vamos ter a casa só para nós esta noite, então, eu estava pensando...

Ela riu com vontade.

— É, também sei o que você está pensando. — Jenna se inclinou para beijá-lo. — Vá embora logo para que possa voltar. E não trabalhe tanto a ponto de não sobrar nada para fazer o que você está pensando.

— Eu sempre tenho algo reservado para isso.

Ela sorriu enquanto terminava suas listas na cozinha sossegada, porque essa era a mais pura verdade.

ℒɪʟ ᴀᴊᴜᴅᴏᴜ a limpar e lavar os habitats, antes de se dirigir ao escritório. Era dia de higiene dental no refúgio, então Matt e vários estagiários estariam ocupados com a sedação dos animais e a limpeza de seus dentes. Além disso, um carregamento de frangos estava previsto para chegar pela manhã. Mais estagiários estariam ocupados com o processo de carregamento e estocagem. A porta da grade da área cercada da leoa fez aquele rangido insuportável quando ela se abaixou para manter Sheba longe enquanto o local estava sendo limpo e desinfetado. *Manutenção estava na lista de afazeres*, pensou, rezando para que não precisassem substituir a porta.

Talvez algum dia ela fosse capaz de arcar com os custos de portas com mecanismo hidráulico, mas isso ainda ia demorar.

— Olha só como você parece toda radiante e feliz esta manhã — comentou Mary.

— Pareço?

— Sim, senhorita. — Mary tirou os óculos de leitura. — Boas notícias?

— Nenhuma novidade, então suponho que isso também seja bom. Hoje o clima vai chegar aos vinte e um graus, uma verdadeira onda de calor. A meteorologia está afirmando que a temperatura vai perdurar até amanhã, antes de cair para uns dez graus. Precisamos de mais ração para o zoológico de contato.

— Já fiz o pedido ontem.

— Tenho novidades. — Lucius gesticulou a balinha de alcaçuz que tinha em mãos. — Acabei de checar o site. Estamos com mais de cinco mil dólares em doações associadas à Delilah. O pessoal está empolgado para saber tudo sobre ela, e sobre o namorico com o Boris. Acho que foi a história de amor dos dois que agitou as coisas.

— Se for por isso, vamos criar um romance para cada animal aqui dentro.

— Esse post ganhou mais visualizações do que qualquer outro ligado às câmeras esta semana, e mais comentários também. Eu estava pensando que poderíamos atualizar as biografias de todos os animais, para dar mais engajamento. E substituir as fotografias, talvez adicionar uns vídeos curtos.

— Ótima ideia. E sabe de uma coisa, Lucius? Talvez você pudesse gravar alguns vídeos do Matt e a equipe de estagiários trabalhando com a limpeza dental. Não é nem um pouco atraente, mas mostra que tipo de cuidados oferecemos a eles, e o trabalhão que dá. É educativo, e pode dar uma estimulada em mais doações de pessoas que não fazem ideia do que é necessário para cuidarmos dos animais.

— Claro, mas teria um efeito maior ainda se você escrever uma matéria para subirmos. Algo divertido que fale como as pessoas odeiam ir ao dentista e coisas desse tipo.

— Vou pensar em alguma coisa.

Ela foi para o escritório, para escrever o artigo que esperava vender relatando o processo de resgate de Delilah. *Daria uma incrementada explorando a história de romance com Boris,* decidiu. Nutrição substancial, cuidados adequados e moradia eram importantes, refletiu, mas a conexão com outro ser vivo tornava a vida muito mais valiosa.

Assentindo, ela se sentou para trabalhar nisso, e pensou que romance, com certeza, estava pairando no ar.

*E*LE ESTAVA pronto, mais do que preparado. Trabalhou por horas, mas sentia que tudo o que precisava e desejava se encontrava agora em seu devido lugar. O momento seria uma incógnita, um fator de risco, mas valeria a pena. Na verdade, seria mais emocionante, mais *importante* com essa incerteza.

Estava pronto para matar, aqui e agora, e também correr esse risco. Mas enquanto observava, escondido, abaixou sua besta. Talvez não precisasse matar para recuperar a isca. Seria melhor se pudesse fazer isso de modo limpo. Levaria menos tempo e energia.

E tornaria a verdadeira caçada mortal em um jogo muito mais satisfatório.

Olhe só para eles, pensou, *veja como estão a caminho de seus afazeres, de suas tarefas inúteis, sem a menor ideia de que ele estava por perto.* Não faziam ideia de que estavam sendo observados.

Ele poderia matá-los com tanta facilidade. Tão mais fácil do que atirar em um veado bebericando em uma poça d'água.

Mas ela não se esforçaria ainda mais, não correria mais rápido, lutaria com mais ferocidade se ele permitisse que eles mantivessem suas vidas desprezíveis? Era possível que se muito sangue fosse derramado, ela acabasse perdendo o brio.

Ele não poderia permitir isso. Esperou muito tempo, trabalhou arduamente.

Dessa maneira, apenas observou enquanto eles carregavam as cercas. Fazendeiros estúpidos, ocupando mais espaço em terras que não lhes pertenciam. A terra *dele*. Enjaulando seu gado imbecil, animais que nem sequer valiam a caça.

Vão em frente, vão, ele os instigou, rangendo os dentes conforme suas vozes e risadas ecoavam até ele. *Vão em frente. Tudo terá mudado quando vocês voltarem.* Sim, era melhor deixá-los vivos, sofrendo quando percebessem o que ele havia feito bem debaixo de seus narizes.

Suas lágrimas seriam mais gostosas do que o sangue deles.

Ele sorriu quando os cães dispararam por conta da empolgação. Havia se resignado a matar os cachorros, mas teria sentido remorso. Agora, pelo jeito, até mesmo o sangue desses animais seria poupado.

Eles partiram, com os cães correndo logo atrás em euforia. E a pequena fazenda no vale das colinas ficou imersa em silêncio. Ainda assim, esperou mais um pouco. Queria que eles estivessem bem longe, fora de vista, e que não o ouvissem sair de seu esconderijo.

Já havia observado a mulher muitas vezes no passado, estudado a rotina da fazenda como faria com qualquer rebanho ao qual caçasse. Ela era forte, e ele sabia que eles tinham armas dentro da casa. Quando ele a levasse, teria que fazer isso rapidamente.

Contornou a parte de trás do celeiro, movendo-se silenciosamente e com rapidez. Em sua mente, ele vestia um traje de camurça, feito com pele de veado, e mocassins. Seu rosto carregava as pinturas que simbolizam o guerreiro que era.

Os pássaros cantarolavam, e alguns animais mugiam. Ele ouviu as galinhas cacarejando, e ao se aproximar da casa, escutou a voz melodiosa da mulher cantando.

A mãe dele nunca cantou. Ela só mantinha a cabeça abaixada, a boca fechada. Ela só fazia o que mandavam, ou levava uma surra. No final, seu pai não teve outra escolha a não ser matá-la. De acordo com a sua explicação, ela o havia roubado. Não entregou as gorjetas que ganhava. Escondeu dinheiro. Mentiu.

Uma vadia branca sem valor, explicou seu pai quando cavou um buraco profundo e a enterrou. Um erro. As mulheres não serviam para nada, e as mulheres brancas eram as piores.

Foi uma lição importante que aprendeu.

Ele se aproximou da janela lateral, recordando-se da disposição da cozinha de acordo com as inúmeras vezes que a havia observado. Foi capaz de ouvir o barulho de pratos e panelas. *Ela devia estar lavando a louça,* ele pensou, e quando arriscou dar uma olhada, viu — satisfeito — que ela estava de costas para ele enquanto abastecia a máquina lava-louças. Havia panelas empilhadas no balcão, e seus quadris se moviam de um lado ao outro enquanto cantava.

Ficou se perguntando como seria estuprá-la, mas logo afastou a ideia. Estupro era algo indigno. Assim como ela não valia o esforço. Ele se recusava a se rebaixar por ela.

Ela era uma isca. Nada mais.

A torneira da pia estava aberta, a água corria e as panelas faziam barulho. Valendo-se de todo o ruído da cozinha, ele se aproximou devagar da porta dos fundos e tentou girar a maçaneta.

Balançou a cabeça, um pouco decepcionado por encontrar a porta destrancada. Já havia visualizado a cena em que arrebentava aquilo com um chute, e o choque em seu rosto quando o fizesse. Em vez disso, simplesmente empurrou a porta e entrou.

Ela se virou bruscamente, com uma frigideira em mãos. Ao se preparar para golpeá-lo ou arremessar aquela coisa, ele apenas ergueu a besta.

— Eu não faria isso, mas vá em frente se quiser essa flecha cravada na sua barriga.

A mulher ficou tão pálida que os olhos escuros se destacaram contra a pele. Então ele se lembrou de que ela compartilhava um pouco de seu sangue. Porém ela o havia deixado diluir. Havia ignorado sua linhagem. Devagar, ela colocou a frigideira sobre o balcão.

— Olá, Jenna — disse ele.

Apreciando o medo nítido, ele a observou engolir em seco antes de responder:

— Olá, Ethan.

— Fora. — Arrancou o celular dela que estava carregando em cima da bancada, e o enfiou no bolso de trás. — Posso atirar um desses no seu pé e te arrastar pelo chão — disse ele, quando ela permaneceu imóvel. — Ou você pode sair andando. A escolha é sua.

Distanciando-se dele o máximo possível, ela foi até a porta e saiu na varanda. Assim que saiu, ele fechou a porta.

— Continue andando. Você vai fazer exatamente o que eu mandar e na hora que eu mandar. Se tentar correr, vai descobrir que uma flecha é muito mais veloz que você.

— Para onde estamos indo?

— Você vai descobrir quando a gente chegar lá. — Ele a empurrou para seguir adiante, quando ela desacelerou os passos.

— Ethan, eles estão à sua procura. Mais cedo ou mais tarde, eles o encontrarão.

— Eles são idiotas. Ninguém me encontra, a menos que eu queira ser encontrado. — Ele a obrigou a atravessar o pátio da fazenda e seguir em direção às árvores.

— Por que você está fazendo isso?

Ethan observou a cabeça dela se mover, da esquerda para a direita, ciente de que ela estava procurando algum lugar para onde correr, avaliando suas chances. Ele quase desejava que ela se arriscasse. Assim como Carolyn fez. *Aquilo* foi bem interessante.

— É o que sou. O que faço.

— Matar?

— Caçar. Matar é a parte final do jogo. Fique contra a árvore, com o rosto virado para baixo. — Ele a empurrou e Jenna teve que estender as mãos para manter o equilíbrio, arranhando as palmas contra o tronco áspero no processo. — Se você se mexer, vou te machucar.

— O que nós fizemos? — Ela tentou pensar, tentou encontrar uma saída, mas não conseguia superar o medo. Podia sentir o terror rastejar dentro dela, percorrendo sua pele até não haver mais nada além disso. — O que fizemos contra você?

— Isto aqui é solo sagrado. — Ele passou uma corda pela cintura de Jenna e amarrou apertado, quase a ponto de deixá-la sem ar. — E é meu. E você... Você é pior que o resto. Você tem sangue Sioux.

— Eu amo esta terra. — *Pense, pense, pense, Jenna.* — Eu... minha família sempre a honrou e respeitou.

— Mentirosa! — Ele empurrou o rosto dela contra a casca da árvore, abrindo uma ferida em sua pele.

Quando ela gritou, Ethan agarrou um punhado de seu cabelo e puxou com força.

— Coloque isso, feche o zíper. — Jogou um casaco corta-vento azul-escuro em suas mãos. — E coloque o capuz. Vamos dar uma caminhada, Jenna. Escute com bastante atenção: se encontrarmos alguém pelo caminho, mantenha a boca fechada, a cabeça baixa, e faça apenas o que eu mandar. Se fizer um movimento sequer, se tentar pedir ajuda, eu vou matar qualquer um com quem você conversar. Daí, a morte deles ficará na sua consciência. Entendeu?

— Sim. Por que simplesmente não me mata agora?

Ele deu um sorriso largo.

— Temos lugares para ir e pessoas para ver.

— Você vai tentar me usar para chegar a Lil, e eu não vou deixar.

Ele agarrou o cabelo de Jenna outra vez, puxando com tanta brutalidade que ela chegou a ver estrelas piscando.

— Posso usar você tanto morta quanto viva. É mais divertido se estiver viva, mas morta também funciona. — Ele deu palmadinhas na faca embainhada em seu cinto. — Você acha que ela reconheceria a sua mão se eu a cortasse e enviasse de presente? Podemos tentar isso. O que acha?

— Não — lágrimas nascidas da impotência e da dor escorreram por suas bochechas —, por favor.

— Então faça o que eu mandar. Coloque isso. — Entregou a Jenna uma mochila surrada. — Somos apenas um casal de trilheiros. — Ele deu um puxão na corda ao redor de sua cintura. — E um de nós está de rédea curta. Agora, ande. Mantenha o ritmo, ou pagará caro por isso.

Ele evitou a trilha demarcada o máximo possível, mantendo um ritmo acelerado no terreno irregular. Se ela tropeçava, ele a puxava e a arrastava. E como ele parecia gostar disso, Jenna cessou qualquer tentativa de retardá-lo.

Jenna sabia que eles estavam contornando os limites das terras da filha, e seu coração martelou no peito.

— Por que você quer machucar a Lil? Veja o que ela fez. Ela está preservando a terra, dando abrigo e cuidado para os animais. Você é Sioux. E respeita os animais.

— Ela os coloca em jaulas para que as pessoas possam olhar para eles. Por dinheiro.

— Não, ela dedicou a vida dela para salvá-los, para instruir as pessoas.

— Dando comida para eles como bichinhos de estimação. — Ele deu outro empurrão em Jenna quando ela hesitou. — Pegando o que deveria ser livre, para colocar em uma jaula. É o que querem fazer comigo. Querem me colocar atrás das grades por fazer o que nasci para fazer.

— Tudo o que ela fez foi para preservar a vida selvagem e a terra.

— Não é a terra dela! Eles não são animais dela! Quando eu tiver acabado com ela, vou libertar todos eles, e eles caçarão do mesmo jeito que eu caço. Vou atear fogo àquele lugar dela até só sobrar as cinzas. Depois farei o mesmo com a sua fazenda, e com todo o resto.

O semblante dele irradiava loucura e propósito.

— Para purificar.

— Então por que você matou os outros? James Tyler? Por quê?

— Pela caçada. Quando caço para comer, é com respeito. O resto? É por esporte. Mas com a Lil... será os dois. Ela tem o meu respeito. Estamos conectados. Pelo sangue, pelo destino. Ela encontrou minha primeira vítima. Eu sabia que um dia competiríamos.

— Ethan, você era apenas um garoto. Nós podemos...

— Eu era um homem. No começo, pensei que tinha sido um acidente. Eu gostei dela. Queria conversar com ela, tocar nela. Mas ela me empurrou para longe. Ela me xingou... me golpeou. Ela não tinha esse direito.

Ethan puxou a corda, fazendo-a tropeçar contra ele.

— Nenhum direito.

— Não. — Com o coração acelerado, Jenna assentiu. — Nenhum direito.

— Então, o sangue dela estava nas minhas mãos, e eu estava com medo. Admito. Fiquei com medo. Mas eu era um homem e sabia o que deveria ser feito. Eu a deixei como uma oferenda para a natureza, e foi o puma que foi atrás dela. Meu guia espiritual. E foi lindo. Eu devolvi à terra o que tinha sido tirado. Foi quando me libertei.

— Ethan, eu preciso descansar. Você tem que me deixar descansar.

— Você vai descansar quando eu disser que é a hora.

— Não sou tão forte quanto você. Meu Deus, sou velha o bastante para ser sua mãe. Não consigo te acompanhar.

Ele parou e Jenna vislumbrou o lampejo de hesitação em seu rosto. Ela engoliu em seco, e perguntou:

— O que aconteceu com a sua mãe, Ethan?

— Ela recebeu o que merecia.

— Você sente falta dela? Você…

— Cala a boca! Fecha essa matraca e pare de falar sobre ela. Eu não precisava dela. Eu sou um homem.

— Até mesmo um homem começa a vida como um menino e…

As palavras de Jenna foram interrompidas quando ele cobriu a sua boca com a mão. Seus olhos estavam focados nas árvores.

— Tem alguém vindo. Mantenha a cabeça abaixada e a boca fechada.

Capítulo vinte e nove

⌘ ⌘ ⌘

ELA SENTIU o braço de Ethan enlaçar sua cintura, e se deu conta de que era para mantê-la quieta e para esconder a corda que se estendia sob o casaco. Rezava pela vida de quem cruzasse o caminho dos dois, e ao mesmo tempo rezava para que eles sentissem o clima de ameaça. Ela não daria nenhum sinal, mas com certeza eles poderiam detectar o medo dela, a loucura do homem que a segurava com força contra a lateral de seu corpo.

Estava tudo refletido nos olhos dele. Como alguém poderia não ver o brilho homicida e ensandecido de seus olhos?

Eles poderiam buscar ajuda. Havia uma chance para conseguirem ajuda. E, assim, Ethan nunca chegaria até Lil.

— Bom dia!

Jenna ouviu a saudação alegre e arriscou erguer o olhar um pouquinho. Sua pulsação acelerou quando avistou as botas, a calça do uniforme. Não era outro trilheiro, pensou, e, sim, um guarda-florestal.

E ele devia estar armado.

— Bom dia — respondeu Ethan. — Com certeza, é um dia bonito!

— Excelente para uma caminhada. Vocês estão um pouco fora da trilha.

— Ah... Estamos explorando um pouco. Vimos alguns veados e pensamos em segui-los por um tempo.

— Não seria prudente se afastarem muito. É fácil se perder se saírem das trilhas demarcadas. Estão pretendendo apenas passar o dia, certo?

— Sim, senhor.

Você não consegue ouvir o tom enlouquecido? Não consegue ouvir isso no tom de alegria excessiva? Está escorrendo de cada palavra.

— Bem, vocês progrediram bastante desde o ponto de partida da trilha. Se vão seguir este caminho, o terreno fica bem íngreme, mas as paisagens valem a pena.

— É por isso que estamos aqui.

— Se voltarem para a trilha demarcada, a experiência será mais agradável.

— Faremos isso, então. Obrigado.

— Aproveitem o dia e o clima bacana. Apenas sigam por ali... — O guarda-florestal hesitou. — Jenna? Jenna Chance?

Sem fôlego, ela tentou negar com a cabeça.

— O que você está fazendo fora...

Ela sentiu, naquele instante, a percepção assumir. Por instinto, levantou a cabeça e chocou o corpo contra o de Ethan. Mas, mesmo enquanto se movia, ele sacou a besta de trás das costas.

Jenna gritou, tentou se lançar para frente. Mas ele estava certo. A flecha se movia rápido, muito mais rápido do que ela poderia correr. Ela viu a flecha atingir o alvo, e a força do impacto derrubou o guarda-florestal no chão.

— Não. Não. Não.

— Sua culpa. — O tapa que ele lhe deu com as costas da mão também a fez cair e se encolher no chão. — Olhe o que você fez, sua vadia estúpida! Olhe a bagunça que tenho que limpar agora! Eu não te mandei ficar com a boca fechada?

Ele desferiu um chute, sua bota acertando a região lombar e fazendo-a rolar e se curvar em defesa.

— Eu não disse nada. Não falei nada. Ah, meu Deus, ele tem uma esposa, tem filhos.

— Então ele deveria ter cuidado da *própria vida*. Babacas. Todos não passam de babacas!

Quando ele passou por cima dela para arrancar a flecha do peito do guarda-florestal, Jenna começou a vomitar.

— Olha só! Acabei ganhando um bônus. — Ele puxou a arma do coldre lateral e a brandiu no ar. — Despojos de guerra.

Empurrando o corpo para o lado, ele procurou pela carteira. Enfiou a pistola de volta no coldre e o desafivelou, prendendo em seguida em seu próprio cinto, antes de guardar a carteira na mochila.

— Levante-se logo daí e venha me ajudar a arrastar o homem.

— Não.

Ele se aproximou, retirou a arma novamente e pressionou o cano da pistola contra a têmpora dela.

— Levante-se ou junte-se a ele. Os dois podem muito bem virar comida de lobos. Viva ou morra, Jenna. Decida-se.

Viver, ela pensou. Ela queria viver. Lutando contra a náusea, e sem fôlego por causa da dor irradiando pelas costas, além da ardência no rosto, ela se levantou. Talvez ele não estivesse morto. Talvez alguém o encontrasse, e pudesse ajudá-lo. Seu nome era Derrick Morganston. Ele era casado com Cathy, e tinha dois filhos pequenos — Brent e Lorna.

Ela disse o nome dele, os nomes de seus familiares enquanto seguia as ordens, pegando-o pelos pés e o arrastando para mais longe da trilha.

Jenna não disse nada quando Ethan usou a corda para amarrá-la a uma árvore, para que pudesse pegar o rádio de Derrick e vasculhar seus bolsos em busca de qualquer coisa útil.

Também se manteve em silêncio quando começaram a andar novamente. Não havia mais nada a dizer, ela pensou. Tinha tentado e falhado em encontrar qualquer sentimento dentro dele ao qual apelar. Ele era desprovido de sentimentos.

Ethan não estava preocupado em cobrir os rastros, e ela se perguntava o que isso significava. Ficou pensando se sobreviveria ao longo do dia, aquele belo dia de primavera. Será que veria seu marido outra vez, sua casa? Será que abraçaria seus filhos? Teria oportunidade de falar com seus amigos, ou usaria seus sapatos novos?

Ela estava lavando a frigideira, pensou, quando sua vida mudou. Será que fritaria bacon novamente?

A garganta ardia, as pernas doíam. As palmas das mãos latejavam por causa dos arranhões. No entanto, todos esses desconfortos significavam que ela estava viva. Ainda estava viva.

Se tivesse a chance de matá-lo para fugir, será que teria coragem? Sim. Sim, ela o mataria para poder viver. Ela se banharia em seu sangue se isso significasse que Lil seria protegida.

Se pudesse pegar a faca ou a arma, uma pedra talvez. Se pudesse encontrar uma maneira de usar as próprias mãos e nada mais.

Ela se concentrou nisso, na direção, na posição do sol, nos pontos de referência. Ali, ela pensou, olhe para as pulsatilas floridas, desabrochando. Delicadas e esperançosas. E vivas.

Ela seria como uma dessas flores.

Pareça delicada, seja corajosa.

Jenna caminhou em frente, pé ante pé, com a cabeça baixa. Mas manteve os olhos, o corpo em alerta para qualquer oportunidade de escapar.

— Estamos em casa — anunciou ele.

Confusa, ela piscou diversas vezes para afastar o suor escorrendo sobre os olhos. Mal conseguia ver a entrada da caverna. Era tão baixa, tão estreita... como um olho semicerrado. Parecia a morte.

Ela se virou de uma só vez, e avançou para lutar contra o homem. Sentiu a dor e satisfação quando conectou o punho ao rosto dele. Aos gritos, usou as unhas, os dentes para arranhar e morder como um animal selvagem. E quando provou o gosto do sangue dele, sentiu a adrenalina bater.

Mas quando Ethan lhe deu um murro na boca do estômago, ela perdeu o fôlego na mesma hora. Quando ele golpeou seu rosto, a luz do sol se tornou fraca por trás da camada vermelho-sangue.

— Sua puta! Sua vagabunda!

Vagamente, ela o ouviu ofegar. Havia conseguido machucá-lo. Já era alguma coisa. Ela lhe causara dor.

Ethan usou a corda para arrastá-la pelo terreno acidentado e para dentro do buraco escuro.

Ela se debateu quando ele amarrou seus pés e mãos, gritou, cuspiu e o amaldiçoou até que foi amordaçada. Ele acendeu uma pequena lamparina, e com a mão livre a arrastou para o interior da caverna.

— Eu podia te matar agora. Podia cortar você em pedacinhos e enviar para ela. O que acha disso, hein?

Jenna o tinha marcado, e isso era tudo em que podia pensar. O sangue brotava e escorria dos arranhões profundos que fizera em suas bochechas, em suas mãos.

Então ele sorriu para ela, um sorriso largo e enlouquecido, e Jenna se lembrou do que era sentir medo.

— As colinas estão cheias de cavernas. Tenho algumas muito boas e que uso regularmente. Essa aqui é a sua.

Ethan colocou a lamparina no chão, e tirou a faca do cinto antes de se agachar diante dela. Em seguida, virou a lâmina para que a luz suave incidisse sobre a borda afiada.

— Preciso de umas coisinhas de você.

Joe, ela pensou. *Joe. Lil. Minha filhinha.*

E fechou os olhos.

$\mathcal{D}$EMOROU MAIS tempo do que ele esperava, mas ainda estava dentro do prazo. O ímpeto, o assassinato acidental, o confronto inesperado que a vagabunda impôs o deixaram com uma sensação de expectativa renovada. A melhor parte era entrar no refúgio como qualquer outro cliente pagante. Era um risco maior ainda, cuja emoção desconhecia limites.

Mas ele não tinha dúvidas de que Lil lhe proporcionaria mais das duas coisas.

Sorriu para a bela estagiária por trás da barba que havia deixado crescer durante o inverno. Ela escondia a maior parte dos arranhões que a vagabunda lhe deu. Ele usava luvas de montaria vermelhas para cobrir os arranhões nas mãos.

— Tem algo de errado com a leoa?

— Não. Ela só está fazendo uma limpeza nos dentes. Os felinos, especialmente, precisam de consultas odontológicas constantes, pois têm a tendência de perder os dentes.

— Porque estão sendo mantidos presos.

— Na verdade, eles manterão seus dentes por mais tempo aqui no refúgio do que se estivessem na natureza. Fornecemos ossos para eles uma vez por semana, um elemento importante para a higiene dental. A boca dos felinos é cheia de bactérias, mas com higienização regular, boa nutrição e pedaços de ossos semanais, podemos ajudá-los a manter o sorriso. — Ela mesma deu um sorriso. — Nosso veterinário e o assistente dele estão garantindo que Sheba conserve os dentes saudáveis.

Aquilo o deixava enojado, furioso. *Escovando os dentes de um animal selvagem, como se fosse uma criança que comeu doce demais.* Ele queria arrastar a garota sorridente para longe dali, e cravar a faca em sua barriga.

— Você está bem? — perguntou ela.

— Estou ótimo, perfeito. Achei que aqui era uma reserva natural. Como vocês não a deixam seguir o rumo natural?

— Parte da nossa responsabilidade com os animais daqui é fornecer cuidados médicos regulares e de qualidade, e isso inclui os dentes. Quase todos os animais do Refúgio Chance foram resgatados de situações de maus-tratos, ou foram acolhidos quando estavam doentes ou feridos.

— Eles estão enjaulados. Como criminosos.

— É verdade que estão confinados. Mas todos os esforços foram feitos para providenciar a cada um deles o seu habitat natural, atendendo às suas necessidades e cultura. É improvável que os animais daqui pudessem sobreviver na natureza.

Ele viu a preocupação, até mesmo a suspeita em seus olhos, e percebeu que havia ido longe demais. Não era por isso que estava aqui.

— Claro. Você é mais entendida no assunto.

— Eu ficaria feliz em responder qualquer pergunta que você possa ter sobre o santuário, ou sobre nossos animais. Você pode visitar o nosso centro educacional. Passamos um vídeo contando a história do refúgio e sobre o trabalho que a doutora Chance fez.

— Talvez eu faça isso.

Ele se afastou, antes de dizer alguma coisa que a deixasse preocupada a ponto de solicitar ajuda. Ou antes que cedesse ao desejo de agredi-la brutalmente.

Ethan entendia o desejo. Ele havia se lavado com cuidado, mas ainda era capaz de sentir o sangue do guarda-florestal impregnado em sua pele. E o da vagabunda. Esse era mais doce, e a sensação doce queria instigá-lo.

Precisava fazer o que havia programado, e sair antes de cometer um erro.

Ele perambulou pelo lugar, parando diante de cada área cercada, mesmo quando a revolta revolvia seu estômago. Quando chegou ao habitat dos pumas, esperava recuperar o equilíbrio, para olhar nos olhos de seu guia espiritual e enxergar a aprovação ali dentro. Uma benção.

Em vez disso, o felino rosnou, expondo as presas conforme andava de um lado ao outro.

— Você está enjaulado há muito tempo, irmão. Voltarei por você algum dia. Você tem minha promessa.

Diante destas palavras, o puma gritou em uma espécie de advertência e se lançou contra a cerca. No complexo, visitantes e funcionários ficaram em alerta. Ethan se afastou rapidamente, e o felino gritou outra vez às suas costas.

Ela o corrompeu, ele pensou enquanto a raiva irradiava por dentro. Ela o transformou em um bichinho de estimação. Nada mais do que um cão de guarda. O puma era *dele*, mas tentou atacá-lo como um inimigo.

Apenas mais um pecado pelo qual ela pagaria em breve.

Eric saiu correndo pelo complexo para verificar Baby. O puma geralmente brincalhão continuava a andar de um lado ao outro. Ele pulou para a sua árvore, depois por cima do telhado de sua toca e saltou novamente para se postar sobre as patas traseiras na parte dos fundos da área cercada.

— Ei, Baby. Ei, acalme-se. O que está te deixando agitado assim? Não posso deixar você sair para correr. Primeiro você precisa checar os dentes.

— Foi por causa daquele cara. — Lena correu para se juntar a Eric. — Eu juro que foi depois que aquele cara passou aqui.

— Que cara?

— Aquele lá. — Apontou. — Ele está indo em direção ao centro educacional. Está vendo? De boné, cabelo comprido, barba. O rosto dele estava todo arranhado também. Você não vai conseguir ver daqui, mas ele está com uns arranhões medonhos sob a barba horrorosa. Eu estava conversando com ele há alguns minutos, e, sei lá… tem algo meio sinistro. Alguma coisa nos olhos dele.

— Vou lá averiguar.

— Talvez fosse melhor chamarmos a Lil.

— E dizer o quê? Que um cara de olhos sinistros está fazendo um tour? Vou só ficar de olho nele.

— Tenha cuidado.

— Cuidado é o meu nome do meio. — Ele recuou alguns passos. — Alguns grupos estão lá dentro do centro, além de outros da nossa galera. Não acho que o cara de olhos sinistros vai causar qualquer problema.

Ethan não foi para o centro, mas cortou caminho e deu a volta para deixar o presente que trouxera em cima da mesa na varanda dos fundos de Lil.

Quando Eric atravessou o complexo, ele já havia desaparecido entre as árvores. A partir dali, ele se moveu com rapidez. A próxima fase do jogo estava prestes a começar. Assim que chegou ao seu posto de observação, ele se acomodou e pegou os binóculos. Comeu umas barrinhas de cereal e bebeu água enquanto mexia no celular de Jenna.

Ele nunca teve um aparelho daqueles, nunca quis um. Mas tinha aprendido a mexer nos de outras pessoas — os que roubou de alguém, ou pegou da vítima a quem havia matado. Ele apertou as teclas e rolou a lista de contatos até chegar ao nome de Lil. Então sorriu.

Não demoraria muito, ele pensou, até que ela recebesse uma ligação da qual nunca mais se esqueceria.

LIL RESPONDEU ao último e-mail da lista. Ela queria ir até o refeitório para conferir se a carne havia sido armazenada corretamente, antes de ver como Matt progrediu nos atendimentos dos animais. Conferiu o relógio, surpresa ao descobrir que já eram quase três da tarde.

Ela havia pedido que Matt adiasse a limpeza dos dentes de Baby e dos outros pumas até que pudesse ajudar. Baby odiava o dia de higiene dental. Então, decidiu dar uma passada em Matt primeiro.

Ao se levantar, ouviu Lena dar uma batidinha no batente da porta.

— Desculpa incomodar, Lil. É que… o Baby está se comportando de maneira estranha.

— Ele provavelmente sabe que está prestes a ser sedado para que os dentes sejam limpos.

— Pode ser, mas… Tipo, um cara esquisitão passou por ali, e foi quando o Baby começou a agir assim. Eric foi até o centro para ver o que estava rolando. Mas tive um pressentimento ruim e quis te contar.

— Que tipo de esquisitice? — perguntou Lil, já saindo do escritório.

— Um tipo esquisitão, meio sinistro… pelo menos para mim. Ele estava dizendo coisas sobre a gente manter os animais enjaulados, como se fossem prisioneiros.

— Às vezes ouvimos essas coisas. Como ele era?

— Tinha o cabelo comprido, barba. Usava um boné de beisebol, jaqueta jeans. E tinha uns arranhões recentes no rosto. Ele continuava sorrindo, mas… sei lá, isso me deu muitos arrepios.

— Tudo bem. Vou até o centro, só por precaução. Me faz um favor? Diga ao Matt que estou resolvendo isso e que vou ajudar com Baby e os outros pumas assim que terminar.

— Claro. Provavelmente não foi nada. É que ele acionou o alerta vermelho do meu Sinistrômetro.

As duas se separaram, e Lil se encaminhou até o centro. Seu telefone tocou e, distraída, ela o tirou do bolso. Ao ver o número da mãe, atendeu na hora.

— Ei, mãe, posso te ligar depois? Preciso...

— Ela também não pode falar com você agora.

Um calafrio percorreu sua coluna. Quando seus dedos tremeram, ela apertou um pouco mais o aparelho.

— Olá, Ethan.

— Que engraçado, foi a mesma coisa que ela disse. Tal mãe, tal filha.

Um medo terrível a fez estremecer, como se tivesse mergulhado em um rio congelado. Mas lutou para manter o tom de voz tranquilo e neutro. *Firme*, pensou, *mantenha-se firme, como faria com qualquer animal selvagem.*

— Eu quero falar com ela.

— O que você quer é parar onde está. Dê mais um passo em direção ao escritório, e eu cortarei os dedos da mão dela.

Ela parou de supetão.

— Boa garota. Lembre-se, eu posso te ver. Você está usando uma camisa vermelha, e está olhando para o leste. Um movimento errado, e ela perde um dedo. Entendeu?

— Sim.

— Comece a andar em direção à sua própria cabana, pelos fundos. Se alguém se aproximar de você, ou te chamar, apenas os dispense com um aceno. Você está ocupada.

— Tudo bem. Mas como vou saber que você simplesmente não roubou o celular da minha mãe? Você tem que me dar mais do que isso, Ethan. Deixe-me falar com ela.

— Eu *disse* que ela não pode falar agora. Mas continue andando. Deixei uma coisinha pra você na mesa dos fundos. Bem em cima da mesa. É isso aí. Corra.

Ela disparou e contornou o chalé, subindo os poucos degraus da varanda às pressas. Tudo dentro dela havia parado — coração, pulmões, cérebro — por aquele instante terrível. Então obrigou-se a pegar o pequeno saco plástico.

Lá dentro estava um tufo do cabelo da mãe, além de sua aliança de casamento. Sangue manchava o aro dourado.

— Imagino que você tenha reconhecido tudo isso, então agora sabe que não estou de papo furado.

Com as pernas bambas, Lil teve que se sentar no chão da varanda.

— Me deixa falar com ela. Eu quero falar com ela, porra!

— Não.

— Como vou saber se ela ainda está viva?

— Você não tem como saber, mas posso garantir que ela não estará em duas horas, se você não a encontrar. Siga em direção ao oeste. Deixei um rastro pra você. Se seguir direitinho, você a encontrará. Se não seguir... se disser a qualquer pessoa, se tentar pedir ajuda, ela morre. Jogue o celular no quintal. Comece agora.

Ele podia vê-la, Lil pensou, mas ela ainda tinha o corrimão da varanda e os pilares como cobertura parcial. Ela se deitou em posição fetal no chão, angulando o corpo em direção à casa.

— Por favor, não a machuque. Não machuque a minha mãe. Por favor, por favor. Vou fazer qualquer coisa que disser, o que me pedir. Só não...

Ela encerrou a ligação.

— Por favor, meu Deus — sussurrou, apertando as teclas para ligar para Cooper. Ela se balançava para frente e para trás, os ombros tremendo e as lágrimas escorrendo. — Atenda, atenda, atenda. — Fechou os olhos com força quando a chamada caiu no correio de voz. — Ele está com a minha mãe. Estou seguindo para o oeste a partir dos fundos do meu chalé. Ele pode me ver, e tenho apenas alguns segundos. Ele me deu duas horas para encontrá-la. Vou deixar um rastro. Venha atrás de mim. Meu Deus do céu... venha atrás de mim.

Lil desligou e se levantou de supetão. Ela se virou para o lado oeste, esperando que Ethan pudesse ver suas lágrimas, o medo latente. Então jogou o celular longe. E saiu correndo.

Encontrou o rastro na mesma hora. Arbustos pisoteados, galhos quebrados, pegadas no solo macio. *Ele não queria que ela se desviasse,* Lil pensou. O desgraçado poderia estar levando-a a quilômetros de onde a mãe estivesse presa, mas não havia escolha.

A aliança de casamento suja de sangue. A mecha cortada de seu cabelo lindo.

Lil obrigou-se a desacelerar, a respirar fundo. Se ela corresse, poderia não ver algum sinal ou então seguir uma pista falsa. Ele poderia estar de olho nela ainda, então teria que tomar cuidado com as marcações que deixaria para Coop.

Ele lhe deu duas horas. Será que ele levou a sua mãe de casa? Era a dedução mais lógica. Esperar até que ela estivesse sozinha, então a raptar. A pé ou a cavalo?

A pé, muito provavelmente. Era mais fácil controlar um refém se estivesse a pé. A não ser que ele a tenha obrigado a entrar no carro e... Não, não... *Não pense dessa maneira,* ordenou a si mesma quando o pânico subiu pela garganta. Pense da forma mais simples. Abaixo de todas as artimanhas, ele é um cara simplório.

Duas horas a partir de sua cabana — e ele queria pressioná-la, queria mantê-la por perto. Lil projetou o mapa em sua mente. Em algum lugar acessível e isolado, distante da cabana e da fazenda. Se ela estiver viva... *Ela está viva, tem que estar.* Ele teria que escondê-la em algum lugar. Uma caverna seria o melhor local. Se ela...

Lil parou, examinou as pegadas, as flores silvestres pisoteadas descuidadamente. Ele havia recuado. Respirando fundo, e repetindo o processo, bem devagar, para se acalmar, ela recuou em seus passos até encontrar o ponto exato onde ele havia deixado a trilha falsa.

Apagou suas pegadas, usou o canivete para marcar a casca de uma árvore para que Coop não cometesse o mesmo erro. Em seguida, retomou o rastro e acelerou os passos. Lil tinha uma ideia de para onde ele a estava levando, e sabia que precisaria de quase todo o tempo que ele lhe dera.

Suja e ferida, Jenna se contorcia sem parar. Ela havia perdido o senso de direção, e só podia rezar para que estivesse se arrastando em direção à entrada da caverna. Ethan vendara seus olhos antes de sair, deixando-a em total escuridão. Sempre que sentia a necessidade de descansar, ela ficava imóvel e tentava julgar se alguma brisa adentrava a caverna. No entanto, tudo o que sentia era o cheiro de terra, seu próprio suor e seu sangue.

Ela o ouviu se aproximando, e gritou contra o pano que cobria sua boca, lutou contra as cordas.

— Olhe só pra você, Jenna. Está uma bagunça sem tamanho. E com visitas a caminho.

Quando ele arrancou a venda, o brilho da lamparina irritou seus olhos.

— Ela estará aqui em breve, não se preocupe. Eu vou dar uma ajeitada aqui.

Ele se sentou de pernas cruzadas no chão da caverna, e com uma lâmina de barbear descartável e um caco de espelho, começou a raspar a barba.

No REFÚGIO, Lena acenou para Eric.

— Ei! O que você achou do cara sinistro?

— Nem cheguei a vê-lo. Ele deve ter ido direto para o centro ou mudou de ideia.

— Ah, tudo bem. E o que a Lil disse?

— Sobre o quê?

— Sobre o cara. Quando ela veio aqui.

— Eu também não a vi.

— Mas... ela estava a caminho do centro. Não entendo como você pode não a ter visto.

— Talvez ela tenha passado em outro lugar antes. — Eric deu de ombros. — Ela queria ajudar o Matt quando ele fosse cuidar dos pumas. Escuta só, tenho que voltar para...

Lena simplesmente agarrou Eric pela manga da camiseta.

— Eu acabei de sair do Matt. Ela não está lá, e ele está esperando por ela.

— Ela deve estar em algum outro lugar. Então, tudo bem, vamos dar uma olhada. Vou checar o refeitório, você checa a casa dela.

— Ela sabe que o Matt está esperando — insistiu Lena, mas correu até o chalé. Bateu na porta e abriu, gritando: — Lil? Lil? — Confusa, atravessou a cabana e checou os cômodos dos fundos. *Talvez ela estivesse no escritório*, pensou.

Quando subiu a escada correndo, ouviu o toque do telefone. Aliviada, ela olhou para trás, esperando ver Lil andando de um lado ao outro com o celular ao ouvido. Mas não havia ninguém. Lena desceu a escada e seguiu o som do toque do telefone.

Ela pegou o telefone no chão, no quintal, e o atendeu.

— Ei, Lil, acabei de me despedir da minha mãe, então...

— Tansy, Tansy, aqui é a Lena. Acho que tem alguma coisa muito errada. — Ela começou a correr em direção à cabana dos escritórios. — Acho que precisamos chamar a polícia.

Em uma da estrada, entre a fazenda e o haras, Coop apertou as porcas do estepe da minivan. As duas crianças dentro do veículo o observavam como corujas, enquanto chupavam o canudinho de seus copos.

— Eu realmente agradeço por isso. Eu poderia ter trocado, mas...

— Parece que você está meio ocupada por aqui. — Ele apontou para as janelas do veículo. — Não tem o menor problema.

— Você me poupou de dizer muitos palavrões. — A jovem mãe sorriu.

— E resolveu o assunto em metade do tempo que eu teria levado, sem contar a tarefa de separar a briga ali dentro. Estivemos correndo de um lado para o outro o dia todo, e eles perderam a hora da soneca. — Os olhos dela cintilaram com diversão. — Bem, eu perdi a minha também.

Depois de dar uma piscadela para as crianças, ele rolou o pneu furado para a parte traseira da van e o guardou lá dentro. Coop balançou a cabeça em negativa quando a mulher ofereceu uma nota de dez dólares.

— Não, mas obrigado.

Ela se inclinou e vasculhou as sacolas de compras.

— Que tal uma banana?

Coop soltou uma risada.

— Isso eu aceito.

Depois de guardar as ferramentas, ele acenou para as duas crianças com a banana em mãos e as fez gargalhar, e em seguida fechou a porta.

— Tudo prontinho.

— Obrigada, de novo.

Ele voltou para sua caminhonete e esperou a minivan sair. Fez um retorno na estrada para que pudesse voltar na direção de onde estava vindo quando avistou o veículo parado no acostamento. Menos de um quilômetro depois, seu celular sinalizou o recebimento de uma mensagem de voz.

— Eu comprei seus sacos de lixo, vovó — murmurou. — E a embalagem gigante de Lysol.

Ainda assim, ele apertou o botão para ouvir a mensagem de voz.

Ele está com a minha mãe.

Coop pisou no freio, e jogou a caminhonete para o acostamento. Após a primeira pontada de calor, tudo dentro dele se transformou em gelo.

Com o pé cravado no acelerador, apertou a discagem rápida para o xerife.

— Me passe para o Willy. Agora.

— O xerife Johannsen não está no escritório.

— Encaminhe essa porra de ligação para onde quer que ele esteja. Aqui é o Cooper Sullivan falando.

— Ei, Coop, é o Cy. Não posso fazer isso. Não estou autorizado a...

— Escuta aqui. Ethan Howe está com a Jenna Chance.

— O quê? O quê?

— Ele deve estar com a Lil a essa altura. Chame o Willy e o leve até o refúgio. Agora. Agora, porra!

— Vou acioná-lo agora mesmo. Coop, meu Deus do céu... Vou ligar pra ele. O que devo...

— Estou indo para o refúgio nesse instante. Eu quero Willy lá, e o máximo de policiais que ele puder dispor. Nada de busca aérea — ele se apressou em dizer, lutando para se manter focado. — Ele vai matá-las se vir algum helicóptero circulando, entendeu? Diga a ele que Lil me disse que deixaria um rastro para mim. Eu vou segui-lo. Agora, faça o que mandei.

E encerrou a chamada, acelerando pela estrada até a casa de Lil.

*L*IL o viu sentado de pernas cruzadas à entrada da caverna, com a besta em seu colo. Seu rosto estava em carne viva, marcado por arranhões profundos sob a pintura de guerra que ele havia feito. Ela pensou no homem barbudo que chamou a atenção de Lena.

Ele usava uma faixa de couro trançado ao redor da cabeça, com uma pena de falcão costurada ao tecido. Seus pés estavam calçados em botas de couro macio, até os joelhos, e ao redor do pescoço estava o colar de dentes de urso.

Teria sido engraçado, ela pensou, a débil tentativa meio forçada de se parecer com um indígena. Se ela não soubesse o instinto assassino que o cercava.

Ele levantou a mão em saudação, e depois se retirou para o interior da caverna. Lil subiu o restante do caminho, prendeu a respiração e o seguiu.

A caverna se abria após os primeiros metros, mas ainda era baixa o suficiente para que ela tivesse que percorrer o trajeto agachada. Era bem profunda, reparou, avistando a luz suave da lamparina.

Sob a baixa luminosidade, ele estava sentado com uma faca posicionada na garganta da mãe.

— Estou aqui, Ethan. Você não precisa machucá-la. Se você a machucar, não vai conseguir nada de mim.

— Sente-se, Lil. Vou explicar direitinho as regras do jogo.

Ela fez o que ele pediu, tentando conter os tremores que a assolavam por dentro. Cortes e hematomas marcavam o rosto da mãe, as mãos. Sangue manchava a corda ao redor de seus pulsos e tornozelos.

— Preciso que você afaste essa faca da garganta da minha mãe. Eu fiz o que pediu, e vou continuar fazendo. Mas não se você a machucar mais do que já machucou.

— Ela fez a maior parte disso aí sozinha, não é, Jenna?

Os olhos de Jenna diziam tudo.

Fuja. Fuja. Eu te amo.

— Estou pedindo que tire essa faca de perto da minha mãe. Você não precisa mais disso. Estou aqui. Estou sozinha. Era isso o que você queria.

— É apenas o começo. — Mas ele afastou a faca alguns centímetros. — Tudo o que aconteceu antes foi apenas o começo. Agora é o fim. Você e eu.

— Você e eu — ela concordou. — Então deixe a minha mãe ir.

— Não seja idiota. Não vou desperdiçar o meu tempo com idiotice. Vou te dar dez minutos. Isso é um bom começo para alguém que conhece as colinas. Então, eu caço você.

— Dez minutos. Eu tenho direito a uma arma?

— Você é a presa.

— Um puma ou um lobo têm presas e garras.

Ethan sorriu.

— Você tem dentes; se chegar perto o suficiente, pode usá-los.

Ela apontou para a besta.

— Você está pesando o jogo muito a seu favor.

— Meu jogo, minhas regras.

Lil tentou outra abordagem.

— É assim que um guerreiro Sioux mostra sua honra, sua coragem? Caçando mulheres?

— Você é mais do que uma mulher. Essa aqui? — Ele puxou a cabeça de Jenna para trás, pelo cabelo, e aquilo quase fez Lil avançar. — Essa indiazinha mestiça? Ela é minha por direito agora. Eu a tomei como minha cativa, assim como nossos ancestrais colocaram homens brancos em cativeiro. E os transformaram em escravos. Eu posso mantê-la por um tempo. Ou...

Ele sabia tão pouco sobre aqueles a quem alegava ser descendente, ela pensou.

— Sioux eram caçadores de búfalos e veados, de ursos. Eles caçavam para se alimentar, para terem o que vestir. Como você estaria honrando a sua linhagem ao matar uma mulher amarrada e indefesa?

— Você quer que ela viva? Nós caçamos.

— E se eu ganhar?

— Você não vai ganhar. — Ele se inclinou adiante. — Você desonrou seu sangue, seu espírito. Você merece morrer. Mas estou te dando a honra de uma caçada. Você morrerá em solo sagrado. Se jogar direitinho, talvez eu deixe sua mãe viver.

Lil recusou com a cabeça.

— Não vou jogar de jeito nenhum, a menos que você a deixe ir. Você já matou antes, e matará novamente. É o que você é. Não acredito que você a deixará viver, independentemente de como eu me sair no seu jogo. Então, você terá que soltá-la primeiro.

Ele posicionou a faca outra vez na garganta de Jenna.

— Eu vou matá-la agora mesmo.

— Então você terá que me matar também, bem aqui, sentada na sua frente. Não vou participar do seu jogo, nem seguir as suas regras, a menos que ela esteja fora daqui. E você terá desperdiçado todo esse tempo, todo o seu esforço.

Ela ansiava em olhar para a sua mãe, em alcançá-la, mas manteve o olhar fixo no rosto de Ethan.

— E você será apenas um açougueiro. Não um guerreiro. O espírito de Cavalo Louco vai se afastar de você.

— Mulheres não são nada. Valem menos do que cachorros.

— Um verdadeiro guerreiro honra a mãe, pois toda a vida vem dela. Deixe a minha mãe ir embora. Você não vai conseguir alcançar nada, Ethan. Seu propósito nunca será concluído, a não ser que nós dois disputemos um contra o outro. Estou certa? Você não precisa dela. Mas eu preciso dela para ser digna do seu jogo. Vou lhe dar a caçada da sua vida. Eu juro.

Os olhos dele cintilaram diante da promessa.

— Ela é inútil de qualquer jeito.

— Então deixe que ela vá embora, e seremos só nós dois. Você e eu. Do jeito que você quer. É um acordo digno de um guerreiro, digno do sangue de um grande chefe.

Ele cortou as cordas que prendiam os pulsos de Jenna. Ela gemeu baixinho ao tentar erguer os braços doloridos para remover a mordaça.

— Lil… não, Lil. Eu não vou te deixar.

— Muito comovente — disse ele, e cuspiu enquanto cortava as cordas dos tornozelos. — A vadia provavelmente nem consegue andar.

— Ela vai andar, sim.

— Não vou. Eu não vou te deixar com ele. Querida…

— Está tudo bem. — Lil puxou Jenna para perto, com todo o cuidado. — Está tudo bem agora. Saia de perto dela — disse a Ethan. — Ela está com medo de você. Afaste-se para que eu possa confortá-la, e me despedir. Somos apenas mulheres. Desarmadas. Você não pode ter medo de nós.

— Trinta segundos. — Ethan recuou três passos.

— Lil, não… Eu não vou te deixar.

— A ajuda está a caminho — sussurrou no ouvido da mãe. — Eu preciso que você vá embora daqui, preciso saber que está em segurança, ou não serei capaz de pensar em algo para sair vitoriosa disso. Eu sei o que fazer. Você tem que ir embora, ou ele matará nós duas. Dê um pouco de água para ela — Lil exigiu, enojada. — Que tipo de honra é essa em que você bate em uma mulher e lhe nega água?

— Ela pode beber o próprio cuspe.

— Dê água para a minha mãe e você pode tirar cinco minutos do meu tempo à frente.

Ele chutou uma garrafa de água para perto delas.

— Não preciso dos seus cinco minutos para te derrotar.

Lil abriu a garrafa, então a levou aos lábios de Jenna.

— Beba devagar, um golinho de cada vez. Você consegue achar o caminho de casa?

. — Eu… Lil…

— Consegue?

— Sim. Sim, acho que consigo.

— Não vai ajudar em nada. Quando ela chegar lá, se é que vai conseguir, e eles começarem a te procurar, você já estará morta. E eu terei desaparecido como fumaça.

— Pegue a garrafa de água e vá embora agora.

— Lil...

— Se não fizer isso, ele vai nos matar. A única chance que tenho de viver é se você for embora. Você tem que confiar em mim. Precisa me dar essa chance. Vou só ajudá-la a sair da caverna, Ethan. Você pode me manter na mira da sua besta. Não vou fugir.

Ela ajudou a mãe a se levantar, praguejando baixinho quando Jenna chorou de dor, de angústia. Agachada na parte mais rasa, ajudou a mãe a chegar até a saída da caverna.

— A ajuda está vindo — sussurrou Lil, mais uma vez. — Posso despistá-lo até que eles cheguem. Vá para casa o mais rápido que puder. Promete para mim que fará isso.

— Lil... Ah, meu Deus... Lil.

Com o sol descendo em direção às colinas, Jenna a abraçou com força.

— Eu vou levá-lo para a planície acima do rio. — Lil pressionou o rosto à cabeça da mãe, inspirou o cheiro de seu cabelo, como se estivesse aflita, e murmurou contra o ouvido de Jenna: — Onde eu vi o puma. Lembre-se disso. Envie a ajuda para lá.

— Cale logo essa boca! Ou você fecha a matraca e ela se manda daqui, ou ela morre agora e eu te mato em seguida.

— Vá, mãe. — Lil afastou os braços arranhados e cobertos de hematomas de Jenna. — Vá logo, ou ele vai me matar.

— Minha filhinha. Eu amo você, Lil.

— Também amo você.

Observou a mãe mancar e tropeçar pelo terreno, viu a agonia refletida em seu rosto machucado quando ela olhou para trás. *Só por causa disso*, Lil pensou, *ele pagaria caro*. Não importava o que fosse preciso.

— Comece a correr — ordenou Ethan.

— Não. A caçada não começa até eu saber que ela está longe daqui. Até eu saber que você não vai atrás dela primeiro. Por que a pressa, Ethan? — Lil se sentou deliberadamente em uma rocha. — Você esperou tanto tempo por isso. Pode esperar um pouquinho mais, não é?

Capítulo trinta

⌘ ⌘ ⌘

O COMPLEXO SE encontrava em um verdadeiro caos. Uma dúzia de pessoas corria de várias direções quando Coop desceu às pressas da caminhonete, e todos falavam ao mesmo tempo.

— Parem! Você. — Ele apontou o dedo para Matt. — Resuma tudo, e rápido.

— Não conseguimos encontrar a Lil. Lena achou o celular dela no quintal dos fundos do chalé. E quando eu fui até lá, encontrei isso. — Ele ergueu o saco plástico com a mecha de cabelo de Jenna e sua aliança de casamento. — Apareceu um cara por aqui, um cliente pagante. Lena teve um pressentimento ruim sobre ele. Baby não gostou dele de jeito nenhum também. Ninguém consegue encontrá-lo. Estamos com medo de que ele tenha levado a Lil. A Mary está lá dentro, ligando para a polícia.

— Eu já liguei para eles.

— Acho que é a aliança da Jenna. — Lágrimas escorriam pelo rosto de Tansy.

— Sim, é dela. Ele a levou de casa, e Lil foi atrás dela. Calem a boca e me escutem — ordenou, quando todo mundo começou a falar ao mesmo tempo de novo. — Preciso de alguém que saiba manusear uma arma, sem correr o risco de atirar em si mesmo. Lil já deve estar a cerca de uma hora na frente, mas está deixando um rastro. Nós vamos segui-lo.

— Eu posso. — Lena deu um passo adiante. — Eu posso manusear uma espingarda. Campeã de tiro ao alvo por três anos consecutivos.

— No chalé da Lil tem uma espingarda no armário ao lado da porta, e a caixa de munição está na prateleira superior.

— Eu nunca atirei com uma arma na vida, mas...

— Fique aqui — Coop interrompeu Matt. — Espere pela polícia e depois tranque o refúgio. Tansy, vá até a fazenda dos Chance. Se o Joe ainda não souber do que aconteceu, alguém tem que contar para ele. Escute com atenção: diga a ele que o mais provável é que a Jenna tenha sido levada de lá. Ele e Farley, e quem mais ele conseguir chamar, devem começar a procurar a partir dali. Foi ele quem ensinou Lil a rastrear, então está mais do que capacitado para seguir a trilha deixada para trás. Precisamos de rádios-comunicadores.

Mary saiu da cabana, enquanto dois estagiários disparavam para buscar os rádios.

— A polícia está a caminho. Eles devem chegar em uns quinze minutos.

— Envie os policiais atrás de nós. Não vamos esperar por eles. Você, no andar de cima, no quarto, gaveta superior esquerda da cômoda. Três carregadores de munição. Vá pegá-los. Espere. — Um ideia surgiu em sua mente, e ele ergueu a mão e olhou para a área dos habitats. — Preciso de alguma coisa da Lil, algo que ela estivesse usando.

— O moletom dela está no escritório — disse Mary. — Espera aí.

— Aquele puma a ama. Ele conseguiria rastreá-la?

— Sim! Meu Deus, sim! — Tansy cobriu a boca com a mão. — Ele a seguiu de volta todas as vezes que ela tentou soltá-lo.

— Vamos tirá-lo de lá.

— Ele não sai do habitat desde que tinha seis meses de idade. — Matt balançou a cabeça, em descrença. — Mesmo que deixe o complexo, não dá para prever o que ele fará.

— Ele a ama. — Coop pegou o moletom que Mary lhe entregou.

— Temos que separá-lo dos outros. — Tansy correu ao lado dele em direção ao habitat.

— Faça o que tiver que ser feito. E rápido.

Coop pressionou o agasalho contra as grades. Baby rondou, então soltou um resmungo rouco. Esfregou o focinho contra o moletom. E ronronou.

— É isso aí, isso mesmo. Você a conhece. Você vai encontrá-la.

Os estagiários colocaram iscas na área enquanto Eric abria a porta. Baby levantou a cabeça, olhou ao redor enquanto seus companheiros corriam em direção à comida. Em seguida, virou-se e pressionou o focinho novamente contra o tecido com o cheiro de Lil.

— Isso é loucura — comentou Matt, mas ficou de prontidão com a arma de dardos tranquilizantes. — Recuem, bem para trás. Tansy.

Ela destrancou a porta da jaula.

— Encontre a Lil, Baby. Vá encontrar a Lil. — Usando a porta como proteção, ela a abriu.

Baby saiu lentamente em direção ao desconhecido, atraído pelo cheiro de Lil. Coop ergueu a mão para impedir que Matt fizesse qualquer coisa, quando o puma se aproximou dele.

— Ele me conhece. Ele sabe que eu sou da Lil.

Mais uma vez, o felino esfregou o focinho contra o agasalho. Então, começou a rastrear.

— Ela está em todo lugar, esse é o problema. O cheiro dela está por toda parte.

Baby saltou na varanda de Lil, berrando, chamando por ela. Então pulou de novo para rodear a casa.

— Eu preparei um kit pra você. — Mary colocou em suas mãos. — O mínimo necessário. Coloque o agasalho nesse saco plástico. Senão vai apenas confundi-lo. Traga ela de volta, Cooper.

— Vou trazer. — Ele observou o felino se mover pelo quintal, e então se preparar para correr em direção às árvores. — Vamos seguir em frente.

$\mathcal{L}$IL CALCULAVA seu tempo, planejava mentalmente as rotas enquanto continuava sentada na rocha, no fim do dia, com o homem que queria matá-la.

Seu nervosismo abrandava a cada minuto que passava. Cada minuto afastava a mãe dela para longe dali, e fazia com que Coop se aproximasse. Quanto mais tempo conseguisse mantê-lo ali, melhores seriam suas chances.

— O seu pai te ensinou a matar? — perguntou de um jeito casual, o olhar fixo em um ponto ao oeste, em direção ao pôr do sol.

— A caçar.

— Chame do que quiser, Ethan. Você esfaqueou e arrancou as tripas de Melinda Barrett e a deixou para os animais.

— Um puma apareceu. Um sinal. Todo meu.

— Pumas não caçam por esporte.

Ele deu de ombros, com indiferença.

— Sou um homem.

— Onde você deixou a Carolyn?

Ethan sorriu.

— Um banquete para os ursos. Ela me proporcionou uma boa caçada primeiro. Acho que você vai se sair melhor. Pode ser que dure a maior parte da noite.

— Então, para onde você vai depois?

— Vou seguir o vento. Depois voltarei. Vou matar os seus pais e tacar fogo na fazenda deles. E farei o mesmo com aquele seu zoológico. Vou caçar nessas colinas e viver livre, do jeito que o meu povo deveria ter vivido... Em liberdade.

— Eu me pergunto quanto da sua visão sobre os Sioux representa realmente a verdade ou é fruto da verdade deturpada e imbecil do seu pai.

O rosto dele ficou vermelho de raiva, alertando-a para que não o testasse ao limite.

— Meu pai não era um imbecil!

— Não foi isso que eu quis dizer. Você acha que os Lakota aprovariam o que você faz? A maneira como persegue e mata pessoas inocentes?

— Eles não são inocentes.

— O que James Tyler fez para merecer morrer?

— Ele veio aqui. O povo dele matou o meu. Roubou o que era deles.

— Ele era um corretor imobiliário de St. Paul. Somos só eu e você aqui, Ethan, então não há motivo para fingir que isso é outra coisa além do que realmente é. Você gosta de matar; gosta de aterrorizar, de perseguir. Você gosta de sentir o sangue quente em suas mãos. É por isso que você usa uma faca. Caso contrário, dizer que matou Tyler por causa de tratados rompidos, mentiras, desonra, ganância perpetrada por pessoas que estão mortas há mais de cem anos... seria apenas loucura. Você não é louco, é, Ethan?

Alguma coisa — um brilho de malícia — cintilou e desapareceu dos olhos dele. Então, ele arreganhou os dentes.

— Eles vieram. Eles mataram. Massacraram. Agora o sangue deles alimenta a terra como o nosso já fez um dia. Levante-se.

O medo a percorreu novamente, como um sopro gelado. *Dez minutos*, lembrou a si mesma, se ele seguisse as próprias regras. Ela poderia percorrer uma boa distância em dez minutos. Lil se levantou.

— Corra.

As pernas dela tremiam.

— Para que você possa ver para onde eu vou? É assim que você rastreia? Pensei que fosse bom nisso.

Ethan sorriu.

— Dez minutos — disse, então recuou para o interior da caverna.

Lil não perdeu tempo. Suas prioridades eram velocidade e distância. A astúcia teria que esperar. A fazenda estava mais perto, mas ela precisava afastá-lo de sua mãe. Cooper viria do leste. Ela desceu a encosta às pressas, tomando o cuidado de não sacrificar a segurança em prol da velocidade e correr o risco de fraturar um tornozelo. O medo a impelia a seguir pelo caminho mais curto, uma rota direta na direção do complexo, mas ela pensou na besta que ele usava como arma. Ele a rastrearia com muita facilidade dessa maneira, e poderia incapacitá-la à distância com uma flecha.

Qualquer rastro que ela deixasse para Coop, Ethan poderia seguir. Decidida, Lil se desviou para o norte e correu rumo à escuridão.

Na fazenda dos Chance, Joe enfiava munição extra nos bolsos.

— Estamos perdendo a luz do dia. Vamos usar lanternas até a lua surgir.

— Eu quero ir com vocês, Joe — Sam agarrou o amigo pelo ombro —, mas eu só o atrasaria pelo caminho.

— Ficaremos em contato pelo rádio. — Lucy entregou a ele uma mochila compacta. — Vamos esperar por notícias. Traga elas de volta, Joe.

Com um aceno de concordância, ele saiu porta afora antes de Farley.

— Tome cuidado. — Tansy abraçou Farley com força. — Proteja-se.

— Não se preocupe.

Do lado de fora, Farley liderou o caminho ao lado de Joe, com mais três homens armados que se juntaram à busca. Os cães, já no rastro, latiam e farejavam o ar.

— Se ele a tiver machucado — disse Joe, baixinho, para Farley. — Se ele tiver machucado qualquer uma das duas, eu vou matá-lo.

— E eu vou te ajudar.

A QUILÔMETROS DE distância, Coop examinava os sinais que Lil deixara para ele. Desde que correu em direção à floresta, ele não havia visto mais o puma. Dois jovens universitários o acompanhavam, e a noite se aproximava cada vez mais.

Deveria ter vindo sozinho, pensou. Não deveria ter desperdiçado tempo, mesmo que pelos poucos minutos que foram precisos para equipar seu pequeno grupo de apoio, e para soltar o felino.

Os outros estavam a cerca de dez minutos ou mais atrás dele, com outro grupo seguindo para o sul, e mais alguns para o norte. Através do rádio, ele soube que Joe liderava outra equipe em direção ao oeste.

E, ainda assim, havia hectares incontáveis de área para percorrer.

— Vocês dois, esperem aqui até que os outros os alcancem.

— Você está preocupado que a gente vá atrapalhar ou se machucar. Não vamos. — Lena olhou para o colega. — Não é, Chuck?

Chuck estava com os olhos arregalados, mas assentiu.

— Isso aí.

— Se vocês ficarem para trás, retornem. Transmitam pelo rádio a nova direção tomada — ele instruiu Chuck, e logo depois seguiu para o sudoeste.

Ela deixou marcas evidentes, pensou enquanto se obrigava a não correr pelo caminho, pois não queria deixar passar batido alguns desses sinais. Lil estava contando com ele. Se não tivesse parado para bancar o Bom Samaritano, ele teria atendido à ligação, e a teria convencido a esperar até que ele pudesse ir junto. Ele teria...

Não adianta pensar assim, não faz sentido. Ele a encontraria.

Coop pensou em Dory. Boa policial, boa amiga. E se lembrou dos longos segundos pegajosos que levou para sacar sua arma.

Ele não chegaria tarde demais, não desta vez. Não com Lil.

*L*IL DEIXOU um rastro até um riacho, depois recuou. Com o sol poente, a temperatura se tornava mais fria. Apesar do suor pelo esforço físico e do medo, ela sentia frio. Pensou no agasalho quentinho que havia deixado em seu escritório naquela tarde, enquanto tirava as botas e as meias.

Limpando as pegadas deixadas, voltou para o riacho e rangeu os dentes conforme atravessava a água gelada. A trilha falsa poderia enganá-lo, ou talvez não. Mas valia a pena tentar. Seguiu adiante cruzando o riacho por mais uns dez metros abaixo, e depois percorreu mais dez metros até começar a procurar por um barranco às margens. Seus pés estavam dormentes quando avistou um amontoado de pedras. Aquilo serviria.

Lil escalou a margem irregular, então calçou novamente as meias e as botas. Em seguida, escolheu o caminho por entre as pedras até chegar ao terreno macio. E saiu correndo, se desviando da água, contornando a vegetação até ser forçada a passar por entre os arbustos. Suas botas ecoavam um ruído surdo à medida que ela se impulsionava encosta acima.

Ela procurou o abrigo das árvores outra vez, para apurar os ouvidos.

A lua se postava como um holofote acima das colinas. A claridade a ajudaria a evitar possíveis tropeços nas raízes retorcidas ou pedras conforme seguia no escuro.

A esta altura, sua mãe já devia estar na metade do caminho até a fazenda, Lil calculou. A ajuda estaria vindo da mesma direção. Precisava acreditar que sua mãe conseguiria chegar, e que os direcionaria para o terreno elevado no qual havia escolhido se posicionar.

Ela precisava se desviar para o leste novamente. Esfregou os braços gelados, ignorando a ardência por conta das feridas e arranhões ocasionados durante a fuga. Se a manobra que fez no riacho tiver dado certo, fazendo-a ganhar um pouco mais de tempo, teria apenas que percorrer a distância até a pradaria. Tudo o que ela precisava era de resistência física.

Cerrando os dentes, Lil se levantou e inclinou a cabeça de leve quando ouviu um ruído suave de respingos.

Havia ganhado um pouco de tempo, ela pensou enquanto rumava para o leste. Porém não tanto quanto esperava.

Ele estava vindo. E estava se aproximando.

Coop PAROU novamente, assim que avistou o corte recente na casca do pinheiro. O sinal de Lil. No entanto, examinou as pegadas — pegadas de puma. A primeira apontava para o oeste, e a segunda para o norte.

Não havia como provar que eram as pegadas do puma dela, Coop pensou. E, era nítido que Lil seguira para o oeste, seguindo o rastro de Ethan, para encontrar sua mãe. Mas, depois disso tudo, ele queria a caçada. Queria desfrutar da emoção.

A cabeça de Coop dizia para seguir na direção oeste, mas seu coração...

— Sigam para a trilha oeste. Vão devagar, em silêncio. Sigam os cortes assinalados nos troncos. Através do rádio, comuniquem que a partir daqui eu segui para o norte.

— Mas... por quê? — Lena exigiu saber. — Para onde você está indo?

— Vou seguir o Baby.

Ela não teria tentado afastar Ethan de sua mãe? Coop perguntou a si mesmo. Seu coração disparava toda vez que achava que havia perdido o rastro. O que o fazia pensar que seria capaz de rastrear um puma? O *senhor Nova York,* como Lil costumava chamá-lo. Ela não deixaria mais qualquer marca a essa altura. Nenhum corte conveniente nos troncos, nem pilhas de pedras. Ela não deixaria sinais, porque, naquele exato momento, estava sendo caçada pelo desgraçado.

Venha atrás de mim, ela pediu. Ele só podia rezar para estar fazendo exatamente isso.

Por duas vezes, ele chegou a perder a trilha, e o desespero e pavor fizeram com que sua pele ficasse pegajosa com o suor. Toda vez que reencontrava o rastro, o frio agitava sua barriga.

Então, ele viu as pegadas de botas. E pertenciam a Lil. Ele se agachou e tocou a ponta do dedo nas ranhuras deixadas no solo, e um arrepio percorreu seu corpo. *Viva.* Ela ainda estava viva e se movendo. Avistou outras pegadas maiores — de Ethan — passando por cima das de Lil. Ele a estava seguindo, mas ela seguia mais adiante. E o felino seguia ambos.

Coop avançou pelo caminho. Quando ouviu o murmúrio da água se chocando contra as pedras, acelerou os passos outra vez. Ela foi em direção à água, para despistá-lo.

Quando chegou ao riacho, Coop estacou, intrigado. As pegadas de Lil seguiam em direção à água, enquanto as de Ethan foram em frente, para trás, e circularam novamente. Com os olhos fechados, tentou desanuviar a mente e pensar com clareza.

O que ela faria?

Rastros falsos, recuando pelo mesmo caminho. Ele não tinha habilidade para isso. Se ela tivesse entrado no riacho, pode ter seguido para qualquer direção. O felino havia entrado, isso era bem claro. Talvez apenas para atravessar, ou talvez para segui-la. Mas para qual lado?

Com as mãos cerradas ao lado do corpo, ele se esforçava para ver, para olhar para o terreno como ela faria. Mais acima e cruzando o rio, ela poderia cortar caminho até a fazenda dos avós, ou até outras casas da cercania. Era um trajeto longo, mas ela seria capaz de percorrer. Rio abaixo e atravessando para o outro lado, ficava a fazenda dos pais dela. Bem mais perto.

Ela devia saber que a ajuda viria daquela direção.

Coop adentrou o riacho, e se permitiu seguir seu instinto. No entanto, parou.

Rio abaixo, ao leste. A pradaria. A câmera do refúgio. O lugar que Lil considerava como dela.

Ele recuou, deu a volta e saiu correndo em disparada. Não estava seguindo as pegadas agora e, sim, os pensamentos e padrões de uma mulher que conhecia e amava desde a infância.

O OLHAR DE Joe se fixou no sangue que manchava o chão. O tom era preto à luz da lua. A cabeça nublou, os joelhos fraquejaram, então se ajoelhou e pousou a mão sobre o sangue. Na mesma hora, pensou: *Jenna.*

— Por aqui! — gritou um dos policiais. — É o Derrick Morganston. Puta merda, é o Derrick. Ele está morto.

Não era Jenna. Não sua Jenna. Mais tarde, talvez bem mais tarde, ele sentiria pesar por não ter pensado no homem, em sua família, a não ser em si mesmo. Mas, agora, a raiva súbita e o medo o impulsionaram a se levantar de pronto.

Joe continuou a avançar, em busca de pegadas.

Como um milagre, ela surgiu dentre as sombras e sob a luz do luar. Ela cambaleou e caiu, mesmo enquanto ele corria em sua direção.

Ajoelhou-se novamente e a puxou contra si, aninhando o corpo debilitado contra o peito, então chorou de alívio.

Joe acariciou com delicadeza o rosto ferido.

— Jenna...

— A pradaria... — murmurou, com a voz rouca.

— Beba um pouco. Mãe, aqui, beba a água. — Lágrimas se acumularam nos olhos de Farley, que segurava a garrafa contra os lábios ressecados.

Ela bebeu para aplacar a sede brutal, sentindo a suave carícia de Farley em seu cabelo, com Joe ainda a ninando.

— A pradaria —repetiu ela.

— O quê? — Joe pegou a garrafa novamente da mão de Farley. — Beba mais um pouco. Você está ferida. Ele te machucou.

— Não. Lil... A planície de relva. Ela o está levando para lá. O lugar dela. Encontre-a, Joe. Encontre a nossa filhinha.

A PARTIR DAQUELE ponto, ele já devia saber para onde ela estava indo, mas não havia escapatória. Tudo o que ela precisava fazer era chegar no perímetro de alcance da câmera, tinha que confiar que alguém a veria. Depois, teria que procurar um esconderijo. Com toda aquela relva, ela seria capaz de se esconder.

Sua faca estava oculta dentro da bota. Ele não sabia disso. Ela não estava indefesa. Lil recolheu uma pedra e agarrou com força contra o punho cerrado. Era claro que não estava indefesa.

Santo Deus, ela precisava descansar. Resgatar o fôlego. Lil teria vendido sua alma por um único gole de água. Desejava que a lua estivesse encoberta pelas nuvens, apenas por alguns minutos. Ela poderia encontrar o caminho em meio à escuridão, e o véu da noite a esconderia.

Os músculos de suas pernas tremeram de exaustão quando teve dificuldade para subir uma encosta. Os dedos que se mantinham firmemente agarrados à pedra agora estavam dormentes por conta do frio. Sua respiração saía em ofegos, soltando vapores fantasmagóricos à medida que se esforçava ao limite de sua resistência.

Quase tropeçou, e detestou perceber a própria fraqueza quando teve que apoiar a mão a uma árvore até recuperar o equilíbrio.

A flecha atingiu o tronco a centímetros de seus dedos.

Ela caiu, então rolou para se esconder atrás da árvore.

— Eu poderia ter pregado você aí como uma mariposa!

A voz de Ethan ecoou pela noite silenciosa. *Quão perto ele estava? Onde?* Era impossível dizer. Lançou-se para cima, mantendo o corpo curvado conforme corria de uma árvore a outra. À medida que o terreno se tornava mais nivelado, ela se obrigava a correr mais rápido. Ficou imaginando a dor agonizante que sentiria caso uma daquelas flechas brutais a atingisse por trás. Na mesma hora, amaldiçoou o pensamento. Ela havia chegado longe, estava quase lá. Seus pulmões queimavam, expelindo o ar em sibilos enquanto ela se debatia por entre a vegetação, despertando a pele entorpecida pelo frio com novos cortes.

Ele sentiria o cheiro de seu sangue agora.

Lil disparou e irrompeu pela relva alta, rezando para que alguém a visse quando correu pelo perímetro ao alcance da câmera. Em seguida, ela se jogou no chão, em meio à grama. Rangendo os dentes, retirou a faca de dentro da bota. Seu coração vibrava contra o solo enquanto ela prendia a respiração. E esperou.

Um silêncio ensurdecedor. O ar mal agitava a grama. À medida que o sangue pulsando em sua cabeça diminuía a velocidade, Lil aguçava os ouvidos para os sons da noite, farfalhares sutis, o piado preguiçoso de uma coruja. Então o ouviu, vindo pela vegetação.

Mais perto, ela pensou. *Chegue mais perto.*

A flecha atravessou a relva a centímetros à esquerda. Lil reprimiu o grito que subiu à garganta, permaneceu imóvel.

— Você é boa. Eu sabia que seria. A melhor que já tive. É uma pena que o jogo tenha que acabar. Estou pensando em te dar outra chance. Quer outra chance, Lil? Você ainda tem alguma energia sobrando? Vá em frente e corra.

Mais uma flecha se cravou no chão à sua direita.

— Vou te dar tempo só até eu recarregar a besta. Tipo... uns trinta segundos.

Ele não estava perto o bastante, não para que pudesse usar a faca.

— O que me diz, hein? Começando agora. Trinta, vinte e nove...

Ela se levantou de um salto, virou-se e lançou a pedra com o entusiasmo de uma menina que acreditava que poderia jogar nas grandes ligas. Ela acertou a têmpora de Ethan, e o estalo de pedra contra o osso ressoou.

Quando ele cambaleou, quando a besta caiu de suas mãos, ela avançou aos gritos.

Ethan puxou a arma que havia roubado do guarda-florestal, e disparou uma bala aos pés dela.

— Fique de joelhos, sua vadia. — Embora estivesse oscilando de um lado ao outro, com o sangue escorrendo da ferida, a arma permanecia firme em sua mão.

— Se vai atirar em mim, atire logo de uma vez, seu filho da puta.

— Talvez atire. Um tiro no braço, na perna. Não um tiro fatal. — Ele tirou a faca da bainha. — Você sabe o que vai acontecer. Mas você se saiu bem. Até foi a primeira a derramar sangue.

Ele usou a mão que empunhava a faca para limpar a testa, então relanceou um olhar para a mancha de sangue.

— Vou cantar uma canção em sua homenagem. Você nos trouxe até aqui, o lugar certo onde tudo deve acabar. Destino. O seu e o meu. Um círculo completo, Lil. Você entendeu o sentido o tempo todo. E merece morrer de maneira digna.

Ele partiu em sua direção.

— Pare onde está! Largue a arma. Afaste-se dele, Lil — Coop ordenou, de pé no limiar da pradaria.

O choque repentino fez com que a mão de Ethan, com a arma em punho, tremesse. No entanto, o cano continuava apontado para Lil.

— Se ela se mover, eu atiro. Se você atirar em mim, ainda assim, eu atiro nela. Você é o outro, aquele que estava com ela. — Ele fez uma pausa, e assentiu. — Nada mais justo que você esteja aqui também.

— Largue essa arma, porra, ou mato você aí onde está.

— Estou com a mira apontada para a barriga dela. Posso atirar uma, talvez duas vezes. Você quer vê-la sangrar até a morte? Dá o fora. Dá o fora daqui, porra. Vamos chamar isso de impasse. Haverá outra oportunidade. Se você não abaixar a arma, vou fazer um buraco nessa vadia. Abaixe a arma e eu pegarei leve. E a deixarei viver.

— Ele está mentindo. — Ela vira o brilho ardiloso cintilando nos olhos dele. — Apenas atire nesse desgraçado. Eu prefiro morrer do que vê-lo sair impune.

— Você consegue conviver com isso? — Ethan insistiu com Coop. — Pode viver depois de ver a morte dela?

— Lil — disse Coop, confiando que ela decifraria a mensagem em seu olhar, que entenderia. Seu dedo tremeu no gatilho conforme ele abaixava a arma apenas um centímetro.

O puma saltou do meio da vegetação, um raio dourado, de presas e garras cintilantes sob a luz do luar. Seu grito irrompeu pela noite como um som cortante como o tilintar de espadas. Ethan o encarou, com os olhos vidrados, boquiaberto.

Então o grito que se seguiu foi o dele, quando o puma cravou os dentes em sua garganta e o levou ao chão.

Lil recuou aos tropeços.

— Não corra, não corra! — gritou ela para Coop. — Ele pode ir atrás de você. Pare!

Mas ele não lhe deu ouvidos e foi até ela. *Coop veio atrás dela,* Lil pensou, distraída, enquanto sua visão embaçava. E continuou firme em seus passos para pegá-la nos braços quando seus joelhos, finalmente, cederam.

— Nós te encontramos. — Ele pressionou os lábios aos dela, beijou as bochechas, o pescoço. — Nós te encontramos.

— Temos que nos afastar. Estamos perto demais da presa abatida.

— É o Baby.

— O quê...? Não.

Ela viu os olhos de Baby cintilarem quando olhou para ela, agora sentado na grama. Lil viu o focinho manchado de sangue. Em seguida, ele foi até ela e recostou a cabeça contra o seu braço. E ronronou.

— Ele matou... — *Por mim,* ela pensou. Por mim. — Mas não se alimentou. Isso não... ele não deveria...

— Você pode escrever um artigo sobre isso depois. — Coop tirou o rádio da cintura. — Estou com ela. — Levou as mãos de Lil aos lábios. — Estou com você.

— Minha mãe. Ela...

— Está a salvo. Vocês duas estão a salvo. Vamos voltar para casa, mas preciso que fique sentadinha aqui enquanto verifico Ethan.

— Ele foi direto na garganta dele. — Ela enterrou o rosto entre os joelhos. — Instinto. Ele seguiu o instinto.

— Lil... Ele seguiu *você.*

*M*AIS TARDE, quando o pior já havia passado, ela se encontrava sentada no sofá diante da lareira acesa. Havia tomado um banho quente, bebido um pouco de conhaque. E, mesmo assim, não conseguia se aquecer por inteiro.

— Eu deveria ir ver a minha mãe...

— Lil, ela está dormindo. Ela sabe que você está em segurança. Jenna ouviu a sua voz pelo rádio. Ela está desidratada, exausta e ferida. Deixe-a dormir. Você a verá amanhã.

— Eu tive que ir, Coop. Não podia esperar. Tive que ir atrás dela.

— Sei disso. Você não precisa continuar explicando.

— Eu sabia que você iria atrás de mim. — Ela pressionou a mão dele contra sua bochecha, fechando os olhos para absorver seu calor. — Mas Matt e Tansy só podem ter surtado para soltar o Baby daquele jeito.

— Todos nós estávamos surtados. Funcionou, não é? Agora ele está se deliciando com um banquete de frango, e com seu novo status de herói do refúgio.

— Ele não deveria ter conseguido me rastrear, não assim. Ele não deveria ter sido capaz de me encontrar.

— Ele encontrou você porque te ama. O mesmo vale para mim.

— Eu sei. — Segurou o rosto de Coop entre as mãos. — Eu sei. — Lil sorriu quando ele se inclinou para depositar um beijo suave em seus lábios.

— Eu não vou a lugar algum. Já passou da hora de você acreditar nisso também.

Ela repousou a cabeça sobre o ombro forte, e observou o fogo.

— Se ele tivesse vencido essa disputa, ele teria ido atrás dos meus pais. Para matá-los, ou ao menos tentar. Ele teria vindo aqui para matar. É o que ele gostava de fazer. Caçar pessoas o excitava. Era o que o fazia se sentir importante, superior. Todo o resto, o território sagrado, a vingança, a linhagem, era tudo besteira. Acho que ele até chegou a acreditar nisso, ou em fragmentos, mas era tudo besteira.

— Ele não venceu.

Coop pensou em quantas de suas vítimas nunca seriam encontradas. Quantas pessoas foram caçadas e mortas por ele, e que eles nunca tomariam conhecimento. *Mas esses eram pensamentos para outro dia,* ele decidiu.

Ele estava com sua Lil em segurança, em seus braços.

— Você ia atirar nele.

— Sim.

— Baixou a arma o suficiente para fazê-lo acreditar que você tinha recuado, daí ele avançaria na sua direção. E você o teria matado. Você achou que eu ia ser esperta o bastante para sair do meio do caminho.

— Sim.

— Você estava certo. Eu estava prestes a mergulhar no chão quando o Baby apareceu do nada. Nós confiamos um no outro... O tipo de confiança de vida e morte. Isso é um negócio importante pra caramba. De qualquer modo. — Lil soltou um longo suspiro. — Estou tão cansada. Meu Deus...

— Não consigo imaginar o porquê.

— Foi um daqueles dias. Você pode fazer um favor pra mim? Deixei um saco de lixo na lavanderia hoje de manhã. Você poderia colocar lá fora?

— Agora?

— Eu ficaria muito grata. É uma tarefa pequeninha comparada a salvar a minha vida, mas eu agradeceria demais.

— Tudo bem.

Lil reprimiu o sorriso quando ele saiu pisando duro, obviamente irritado. Tomou mais um gole do conhaque, e esperou.

Quando voltou, Coop se postou diante dela, olhando para baixo.

— Você colocou aquele lixo lá hoje de manhã?

— Isso mesmo.

— Antes de eu salvar a sua vida... ou ter alguma participação nisso?

— Isso mesmo, de novo.

— Por quê?

Depois de afastar o cabelo para trás do ombro, ela encarou os olhos azuis.

— Porque cheguei à conclusão de que você não vai a lugar algum, e já que eu te amo por quase toda a minha vida, quero que você não vá a lugar algum comigo. Você é o melhor amigo que já tive, e o único homem que amei na vida. Por que eu deveria viver sem você só porque você era um idiota aos vinte anos?

— Isso é discutível. A parte do idiota. — Passou a mão carinhosamente pelo cabelo dela. — Você é minha, Lil.

— Sim, eu sou sua. — Ela se levantou, soltando um leve gemido de dor. — E você é todo meu também. — Entregou-se em seus braços. — Isso é o que eu quero — disse a ele. — Muito mais disso. Você daria uma volta comigo?

Eu sei que é bobagem, mas quero caminhar sob o luar, sentindo-me segura, amada e feliz. Com você.

— Pegue o seu casaco — disse Coop. — Está frio lá fora.

A luz da lua incidia seus raios brancos e luminosos sobre os dois, conforme caminhavam.

Segura, amada e feliz.

Na quietude da noite fria, naquele início de primavera, o grito do puma ecoou pelo vale. E ressoou pelas colinas que se erguiam negras contra o céu noturno.

Este livro foi composto na tipografia Minion Pro,
em corpo 11/15,2, e impresso em
papel off-white no Sistema Cameron da
Divisão Gráfica da Distribuidora Record.